A princesa leal

Obras da autora publicadas pela Editora Record

Série *Tudors*
A irmã de Ana Bolena
O amante da virgem
A princesa leal
A herança de Ana Bolena
O bobo da rainha
A outra rainha
A rainha domada

Série *Guerra dos Primos*
A rainha branca
A rainha vermelha
A senhora das águas
A filha do Fazedor de Reis
A princesa branca

Terra virgem

PHILIPPA GREGORY

A princesa leal

Tradução de
ANA LUIZA DANTAS BORGES

6ª edição

EDITORA RECORD
RIO DE JANEIRO • SÃO PAULO
2018

CIP-Brasil. Catalogação na fonte
Sindicato Nacional dos Editores de Livros, RJ.

G833p Gregory, Philippa, 1954-
6ª ed.   A princesa leal / Philippa Gregory; tradução Ana Luiza Dantas Borges. – 6ª ed. – Rio de Janeiro: Record, 2018.

   Tradução de: The constant princess
   ISBN 978-85-01-07742-4

   1. Catarina de Aragão, consorte de Henrique VIII, Rei da Inglaterra, 1485-1536 – Ficção. 2. Grã-Bretanha – História – Tudors, 1485-1603 – Ficção. 3. Romance inglês. I. Borges, Ana Luiza. II. Título.

07-3142
                    CDD – 823
                    CDU – 821.111-3

Título original inglês:
THE CONSTANT PRINCESS

Copyright © Philippa Gregory Ltd 2005

Foto de capa: Jeff Cottenden

Texto revisado segundo o novo Acordo Ortográfico da Língua Portuguesa.

Todos os direitos reservados. Proibida a reprodução, no todo ou em parte, através de quaisquer meios.

Direitos exclusivos de publicação em língua portuguesa somente para o Brasil adquiridos pela
EDITORA RECORD LTDA.
Rua Argentina, 171 – Rio de Janeiro, RJ – 20921-380 – Tel.: 2585-2000
que se reserva a propriedade literária desta tradução.

Impresso no Brasil

ISBN 978-85-01-07742-4

Seja um leitor preferencial Record.
Cadastre-se no site www.record com.br e receba informações sobre nossos lançamentos e nossas promoções.

EDITORA AFILIADA

Atendimento e venda direta ao leitor:
mdireto@record.com.br ou (21) 2585-2002.

Para Anthony

Princesa de Gales

Granada, 1491

Houve um grito, em seguida o crepitar ruidoso do fogo envolvendo tapeçarias de seda, depois um crescendo de gritos de pânico que se propagou de uma tenda a outra enquanto as chamas também se espalhavam, saltando de um estandarte de seda para outro, subindo por cordões, estourando pelas portas de musselina. E então, os cavalos relincharam de terror e homens gritaram para acalmá-los, mas o horror em suas vozes só fez agravar a situação, até toda a planície ser iluminada por labaredas enfurecidas, e a noite se tornar um remoinho de fumaça ressoando gritos de terror.

A menina, despertando assustada, chamou sua mãe, em espanhol, e gritou:

— Os mouros? Os mouros estão atacando?

— Santo Deus, nos proteja, estão incendiando o acampamento! — a aia falou ofegante. — Mãe de Deus, vão me violar, e perfurá-la com suas lâminas curvas.

— Mãe! — gritou a criança, saindo da cama. — Onde está minha mãe?

Precipitou-se para fora, a camisola batendo em suas pernas, as tapeçarias de sua tenda agora em chamas atrás dela, em um inferno de pânico. Todos os milhares e milhares de tendas no acampamento estavam em chamas, centelhas espalhando-se pelo escuro céu noturno como fontes ardentes, estourando como um enxame de vaga-lumes dispersando o desastre.

— Mãe! — gritou ela pedindo socorro.

Das chamas surgiram dois imensos cavalos escuros, como animais suntuosos, míticos, movendo-se como um só, um negror absoluto contra o clarão do fogo. No alto, mais alto do que se poderia imaginar, a mãe da criança curvou-se para falar com a filha que estava tremendo, a cabeça não mais alta do que o flanco do cavalo.

— Fique com a aia e seja uma boa menina — ordenou a mulher, sem o menor vestígio de medo na voz. — Seu pai e eu temos de nos mostrar.

— Deixe-me ir com você! Mamãe! Vou ser queimada. Deixe eu ir! Os mouros vão me pegar! — A menina estendeu os braços para a mãe.

A luz do fogo brilhou de maneira estranha no peitoral da couraça de sua mãe, nas proteções ornamentadas de suas pernas, como se ela fosse uma mulher de metal, uma mulher de prata e ouro, quando se inclinou para ordenar:

— Se os homens não me virem, vão debandar — disse ela gravemente. — Você não vai querer que isso aconteça, vai?

— Eu não me importo! — gritou a criança em pânico. — Não me importo com nada a não ser você! Me levante!

— O exército vem primeiro — decretou a mulher montada em seu alto cavalo negro. — Tenho de ir.

Desviou a cabeça do cavalo de sua filha aterrorizada.

— Voltarei para buscá-la — disse ela por cima do ombro. — Espere aqui. Tenho de ir agora.

Impotente, a criança observou sua mãe e seu pai se afastarem.

— *Madre!* — choramingou. — *Madre!* Por favor! — Mas a mulher não se virou.

— Vamos ser queimadas vivas! — gritou Madilla, sua criada. — Fuja! Corra e se esconda!

— Não pode ficar calada? — A criança falou com um repentino desprezo irado. — Se eu, a princesa de Gales, posso ser deixada em um campo em chamas, então você, que de qualquer maneira não passa de uma moura, com certeza pode suportá-lo.

Observou os dois cavalos de lá para cá no meio das tendas em chamas. Por todo lugar que passavam, os gritos se silenciavam e parte da disciplina era retomada no acampamento aterrorizado. Os homens formavam filas, passando baldes até o canal de irrigação, saindo do terror para a ordem. Em desespero, o general corria no meio de seus homens, batendo neles com a parte plana de sua espada, reunindo em um batalhão improvisado aqueles que tinham fugido um momento antes, e dispondo-os em uma formação de defesa na planície, para o caso de os mouros terem visto as colunas de fogo das ameias escuras de sua fortaleza, e tentarem atacar e capturar o campo em caos. Porém, nenhum outro mouro apareceu nessa noite; permaneceram atrás dos muros altos de seu castelo, perguntando-se que nova crueldade aqueles cristãos malucos estavam criando no escuro, excessivamente temerosos para saírem para o inferno que os cristãos tinham feito, suspeitando que fosse uma cilada infiel.

A princesa de 5 anos observou a determinação de sua mãe ao subjugar o fogo, sua segurança de rainha extinguir o pânico, sua convicção no sucesso suplantar a realidade de desastre e derrota. A menina empoleirou-se sobre um dos baús, envolveu bem seus pés com a barra da camisola e esperou o campo se acalmar.

Quando a mãe voltou, encontrou a filha com os olhos secos, e firme.

— Catalina, você está bem? — Isabel de Espanha desmontou e virou-se para a filha mais nova e mais preciosa, reprimindo a vontade de cair de joelhos e abraçá-la. A ternura não prepararia a criança para ser uma guerreira de Cristo, a fraqueza não devia ser encorajada em uma princesa.

A menina era tão determinada quanto sua mãe.

— Estou bem, agora — replicou ela.

— Não teve medo?

— Nenhum.

A mulher balançou a cabeça, aprovando.

— Isso é ótimo — disse ela. — É o que eu espero de uma princesa de Espanha.

— E princesa de Gales — acrescentou sua filha.

☙

Esta sou eu, esta menininha de 5 anos de idade, sentada sobre a arca do tesouro, o rosto branco como mármore e os olhos azuis arregalados de medo, recusando-se a tremer, mordendo os lábios com força, para se impedir de chorar de novo. Esta sou eu, concebida em um acampamento por pais rivais e amantes ao mesmo tempo, nascida no intervalo entre duas batalhas em um inverno de chuvas torrenciais, criada por uma mulher forte trajando uma armadura, em campanha durante toda a minha infância, destinada a lutar por meu lugar no mundo, a lutar por minha fé contra outras, a lutar por minha palavra contra a de outros: nascida para lutar por meu nome, por minha fé e por meu trono. Sou Catalina, princesa de Espanha, filha dos dois maiores monarcas que o mundo conheceu: Isabel de Castela e Fernando de Aragão. Seus nomes são temidos do Cairo a Bagdá, a Constantinopla, à Índia, e por todos os mouros em todas as suas muitas nações: turcos, indianos, chineses; nossos rivais, nossos admiradores, inimigos até a morte. Os nomes dos meus pais são louvados pelo Papa como os melhores reis para defender a fé contra o poder do Islã, são os cruzados mais importantes da cristandade assim como os primeiros reis de Espanha; eu sou sua filha mais nova, Catalina, princesa de Gales, e serei rainha da Inglaterra.

Desde que tinha 3 anos de idade fui prometida em casamento ao príncipe Artur, filho do rei Henrique da Inglaterra, e quando completar 15 anos viajarei para esse país em um belo navio com a minha bandeira adejando no topo do mastro, e serei sua mulher, depois sua rainha. O país dele é rico e fértil — repleto de fontes e do som da água jorrando, cheio de frutas e perfumado com flores; e será o meu país, vou cuidar dele. Tudo isso foi combinado quase desde o meu nascimento, eu sempre soube o que seria; e apesar de lamentar deixar minha mãe e minha casa, nasci princesa, destinada a ser rainha, e sei o meu dever.

Sou uma criança de convicções absolutas. Sei que serei rainha da Inglaterra porque é a vontade de Deus, e é o que minha mãe ordena. E acredito, assim como acreditam todos em meu mundo, que Deus e minha mãe são, em geral, a mesma mente; e a sua vontade é sempre cumprida.

☙

De manhã, o acampamento nos arredores de Granada estava uma mixórdia úmida de tapeçarias em brasa, tendas arruinadas, pilhas de forragem fumegando, tudo destruído por uma vela colocada descuidadamente. Só restava a retirada. O exército espanhol havia partido, orgulhoso, para sitiar o último grande reino dos mouros na Espanha, e fora incendiado por nada. Teria de retornar para se reorganizar.

— Não, nós não nos retiramos — ordenou Isabel de Espanha.

Os generais, convocados para uma reunião improvisada sob um toldo chamuscado, afugentavam as moscas que pululavam pelo acampamento, fartando-se com a destruição.

— Majestade, perdemos desta vez — disse-lhe, delicadamente, um dos generais. — Não se trata de uma questão de orgulho ou disposição. Não temos tendas, não temos abrigo, fomos destruídos pela má sorte. Teremos de retornar e nos abastecer mais uma vez, e fazer o cerco de novo. O seu marido... — apontou com a cabeça para o homem moreno e bonito que estava de um lado do grupo escutando — sabe disso. Todos nós sabemos. Faremos o cerco de novo, não seremos derrotados por eles. Mas um bom general sabe quando tem de se retirar.

Todos os homens concordaram com a cabeça. O bom-senso ditou que nada mais podia ser feito a não ser deixar os mouros de Granada livres de seu cerco por uma estação. A batalha continuaria. Acontecia há sete séculos. Cada ano via gerações de reis cristãos aumentarem suas terras às expensas dos mouros. Cada batalha tinha rechaçado o venerável governo mouro de Al-Andaluz cada vez mais para o sul. Mais um ano não faria diferença. A menina, as costas apoiadas em um mastro úmido que cheirava a brasa molhada, observava a expressão serena de sua mãe. Uma expressão que nunca se alterava.

— De fato, *é* uma questão de orgulho — ela o corrigiu. — Estamos combatendo um inimigo que compreende o orgulho melhor do que qualquer outro. Se partirmos nos rastejando em nossas roupas chamuscadas, com nossos tapetes queimados enrolados debaixo do braço, eles rirão para Al-Yanna, para o seu paraíso. Não posso permitir que assim seja. E mais do que tudo isso: é a vontade de Deus combatermos os mouros, é a vontade de Deus seguirmos em frente. Não é a vontade de Deus que nos retiremos. Portanto temos de avançar.

O pai da criança virou a cabeça com um sorriso zombeteiro, mas não discordou. Quando os generais olharam para ele, fez um pequeno gesto com a mão.

— A rainha tem razão — disse ele. — A rainha tem sempre razão.

— Mas não temos tendas, não temos um acampamento!

Ele dirigiu a questão para ela.

— O que acha?

— Construiremos um — decidiu ela.

— Majestade, devastamos a região rural por milhas à nossa volta. Atrevo-me a dizer que não poderíamos costurar nem mesmo uma túnica para a princesa de Gales. Não há panos. Não há lonas. Não há cursos de água, nem o que colher nos campos. Rompemos os canais e arrancamos a safra. Devastamos tudo, mas somos nós os que foram destruídos.

— Então construiremos com pedras. Temos pedras?

O rei disfarçou uma breve risada em um pigarro.

— Estamos cercados por uma planície de rochas áridas, meu amor — disse ele. — O que mais temos é pedra.

— Então, vamos construir não um acampamento, mas uma cidade de pedras.

— Impossível!

Ela se virou para o marido.

— Vai ser feito — disse ela. — É a vontade de Deus e a minha vontade.

Ele assentiu.

— Será feito. — Lançou-lhe um sorriso rápido, pessoal. — É o meu dever providenciar para que a vontade de Deus seja cumprida. E é meu desejo reforçar a sua.

⌘

O exército, derrotado pelo fogo, voltou-se para os elementos terra e água. Labutaram feito escravos ao calor do sol e no frio das noites. Trabalharam os campos feito camponeses, onde tinham pensado que avançariam em triunfo. Todos, oficiais da cavalaria, generais, os grandes senhores do país, os primos dos reis, labutaram ao calor do sol e se deitaram em um solo duro e frio à noite. Os mouros, observando das ameias impenetráveis no alto do forte vermelho sobre a colina acima de Granada, admitiam que os cristãos tinham coragem. Ninguém poderia dizer que não fossem determinados. Assim como todos sabiam que estavam condenados. Nenhuma força era capaz de tomar o forte vermelho de Granada, que nunca caíra em dois séculos. Situava-se no alto de um rochedo, dando para a planície que era como um estádio amplo e descorado. Não poderia ser surpreendido por um ataque secreto. O rochedo vermelho que se elevava da planície tornava imperceptível os muros de pedras avermelhadas do castelo, que se erguiam cada vez mais altos; nenhuma escada de sítio alcançaria o topo, nenhum destacamento conseguiria escalar a face escarpada.

Poderia ser entregue por um traidor; mas que tolo ia querer abandonar o poder firme e sereno dos mouros, com todo o mundo conhecido atrás deles, com uma fé inegável que os sustentava, para se unir à loucura fanática do exército cristão cujos reis possuíam apenas alguns acres montanhosos da Europa, e que estavam irremediavelmente divididos? Quem ia querer trocar Al-Yanna, o jardim, que era a própria imagem do paraíso, dentro dos muros do mais belo palácio da Espanha, o mais belo palácio da Europa, pela anarquia tosca dos castelos e fortalezas de Castela e Aragão? Reforços chegariam da África para os mouros, tinham parentes e aliados do Marrocos ao Senegal. Chegaria o apoio de Bagdá, de Constantinopla. Granada talvez parecesse pequena em comparação às conquistas que Fernando e Isabel tinham realizado, mas por trás de Granada estava o maior império do mundo — o império do Profeta, louvado seja o seu nome.

Porém, surpreendentemente, dia após dia, semana após semana, lentamente, lutando com o calor dos dias de primavera e o frio das noites, os cristãos fizeram o impossível. Primeiro uma capela foi construída em forma circular, como a de uma mesquita, já que os construtores locais faziam essa forma mais rapidamente; depois, uma pequena casa, telhado plano no interior de um pátio árabe para o rei Fernando, a rainha Isabel e a família real: o infante, seu precioso filho e herdeiro, as três meninas mais velhas, Isabel, Maria, Joana, e Catalina, o bebê. A rainha não pedia nada mais do que um telhado e paredes, estava em guerra havia anos, não esperava luxo. Em seguida, uma dúzia de casebres de pedra ao redor, onde os lordes mais importantes relutantemente se abrigaram. Depois, como a rainha era uma mulher dura, ergueram estábulo para os cavalos e depósitos seguros para a pólvora e os valiosos explosivos que ela havia empenhado as próprias joias para comprar de Veneza; então, e só então, foram construídos quartel e cozinhas, despensas e salas. Formou-se uma pequena cidade de pedra, onde antes havia existido um pequeno acampamento. Ninguém achava que conseguiriam mas, bravo!, tinham feito. Chamaram-na de Santa Fé, e Isabel triunfara sobre o infortúnio mais uma vez. O condenado sítio de Granada pelos determinados e insensatos reis cristãos prosseguiria.

☙

Catalina, princesa de Gales, deparou-se com um dos grandes senhores do campo espanhol que conversava sussurrando com seus amigos:

— O que está fazendo, dom Hernando? — perguntou ela com a confiança precoce de uma menina de 5 anos que nunca saíra do lado da mãe, e a quem o pai não negava quase nada.

— Nada, infanta — replicou Hernando Perez del Pulgar com um sorriso que indicava que ela podia repetir a pergunta.

— Está sim.

— É um segredo.

— Não vou contar.

— Ah! Princesa! Contaria. É um segredo muito importante! Muito importante para uma menininha.

— Não vou contar! Não vou contar nada! — refletiu. — Juro por Gales.

— Por Gales! O seu próprio país?

— Pela Inglaterra?

— Pela Inglaterra? Sua herança?

Ela balançou a cabeça confirmando.

— Por Gales e pela Inglaterra, e pela própria Espanha.

— Está bem, então. Se faz um juramento tão sagrado, vou lhe contar. Jura que não vai contar à sua mãe?

Ela assentiu com a cabeça, os olhos azuis escancarados.

— Vamos entrar em Alhambra. Conheço um portão, um pequeno portão secreto, que não está bem guardado, por onde podemos forçar uma entrada. Vamos entrar, e adivinha?

Ela sacudiu a cabeça vigorosamente, a trança castanho-avermelhada balançando debaixo do véu, como o rabo de um cachorrinho.

— Vamos dizer as nossas orações na mesquita. E vou deixar uma avemaria fincada no chão com a minha adaga. O que acha disso?

Ela era criança demais para perceber que iam se entregar a uma morte certa. Não fazia ideia das sentinelas em cada portão, da fúria inclemente dos mouros. Seus olhos se iluminaram de excitação.

— Vão mesmo?

— Não é um plano maravilhoso?

— Quando vocês vão?

— Hoje à noite! Nesta noite!

— Não vou dormir até você voltar!

— Deve rezar por mim e depois ir dormir. Virei pessoalmente, princesa, contar tudo a você e à sua mãe de manhã.

Ela jurou que não dormiria e ficou acordada, completamente rígida em seu pequeno catre, enquanto sua criada tinha um sono agitado sobre o tapete à porta. Lentamente, suas pálpebras foram pesando até as pestanas roçarem nas bochechas redondas, as mãozinhas rechonchudas se soltarem. E Catalina adormeceu.

Mas de manhã, ele não veio, seu cavalo não estava na baia, e seus amigos estavam ausentes. Pela primeira vez em sua vida, a menina teve uma certa noção do perigo que ele tinha corrido — um perigo mortal, e por nada, a não ser a glória a ser descrita em alguma canção.

— Onde ele está? — perguntou ela. — Onde está Hernando?

O silêncio de sua criada, Madilla, alertou-a.

— Ele vai vir? — perguntou ela, de repente em dúvida. — Ele vai voltar?

ಌ

Aos poucos fui percebendo que talvez ele não voltasse, que a vida não era como uma balada, onde uma esperança vã é sempre triunfante e um homem bonito nunca é morto quando jovem. Mas se ele pode falhar e morrer, meu pai pode morrer? Minha mãe pode morrer? Eu posso morrer? Até mesmo eu? A pequena Catalina, infanta de Espanha e princesa de Gales?

Ajoelho-me no espaço circular sagrado da recém-construída capela de minha mãe; mas não estou rezando. Estou intrigada com esse mundo estranho que se abriu de súbito diante de mim. Se nós estamos certos — e tenho certeza de que sim; se esses rapazes bonitos estão certos — e tenho certeza de que estão — e nós e a nossa causa contam com a proteção especial de Deus, então como podemos fracassar?

Mas se entendi errado alguma coisa, então algo está muito errado, e se nós todos somos, realmente, mortais, talvez possamos fracassar. Até mesmo o bonito Hernando Perez del Pulgar e seus amigos risonhos, até mesmo minha mãe e meu pai. E se é assim, que segurança há no mundo? Se Madre pode morrer, como um soldado comum, como uma mula puxando uma carroça com bagagem, como vi homens e mulas morrerem, como o mundo pode prosseguir? Como pode existir um Deus?

☙

Então, chegou a hora da audiência de sua mãe aos suplicantes e amigos, e, de repente, ele estava lá, em sua melhor roupa, a barba penteada, os olhos excitados, e a história foi contada: como tinham se vestido de árabe para, no escuro, se fazerem passar por gente da cidade, como tinham se esgueirado pela poterna, como tinham corrido para a mesquita, como tinham se ajoelhado e dito rapidamente uma ave-maria e fincado a oração no piso da mesquita, e depois, surpreendidos pelos guardas, tinham lutado, corpo a corpo, com empurrões e murros, lâminas cintilando ao luar; desceram de volta à rua estreita, do lado de lá da porta que tinham forçado alguns momentos antes, e desapareceram na noite antes de o alarme ter soado. Nenhum arranhão em nenhum deles, nenhum homem perdido. Um triunfo para eles e um tapa na cara de Granada.

Foi uma grande peça que pregaram nos mouros, foi a coisa mais engraçada do mundo deixar uma prece cristã no centro de seu templo sagrado. Foi o gesto mais maravilhoso para insultá-los. A rainha ficou encantada, o rei também, a princesa e suas irmãs olhavam para o seu campeão, Hernando Perez del Pulgar, como se fosse um herói de romances, um cavaleiro do tempo de Artur, em Camelot. Catalina bateu palmas, deliciada com a história, e ordenou que ele a contasse várias vezes. Mas no fundo da sua mente, muito distante do pensamento, lembrava-se do arrepio que a percorrera quando achou que ele não retornaria.

Em seguida, esperaram a resposta dos mouros. Era certa de acontecer. Sabiam que o inimigo consideraria a aventura como o desafio que realmente era e, fatalmente, haveria uma reação. Não demoraria a acontecer.

A rainha e suas filhas estavam visitando Zubia, uma aldeia perto de Granada, de modo que Sua Majestade pudesse ver pessoalmente os muros inexpugnáveis do forte. Foram acompanhadas de uma guarda simples, e o comandante estava lívido de horror ao se precipitar para elas, na pracinha da aldeia, e gritar que os portões do forte vermelho tinham sido abertos e que os mouros estavam vindo, o exército inteiro armado para o ataque. Não havia tempo para retornar ao acampamento, a rainha e as três princesas nunca cavalgariam mais rápido do que os cavaleiros mouros em seus garanhões árabes, não havia onde se esconder, não havia nem mesmo onde resistir.

Em uma pressa desesperada, a rainha Isabel subiu ao telhado plano da casa mais próxima, puxando a princesinha pela mão enquanto subia a escada em ruínas, suas irmãs correndo atrás.

— Tenho de ver! Preciso ver! — exclamava ela.
— *Madre!* Está me machucando!
— Silêncio, menina. Temos de ver o que pretendem.
— Estão atrás de nós? — choramingou a menina, a voz abafada pela própria mãozinha gorducha.
— Talvez. Tenho de ver.

Era um destacamento para um ataque surpresa e não uma força completa. Era conduzido por seu campeão, um gigante, escuro como mogno, uma insinuação de sorriso por baixo do elmo, montado em um imenso cavalo preto, como se fosse a Noite que viesse esmagá-las. Seu cavalo rosnou como um cachorro para a sentinela noturna, os dentes à mostra.

— *Madre*, quem é esse homem? — perguntou baixinho a princesa de Gales, observando da posição no telhado plano da casa.
— É o mouro chamado Yarfe, e receio que tenha vindo por seu amigo Hernando.
— O cavalo dele parece tão assustador, como se quisesse morder.
— Ele cortou seus lábios para que rosnasse para nós. Mas nós não ficamos assustadas com coisas assim. Não estamos assustadas, crianças.
— Não devemos fugir? — perguntou a criança assustada.

Sua mãe, que observava o desfile mouro, nem mesmo ouviu sua filha sussurrar.

— Não vai deixar que machuque Hernando, vai? *Madre?*
— Hernando fez o desafio. Yarfe está respondendo. Teremos de lutar — disse ela sem alterar a voz. — Yarfe é um cavaleiro, um homem honrado. Não pode ignorar o desafio.
— Como pode ser um homem honrado se é um herege? Um mouro?
— São homens muito honrados, Catalina, apesar de serem infiéis. E Yarfe é um herói para eles.

— O que vai fazer? Como vamos nos salvar? Esse homem é grande como um gigante.

— Vou rezar — replicou Isabel. — E o meu campeão Garallosco de la Vega responderá a Yarfe por Hernando.

Calma como se estivesse em sua própria capela em Córdoba, Isabel ajoelhou-se no telhado da pequena casa, e fez um gesto para que suas filhas a imitassem. Com a cara emburrada, a irmã mais velha de Catalina, Joana, ajoelhou-se, e suas outras duas irmãs, as princesas Isabel e Maria, seguiram seu exemplo. Catalina viu, espiando pelas mãos juntas, enquanto rezava, que Maria tremia de medo, e que Isabel, em seu vestido de viúva, estava lívida de terror.

— Pai celestial, rezamos pela nossa segurança, da nossa causa e do nosso exército. — A rainha Isabel ergueu os olhos para o céu azul iluminado. — Rezamos pela vitória do Seu campeão, Garallosco de la Vega. — E seguiram a direção do olhar de sua mãe, para onde as fileiras da guarda espanhola estavam em formação, alertas e em silêncio.

— Se Deus o proteger... — começou Catalina.

— Silêncio — disse a mãe delicadamente. — Deixe-o fazer seu trabalho, Deus fazer o Dele e eu, o meu. — Fechou os olhos em prece.

Catalina virou-se para a sua irmã mais velha, puxou a sua manga.

— Isabel, se Deus o está protegendo, como pode estar correndo perigo?

Isabel olhou para sua irmã mais nova.

— Deus não torna o caminho mais suave para aqueles a quem Ele ama — replicou, num sussurro. — Ele envia adversidades para testá-los. Aqueles a quem Deus mais ama são os que mais sofrem. Sei disso. Eu, que perdi o único homem que amarei para sempre. Você sabe disso. Pense em Jó, Catalina.

— Então, como vamos vencer? — perguntou a menina. — Como Deus ama *Madre*, não vai lhe enviar as piores aflições? Portanto como ela pode vencer?

— Silêncio — disse sua mãe. — Observe. Observe e reze com fé.

A sua pequena guarda e o destacamento mouro estavam dispostos frente a frente, prontos para a batalha. Então, Yarfe avançou em seu grande cavalo negro.

Uma coisa branca balançou no chão, amarrada no rabo lustroso do cavalo preto. Houve um arquejo quando os soldados na fileira da frente reconheceram o que continha. Era a ave-maria que Hernando tinha fincado no piso da mesquita. O mouro tinha-a amarrado no rabo do seu cavalo como um insulto calculado, e agora conduzia a grande criatura de lá para cá diante das fileiras cristãs, e sorriu ao ouvir o urro de raiva.

— Herege — sussurrou a rainha Isabel. — Um homem condenado ao inferno. Que Deus o mate e castigue seu pecado.

O campeão da rainha, De la Vega, virou seu cavalo na direção da casa onde os guardas reais circundavam o pátio, a pequenina oliveira, a entrada. Parou seu cavalo do lado da oliveira, tirou o elmo, olhando para a sua rainha e as princesas, em cima, no telhado. Seu cabelo escuro era cacheado e refulgia de suor, os olhos escuros faiscando de raiva.

— Vossa Majestade me dá permissão para responder a esse desafio?

— Sim — replicou a rainha, sem se retrair nem por um instante. — Vá com Deus, Garallosco de la Vega.

— Aquele homem grande vai matá-lo — disse Catalina, puxando a manga comprida de sua mãe. — Diga-lhe que não deve ir. Yarfe é muito maior. Vai assassinar De la Vega!

— Será como Deus quiser — disse Isabel, fechando os olhos, para rezar.

— Mãe! Majestade! Ele é um gigante. Vai matar o nosso campeão.

A mãe abriu os olhos azuis e olhou para a sua filha. Viu que seu rostinho estava enrubescido de aflição, e seus olhos, cheios de lágrimas.

— Será como Deus quiser — repetiu com firmeza. — Você tem de ter fé, de acreditar que está cumprindo a vontade de Deus. Às vezes não entenderá, às vezes terá dúvidas, mas se estiver cumprindo a vontade de Deus, não pode estar errada, não pode ter errado. Lembre-se disso, Catalina. Se vencemos esse desafio, ou se o perdemos não faz diferença. Somos soldados de Cristo. Você é um soldado de Cristo. Se vivemos ou morremos, não faz diferença. Morreremos com fé, e isso é tudo o que importa. Esta batalha é uma batalha de Deus, e acabaremos vencendo.

— Mas De la Vega... — protestou Catalina, o lábio inferior tremendo.

— Talvez Deus o leve nesta tarde — disse sua mãe sem alterar a voz. — Rezaremos por ele.

Joana fez uma careta para a irmã, mas quando a mãe ajoelhou-se de novo, as duas garotas deram-se as mãos, para se confortar. Isabel ajoelhou-se do lado delas, e Maria, do seu lado. Todas espreitaram por entre as pálpebras baixadas a planície, onde o cavalo baio de De la Vega destacava-se da linha dos espanhóis, e o cavalo negro do mouro trotava orgulhosamente diante dos sarracenos.

A rainha manteve os olhos fechados até ter concluído sua oração; nem mesmo ouviu o grito dos dois homens ao tomarem seus lugares, baixarem suas viseiras, e prepararem suas lanças.

Catalina ficou em pé num pulo, debruçando-se no parapeito, de modo que pudesse ver o espanhol. Seu cavalo estrondeou na direção do outro, o movimento das pernas um borrão, o cavalo negro veio na mesma velocidade da direção contrária. O estrépito das lanças ao golpearem a armadura sólida pôde ser ouvido do telhado, a força do impacto derrubou os dois homens de seus cavalos, as lanças quebradas, os peitorais vergados. Não foi nada igual às justas da corte. Foi um impacto selvagem com o propósito de quebrar um pescoço ou fazer um coração parar.

— Ele caiu! Está morto! — gritou Catalina.

— Ele está tonto — corrigiu sua mãe. — Veja, está se levantando.

O cavaleiro espanhol vacilou nos pés, instável como um bêbado, por causa do golpe violento em seu peito. O homem maior já estava em pé, o elmo e o peitoral pesado postos de lado, indo para o outro com uma imensa espada curva pronta para ser usada, a luz fazendo o gume afiado cintilar. De la Vega brandiu sua própria arma. Houve um estrondo tremendo quando as espadas colidiram, as lâminas se prenderam, e os dois lutaram, um tentando derrubar o outro. Giraram desajeitadamente, vacilando sob o peso das armaduras e do abalo; mas não havia dúvida de que o mouro era o homem mais forte. Dava para ver que De la Vega estava cedendo sob a pressão. Tentou se arremessar para trás e se soltar, mas o peso do mouro o estava sobrepujando, ele tropeçou e caiu. Imediatamente, o cavaleiro negro ficou em cima, forçando-o para o chão. A mão de De la Vega, inutilmente fechada em sua espada comprida, não conseguiu erguê-la. O mouro levantou a espada para a garganta de sua vítima, pronto para dar o golpe mortal, o rosto uma máscara negra de concentração, os dentes trincados. De súbito, deu um grito e caiu para trás. De la Vega rolou, tentou se levantar, arrastando-se de quatro, como um cachorro que quisesse ficar em pé.

O mouro estava morto, golpeado no peito, sua grande espada caída de um lado. Na mão esquerda de De la Vega estava um punhal manchado de sangue, uma arma escondida, usada em uma reação desesperada. Com um esforço sobre-humano, o mouro se levantou, deu as costas aos cristãos e cambaleou em direção às suas fileiras.

— Perdi — disse ele aos homens que se adiantaram para segurá-lo. — Perdemos.

Ao receberem um sinal secreto, os grandes portões do forte vermelho se abriram e os soldados apareceram em grande número. Joana ficou em pé com um pulo.

— *Madre*, temos de fugir! — gritou ela. — Eles estão vindo! Estão vindo aos milhares!

Isabel continuou de joelhos, até mesmo quando a filha atravessou o telhado em disparada e desceu correndo a escada.

— Joana, volte — ordenou ela em uma voz que soou como o estalo de um chicote. — Meninas, rezem.

Levantou-se e foi até o parapeito. Primeiro olhou para a formação de seu exército, viu que os oficiais se preparavam para um ataque, enquanto o numeroso exército mouro aterrorizava em seu avanço. Ela relanceou os olhos para baixo, e viu Joana, em pânico, espreitando pelo muro do jardim, sem saber se corria para o seu cavalo ou de volta para a sua mãe.

Isabel, que amava a filha, não disse mais nada. Voltou para perto das outras e ajoelhou-se com elas.

— Vamos rezar — disse ela, e fechou os olhos.

ᄋჳ

— Ela nem mesmo olhou! — repetia Joana incredulamente naquela noite, quando estavam no quarto, lavando as mãos e trocando as roupas sujas, o rosto raiado de lágrimas finalmente limpo. — Ali estávamos nós, no meio de uma batalha, e ela fechou os olhos!

— Ela sabia que ajudaria mais pedindo a intercessão de Deus do que ficar correndo e chorando — disse Isabel, assertivamente. — E vê-la de joelhos, na frente de todos, dá mais coragem ao exército do que qualquer outra coisa.

— E se tivesse sido atingida por uma flecha ou uma lança?

— Não foi. Não fomos. E vencemos a batalha. E você, Joana, comportou-se como uma camponesa ensandecida. Senti vergonha de você. Não sei o que lhe deu. É maluca ou apenas malvada?

— Ah, quem liga para o que você diz, sua viúva estúpida?

6 de janeiro de 1492

A cada dia o ânimo abandonava os mouros. A escaramuça da rainha acabou sendo a sua última batalha. Seu campeão estava morto, sua cidade cercada, estavam morrendo de fome na terra que seus pais tinham tornado férteis. O que era pior, o reforço prometido pela África tinha falhado, os turcos tinham jurado amizade, mas os janízaros não foram, seu rei tinha perdido a coragem, seu filho tinha sido feito refém pelos cristãos, diante deles estavam os príncipes de Espanha, Isabel e Fernando, com todo o poder da cristandade por trás, com uma guerra santa declarada e uma cruzada cristã que parecia fadada ao sucesso. A alguns dias da reunião dos campeões, Boabdil, o rei de Granada, tinha concordado com os termos de paz, e alguns dias depois, na cerimônia planejada com toda a elegância típica dos mouros da Espanha, ele desceu a pé até os portões de ferro da cidade com as chaves do palácio de Alhambra em uma almofada de seda e as entregou ao rei e à rainha de Espanha em total rendição.

Granada, o forte vermelho que ficava acima da cidade para protegê-la, e o belo palácio oculto atrás dos muros — o Alhambra — foram dados a Fernando e Isabel.

Vestidos com as sedas deslumbrantes do inimigo derrotado, usando turbantes, sapatos de pano, gloriosos como califas, a família real espanhola, refulgindo com os despojos de Espanha, tomou Granada. Nessa tarde, Catalina, a princesa de Gales, subiu com seus pais a trilha sinuosa e íngreme, passando pela sombra das árvores altas, até o palácio mais belo da Europa. Nessa noite, dormiu no harém azulejado e acordou com o som da água encapelando nas fontes de mármore, e se imaginou uma princesa moura, nascida para o luxo e a beleza, assim como uma princesa da Inglaterra.

ଓଃ

E esta é a minha vida a partir do dia da vitória. Eu tinha nascido como uma filha do acampamento, acompanhando o exército do cerco à batalha, vendo coisas que talvez nenhuma criança veria, enfrentando medos adultos diariamente. Havia passado por corpos de soldados mortos apodrecendo no calor primaveril porque não havia tempo para enterrá-los. Tinha cavalgado atrás de mulas zigueza- gueando por entre cadáveres cobertos de sangue, puxando as armas de meu pai pelos altos desfiladeiros da Sierra. Vi minha mãe esbofetear um homem que cho- rava de exaustão. Ouvi crianças da minha idade gritando por seus pais queima- dos na fogueira por heresia; mas nesse momento, quando nos vestimos com seda bordada e entramos no forte vermelho de Granada, e atravessamos os portões até a pérola branca que é o palácio de Alhambra, nesse momento, tornei-me princesa pela primeira vez.

Tornei-me uma menina criada no palácio mais belo de toda a cristandade, protegida por um forte inexpugnável, privilegiada por Deus, tornei-me uma me- nina de uma confiança imensa, inabalável, no Deus que nos tinha levado à vitó- ria, e em meu destino como Sua filha favorita, e a filha favorita de minha mãe.

Alhambra provou-me, de uma vez por todas, que eu era beneficiada de uma maneira única por Deus, assim como minha mãe havia sido. Eu era sua filha eleita, criada no mais belo palácio da cristandade, e destinada às coisas superiores.

ଓଃ

A família espanhola, com seus oficiais à frente e a guarda real atrás, gloriosos como sultões, entrou no forte pela imensa torre quadrada conhecida como o Portão da Justiça. Quando a sombra do primeiro arco da torre caiu sobre o rosto erguido de Isabel, os corneteiros tocaram alto em desafio, como Josué diante dos muros de Jericó, como se fossem afugentar os demônios dos infiéis. Imediatamente houve um eco do som soprado, um suspiro sobressaltado, de todos que se aglomeraram à entrada, comprimidos contra os muros dourados, as mulheres semiveladas em suas roupas, os homens eretos, orgulhosos e em silêncio, observando, para ver o que seus conquistadores fariam a seguir. Catalina olhou por cima das cabeças e viu as formas flutuantes da escrita árabe gravadas nos muros cintilantes.

— O que está escrito? — perguntou a Madilla, sua aia.

Madilla estreitou os olhos.

— Não sei — replicou ela, com mau humor. Sempre negava suas raízes mouras. Sempre tentava fingir que não sabia nada dos mouros ou de suas vidas, embora tivesse nascido e sido criada como moura e convertida, segundo Joana, somente por conveniência.

— Responda direito ou vamos beliscá-la — falou Joana, com doçura.

A jovem franziu o cenho para as duas irmãs.

— Diz: "Que Deus permita que a justiça do islã prevaleça aqui dentro."

Catalina hesitou por um instante, percebendo o orgulho da certeza, uma determinação que combinava com a voz da sua própria mãe.

— Bem, Ele não permitiu — disse Joana, sagaz. — Alá abandonou Alhambra, e Isabel chegou. E se vocês mouros conhecessem Isabel como conhecemos, saberiam que o poder maior está chegando, e o inferior partindo.

— Deus salve a rainha — replicou Madilla rapidamente. — Conheço bem a rainha Isabel.

Enquanto falavam, as grandes portas à frente, de madeira preta com pregos negros, se escancararam em suas dobradiças da mesma cor, e com outro toque de cornetas, o rei e a rainha penetraram no pátio interno.

Como dançarinos que ensaiaram até seus passos ficarem perfeitos, a guarda espanhola dispersou-se, à esquerda e à direita, no interior dos muros da cidade checando se o lugar era seguro e nenhum soldado desesperado estava preparando uma última emboscada. O grande forte de Alcazaba, construído como a proa de um navio, projetando-se sobre a planície de Granada, estava à esquerda, e os homens se lançaram a ele, atravessando a praça d'armas, subindo e descendo as torres. Finalmente, Isabel, a rainha, olhou para o céu, protegendo os olhos do sol com a mão que tilintava com as pulseiras de ouro mouras, e riu alto ao ver a bandeira de São Tiago e a cruz prateada da cruzada adejando onde antes tremulava o crescente.

Depois virou-se para ver os criados domésticos do palácio se aproximarem lentamente, as cabeças baixas. Eram conduzidos pelo grão-vizir, sua altura enfatizada pelas roupas esvoaçantes, os olhos negros profundos ao encontrarem os dela, examinando o rei Fernando do seu lado, e a família real atrás: o príncipe e as quatro princesas. O rei e o príncipe estavam vestidos tão ricamente quanto sultões, com suntuosas túnicas bordadas sobre a calça, a rainha e as princesas usando as túnicas *kamiz* tradicionais feitas com as melhores sedas, sobre as calças de linho branco, com véus caindo de suas cabeças e presos atrás em uma rede dourada.

— Alteza, é uma honra e meu dever recebê-la no palácio de Alhambra — disse o grão-vizir, como se fosse a coisa mais comum do mundo entregar o palácio mais belo da cristandade aos invasores armados.

O rei e a rainha trocaram um olhar rápido.

— Pode nos conduzir — disse ela.

O grão-vizir fez uma mesura e mostrou o caminho. A rainha olhou para trás, para os filhos.

— Venham, meninas — disse ela e seguiu na frente, pelos jardins que circundavam o palácio. Desceram alguns degraus, e chegaram a uma porta discreta.

— Esta é a entrada principal? — ela hesitou diante da pequena porta no muro, sem nenhuma indicação.

O homem fez uma mesura.

— Sim, majestade.

Isabel não disse nada, mas Catalina a viu erguer as sobrancelhas como se não desse muita importância àquilo, e todos entraram.

☙

Mas a pequena porta é como o buraco de uma fechadura para uma arca do tesouro com caixas, uma abrindo na outra. O homem nos conduz como um escravo abrindo portas para um tesouro. Os seus nomes são um poema: a câmara Dourada, o pátio das Murtas, o salão dos Embaixadores, o pátio dos Leões, ou o pátio das Duas Irmãs. Vai levar semanas para aprendermos a andar de um cômodo sofisticadamente azulejado a outro. Serão meses até pararmos de nos maravilhar com o prazer do som da água correndo pelas valas de mármore nos quartos, fluindo para uma fonte de mármore branco que sempre se derrama com a água mais limpa e mais fresca das montanhas. E nunca me cansarei de olhar pelo rendilhado de reboco branco a vista da planície, as montanhas, o céu azul e as colinas douradas. Cada janela é como a moldura de um quadro, projetadas para fazer você parar, olhar e se maravilhar. Cada moldura de janela é como um bordado branco — o reboco é tão fino, tão delicado, que parece uma obra de açúcar feita por confeiteiros, e não algo real.

Instalamo-nos no harém, o cômodo mais confortável e conveniente para mim e minhas três irmãs, e onde criadas acendem os braseiros nas noites frias, e espalham as ervas perfumadas como se fôssemos sultanas que vivessem reclusas por trás das telas há muito tempo. Sempre usamos trajes mouros em casa e, às vezes, em grandes ocasiões de estado, por isso o farfalhar da seda e a batida das alpargatas nos pisos de mármore são como se nada tivesse mudado. Agora estudamos onde as garotas escravas liam, andamos nos jardins que foram plantados para deleitar as favoritas do sultão. Comemos suas frutas, gostamos do sabor de seus refrescos, fazemos guirlandas para nossas cabeças com suas flores, e descemos correndo suas aleias onde o forte perfume das rosas e madressilvas é doce no frio da manhã.

Lavamo-nos no banho turco, ficando em pé, imóveis, enquanto as criadas nos ensaboam com um sabonete que cheira a flores. Depois, vertem sobre nós um cântaro dourado de água quente atrás do outro, da cabeça aos pés, para nos limpar bem. Somos massageadas com óleo de rosas, envolvidas em belos lençóis e deitadas, semiembriagadas de prazer sensual, sobre a mesa de mármore que domina toda a peça, sob o teto dourado onde aberturas em forma de estrelas permitem a entrada de raios de sol deslumbrantes na paz sombreada do lugar. Uma garota cuida dos dedos dos nossos pés enquanto outra cuida das nossas mãos, modelando as unhas, pintando com delicados padrões de hena. A mulher idosa tira nossas sobrancelhas, pinta nossos cílios. Somos servidas como se fôssemos sultanas, com todas as atenções da Espanha e todo o luxo do Oriente, e nos entregamos completamente às delícias do palácio. Ele nos cativa, e desfalecemos na submissão; nós, os chamados vitoriosos.

Até Isabel, mesmo sofrendo a morte de seu marido, recomeçou a sorrir. Até mesmo Joana, em geral tão soturna e emburrada, está em paz. E eu me torno a queridinha da corte, a favorita dos jardineiros que me deixam colher pêssegos diretamente nas árvores, a queridinha no harém, onde me ensinam a tocar, dançar e cantar, e a favorita da cozinha, onde me deixam observar a preparação das massas doces e pratos de mel e amêndoas da Arábia.

Meu pai se reúne com emissários estrangeiros no Salão dos Embaixadores, leva-os à casa de banho para conversações, como qualquer sultão pachorrento. Minha mãe senta-se com as pernas cruzadas no trono dos Nasrid, que governaram o lugar por gerações, seus pés em alpargatas de couro macias, as pregas de sua kamiz *caindo ao redor de seu corpo. Atende os emissários do próprio papa em uma câmara com as paredes revestidas de azulejos coloridos, com uma iluminação pagã. Parece estar em casa, tinha sido criada em Alcazar, em Sevilha, outro palácio mouro. Caminhamos em seus jardins, nos banhamos em sua sauna, calçamos suas alpargatas de couro perfumadas e levamos uma vida mais refinada e luxuosa do que seria concebível em Paris, Londres ou Roma. Vivemos de maneira privilegiada. Vivemos como sempre aspiramos viver, como mouros. Nossos iguais cristãos pastoreiam cabras nas montanhas, rezam em monumentos de pedras à beira da estrada para Nossa Senhora, são aterrorizados pela superstição, estão infestados de piolhos e doenças, vivem sujos e morrem jovens. Nós estudamos com eruditos muçulmanos, somos atendidos por seus médicos, estudamos as estrelas que eles nomearam, contamos com seus números que começam com o zero mágico, comemos suas frutas dulcíssimas e nos deleitamos nas águas que correm por seus aquedutos. A sua arquitetura nos agrada, a cada esquina que dobramos sabemos que vivemos dentro da beleza. Seu poder, agora, nos mantém a salvo; o Alcazabar é, realmente, invulnerável a mais um ataque. Estudamos a sua poesia, rimos com seus jogos, nos encantamos com seus jardins, suas frutas, nos banhamos nas águas que eles fizeram fluir. Somos os vencedores, mas foram eles que nos ensinaram como governar. Às vezes, acho que somos nós os bárbaros, como os que sucederam os romanos ou os gregos, poderíamos invadir os palácios e capturar os aquedutos e então, nos sentarmos como macacos em um trono, brincando com a beleza, mas sem compreendê-la.*

Não mudamos de fé, pelo menos. Todos os criados do palácio têm de servir falsamente às convicções da Única Igreja Verdadeira. As cornetas da mesquita foram silenciadas, não haverá nenhum chamado à oração. E aquele que discordar pode partir para a África imediatamente, ou se converter, ou enfrentar a fogueira da Inquisição. Não abrandamos com o espólio da guerra, nunca nos esquecemos de que somos os vitoriosos e que conquistamos a vitória com a força das armas e a vontade de Deus. Fizemos uma promessa solene ao pobre rei Boabdil, de que o seu povo, os muçulmanos, estariam tão seguros sob o nosso governo quanto os cristãos estiveram sob o deles. Prometemos a convivência — uma maneira de viver juntos — e eles acreditam que faremos uma Espanha em que qualquer um — muçulmano, cristão ou judeu — poderá viver tranquilamente e com o amor-próprio intacto, já que todos somos "Povo do Livro". O erro deles foi que levaram a trégua a sério, confiaram nessa trégua, e nós — como ficou demonstrado — não.

Traímos nossa palavra em três meses, expulsando os judeus, ameaçando os muçulmanos. Todo mundo tinha de se converter à Verdadeira Fé, e se houvesse qualquer sombra de dúvida, ou qualquer suspeita contra eles, sua fé seria testada pela Santa Inquisição. É a única maneira de fazer uma nação: por uma única fé. É a única maneira de fazer um único povo da grande diversidade que tinha sido Al-Andaluz. Minha mãe constrói uma capela na câmara do conselho e onde antes se dizia "Entre e peça. Não tema buscar a justiça pois aqui a encontrará", nas belas formas do árabe, ela reza a um Deus mais austero, mais intolerante do que Alá; e ninguém mais vai lá em busca da justiça.

Mas nada consegue mudar a natureza do palácio. Nem mesmo a batida dos pés dos nossos soldados nos pisos de mármore é capaz de abalar séculos de sensação de paz. Fiz Madilla me ensinar o significado das inscrições flutuantes em cada cômodo, e as minhas favoritas não são as promessas de justiça, mas as palavras escritas no Pátio das Duas Irmãs, que dizem: "Já viu um jardim tão bonito?", e a resposta: "Nunca vimos um jardim com maior abundância de frutas, nem mais doces, nem mais perfumadas."

Não é realmente um palácio, nem mesmo como os que tínhamos conhecido em Córdoba e Toledo. Não é um castelo nem um forte. Foi construído antes de mais nada como um jardim com salas e quartos de um luxo refinado, de modo que se pudesse viver do lado de fora. É uma série de pátios projetados para as flores e para as pessoas igualmente. É um sonho de beleza: paredes, azulejos, pilares fundindo-se em flores, trepadeiras, frutas e ervas. Os mouros acreditam que um jardim é um paraíso na terra e gastaram fortunas ao longo dos séculos para fazerem esse "Al-Yanna": palavra que significa jardim, lugar secreto, e paraíso.

Sei que gosto dele. Mesmo sendo uma criança, sei que é um lugar excepcional; que nunca encontrarei um lugar mais adorável. E mesmo sendo uma criança, sei que *não posso ficar aqui. É a vontade de Deus e a vontade de minha mãe que eu parta de Al-Yanna, meu lugar secreto, meu jardim, meu paraíso. É o meu destino ter encontrado o lugar mais belo do mundo apenas aos 6 anos e deixá-lo aos 15; tão saudosa quanto Boabdil, como se felicidade e paz para mim nunca fosse durar muito.*

☙

Palácio Dogmersfield, Hampshire, outono de 1501

— Estou dizendo que não pode entrar! Mesmo que fosse o rei da Inglaterra em pessoa, não poderia entrar.

— Eu *sou* o rei da Inglaterra — disse Henrique Tudor sem achar a menor graça. — Ou ela sai agora ou eu entrarei e o meu filho me acompanhará.

— A infanta já enviou uma mensagem ao rei dizendo que não pode vê-lo — disse a aia peremptoriamente. — Os nobres de sua corte foram-lhe explicar que ela está em retiro, como uma dama de Espanha. Acha que o rei da Inglaterra cavalgaria estrada abaixo quando a infanta recusou-se a recebê-lo? Que tipo de homem acha que ele é?

— Exatamente assim — replicou ele e impeliu o punho com o grande anel de ouro na direção do rosto dela. O conde de Cabra entrou na sala apressado, e reconheceu imediatamente o homem magro de 40 anos ameaçando a aia da infanta com um punho fechado, alguns servos estupefatos atrás dele, e falou surpreso:

— O rei!

No mesmo momento a aia reconheceu o novo emblema da Inglaterra, as rosas de York combinadas com as de Lancaster, e se retraiu. O conde parou de supetão, e fez uma reverência profunda.

— É o rei — falou baixo, a voz abafada pelo movimento da cabeça e dos joelhos. A aia arfou com horror e fez, por sua vez, uma profunda reverência.

— Levante-se — disse o rei sem mais delonga. — E vá buscá-la.

— Mas ela é uma princesa da Espanha, majestade — replicou a mulher, levantando-se, mas ainda com a cabeça baixa. — Ela tem de ficar em retiro. Não pode ser vista por Vossa Majestade até o dia do casamento. É a tradição. Seus cavalheiros partiram para explicar a...

— É a tradição de *vocês*. Não é a *minha* tradição. E como ela é minha nora em meu país, sob as minhas leis, obedecerá à minha tradição.

— Ela foi educada com recato, com modéstia, com decoro...

— Então ela ficará muito chocada ao se deparar com um homem irado em seu quarto. Senhora, sugiro que a traga imediatamente.

— Não farei isso, Majestade. Recebo ordens da rainha da Espanha em pessoa e ela me encarregou de garantir que a infanta seja respeitada e que seu comportamento, em todos os aspectos...

— Senhora, pode receber de mim suas ordens de serviço, ou a ordem para ir embora. Não faz diferença para mim. Agora, mande a garota sair ou juro pela minha coroa que entrarei, e se pegá-la nua na cama, não será a primeira mulher que vejo nessas condições. Mas é melhor ela rezar para ser a mais bonita.

A aia espanhola ficou lívida com o insulto.

— Escolha — disse o rei impassivelmente.

— Não posso buscar a infanta — replicou ela obstinadamente.

— Deus meu! Então é isso! Diga-lhe que vou entrar agora.

Ela recuou apressadamente como um corvo irado, o rosto lívido com o choque. Henrique deu-lhe alguns momentos para se preparar, e então cumpriu o que disse seguindo atrás dela.

O quarto estava iluminado apenas com velas e a lareira acesa. As cobertas da cama estavam reviradas, como se a garota tivesse se levantado às pressas. Henrique percebeu a intimidade de estar no quarto dela, com seus lençóis ainda quentes, o perfume permanecendo no espaço fechado, antes de olhar para ela. Estava de pé do lado da cama, uma pequenina mão branca na coluna de madeira esculpida. Estava com um manto azul-escuro jogado sobre os ombros e sua camisola branca orlada de renda se insinuava pela abertura na frente. Seu basto cabelo castanho-avermelhado, trançado para dormir, caía nas suas costas, mas o rosto estava completamente amortalhado com uma mantilha de renda preta jogada apressadamente.

Dona Elvira pôs-se logo entre a garota e o rei.

— Esta é a infanta — disse ela. — Velada até o dia do casamento.

— Não com o meu dinheiro — disse Henrique Tudor asperamente. — Verei o que comprei, obrigado.

Deu um passo à frente. A aia desesperada quase caiu de joelhos.

— Seu recato...

— Ela tem alguma marca horrível? — perguntou ele, manifestando seu pior receio. — Algum defeito? É marcada pela sífilis e não me disseram?

— Não! Eu juro.

Em silêncio, a garota pôs a mão na barra do véu de renda. Sua aia protestou ofegando, mas não conseguiu impedir a princesa de erguer o véu, e jogá-lo para trás. Seus olhos azuis-claros olharam fixo para o rosto vincado e raivoso de Henrique Tudor, sem oscilar. O rei extasiou-se, e então deu um breve suspiro de alívio.

Ela era uma beldade: um rosto liso e redondo, um nariz reto e comprido, a boca cheia e sensual. Seu queixo estava erguido, ele percebeu; seu olhar era desafiador. Não era nenhuma donzela temendo a violação. Era uma princesa guerreira mantendo sua dignidade até mesmo nesse momento aterrador de constrangimento.

Ele fez uma mesura.

— Sou Henrique Tudor, rei da Inglaterra — disse ele.

Ela fez uma reverência.

Ele deu um passo à frente e viu que ela reprimiu o instinto de recuar. Pegou-a firmemente pelos ombros, e beijou uma bochecha quente e macia, depois a outra. O perfume de seu cabelo e o cheiro quente e feminino de seu corpo fizeram seu desejo pulsar em sua virilha e suas têmporas. Recuou rapidamente e soltou-a.

— Bem-vinda à Inglaterra — disse ele. Pigarreou. — Perdoe minha impaciência para vê-la. Meu filho também está vindo conhecê-la.

— Peço perdão — disse ela gelidamente, falando em um francês perfeito. — Só fui informada um momento atrás que Vossa Majestade estava insistindo na honra desta visita inesperada.

Henrique recuou um pouco diante do seu temperamento.

— Tenho o direito...

Ela encolheu os ombros, um gesto absolutamente espanhol.

— É claro. Tem todo o direito sobre mim.

Diante das palavras ambíguas, provocadoras, teve consciência de novo da proximidade entre os dois: da intimidade do quarto pequeno, a cama de dossel com um rico cortinado, os lençóis revirados de maneira tentadora, o travesseiro ainda com a marca da forma de sua cabeça. Era uma cena para a violação e não uma saudação real. Ele sentiu, novamente, o impulso da luxúria.

— Vou esperá-la do lado de fora — disse ele abruptamente, como se fosse culpa dela ele não conseguir se livrar do pensamento de como seria ter essa pequena beldade que ele tinha comprado. Como seria se a tivesse comprado para si mesmo e não para o seu filho?

— Será uma honra — disse ela friamente.

Ele saiu do quarto rapidamente, e quase colidiu com o príncipe Artur, hesitando à porta.

— Idiota — falou ele.

O príncipe Artur, lívido de nervoso, afastou a franja loura do rosto, e ficou parado sem falar nada.

— Vou mandar essa aia de volta na primeira oportunidade — disse o rei. — E o resto deles. Ela não pode fazer uma pequena Espanha na Inglaterra, meu filho. O país não vai tolerar isso, nem eu tampouco vou tolerar.

— O povo não faz objeção. O povo do campo parece amar a princesa — sugeriu Artur suavemente. — Sua acompanhante diz...

— Porque ela usa um chapéu ridículo. Porque ela é estranha: espanhola, exótica. Porque é jovem e... — interrompeu-se — bonita.

— É? — falou com um arquejo. — Quer dizer, ela é?

— Não acabei de ir me certificar? Mas nenhum inglês vai tolerar um absurdo espanhol quando deixar de ser novidade. E tampouco eu. Esse será um casamento para consolidar uma aliança, e não para bajular a vaidade dela. Quer gostem dela, quer não, vai se casar com você. E é melhor que ela saia agora aí de dentro ou eu não vou gostar dela, e essa será a única coisa que pode fazer diferença.

☙

Tenho de sair, conquistei apenas uma breve suspensão da pena e sei que ele está esperando do lado de fora do meu quarto e que demonstrou, com força suficiente, que se eu não for a ele então a montanha virá a Maomé e serei humilhada de novo.

Repeli dona Elvira como uma aia que não pode me proteger agora e me dirijo à porta dos meus aposentos. Minhas criadas estão paralisadas, como escravas encantadas em um conto de fadas por esse comportamento extraordinário por parte de um rei. Meu coração bate alto e então conheço o constrangimento de uma garota tendo de se mostrar em público, mas também o desejo de um soldado de se unir a uma batalha, a vontade de ver o pior, de enfrentar o perigo, em vez de se evadir.

Henrique da Inglaterra quer que eu conheça o seu filho antes de viajar, sem cerimônia, sem dignidade, como se fôssemos um bando de campônios. Que assim seja. Ele não verá uma princesa de Espanha recuando de medo. Trinco os dentes, sorrio como minha mãe me ordenou.

Balanço a cabeça a meu arauto, que está tão estupefato quanto o resto de meus companheiros. "Anuncie-me", ordeno.

Com o rosto lívido do choque, ele abre a porta. "A infanta Catalina, princesa de Espanha e princesa de Gales", brada ele.

Sou eu. É o meu momento. O meu grito de guerra.

Avanço.

☙

A infanta espanhola — com seu rosto exposto ao olhar de todos os homens — surgiu à porta e entrou na sala, somente uma pequena chama de cor nas bochechas traindo sua provação.

Ao lado do pai, o príncipe Artur engoliu em seco. Ela era muito mais bonita do que ele tinha imaginado, e um milhão de vezes mais altiva. Estava usando um vestido de veludo preto, com uma abertura mostrando, por baixo, uma peça de seda em vermelho vivo, o decote quadrado e baixo sobre os seios roliços, ornado com cordões de pérolas. Seu cabelo castanho-avermelhado, solto da trança, caía por suas costas em uma onda grande de vermelho-dourado. Em sua cabeça estava uma mantilha de renda preta puxada bem para trás. Fez uma reverência profunda e se levantou com a cabeça bem erguida, graciosa como uma bailarina.

— Peço perdão por não estar preparada para recebê-lo — disse ela em francês. — Se eu soubesse que estava vindo, teria me aprontado.

— Surpreende-me que não tenha ouvido o barulho — disse o rei. — Discuti à sua porta por uns dez minutos.

— Achei que eram dois porteiros brigando — replicou ela calmamente.

Artur reprimiu um arfar de horror diante da impertinência dela; mas seu pai a estava olhando com um sorriso, como se a garota estivesse demonstrando um espírito promissor.

— Não. Era eu. Ameaçando sua dama de companhia. Lamento ter precisado invadir seu quarto.

Ela inclinou a cabeça.

— Era a minha aia, dona Elvira. Lamento se ela o desagradou. Seu inglês não é bom. Ela pode não ter entendido o que desejava.

— Eu queria ver minha nora, e meu filho queria ver sua noiva, e espero que uma princesa inglesa se comporte como uma princesa inglesa, e não como uma maldita garota isolada em um harém. Achava que seus pais tinham derrotado os mouros. Não esperava que tivessem a pretensão de ser seus modelos.

Catalina ignorou o insulto com um ligeiro movimento da cabeça.

— Tenho certeza de que me ensinará as boas maneiras inglesas — disse ela. — Quem melhor para me aconselhar? — Virou-se para o príncipe Artur e lhe fez uma reverência real. — Milorde.

Ele hesitou em sua reverência como resposta, perplexo com a serenidade que ela mantinha nesse momento tão constrangedor. Procurou no casaco o seu presente, remexeu na bolsinha de joias, deixou-as cair, pegou-as de novo e, finalmente, a empurrou para ela, sentindo-se um tolo.

Ela a aceitou e inclinou a cabeça em agradecimento, mas não a abriu.

— Já jantou, Majestade?

— Comeremos aqui — respondeu ele abruptamente. — Já pedi o jantar.

— Então, posso lhes oferecer uma bebida? Ou um lugar onde se lavar e trocar de roupas antes do jantar? — Examinou a figura magra e comprida deliberadamente, da lama em seu rosto pálido e sulcado até suas botas empoeiradas. A nação inglesa era prodigiosamente suja, nem mesmo uma casa grandiosa como essa tinha uma sauna ou água encanada. — Ou talvez não goste de se lavar.

Um risinho rouco escapou do rei.

— Pode me pedir um copo de *ale* e que mandem roupas limpas e água quente ao melhor quarto e me trocarei antes do jantar. — Ele levantou uma mão. — Não precisa considerar isso um elogio. Sempre me lavo antes de jantar.

Artur viu-a morder o lábio inferior com os pequenos dentes brancos como se para refrear uma resposta sarcástica.

— Sim, Majestade — disse ela jovialmente. — Como quiser. — Chamou sua dama de companhia e deu-lhe ordens em espanhol e em voz baixa. Duas mulheres fizeram uma reverência e conduziram o rei para fora da sala.

A princesa virou-se para o príncipe Artur.

— *Et tu?* — perguntou ela em latim. — E você?

— Eu? O quê? — gaguejou ele.

Ele percebeu que ela se esforçava para não suspirar de impaciência.

— Gostaria de se lavar e se trocar?

— Eu me lavei — replicou ele. Assim que as palavras saíram de sua boca, ele teve vontade de morder a língua. Parecia uma criança sendo repreendida pela ama, pensou. — Eu me lavei, realmente. — O que faria agora? Estender as mãos e mostrar as palmas para que ela visse que era um bom garoto?

— Então aceita uma taça de vinho? Ou *ale*?

Catalina virou-se para a mesa, onde os criados dispunham, às pressas, taças e jarras.

— Vinho.

Ela ergueu uma taça e uma jarra e as duas tilintaram, depois, de novo. Surpreso, ele viu que as mãos dela estavam tremendo.

Ela verteu o vinho rapidamente e o estendeu a ele. O olhar dele correu da mão dela e da superfície ligeiramente encapelada do vinho até seu rosto de tez clara.

Ela não estava rindo para ele, percebeu. Não estava de maneira nenhuma à vontade com ele. Os modos rudes de seu pai tinham fomentado o orgulho, mas, sozinha com ele, ela era apenas uma garota, alguns meses mais velha do que ele, mas ainda apenas uma menina. A filha dos dois monarcas mais temidos e respeitados na Europa, mas ainda assim uma menina com as mãos trêmulas.

— Não precisa ter medo — disse ele calmamente. — Lamento tudo isso.

Ele queria dizer — sua tentativa fracassada de evitar esse encontro, a informalidade brusca do meu pai, minha própria incapacidade de detê-lo e suavizá-lo e, mais do que qualquer outra coisa, a desgraça que esse negócio deve ser para você: vir para tão longe de sua casa, entre estranhos e encontrar-se com o seu futuro marido, arrastada de sua cama sob protesto.

Ela baixou o olhar. Ele olhou fixamente para a palidez, sem nenhuma imperfeição, de sua pele, para os cílios louros e as sobrancelhas claras.

Então ela ergueu os olhos para ele.

— Está tudo bem — disse ela. — Vi coisa bem pior do que isso, estive em lugares muito piores do que este, e conheci homens piores do que seu pai. Não precisa recear por mim. Não tenho medo de nada.

○○

Ninguém nunca saberá o quanto me custa sorrir, o quanto me custa ficar diante do seu pai e não tremer. Ainda não completei 16 anos, estou longe da minha mãe, em um país estrangeiro, não sei falar a língua e não conheço ninguém aqui. Não tenho amigos, a não ser o grupo de acompanhantes e criados que trouxe comigo, e que esperam que eu os proteja. Não pensam em me ajudar.

Sei o que tenho de fazer. Tenho de ser uma princesa espanhola para os ingleses, e uma princesa inglesa para os espanhóis. Tenho de parecer à vontade onde não estou à vontade, e transmitir segurança quando estou com medo. Você pode ser o meu marido, mas eu mal posso vê-lo. Ainda não tenho noção de quem é. Não tenho tempo para pensar em você. Estou absorta em ser a princesa que o seu pai comprou, a princesa que a minha mãe entregou, a princesa que efetuará a barganha e que garantirá um tratado entre Inglaterra e Espanha.

Ninguém nunca saberá que tive de fingir calma, fingir segurança, fingir elegância. É claro que tenho medo, mas nunca o demonstrarei. E quando chamarem o meu nome, sempre darei um passo à frente.

○○

O rei, tendo se lavado e bebido alguns copos de vinho antes de chegar para jantar, foi afável com a jovem princesa, determinado a fazer vista grossa à apresentação dos dois. Uma ou duas vezes, ela o pegou olhando-a de viés, como se a avaliasse, e ela virou-se para ele, encarando-o, uma sobrancelha ruiva ligeiramente erguida, como se o interrogasse.

— Sim? — perguntou ele.

— Perdoe-me — disse ela, tranquilamente. — Pensei que Vossa Majestade precisasse de algo. Relanceou os olhos para mim.

— Estava pensando que não se parece muito com o seu retrato — disse ele.

Ela enrubesceu um pouco. Retratos são desenhados para lisonjear o modelo, ainda mais quando a modelo é uma princesa real no mercado do casamento.

— Tem uma aparência melhor — disse Henrique de má vontade, para tranquilizá-la. — Mais jovem, mais suave, mais bonita.

Ela não se tornou mais cordial com o elogio, como ele esperava. Simplesmente balançou a cabeça como se fosse uma observação interessante.

— Fez uma viagem penosa — falou Henrique.

— Muito — disse ela. Virou-se para o príncipe Artur. — Fomos levados de volta quando partimos para Corunna, em agosto, e tivemos de esperar as tempestades passarem. Quando finalmente zarpamos, o tempo continuava terrível, e fomos obrigados a ancorar em Plymouth. Não conseguimos chegar a Southampton. Estávamos certos de que íamos naufragar.

— Bem, não poderiam vir por terra — disse Henrique, sem modulação na voz, pensando no arriscado estado da França e a hostilidade do rei francês. — Você seria uma refém sem preço para um rei insensível o bastante para aprisioná-la. Graças a Deus não caiu em mãos inimigas.

Ela olhou para ele pensativamente.

— Rezo a Deus para que jamais caia.

— Bem, agora seus problemas terminaram — concluiu Henrique. — A sua próxima embarcação será a barcaça real quando descer o Tâmisa. Como quer se tornar a princesa de Gales?

— Tenho sido a princesa de Gales desde os meus 3 anos — corrigiu-o. — Sempre me chamaram Catalina, a infanta, princesa de Gales. Eu sabia que este era o meu destino. — Olhou para Artur, que continuava calado, observando a mesa. — Durante toda a minha vida, eu soube que nos casaríamos. Foi gentil me escrevendo com tanta frequência. Fazia com que eu sentisse que não éramos completamente estranhos.

Ele enrubesceu.

— Mandavam-me escrever para você — disse ele, sem jeito. — Como parte dos meus estudos. Mas gostava de receber suas respostas.

— Meu Deus, garoto, você não é exatamente brilhante, hein? — falou seu pai criticamente.

Artur ruborizou-se até as orelhas.

— Não havia a menor necessidade de dizer que lhe escrevia porque mandavam — decretou seu pai. — Era melhor tê-la deixado pensar que escrevia por vontade própria.

— Não me importo — disse Catalina calmamente. — Mandavam-me responder. E a propósito, gostaria que sempre falássemos a verdade um para o outro.

O rei deu uma gargalhada.

— Não daqui a um ano, não vai querer mesmo — disse ele. — Vão preferir uma mentira cordial. O grande salvador de um casamento é a ignorância mútua.

Artur concordou, obedientemente, com a cabeça, mas Catalina meramente sorriu, como se as suas observações fossem interessantes, mas não necessariamente verdadeiras. Henrique se pegou melindrado com a garota, e ainda excitado por sua graça.

— Acho que o seu pai não conta à sua mãe todo o pensamento que lhe passa pela cabeça — disse ele, tentando fazer com que ela olhasse de novo para ele.

Conseguiu. Os olhos azuis de Catalina se dirigiram a ele, um olhar comprido, vagaroso, pensativo.

— Talvez ele não conte — anuiu ela. — Não posso saber. Não conviria que eu soubesse. Mas independentemente de ele contar ou não, minha mãe sabe de tudo, de qualquer maneira.

Ele riu. A dignidade dela era deliciosa, uma garota que mal chegava à altura do seu peito.

— Sua mãe é uma visionária? Tem o dom da visão?

Ela não riu ao replicar.

— Ela é sábia — disse simplesmente. — É a monarca mais sábia da Europa.

O rei achou que seria tolice refrear a devoção de uma garota à sua mãe, e deselegante apontar que apesar de ela ter unificado os reinos de Castela e Aragão, ainda estava muito distante de criar uma Espanha pacífica e unida. A habilidade tática de Isabel e Fernando tinha forjado um país único a partir dos reinos mouros, mas ainda tinham de fazer todos aceitar a paz. A viagem a Londres da própria Catalina tinha sido desprestigiada por rebeliões de mouros e judeus que não toleravam a tirania dos reis espanhóis. Ele mudou de assunto.

— Por que não dança um pouco para nós? — perguntou ele, pensando em como gostaria de vê-la se mover. — Ou isso também não é permitido na Espanha?

— Como sou uma princesa inglesa, devo aprender seus costumes — replicou ela. — Uma princesa inglesa se levantaria no meio da noite e dançaria para o rei depois de ele ter forçado sua entrada em seus aposentos?

Henrique riu para ela.

— Se tivesse juízo, sim.

Ela lançou-lhe um sorriso discreto e recatado.

— Então, dançarei com minhas damas de companhia — decidiu ela, e se levantou de seu lugar à mesa no alto e desceu para o centro do piso. Chamou uma delas pelo nome, Henrique notou, de Maria de Salinas, uma garota bonita de cabelo preto que logo se postou do lado de Catalina. Três outras jovens, fingindo timidez, mas ansiosas por se exibirem, avançaram.

Henrique examinou-as. Tinha pedido às Suas Majestades da Espanha que as damas de sua filha fossem todas elas bonitas, e ficou satisfeito ao ver que, por mais rude e grosseiro que tivessem considerado o seu pedido, o tinham aceitado. Todas as garotas eram bonitas, mas nenhuma delas ofuscava a princesa, que se posicionou, tranquila, e então, levantou as mãos e bateu palmas, ordenando aos músicos que tocassem.

Ele percebeu imediatamente que ela se movia como uma mulher sensual. A dança era uma pavana, uma dança cerimonial lenta, e ela movia os quadris com os olhos semicerrados, um sorriso em seu rosto. Tinha recebido uma boa educação, toda princesa seria ensinada a dançar em um mundo refinado, onde dança, canto, música e poesia importavam mais do que qualquer outra coisa; mas ela dançava como uma mulher que deixava a música levá-la, e Henrique, que tinha uma certa experiência, acreditava que as mulheres convocadas pela música eram as que respondiam aos ritmos da luxúria.

Ele foi do prazer em observá-la a um sentimento de irritação crescente, já que aquela peça sofisticada seria colocada na cama fria de Artur. Não conseguiu imaginar seu filho pensativo, estudioso, provocando, excitando a paixão nessa garota à beira de se tornar mulher. Imaginou Artur desajeitado, talvez a machucando, e ela trincando os dentes e cumprindo o seu dever como mulher e como rainha, e então, provavelmente, morrendo de parto; e toda a representação para encontrar uma esposa para Artur teria de ser executada de novo, sem nenhum benefício para si mesmo, a não ser essa excitação frustrada, irritante, que ela parecia inspirar nele. Era bom ela ser desejável, já que seria um ornamento de sua corte, mas era um aborrecimento ela ser tão desejável para ele.

Henrique desviou os olhos dela e se consolou com o pensamento de que o seu dote lhe proporcionaria um benefício duradouro, e iria diretamente para ele, ao contrário dessa noiva que parecia destinada a perturbá-lo e que deveria ir, apesar do mau casamento, para o seu filho. Assim que se casassem, o tesoureiro dela lhe entregaria a primeira parcela de seu dote: em ouro. Um ano depois, receberia a segunda parte em ouro, prataria e joias. Tendo lutado pelo trono sem recursos e com crédito incerto, Henrique fiava-se no poder do dinheiro mais do que de qualquer outra coisa em sua vida; mais até mesmo do que em seu trono, pois sabia que com dinheiro podia-se comprar um trono, e muitas mulheres, pois eram baratas; e muito mais ainda a alegria do sorriso de uma princesa virgem, que agora terminava sua dança, fazia uma reverência e subia à mesa sorrindo.

— Gostou? — perguntou ela, corada e um pouco ofegante.

— Muito — replicou ele, decidido a que ela nunca percebesse o quanto. — Mas agora é tarde e deve voltar para a cama. Nós a acompanharemos durante uma parte do caminho, pela manhã, antes de seguirmos para Londres na sua frente.

Ela ficou surpresa com a brusquidão de sua resposta. De novo, relanceou os olhos para Artur, como se ele pudesse contrariar os planos de seu pai; talvez ficar com ela pelo resto do dia, já que seu pai tinha-se vangloriado de sua informalidade. Mas o garoto não falou nada.

— Como preferir, Majestade — disse ela polidamente.

O rei balançou a cabeça e se levantou. A corte ondulou-se em reverências profundas quando ele passou e saiu da sala.

"Não tão informal, não mesmo", pensou Catalina enquanto observava o rei da Inglaterra andar com passadas largas, a cabeça ereta. "Pode se gabar de ser um soldado com maneiras de acampamento, mas insiste na obediência e na exibição de deferência. Como na verdade deveria", continuou pensando a filha de Isabel.

Artur seguiu atrás do pai com um rápido boa-noite à princesa. Em um instante, todos os homens de seu séquito também tinham desaparecido, e a princesa se viu sozinha com suas damas de companhia.

— Que homem extraordinário — observou ela para a sua favorita, Maria de Salinas.

— Ele gostou de você — disse a jovem. — Olhou-a com muita atenção, gostou de você.

— E por que não gostaria? — perguntou ela com a arrogância instintiva de uma garota nascida para o reino mais importante da Europa. — E mesmo que não tivesse gostado, o acordo já foi feito, e não pode ser mudado. O acordo existiu por quase toda a minha vida.

֍

Ele não é o que eu esperava, esse rei que lutou pelo trono e pegou sua coroa na lama em um campo de batalha. Eu esperava que fosse mais parecido com um campeão, um grande soldado, talvez com meu pai. Em vez disso, tem a aparência de um mercador, um homem que procura tratar de seus ganhos dentro do palácio, e não um homem que conquistou seu reino e sua mulher na ponta de uma espada.

Acho que esperava um homem como dom Hernando, um herói que eu poderia respeitar, que ficaria orgulhosa de chamar de pai. Mas esse rei é magro e pálido como um escriturário, não é nenhum cavaleiro como os de romanças, de jeito nenhum.

Esperava que a sua corte fosse mais suntuosa, esperava uma grande procissão e uma reunião formal com apresentações longas e discursos elegantes, como teríamos feito no Alhambra. Mas ele é brusco; na minha opinião, é rude. Vou ter de me acostumar com esses modos do norte, essa maneira informal de fazer as coisas, esse método grosseiro. Não posso esperar que as coisas sejam feitas bem ou mesmo corretamente. Terei de fazer vista grossa a muitas coisas até ser rainha e poder mudá-las.

De qualquer maneira, não importa se eu gosto ou não do rei, ou se ele gosta ou não de mim. Ele se comprometeu com meu pai e estou prometida a seu filho. Não importa o que penso dele ou o que ele pensa de mim. Não lidaremos muito um com o outro. Viverei e governarei Gales e ele a Inglaterra, e quando ele morrer, meu marido ocupará o seu trono, e o meu filho será o próximo príncipe de Gales, e eu serei rainha.

Quanto ao meu pretenso marido — oh! —, me causou uma impressão muito diferente do que eu esperava. É tão bonito! Tão imparcial e frágil, parece um pajem de uma das antigas romanças. Imagino-o desperto durante a noite toda, em vigília, ou cantando para a janela de um castelo. Tem a pele clara, quase prateada, tem um bonito cabelo dourado, e é mais alto do que eu, magro e forte como um menino passando para a idade adulta.

Tem um sorriso raro, do tipo que começa relutante e então, brilha. E é gentil. Essa é uma grande qualidade em um marido. Ele foi delicado ao aceitar a taça de vinho que lhe estendi, viu que eu tremia, e tentou me tranquilizar.

O que achou de mim? Realmente me pergunto o que pensa de mim.

☙

Exatamente como o rei tinha decidido, ele e Artur voltaram rapidamente a Windsor na manhã seguinte, e o séquito de Catalina, com a sua liteira transportada por mulas, com o seu enxoval em grandes arcas de viagem, suas damas de companhia, a criadagem espanhola, e os guardas do tesouro de seu dote, subiram arduamente as estradas enlameadas até Londres, a um passo muito mais vagaroso.

Ela só tornou a ver o príncipe no dia do casamento, mas quando ela chegou à aldeia de Kingston-upon-Thames, seu séquito se deteve para encontrar-se com o homem mais importante do reino, o jovem Edward Stafford, duque de Buckingham, e Henry, duque de York, o segundo filho do rei, que fora designado para acompanhá-la ao palácio de Lambeth.

— Vou saltar — disse Catalina rapidamente, descendo da liteira, passando pelos cavalos, querendo evitar outra discussão com sua aia rigorosa a respeito de moças se encontrarem com rapazes antes de seu casamento. — Dona Elvira, não diga nada. O menino é uma criança de 10 anos. Não tem importância. Nem mesmo minha mãe daria importância a isso.

— Pelo menos, use o véu! — implorou a mulher. — O duque de Buck... Buck... qualquer que seja o seu nome, também está aqui. Use o véu quando se apresentar a ele, por sua própria reputação, Infanta.

— Buckingham — corrigiu-a Catalina. — Duque de Buckingham. E me chame de princesa de Gales. E sabe que não posso usar véu porque ele deve ter recebido ordens de se apresentar ao rei. Sabe o que a minha mãe disse: ele é o protegido da mãe do rei, reintroduzido no destino da família, e devemos lhe mostrar o maior respeito.

A mulher mais velha sacudiu a cabeça, mas Catalina prosseguiu, com o rosto descoberto. Sentindo-se ao mesmo tempo assustada e intrépida em sua ousadia, viu os homens do duque se posicionarem na estrada e, diante deles, um menino: sem elmo, a cabeça brilhando ao sol.

Seu primeiro pensamento foi que ele era completamente diferente do irmão. Enquanto Artur era louro, delicado e de expressão grave, com uma compleição clara e olhos castanhos ternos, esse era um menino risonho que dava a impressão de não ter um pensamento sério na cabeça. Não herdara o rosto fino do pai, tinha a aparência de um menino para quem a vida era fácil. Seu cabelo era ruivo dourado, seu rosto era redondo e ainda de bebê, seu sorriso quando a viu foi genuinamente afável e luminoso, e seus olhos azuis brilharam como se estivesse acostumado a olhar para um mundo muito agradável.

— Irmã! — disse ele afetuosamente, saltando do seu cavalo com um tilintar da armadura, e fazendo uma reverência para ela.

— Irmão Henry — disse ela, fazendo-lhe uma mesura na altura exata, considerando que ele era apenas o segundo filho da Inglaterra e ela, uma infanta da Espanha.

— Estou tão contente em vê-la — disse ele rapidamente, seu latim com forte sotaque inglês. — Quis muito que Sua Majestade me permitisse conhecê-la antes de eu ter de acompanhá-la em Londres, no dia do casamento. Achei que seria muito constrangedor percorrer a ala central com você e entregá-la a Artur, sem nunca termos nos falado. E me chame de Harry. Todo mundo me chama de Harry.

— É um prazer conhecê-lo, irmão Harry — disse Catalina, com cortesia, surpresa com seu entusiasmo.

— Prazer! Deveria estar dançando de alegria! — exclamou ele animadamente. — Pois papai disse que eu podia trazer o cavalo que será um dos seus presentes de casamento e, assim, poderemos cavalgar juntos até Lambeth. Artur disse que você deveria esperar o dia do casamento, mas eu falei "por que ela tem de esperar? Não vai poder montar no dia do casamento. Estará muito ocupada se casando. Mas se eu levá-lo agora, poderemos montar logo."

— Foi muita gentileza sua.

— Ah, nunca dou importância a Artur — disse ele animadamente.

Catalina teve de reprimir o riso.

— Não?

Ele fez uma careta e sacudiu a cabeça.

— Sério — disse ele. — Ficaria surpresa se soubesse como é sério. E instruído, é claro, mas não talentoso. Todo mundo diz que sou muito talentoso, principalmente com idiomas, e também com música. Podemos falar francês, se preferir, sou extraordinariamente fluente para a minha idade. Sou considerado um bom músico. E é claro que sou esportista. Você caça?

— Não — replicou Catalina, um pouco acabrunhada. — Pelo menos, só acompanho a caça quando perseguimos javalis e lobos.

— Lobos? Adoraria caçar lobos. Vocês têm ursos?

— Sim, nas colinas.

— Gostaria de caçar um urso. Vocês caçam lobos a pé, como javali?

— Não, a cavalo — replicou ela. — Eles correm muito, é preciso cães muito velozes para derrubá-los. É uma caça horrível.

— Não me importo com isso — disse ele. — Nada disso me afeta. Todo mundo diz que sou incrivelmente corajoso com coisas desse tipo.

— Estou certa de que sim — disse ela, sorrindo.

Um homem bonito na faixa dos 20 anos se adiantou e fez uma mesura.

— Oh, este é Edward Stafford, duque de Buckingham — disse Harry rapidamente. — Posso apresentá-lo?

Catalina estendeu a mão e o homem fez outra mesura. Seu rosto inteligente e belo mostrou-se cordial ao sorrir.

— É bem-vinda a seu país — disse ele em um castelhano impecável. — Espero que tenha sido tudo a seu contento durante a viagem. Há alguma coisa que eu possa oferecer?

— Fui muito bem cuidada, realmente — disse Catalina, corando de prazer por ser cumprimentada em sua própria língua. — E fui acolhida pelo povo, durante o caminho todo, com muita gentileza.

— Veja, aqui está sua nova montaria — interrompeu Harry, quando o cavalariço trouxe uma bela égua negra. — Vai se acostumar com bons cavalos, é claro. Vocês só têm cavalos da Barbária?

— Minha mãe faz questão deles na cavalaria — disse ela.

— Oh — arfou ele. — Porque são velozes?

— Podem ser treinados como cavalos de guerra — replicou ela, avançando e estendendo a mão, a palma para cima, para que a égua farejasse e mordiscasse seus dedos com uma boca gentil e macia.

— Cavalos de guerra? — insistiu ele.

— Os sarracenos têm cavalos que podem lutar como seus donos, e os cavalos da Barbária podem ser treinados a fazer o mesmo, também — replicou ela. — Empinam e derrubam soldados com seus cascos dianteiros, além de darem coices. Os turcos têm cavalos capazes de pegar uma espada no chão e devolvê-la ao seu cavaleiro. Minha mãe diz que um bom cavalo vale dez homens em uma batalha.

— Eu adoraria ter um cavalo desses — falou Harry. — Será que um dia terei um?

Fez uma pausa e ela não mordeu a isca.

— Se pelo menos alguém me desse um cavalo assim, eu aprenderia a montá-lo — disse ele francamente. — Talvez no meu aniversário, ou quem sabe na semana que vem, já que não sou eu que vou me casar, e portanto não vou ganhar presentes de casamento. Já que vou ser deixado de lado, completamente esquecido.

— Quem sabe — disse Catalina, que já vira seu próprio irmão usar exatamente o mesmo artifício para conseguir alguma coisa.

— Eu seria treinado para montá-lo direito — disse ele. — Papai me prometeu que, se eu fosse à igreja, teria permissão para montar na quintana. Mas milady mãe do rei diz que não participarei do torneio. O que é muito injusto. Eu devia poder competir no torneio. Se tivesse um cavalo apropriado poderia participar, tenho certeza de que venceria todo mundo.

— Tenho certeza de que sim — disse ela.

— Vamos? — perguntou ele, vendo que ela não lhe daria um cavalo só porque tinha pedido.

— Não posso montar, não estou com roupa de montaria.

Ele hesitou.

— Não pode ser com estas?

Catalina riu.

— São de veludo e seda. Não posso montar assim. E além disso, não posso galopar pela Inglaterra parecendo uma mascarada.

— Oh — disse ele. — Bem, então vai na sua liteira? Não vai nos obrigar a seguir devagar demais?

— Lamento por isso, mas tenho ordens de viajar em uma liteira — disse ela. — Com as cortinas fechadas. Imagino que nem mesmo seu pai queira me ver pelo país com as saias arregaçadas.

— É claro que a princesa não pode montar hoje — declarou o duque de Buckingham. — Como eu lhe disse. Ela tem de ir na liteira.

Harry deu de ombros.

— Está bem, eu não sabia. Ninguém me disse como você viria vestida. Posso seguir na frente então? Meus cavalos vão ser muito mais ligeiros do que as mulas.

— Pode seguir na frente, mas não ficar fora de vista — decidiu Catalina. — Já que, supostamente, deve me escoltar, tem de ficar comigo.

— Como eu disse — observou o duque de Buckingham calmamente, e trocou um discreto sorriso com a princesa.

— Vou ficar esperando em cada cruzamento — prometeu Harry. — Eu a estou escoltando, não se esqueça. E no dia do seu casamento a escoltarei de novo. Vou usar uma roupa branca e dourada.

— Vai ficar muito bonito — disse ela, e ele enrubesceu contente.

— Oh, não sei...

— Tenho certeza de que todo mundo vai reparar no garoto bonito que você é — disse ela, enquanto ele se mostrava feliz.

— Todos me saúdam com vivas — confiou ele. — E gosto de saber que o povo gosta de mim. Papai diz que a única maneira de manter o trono é ser amado pelo povo. Esse foi o erro do rei Ricardo, diz meu pai.

— Minha mãe diz que a maneira de conservar o trono é realizando a obra de Deus.

— Ah — disse ele, claramente sem se impressionar. — Bem, são países diferentes, acho.

— Então, vamos viajar juntos — disse ela. — Vou dizer à minha comitiva que estamos prontos para prosseguir.

— Eu digo — insistiu ele. — Sou eu que vou escoltá-la. Darei as ordens e você vai descansar na sua liteira. — Lançou-lhe um rápido olhar de esguelha. — Quando chegarmos ao palácio de Lambeth, você deve permanecer na liteira até eu ir buscá-la. Eu vou afastar as cortinas, e você me dará a mão.

— Vou gostar muito disso — disse ela e o viu corar de novo.

Ele partiu em disparada e o duque fez uma mesura para ela, sorrindo.

— É um menino brilhante, muito ansioso — disse ele. — Perdoe seu entusiasmo. Ele tem sido muito mimado.

— É o predileto de sua mãe? — perguntou ela, pensando na adoração de sua própria mãe por seu único filho homem.

— Pior ainda — replicou o duque com um sorriso. — Sua mãe o ama como deve amar. Mas ele é a menina dos olhos de sua avó, e é ela que governa a corte. Felizmente é um bom menino, e de boas maneiras. Tem uma natureza boa demais para ser estragada, e a mãe do rei modera seus mimos com ensinamentos.

— É uma mulher tolerante? — perguntou Catalina.

Ele teve um breve acesso de riso.

— Somente com o filho — replicou ele. — O resto de nós a acha... bem... mais majestosa do que maternal.

— Podemos conversar de novo em Lambeth? — perguntou Catalina, tentada a conhecer mais da família a que se uniria.

— Em Lambeth e em Londres, ficarei orgulhoso de servi-la — disse o rapaz, os olhos ternos de admiração. — Estarei às suas ordens. Serei seu amigo na Inglaterra, pode me chamar quando quiser.

✿

Tenho de ser corajosa, sou a filha de uma mulher corajosa e fui preparada para isso durante toda a minha vida. Quando o jovem duque falou tão gentilmente comigo, quase me deu vontade de chorar, o que seria uma tolice. Tenho de manter a cabeça erguida e sorrir. Minha mãe me disse que se sorrio ninguém percebe que estou com saudades de casa ou com medo, tenho de sorrir, e sorrir, por mais estranhas que as coisas pareçam.

E apesar desta Inglaterra parecer tão esquisita, vou me acostumar. Vou aprender as maneiras e me sentir em casa aqui. Suas maneiras estranhas passarão a ser as minhas, e as coisas piores — as coisas que definitivamente não consigo suportar — mudarei quando for rainha. E de qualquer maneira será melhor para mim do que para Isabel, minha irmã. Ficou casada somente alguns meses e teve de voltar para casa viúva. Melhor para mim do que para Maria, que teve de seguir os passos de Isabel para Portugal, melhor para mim do que para Joana, que é loucamente apaixonada pelo marido Felipe. Deve ser melhor para mim do que foi para Juan, o meu pobre irmão, que morreu logo depois de encontrar a felicidade. E muito melhor para mim do que para minha mãe, cuja infância foi vivida na incerteza.

A minha história não vai ser igual à dela, é claro. Nasci em uma época menos excitante. Espero manter um bom relacionamento com meu marido Artur, com seu estranho e espalhafatoso pai, e com seu doce e fanfarrão irmão. Espero que sua mãe e sua avó venham a me amar ou, pelo menos, me ensinem ser a princesa de Gales, a futura rainha da Inglaterra. Não vou precisar cavalgar em disparada e desespero à noite de uma fortaleza sitiada a outra, como minha mãe fez. Não vou ter de empenhar minhas próprias joias para pagar soldados mercenários, como ela também fez. Não terei de cavalgar de armadura para reorganizar minhas tropas. Não serei ameaçada pelos perversos franceses de um lado e os mouros hereges do outro, como minha mãe foi. Vou me casar com Artur, e quando seu pai morrer — o que deve ser em breve, já que ele é tão velho e tão mal-humorado —, seremos o rei e a rainha da Inglaterra, e minha mãe governará a Espanha e eu governarei a Inglaterra, e ela me verá manter a Inglaterra em aliança com a Espanha como lhe prometi, ela me verá manter um tratado inquebrantável entre o meu país e o dela, verá que ficarei segura para sempre.

☙

Londres, 14 de novembro de 1501

Na manhã de seu casamento, Catalina foi chamada cedo; mas ela estava acordada há horas, agitando-se na cama desde que o sol frio, invernal, começara a iluminar o céu pálido. Tinham-lhe preparado um banho — suas damas de honra contaram-lhe que os ingleses estavam surpresos por ela se banhar antes do dia do casamento e que a maioria deles achou que ela estava pondo em risco a sua própria vida. Catalina, criada no Alhambra, onde as casas de banho eram as salas mais belas do palácio, centros dos mexericos, risadas e água perfumada, ficou igualmente surpresa ao ouvir que os ingleses achavam perfeitamente adequado se banhar apenas ocasionalmente, e que as pessoas pobres se banhavam somente uma vez por ano.

Ela já tinha percebido que o perfume de almíscar e âmbar gris que sentira no rei e no príncipe Artur tinham um quê de suor e cavalo, e que ela viveria pelo resto da sua vida entre pessoas que usavam a mesma roupa de baixo durante todo um ano. Tinha encarado isso como mais uma coisa que deveria aprender a suportar, como um anjo vindo do céu sofre as privações da terra.

Ela tinha vindo de Al-Yanna — o jardim, o paraíso — para o mundo comum. Tinha vindo do palácio de Alhambra para a Inglaterra, tinha esperado mudanças desagradáveis.

— Suponho que seja sempre tão frio que isso não tenha importância — disse ela, vacilante, a dona Elvira.

— Tem importância para nós — disse a aia. — E deve tomar banho como uma infanta de Espanha, embora todos os cozinheiros tenham precisado interromper o que faziam para ferver a água.

Dona Elvira tinha ordenado que uma grande tina na cozinha, geralmente usada para escaldar carcaças de animais, fosse esfregada por três ajudantes de cozinha, forrada com lençóis de linho e cheia até a borda com água quente com pétalas de rosas, aromatizada com óleo de rosas trazido da Espanha. Supervisionou dedicadamente a lavagem dos membros longos e alvos de Catalina, a manicura dos dedos dos pés, suas unhas serem lixadas, seus dentes serem escovados e, finalmente, seu cabelo ser lavado e enxaguado três vezes. O tempo todo, as criadas inglesas incrédulas iam à porta receber outro cântaro de água quente dos pajens exaustos, e o vertiam na banheira para manter quente a temperatura do banho.

— Se pelo menos tivéssemos uma sala de banhos apropriada — lamentava-se dona Elvira. — Com vapor, tepidário e um piso limpo de mármore! Água quente na torneira e um lugar onde sentar e ser esfregada como se deve.

— Não crie confusão — disse Catalina, com calma, enquanto a ajudavam a sair do banho, dando-lhe tapinhas com as toalhas aromatizadas. Uma criada espremeu seu cabelo para tirar um pouco da água e o friccionou delicadamente com seda vermelha untada de óleo para realçar o brilho e a cor.

— Sua mãe ficaria orgulhosa de você — disse dona Elvira enquanto conduzia a infanta ao guarda-roupa e se punha a vesti-la, uma camada sobre a outra de combinações, anáguas, e vestidos. — Aperte mais os cordões, garota, para que a saia caia suave. Este é o dia dela, e também o seu, Catalina. Ela disse que você se casaria com ele independentemente do que lhe custasse.

༄

Sim, mas não foi ela que pagou o preço maior. Sei que este meu casamento foi comprado com o resgate de um rei como meu dote, e sei que as negociações foram longas e difíceis, e sobrevivi à pior viagem que alguém já fez, mas houve outro preço de que nunca falamos — não houve? E a idéia desse preço está em minha mente hoje, como esteve durante a viagem por terra, durante a viagem por mar, como tem estado desde que o ouvi pela primeira vez.

Havia um homem de apenas 24 anos, Eduardo Plantageneta, duque de Warwick e filho dos reis da Inglaterra, com — verdade seja dita — um direito mais legítimo ao trono do que o do meu sogro. Era um príncipe, sobrinho do rei, e de sangue azul. Não cometeu nenhum crime, não fez nada errado, mas foi preso por minha causa, levado para a Torre para meu benefício, e finalmente morto, decapitado, em meu interesse, de modo que meus pais se certificassem de que não havia nenhum outro pretendente ao trono que compraram para mim.

Meu próprio pai disse ao rei Henrique que não me enviaria à Inglaterra enquanto o duque de Warwick estivesse vivo, portanto sou como a própria Morte, carregando a foice. Quando encomendaram o navio para me levar à Inglaterra, Warwick era um homem morto.

Dizem que era um simplório. Ele não entendeu que estava preso, pensou que o fato de passar a residir na Torre era uma maneira de honrá-lo. Sabia que era o último dos príncipes Plantageneta, e sabia que a Torre sempre tinha sido tanto alojamento real quanto prisão. Quando acomodaram um embusteiro astuto que tentara se fazer passar por um príncipe real no aposento vizinho ao do pobre Warwick, ele achou que tinha sido para lhe fazer companhia. Quando o outro convidou-o a fugir, achou que era algo inteligente a fazer, e, inocente como sempre, não percebeu que o outro sussurrara seus planos onde os guardas pudessem ouvir. Isso forneceu-lhes o pretexto que precisavam para a acusação de traição. O duque foi capturado com facilidade, e decapitado praticamente sem ninguém protestar.

O país queria paz e a segurança de um rei incontestado. O país faria vista grossa a um ou dois pretendentes mortos. Eu também deveria fazer o mesmo. Especialmente sendo para o meu benefício. Tinha sido feito a pedido do meu pai, por mim. Para deixar o meu caminho livre.

Quando me disseram que ele estava morto, não falei nada, pois sou a infanta de Espanha. Antes de qualquer coisa, sou filha da minha mãe. Não choro como uma menina nem conto tudo o que penso ao mundo. Mas quando de tardinha ficava só nos jardins de Alhambra, o sol se escondendo e deixando o mundo fresco e agradável, caminhava à margem de um longo canal de água parada, oculto por árvores, e achava que nunca mais voltaria a caminhar à sombra de árvores e desfrutar o tremeluzir da luz do sol quente no meio da folhagem verde e refrescante sem deixar de pensar que Eduardo, duque de Warwick, nunca mais veria o sol, para que eu vivesse na riqueza e no luxo. Então rezei para ser perdoada pela morte de um homem inocente.

Minha mãe e meu pai tinham lutado por toda Castela e Aragão, tinham cavalgado por toda a Espanha para fazer a justiça imperar em cada aldeia, nos menores povoados — de modo que nenhum espanhol perdesse a vida por capricho de outro. Nem mesmo os senhores de terra mais importantes podem assassinar um camponês; estão sujeitos às mesmas leis. Mas quando se trata da Inglaterra e de mim, isso é esquecido. Esquecem-se de que vivemos em um palácio onde os muros têm gravado a promessa: "Entre e peça. Não receie buscar a justiça, pois aqui a encontrará." Simplesmente escreveram ao rei Henrique dizendo que não me enviariam até Warwick estar morto, e em um instante, no momento em que o desejo deles foi expresso, Warwick foi morto.

Às vezes, quando me esqueço de que sou a infanta de Espanha ou a princesa de Gales, e sou apenas Catalina, que atravessou atrás de sua mãe o suntuoso portão do palácio de Alhambra, e que sabia que a sua mãe era o maior poder que o mundo já conhecera, às vezes me pergunto, de maneira pueril, se minha mãe não cometeu um grande erro. Se não levou a vontade de Deus longe demais. Mais longe do que Deus gostaria. Pois este casamento foi lançado ao sangue, e navega em um mar de sangue inocente. Como pode, começando assim, ser um bom casamento? Como pode a felicidade acontecer ao príncipe Artur e a mim, que fui comprada a um preço tão terrível? E se conseguirmos ser felizes não será uma alegria definitivamente pecadora e egoísta?

CB

O príncipe Harry, o duque de York de 10 anos, estava tão orgulhoso de seu traje de tafetá branco que mal olhou para Catalina até estarem às portas, do lado oeste, da catedral de St. Paul. Foi aí que se virou e tentou ver seu rosto pela sofisticada mantilha de renda branca. À frente deles se estendia uma passarela margeada de tecido vermelho, tachonado de dourado, até a porta da frente da igreja, onde os cidadãos de Londres se apinhavam tentando se posicionar de modo a ter uma visão melhor do altar onde o príncipe Artur estava, pálido e nervoso, a seiscentos passos cerimoniais lentos.

Catalina sorriu para o menino do seu lado, e ele vibrou de prazer. A mão dela estava firme sobre o seu braço. Ele se deteve por mais um momento, até todos na imensa igreja se darem conta de que a noiva e o príncipe estavam à porta, esperando para entrar; então, um silêncio se impôs, todos espicharam o pescoço para ver a noiva, e no momento exato, mais teatral, ele a conduziu para dentro.

Catalina percebeu os murmúrios da congregação à sua volta enquanto passava, na passarela alta que o rei Henrique tinha mandado construir de modo que todos pudessem ver a flor da Espanha encontrar-se com a roseira da Inglaterra. O príncipe virou-se quando ela se aproximou, mas por um instante ficou cego de irritação ao ver seu irmão conduzindo a princesa como se fosse ele o noivo, relanceando os olhos em volta enquanto avançava, agradecendo os que tiravam os chapéus e faziam reverências, com seu sorrisinho presunçoso, como se fosse ele que todos tinham ido ver.

Então, quando estavam do lado de Artur, Harry recuou, embora com relutância, e a princesa e o príncipe ficaram de frente para o arcebispo e se ajoelharam juntos nas almofadas de tafetá branco especialmente bordadas para a ocasião.

"Nunca um casal foi mais casado", pensava o rei Henrique, com amargor, no banco real com sua esposa e sua mãe. "Os pais dela confiam tanto em mim quanto em uma serpente, e a minha opinião sobre o seu pai sempre foi a de que é um mascate metade mouro. Foram nove os contratos de casamento. Será um casamento que nada poderá desfazer. Seu pai não pode escapar dele, por mais segundas intenções que tenha. Agora, ele me protegerá contra a França; é a herança da sua filha. Só pensar na nossa aliança fará os franceses tremerem e manterem a paz comigo, e precisamos da paz."

Relanceou os olhos para a sua mulher a seu lado. Os olhos dela estavam cheios de lágrimas, observando o filho e sua noiva enquanto o arcebispo levantava as mãos unidas e as envolvia em sua estola. Seu rosto, belo com a emoção, não o afetou. Quem podia saber no que ela estava pensando, no que estava se passando por trás daquela máscara adorável? Em seu próprio casamento, na união de York e Lancaster que a colocara no trono que poderia reivindicar por direito próprio? Ou estava ela pensando no homem que teria preferido para marido? O rei fez uma carranca. Nunca estava seguro de sua esposa, Elizabeth. Em geral, preferia não levá-la em consideração.

Ao lado dela, sua mãe, a expressão sempre dura, Margaret Beaufort, observava o jovem casal com um discreto sorriso. Esse era um triunfo inglês, o triunfo do seu filho, e mais do que isso, esse era o triunfo *dela* — ter tirado essa família bastarda, plebeia, do desastre para desafiar o poder de York, derrotar o rei reinante, capturar o trono da Inglaterra contra todas as expectativas. Isso era um feito seu. Fora seu o plano de trazer de volta da França seu filho na hora certa, para reclamar seu trono. Foram suas alianças que lhe forneceram os soldados para a batalha. Fora o seu plano de batalha que levou o usurpador Ricardo ao desespero no campo de Bosworth, e a vitória foi dela, celebrada todos os dias de sua vida. E era esse o casamento que culminava essa longa luta. A noiva lhe daria um neto, um rei espanhol Tudor para a Inglaterra, e um filho dele, e outro desse: e assim se assentaria uma dinastia de Tudor que nunca teria fim.

Catalina repetiu os votos do casamento, sentiu o peso de um anel frio em seus dedos, virou o rosto para seu marido e sentiu aturdida seu beijo frio. Quando andou de volta por essa passarela absurda e viu os rostos sorridentes estendendo-se de seus pés às paredes da catedral, começou a se dar conta de que estava feito. E quando saíram do escuro frio da catedral para a luz intensa do sol invernal, e ouviram a saudação ruidosa da multidão a Artur e sua esposa, o príncipe e a princesa de Gales, ela percebeu que havia cumprido seu dever, finalmente e completamente. Tinha sido prometida a Artur desde a sua infância e agora, por fim, estavam casados. Havia sido nomeada princesa de Gales aos 3 anos de idade e, hoje, por fim, assumira o título e o seu lugar no mundo. Ela ergueu os olhos e sorriu, e a multidão, deleitada com o vinho distribuído, com a beleza da jovem, com a promessa de segurança contra a guerra civil, que só poderia ser garantida com uma sucessão real estabelecida, expressava alto a sua aprovação.

☙

Eram marido e mulher; mas não disseram mais do que algumas palavras um ao outro durante o resto desse longo dia. Houve um banquete formal, e embora sentados um ao lado do outro, houve brindes a serem bebidos e discursos a serem escutados e músicos tocando. Depois do jantar de vários pratos, houve um entretenimento com poesia, cantores e quadro vivo. Nunca se tinha visto tanto dinheiro investido em uma única ocasião. Foi uma celebração mais suntuosa do que havia sido o casamento do próprio rei, até mesmo a sua coroação. Foi uma redefinição do estado real inglês, e mostrava ao mundo que o casamento Tudor à altura da princesa espanhola era um dos maiores eventos da nova era. Duas novas dinastias estavam se proclamando por meio dessa união: Fernando e Isabel do novo país que estavam forjando a partir de Al-Andaluz, e os Tudor que faziam a Inglaterra lhes pertencer.

Os músicos tocaram uma dança espanhola e a rainha Elizabeth, a um sinal de cabeça da sua sogra, inclinou-se à frente e disse calmamente a Catalina:

— Seria um grande prazer para todos nós se você dançasse.

Catalina, com toda a serenidade, levantou-se de sua cadeira e se dirigiu ao centro do salão, com suas damas reunindo-se ao seu redor, formando um círculo com as mãos dadas. Dançaram a pavana, a mesma dança que Henrique vira em Dogmersfield, e estreitando os olhos, ele observou sua nora. Sem a menor dúvida, era a moça mais desejável no salão. Uma pena que um peixe frio como Artur certamente fosse fracassar em lhe ensinar os prazeres possíveis entre lençóis. Se deixasse que os dois fossem para o castelo de Ludlow, ela ou morreria de tédio ou se tornaria completamente frígida. Por outro lado, se a mantivesse do seu lado, seus olhos se encantariam — poderia vê-la dançar, poderia vê-la iluminar a corte. Deu um suspiro. Achou que não se atreveria.

— Ela é encantadora — comentou a rainha.

— Esperemos que sim — replicou o rei com azedume.

— Milorde?

Ele sorriu diante de sua expressão surpresa.

— Não, nada. Você tem razão, realmente encantadora. E parece saudável, não? O que acha?

— Tenho certeza de que sim, e a sua mãe me assegurou disso.

Ele balançou a cabeça satisfeito.

— Essa mulher diria qualquer coisa.

— É claro que não. Nada que nos enganasse, diria? Não em relação a uma questão tão importante — sugeriu ela.

Ele assentiu com a cabeça e não insistiu. A doçura da natureza de sua mulher e a sua fé nos outros não eram qualidades que ele poderia mudar. Como ela não exercia influência na política, suas opiniões não importavam.

— E Artur? — perguntou ele — Parece estar crescendo e se tornando forte? Quem dera tivesse o temperamento do irmão.

Os dois olharam para Harry, que observava as moças dançando com o rosto corado de excitação, os olhos brilhando.

— Ah, Harry — disse sua mãe, indulgentemente. — Nunca houve um príncipe mais belo e cheio de vida do que Harry.

A dança espanhola se encerrou e o rei aplaudiu.

— Agora, Harry e sua irmã — ordenou ele. Não quis obrigar Artur a dançar na frente de sua noiva. O rapaz dançava como um escrevente, as pernas compridas desengonçadas, e com concentração excessiva. Mas Harry estava ansioso por dançar e, em um instante, estava na pista com sua irmã Margaret. Os músicos conheciam o gosto musical dos jovens nobres e tocaram uma galharda animada. Harry jogou seu casaco para o lado e se lançou na dança, em mangas de camisa como um camponês.

Houve um espanto da parte dos eminentes espanhóis com o comportamento irreverente do jovem príncipe, mas a corte inglesa sorriu junto com seus pais diante de sua energia e entusiasmo. Quando os dois realizaram os últimos pulos e movimentos corridos, todos aplaudiram, rindo. Todos, menos o príncipe Artur, que olhava fixo a distância, determinado a não observar seu irmão dançar. Voltou a si com um susto somente quando sua mãe pôs a mão sobre seu braço.

— Por Deus, ele está sonhando com sua noite de núpcias — comentou seu pai com sua mãe, Lady Margaret. — Embora eu tenha dúvidas.

Ela deu uma risada astuciosa.

— Não posso dizer que a noiva me agrade muito — disse ela criticamente.

— Não? — perguntou ele. — Você viu o tratado com seus próprios olhos.

— Gosto do preço, mas os produtos não são do meu gosto — replicou ela com sua perspicácia habitual. — Ela é uma coisinha franzina, bonitinha, não é?

— Preferia uma ordenhadora robusta?

— Gostaria de uma garota de quadris capazes de gerar filhos homens — replicou ela sem rodeios. — Um quarto de criança cheio de filhos homens.

— Ela me parece bem capaz disso — declarou ele. Sabia que nunca poderia dizer como ela lhe agradava. Até mesmo para si mesmo nunca deveria admitir isso.

☙

Catalina foi colocada em seu leito nupcial por suas damas de honra, e dona Elvira abençoou-a maternalmente, mas Artur teve de passar por uma rodada de irreverências e tapinhas nas costas antes de seus amigos e acompanhantes escoltarem-no até a porta dela. Eles o colocaram na cama do lado da princesa, que permaneceu deitada e em silêncio, enquanto aqueles homens estranhos riam e lhes desejavam boa-noite. Então, apareceu o arcebispo para borrifar os lençóis de água benta e rezar pelo jovem casal. Não poderia haver um leito conjugal mais público, a não ser que abrissem as portas para os cidadãos de Londres verem o casal lado a lado, desconfortáveis como os travesseiros compridos, em seu leito conjugal. Pareceu-lhes que haviam se passado horas e horas quando finalmente as portas foram fechadas nas caras sorridentes e curiosas, e os dois ficaram a sós, sentados eretos, encostados nos travesseiros, paralisados como dois bonecos tímidos.

Fez-se silêncio.

— Gostaria de um copo de *ale*? — propôs Artur, com uma voz fraca, nervosa.

— Não gosto muito de *ale* — replicou Catalina.

— Este é diferente. Chamam de *ale* nupcial, é adocicado com hidromel e ervas. É para dar coragem.

— Precisamos de coragem?

Ele sentiu-se estimulado por seu sorriso e saiu da cama para lhe servir um copo.

— Eu diria que sim — replicou ele. — Você é uma estrangeira em uma terra estranha, e eu nunca conheci outras garotas além de minhas irmãs. Nós dois temos muito o que aprender.

Ela aceitou o copo de *ale* quente e bebericou a bebida estonteante.

— Ah, *é* gostoso.

Artur bebeu um copo e mais outro. Depois voltou para a cama. Levantar a coberta e se deitar do lado dela pareceu uma imposição; a ideia de tirar sua camisola e subir em cima dela estava definitivamente além dele.

— Vou apagar a vela — anunciou ele.

O escuro repentino os engolfou, somente a brasa do fogo refulgia vermelha.

— Está muito cansada? — perguntou ele, desejando que ela respondesse que estava exausta demais para cumprir seu dever.

— De jeito nenhum — replicou ela cortesmente, sua voz desencarnada vindo do escuro. — Você está?

— Não. Quer dormir agora? — perguntou ele.

— Eu sei o que temos de fazer — disse ela abruptamente. — Todas as minhas irmãs se casaram. Sei tudo sobre isso.

— Eu também sei — disse ele, melindrado.

— Não quis dizer que não soubesse, quis dizer que não precisa ter medo de começar. Sei o que tenho de fazer.

— Não estou com medo, é só que...

Para seu horror, ele a sentiu puxar a camisola para cima, e tocar a pele da barriga dele.

— Não queria assustá-la — disse ele, a voz hesitante, o desejo crescendo embora estivesse morto de medo de se mostrar incompetente.

— Não estou assustada — disse a filha de Isabel. — Nunca senti medo de nada.

No silêncio e escuro, ele sentiu-a segurá-lo com firmeza. Com seu toque ele se excitou de tal modo que receou gozar em sua mão. Com um gemido grave, rolou para cima dela e percebeu que Catalina tinha erguido a camisola acima da cintura. Ele se atrapalhou, desajeitado, e sentiu-a se retrair quando impulsionou dentro dela. O processo todo pareceu impossível, não havia como saber o que um homem deveria fazer, nada para ajudá-lo ou guiá-lo, desconhecendo a geografia do corpo dela, e então, ela deu um breve grito de dor, abafado com a própria mão, e ele percebeu que tinha feito. O alívio foi tão grande, que ele gozou imediatamente, uma sensação metade dolorosa, metade prazerosa, que lhe disse que, independentemente do que seu pai pensava dele, independentemente do que o seu irmão Harry pensava dele, ele tinha feito, e era um homem e um marido; e a princesa era sua esposa e não mais uma virgem intacta.

Catalina esperou até ele adormecer e então se levantou e se lavou na câmara privada. Estava sangrando, mas sabia que ia parar logo, a dor não tinha sido pior do que já esperava. Isabel, sua irmã, tinha dito que não era tão ruim quanto cair de um cavalo, e estava certa. Margot, sua cunhada, tinha-lhe dito que era um paraíso; mas Catalina não conseguia imaginar como esse profundo constrangimento e desconforto podia ser uma glória — e concluiu que Margot tinha exagerado, como quase sempre fazia.

Catalina voltou para o quarto. Mas não para a cama. Em vez disso, sentou-se no chão perto do fogo e, abraçada aos joelhos, ficou observando as brasas.

ത

"Nada mau o dia de hoje", penso, e sorrio; é a frase de minha mãe. Quero tanto escutar sua voz que digo suas palavras para mim mesma. Muitas vezes, quando eu era pouco mais que um bebê, e ela tinha passado um dia longo sobre a sela, inspecionando os destacamentos de reconhecimento, cavalgando de volta para acompanhar a comitiva que seguia mais lentamente, ela entraria em sua tenda, tiraria suas botas, se deixaria cair sobre os belos tapetes e almofadas mouros perto do fogo no braseiro e diria: "Nada mau o dia de hoje."

"Tem dia que é ruim?", perguntei-lhe certa vez.

"Não quando se está cumprindo a obra de Deus", replicou ela com seriedade. "Há dias em que é fácil e dias em que é difícil. Mas quando se está cumprindo a obra de Deus, então os dias nunca são ruins."

Nunca duvidei, nem por um momento, que me deitar com Artur, até mesmo tocá-lo e guiá-lo para dentro de mim impudentemente, era obra de Deus. É obra de Deus a exigência de uma aliança inquebrantável entre a Espanha e a Inglaterra. Somente com a Inglaterra como aliada, a Espanha pode desafiar a propagação da França. Somente com a riqueza da Inglaterra, e especialmente os navios ingleses, nós, os espanhóis, poderemos guerrear contra o mal no coração dos impérios mouriscos na África e na Turquia. Os príncipes italianos são uma trapalhada de ambições rivais, os franceses são um perigo para todos os seus vizinhos. Tem de ser a Inglaterra a se unir à cruzada com a Espanha para defender a cristandade contra o poder aterrorizador dos mouros; sejam eles mouros negros da África, os bichos-papões da minha infância, ou mouros de pele clara do terrível império otomano. E uma vez derrotados, os cruzados devem prosseguir, até a Índia, o Oriente, tão longe quanto precisarem para desafiar e derrotar a iniquidade que é a religião dos mouros. O meu grande medo é que os reinos sarracenos se estendam sem parar, até o fim do mundo, até onde nem mesmo Cristóvão Colombo conheça.

"E se não tiverem fim?", perguntei certa vez à minha mãe quando, debruçadas sobre o muro do forte aquecido pelo sol, observávamos um novo grupo de mouros partindo da cidade de Granada, sua bagagem carregada por mulas, as mulheres

chorando, os homens com as cabeças baixas, a bandeira de São Tiago adejando no alto do forte vermelho onde o crescente tinha ondulado durante sete séculos, os sinos chamando para a missa onde antes trombetas chamavam para as preces hereges. "E se agora que os derrotamos eles voltarem para a África só para retornarem no ano que vem?"

"Por isso tem de ser valente, minha princesa de Gales", tinha respondido minha mãe. "Por isso tem de estar preparada para combatê-los sempre que vierem. É uma guerra até o fim do mundo, até o fim dos tempos, quando Deus finalmente der fim ao mundo. Assumirá várias formas. Nunca vai cessar. Eles virão muitas vezes, e você terá de estar preparada em Gales assim como na Espanha. Eu a gerei para ser uma princesa guerreira, assim como sou uma rainha militante. Seu pai e eu a colocamos na Inglaterra como Maria foi colocada em Portugal, como Joana foi colocada com os Habsburgo, na Holanda. Vocês estão nesses lugares para defender as terras de seus maridos, e para mantê-los nossos aliados. Sua missão é preparar a Inglaterra e mantê-la em segurança. Nunca falhe com o seu país, assim como suas irmãs não podem falhar com os seus, assim como nunca falhei com o meu."

ଔ

Catalina foi acordada na madrugada por Artur penetrando delicadamente entre suas pernas. Ressentida, permitiu que fizesse como quisesses, sabendo que essa era a maneira de conseguir um filho e assegurar a aliança. Algumas princesas, como sua mãe, tinham de lutar na guerra para garantir o seu reino. A maior parte das princesas, como ela, tinham de se submeter a provações dolorosas privadamente. Não foi demorado e, então, ele adormeceu. Catalina ficou deitada imóvel como uma pedra para não acordá-lo de novo.

Ele não se mexeu até o romper do dia, quando seus camareiros reais bateram à porta. Ele levantou-se com um bom-dia ligeiramente constrangido para ela, e saiu. Eles os receberam animados e o conduziram em triunfo a seus aposentos pessoais. Catalina escutou-o dizer de modo vulgar e fanfarrão: "Cavalheiros, nessa noite estive na Espanha." E ouviu a risada que aclamou sua piada. Suas damas de honra chegaram com seu vestido e ouviram a risada dos homens. Dona Elvira ergueu as sobrancelhas finas diante das maneiras desses ingleses.

— Não sei o que a sua mãe diria — comentou dona Elvira.

— Diria que as palavras contam menos do que a vontade de Deus, e a vontade de Deus foi feita — replicou Catalina com firmeza.

☙

Não foi assim para a minha mãe. Ela se apaixonou por meu pai à primeira vista e o desposou com grande alegria. Ao crescer, comecei a perceber que sentiam um desejo verdadeiro um pelo outro — não se tratava apenas da parceria poderosa de um grande rei e uma rainha. Talvez meu pai tivesse outras amantes, mas precisava de sua mulher, não poderia ser feliz sem ela. E a minha mãe nem mesmo olhava para outro homem. Estava cega para qualquer um que não ele. De todas as cortes na Europa, somente a da Espanha não tinha a tradição do jogo amoroso, do flerte, da adoração da rainha na prática do amor cortês. Teria sido uma perda de tempo. Minha mãe simplesmente não reparava em outro homem, e quando suspiravam por ela e diziam que seus olhos eram tão azuis como o céu, ela simplesmente ria e replicava: "Que bobagem." E encerrava o assunto.

Quando meus pais tinham de ficar separados, escreviam-se diariamente. Ele não dava um passo sem contar a ela e pedir seu conselho. Quando ele estava em perigo, ela não dormia.

Ele não teria conseguido atravessar Sierra Nevada se ela não tivesse lhe enviado homens e trabalhadores para nivelarem a estrada. Ninguém mais teria atravessado por ali. Ele não teria confiado em mais ninguém para apoiá-lo, para manter o reino unido enquanto ele avançava. Ela só conquistaria as montanhas por ele e por mais ninguém, ele era o único que teria o seu apoio. O que parecia uma unidade extraordinária de dois atores calculistas era, na verdade, sua paixão representada no palco político. Ela era uma grande rainha porque era assim que podia evocar seu desejo. Ele era um grande general para poder se comparar com ela. Era o amor deles, sua luxúria, que os motivava. Quase tanto quanto Deus.

Éramos uma família apaixonada. Quando Isabel, minha irmã, agora com Deus, voltou de Portugal viúva, jurou que amara tanto o seu marido que nunca mais aceitaria outro. Tinha vivido com ele por apenas seis meses, mas disse que, sem ele, a vida não fazia sentido. Joana, minha segunda irmã, é tão apaixonada por seu marido Felipe que não suporta deixar de vê-lo. Quando fica sabendo que ele está interessado em outra mulher, jura que envenenará sua rival; ela é comple-

tamente louca por ele. E o meu irmão... meu querido irmão Juan... simplesmente morreu de amor. Ele e sua bela esposa Margot eram tão apaixonados, tão loucos um pelo outro, que a saúde dele se debilitou e ele morreu depois de seis meses de casamento. Existe algo mais trágico do que um rapaz morrer seis meses depois de casado? A minha linhagem é de apaixonados — mas e eu? Vou me apaixonar um dia?

Não por esse garoto desajeitado, certamente. Minha simpatia inicial por ele se desfez por completo. É tímido demais para falar comigo; ele murmura e finge não conseguir encontrar as palavras. Ele me obriga a entrar no quarto e sinto vergonha de ser quem deve tomar a iniciativa. Ele me transforma em uma mulher sem-vergonha, em uma mulher do mercado, quando quero ser cortejada como uma dama em um romance. Mas se eu não o tivesse estimulado, o que ele teria feito? Sinto-me uma tola e o culpo por meu constrangimento. "Na Espanha", essa não! Ele não teria se aproximado mais do que as Índias se eu não lhe tivesse mostrado como fazer. Presunçoso idiota.

Quando o vi pela primeira vez, achei-o belo como um cavaleiro dos romances, como um trovador, como um poeta. Achei que eu seria como uma dama em uma torre e que ele cantaria debaixo da minha janela e me persuadiria a amá-lo. Mas apesar de ele ter a aparência de um poeta, não tem o espírito. Não consigo tirar mais do que duas palavras dele, e começo a sentir que me degrado ao tentar agradá-lo.

É claro que nunca me esquecerei de que é meu dever suportar esse rapaz, esse Artur. A minha esperança é um filho, e o meu destino é manter a Inglaterra a salvo dos mouros. Terei de fazer isso; independentemente de tudo o mais, serei a rainha da Inglaterra e protegerei meus dois países: a Espanha, minha terra natal, e a Inglaterra, meu país por casamento.

☙

Londres, inverno de 1501

Artur e Catalina, rígidos lado a lado na barcaça real, mas sem trocar mais de uma palavra, conduziram uma grande frota pintada com cores vivas rio abaixo até o castelo de Baynard, que seria a casa deles durante as semanas seguintes. Era um palácio imenso, retangular, dando para o rio, com jardins que desciam até a beira da água. O prefeito de Londres, os conselheiros e toda a corte acompanharam a barcaça real; e músicos tocaram quando os herdeiros do trono estabeleceram residência no coração de Londres.

Catalina notou a presença dos enviados escoceses negociando o casamento de sua cunhada, a princesa Margaret. O rei Henrique estava usando seus filhos como peões em seu jogo pelo poder, como todo rei deve fazer. Artur tinha feito a ligação vital com a Espanha, Margaret, apesar de só ter 12 anos de idade, tornaria a Escócia amiga, ao invés da inimiga que havia sido durante gerações. A princesa Maria também se casaria, quando chegasse a sua hora, ou com o maior inimigo que o país enfrentasse ou com o melhor amigo que quisessem manter. Catalina ficou feliz por ter sabido desde a infância que deveria ser a próxima rainha da Inglaterra. Não houvera nenhuma mudança de política e de nenhuma aliança. Ela tinha sido a pretensa rainha da Inglaterra praticamente desde que nascera. O que tornava a separação de sua terra e de sua família muito mais fácil.

Percebeu que Artur foi muito contido ao saudar os lordes escoceses no jantar no palácio de Westminster.

— Os escoceses são os nossos inimigos mais perigosos — disse Edward Stafford, duque de Buckingham, a Catalina em um castelhano sussurrado, quando permaneceram nos fundos do salão, esperando que a companhia ocupasse seus lugares. — O rei e o príncipe esperam que esse casamento os torne nossos amigos para sempre, que una os escoceses a nós. Mas é difícil esquecermos como nos atormentam constantemente. Fomos educados para saber que temos um inimigo constante e maligno no norte.

— Certamente não passam de um pequeno e pobre reino — disse ela. — Que mal podem nos causar?

— Eles se aliam sempre à França — replicou ele. — Sempre que guerreamos com a França, fazem uma aliança e invadem nossas fronteiras ao norte. Podem ser pequenos e pobres, mas são a porta para o terrível perigo da invasão da França pelo norte. Acho que Vossa Alteza sabe, desde a infância, que mesmo um país pequeno em sua fronteira pode representar um perigo.

— Bem, no fim, os mouros tinham apenas um pequeno país — observou ela. — Meu pai sempre disse que os mouros eram como uma doença. Talvez sejam uma pequena irritação, mas estão sempre lá.

— Os escoceses são a nossa praga — concordou ele. — A cada três anos aproximadamente, invadem e fazem uma pequena guerra, e perdemos um acre de terra ou o recuperamos. E todo verão eles atormentam os campos fronteiriços e roubam o que não podem plantar ou fazer eles mesmos. Nenhum agricultor do norte está inteiramente a salvo deles. O rei está decidido a conseguir a paz.

— Serão gentis com a princesa Margaret?

— À sua própria maneira rude. — Sorriu. — Não como você foi recebida, infanta.

Catalina sorriu de volta. Sabia que era bem-vinda na Inglaterra. Os londrinos tinham aceitado a princesa espanhola com alegria, gostavam do glamour espalhafatoso de seu séquito, da estranheza de suas roupas, e gostavam da maneira como a princesa sempre tinha um sorriso para a multidão que a aguardava. Catalina tinha aprendido com a mãe que o povo tem um poder maior do que um exército de mercenários, e ela nunca se esquivava de uma saudação. Sempre acenava, sempre sorria, e se aplaudiam, ela se curvava ligeiramente em uma reverência.

Relanceou os olhos para onde estava a princesa Margaret, uma garota fútil, precoce, que alisava o vestido e punha o penteado para trás antes de entrar no salão.

— Em breve estará casada e partirá, como eu fiz — observou Catalina amigavelmente em francês. — Espero que seja feliz.

A garota, ainda mais jovem que ela, olhou-a atrevidamente.

— Não como você, pois veio para o melhor reino da Europa, enquanto eu terei de ir para o exílio distante — disse ela.

— A Inglaterra pode ser boa para você, mas ainda é estranha para mim — replicou Catalina, tentando não se irritar com a grosseria da garota. — E se tivesse visto a minha casa na Espanha, ficaria surpresa com a beleza de nosso palácio.

— Não existe lugar melhor do que a Inglaterra — disse Margaret, com a convicção serena de uma das mimadas crianças Tudor. — Mas vai ser bom ser rainha. Enquanto você continua apenas uma princesa, serei rainha. Serei igual à minha mãe. — Refletiu por um momento. — Na verdade, serei igual à sua mãe.

A cor dominou o rosto de Catalina.

— Você nunca será igual à minha mãe — falou ela. — É tola até mesmo em dizer isso.

Margaret arfou de surpresa.

— Bem, bem, Vossa Alteza Real — interrompeu rapidamente o duque. — Seu pai está pronto para ocupar seu lugar. Por favor, pode acompanhá-lo ao salão?

Margaret virou-se e afastou-se de Catalina com afetação.

— Ela é muito jovem — disse o duque de maneira apaziguadora. — E embora nunca vá admitir, tem medo de deixar a mãe e o pai e partir para tão longe.

— Ela tem muito o que aprender — disse Catalina trincando os dentes. — Devia aprender as maneiras de uma rainha, se vai ser uma. — Virou-se e se deparou com Artur do seu lado, pronto para conduzi-la ao salão atrás de seus pais.

A família real ocupou seus lugares. O rei e seus dois filhos sentaram-se à mesa no alto, sob o dossel, de frente para o salão. À sua direita, sentaram-se a rainha e as princesas. Milady Margaret Beaufort, a mãe do rei, estava sentada ao lado do rei, entre ele e sua mulher.

— Margaret e Catalina estavam discutindo ao entrarem — comentou ela com uma satisfação sinistra. — Achei que a infanta tinha irritado a nossa princesa Margaret. Ela não suporta a demonstração de tanta atenção com outra, e todos se mostram tanto a Catalina.

— Margaret logo terá partido — replicou Henrique secamente. — Então, poderá ter sua própria corte e sua própria lua de mel.

— Catalina tornou-se o centro da corte — queixou-se sua mãe. — O palácio está cheio de pessoas que vieram vê-la jantar. Todo mundo quer vê-la.

— Ela é novidade, essa reação é fogo de palha. E de qualquer maneira, quero que a vejam.

— Ela tem um certo charme — observou sua mãe. O criado trouxe uma tigela dourada com água aromatizada, e ela molhou a ponta dos dedos, depois os enxugou com um guardanapo.

— Eu a acho muito agradável — disse Henrique enquanto secava as mãos. — Não deu ainda um passo em falso e o povo gosta dela.

Sua mãe fez um ligeiro gesto de indiferença.

— Está dominada por sua própria vaidade, não foi criada como eu criaria uma filha. A sua vontade não se curva à obediência. Ela se acha especial.

Henrique relanceou os olhos para a princesa. Ela tinha baixado a cabeça para escutar alguma coisa que a princesa Tudor mais nova, Maria, dizia. E ele a viu sorrir, e replicou:

— Sabe de uma coisa? *Eu* a acho especial — disse ele.

☙

As celebrações prosseguiram por dias e dias, e depois, a corte se mudou para o glamouroso palácio de Richmond recém-construído, localizado em um grande e belo parque. Para Catalina, em um remoinho de rostos estranhos e apresentações, a impressão era como se uma justa e festa maravilhosas se fundissem, com ela no centro de tudo, uma rainha tão celebrada quanto qualquer sultana com um país dedicado a diverti-la. Mas a festa se concluiu em uma semana, com o rei procurando-a e dizendo que estava na hora de seus acompanhantes espanhóis retornarem à Espanha.

Catalina sempre soubera que a pequena corte que a acompanhara por tempestades e quase um naufrágio para apresentá-la ao seu novo marido a deixaria assim que o casamento tivesse se realizado e a primeira parte do dote tivesse sido pago; mas foram dias sombrios aqueles em que fizeram suas malas e se despediram dela. Ficaria com a pequena criadagem doméstica, suas damas de honra, seu camareiro, seu tesoureiro e criados mais próximos, mas o resto de sua comitiva deveria partir. Mesmo sabendo que era assim, que o grupo do casamento sempre partia depois da cerimônia, não se sentiu menos desolada. Enviou por eles mensagens para todos na Espanha, e uma carta para a mãe.

De sua filha, Catalina, princesa de Gales, à Sua Majestade Real de Castela e Aragão, e querida Madre,
  Oh, Madre!
  Como essas damas e cavalheiros lhe dirão, o príncipe e eu temos uma boa casa perto do rio. É chamada de castelo de Baynard, apesar de não ser um castelo, mas sim um palácio recém-construído. Não há casas de banho, nem para mulheres nem para homens. Sei no que está pensando. Não pode imaginar.
  Dona Elvira mandou o ferreiro fazer um grande caldeirão que esquentam no fogo da cozinha e seis criados o carregam até o meu quarto para o meu banho. Além disso, não existem jardins com flores, nenhum riacho, nenhuma fonte, é inacreditável. A impressão é que ainda nada foi construído. O melhor que há é um pátio minúsculo que chamam de knot garden*, *em que se anda ao redor até se ficar tonto. A comida não é boa e o vinho é azedo. Só comem frutas em conserva, e acho que nunca ouviram falar em verduras.*
  Não pense que estou me queixando. Queria que soubesse que apesar dessas pequenas dificuldades estou contente em ser princesa. O príncipe Artur é gentil e respeitoso comigo quando nos encontramos, o que acontece, geralmente, na hora do jantar. Deu-me uma bela égua da raça bár-

---
*Jardim com desenho formal em uma moldura quadrada, em que eram plantadas ervas aromáticas e culinárias. (*N. da T.*)

bara misturada com a inglesa, e cavalgo diariamente. Os cavalheiros da corte participam de torneios (os príncipes não); o meu campeão é quase sempre o duque de Buckingham, que é muito gentil comigo, me aconselha e diz como proceder. Jantamos frequentemente ao estilo inglês, homens e mulheres juntos. As mulheres têm seus próprios aposentos. Mas visitantes masculinos e criados entram e saem como se fossem públicos, não há nenhum isolamento para as mulheres. O único lugar em que tenho certeza de que posso ficar sozinha é quando me tranco na retrete, senão tem gente em toda parte.

A rainha Elizabeth, embora muito calada, é gentil comigo, e gosto de estar em sua companhia. Milady mãe do rei é muito fria, mas acho que é assim com todo mundo, exceto o rei e os príncipes. Ela demonstra gostar demais de seu filho e netos. Governa a corte como se fosse ela a rainha. É muito devota e muito séria. Tenho certeza de que ela é admirável.

Deve estar se perguntando se espero um bebê. Ainda não há sinais. E se estou lendo a Bíblia ou os livros sagrados durante duas horas todos os dias, como mandou, e se vou à missa três vezes ao dia e comungo todos os sábados. Padre Alessandro Geraldini está bem e é um guia espiritual e conselheiro tão bom quanto era na Espanha, e confio nele e em Deus para manter minha fé fortalecida para realizar a obra de Deus na Inglaterra como você faz na Espanha. Dona Elvira mantém minhas damas em ordem e lhe obedeço como obedeceria a você. Maria de Salinas é a minha melhor amiga, aqui como era aí, embora nada aqui seja como a Espanha, e não suporte ouvi-la falando daí.

Serei a princesa que você quer que eu seja. Não a decepcionarei nem a Deus. Serei rainha e defenderei a Inglaterra contra os mouros.

Por favor, escreva logo e me conte como está. Pareceu tão triste e desanimada quando parti. Espero que agora esteja melhor. Tenho certeza de que a escuridão que percebeu em sua mãe não vai contaminá-la nem se assentar em sua vida como na dela. Com certeza Deus não infligirá tristeza a você, que sempre foi a sua favorita. Rezo por você e por papai todo dia. Ouço sua voz aconselhando-me o tempo todo. Por favor, escreva logo à sua filha que a ama tanto.

Catalina.

P.S.: Apesar de me sentir feliz por estar casada e ter sido chamada para cumprir o meu dever com a Espanha e Deus, sinto muito a sua falta. Sei que é uma rainha antes de ser mãe, mas eu ficaria muito feliz em receber uma carta sua. C.

☙

A corte despediu-se animadamente dos espanhóis, mas foi difícil para Catalina sorrir e acenar. Depois que se foram, ela desceu ao rio para ver as últimas barcaças desaparecerem à distância. O rei Henrique encontrou-a ali, uma figura solitária no píer olhando na direção da corrente, como se desejasse estar partindo também.

Era muito hábil com mulheres para lhe perguntar qual era o problema. Ele sabia muito bem a resposta: solidão, saudade de casa, o que era bastante natural em uma jovem que ainda não completara 16 anos. Ele tinha ficado no exílio por quase toda a sua vida e conhecia bem o movimento do anseio provocado por uma fragrância inesperada, pela mudança de estações, uma despedida. Pedir uma explicação só faria desencadear uma profusão de lágrimas e não se chegaria a nada. Em vez disso, ele pôs a mãozinha fria dela em seu braço e disse que ela precisava conhecer a biblioteca que ele havia reunido recentemente no palácio, e que ela podia pegar livros para ler sempre que quisesse. Instruiu um de seus pajens enquanto a conduzia. Mostrou-lhe as belas estantes e, além dos autores clássicos e histórias que lhe interessavam pessoalmente, também apontou-lhe histórias românticas e de heroísmo que provavelmente, achava ele, a entreteriam mais.

Ela não se queixou, percebeu ele com satisfação, e havia enxugado os olhos assim que o percebera vindo em sua direção. Tinha sido instruída em uma escola severa. Isabel de Espanha tinha sido mulher de um soldado e era ela própria um soldado, não tinha criado nenhuma de suas filhas para ser comodista. Ele achava que não existia nenhuma jovem na Inglaterra que fosse páreo para a firmeza de caráter dessa garota. Mas havia sombras sob os olhos azuis da princesa, e embora aceitasse a oferta dos livros com uma palavra de agradecimento, continuou sem sorrir.

— E gosta de mapas? — perguntou ele.

Ela assentiu com um movimento da cabeça.

— É claro — disse ela. — Na biblioteca do meu pai, temos mapas do mundo inteiro, e Cristóvão Colombo fez um mapa para lhe mostrar as Américas.

— O seu pai tem uma biblioteca grande? — perguntou ele, cioso de sua reputação de acadêmico.

Ela hesitou, cortesmente, antes de lhe contar tudo, de lhe dizer que a biblioteca, da qual ele se orgulhava tanto não era nada em comparação à erudição dos mouros da Espanha.

— É claro que meu pai herdou muitos livros, nem todos são de sua própria coleção — replicou Catalina, diplomaticamente. — Muitos são de autores mouros, que pertenciam a acadêmicos mouros. Como sabe, os árabes traduziram autores gregos, antes mesmo de serem traduzidos para o francês ou italiano, ou inglês. Os árabes conheciam todas as ciências e a matemática, enquanto estas eram negligenciadas na cristandade. Eles têm todas as traduções mouras de Aristóteles, Sófocles, todos eles.

Ele sentiu o desejo da erudição como um faminto.

— Ele tem muitos livros?

— Milhares de volumes — replicou ela. — Em hebraico e em árabe, e também em latim, em todas as línguas cristãs. Mas não leu todos, ele tem sábios árabes para estudá-los.

— E os mapas? — perguntou ele.

— Ele é aconselhado principalmente por navegadores e cartógrafos árabes — respondeu ela. — Eles viajam por terra para tão longe que sabem como mapear o caminho pelas estrelas. As viagens por mar são a mesma coisa para eles, como uma viagem pelo deserto. Dizem que um deserto de água é o mesmo que uma planície de areia. Usam as estrelas e a lua para medir sua viagem tanto por mar quanto por terra.

— E seu pai acha que lucrará muito com suas descobertas? — perguntou o rei com curiosidade. — Ouvimos falar das grandes viagens de Cristóvão Colombo e dos tesouros que ele trouxe.

Ele admirou-se de como as pálpebras delas baixaram para ocultar o brilho.

— Oh, não sei dizer. — Esquivou-se da pergunta de maneira inteligente. — Certamente minha mãe acha que há muitas almas a serem salvas para Jesus.

Henrique abriu a grande pasta que continha a sua coleção de mapas e os abriu à frente dela. Monstros marinhos muito bem desenhados divertiam-se nos cantos. Ele traçou-lhe a costa da Inglaterra, as fronteiras do Sacro Império

Romano, o punhado de regiões da França, as fronteiras recentemente ampliadas do seu país, a Espanha, e as terras papais na Itália.

— Como vê, seu pai e eu temos de ser amigos — disse ele. — Nós dois enfrentamos o poder da França à nossa porta. Até mesmo para podermos comercializar nossas mercadorias um com o outro teremos de afastar a França dos estreitos.

— Se o filho de Joana herdar as terras dos Habsburgo, ele ficará com dois reinos — indicou ela. — Espanha e, também, Holanda.

— E o seu filho terá toda a Inglaterra, uma aliança com a Escócia, e todas as nossas terras na França — disse ele, fazendo um gesto largo com a mão. — Formarão um par de primos poderoso.

Ela sorriu com a ideia, e Henrique percebeu a ambição nela.

— Gostaria de ter um filho que governasse metade da cristandade?

— E que mulher não gostaria? — disse ela. — E o meu filho e o filho de Joana certamente derrotariam os mouros, poderiam rechaçá-los cada vez mais para além do mar Mediterrâneo?

— Ou talvez você encontre uma maneira de viverem em paz — propôs ele. — Só porque um homem O chama de Alá e outro de Deus não é razão para serem inimigos, não acha?

Catalina sacudiu a cabeça no mesmo instante.

— Terá de ser uma guerra eterna, acho. Minha mãe diz que é a grande batalha entre Deus e o Mal que persistirá até o fim dos tempos.

— Então você estará em perigo eternamente — começou ele, quando bateram à grande porta de madeira da biblioteca. Era o pajem que Henrique enviara para buscar correndo um ourives afogueado que estava esperando há dias para mostrar seu trabalho ao rei, e que se surpreendera ao ser chamado.

— Agora — disse Henrique à sua nora —, tenho um presente para você.

Ela ergueu os olhos para ele. "Meu Deus", pensou ele, "seria preciso ser um homem de pedra para não desejar esta pequena flor em sua cama. Juro que a faria sorrir, e de qualquer maneira, eu gostaria de tentar."

— Tem?

Henrique fez um sinal para o homem, que tirou do bolso um tecido de veludo da cor da romã e despejou o conteúdo de sua sacola sobre ele. Uma quantidade de joias, diamantes, esmeraldas, rubis, pérolas, correntes, medalhões, brincos e broches foi espalhada diante dos olhos arregalados de Catalina.

— Você pode escolher — disse Henrique, em tom afetuoso e íntimo. — É o meu presente particular para você, para trazer o sorriso de volta ao seu rosto bonito.

Ela mal o escutou, postando-se à mesa no mesmo instante, o ourives exibindo um item atrás do outro. Henrique observou-a indulgentemente. Podia ser uma princesa de sangue azul da linhagem dos aristocratas castelhanos, e ele o neto de um trabalhador, mas era uma garota tão fácil de comprar quanto qualquer outra. E ele tinha os recursos para agradá-la.

— Prata? — perguntou ele.

Ela virou um rosto radiante para ele.

— Prata não — disse ela com determinação.

Henrique lembrou-se de que era uma garota que tinha visto o tesouro dos incas lançado a seus pés.

— Ouro então?

— Prefiro ouro.

— Pérolas?

Ela fez um ligeiro beicinho.

"Meu Deus, que boca sensual", pensou ele.

— Pérolas não? — perguntou ele em voz alta.

— Não são as minhas preferidas — confessou ela. Sorriu para ele. — Qual é a sua pedra favorita?

"Ora, ela está flertando comigo", pensou ele, espantado com essa ideia. "Brinca comigo como faria com um tio indulgente. Está enrolando a linha como se eu fosse um peixe."

— Esmeraldas?

Ela sorriu de novo.

— Não. Este — disse ela, simplesmente.

Tinha escolhido, em um instante, o item mais caro, um colar de safiras azuis-escuras que formava um conjunto com um par de brincos. De maneira encantadora, segurou o colar contra as bochechas macias, de modo que ele pudesse olhar das pedras para os seus olhos. Ela deu um passo na sua direção, para que sentisse o perfume de seu cabelo, água de laranjeira dos jardins de Alhambra. Ela própria exalava o perfume de uma flor exótica.

— Combinam com meus olhos? — perguntou ela. — Meus olhos são da cor da safira?

Ele respirou fundo, surpreso com a violência de sua própria reação.

— São. Deve ficar com eles — disse ele, quase asfixiado pelo desejo. — Deve ficar com este e o que quiser mais. Pode chamar de seu... seu... desejo.

Ela lançou-lhe um olhar de puro deleite.

— E minhas damas também?

— Chame-as. Elas podem escolher.

Ela riu de prazer e correu à porta. Ele deixou que fosse. Não confiou em si mesmo sozinho com ela, sem acompanhantes. Apressou-se a sair para o corredor, e se deparou com sua mãe retornando da missa.

Ajoelhou-se e ela pôs a mão em sua cabeça, dando-lhe a bênção.

— Meu filho.

— Milady, minha mãe.

Levantou-se. Ela percebeu imediatamente o rubor em sua face e sua energia reprimida.

— Alguma coisa o perturbou?

— Não!

Ela deu um suspiro.

— Foi a rainha? Foi Elizabeth? — perguntou ela cansada. — Queixou-se de novo do casamento de Margaret com um escocês?

— Não — replicou ele. — Ainda não a vi hoje.

— Ela vai ter de se acostumar — disse ela. — Uma princesa não pode escolher com quem se casar nem quando deixar sua casa. Elizabeth deveria saber disso, se tivesse sido bem-criada. Mas não foi.

Ele deu seu sorriso de lado.

— Não é culpa dela.

O desdém de sua mãe foi evidente.

— Nada de bom nunca veio de sua mãe — disse ela rispidamente. — Má estirpe, os Woodvilles.

Henrique deu de ombros, não falou nada. Nunca defendia sua mulher de sua mãe — sua malevolência era tão inescrutável e constante que seria uma perda de tempo tentar fazê-la mudar de opinião. Ele nunca defendia sua mãe da sua mulher; nunca tinha precisado. A rainha Elizabeth nunca comentava sobre sua difícil sogra ou seu exigente marido. Ela o aceitava, aceitava sua mãe, seu domínio autocrático, como se fossem riscos naturais, tão desagradáveis e inevitáveis quanto o mau tempo.

— Não deve permitir que ela o incomode — disse sua mãe.

— Ela nunca me incomodou — replicou ele, pensando na princesa que o perturbara.

ᘐ

Agora tenho certeza de que o rei gosta de mim, acima de todas as suas filhas, e fico feliz com isso. Estou acostumada a ser a filha preferida, o bebê da família. Gosto de ser a favorita do rei, gosto de me sentir especial.

Quando viu que eu estava triste com a partida da minha corte para a Espanha, me deixando na Inglaterra, passou a tarde me fazendo companhia, me mostrando sua biblioteca, falando sobre seus mapas e, finalmente, dando-me um sofisticado colar de safiras. Deixou que eu escolhesse exatamente o que eu queria das joias levadas pelo ourives, e disse que a safira era da cor dos meus olhos.

No começo, eu não gostava muito dele, mas estou me acostumando com seu discurso rude e suas maneiras vulgares. É um homem cuja palavra é lei nesta corte e nesta terra, e não deve agradecimento a ninguém, por nada, exceto talvez à sua mãe. Ele não tem amigos íntimos, somente ela e os soldados que lutam junto com ele, que são agora os homens importantes de sua corte. Não é terno com sua esposa nem afetuoso com suas filhas, mas gosto que preste atenção em mim. Talvez eu venha a gostar dele como uma filha. Já fico feliz quando ele me escolhe. Em uma corte como esta, que gira em torno de sua aprovação, faz com que eu me sinta uma princesa de verdade quando me elogia ou passa um tempo comigo.

Se não fosse ele, acho que me sentiria ainda mais solitária do que me sinto. O príncipe, meu marido, me trata como se eu fosse uma mesa ou uma cadeira. Nunca fala comigo, nunca sorri para mim, nunca conversa. Acho que fui uma idiota quando achei que se parecia com um trovador. Ele se parece com um maricas, esta é a verdade. Nunca fala mais alto do que um sussurro, nunca diz nada interessante. Sabe falar francês, latim, e mais uma meia dúzia de línguas, mas como não tem nada a dizer, de que adianta? Vivemos como estranhos, e se ele não viesse ao meu quarto, à noite, uma vez por semana, como se para cumprir um dever, eu não saberia que estava casada.

Mostrei as safiras à sua irmã, a princesa Margaret, e ela ficou morta de inveja. Tenho de confessar o pecado da vaidade e do orgulho. Não está certo eu exibi-las a ela; mas se ela tivesse sido bondosa comigo, por palavras ou atos, eu não as teria mostrado. Quero que saiba que o seu pai me valoriza, mesmo que ela, sua avó e seu irmão não. Mas agora tudo o que consegui foi irritá-la e agir errado. Vou ter de me confessar e fazer penitência.

O pior de tudo é que não me comportei com a dignidade que uma princesa de Espanha deve sempre demonstrar. Se ela não fosse essa aprendiz de peixeira, eu poderia ter agido melhor. Esta corte gira em torno do rei como se nada importasse mais no mundo do que o seu favor, e não sou tola para não fazer o mesmo. De qualquer maneira não deveria me igualar a uma garota quatro anos mais nova do que eu e que não passa de uma princesa da Inglaterra, ainda que denomine a si mesma rainha da Escócia sempre que tem oportunidade.

CB

Os jovens príncipe e princesa de Gales encerraram sua visita a Richmond e começaram a estabelecer sua casa real no castelo de Baynard. Os aposentos de Catalina ficavam nos fundos da casa, dando vista para os jardins e o rio, com as pessoas que trabalhavam para ela, suas damas de honra espanholas, seu capelão espanhol e sua aia. Os aposentos de Artur davam para Londres, com sua criadagem e parentes, capelão e tutor. Encontravam-se formalmente somente uma vez por dia, no jantar, quando seus respectivos acompanhantes sentavam-se em lados opostos no salão, e se olhavam com suspeita mútua, mais como inimigos em uma trégua forçada do que como membros de uma casa unida.

O castelo era administrado segundo as ordens de Lady Margaret, a mãe do rei. Os dias religiosos e de festas, os entretenimentos e os horários e tarefas diárias obedeciam às suas ordens. Até mesmo as noites em que Artur visitava sua mulher em seu quarto tinham sido firmadas por ela. Não queria que os jovens ficassem exaustos nem negligenciassem seus deveres. De modo que uma vez por semana os acompanhantes do príncipe o escoltavam solenemente até os aposentos da princesa, onde o deixavam para passar a noite. Para os dois jovens, a experiência era terrivelmente constrangedora. Artur não se tornou mais habilidoso, e Catalina suportava sua determinação em permanecer calado da maneira mais cortês que conseguia. Porém, certo dia no começo de dezembro, as regras de Catalina desceram e ela contou a dona Elvira. A aia disse imediatamente ao criado de quarto do príncipe que ele não podia vir à cama da infanta durante uma semana; a infanta sentia-se indisposta. Dentro de meia hora, todos, do rei em Whitehall, ao ajudante inferior da cozinha do castelo de Baynard, sabiam que a princesa de Gales estava menstruada e que, portanto, nenhum bebê havia sido concebido; e todos se perguntaram, já que a garota era forte e saudável e estava sangrando — o que indicava que era obviamente fértil — se Artur era capaz de cumprir a parte que lhe cabia.

Em meados de dezembro, quando a corte se preparava para os 12 dias de celebração do Natal, Artur foi chamado por seu pai, que ordenou que ele partisse para seu castelo em Ludlow.

— Suponho que queira levar sua mulher com você — disse o rei, sorrindo, esforçando-se para parecer despreocupado.

— Como quiser — replicou Artur, cautelosamente.

— O que você quer?

Depois de uma semana banido da cama de Catalina, com todo mundo comentando que não haviam concebido um bebê — mas certamente, ainda era cedo, e nenhum dos dois era culpado —, Artur sentia-se constrangido e desanimado. Não tinha voltado ao quarto dela e ela não tinha enviado nenhuma mensagem chamando-o. Não podia esperar um convite — sabia que era absurdo —, uma princesa de Espanha não mandaria chamar um príncipe da Inglaterra. Mas ela não tinha sorrido nem o encorajado de maneira alguma. Ele não tinha recebido nenhuma mensagem dizendo que recomeçasse suas visitas, e não sabia quanto tempo aqueles mistérios geralmente duravam. Não havia ninguém a quem pudesse perguntar, e ele não sabia o que fazer.

— Ela não parece muito feliz — disse Artur.

— Ela sente saudades de casa — replicou seu pai rapidamente. — Cabe a você distraí-la. Leve-a com você a Ludlow. Compre-lhe coisas. Ela é uma garota como qualquer outra. Elogie a sua beleza. Conte-lhe piadas. Flerte com ela.

Artur pareceu desconcertado.

— Em latim?

Seu pai deu uma gargalhada.

— Pode fazer isso em galês, rapaz, se os seus olhos estiverem sorrindo e o seu pau, duro. Ela vai entender o que quer dizer. Juro. Ela é uma garota que sabe bem o que um homem quer dizer.

Não houve nenhuma resposta animada de seu filho.

— Sim, senhor.
— Se não a quer com você, não é obrigado a levá-la neste ano, como sabe. Espera-se que se casem e passem o primeiro ano separados.
— Isso quando eu tinha 14.
— Há apenas um ano.
— Sim, mas...
— Quer ou não que ela vá junto?
Seu filho corou. O pai olhou seu filho com simpatia.
— Quer que ela vá, mas receia que o engane? — sugeriu ele.
A cabeça loura baixou, e balançou.
— E acha que se ficarem os dois longe da corte e de mim, ela será capaz de atormentá-lo?
Outro breve balançar de cabeça.
— E suas damas de honra. E sua aia. E o tempo vai pesar em suas mãos?
O garoto ergueu os olhos, seu rosto, a mais pura expressão de infelicidade.
— E ela ficará entediada, mal-humorada e tornará a pequena corte em Ludlow uma prisão miserável para vocês dois.
— Se ela não gostar de mim... — começou ele, a voz baixa.
Henrique pôs a mão pesada no ombro de seu filho.
— Ah, meu filho, não importa o que ela pensa de você — disse ele. — Talvez a sua mãe não fosse a minha escolha, talvez eu não fosse a dela. Quando um trono está envolvido, o coração fica em segundo lugar, se é que ele tem alguma importância. Ela sabe o que tem de fazer, e isso é tudo o que importa.
— Oh, ela sabe tudo sobre isso! — falou o garoto, com ressentimento. — Ela não tem...
Seu pai esperou.
— Não tem... o quê?
— Nenhuma vergonha.
Henrique prendeu a respiração.
— Ela não tem vergonha? Ela é ardente? — Tentou evitar o desejo em seu tom, a imagem lasciva repentina de sua nora nua e impudica em sua mente.
— Não! Ela faz isso como um homem arreando um cavalo — disse Artur, a expressão infeliz. — Um dever a ser cumprido.
Henrique reprimiu o riso.

— Mas pelo menos ela faz — disse ele. — Não tem de implorar ou persuadi-la. Ela sabe o que tem de fazer?

Artur virou-se para a janela e olhou para o frio Tâmisa embaixo.

— Acho que ela não gosta de mim. Só gosta de seus amigos espanhóis, e Maria, e talvez Henry. Vejo-a rindo e dançando com eles como se ficasse feliz na companhia deles. Ela conversa com seu pessoal, é cortês com todo mundo. Sorri para todos. Eu quase não a vejo, nem quero vê-la.

Henrique pôs a mão no ombro do filho.

— Meu rapaz, ela não sabe o que pensa de você — tranquilizou-o. — Está ocupada demais com seu próprio mundo de roupas, joias e essas malditas espanholas fofoqueiras. Quanto mais cedo ficarem a sós, mais cedo entrarão em acordo. Pode levá-la para Ludlow, e se conhecerem melhor.

O garoto assentiu com a cabeça, mas não pareceu convencido.

— Se assim deseja, senhor — replicou ele formalmente.

— Posso perguntar a ela se quer ir?

O rubor tornou a cobrir a face do garoto.

— E se ela disser que não? — perguntou ansiosamente.

Seu pai riu.

— Não dirá — prometeu ele. — Vai ver só.

᭞

Henrique tinha razão. Catalina era princesa demais para dizer sim ou não a um rei. Quando lhe perguntou se gostaria de ir a Ludlow com o príncipe, respondeu que faria o que o rei desejasse.

— Lady Margaret Pole continua no castelo? — perguntou ela, a voz um pouco nervosa.

Ele franziu o cenho para ela. Lady Margaret estava agora casada com Sir Richard Pole, um dos incontestáveis guerreiros Tudor, e o responsável pela administração do castelo de Ludlow. Mas Lady Margaret tinha nascido Margaret Plantageneta, a filha querida do duque de Clarence, prima do rei Eduardo e irmã de Eduardo Warwick, cujo direito ao trono tinha sido muito mais legítimo do que o do próprio Henrique.

— E daí?

— Nada — disse ela rapidamente.

— Você não tem motivos para evitá-la — disse ele rispidamente. — O que foi feito, foi feito em meu nome, por ordens minhas. Você não tem culpa de nada.

Ela corou como se estivessem falando de algo vergonhoso.

— Eu sei.

— Não posso ter ninguém contestando o meu direito ao trono — disse ele abruptamente. — Há muitos deles, York e Beaufort, e Lancaster também, e inúmeros outros que imaginam ter chances de reivindicá-lo. Não conhece este país. Estamos todos casados e casados dentro da família como coelhos em uma coelheira. — Fez uma pausa, esperando que ela risse, mas ela estava com o cenho franzido, acompanhando seu francês falado rapidamente. — Não posso permitir ter ninguém por perto reivindicando um direito ao trono que conquistei — disse ele. — E tampouco terei mais alguém reivindicando-o por conquista.

— Pensava que fosse o rei de verdade — disse Catalina com hesitação.

— Agora sou — replicou Henrique Tudor francamente. — E isso é tudo o que importa.

— Foi ungido.

— Agora sou — repetiu com um sorriso sinistro.

— Mas é de linhagem real?

— Tenho sangue real nas veias — disse ele, a voz dura. — Não há necessidade de medir se muito ou pouco. Peguei a coroa no campo de batalha, literalmente. Estava na lama a meus pés. Então eu soube, todos souberam. Todos viram Deus me dar a vitória porque eu era o rei que Ele escolhera. O arcebispo me ungiu porque sabia disso também. Sou tanto rei quanto qualquer outro rei na cristandade, e mais do que a maioria, pois não herdei o trono quando bebê, fruto da luta de outro homem. Deus concedeu-me o reino quando eu já era homem. É meu mérito.

— Mas teve de reivindicá-lo...

— Eu o reivindiquei por mim mesmo. Conquistei por mim mesmo. Deus concedeu o que era meu. E pronto.

Ela baixou a cabeça diante da energia de suas palavras.

— Eu sei.

Sua submissão, e o orgulho por trás, o fascinaram. Pensou que nunca havia existido uma jovem cuja face suave fosse capaz de ocultar seus pensamentos como ela era capaz.

— Quer ficar aqui comigo? — perguntou Henrique baixinho, sabendo que não devia lhe perguntar isso, rezando, assim que emitiu as palavras, para que ela respondesse "não" e silenciasse seu desejo secreto por ela.

— Quero o que Vossa Majestade quiser — respondeu ela calmamente.

— Acho que quer ficar com Artur, estou certo? — perguntou ele, desafiando-a a negar.

— Como desejar, Majestade — disse ela com firmeza.

— Responda! Gostaria de ir a Ludlow com Artur ou prefere ficar aqui comigo?

Ela sorriu ligeiramente, e não se deixou intimidar.

— É o rei — replicou calmamente. — Devo fazer o que ordenar.

○○

Henrique sabia que não podia mantê-la na corte do seu lado, mas não resistiu a brincar com a ideia. Consultou seus conselheiros espanhóis e se deparou com eles impotentemente divididos e discutindo entre si. O embaixador espanhol, que tinha trabalhado tanto para emitir o refratário contrato de casamento, insistiu em que a princesa deveria ir com seu marido e que deveria ser vista como uma mulher casada em todos os aspectos. Seu confessor, que, entre todos eles, parecia ser o único que nutria uma ternura pela princesa, disse que o jovem casal deveria ficar junto. Sua aia, a intimidadora e difícil dona Elvira, preferia não partir de Londres. Tinha ouvido falar que Gales ficava a centenas de milhas, uma terra montanhosa e rochosa. Se Catalina ficasse no castelo de Baynard e o pessoal da casa se visse livre de Artur, poderiam criar um pequeno enclave espanhol no coração de Londres, e o poder da aia seria incontestável, ela poderia controlar a princesa e a pequena corte espanhola.

A rainha foi de opinião que Catalina acharia Ludlow frio e solitário demais em meados de dezembro e sugeriu que talvez o jovem casal pudesse permanecer em Londres até a primavera.

— Você simplesmente quer manter Artur por perto, mas ele tem de ir — disse Henrique bruscamente. — Ele tem de aprender a ser rei, e não existe maneira melhor de aprender a governar a Inglaterra do que governando um principado.

— Ele ainda é jovem, e tímido com ela.

— Tem de aprender a ser um marido também.
— Terão de aprender a viver juntos.
— Então é melhor que aprendam privadamente.

No fim, foi a mãe do rei que deu o conselho decisivo.

— Mande-a ir — disse ela ao rei. — Precisamos de um filho dela. Ela não fará um em Londres. Mande-a com Artur a Ludlow. — Ela riu. — Só Deus sabe como não terão nada mais a fazer lá.

— Elizabeth receia que ela se sinta só e triste — comentou o rei. — E Artur receia não se darem bem sozinhos.

— E daí? — perguntou sua mãe. — Que diferença isso faz? Estão casados e terão de viver juntos e gerar um herdeiro.

Ele lançou-lhe um breve sorriso.

— Ela só tem 16 anos — disse ele — e é a mais nova da sua família, ainda sente saudades da mãe. Não tem a menor consideração pela pouca idade dela, tem?

— Casei-me aos 12 anos de idade e dei à luz você no mesmo ano — respondeu ela. — Ninguém teve a menor consideração comigo. E ainda assim, sobrevivi.

— Duvido que fosse feliz.

— Não era. E duvido que ela seja. Mas isso, certamente, é o que menos importa.

೧೩

Dona Elvira me disse que devo me recusar a ir para Ludlow. Padre Geraldini disse que é meu dever acompanhar o meu marido. Dr. De Puebla disse que minha mãe certamente desejaria que eu vivesse com meu marido, que fizesse de tudo para demonstrar que o casamento foi consumado em palavra e ato. Artur, aquele varapau impotente, não diz nada, e seu pai parece querer que seja eu a decidir. Mas ele é o rei e não confio nele.

Tudo o que realmente gostaria de fazer era voltar para a Espanha. Quer estejamos em Londres, quer em Ludlow, fará frio e choverá o tempo todo, o ar é úmido, não tem nada bom para comer, e não entendo uma palavra do que as pessoas dizem.

Com constrangimento, o rapaz foi para a cama, puxou os lençóis e se instalou ao lado dela. Ela virou-se para olhá-lo e ele se sentiu enrubescer diante de seu olhar inquiridor. Apagou a vela com um sopro, para que ela não visse seu desconforto. Um luz fraca da tocha do guarda do lado de fora bruxuleou através das frestas das persianas, depois se extinguiu quando o guarda se foi. Artur sentiu a cama se mover quando ela voltou a se deitar e puxou a camisola para cima. Ele se sentiu como se fosse um nada para ela, um objeto sem a menor importância, algo que ela precisava suportar para ser a rainha da Inglaterra.

Afastou as cobertas e pulou para fora da cama.

— Não vou ficar aqui. Vou para o meu quarto — disse ele lapidarmente.

— Como?

— Não vou ficar aqui. Não sou desejado...

— Não é desejado? Nunca lhe disse que não era...

— Está óbvio. A cara que você faz...

— Está escuro como breu! Como sabe a cara que faço? E de qualquer maneira, você parece ser obrigado a vir!

— Eu? Não sou eu que mando uma mensagem que metade da corte ouve para que eu não venha para a sua cama.

Ouviu-a arfar.

— Eu não disse para você não vir. Tive de mandá-las lhe dizer... — interrompeu-se embaraçada. — Estava no meu período... você tinha de saber...

— Sua aia disse ao meu criado que eu não deveria vir à sua cama. Como acha que me senti? Como acha que pareci a todo mundo?

— De que outra maneira eu poderia lhe dizer? — perguntou ela.

— Que tal se você mesma me dissesse? — replicou ele enraivecido. — E não a todo mundo?

— Como eu faria? Como poderia dizer uma coisa dessas? Eu ficaria com vergonha!

— Em vez disso fui eu que passei por tolo!

Catalina levantou-se e se firmou segurando-se no pilar da cama.

— Milorde, peço desculpas se o ofendi, não sei como essas coisas são feitas aqui... No futuro, farei como quiser...

Ele não respondeu.

Ela esperou.

— Vou embora — disse ele e se dirigiu à porta para chamar seu criado.

— Não! — O gritou escapou dela.
— O quê? — Ele se virou.
— Todos vão ficar sabendo — disse ela em desespero. — Vão saber que há algo errado entre nós. Todos vão saber que você acaba de vir. Se sair agora, todos vão pensar...
— Não vou ficar aqui! — gritou ele.
O orgulho dela manifestou-se.
— Vai envergonhar nós dois! — gritou. — O que quer que as pessoas achem? Que eu lhe causo repulsa ou que é impotente?
— Por que não? Se as duas coisas são verdadeiras? — bateu na porta ainda mais alto, chamando seu criado.
Perplexa e horrorizada, ela voltou a se apoiar no pilar da cama.
— Vossa Alteza? — chegou um grito da outra câmara e a porta se abriu revelando o criado de quarto e dois pajens, atrás deles dona Elvira e uma dama de honra.
Catalina foi para a janela e virou-se de costas para eles. Indeciso, Artur parou relanceando os olhos para ela, pedindo ajuda, algum sinal de que, afinal, poderia ficar.
— Que vergonha! — exclamou dona Elvira passando por ele e jogando um manto sobre os ombros de Catalina. Com a mulher com o braço em volta de Catalina, olhando enfurecida para ele, Artur não poderia voltar para a sua mulher; atravessou a soleira e foi para os seus aposentos.

☙

Eu não o suporto, não suporto este país. Não posso viver aqui para o resto da minha vida. Ele admitir que não o agrado! Atrever-se a falar assim comigo! Enlouqueceu como um de seus cães imundos que arfam por toda parte? Esqueceu-se de quem eu sou? Esqueceu-se de quem é?

Estou com tanta raiva dele que tenho vontade de pegar uma cimitarra e cortar fora sua cabeça. Se ele refletisse por um momento, perceberia que todos no palácio, todos em Londres, provavelmente todos neste país vulgar rirão de nós. Dirão que sou feia e que não posso agradá-lo.

Estou chorando de raiva, não de pesar. Enfio a cabeça no travesseiro em minha cama, para que ninguém escute e comente que a princesa chorou até adorme-

cer porque o seu marido não quis se deitar com ela. A raiva e as lágrimas estão me asfixiando, estou com tanto ódio dele.

Depois de um tempo, paro, enxugo o rosto, sento-me na cama. Sou princesa de nascença e casamento. Não vou desistir. Manterei a dignidade, mesmo que ele não tenha nenhuma. Ele é um garoto, um garoto inglês, como saberia como agir? Penso em minha casa ao luar, em como os muros e arabescos refulgem brancos e a pedra amarela branqueia se tornando cor creme. Aquele é um palácio, onde as pessoas sabem como se comportar com graça e dignidade. Tudo o que eu mais queria, o que desejo de todo coração era poder ter continuado lá.

Lembro-me de que costumava observar uma grande lua amarela refletida na água do jardim da sultana. Como uma tola, costumava sonhar em me casar.

ುತ

Oxford, Natal de 1501

Partiram alguns dias antes do Natal. Com determinação, falavam um com o outro em público com toda a cortesia, e se ignoravam completamente quando ninguém estava observando. A rainha tinha pedido que ficassem pelo menos até o Dia de Reis, mas milady mãe do rei tinha decidido que deveriam passar o Natal em Oxford, o que seria uma oportunidade do país ver o príncipe e a nova princesa de Gales. E o que a mãe do rei dizia era lei.

Catalina viajou de liteira, sacolejando impiedosamente pelas estradas congeladas, as mulas atolando nos vaus, ela gelada até os ossos por mais mantas e peles que a envolvessem. A mãe do rei tinha ordenado que ela não montasse para evitar uma queda. A esperança tácita de que estivesse grávida. Catalina, por sua vez, nada disse para confirmar ou negar a esperança. Artur também se silenciou.

Ficaram em quartos separados na estrada para Oxford e no Magdalene College. Os chantres estavam preparados, as cozinhas estavam preparadas, a excelente hospitalidade de Oxford estava pronta para divertir; mas o príncipe e a princesa de Gales estavam tão frios e apáticos quanto o clima.

Jantaram juntos à grande mesa de frente para o salão, e o maior número possível de cidadãos de Oxford que conseguiram entrar na galeria ocupou seus lugares e observou a princesa colocar pequenas porções de comida na boca e virar o ombro para o marido, enquanto ele olhava em volta do salão procurando companheiros com quem conversar, como se estivesse jantando sozinho.

Apresentaram dançarinas e acrobatas, mímicos e músicos. A princesa sorria gentilmente, mas nunca ria, e deu bolsas de moedas espanholas a todos os artistas, agradecendo a presença deles; mas nem uma vez sequer se virou para o marido para lhe perguntar se estava gostando da noite. O príncipe caminhou pelo salão, afável e agradável com todos os homens eminentes da cidade. Falou o tempo todo em inglês, e sua esposa espanhola teve de esperar que alguém falasse com ela em francês ou latim, o que seria improvável. Todos rodeavam o príncipe, falando, contando piadas, rindo, quase como se estivessem rindo dela, e não quisessem que entendesse os comentários. A princesa ficou sentada sozinha, rígida na cadeira de madeira esculpida, a cabeça ereta e um ligeiro sorriso, desafiador, nos lábios.

Por fim, bateu a meia-noite e a longa noite se encerrou. Catalina levantou-se e observou a corte fazer reverência. Ela fez uma reverência espanhola ao marido, sua aia atrás dela, com uma expressão de pedra.

— Boa noite, Alteza — disse a princesa em latim, sua voz clara, a pronúncia perfeita.

— Irei ao seu quarto — disse ele. Houve um murmúrio de aprovação; a corte queria um príncipe lascivo.

A cor subiu ao seu rosto diante do anúncio público. Ela não podia dizer nada. Não podia rejeitá-lo, mas a maneira como se levantou e saiu da sala não lhe prometeu uma acolhida calorosa quando estivessem a sós. Suas damas fizeram reverência e a acompanharam em uma agitação ofendida, farfalhando como um véu colorido arrastando-se atrás dela. A corte sorriu diante da sua altivez.

Artur foi vê-la meia hora depois, excitado pela bebida e pelo ressentimento. Encontrou-a ainda vestida, esperando ao lado do fogo, sua aia ao seu lado, o quarto iluminado pelas velas, as damas ainda conversando e jogando cartas, como se fosse meio da tarde. Claramente, ela não era uma jovem pronta para ir para a cama.

— Boa noite — disse ela levantando-se e fazendo uma reverência quando ele entrou.

Artur teve que se conter para não recuar, para não se retirar ao se deparar com ela ainda vestida. Ele pronto para a cama, de camisola com apenas um robe jogado sobre os ombros. Estava ciente de seus pés descalços e dedos vulneráveis. Catalina resplandecia em sua roupa elegante. Todas as damas se viraram e olharam para ele com uma expressão inamistosa. Ele estava ciente de sua camisola, suas pernas expostas, o risinho mal abafado de um de seus homens atrás dele.

— Esperava que estivesse na cama — disse ele.

— É claro, posso ir para a cama — replicou ela fazendo uma mesura gélida. — Estava para me deitar. É muito tarde. Mas quando anunciou publicamente que me visitaria em meus aposentos, achei que estava pretendendo trazer toda a corte. Achei que estava dizendo a todos que viessem aos meus aposentos. Por que mais anunciaria isso tão alto para que todos escutassem?

— Não anunciei tão alto!

Ela ergueu um sobrolho contradizendo-o sem falar.

— Vou ficar aqui esta noite — disse ele obstinadamente. Encaminhou-se à porta do quarto de dormir. — As damas podem ir para suas camas, está tarde. — Fez um sinal para os seus homens. — Deixem-nos a sós. — Entrou no quarto dela e fechou a porta atrás de si.

Ela o seguiu e fechou a porta da sala em que ficaram suas damas, deixando-as com a expressão escandalizada do lado de fora. De costas para a porta, observou-o tirar o robe e a camisola, subindo para a cama nu. Afofou os travesseiros e recostou-se. Os braços cruzados sobre o estreito peito, como um homem esperando um entretenimento.

Foi a vez dela de ficar constrangida.

— Vossa Alteza...

— É melhor se despir — disse ele. — Como disse, já é tarde.

Ela virou-se para um lado, para o outro.

— É melhor eu chamar dona Elvira.

— Faça isso. E chame quem mais quiser para despi-la. Não se preocupe comigo.

Catalina conteve sua raiva. Ele percebeu sua indecisão. Ela não suportaria ser despida na sua frente. Ela virou-se e saiu do quarto.

Houve uma agitação irritada em espanhol na sala do lado de fora do quarto. Artur deu um largo sorriso, supôs que ela estivesse dispensando suas damas e se despindo na sala. Quando ela voltou, viu que estava certo. Ela usava uma camisola branca ornada de uma bela renda, e seu cabelo estava trançado. Parecia mais uma menina do que a princesa altiva de um momento antes, e ele percebeu que seu sentimento mudava para a ternura.

Ela relanceou os olhos para ele, a expressão hostil.

— Tenho de dizer minhas orações — disse ela.

Foi ao genuflexório, ajoelhou-se. Ele a observou baixar a cabeça sobre as mãos juntas e começar a sussurrar uma prece. Pela primeira vez, sua irritação o deixou, e pensou em como devia ser difícil para ela. Certamente, seu constrangimento e medo não eram nada perto dos dela: sozinha em uma terra estranha, à disposição de um garoto alguns meses mais novo do que ela, sem nenhum amigo verdadeiro e nenhum parente, distante de tudo e todos que ela conhecia.

A cama estava quente. O vinho que tinha bebido para reunir coragem agora o deixava sonolento. Recostou-se no travesseiro. Suas orações estavam se alongando, mas era bom para um homem ter uma mulher espiritualizada. Fechou os olhos ao pensar nisso. Quando ela fosse para a cama, achou que a possuiria com segurança, mas delicadamente. Era Natal, ele seria gentil com ela. Ela provavelmente se sentia só e com medo. Ele seria generoso. Pensou afetuosamente em como seria terno, e como ela ficaria grata. Talvez aprendessem a dar prazer um ao outro, talvez ele a fizesse feliz. Sua respiração se tornou mais profunda, emitiu um pequeno ronco abafado. Adormeceu.

Catalina olhou em volta e sorriu triunfante. Então, em silêncio absoluto, foi para a cama, do seu lado, tomando cuidado para que nem mesmo a bainha da camisola tocasse nele, e se ajeitou para dormir.

☙

Você pensou em me constranger diante de minhas damas, diante de toda a corte. Achou que podia me envergonhar e triunfar sobre mim. Mas sou uma princesa da Espanha e conheci e vi coisas que você, neste seu pequeno país seguro, neste seu porto seguro presunçoso, jamais imaginaria. Sou a infanta, sou filha dos dois monarcas mais poderosos de toda a cristandade, que sozinhos derrotaram a maior ameaça já enfrentada pelo mundo cristão. Durante setecentos anos, os mouros ocuparam a Espanha, um império mais poderoso do que o dos romanos. E quem os expulsou? Minha mãe! Meu pai! Por isso não precisa achar que tenho medo de você, seu príncipe pétala-de-rosa ou seja lá como o chamam. Nunca me curvarei a fazer nada que uma princesa da Espanha não fizesse. Nunca serei insignificante ou humilhada. Se me desafiar, eu o vencerei.

☙

Artur não falou com ela de manhã, seu orgulho de garoto atingido no âmago. Ela o envergonhara na corte de seu pai ao recusar-lhe seus aposentos, e agora o envergonhara em particular. Achava que ela o havia deixado em um beco sem saída, que o havia feito de bobo, e que ainda agora estaria rindo dele. Levantou-se e saiu em silêncio, com a cara fechada. Foi à missa mas não a encarou. Foi caçar e desapareceu durante o dia todo. Não falou com ela à noite. Assistiram a uma representação, sentados lado a lado, e não trocaram sequer uma palavra durante a noite toda. Passaram uma semana inteira em Oxford e não trocaram mais de uma dúzia de palavras diariamente. Ele jurou, com amargura, a si mesmo que jamais voltaria a falar com ela, que se conseguisse ter um filho dela, passaria a humilhá-la de todas as maneiras possíveis, que nunca mais voltaria a falar diretamente com ela, e nunca, nunca mais dormiria com ela.

Quando chegou a manhã em que partiriam para Ludlow, o céu estava nublado, prometendo neve. Catalina surgiu à porta do colégio e se retraiu quando o ar úmido e gélido bateu em seu rosto. Artur ignorou-a.

Ela saiu para o pátio onde o séquito a aguardava. Ela hesitou diante da liteira. Ela pareceu a ele uma prisioneira hesitando diante da carroça. Ela não tinha escolha.

— Não está frio demais? — perguntou ela.

Ele se virou para ela com a expressão implacável.

— Vai ter de se acostumar com o frio. Você não está mais na Espanha.

— É o que vejo.

Ela fechou as cortinas da liteira. Dentro havia mantas com que se envolver e almofadas em que se recostar, mas não parecia muito acolhedor.

— O tempo fica muito pior do que isso — disse ele animadamente. — Muito mais frio. Chove, chove e neva, neva, e fica muito mais escuro. Em fevereiro, na melhor das hipóteses, temos umas duas horas de luz durante o dia, e há a neblina gélida que transforma o dia em noite, sempre cinza.

Ela se virou e olhou para ele.

— Não podemos partir outro dia?

— Você concordou em vir — se escarneceu dela. — Eu teria ficado feliz em deixá-la em Greenwich.

— Fiz o que me mandaram fazer.

— Então é isso. Viajamos como fomos mandados fazer.

— Você, pelo menos, pode se movimentar e se aquecer — disse ela queixosamente. — Não posso montar?

— Milady mãe do rei disse que não.

Ela fez uma careta, mas não discutiu.

— Você escolhe. Devo deixá-la aqui? — perguntou ele bruscamente, como se não tivesse tempo a perder com essas indecisões.

— Não — replicou ela. — É claro que não — e subiu na liteira. Envolveu os pés com mantas, e também os ombros.

Artur conduziu o séquito pelo caminho para fora de Oxford, curvando-se e sorrindo para o povo que tinha ido saudá-lo. Catalina fechou as cortinas da liteira para se proteger do frio e dos olhares do povo, e não mostrou a face.

Pararam para jantar em uma casa suntuosa no caminho. Artur dirigiu-se à mesa sem nem mesmo esperar para ajudá-la a descer da liteira. A dona da casa apressou-se a sair e se deparou com Catalina descendo com dificuldade, pálida e com os olhos vermelhos.

— Princesa, está passando bem? — perguntou a mulher.

— Estou com frio — replicou Catalina, infeliz. — Estou gelando de frio. Acho que nunca senti tanto frio.

Ela mal comeu, não aceitou o vinho. Parecia prestes a cair de exaustão. Mas assim que o jantar terminou, Artur quis prosseguir a viagem. Tinham ainda vinte milhas a percorrer antes do crepúsculo prematuro do inverno.

— Não pode recusar? — perguntou Maria de Salinas em um sussurro rápido.

— Não — respondeu a princesa. Levantou-se sem dizer mais nada. Mas quando abriram a grande porta de madeira que dava para o pátio, pequenos flocos de neve rodopiaram à volta deles.

— Não podemos viajar com esse tempo, logo vai escurecer e nos perderemos! — exclamou Catalina.

— Nunca me perco — disse Artur, e se encaminhou a passos largos para o seu cavalo. — Você me segue.

A dona da casa mandou um criado buscar correndo uma pedra quente para pôr nos pés de Catalina. A princesa subiu na liteira, pôs as mantas ao redor dos ombros, e envolveu bem as mãos.

— Tenho certeza de que ele está impaciente para levá-la a Ludlow para lhe mostrar seu castelo — disse a mulher, tentando aliviar a situação infeliz.

— Está impaciente para me mostrar nada além de seu desprezo — respondeu Catalina, mas tomando o cuidado de se expressar em espanhol.

Deixaram o calor e a luz da casa e ouviram as portas baterem quando os cavalos se voltaram para o oeste e para o sol branco que já estava baixo no horizonte. Eram duas horas da tarde, mas o céu estava tão cheio de nuvens de neve que pendia um brilho cinza lúgubre na paisagem sinuosa. A estrada se estendia em zigue-zague, trilhas marrons contra campos marrons, ambos branqueando sob a cerração da neve em remoinho. Artur cavalgava à frente, cantando alegremente, a liteira de Catalina seguia atrás com dificuldade. A cada passo, as mulas jogavam a liteira para um lado, depois para o outro, ela tinha de manter a mão na beira, para se segurar, e seus dedos começaram a gelar, depois sentiu câimbras, e seus dedos ficaram azuis por causa do frio. As cortinas protegiam do pior dos flocos de neve, mas não da corrente de ar persistente e inclemente. Quando olhava para fora, ela via um redemoinho branco de flocos de neve girando na estrada, e o céu parecendo cada vez mais cinza.

O cavalo de Artur seguia à frente a meio-galope, o príncipe montando com facilidade, uma mão enluvada nas rédeas, a outra segurando o chicote. Usava roupas de baixo de lã, ficando bem agasalhado sob o gibão de couro, e botas de couro macias. Catalina observou-o cavalgar. Sentia frio demais, estava infeliz demais até mesmo para ficar ressentida com ele. Mais do que tudo, ela queria que ele recuasse até ela e lhe comunicasse que a viagem estava quase no fim, que estavam quase chegando.

Passou-se uma hora, as mulas desciam a estrada, as cabeças baixas se protegendo do vento que fazia a neve rodopiar ao redor de suas orelhas e para dentro da liteira. A neve, agora, se adensava, enchendo o ar e penetrando os sulcos na estrada. Catalina tinha-se enroscado nas mantas, pondo, como uma criança, a pedra que esfriava rapidamente em sua barriga, os joelhos encolhidos, as mãos entre eles, o rosto enfiado para baixo nas peles e mantas. Seus pés estavam congelando. Às suas costas, havia uma abertura nas mantas, e volta e meia, uma corrente de ar gélido a fazia estremecer.

Por toda parte do lado de fora, ela ouvia os homens conversando e rindo do mau tempo, dizendo que comeriam bem quando a comitiva entrasse em Burford. Suas vozes pareciam vir de muito longe. Catalina adormeceu de frio e exaustão.

Despertou atordoada quando a liteira bateu no chão e as cortinas foram abertas. Foi inundada por uma onda de ar gelado, que a fez baixar bem a cabeça e gritar de desconforto.

— Infanta? — chamou dona Elvira. A aia tinha cavalgado sua mula e o exercício a mantivera aquecida. — Infanta? Graças a Deus, finalmente chegamos.

Catalina não levantou a cabeça.

— Infanta, estão esperando para saudá-la.

Catalina continuou sem erguer os olhos.

— O que foi? — Era a voz de Artur, que vira a liteira ser posta no chão e a aia curvar-se sobre ela. Percebeu que a pilha de mantas não se movia. Por um instante, com uma pontada de aflição, achou que a princesa estivesse doente. Maria de Salinas lançou-lhe um olhar de censura. — Qual é o problema?

— Não é nada. — Dona Elvira aprumou o corpo e se pôs entre o príncipe e sua jovem esposa, protegendo Catalina quando ele saltou do cavalo e foi em sua direção. — A princesa adormeceu e está se recompondo.

— Vou vê-la — disse ele. Afastou a mulher com uma mão segura e ajoelhou-se do lado da liteira.

— Catalina? — chamou calmamente.

— Estou gelada de frio — replicou uma voz enfraquecida. Ela ergueu a cabeça e ele viu que estava branca como a neve e seus lábios estavam roxos. — Estou com tanto frio que posso morrer... e então você vai ficar feliz. Vai poder me... me enterrar neste país horrível e se... se casar com uma inglesa gorda e estúpida. E nunca verei... — Interrompeu-se e caiu em prantos.

— Catalina? — Ele estava completamente estupefato.

— E nunca mais verei minha... minha mãe de novo. Mas ela vai saber que me matou com o seu país desgraçado e sua crueldade.

— Não fui cruel! — ele retorquiu imediatamente, cego ao grupo de cortesãos à volta deles. — Por Deus, Catalina, não fui eu!

— Você foi cruel. — Ela ergueu a face das mantas. — Foi cruel porque...

Seu rosto triste, lívido, coberto de lágrimas falou por ela mais do que suas palavras conseguiriam. Ela pareceu uma de suas irmãs quando repreendidas por sua avó. Não parecia uma princesa da Espanha enfurecida, insultada, e sim uma garota que tivesse sido levada às lágrimas — e ele se deu conta de que tinha sido ele a levá-la às lágrimas, que a tinha feito chorar, e a tinha deixado na liteira fria durante a tarde toda, enquanto tinha cavalgado e se deliciado com a ideia de seu desconforto.

Estendeu o braço e puxou sua mão gelada das mantas. Seus dedos estavam entorpecidos. Ele sabia que tinha agido mal. Levou as pontas de seus dedos arroxeados à boca e soprou neles seu hálito quente.

— Que Deus me perdoe — disse ele. — Eu me esqueci que era um marido. Eu não sabia que devia ser um marido. Não me dei conta de que podia fazê-la chorar. Nunca mais vou fazer isso.

Ela pestanejou, seus olhos azuis banhados de lágrimas.

— O quê?

— Eu errei. Eu estava errado, completamente errado. Deixe que a leve para dentro. Vamos nos aquecer e vou lhe dizer como lamento, e nunca mais serei ruim com você.

Ela imediatamente tentou afastar as mantas, e Artur as tirou de suas pernas. Ela estava tão encolhida e tão gelada que baqueou quando tentou se levantar. Ignorando os protestos abafados de sua aia, ele a ergueu nos braços, como uma noiva, e atravessou o limiar para a sala.

Colocou-a gentilmente diante do fogo, delicadamente puxou o capuz para trás de sua cabeça, desatou o manto, friccionou suas mãos. Fez sinal para os criados, que tinham vindo pegar seu manto e oferecer vinho. Ele fez um pequeno círculo tranquilo e silencioso à volta dos dois, e viu a cor retornar à face dela.

— Desculpe — disse ele, sinceramente. — Eu estava com muita raiva de você, mas não deveria tê-la feito viajar tanto com um tempo tão ruim, e não devia ter deixado que sentisse frio. Eu errei.

— Eu o perdoo — sussurrou ela, com um leve sorriso iluminando seu rosto.

— Eu não sabia que tinha de cuidar de você. Não achei que deveria. Agi como uma criança, uma criança grosseira. Mas agora sei, Catalina. Nunca mais serei grosseiro com você.

Ela balançou a cabeça.

— Ah, por favor. Você também tem de me perdoar. Também não fui gentil com você.

— Não foi?

— Em Oxford — ela sussurrou, bem baixinho.

Ele balançou a cabeça.

— E o que me diz?

Ela olhou de relance para ele. Artur não estava querendo bancar o ofendido. Ainda era um menino, e um menino com uma noção determinada de justiça. Ele precisava de um pedido de desculpas correto.

— Lamento muito, muito mesmo — disse ela, falando a verdade. — Não foi certo, e me arrependi de manhã, mas não podia lhe dizer.

— Podemos ir para a cama agora? — sussurrou ele, a boca bem perto do seu ouvido.

— Podemos?

— E se digo que está doente?

Ela assentiu com a cabeça, e não disse mais nada.

— A princesa não está passando bem por causa do frio — comunicou Artur. — Dona Elvira a levará para o quarto e eu jantarei lá, mais tarde, a sós com ela.

— Mas as pessoas vieram ver Vossa Alteza... — disse o anfitrião. — Têm um entretenimento para Vossa Alteza e algumas disputas que gostariam que ouvisse...

— Eu os verei a todos agora, no salão, e ficaremos aqui amanhã também. Mas a princesa tem de ir para os seus aposentos imediatamente.

— É claro.

Houve uma agitação em volta da princesa quando suas damas, lideradas por dona Elvira, se prepararam para acompanhá-la ao quarto. Catalina relanceou os olhos para Artur.

— Por favor, venha jantar em meus aposentos — disse ela, em um tom alto o bastante para que todos ouvissem. — Quero ver Vossa Alteza.

Foi tudo para ele: ela admitir publicamente seu desejo por ele. Ele fez uma reverência ao cumprimento e se dirigiu ao salão, onde pediu um copo de *ale* e lidou elegantemente com a meia dúzia de homens que haviam se reunido para vê-lo, depois pediu licença e foi para o quarto dela.

☙

Catalina estava esperando por ele, sozinha, do lado do fogo. Tinha dispensado as mulheres e os criados; não havia ninguém para servi-los, estavam a sós. Ele quase se retraiu ao ver o quarto vazio; os príncipes e as princesas Tudor nunca eram deixados a sós. Mas ela tinha dispensado os criados que deveriam servir à mesa, dispensado suas damas de honra, que jantariam com eles. Tinha até mesmo dispensado sua aia. Não havia ninguém para ver como transformara seu apartamento, como havia posto a mesa de jantar.

Tinha envolvido os móveis de madeira com as passadeiras coloridas da mesa, e até mesmo drapeado os panos das tapeçarias para ocultar as paredes frias, de modo que o quarto parecesse uma bela tenda decorada.

Também tinha mandado que serrassem as pernas da mesa, de modo que ficasse da altura de um banco, um móvel absurdo. Tinha colocado grandes almofadas em cada extremo da mesa, como se fossem se reclinar nelas como selvagens para comer. O jantar estava posto na mesa na altura do joelho, próximo à lenha na lareira, como um banquete bárbaro, havia velas por toda parte e um cheiro forte de incenso, tão estonteante quanto uma igreja em dia santo.

Artur ia se queixar da extravagância de serrar os móveis, mas se deteve. Talvez não fosse simplesmente uma loucura de menina; ela estava tentando lhe mostrar alguma coisa.

Estava usando uma roupa extraordinária. Em sua cabeça, uma bela seda torcida, presa com um diadema, com a ponta caindo atrás, que ela havia prendido displicentemente de um lado do penteado, como se pudesse puxá-la sobre o rosto, como um véu. Ao invés de um vestido decente, usava um simples pano de seda bem fina, azul-claro, quase transparente, deixando ver a palidez de sua pele embaixo. Ele sentiu seu coração pulsar, quando percebeu que ela estava nua por baixo. Por baixo da camisa, ela usava um par de meias — como as meias de um homem —, mas não iguais às de um homem, pois eram folgadas e pendiam de seus quadris, onde estavam amarradas com cordões dourados, depois atadas de novo nos tornozelos. Seus pés semiexpostos em alpargatas carmesim tecidas com fios dourados. Ele olhou-a de cima a baixo, do turbante bárbaro às alpargatas turcas, e ficou sem palavras.

— Não gostou da minha roupa — disse Catalina sem rodeios, e ele era inexperiente demais para reconhecer a intensidade do constrangimento que ela estava para sentir.

— Nunca vi nada igual em toda a minha vida — gaguejou ele. — São roupas árabes? Mostre-me!

Ela deu uma volta, observando-o por cima do ombro, depois de frente.

— Nós as usamos na Espanha — disse ela. — Minha mãe também. São mais confortáveis do que vestidos, e mais limpas. Tudo pode ser lavado, não é como o veludo e o damasco.

Ele balançou a cabeça, e percebeu o perfume de água de rosas que a seda exalava.

— E são frescas para o calor durante o dia — acrescentou ela.

— São... lindas. — Quase disse "bárbaras", e ficou feliz por ter-se contido ao perceber o brilho nos olhos dela.

— Acha?

— Acho.

No mesmo instante ela ergueu os braços e girou de novo, para lhe mostrar a leveza da calça e da camisa.

— Usa-as para dormir?

Ela riu.

— Nós as usamos quase o tempo todo. Minha mãe sempre as usa por baixo da armadura. São muito mais confortáveis do que qualquer outra coisa, e ela não pode usar vestidos debaixo da cota de malha.

— Não...

— Quando recebemos embaixadores cristãos, ou em grandes ocasiões, ou quando a corte banqueteia, usamos vestidos e mantos, principalmente no Natal, quando faz frio. Mas no nosso quarto, no verão, e sempre quando estamos em campanha, usamos trajes mouros. É fácil de fazer, de lavar, de carregar, e de vestir.

— Não pode usar isso aqui — disse Artur. — Lamento muito, mas milady mãe do rei faria objeção até mesmo se soubesse que as tem.

Ela assentiu com a cabeça.

— Eu sei. Minha mãe foi contra eu trazê-las. Mas eu quis ter alguma coisa que me lembrasse de minha terra, e achei que poderia guardá-las na arca e não mostrar a ninguém. Mas hoje à noite, pensei em mostrá-las a você. Mostrar a você como sou, como costumava ser.

Catalina fez um sinal para que ele se aproximasse da mesa. Ele se sentiu grande demais, desajeitado demais e, instintivamente, curvou-se, tirou as bo-

Sei que sou a princesa de Gales e que serei a rainha da Inglaterra. É verdade. Mas hoje, agora, não me sinto muito feliz com isso.

☙

— Vamos para o meu castelo em Ludlow — disse Artur, sem jeito, a Catalina. Estavam sentados lado a lado à mesa do jantar, o salão embaixo, a galeria acima, e as amplas portas cheias de gente que tinha vindo de Londres para o entretenimento grátis de observar a corte jantar. A maior parte das pessoas observava o príncipe de Gales e sua jovem esposa.

Ela baixou a cabeça, e não olhou para ele.

— É a ordem de seu pai? — perguntou ela.

— Sim.

— Então ficarei feliz em ir — disse ela.

— Ficaremos sozinhos, a não ser pelo administrador do castelo e sua mulher — prosseguiu Artur. Queria dizer que esperava que ela não se importasse, que esperava que ela não se entediasse ou ficasse triste ou, o pior de tudo, ficasse com raiva dele.

Ela olhou para ele sem sorrir.

— E?

— Espero que goste — gaguejou ele.

— O que o seu pai quiser — disse ela com firmeza, como se para lembrá-lo que eram apenas príncipe e princesa e não tinham direitos nem nenhum poder.

Ele pigarreou.

— Irei ao seu quarto hoje à noite — disse ele.

Ela o olhou com olhos tão azuis e duros como as safiras ao redor de seu pescoço.

— Como quiser — disse ela com o mesmo tom neutro.

Ele chegou quando ela estava na cama. Dona Elvira introduziu-o no quarto, a expressão como de pedra, cada gesto seu de reprovação. Catalina sentou-se na cama e observou seu criado de quarto tirar o manto de seus ombros e sair em silêncio, fechando a porta atrás de si.

— Vinho? — perguntou Artur. Receou que sua voz estremecesse.

— Não, obrigada — replicou ela.

tas de montar, e pisou descalço na rica tapeçaria. Ela balançou a cabeça aprovando e fez sinal para que ele se sentasse. Ele deixou-se cair em uma das almofadas bordadas de dourado.

Com serenidade, ela se sentou no lado oposto e lhe passou uma tigela de água perfumada, com um guardanapo branco. Ele molhou os dedos e enxugou-os. Ela sorriu e lhe ofereceu uma travessa dourada com comida. Era um prato da sua infância: coxas de galinha assada, rins condimentados, com pão branco. Um jantar tipicamente inglês. Mas ela havia mandado que servissem somente pequeninas porções em cada prato individual, peças de carne com osso dispostas com requinte. Tinha fatiado maçãs para serem servidas com a carne, e acrescentado carnes condimentadas do lado de ameixas cristalizadas. Tinha feito o possível para lhe servir uma refeição espanhola, com todo o refinamento e luxo do paladar mourisco.

Artur perdeu o preconceito.

— Isto é... lindo — disse ele, buscando uma palavra para descrevê-lo. — É como... um quadro. Você parece... — Não lhe ocorreu nada que já tivesse visto que se parecesse com ela. Então, veio-lhe uma imagem. — Você parece uma pintura que vi certa vez em um prato — disse ele. — Um tesouro da Pérsia que pertencia à minha mãe. Você está igual. Estranha, e adorável.

Ela iluminou-se com o elogio.

— Quero que entenda — disse ela, falando em latim, com cuidado. — Quero que entenda o que sou. *Cuiusmodi sum.*

— O que você é?

— Sou sua mulher — tranquilizou-o ela. — Sou a princesa de Gales, serei a rainha da Inglaterra. Serei uma inglesa. Esse é o meu destino. Mas ainda assim, sou a infanta da Espanha, de Al-Andaluz.

— Eu sei.

— Sabe e não sabe. Não conhece a Espanha, nada sabe sobre mim. Quero me expor para você. Quero que saiba sobre a Espanha. Sou uma princesa da Espanha. Sou a favorita do meu pai. Quando jantamos a sós, comemos assim. Quando estamos em campanha, vivemos em tendas e nos sentamos diante de braseiros assim. E estamos em campanha sempre, desde os meus 7 anos.

— Mas a sua corte é cristã — protestou ele. — São uma potência na cristandade. Têm cadeiras, cadeiras apropriadas, deveriam jantar em mesas apropriadas.

— Somente em banquetes de Estado — disse ela. — Quando estamos em nossos aposentos privados, vivemos assim, como mouros. Oh, rezamos e damos graças a Deus ao partirmos o pão. Mas não vivemos como vocês vivem aqui, na Inglaterra. Temos belos jardins, com muitas fontes e água correndo. Temos cômodos em nosso palácio com pedras preciosas com inscrições em ouro que dizem belas verdades em poesia. Temos casas de banho com água quente onde nos lavamos, e vapor para perfumar o espaço, temos casas de gelo, armazenado durante o inverno, da neve das serras, de modo que nossas frutas e bebidas possam ser esfriadas no verão.

As palavras eram tão sedutoras quanto as imagens.

— Você soa de maneira tão estranha — disse ele, com relutância. — Parece um conto de fadas.

— Simplesmente estou me dando conta, agora, de como somos estranhos um ao outro — disse Catalina. — Eu pensava que o seu país deveria ser igual ao meu, mas é completamente diferente. Passei a achar que somos mais parecidos com persas do que com alemães. Somos mais árabes do que visigodos. Talvez você esperasse que eu fosse uma princesa como suas irmãs, mas sou completamente diferente.

Ele concordou com a cabeça.

— Vou ter de aprender suas maneiras — propôs ele, com hesitação. — Assim como você terá de aprender as minhas.

— Serei a rainha da Inglaterra, terei de me tornar inglesa. Mas quero que saiba o que fui, o que fui quando era menina.

Artur assentiu.

— Sentiu muito frio hoje? — perguntou ele. Experimentou uma sensação estranha, nova, como um peso em sua barriga. Percebeu que era inquietação com a ideia de ela estar infeliz.

Ela o encarou.

— Sim — replicou. — Senti muito frio. E então, pensei que tinha sido rude com você e me senti muito infeliz. Depois, pensei que estava muito distante da minha casa e do calor do sol e da minha mãe. Senti muitas saudades de casa. Foi um dia horrível, o dia de hoje. Tive um dia horrível, hoje.

Ele estendeu a mão para ela.

— Posso confortá-la?

Os dedos dela encontraram os seus.

— Você me confortou — replicou ela. — Quando me levou para perto do fogo e me disse que lamentava. Você realmente me confortou. Vou aprender a confiar em que você sempre vai me confortar.

Ele a puxou para si; as almofadas eram macias e confortáveis, ele a deitou do seu lado e, gentilmente, afastou a seda enrolada em sua cabeça. A seda deslizou e as belas tranças ruivas se soltaram. Tocou-as com os lábios, depois, levemente, sua boca trêmula e doce, seus olhos com cílios ruivos, suas sobrancelhas claras, as veias azuis em suas têmporas, os lóbulos de suas orelhas. Ele sentiu o desejo crescer e beijou a base de sua garganta, suas clavículas finas, a pele quente e sedutora do pescoço ao ombro, a cavidade em seu cotovelo, o calor da palma de sua mão, a axila perfumada eroticamente, e então retirou a sua camisa, puxando-a pela cabeça e ela ficou nua em seus braços. E ela era a sua mulher, a sua mulher querida realmente, por fim.

> ✼

Eu o amo. Não achei que isso seria possível, mas o amo. Eu me apaixonei por ele. Olho-me no espelho e me espanto, como se tivesse mudado, como se tudo tivesse mudado. Sou uma mulher jovem apaixonada por meu marido. Estou apaixonada pelo príncipe de Gales. Eu, Catalina da Espanha, estou apaixonada. Eu quis esse amor, achei que era impossível, e o tenho. Estou apaixonada por meu marido e seremos o rei e a rainha da Inglaterra. Agora quem pode ter dúvidas de que fui escolhida por Deus para Seu favor especial? Ele me trouxe dos perigos da guerra para a segurança e paz do palácio de Alhambra e agora me deu a Inglaterra e o amor do jovem que será o seu rei.

Em um arroubo de emoção, junto as mãos e rezo: "Ó Deus, que eu o ame para sempre, não nos separe como Juan foi tirado de Margot em seus primeiros meses de alegria. Que possamos envelhecer juntos, que nos amemos para sempre."

> ✼

Castelo de Ludlow, janeiro de 1502

O sol de inverno estava baixo e vermelho sobre as colinas arredondadas quando atravessaram ruidosamente o grande portão que perfurava o muro de pedras ao redor de Ludlow. Artur, que cavalgava do lado da liteira, gritou para Catalina, mais alto que o barulho dos cascos na pavimentação de pedras:

— Esta é Ludlow, por fim!

À frente deles os guardas armados gritaram:

— Abram caminho para Artur, o príncipe de Gales! — E as portas foram abertas e as pessoas saíram de suas casas para verem a procissão passar.

Catalina viu uma cidade tão bonita quanto uma tapeçaria. As construções apinhadas de dois andares em madeira projetando-se nas ruas pavimentadas de pedras arredondadas, com pequenas lojas e oficinas no térreo. As mulheres dos comerciantes levantaram-se com um pulo de seus bancos no lado de fora para acenar, e Catalina sorriu e acenou de volta. Dos andares superiores, as garotas dos luveiros e os aprendizes de sapateiro, os meninos dos ourives e as fiandeiras debruçaram-se nas janelas e chamaram seu nome. Catalina riu e levou um susto quando um garoto perdeu o equilíbrio, mas foi puxado de volta por seus animados colegas.

Passaram por um grande mercado com uma estalagem de madeira escura, enquanto os sinos das igrejas, de uma meia dúzia de casas, colégio, capelas e do hospital de Ludlow repicaram dando as boas-vindas ao príncipe e sua mulher.

Catalina debruçou-se à janela para ver o seu castelo, e reparou o muro externo inexpugnável. O portão estava aberto, eles entraram e se depararam com os homens mais eminentes da cidade — o prefeito, os presbíteros da igreja, os líderes das prósperas guildas de negociantes — reunidos para recebê-los.

Artur desmontou e escutou cortesmente um longo discurso em galês e, depois, em inglês.

— Quando vamos comer? — sussurrou-lhe Catalina em latim, e percebeu sua boca estremecer no esforço de conter o riso. — Quando vamos para a cama? — falou ela baixinho e teve a satisfação de ver a mão dele estremecer de desejo na rédea. Ela deu um risinho e se enfiou dentro da liteira até, finalmente, os discursos intermináveis de boas-vindas se encerrarem e a comitiva real poder atravessar o grande portão do castelo para o pátio interno.

Era um castelo elegante, tão bem fundado quanto qualquer castelo fronteiriço da Espanha. A parede-cortina circundava o pátio interno, alta e sólida, feita de uma pedra rosada que tornava os muros mais acolhedores e domésticos.

O olhar treinado de Catalina dirigiu-se dos muros espessos para o poço no pátio externo, o poço no pátio interno, percebendo como uma área defensiva levava a outra, como um sítio poderia ser contido durante anos. Mas era pequeno, parecia um castelo de brinquedo, algo que seu pai construiria para proteger um rio ou uma estrada vulnerável. Algo que um senhor inferior da Espanha teria orgulho de ter como sua casa.

— É este? — perguntou ela, confusa, pensando na cidade abrigada no interior dos muros de sua casa, nos jardins e terraços, na colina e vistas, na vida agitada do centro da cidade, tudo no interior de muralhas defendidas. Da longa cavalgada dos guardas: para percorrerem o perímetro das ameias levariam mais de uma hora. Em Ludlow, uma sentinela completaria o círculo em minutos. — É este?

Ele ficou consternado.

— Esperava mais? O que estava esperando?

Ela teria acariciado seu rosto ansioso se não fossem as centenas de pessoas olhando. Forçou suas mãos a ficarem quietas.

— Ah, fui uma tola. Estava pensando em Richmond. — Nada no mundo a teria feito dizer que estava pensando em Alhambra.

Ele sorriu, tranquilizado.

— Ah, meu amor. Richmond é uma construção recente, o grande orgulho e alegria de meu pai. Londres é uma das maiores cidades da cristandade, e o palácio combina com seu tamanho. Mas Ludlow é apenas uma aldeia, uma grande cidade na região fronteiriça, certamente, mas uma aldeia. Mas é próspera, vai ver, e a caça é boa e o povo é acolhedor. Vai ser feliz aqui.

— Tenho certeza — disse Catalina, sorrindo para ele, deixando de lado o pensamento de um palácio construído pela beleza, somente pela beleza, onde os construtores tinham pensado em primeiro lugar onde a luz incidiria e que reflexos faria nos lagos quietos de mármore.

Olhou em volta e viu, no centro do pátio interno, uma construção circular curiosa, como uma torre atarracada.

— O que é aquilo? — perguntou ela, descendo com dificuldade da liteira, enquanto Artur estendia a mão.

Ele olhou por cima do ombro.

— É nossa capela redonda — disse ele, distraído.

— Uma capela redonda?

— Sim, como em Jerusalém.

Ela reconheceu, de imediato e com alegria, a forma tradicional da mesquita — projetada e construída na forma circular de modo que nenhum adorador ficasse mais bem posicionado do que outro, pois Alá era louvado tanto pelos pobres quanto pelos ricos.

— É linda.

Artur relanceou os olhos para ela, surpreso. Para ele, não passava de uma torre redonda construída com a pedra local cor de ameixa, mas percebeu que refulgia no sol da tarde e irradiava uma sensação de paz.

— Sim — disse ele, mal reparando nela. — Agora, veja — falou ele indicando a grande construção de frente para eles com um belo lance de degraus até a porta aberta. — Este é o salão. À esquerda, as câmaras do conselho de Gales, e, em cima, os meus aposentos. À direita, os quartos de hóspedes e câmaras para o administrador do castelo e sua esposa: Sir Richard e Lady Margaret Pole. Seus aposentos ficam em cima, no último andar.

Ele percebeu sua reação.

— Ela está aqui agora?

— Não está no castelo no momento.

Ela balançou a cabeça, concordando.

— Há construções atrás do salão?

— Não. Está inserido no muro externo. Isto é tudo.

Catalina esforçou-se para manter o sorriso, a expressão alegre.

— Temos mais quartos de hóspedes no pátio externo — disse ele, defensivamente. — E temos uma casa de caça, também. É um lugar agitado e alegre. Vai gostar daqui.

— Tenho certeza de que sim — ela sorriu. — E quais são os meus aposentos?

Ele apontou para as janelas mais altas.

— Está vendo lá em cima? No lado direito, em frente aos meus, no lado oposto do corredor.

Ela pareceu um pouco desanimada.

— Mas como vai chegar aos meus aposentos? — perguntou ela baixinho.

Ele pegou sua mão e levou-a, sorrindo, da direita para a esquerda, em direção à grande escadaria de pedra até as portas duplas do salão. Houve aplausos e seus acompanhantes entraram em formação atrás deles.

— Como milady mãe do rei ordenou, quatro vezes por mês irei ao seu quarto em uma procissão formal, atravessando o salão — disse ele. Conduziu-a degraus acima.

— Ah. — Ela pareceu frustrada.

Ele sorriu.

— E todas as outras noites irei até você pelas ameias — sussurrou ele. — Há uma porta privada nas ameias que circundam o castelo que dá nos seus aposentos. Meus aposentos dão lá também. Pode ir do seu quarto ao meu sempre que quiser e ninguém vai saber se estamos juntos ou não. Nem mesmo saberão em que quarto estamos.

Ele adorou a maneira como o rosto dela se iluminou.

— Poderemos ficar juntos sempre que quisermos?

— Seremos felizes aqui.

☙

Sim, serei, serei feliz aqui. Não vou ficar lamentando como um persa as belas cortes de sua casa e declarar que não existe nenhum outro lugar onde se viver. Não vou dizer que estas montanhas são um deserto sem oásis como um berbere ansiando seu direito inato. Vou me acostumar com Ludlow, e aprenderei a viver aqui, na fronteira, e depois, na Inglaterra. Minha mãe não é apenas uma rainha, ela é um soldado, e me educou de modo que eu conhecesse o meu dever e soubesse como cumpri-lo. É o meu dever aprender a ser feliz e viver aqui sem me queixar.

Talvez eu nunca use armadura como ela usou, talvez eu nunca lute por meu país como ela lutou; mas existem muitas maneiras de servir a um reino, e ser uma rainha alegre, honesta e leal é uma delas. Se Deus não me convocar às armas, talvez me convoque a servir como uma legisladora, uma defensora da justiça. Quer eu defenda o meu povo lutando contra um inimigo, quer lutando por sua liberdade na lei, serei sua rainha, de corpo e alma, a rainha da Inglaterra.

☙

Passava da meia-noite. Catalina cintilava à luz do fogo. Estavam na cama, sonolentos, mas com desejo demais um pelo outro para dormir.

— Conte-me uma história.

— Já lhe contei dezenas de histórias.

— Conte mais uma. Conte uma sobre Boabdil abrindo mão do palácio de Alhambra, com as chaves douradas em uma almofada de seda, e partindo chorando.

— Já conhece essa. Eu contei na noite passada.

— Então me conte a história de Yarfa e seu cavalo que rangia os dentes para os cristãos.

— Você é uma criança. E ele se chamava Yarfe.

— Mas o viu morto?

— Eu estava lá. Mas na verdade não o vi morrer.

— Como não viu?

— Bem, em parte porque estava rezando como minha mãe tinha mandado, e em parte porque era uma menina e não um menino monstruoso, sedento de sangue.

Artur jogou uma almofada bordada na cabeça dela. Ela a agarrou e jogou de volta nele.

— Então me conte sobre sua mãe empenhando as joias para pagar a cruzada.

Ela riu de novo e sacudiu a cabeça, fazendo seu cabelo ruivo balançar.

— Vou lhe contar sobre a minha casa — ofereceu-se ela.

— Está bem. — Ele ajeitou o cobertor púrpura em volta dos dois e esperou.

— Quando se atravessa a primeira porta para Alhambra, o palácio parece uma sala pequena. Seu pai se curvaria para entrar em um palácio como esse.

— Não é grande?

— É do tamanho da sala de um mercador desta cidade. Um bom vestíbulo para uma pequena casa de Ludlow, nada mais.

— E depois?

— E depois, entramos no pátio e de lá vamos para uma câmara dourada.

— Um pouco melhor?

— É colorida, mas ainda não muito maior. As paredes brilham com os azulejos coloridos e a folha de ouro, e tem uma sacada no alto, mas ainda é um espaço pequeno.

— E então, aonde vamos hoje?

— Hoje vamos virar à direita e entrar no Pátio das Murtas.

Ele fechou os olhos, tentando se recordar das descrições que ela fizera.

— Um pátio na forma de um retângulo, cercado de edifícios dourados altos.

— Com uma imensa entrada de madeira escura emoldurada de belos azulejos no extremo.

— E um lago, um lago na forma simples de um retângulo, e de cada lado da água, uma cerca viva de arbustos de murta com seu perfume doce.

— Não uma sebe como a de vocês — contestou ela, pensando nas sebes desiguais de Gales, em seu emaranhado de espinhos e ervas silvestres.

— Como qual então? — perguntou ele, abrindo os olhos.

— Uma sebe como uma parede — replicou ela. — Bem aparada e quadrada, como um bloco de mármore verde, como uma estátua viva verde e de perfume doce. E o portão ao fundo, o arco ao seu redor e o edifício em que está refletem-se na água. De modo que tudo se reflete em ondulações aos nossos pés. E as paredes são perfuradas com telas leves de estuque, tão etéreas quanto papel, como um bordado branco sobre branco. E os pássaros...

— Pássaros? — perguntou ele, surpreso, pois ela ainda não falara deles.

Ela fez uma pausa enquanto pensava na palavra.

— *Apodes?* — disse ela em latim.

— *Apodes?* Andorinhão?

Ela assentiu balançando a cabeça.

— Fluem como um rio turbulento acima de sua cabeça, girando em volta do pátio estreito, gritando, ligeiros como um ataque da cavalaria, sobrevoando como o vento. Enquanto o sol brilhar sobre a água, ficam rodopiando no ar, o dia todo. E à noite...

— À noite?

Ela fez um pequeno gesto com as mãos, como uma mágica.

— À noite, desaparecem, nunca os vemos pousar e aninhar. Simplesmente desaparecem: eles se põem com o sol. Mas ao amanhecer lá estão eles de novo, como um rio, uma inundação. — Ela fez uma pausa. — É difícil de descrever — disse ela. — Mas vejo-os o tempo todo.

— Sente saudades — disse ele. — Por mais feliz que eu possa fazê-la, sempre sentirá saudades.

Ela fez um gesto breve.

— É claro. É natural. Mas nunca me esqueço de quem sou. De quem eu nasci para ser.

Artur esperou.

Ela sorriu para ele, o rosto aquecido pelo sorriso, os olhos azuis brilhando.

— A princesa de Gales — disse ela. — Desde a minha infância sei disso. Sempre me chamaram de princesa de Gales. Portanto, rainha da Inglaterra, como destinada por Deus. Catalina, infanta de Espanha, princesa de Gales.

Ele sorriu em resposta e puxou-a mais para perto. Recostaram-se, a cabeça dela apoiada no ombro dele, seu cabelo ruivo, um véu sobre seu peito.

— Sabia que ia me casar com você quase desde o momento em que nasci — disse ele, reflexivamente. — Não me lembro de um tempo em que não estivesse comprometido com você. Não me lembro de um tempo em que não estivesse escrevendo cartas para você e as levando para o meu tutor corrigir.

— Que sorte que o agrado, agora que estou aqui.

Ele pôs o dedo sob o seu queixo e virou seu rosto para beijá-lo.

— Ainda mais sorte tenho eu de agradá-la — disse ele.

— De qualquer maneira, eu teria sido uma boa esposa — insistiu ela. — Mesmo sem...

Ele empurrou a mão dela por baixo do lençol de seda para que o tocasse, onde ele crescia de novo.

— Sem isto, que quer dizer? — provocou ele.

— Sem este... prazer — disse ela e fechou os olhos. Deitou-se esperando que ele a tocasse.

☙

Os criados os acordaram ao amanhecer e Artur foi escoltado, cerimonialmente, ao sair da cama dela. Viram-se de novo na missa, mas se sentaram em lados opostos na capela redonda, cada qual com seus próprios acompanhantes, e não puderam se falar.

☙

A missa deveria ser o momento mais importante do meu dia, e deveria me trazer conforto — sei disso. Mas sempre me sinto solitária durante a missa. Rezo a Deus e agradeço o Seu cuidado especial comigo, mas só o fato de estar nessa capela — na forma de uma mesquita — me lembra demais minha mãe. O cheiro do incen-

so é tão evocativo dela, como se fosse o seu perfume. Não consigo acreditar que não estou me ajoelhando do seu lado como fiz quatro vezes ao dia durante quase toda a minha vida. Quando digo "Ave Maria, cheia de graça" é o rosto redondo, sorridente e determinado de minha mãe que vejo. E quando rezo para ter coragem para cumprir o meu dever nesta terra estranha, com este povo melancólico, reservado, é da força de minha mãe que preciso.

Eu devia dar graças por ter Artur, mas não me atrevo a pensar nele quando me ajoelho para Deus. Não consigo pensar nele sem o pecado do desejo. A imagem dele em minha mente é um segredo profundo, um prazer pagão. Estou certa que isso não é a alegria sagrada do matrimônio. Um prazer tão intenso deve ser pecado. Um desejo e satisfação tão profundos e misteriosos não podem ser a concepção pura de um pequeno príncipe que é o propósito desse casamento. Fomos postos na cama por um arcebispo, mas a nossa relação apaixonada é tão animal quanto duas cobras aquecidas pelo sol, enroscadas em seu prazer. Guardo segredo do meu prazer com Artur até mesmo de Deus.

Não posso confiar em ninguém, nem que eu quisesse. Somos expressamente proibidos de ficar juntos como gostaríamos. A sua avó, milady mãe do rei, mandou assim, como manda em tudo, mesmo aqui nas fronteiras gaulesas. Ela disse que ele deveria vir ao meu quarto uma vez por semana, exceto no período de minhas regras; ele deveria chegar antes das dez horas e partir às seis. Nós lhe obedecemos, é claro, todos lhe obedecem. Uma vez por semana, como ela deu ordens, ele vem pelo salão, como um jovem relutantemente obediente, e pela manhã, parte em silêncio, como um jovem que tivesse cumprido o seu dever, e não alguém que tivesse passado a noite acordado em puro prazer. Ele nunca se vangloria do prazer, quando vêm buscá-lo. Ele não fala nada, ninguém sabe a alegria que sentimos com a nossa paixão. Ninguém nunca saberá que passamos todas as noites juntos. Nós nos encontramos nas ameias que vão dos seus aposentos aos meus, no alto do castelo, o céu azul-acinzentado formando um arco acima, e nos unimos como amantes secretos, ocultos pela noite, e vamos para o meu ou para o seu quarto. Criamos um mundo privado cheio de um prazer oculto.

Mesmo neste pequeno castelo cheio de gente, com mexeriqueiros e espiões da mãe do rei, ninguém sabe que estamos juntos, e ninguém sabe como estamos apaixonados.

Depois da missa, o casal real vai comer seu desjejum em aposentos separados, embora preferissem estar juntos. O castelo de Ludlow era uma pequena reprodução da formalidade da corte do rei. A mãe do rei tinha ordenado que, depois do desjejum, Artur trabalhasse com seu tutor em seus livros ou em esportes, se o clima permitisse; e Catalina deveria trabalhar com seu tutor, costurar, ler ou caminhar no jardim.

— Um jardim! — sussurrava Catalina na pequena trilha de verde com o ressalto gramado em um lado da fina orla, no canto dos muros do castelo. — Será que ele já viu um jardim de verdade?

À tarde, podiam cavalgar juntos para caçar nos bosques ao redor do castelo. Era uma região rural viçosa, o rio correndo rápido por um vale amplo com antigos arvoredos densos nos flancos das colinas. Catalina achou que passaria a amar as terras de pasto nas proximidades do rio Teme e, no horizonte, a maneira como o escuro das colinas dava lugar ao céu. Mas no clima de meados de inverno, era uma paisagem de cinza e branco, somente a geada ou a neve conferindo brilho à negritude dos bosques frios. O tempo estava quase sempre feio demais para que a princesa pudesse sair. Ela odiava a cerração úmida ou quando garoava com camadas finas de gelo. Artur muitas vezes cavalgava sozinho.

— Mesmo que eu ficasse, não teria permissão para estar com você — disse ele, se lamentando. — Minha avó me arrumaria outra coisa a fazer.

— Então vá! — disse ela, sorrindo, embora parecesse que se passaria muito, muito tempo até o jantar, e ela não tivesse nada o que fazer a não ser esperar que ele chegasse da caça.

Iam à cidade uma vez por semana, para assistir à missa na igreja de St. Laurence, ou para visitar a pequena capela do lado do muro do castelo, para um jantar organizado por uma das guildas importantes, ou para assistir a uma briga de galo, uma *bull baiting**, atores representarem. Catalina impressionou-se com a arrumação da cidade; o lugar escapara da violência das guerras entre York e Lancaster, que foram encerradas, finalmente, por Henrique Tudor.

— A paz é tudo para um reino — comentou ela com Artur.

— A única coisa que nos ameaça são os escoceses — disse ele. — A linhagem dos York é minha antepassada, a dos Lancaster também, portanto a rivalidade acaba comigo. Tudo o que temos de fazer é manter o norte seguro.

---

*Esporte que consiste em provocar e enfurecer touros, por exemplo, lançando cães para atacá-los. (N. da T.)

— E o seu pai acha que conseguiu isso com o casamento da princesa Margaret?

— Deus queira que ele esteja certo. Mas são uma gente desleal. Quando eu for rei, fortalecerei a fronteira. Você me aconselhará, iremos juntos verificar se os castelos fronteiriços estão bem conservados.

— Vou gostar disso — replicou ela.

— É claro, passou a infância com um exército defendendo as terras nas fronteiras, deve saber bem mais o que fazer do que eu.

Ela sorriu.

— Fico feliz em ter uma habilidade que lhe seja útil. Meu pai sempre se queixava de que minha mãe estava criando amazonas e não princesas.

Jantaram juntos ao cair da tarde, e ainda bem que escurecia cedo nessas noites frias de inverno. Finalmente poderiam estar juntos, sentados lado a lado na mesa no alto, olhando para o salão embaixo, a grande lareira com a lenha empilhada na parede lateral. Artur sempre colocava Catalina do seu lado esquerdo, mais próximo do fogo, e ela usava uma capa forrada de pele, e camadas e camadas de camisas de linho debaixo do vestido adornado. Ainda assim, ela continuava fria quando descia a escada gélida de seus aposentos aquecidos para o salão enfumaçado. Suas damas espanholas, Maria de Salinas, sua aia dona Elvira e algumas outras, sentavam-se em uma mesa, as damas inglesas que, supostamente, seriam suas acompanhantes, em outra, e sua comitiva de servidores espanhóis em outra. Os senhores de terra eminentes do conselho de Artur, seu ecônomo, Sir Richard Pole, administrador do castelo, o bispo William Smith de Lincoln, seu médico, o Dr. Bereworth, seu tesoureiro Sir Henry Vernon, o mordomo responsável pela criadagem, Sir Richard Croft, o camareiro real, Sir William Thomas de Camarthen, e todos os homens importantes do principado, sentavam-se na parte central do salão. Na parte de trás e na galeria, todos os curiosos e abelhudos de Gales podiam se amontoar para ver a princesa espanhola jantar e especular se ela agradava ou não ao jovem príncipe.

Não havia como saber. A maioria achava que ele não tinha conseguido se deitar com ela. A infanta sentava-se ereta como uma boneca e raramente se inclinava na direção de seu jovem marido. O príncipe de Gales falava com ela mecanicamente a cada dez minutos. Eram o padrão de bom comportamento e mal olhavam um para o outro. Os falatórios diziam que ele ia ao seu quarto, como recebera ordens de fazer, mas somente uma vez por semana e nunca por escolha própria. Talvez o jovem casal não se sentisse atraído. Eram jovens, talvez jovens demais para terem se casado.

Ninguém percebia que as mãos de Catalina estavam apertadas em seu colo, para se conter e não tocar em seu marido, nem que a cada meia hora ele relanceava os olhos para ela, aparentemente indiferente, e dizia baixinho de modo que só ela escutasse: "Quero você agora mesmo."

Depois do jantar, havia dança e, talvez, mímicos ou um contador de histórias, um bardo galês ou atores ambulantes. Às vezes, poetas vinham das altas colinas e cantavam histórias antigas e estranhas em sua própria língua, que Artur entendia com dificuldade, mas que ainda assim tentava traduzir para Catalina.

Quando o longo verão amarelo chegar e a vitória for nossa,
E as velas dos navios da Bretanha se expandirem,
E quando o calor chegar e a febre se inflamar
Haverá portentos que a vitória nos oferecerá.

— É sobre o quê? — perguntou ela.

— O longo verão amarelo é quando meu pai decidiu invadir a partir da Bretanha. Sua estrada o levou a Bosworth e à vitória.

Ela balançou a cabeça indicando que entendia.

— Fazia calor naquele ano, e os soldados contraíram a maleita, uma doença nova que aflige a Inglaterra, assim como a Europa, no calor, todo verão.

Ela balançou a cabeça de novo. Outro poeta se apresentou, tocou um acorde em sua harpa e cantou.

— E este?

— É sobre um dragão vermelho que sobrevoa o principado — replicou ele. — Ele mata o javali.

— O que significa? — perguntou Catalina.

— O dragão representa os Tudor, nós — respondeu ele. — Deve ter visto o dragão vermelho em nosso estandarte. O javali é o usurpador, Ricardo. É um elogio ao meu pai, baseado em uma história antiga. Todas essas canções são antigas. Provavelmente já a cantavam na arca. — Sorriu largo. — Canções de Noé.

— Dão aos Tudor o crédito de ter sobrevivido ao dilúvio? Noé era um Tudor?

— Provavelmente. Minha avó assumiria o crédito pelo próprio Jardim do Éden — replicou ele. — Esta é uma fronteira de Gales, descendemos de Owen ap Tudor, de Glendower, ficamos felizes em assumir o crédito de tudo.

Como Artur predisse, quando o fogo baixou, cantaram as canções gaulesas dos feitos mágicos nas florestas sombrias que nenhum homem conhecia. E falaram de batalhas e vitórias gloriosas conquistadas com perícia e coragem. Em sua língua estranha, contavam histórias de Artur e Camelot, de Merlin, o príncipe, e de Guinevere: a rainha que traiu seu marido por um amor culpado.

— Eu morreria se você tivesse um amante — sussurrou ele, enquanto um pajem os servia de vinho, impedindo que fossem vistos do salão.

— Não vejo mais ninguém quando você está aqui — tranquilizou-o ela.

— Tudo o que vejo é você.

Toda noite havia música e um pouco de entretenimento para a corte de Ludlow. A mãe do rei tinha ordenado que o príncipe mantivesse a casa alegre — era uma recompensa pela lealdade de Gales ao colocar seu filho Henrique Tudor em um trono incerto. Seu neto deveria pagar os homens que vinham das colinas para lutar pelos Tudor e lembrá-los de que era um príncipe galês, e assim continuaria a poder contar com seu apoio para governar os ingleses. Os gauleses deviam se unir aos ingleses e, juntos, manter os escoceses fora e controlar os irlandeses.

Quando os músicos tocavam as danças lentas, formais, espanholas, Catalina dançava com uma de suas damas, ciente do olhar de Artur nela, mantendo o rosto empertigado, como uma máscara de respeitabilidade; apesar de desejar girar e balançar os quadris como uma mulher no harém, como uma garota escrava moura dançando para um sultão. Mas os espiões de milady mãe do rei observavam tudo, até mesmo em Ludlow, e relatariam rapidamente qualquer comportamento indiscreto da jovem princesa. Às vezes, Catalina olhava de soslaio para o marido e se deparava com seus olhos nela, o olhar de um homem apaixonado. Ela estalava os dedos como se fizesse parte da dança, mas, na verdade, era para alertá-lo de que a estava olhando de uma maneira que sua avó reprovaria; e ele, então, virava para o lado, e falava com alguém, desviando os olhos dela.

Mesmo depois de a música terminar e os artistas irem embora, o jovem casal não podia ficar a sós. Havia sempre homens que procuravam se reunir com Artur, que queriam favores ou terra ou influência. Aproximavam-se dele e falavam baixo, em inglês, que Catalina ainda não compreendia bem, ou em galês, que ela achava que ninguém seria um dia capaz de entender. A lei não se aplicava às terras fronteiriças, cada proprietário sendo como um general em seu próprio domínio. Nas montanhas havia pessoas que ainda achavam que Ricardo estava no trono, que desconheciam completamente a mudança do mundo, que não falavam inglês, que não obedeciam a nenhuma lei.

Artur argumentava, elogiava, e sugeria que os feudos deveriam ser perdoados, que as violações de propriedade seriam legitimadas, que os orgulhosos líderes gauleses deveriam trabalhar juntos para tornar a sua terra tão próspera quanto a vizinha Inglaterra, e não perder tempo com invejas. Os vales e terras litorâneas eram dominados por uma dúzia de pequenos senhores e no alto das colinas os homens governavam em clãs, como tribos selvagens. Gradativamente, Artur estava decidido a fazer a lei se impor em todo o país.

— Todo mundo deve saber que a lei é maior do que seu senhor.

— Isso é o que os mouros fizeram na Espanha, e minha mãe e meu pai seguiram seu exemplo. Os mouros não se deram ao trabalho de mudar as religiões dos outros nem a língua, simplesmente estabeleceram a paz e prosperidade, e impuseram a lei.

— Metade de meus senhores acharia isso uma heresia — ele a provocou.

— E sua mãe e seu pai estão agora impondo sua religião. Já expulsaram os judeus, e os mouros serão os próximos.

Ela franziu o cenho.

— Eu sei — replicou. — E há muito sofrimento. Mas a intenção é permitir que o povo pratique sua própria religião. Quando conquistaram Granada, fizeram essa promessa.

— Não acha que para fazer um único país, o povo deve sempre ter uma única fé? — perguntou ele.

— Hereges podem viver assim — disse ela com determinação. — Em toda Al-Andaluz, mouros, cristãos e judeus viviam em paz e amizade, lado a lado. Mas se você é um rei cristão, é seu dever submeter seus súditos a Deus.

Catalina observava Artur quando falava com um, depois com outro, e então, a um sinal de dona Elvira, fazia uma reverência ao seu marido, e se retirava do salão. Lia sua preces da noite, se trocava, vestindo um robe, se sentava com suas damas, ia para o quarto de dormir, e esperava, esperava, esperava.

— Pode ir, vou dormir sozinha esta noite — dizia a dona Elvira.

— De novo? — A aia franzia o cenho. — Não teve uma companheira na cama desde que chegamos ao castelo. E se acordar no meio da noite e precisar de alguma coisa?

— Durmo melhor sem ninguém no quarto — replicava Catalina. — Pode ir, agora.

A aia e as damas desejavam-lhe boa noite e saíam. As criadas iam e desatavam o corpete, soltavam seu cabelo, tiravam seus sapatos e suas meias. Seguravam sua camisola aquecida e ela pedia sua capa e dizia que ficaria um pouco ao lado do fogo. E então as mandava embora.

No silêncio, quando o castelo sossegava para a noite, ela o esperava. Finalmente, escutava o som de seus passos no outro lado da porta que dava para as ameias que iam dos seus aposentos aos dele. Ela corria e removia o ferrolho. Ele estaria com as bochechas coradas do frio, a capa sobre a camisola, o vento frio soprando quando entrava e ela se jogava em seus braços.

ಆ

— Conte-me uma história.

— Que história hoje?

— Sobre a sua família.

— Quer que conte sobre minha mãe quando era garota?

— Ah, sim. Ela era uma princesa de Castela, como você?

Catalina negou sacudindo a cabeça.

— Não, de jeito nenhum. Ela não estava protegida nem segura. Vivia na corte do irmão. Seu pai tinha morrido, e seu irmão não gostava dela como deveria. Ele sabia que era a sua única herdeira. Favoreceu a própria filha; mas todo mundo sabia que era uma bastarda, passada para ele por sua rainha. Era até mesmo apelidada com o nome do amante da rainha. Chamavam-na La Beltraneja, por causa de seu pai. Pode imaginar alguma coisa mais vergonhosa?

Artur sacudiu a cabeça obedientemente.

— Não.

— Minha mãe não passava de uma prisioneira na corte do irmão. A rainha a odiava, é claro, os cortesãos eram hostis e seu irmão tramava deserdá-la. Nem mesmo sua própria mãe conseguia fazê-lo usar o bom-senso.

— Por que não? — perguntou ele, e pegou a mão dela ao perceber a tristeza em seu rosto. — Meu amor, desculpe. O que houve?

— A mãe dela era doente — disse ela. — Doente de tristeza. Não entendo direito por que, ou por que isso era tão grave. Mas ela mal se movia ou falava. Só chorava.

— Então, sua mãe não tinha nenhum protetor?

— Não. Então, o rei, seu irmão, ordenou que se casasse com dom Pedro Giron. — Sentou-se e envolveu os joelhos com os braços. — Diziam que ele tinha vendido a alma ao diabo, de tão perverso. Minha mãe jurou que ofereceria sua própria alma a Deus e que Deus a salvaria, uma virgem, de tal destino. Pensou que certamente nenhum Deus misericordioso lançaria uma garota como ela, uma princesa, que havia sobrevivido anos em uma das piores cortes da Europa, nos braços de um homem que desejava a sua ruína, que a desejava somente porque era jovem e pura, que queria espoliá-la.

Artur ocultou o riso diante do ritmo romântico da história.

— Você conta incrivelmente bem — disse ele. — Espero que tenha um final feliz.

Catalina levantou a mão como um trovador, pedindo silêncio.

— A sua melhor amiga e dama de honra, Beatriz, pegou uma faca e jurou que mataria dom Pedro antes que ele pusesse as mãos em Isabel. Mas minha mãe ajoelhou-se no genuflexório, por três dias e três noites, e rezou sem parar para que fosse poupada dessa violação.

— Ele estava em viagem para buscá-la, deveria chegar no dia seguinte. Ele comeu e bebeu bem, contando a seus companheiros que no dia seguinte estaria na cama da virgem mais bem-nascida de Castela.

"Mas morreu nessa mesma noite. — A voz de Catalina baixou para um sussurro admirado. — Morreu antes de terminar o vinho do jantar. Caiu morto como se Deus tivesse descido do céu e lhe tirado a vida, assim como um bom jardineiro remove um pulgão.

— Veneno? — perguntou Artur, que conhecia um pouco as maneiras de determinados monarcas, e achava Isabel de Castela bem capaz de assassinar.

— A vontade de Deus — respondeu Catalina, séria. — Dom Pedro descobriu, assim como todo mundo, que a vontade de Deus e os desejos de minha mãe sempre caminhavam juntos. E se você conhecesse minha mãe e Deus como eu os conheço, saberia que a vontade deles é sempre feita.

Ele ergueu o copo e brindou a ela.

— É uma boa história — disse ele. — Gostaria que a contasse no salão.

— É tudo verdade — insistiu ela. — Sei que é. Minha mãe contou-me pessoalmente.

— Então, ela também lutou por seu trono — disse ele pensativamente.

— Primeiro pelo trono, depois, para fazer o reino de Espanha.

Ele sorriu.

— Apesar de tudo que nos dizem, que temos sangue azul, nós dois viemos de uma estirpe de guerreiros. Conquistamos nossos tronos.

Ela ergueu os sobrolhos.

— Eu tenho sangue azul — disse ela. — Minha mãe teve seu trono por direito.

— Ah, sim. Mas se ela não tivesse lutado por seu lugar no mundo, teria se tornado dona sei lá o quê...

— Giron.

— Giron. E você teria nascido uma ninguém.

Catalina negou sacudindo a cabeça. A ideia era impossível, ela não podia compreender.

— Eu teria sido a filha da irmã do rei, independentemente do que tivesse acontecido. Sempre tive sangue azul nas veias.

— Você teria sido uma ninguém — disse ele rudemente. — Uma ninguém com sangue azul. E eu também, se meu pai não tivesse lutado por seu trono. Nós dois somos de famílias que reivindicaram o que é seu.

— Sim — concordou ela, com relutância.

— Somos, os dois, filhos de pais que reivindicaram o que, por direito, pertencia a outros. — Ele foi longe demais.

— Não! Pelo menos minha mãe não. Ela herdou por direito.

Artur discordou.

— O irmão dela fez da filha sua herdeira, reconheceu-a. Sua mãe obteve o trono por conquista. Exatamente como meu pai o dele.

Ela enrubesceu.

— Não — insistiu ela. — Ela é a herdeira legítima do trono. Tudo o que fez foi defender de uma impostora o seu direito.

— Não entende? — disse ele. — Somos todos impostores até vencermos. Quando vencemos, podemos reescrever a história e as árvores genealógicas, executar nossos rivais, ou aprisioná-los, até podermos argumentar que sempre houve um único herdeiro verdadeiro: nós mesmos. Mas antes disso, não passamos de um entre vários pretendentes. E nem sempre o melhor pretendente com a alegação mais consistente.

Ela fez uma carranca.

— O que você está dizendo? — perguntou ela. — Está dizendo que eu não sou uma princesa de verdade? Que você não é o verdadeiro herdeiro da Inglaterra?

Ele pegou a sua mão.

— Não, não. Não fique com raiva de mim — acalmou-a. — Estou dizendo que temos e mantemos o que reivindicamos. Estou dizendo que fazemos a nossa própria herança. Reivindicamos o que queremos, dizemos que somos príncipe de Gales, rainha da Inglaterra. Que decidimos o título e o nome que usaremos. Exatamente como todo mundo faz.

— Você está errado — disse ela. — Nasci infanta de Espanha e vou morrer rainha da Inglaterra. Não se trata de escolha, é o meu destino.

Ele pegou sua mão e a beijou. Viu que não adiantava insistir em sua opinião de que um homem ou uma mulher poderia fazer o seu próprio destino com sua própria convicção. Ele podia ter suas dúvidas, mas ela não. Estava totalmente convencida de que o seu destino já estava traçado. Ele não tinha dúvida de que ela o defenderia até a morte. Seu título, seu orgulho, seu senso de quem era, eram uma única e mesma coisa.

— Catarina, rainha da Inglaterra — disse ele, beijando seus dedos, e viu o sorriso dela retornar.

☙

Eu o amo tão profundamente, nunca pensei que um dia amaria alguém assim. Sinto que me torno cada vez mais paciente e sábia por meio do meu amor por ele. Diminuí minha irritabilidade e impaciência, até mesmo suporto minha saudade de casa sem me queixar. Sinto que me torno uma mulher melhor, uma esposa melhor, ao tentar agradá-lo e fazer com que se orgulhe de mim. Quero que fique sempre feliz por ter-se casado comigo. Quero que continuemos felizes como somos hoje. Não existem palavras para descrevê-lo... não existem palavras.

ଔ

Um mensageiro chegou da corte trazendo presentes para os recém-casados: um par de corças da floresta de Windsor, um pacote de livros para Catalina, cartas de Elizabeth, a rainha, e ordens de milady mãe do rei, que soubera, embora ninguém imaginasse como, que a caça do príncipe tinha rompido algumas sebes, e que mandava Artur certificar-se de que fossem restauradas e o proprietário da terra, compensado.

Ele levou a carta ao quarto de Catalina, à noite.

— Como ela pode saber de tudo? — perguntou ele.

— O homem deve ter-lhe escrito — replicou ela com pesar.

— Por que não me procurou diretamente?

— Porque a conhece? É seu vassalo?

— Pode ser — disse ele. — Ela tem uma rede de alianças como uma teia de aranha no país.

— Deve procurá-lo — decidiu Catalina. — Iremos nós dois. Podemos levar-lhe um presente, uma carne ou algo assim, e pagar o que devemos.

Artur sacudiu a cabeça pensando no poder de sua avó.

— Ah, sim, podemos fazer isso. Mas como ela pode saber de tudo?

— É como se governa — replicou Catalina. — Não é? Tem de se certificar de saber de tudo e que ninguém o procure com um problema. Assim adquirem o hábito da obediência e você o de comandar.

Ele deu um risinho de satisfação.

— Já vi que me casei com outra Margaret de Beaufort — disse ele. — Que Deus me ajude com mais uma na família.

Catalina sorriu.

— Devia ter sido avisado — admitiu ela. — Sou filha de uma mulher forte. Até mesmo meu pai faz o que ela manda.

Ele largou a carta e a abraçou.

— Senti vontade de estar com você durante o dia todo — disse ele, sussurrando em seu pescoço.

Ela abriu a parte da frente da camisola dele, para que pudesse encostar a face em seu peito perfumado.

— Meu amor.

Foram para a cama.

— Ah, meu amor.

❧

— Conte uma história.

— O que vou lhe contar hoje?

— Conte-me como o seu pai e a sua mãe se casaram. Foi arranjado, como aconteceu conosco?

— Ah, não — exclamou ela. — De jeito nenhum. Ela estava completamente só no mundo, e apesar de Deus salvá-la de dom Giron, ela ainda não estava segura. Ela sabia que seu irmão a casaria com qualquer um que a impedisse de herdar o trono.

"Foram anos sombrios. Ela disse que quando recorria à sua mãe era o mesmo que falar com os mortos. Minha avó estava perdida no mundo de sua própria tristeza, não podia fazer nada para ajudar a própria filha.

"O primo de minha mãe, sua única esperança, era o herdeiro do reino vizinho, Fernando de Aragão. Ele a procurou disfarçado. Sem criados, sem soldados, atravessou a noite a cavalo e foi até o castelo onde ela lutava para sobreviver. Introduziu-se no castelo, tirou seu chapéu e capa para que ela o visse e o reconhecesse.

Artur estava extasiado.

— Verdade?

Catalina sorriu.

— Não parece um romance? Ela me disse que o amou no mesmo instante, apaixonou-se como uma princesa em um poema. Ele lhe propôs casamento ali mesmo e ela aceitou imediatamente. Ele se apaixonou por ela naquela noite, à primeira vista, o que nenhuma princesa espera que aconteça. Minha mãe e meu pai foram abençoados por Deus. Ele os fez se apaixonarem e seus interesses coincidirem.

— Deus protege os reis de Espanha — comentou Artur, meio brincando.

Ela concordou balançando a cabeça.

— O seu pai estava certo ao buscar a nossa amizade. Estamos fazendo nosso reino a partir de Al-Andaluz, as terras dos príncipes mouros. Temos Castela e Aragão, e agora temos Granada, e vamos ter mais. O coração do meu pai está em Navarra, e não vamos parar aí. Sei que ele está decidido a ter Nápoles. Não acho que ele vá ficar satisfeito até todas as regiões ao sul e a oeste da França serem nossas. Vai ver. Ele ainda não firmou as fronteiras que quer para a Espanha.

— Casaram-se em segredo? — perguntou ele, ainda perplexo com esse casal real que havia tomado sua vida nas próprias mãos e feito o seu próprio destino.

Ela pareceu um pouco constrangida.

— Ele disse a ela que recebera uma dispensa, mas não estava assinada como deveria. Acho que a enganou.

Ele franziu o cenho.

— Seu pai maravilhoso mentiu para a sua santa mulher?

Ela deu um sorriso malicioso.

— Na verdade, ele faria qualquer coisa para conseguir o que queria. Percebe-se logo isso quando se negocia com ele. Ele sempre pensa à frente, dois ou três passos à frente. Sabia que a minha mãe era devota e que não se casaria sem a dispensa e, *olé!*, ali estava uma dispensa na mão dela.

— Mas depois acertaram tudo?

— Sim, e apesar do pai e do irmão dela ficarem enfurecidos, era a coisa certa a fazer.

— Como podia ser a coisa certa? Desafiaram a família. Desobedeceram ao próprio pai. É pecado. Infringe um mandamento. É um pecado capital. Nenhum papa abençoaria esse casamento.

— Foi a vontade de Deus — disse ela com convicção. — Nenhum deles sabia que era a vontade de Deus. Mas minha mãe sim. Ela sempre sabe o que Deus quer.

— Como ela pode ter tanta certeza? Como podia ter tanta certeza quando era apenas uma menina?

Ela deu um risinho.

— Deus e minha mãe sempre pensaram igual.

Ele riu e mexeu em um cacho do cabelo dela.

— Ela certamente fez a coisa certa ao enviá-la para mim.

— Fez — disse Catalina. — E faremos a coisa certa pelo país.

— Sim — disse ele. — Tenho planos para nós dois quando ocuparmos o trono.

— O que vamos fazer?

Artur hesitou.

— Vai me achar infantil, a cabeça cheia de fantasias.

— Não, não vou, fale!

— Gostaria de formar um conselho, como o primeiro Artur fez. Não como o conselho do meu pai, que é composto somente de seus amigos, que o apoiam, mas um conselho do reino todo. Um conselho de cavaleiros de cada condado. Não escolhidos porque gosto de sua companhia, mas escolhidos por seu próprio condado: como os melhores homens para representá-los. E gostaria que viessem à mesa, sabendo o que está acontecendo em seu próprio condado, e relatassem a situação. Desse modo, se uma safra vai ser ruim e haverá fome, tomaremos conhecimento a tempo de enviar alimentos.

Catalina sentou-se, interessada.

— Seriam os nossos conselheiros. Nossos ouvidos e olhos — disse ela.

— Sim. E gostaria que cada um fosse responsável pela construção de defesas, especialmente no norte e no litoral.

— E que reunissem as tropas para inspeção uma vez por ano, de modo que sempre estivéssemos preparados para um ataque — acrescentou ela. — Eles virão, você sabe.

— Os mouros?

Ela confirmou com um movimento da cabeça.

— Foram derrotados na Espanha por enquanto, mas estão fortes como nunca na África, nas Terras Santas, na Turquia e terras além. Quando precisarem de mais terras retornarão à cristandade. Uma vez por ano, na primavera, o sultão otomano vai à guerra, assim como outros aram os campos. Eles investirão contra nós. Não podemos saber quando, mas podemos estar certos de que virão.

— Quero defesas em todo o litoral sul contra a França, e contra os mouros — disse Artur. — Uma cadeia de castelos, com faróis atrás, de modo que quando formos atacados, digamos em... Kent, nós ficaremos sabendo em Londres, e todos serão alertados.

— Vai precisar construir navios — disse ela. — Minha mãe encomendou navios de guerra ao estaleiro de Veneza.

— Temos os nossos próprios estaleiros — disse ele. — Podemos construir nossos próprios navios.

— Como levantaremos dinheiro para todos esses castelos e navios? — A filha de Isabel fazia perguntas práticas.

— Em parte com os impostos do povo — disse ele. — Em parte com os impostos pagos pelos mercadores e o pessoal que usa os portos. É para a segurança deles, devem pagar. Sei que as pessoas odeiam impostos, mas é porque não veem o que se faz com o dinheiro.

— Precisamos de coletores de impostos honestos — disse Catalina. — O meu pai diz que se podemos coletar os impostos que são devidos e não perdermos metade pelo caminho, valerão mais que um regimento de cavalaria.

— Sim, mas como encontrar homens em quem confiar? — Artur refletiu em voz alta. — No momento, qualquer homem que quer fazer fortuna tenta obter um cargo de coletor de impostos. Trabalharão para nós e não para si mesmos. Deverão receber um salário e não coletar por conta própria.

— Isso nunca foi realizado por ninguém além dos mouros — disse ela. — Os mouros em Al-Andaluz construíram escolas, e até mesmo universidades para os filhos dos pobres, de modo que tivessem funcionários em quem confiar. E as funções importantes da corte são sempre exercidas pelos estudiosos jovens, às vezes, filhos do rei.

— Devo ter centenas de esposas para obter mil escreventes para o trono? — ele a provocou.

— De jeito nenhum.

— Mas temos de achar homens bons — disse ele pensativamente. — Você precisa de criados leais, que devam seu salário e sua obediência à coroa. Se não for assim, trabalham para si mesmos, aceitam propinas, e suas famílias se tornam excessivamente poderosas.

— A Igreja poderia doutriná-los — propôs Catalina. — Como o imame doutrina os meninos para os mouros. Se cada paróquia fosse tão erudita quanto uma mesquita, com uma escola anexada, se todo padre soubesse que tem de ensinar a ler e a escrever, então poderíamos fundar novas faculdades nas universidades, e os meninos poderiam prosseguir seus estudos.

— Isso é possível? — perguntou ele. — Não é apenas um sonho?

Ela balançou a cabeça.

— Pode ser real. Fazer um país é a coisa mais real que alguém pode fazer. Faremos um reino de que nos orgulharemos, assim como minha mãe e meu pai fizeram na Espanha. Podemos decidir como deverá ser e concretizá-lo.

— Camelot — disse ele simplesmente.

— Camelot — repetiu ela.

Castelo de Ludlow, primavera de 1502

Nevou durante uma semana em fevereiro, depois veio o degelo e a neve se tornou lama, e agora voltou a chover. Não posso caminhar no jardim, nem sair a cavalo, nem mesmo ir à cidade de mula. Nunca vi uma chuva assim em toda a minha vida. Não é como a nossa chuva que cai na terra quente e exala um cheiro morno e agradável quando a poeira se assenta e as plantas absorvem a água. Mas esta é uma chuva fria sobre a terra fria, e não exala nenhum perfume, só cria poças de água com gelo escuro, como uma pele fria.

Sinto saudade de casa, muita saudade, nestes dias escuros e frios. Quando conto a Artur sobre a Espanha e Alhambra, anseio que ele pudesse ver tudo com seus próprios olhos, e que conhecesse minha mãe e meu pai. Quero que os conheça, e conheça a nossa felicidade. Fico imaginando se seu pai não lhe daria permissão para sair da Inglaterra... Mas sei que estou sonhando. Nenhum rei jamais deixaria seu filho precioso e herdeiro se afastar de suas terras.

Então me ponho a pensar se não poderia retornar, sozinha, ao meu país para uma visita breve. Não aguento ficar sem Artur nem mesmo por uma noite, mas acho que se não for à Espanha sozinha, nunca mais verei minha mãe, e só em pensar nisso, em nunca mais sentir o toque de sua mão na minha ou vê-la sorrir para mim — não sei se suportaria nunca mais revê-la.

Estou feliz e orgulhosa de ser a princesa de Gales, futura rainha da Inglaterra, mas não acho, não me dou conta de que... — sei que é uma grande tolice minha —, mas não consigo entender que isso signifique eu viver aqui para sempre, nunca mais retornar à minha casa. De certa forma, embora soubesse que me casaria para ser a princesa de Gales e, um dia, a rainha da Inglaterra, não compreendia totalmente que este seria o meu país para sempre e que nunca mais tornaria a ver minha mãe, meu pai, ou minha casa.

Esperava, pelo menos, que nos escrevêssemos, achei que receberia notícias dela com frequência. Mas é como foi com Isabel, com Maria, com Joana; manda instruções pelo embaixador, recebo minhas ordens como uma princesa da Espanha. Mas raramente recebo notícias como de uma mãe para a sua filha.

Não sei como suportar isso. Nunca pensei que aconteceria algo assim. Minha irmã Isabel voltou para casa quando enviuvou, mas se casou de novo e teve de partir outra vez. E Joana me escreveu dizendo que fará uma visita à nossa casa com seu marido. Não é justo que ela vá e eu não possa. Acabei de completar 16 anos. Não estou pronta para viver sem os conselhos de minha mãe. Não tenho idade suficiente para viver sem mãe. Procuro por ela todos os dias, para que me diga o que devo fazer — e ela não está aqui.

A mãe de meu marido, a rainha Elizabeth, é uma nulidade em sua própria casa. Não pode ser uma mãe para mim, não pode mandar em seu próprio tempo, como me aconselharia? É a mãe do rei, Lady Margaret, quem governa, e é uma mulher respeitada e fria. Não pode ser uma mãe para mim, não pode ser mãe de ninguém. Ela venera seu filho porque graças a ele é a mãe do rei; mas não o ama, não tem ternura. Nem mesmo ama Artur, e se uma mulher não consegue amá-lo é porque não tem coração. Na verdade, tenho quase certeza de que não gosta de mim, se bem que não saiba por que teria de gostar.

De qualquer maneira, será que minha mãe sente a minha falta como sinto a dela? Vai escrever em breve ao rei e perguntar se posso visitá-la? Antes que aqui fique muito frio? E já está terrivelmente frio e úmido. Estou certa que não permanecerei aqui durante todo o longo inverno. Tenho certeza de que ficarei doente. Tenho certeza de que ela quer que eu vá para casa...

☙

Catalina, sentada à mesa diante das janelas, tentando captar a luz fraca de uma tarde cinzenta de fevereiro, ergueu a carta em que perguntava à sua mãe se poderia visitar a Espanha e a rasgou delicadamente ao meio, e jogou as partes no fogo em sua sala. Não era a primeira carta que escrevia à sua mãe pedindo para ir à Espanha, mas — assim como as outras — nunca seria enviada. Não trairia o treinamento de sua mãe se acovardando e fugindo de céus cinza, de chuva fria, e de um povo cuja língua ninguém nunca entenderia, e cujas alegrias e tristezas eram um mistério.

Não sabia que mesmo que enviasse a carta ao embaixador espanhol em Londres, esse diplomata ardiloso a abriria e leria, e a rasgaria ele mesmo. Em seguida, relataria tudo ao rei da Inglaterra. Rodrigo Gonsalvi de Puebla sabia, embora Catalina ainda não percebesse, que o seu casamento tinha forjado uma aliança entre o poder emergente da Espanha e o poder emergente da Inglaterra contra o poder emergente da França. Nenhuma princesa com saudades de casa teria permissão para desequilibrar isso.

☙

— Conte-me uma história.

— Sou como Sherazade. Você quer que eu conte mil histórias.

— Ah, sim! — replicou ele. — Ouvirei mil e uma histórias. Quantas já me contou?

— Contei uma por noite, desde que estamos juntos, desde aquela primeira noite em Burford — respondeu ela.

— Quarenta e nove dias — disse ele.

— Somente 49 histórias. Se eu fosse Sherazade, ainda faltariam 952.

Ele sorriu.

— Sabia, Catalina, que fui mais feliz nesses 49 dias do que em toda a minha vida até então?

Ela pegou a mão dele e a levou aos lábios.

— E as noites!

Os olhos dela escureceram-se de desejo.

— Sim, as noites — disse ela baixinho.

— Como anseio pelas 952 a virem — disse ele. — Depois, terei mais mil.

— Mais mil depois?

— E mais mil depois, e assim sucessivamente, até morrermos.

Ela sorriu.

— Que Deus nos dê muitos anos juntos — disse ela com ternura.

— Então, o que vai me contar hoje?

Ela refletiu.

— Vou lhe contar sobre um poema mouro.

Artur recostou-se nos travesseiros enquanto ela inclinava-se à frente e fixava seus olhos azuis no cortinado da cama, como se pudesse enxergar além, um outro lugar.

— Ele nasceu nos desertos da Arábia — explicou ela. — De modo que quando veio para a Espanha, sentiu falta de tudo que havia em seu país. Escreveu este poema:

> *Uma palmeira está no meio do Rusafa,*
> *Nascida no ocidente, longe da terra das palmeiras.*
> *Eu lhe disse: Como você é igual a mim, distante, no exílio,*
> *Separada de sua família e de seus amigos.*
> *Brotou em um solo em que é uma estranha.*
> *E eu, como você, estou muito longe de casa.*

Ele ficou em silêncio, sentindo a simplicidade do poema.

— Não é como a nossa poesia — disse ele.

— Não — replicou ela calmamente. — São um povo que nutre um grande amor pelas palavras, gostam de dizer uma verdade de maneira simples.

Ele abriu os braços e ela escorregou para ele, e ficaram deitados, coxa com coxa, lado a lado. Ele tocou sua face, sua bochecha estava molhada.

— Oh, meu amor! Lágrimas?

Ela não falou nada.

— Sei que sente saudades de casa — disse ele, baixinho, pegando sua mão e beijando a ponta de seus dedos. — Mas vai se acostumar a viver aqui, com seus milhares e milhares de dias aqui.

— Estou feliz com você — disse Catalina rapidamente. — É só que... — Sua voz falhou. — Minha mãe — disse ela, a voz embargada. — Sinto falta dela, e me preocupo com ela. Porque... Sou a caçula, entende? E ela me mantinha ao seu lado o máximo que podia.

— Ela sabia que você teria de partir.

— Ela tem passado por... muitas provas. Perdeu seu filho, meu irmão, Juan, que era o nosso único herdeiro. É tão terrível perder um príncipe, não pode imaginar o quanto. Não se trata apenas da perda dele, mas a perda de tudo que poderia ter sido. A vida dele se foi, mas o seu reinado e seu futuro também. A sua mulher não será mais a rainha, tudo que esperou fazer não acontecerá. E o herdeiro seguinte, Miguel, morreu com somente 2 anos. Era tudo que nos restava da minha irmã Isabel, sua mãe, e então Deus quis que também nos fosse tirado. Pobre Maria, morreu longe de nós, em Portugal. Partiu para se casar e nunca mais a vimos. Foi natural que minha mãe me mantivesse com ela, para confortá-la. Fui a última filha a partir de casa. E agora não sei como ela vai fazer sem mim.

Artur pôs seu braço ao redor dos ombros dela e a puxou para perto.

— Deus a confortará.

— Ela vai se sentir tão sozinha — disse ela em voz baixa.

— Certamente ela, de todas as mulheres do mundo, sentirá o conforto de Deus, não?

— Não acho que seja sempre assim — replicou Catalina. — A sua própria mãe foi atormentada pela tristeza, como já sabe. Muitas das mulheres da nossa família logo adoecem de tristeza. Sei que minha mãe teme afundar-se na tristeza como minha avó: uma mulher que via as coisas de maneira tão sombria que seria melhor que fosse cega. Sei que ela receia não voltar a ser feliz. Sei que gostava de que eu estivesse perto, para que a fizesse feliz. Ela dizia que eu era uma criança nascida para a alegria, que eu sempre seria feliz.

— Seu pai não a confortava?

— Sim — replicou ela, hesitando. — Mas ele está sempre longe. E de qualquer maneira, eu gostaria de estar com ela. Mas deve entender como me sinto. Não sentiu saudades de sua mãe quando se afastou pela primeira vez? E do seu pai, suas irmãs, seu irmão?

— Senti falta de minhas irmãs, mas não do meu irmão — replicou ele com tal determinação que ela teve de rir.

— Por que não? Eu o achei tão engraçado.

— Ele é um fanfarrão — disse Artur com irritação. — Está sempre se exibindo. No nosso casamento, por exemplo, ele tinha de ser o centro das atenções o tempo todo. No nosso banquete, tinha de dançar para que todos os olhos estivessem nele. Tirou Margaret para dançar e ficou se exibindo.

— Ah, não! Foi seu pai que mandou que dançasse, e ele ficou feliz. Ele é só um menino.

— Quer ser um homem. Tenta ser um homem, e nos faz, a todos nós, de bobos quando tenta. E ninguém nunca o reprime! Não viu como olha para você?

— Não vi absolutamente nada — falou ela sinceramente. — Tudo me pareceu um borrão.

— Ele se imagina apaixonado por você, e imaginou-se conduzindo-a pela igreja por conta própria.

Ela riu.

— Ah, que tolice!

— Ele sempre foi assim — disse Artur, com ressentimento. — E como é o favorito de todos, tem permissão para dizer e fazer o que quiser. Tenho de estudar direito e línguas, e viver aqui, para me preparar para a coroa; mas Harry fica em Greenwich ou Whitehall, no centro da corte, como se fosse um embaixador, e não um herdeiro que deve ser treinado. Ele tem de receber um cavalo quando eu ganho um cavalo, enquanto eu tive de ficar com o mesmo por anos. Ganhou um falcão quando eu tive o meu primeiro — ninguém o obriga a treinar um falcão e, depois, um açor, um ano atrás do outro. Tem de ter o meu tutor e tentar me superar, tentar brilhar mais do que eu sempre que pode, e sempre chama a atenção.

Catalina percebeu que ele estava genuinamente irritado.

— Mas ele é só o segundo filho — observou ela.

— Ele é o favorito de todo mundo — disse Artur, taciturno. — Tem tudo o que pede, consegue tudo com facilidade.

— Ele não é o príncipe de Gales — salientou ela. — Pode ser que gostem dele, mas ele não é importante. Ele só fica na corte porque não é importante o bastante para ser mandado para cá. Ele não tem seu próprio principado. Seu pai terá planos para ele. Provavelmente se casará e partirá. Um segundo filho não é mais importante do que uma filha.

— Ele vai para a igreja — replicou Artur. — Vai ser padre. Quem se casaria com ele? Portanto ficará na Inglaterra para sempre. Acho que vou ter de suportá-lo como meu arcebispo, se ele não se fizer papa.

Catalina riu ao pensar no menino louro, corado e animado como papa.

— Como seremos importantes quando formos adultos — disse ela. — Você e eu seremos o rei e a rainha da Inglaterra, e Harry, um arcebispo, talvez, até mesmo, um cardeal.

— Harry nunca vai crescer — insistiu ele. — Será sempre um menino egoísta. E como minha avó, e meu pai, sempre lhe deram tudo o que queria, bastando ele pedir, será um menino ganancioso e difícil.

— Talvez ele mude — disse ela. — Ao olhar para a minha irmã mais velha, pobre Isabel, quando foi para Portugal pela primeira vez, acharia que era a garota mais fútil e mundana que poderia imaginar. Mas quando seu marido morreu e ela voltou para casa, ela deixou de se interessar por tudo, e entrou para um convento. Seu coração se partiu definitivamente.

— Ninguém vai partir o coração de Harry — afirmou Artur. — Ele não tem um coração.

— Você pensaria o mesmo de Isabel — argumentou Catalina. — Mas ela se apaixonou pelo marido no dia do seu casamento e disse que nunca mais amaria ninguém. Ela teve de se casar de novo, é claro. Mas o fez contra a vontade.

— E você também? — perguntou ele, seu humor mudando repentinamente.

— Eu o quê? Se me casei contra a vontade?

— Não! Apaixonou-se por seu marido no dia do casamento?

— Certamente não no dia do meu casamento — replicou ela. — Um menino que contava vantagens! Harry não é nada perto de você! Ouvi você dizer a eles, na manhã seguinte, que ter uma esposa era um bom esporte.

Artur teve a elegância de parecer desconcertado.

— Devo ter dito algo em tom de pilhéria.

— Que tinha passado a noite toda na Espanha?

— Oh, Catalina. Perdoe-me. Eu não sabia de nada. Você tem razão, eu era um menino. Mas agora sou um homem, o seu marido. E você realmente se apaixonou por seu marido. Não negue.

— Não durante muito tempo — disse ela, um tanto desanimada. — Não foi de jeito nenhum amor à primeira vista.

— Sei quando foi, portanto não caçoe de mim. Foi na noite em Burford, quando você tinha chorado e a beijei como devia pela primeira vez, e enxuguei suas lágrimas com as mangas de minha camisa. E então, naquela noite, fui vê-la e a casa estava tão silenciosa que parecia que só existíamos nós dois no mundo inteiro.

Ela se aconchegou mais em seus braços.

— E lhe contei a minha primeira história — disse ela. — Lembra-se de qual foi?

— Foi a história do incêndio em Santa Fé — replicou ele. — Quando a sorte virou-se contra a Espanha pela primeira vez.

Ela assentiu com a cabeça.

— Normalmente éramos nós que incendiávamos e matávamos. Meu pai tem a reputação de ser inclemente.

— Seu pai era inclemente? Apesar de ser a terra que ele estava reivindicando como sua? Como esperou fazer o povo cumprir a sua vontade?

— Pelo medo — replicou ela simplesmente. — E de qualquer maneira, não foi sua vontade. Foi a vontade de Deus, e às vezes Deus é impiedoso. Não foi uma guerra comum, foi uma cruzada. Cruzadas são cruéis.

Ele concordou com um movimento da cabeça.

— Tinha uma música sobre o avanço do meu pai. Os mouros a cantavam.

Ela jogou a cabeça para trás e com a voz grave, traduzindo a letra para o francês, cantou para ele:

Cavaleiros atravessam a galope o portão Elvira, e sobem até Alhambra,
Notícias terríveis trazem ao rei,
Fernando em pessoa conduz o exército, flor da Espanha,
Ao longo das margens do Jenil; com ele está
Isabel, a rainha com o coração de um homem.

Artur ficou encantado.

— Cante de novo!

Ela riu e cantou.

— Eles realmente a chamavam de "Rainha com o coração de um homem"?

— Meu pai diz que quando ela está em campanha é melhor do que dois batalhões para fortalecer nossos soldados e atemorizar os mouros. Em todas as batalhas que lutaram, ela nunca foi derrotada. O exército nunca perdeu uma batalha quando ela estava com eles.

— Ser um rei assim! Ter canções escritas sobre você!

— Eu sei — disse Catalina. — Ter uma lenda como mãe! Não é de admirar que eu sinta a sua falta. Naquele tempo, ela não tinha medo de nada. Quando o incêndio teria nos destruído, ela não teve medo. Nem das chamas na noite nem da derrota. Mesmo quando meu pai e todos os conselheiros concordaram com que deveríamos recuar para Toledo e nos reorganizarmos para voltar a atacar no ano seguinte, minha mãe disse não.

— Ela discute com eles publicamente? — perguntou Artur, fascinado com a ideia de uma esposa que não era submissa.

— Não discutia exatamente — replicou ela, pensativamente. — Ela nunca o contradiz ou desrespeita. Mas ele percebe muito bem quando ela não concorda. E geralmente fazem como ela decide.

Ele sacudiu a cabeça.

— Sei no que está pensando, uma esposa deve obedecer. Ela própria diria o mesmo. Mas o problema é que ela sempre tem razão — falou Catalina. — Todas as vezes de que me lembro, sempre que foi preciso decidir se o exército deveria prosseguir ou o que deveria ser feito. É como se Deus a aconselhasse, na verdade. Ela sabe melhor o que deve ser feito. Até mesmo meu pai reconhece que ela sabe mais.

— Deve ser uma mulher extraordinária.

— Ela é rainha — replicou Catalina, simplesmente. — Rainha por direito. Não uma mera rainha por casamento, não uma plebeia criada para ser rainha. Ela nasceu uma princesa da Espanha, como eu. Nasceu para ser rainha. Foi salva por Deus dos perigos mais terríveis para ser a rainha da Espanha. O que mais poderia fazer além de governar seu reino?

☙

Nessa noite, sonho que sou um pássaro, uma andorinha, sobrevoando alto, ligeiro e intrépida o reino de Castela, ao sul de Toledo, sobre Córdoba, o sul em direção ao reino de Granada; o solo abaixo se estende como um tapete amarelo-castanho, tecido com um velocino dourado de um carneiro dos berberes, a terra perfurada por penhascos cor de bronze, as colinas tão altas que nem mesmo as oliveiras conseguem se fixar em suas encostas íngremes. Continuo a voar, meu coração de pássaro pulsando, até ver os muros rosados do Alcazar, o forte imponente que circunda o palácio de Alhambra, e, voando baixo e rápido, deslizo sobre a forma quadrada grosseira da torre de vigia, onde a bandeira com a lua crescente tremulava antes, para mergulhar no Pátio de Murtas, e voar em círculos no ar quente, cercado de edifícios luxuosos de estuque e azulejos, olhando o reflexo na água, e vendo, finalmente, quem eu procurava: minha mãe, Isabel de Espanha, andando no entardecer quente, pensando em sua filha na distante Inglaterra.

☙

Castelo de Ludlow, março de 1502

— Queria que conhecesse uma grande amiga minha, e que está disposta a ser amiga sua — disse Artur, escolhendo as palavras com cuidado.

As damas de honra de Catalina, entediadas por não terem com o que se entreter em uma tarde fria, esticaram o pescoço para escutar, mas continuando a fingir estarem absortas em seus bordados.

Ela empalideceu no mesmo instante, ficando da cor do linho branco que estava bordando.

— Milorde? — perguntou com ansiedade. Ele não tinha comentado nada sobre isso nas primeiras horas da manhã, quando acordaram e fizeram amor. Só esperava vê-lo no jantar. A chegada dele a seus aposentos indicava que alguma coisa tinha acontecido. Ficou desconfiada, esperando saber do que se tratava.

— Uma amiga? Quem é?

— Talvez tenha ouvido falar nela, mas peço que se lembre de que ela está ansiosa para ser sua amiga, e que sempre foi uma boa amiga para mim.

A mente de Catalina ficou alerta; respirou fundo. Por um momento, por um terrível momento, achou que ele estava introduzindo uma antiga amante na sua corte, pedindo um lugar entre suas damas de honra para uma mulher que tinha sido sua amante, de modo que pudessem continuar se encontrando.

C3

Se é isso o que ele está fazendo, sei qual é o papel que devo representar. Vi minha mãe ser assombrada pelas garotas bonitas a que meu pai, que Deus o perdoe, não podia resistir. Nós o víamos, repetidamente, dar atenção a um novo rosto na corte. Toda vez, minha mãe se comportava como se não tivesse percebido nada, favorecendo a garota elegantemente, casando-a com um cortesão bom partido, e o encorajando a levar sua noiva para longe. Era uma ocorrência tão comum que se tornara uma piada: se uma garota queria fazer um bom casamento com a bênção da rainha, e ir para uma província remota, bastava que atraísse o rei. E logo ela se veria partindo de Alhambra em um belo cavalo e com muitas roupas novas.

Sei que uma mulher sensível olha para o outro lado e tenta suportar a mágoa e a humilhação quando o marido escolhe levar outra mulher para a sua cama. O que não deve fazer, o que não deve fazer nunca, é se comportar como minha irmã Joana, que envergonha a si mesma e a todos nós tendo acessos de gritos, vertendo lágrimas histéricas, e fazendo ameaças de vingança.

"Isso não serve para nada", minha mãe me disse uma vez, quando um dos embaixadores nos relatou uma cena horrível na corte de Felipe, na Holanda: Joana ameaçando cortar o cabelo da mulher, atacando-a com uma tesoura, e depois, jurando que ia se matar.

"Queixar-se só piora a situação. Se um marido se extravia, tem de trazê-lo de volta à sua vida e à sua cama, independentemente do que ele fez. Não há escapatória para o casamento. Se você é a rainha e ele é o rei, têm de estar juntos. Se ele esquece seu dever em relação a você, não é motivo para que você esqueça o seu em relação a ele. Por mais doloroso que seja, você é sempre a rainha e ele é sempre seu marido."

"Independentemente do que ele fizer?", perguntei. "Independentemente de como se comportar? Ele é livre, mas você não?"

Ela encolheu os ombros. "O que quer que ele faça não rompe o vínculo do casamento. Você é casada diante de Deus: ele será sempre o seu marido, e você será sempre a rainha. Aqueles que Deus uniu, nenhum homem pode separar. Independentemente da dor que seu marido lhe causar, continuará a ser seu marido. Pode ser um mau marido, mas continua a ser seu marido."

"E se ele quiser outra?", perguntei, com a curiosidade aguçada da juventude.

"Se ele quiser outra, poderá tê-la ou ela recusá-lo, isso é problema deles. É problema dela e da consciência dela", minha mãe tinha respondido com firmeza. "O que não deve mudar é você. O que quer que ele diga, o que quer que ela queira: você continua a ser a sua mulher e a sua rainha."

☙

Catalina evocou esse conselho sombrio e encarou seu jovem marido.

— Ficarei sempre feliz em conhecer uma amiga sua, milorde — disse ela sem alterar a voz, tentando não demonstrar hesitação. — Mas como sabe, a minha corte é pequena. Seu pai foi muito claro quanto a eu não poder ter mais pessoas me servindo do que tenho agora. Como sabe, ele não me paga nenhuma pensão. Não tenho dinheiro para pagar o serviço de mais uma dama.

Enfim, não posso acrescentar nenhuma dama, mesmo uma amiga especial sua, à minha corte.

Artur retraiu-se ao ser lembrado do regateio mesquinho de seu pai em relação ao séquito de Catalina.

— Ah, não, você não entendeu. Não se trata de uma amiga que quer um lugar. Ela não seria uma de suas damas de honra — interrompeu ele. — É Lady Margaret Pole que está esperando para conhecê-la. Ela voltou para casa, finalmente.

ᘓ

Santa Maria, Mãe de Deus, rogai por nós. Isso é pior do que se fosse uma amante sua. Sabia que teria de enfrentá-la um dia. Esta é a sua casa, mas ela estava fora quando chegamos, e achei que tinha me desprezado deliberadamente se afastando. Achei que estava me evitando por ódio, como eu a evitaria por vergonha. Lady Margaret Pole é irmã do pobre rapaz, o duque de Warwick, decapitado para deixar a sucessão livre para mim, e para a minha linhagem. Eu temia horrivelmente o momento em que teria de conhecê-la. Rezava aos santos para que ela ficasse longe, me odiando, me culpando, mas mantendo distância.

ᘓ

Artur percebeu seu gesto de sutil rejeição, mas não lhe ocorrera outra maneira de prepará-la.

— Por favor — apressou-se em dizer ele. — Ela precisou se afastar para cuidar dos filhos, senão teria ficado do lado de seu marido para recebê-la quando chegamos. Eu lhe disse que ela ia retornar. Quer cumprimentá-la agora. Teremos todos de viver juntos aqui. Sir Richard é um amigo leal do meu pai, membro principal do meu conselho e o administrador deste castelo. Teremos todos de viver juntos.

Catalina estendeu uma mão trêmula, e ele se aproximou imediatamente, ignorando a atenção fascinada de suas damas.

— Não posso encontrá-la — sussurrou ela. — É verdade, não posso. Sei que o seu irmão foi condenado à morte por minha causa. Sei que os meus pais insistiram nisso, antes de me enviarem para a Inglaterra. Sei que ele era inocente, inocente como uma flor, mantido na Torre por seu pai de modo que ninguém se reunisse à sua volta e reivindicasse o trono em seu nome. Ele poderia ter vivido aqui em segurança durante toda a sua vida se não fossem os meus pais exigindo a sua morte. Ela deve me odiar.

— Ela não odeia você — disse ele sinceramente. — Acredite, Catalina, eu não a exporia à hostilidade de ninguém. Ela não a odeia, ela não me odeia, ela não odeia nem meu pai, que foi quem ordenou a execução. Ela sabe que essas coisas acontecem. É uma princesa, e sabe tão bem quanto você que não é uma escolha, mas que é a política que nos governa. Não foi a sua escolha, não foi a minha. Ela sabe que o seu pai e sua mãe tinham de estar seguros de que não haveria príncipes rivais para reivindicar o trono, que o meu pai limparia o meu caminho, independentemente de quanto lhe custasse. Ela está resignada.

— Resignada? — disse ela, incrédula. — Como pode uma mulher resignar-se com o assassinato do irmão, o herdeiro da família? Como pode ela me oferecer a sua amizade quando ele foi morto para a minha conveniência? Quando perdemos o meu irmão, nosso mundo acabou, nossas esperanças morreram com ele. O nosso futuro foi enterrado com ele. Minha mãe, que é a devoção em pessoa, não consegue suportar sua morte. Se ele tivesse sido executado por algum estranho, juro que ela tomaria uma vida em troca. Como Lady Margaret perdeu o irmão e suporta isso? Como pode me suportar?

— Ela tem resignação — replicou ele simplesmente. — É uma mulher muito religiosa, e, se queria uma recompensa, teve a de se casar com Sir Richard Pole, o homem de confiança do meu pai, e ela mora aqui onde é extremamente respeitada, é minha amiga e espero que seja sua.

Ele pegou a mão dela e viu que tremia.

— Ora, Catalina, nem parece você. Seja corajosa, meu amor. Ela não vai culpá-la.

— Ela deve me culpar — disse Catalina, em um sussurro angustiado. — Meus pais insistiram em que não existisse a menor dúvida em relação à sua herança. Sei que foi assim. Seu próprio pai prometeu que não haveria príncipes rivais. Sabiam o que ele pretendia fazer. Não lhe disseram para deixar vivo um homem inocente. Deixaram que ele agisse. Quiseram que agisse. O sangue de Eduardo Plantageneta está sobre minha cabeça. Nosso casamento tem a maldição de sua morte.

Artur retraiu-se, nunca a vira tão aflita.

— Meu Deus, Catalina, não pode achar que fomos amaldiçoados.

Ela balançou a cabeça assentindo com infelicidade.

— Você nunca falou nisso.

— Não suportaria falar disso.

— Mas pensou nisso?

— Desde o momento que me contaram que ele foi morto por minha causa.

— Meu amor, não pode realmente achar que fomos amaldiçoados.

— Nessa única coisa.

Ele tentou rir de sua gravidade.

— Não. Tem de saber que fomos abençoados. — Puxou-a para perto e disse bem baixinho, para que ninguém mais escutasse: — Toda manhã, quando acorda em meus braços, se sente amaldiçoada?

— Não — replicou ela de modo relutante. — Não, não me sinto.

— Toda noite, quando vou aos seus aposentos, sente a sombra do pecado sobre você?

— Não — admitiu ela.

— Não fomos amaldiçoados — disse ele com firmeza. — Fomos abençoados pelo favor de Deus. Catalina, meu amor, confie em mim. Ela perdoou meu pai, certamente nunca a culpará. Juro a você que ela é uma mulher com um coração do tamanho de uma catedral. Quer conhecê-la. Venha comigo e deixe que a apresente.

— Sozinhos, então — disse ela ainda temendo uma cena dramática.

— Sozinhos. Ela está, neste momento, nos aposentos do administrador do castelo. Se vier agora, poderemos deixar todos aqui, e irmos tranquilamente, só nos dois.

Ela se levantou e apoiou sua mão no braço dele.

— Vou caminhar sozinho com a princesa. Vocês podem ficar aqui.

As damas pareceram surpresas de serem excluídas, e algumas demonstraram abertamente seu desapontamento. Catalina passou por elas sem erguer os olhos.

Uma vez do lado de fora, ele a precedeu na escada estreita e em espiral, uma mão no pilar de pedra central e outra na parede. Catalina seguiu-o, demorando-se em cada seteira para olhar o vale onde o Teme tinha rompido suas margens e parecia um lago prateado sobre uma campina fluvial. Fazia frio, mesmo em março na fronteira, e Catalina estremeceu como se um estranho estivesse andando sobre sua sepultura.

— Meu amor — disse ele, olhando para trás, para cima da escada estreita, onde ela estava. — Coragem. Sua mãe teria coragem.

— Ela ordenou isso — disse ela, com irritação. — Achou que seria para o meu bem. Mas um homem morreu por sua ambição, e agora tenho de enfrentar a irmã dele.

— Ela fez isso por você — falou ele. — E ninguém a culpa. — Chegaram ao andar embaixo dos aposentos da princesa e, sem hesitação, Artur bateu à porta espessa de madeira do apartamento do administrador, e entrou.

A sala quadrada dando para o vale era como a sala de audiência da princesa no andar de cima, revestida de madeira adornada com tapeçarias. Havia uma mulher esperando-os, sentada perto da lareira, e quando a porta abriu, ela se levantou. Usava um vestido cinza-claro e um capuz cinza na cabeça. Tinha cerca de 30 anos de idade, e olhou Catalina com um interesse cordial. Então, fez uma reverência profunda e respeitosa.

Desobedecendo a pressão dos dedos de sua mulher, Artur retirou o braço e recuou até a porta. Catalina olhou para trás, de maneira reprovadora, e depois, fez uma pequena mesura à mulher. Levantaram-se juntas.

— É um grande prazer conhecê-la — disse Lady Pole, com doçura. — E lamento não ter estado presente para recebê-la. Mas um dos meus filhos estava doente e fui ver se estava sendo bem cuidado.

— Seu marido foi muito gentil — Catalina conseguiu dizer.

— Espero que sim, pois lhe deixei uma lista comprida de instruções. Queria que os seus aposentos estivessem aquecidos e confortáveis. Diga-me se gostaria de alguma coisa. Não conheço a Espanha, portanto não sei o que lhe daria prazer.

— Não! Está tudo... de maneira nenhuma.

A mulher olhou para a princesa.

— Então, espero que seja muito feliz aqui conosco — disse ela.

— Espero... — Catalina respirou fundo. — Mas eu... eu...

— Sim?

— Fiquei muito triste ao saber da morte de seu irmão — falou Catalina com ansiedade. Seu rosto, que estava lívido pela inquietação, agora se tornou escarlate. Sentiu as orelhas arderem e, para o seu horror, percebeu a voz tremer. — Na verdade, lamentei muito. Muito...

— Foi uma grande perda para mim e para os meus — replicou a mulher com a voz firme. — Mas é a vida.

— Receio que a minha vinda...

— Nunca achei que fosse uma escolha ou culpa sua, princesa. Quando o nosso querido príncipe Artur ia se casar, seu pai tinha de garantir a sua herança. Sei que o meu irmão jamais ameaçaria a paz dos Tudor, mas eles não tinham como saber disso. E ele foi mal aconselhado por um rapaz malicioso, envolvido em uma conspiração insensata... — interrompeu-se quando sua voz falhou. Mas se recompôs rapidamente. — Perdoe-me. Ainda me dói. Era um rapaz inocente, o meu irmão. A sua trama tola foi prova de sua ingenuidade, e não de sua culpa. Não tenho nenhuma dúvida de que ele agora está sob a proteção de Deus, com todos os inocentes.

Ela sorriu para a princesa.

— Neste mundo, nós mulheres frequentemente não temos poder sobre o que os homens fazem. Tenho certeza de que não desejaria nenhum mal ao meu irmão e, de fato, tenho certeza de que ele não se colocaria contra você ou seu querido príncipe. Mas a vida é assim, às vezes toma medidas sombrias. Meu pai fez algumas más escolhas em sua vida, e só Deus sabe como pagou por isso. Seu filho, embora inocente, seguiu o mesmo caminho. Uma virada da sorte e tudo teria sido diferente. Acho que uma mulher tem de aprender a viver com a sorte, mesmo quando está contra ela.

Catalina escutou com atenção.

— Sei que a minha mãe e o meu pai quiseram assegurar que a linhagem dos Tudor não fosse ameaçada — falou ela. — Sei que disseram isso ao rei. — Queria ter certeza de que essa mulher conhecia a profundidade de sua culpa.

— Como talvez eu fizesse, se estivesse no lugar deles — replicou Lady Margaret simplesmente. — Princesa, não a culpo, nem culpo sua mãe ou seu pai. Não culpo nosso grande rei. Se eu fosse qualquer um deles, talvez agisse como agiram, e deveria explicações somente a Deus. Tudo o que tenho a fazer, já que não sou uma dessas pessoas importantes, mas simplesmente a esposa humilde de um bom homem, é prestar atenção a como me comporto, e a como me explicarei a Deus.

— Cheguei a este país com a sua morte na minha consciência — admitiu Catalina impulsivamente.

A mulher sacudiu a cabeça.

— A sua morte não está na sua consciência — disse ela com firmeza. — E é errado se culpar pelo ato de outro. Na verdade, acho que o seu confessor lhe diria: é uma forma de orgulho. Que seja esse o pecado que deve confessar, não precisa assumir a culpa dos pecados dos outros.

Catalina ergueu os olhos pela primeira vez e encarou o olhar firme de Lady Pole, e a viu sorrir. Sorriu de volta com cautela, e a mulher estendeu-lhe a mão, como um homem faria para selar uma barganha.

— Sabe — disse ela, de maneira simpática —, eu era uma princesa real. Fui a última princesa Plantageneta, criada pelo rei Ricardo junto com seu filho. De todas as mulheres no mundo, tenho de saber que há mais coisa na vida do que uma mulher pode controlar. Há a vontade de seu marido, e a de seus pais, e a do seu rei. Como contestá-las? Ou fazer alguma diferença? O nosso caminho é a obediência.

Catalina, com a mão aquecida naquele aperto afetuoso, sentiu-se tranquilizada.

— Receio nem sempre ser muito obediente — confessou.

A mulher riu.

— Ah, sim, pois seríamos tolos se não pensássemos por nós mesmos — admitiu ela. — A verdadeira obediência só pode acontecer quando, secretamente, se acha que se sabe de tudo, e optamos por acatar a situação. Qualquer coisa menos que isso é apenas anuência, e qualquer simplória dama de honra é capaz de anuir. Não acha?

E Catalina, sorrindo como uma inglesa pela primeira vez, riu alto e disse:

— Nunca quis ser uma simples dama de honra.

— Nem eu — replicou logo Margaret Pole, que havia sido uma Plantageneta, uma princesa real e que, agora, era uma mera esposa enterrada no reduto das Fronteiras dos Tudor. — Sempre sei quem sou, no meu coração, independentemente do título que recebo.

☙

Surpreendo-me ao perceber que a mulher cuja presença eu temia tanto está tornando o castelo de Ludlow uma casa para mim. Lady Margaret Pole é uma companheira e amiga que compensa a perda da minha mãe e de minhas irmãs.

Dou-me conta agora que sempre vivi em um mundo dominado por mulheres: a rainha minha mãe, minhas irmãs, nossas damas de honra e camareiras, e todas as mulheres que servem no palácio. No Alhambra, vivemos praticamente isoladas dos homens, em cômodos construídos para o prazer e conforto das mulheres. Vivemos quase reclusas, na privacidade de salas frescas. Passamos pelos pátios e nos debruçamos nas sacadas, com a confiança proporcionada pelo conhecimento de que metade do palácio pertence exclusivamente a nós mulheres.

É claro que comparecíamos à corte com meu pai, não ficávamos escondidas. Mas o desejo feminino natural de privacidade era realizado e enfatizado pelo projeto do Alhambra, onde as peças e os jardins mais belos eram reservados para nós.

É estranho vir para a Inglaterra e me deparar com um mundo dominado pelos homens. É claro que tenho meus aposentos e minhas damas de companhia; mas qualquer homem pode aparecer e pedir para ser admitido a qualquer hora. Sir Richard Pole, ou qualquer outro cavalheiro de Artur, pode vir aos meus aposentos sem avisar e achar que está me concedendo uma honraria. Os ingleses parecem achar natural que homens e mulheres se misturem. Ainda não vi nenhuma casa com cômodos exclusivos para mulheres, e nenhuma mulher usa o véu sobre o rosto como, às vezes, fazemos na Espanha, nem mesmo quando viajam entre estranhos.

Até mesmo a família real está aberta a tudo. Homens, mesmo estranhos, podem andar pelos palácios reais; basta estarem elegantemente trajados para que os guardas os admitam. Podem ficar na sala de audiência da rainha e vê-la sempre que passa, olhando fixo para ela como se fossem da família. O salão, a capela, as salas públicas da rainha estão abertos a qualquer um que consiga um bom chapéu e uma capa, e passe por alguém de boa família. Os ingleses tratam as mulheres como se fossem rapazes ou criadas; elas podem ir aonde querem, podem ser olhadas por qualquer um. Por um tempo, achei que era uma grande liberdade, e por um tempo, diverti-me com isso. Então percebi que as inglesas podem mostrar o rosto, mas que não são audaciosas como os homens, que não são livres como os rapazes; ainda têm de permanecer caladas e obedecer.

Agora, com Lady Margaret Pole de volta, parece que o castelo passou a ser governado pelas mulheres. As noites no salão são menos entusiásticas, até a comida mudou. Os trovadores cantam o amor e menos as batalhas, o francês passou a ser mais falado e o galês menos.

Meus aposentos ficam em cima, e os dela no andar embaixo, e subimos e descemos a escada o dia inteiro, para nos vermos. Quando Artur e Sir Richard estão fora, caçando, a senhora do castelo continua em casa, e o lugar não mais parece vazio. De certa maneira, ela o torna um castelo de mulher, somente com a sua presença. Quando Artur está fora, a vida deixa de ser silenciosa enquanto espero o seu retorno. É um lugar aconchegante, feliz, ocupado com o seu trabalho diário.

Sentia falta de uma mulher mais velha que eu como amiga. Maria de Salinas é uma garota da minha idade, e tão tola quanto eu; é uma companheira, não um mentor. Dona Elvira foi designada por minha mãe, a rainha, para ocupar o lugar de uma mãe para mim; mas não é uma mulher a quem me afeiçoe, apesar de ter tentado. É rigorosa comigo, ciumenta de sua influência, e nutre a ambição de controlar a corte inteira. Ela e seu marido, que comanda a criadagem, querem dominar a minha vida. Desde aquela primeira noite em Dogmersfield, quando ela contrariou o próprio rei, fiquei em dúvida em relação a seu julgamento. Ainda hoje ela está sempre me alertando para não me tornar muito íntima de Artur, como se fosse errado amar um marido, como se eu pudesse resistir a ele! Ela quer criar uma pequena Espanha na Inglaterra, quer que eu continue a ser a infanta. Mas estou certa que o meu destino na Inglaterra é me tornar inglesa.

Dona Elvira não vai aprender inglês. Ela finge não entender francês quando é falado com sotaque inglês. Trata os galeses com total desprezo, como bárbaros à margem da civilização, o que é constrangedor quando visitamos o povo da cidade de Ludlow. Para ser franca, às vezes ela se comporta de maneira mais pomposa do que qualquer outra mulher que já conheci; mostra-se mais orgulhosa do que minha própria mãe. Tenho de admirá-la, mas não consigo amá-la genuinamente.

Mas Margaret Pole foi educada como sobrinha de um rei e é tão fluente no latim quanto eu. Falamos o francês naturalmente entre nós; está me ensinando inglês, e quando nos deparamos com uma palavra que não conhecemos em nenhuma das línguas que compartilhamos, fazemos mímicas que nos provocam gargalhadas. Eu a fiz chorar de tanto rir quando tentei demonstrar indigestão, e os guardas apareceram correndo, achando que estávamos sendo atacadas, quando ela usou suas damas casadas e damas donzelas para me mostrar o protocolo correto de uma caçada inglesa no campo.

☙

Com Margaret, Catalina achou que poderia levantar a questão de seu futuro, e de seu sogro, com quem ficava francamente nervosa.

— Ele estava descontente quando partimos — disse ela. — Por causa da questão do dote.

— Mesmo? — replicou Margaret. As duas mulheres estavam sentadas à janela, esperando os homens retornarem da caça. Fazia muito frio e estava muito úmido lá fora, e nenhuma das duas quis sair. Margaret achou melhor não comentar nada sobre a questão humilhante do dote de Catalina; soubera por seu marido que o rei espanhol tinha se aperfeiçoado na arte da duplicidade. Tinha concordado com um dote substancial para a infanta, mas a enviara para a Inglaterra com apenas a metade. O resto, propôs ele, seria completado com a prata e o tesouro que levou como seus bens. Ultrajado, o rei Henrique tinha exigido a soma total. Fernando de Espanha replicou, delicadamente, que a infanta tinha sido suprida com o que havia de melhor, e que Henrique podia escolher o que quisesse.

Não era uma boa maneira de começar um casamento, isto é, baseado somente na ganância e ambição, e um medo partilhado da França. Catalina estava presa entre a determinação de dois homens insensíveis. Margaret percebeu que uma das razões para Catalina ter sido enviada ao castelo de Ludlow com seu marido era obrigá-la a usar seus próprios bens, e assim diminuir seu valor. Se o rei Henrique a tivesse mantido na corte, em Windsor, Greenwich ou Westminster, ela teria usado a baixela dele, e o pai dela poderia ter argumentado que a baixela espanhola era boa e nova, e que devia ser aceita como dote. Mas agora, toda noite, comiam nos pratos dourados de Catalina, e cada arranhão ou descuido com a faca reduziam um pouco do seu valor. Quando estivesse na hora de pagar a segunda metade do dote, o rei da Espanha veria que teria de pagar em espécie. O rei Fernando podia ser um homem duro e um negociador astuto, mas encontrara um igual em Henrique Tudor da Inglaterra.

— Ele disse que eu deveria ser como uma filha para ele — começou Catalina, com cautela. — Mas não posso lhe obedecer como uma filha faria, como devo obedecer ao meu próprio pai. Meu pai me mandou não usar a baixela e dá-la ao rei. Mas ele não aceitará. E como o dote não foi pago, o rei me despachou sem provisão, nem mesmo me paga uma pensão.

— O embaixador espanhol não a aconselha?

Catalina fez uma leve careta.

— Ele é homem do rei — replicou ela. — Não me adianta de nada. Não gosto dele. É judeu, mas se converteu. Um homem adaptável. Um espanhol, mas que vive há anos aqui. Tornou-se um servidor dos Tudor, não de Aragão. Vou dizer ao meu pai que ele é mal servido pelo Dr. De Puebla, mas nesse meio-tempo, não tenho quem me aconselhe, e dona Elvira e meu tesoureiro não param de discutir. Ela diz que meus bens e meu tesouro devem ser empenhados ao ourives para levantar o dinheiro, ele diz que não os deixará fora da sua vista até terem sido pagos ao rei.

— E não perguntou ao príncipe o que devia fazer?

Catalina hesitou.

— É um assunto entre o pai dele e o meu — replicou ela cautelosamente. — Não quero que isso nos perturbe. Ele pagou todas as minhas despesas de viagem para cá. Terá de pagar os salários de minhas damas de honra na metade do verão, e logo estarei precisando de vestidos novos. Não quero lhe pedir dinheiro. Não quero que pense que sou gananciosa.

— Você o ama, não ama? — perguntou Margaret, sorrindo, e viu o rosto da jovem se iluminar.

— Oh, sim — suspirou a garota. — Eu o amo muito.

A mulher sorriu.

— Isso é uma bênção — disse ela delicadamente. — Ser princesa e amar o marido que lhe impuseram. Você foi abençoada, Catalina.

— Eu sei. Realmente acho que é sinal de um favor especial de Deus.

A mulher fez uma pausa diante da pretensão da afirmação, mas não a corrigiu. A segurança da juventude logo se desvaneceria, sem a necessidade de avisos.

— Algum sintoma?

Catalina pareceu intrigada.

— De um bebê. Sabe o que pode sentir?

A jovem corou.

— Minha mãe me disse. Mas até agora não há sintomas.

— Ainda é cedo — disse Lady Margaret, de maneira confortadora. — Mas se estivesse com um filho a caminho, não haveria dificuldades com o dote. Nada seria bom o bastante para você, se estivesse carregando o próximo príncipe Tudor.

— Eu deveria receber uma pensão engravidando ou não — observou Catalina. — Sou princesa de Gales, deveria receber uma pensão para manter o meu estado.

— Sim — disse Margaret, friamente. — Mas quem vai dizer isso ao rei?

☙

— Conte uma história.

Estavam iluminados pelo dourado mosqueado da chama das velas e da lareira. Era meia-noite e o castelo estava silencioso, exceto pela voz baixa dos dois, todas as luzes apagadas, exceto o fogo na câmara de Catalina, onde o casal de jovens resistia ao sono.

— O que vou contar?

— Conte uma história sobre os mouros.

Ela pensou por um momento, jogando um xale sobre os ombros nus para se proteger do frio. Artur estava esparramado na cama, mas quando ela se moveu, puxou-a para si, de modo que a cabeça dela repousasse em seu peito nu. Ele passou a mão pelo basto cabelo ruivo de Catalina.

— Vou contar uma história sobre uma das sultanas — disse ela. — Não é uma história. Foi verdade. Ela estava no harém. Sabe que as mulheres vivem separadas dos homens, em uma parte da casa só para elas?

Ele assentiu com a cabeça, observando a luz da vela bruxulear na sua nuca, na cavidade de sua clavícula.

— Ela olhou pela janela e o rio estava com a maré baixa. As crianças pobres da cidade brincavam na água. Estavam na rampa de lançamento das embarcações, e tinham espalhado lama por toda a parte. Escorregavam, deslizando na lama. Ela riu e disse às suas damas como gostaria de brincar assim.

— Ela não podia sair?

— Não, ela não podia sair nunca. As damas de companhia contaram aos eunucos que tomavam conta do harém e que, por sua vez, contaram ao grão-vizir, que contou ao sultão, e quando ela saiu da janela e foi à sala de audiência dele, adivinha o que aconteceu.

Ele sacudiu a cabeça, sorrindo.

— O quê?

— A sala de audiência era um salão de mármore. O piso era de mármore de veios rosa. O sultão tinha ordenado que trouxessem grandes frascos de óleos perfumados e os derramassem no chão. Todos os perfumistas da cidade receberam ordens de levar óleos de rosas ao palácio. Levaram pétalas de rosas e ervas aromáticas e fizeram uma massa de óleo e pétalas de rosas e ervas e a espalharam com um pé de espessura por todo o piso da sala de audiência. A sultana e suas damas despiram-se, escorregaram e brincaram, jogando água de rosas e pétalas, e brincaram assim a tarde toda, como a molecada no rio.

Ele ficou fascinado.

— Que belo.

Ela sorriu para ele.

— Agora é a sua vez. Você conta uma história.

— Não tenho histórias desse tipo. Só de lutas e vitórias.

— São as histórias de que mais gosta, das que conto — salientou ela.

— Gosto. E agora o seu pai vai entrar em guerra de novo.

— Vai?

— Não sabia?

Catalina negou sacudindo a cabeça.

— Às vezes, o embaixador espanhol manda-me um bilhete com notícias, mas dessa vez não me disse nada. Uma cruzada?

— Vocês são soldados de Cristo sedentos de sangue. Acho que os infiéis tremem em suas sandálias. Não, não é uma cruzada. É por uma causa muito menos heroica. O seu pai, para surpresa nossa, fez uma aliança com o rei Luís da França. Aparentemente, pretendem invadir a Itália juntos, e dividir o espólio.

— Rei Luís? — perguntou ela surpresa. — Não acredito! Achava que seriam inimigos até a morte.

— Bem, ao que parece, o rei da França não se importa muito com quem se alia. Primeiro os turcos, agora, seu pai.

— Bem, é melhor que faça aliança com os franceses do que com os turcos — disse ela com determinação. — Qualquer coisa é melhor do que eles.

— Mas por que seu pai se uniria ao nosso inimigo?

— Ele sempre quis Nápoles — confiou-lhe. — Nápoles e Navarra. Vai consegui-las de uma maneira ou de outra. O rei Luís pode pensar que tem um aliado, mas terá de pagar um preço alto por isso. Eu o conheço. Joga um jogo demorado, mas geralmente vence. Quem lhe deu a notícia?

— Meu pai. Acho que está irritado por não ter participado do seu conselho. Ele teme mais os franceses do que os escoceses. É uma decepção para nós seu pai ter-se aliado com eles.

— Pelo contrário, o seu pai deveria estar feliz com meu pai mantendo os franceses ocupados no sul. Meu pai está lhe fazendo um favor.

Ele riu.

— Você é um conforto.

— Seu pai não vai se unir a eles?

Artur sacudiu a cabeça.

— Talvez, mas o que mais quer é manter a Inglaterra em paz. A guerra é terrível para um país. Você é filha de um soldado e devia saber disso. Meu pai diz que é uma coisa horrível ver um país em guerra.

— O seu pai só combateu em uma grande batalha — disse ela. — Às vezes, é preciso lutar. Às vezes, é preciso derrotar seu inimigo.

— Não vou lutar por mais terra — disse ele. — Mas vou lutar para defender nossas fronteiras. E acho que teremos de lutar contra os escoceses, a menos que a minha irmã mude a natureza deles.

— E o seu pai está preparado para a guerra?

— A família Howard guarda o norte para ele — replicou. — E os donos de terra nortistas lhe são leais. Mandou reforçar os castelos e mantém a grande estrada para o Norte aberta, de modo que possa deslocar seus soldados se houver necessidade.

Catalina pareceu refletir.

— Se vai ter de lutar, seria melhor que os invadisse — disse ela. — Aí então, poderá escolher a data e o lugar para combater e não ser forçado a ficar na defensiva.

— Essa é a melhor saída?

Ela assentiu com a cabeça.

— O meu pai diz isso. É disso que precisa para que o seu exército avance confiante. Tem a riqueza do país à sua frente, para seus suprimentos. Tem o movimento para diante: soldados gostam de sentir que estão fazendo progresso. Não há nada pior do que ser obrigado a voltar e lutar.

— Você é uma estrategista — disse ele. — Gostaria de ter tido a sua infância e saber as coisas que você sabe.

— Você sabe — disse ela com ternura. — Pois tudo o que sei é seu, e tudo o que sou é seu. E se você e o nosso país precisarem que eu lute por vocês, lutarei.

ଔ

Foi ficando cada vez mais frio e a chuva durante toda uma longa semana transformou-se em chuva de granizo e, agora, neve. Ainda assim não é um clima frio, luminoso, invernal, mas uma neblina úmida com uma névoa em remoinho e rajadas de neve suja que se gruda nas árvores e torreões, e se assenta sobre o rio como um sorbet.

Quando Artur vem ao meu quarto, desliza pelas ameias como um patinador e, nessa manhã, ao voltar para o seu quarto, tivemos certeza de que seríamos descobertos, pois ele escorregou no gelo, caiu, e praguejou tão alto que a sentinela da torre próxima pôs a cabeça para fora e gritou: "Quem vem lá?" E tive de responder que era apenas eu, alimentando os pássaros do inverno. Artur assoviou e me disse que era o canto de um tordo, e nós dois rimos tanto que mal conseguimos nos manter em pé. Tenho certeza de que a sentinela percebeu, mas fazia tanto frio que preferiu não aparecer.

Hoje, Artur saiu a cavalo com seu conselho, que está procurando um lugar para um novo moinho enquanto o rio está cheio e parcialmente bloqueado pela neve e gelo. E Lady Margaret e eu ficamos em casa jogando cartas.

Está frio e cinza, muito úmido o tempo todo, até mesmo as paredes do castelo destilam a umidade gélida, mas eu estou feliz. Eu o amo, viveria com ele em qualquer lugar, e a primavera virá, depois o verão. Sei que, então, também seremos felizes.

ଔ

A batida na porta aconteceu tarde da noite. Ela a abriu.
— Ah, meu amor! Onde esteve?
Ele entrou e a beijou. Ela sentiu o vinho em seu hálito.
— Achei que nunca iriam embora — disse ele. — Passei no mínimo umas três horas tentando escapar para perto de você.

Levantou-a e a carregou até a cama.
— Mas Artur, não quer...
— Quero você.

> ❧

— Conte-me uma história.
— Não está dormindo?
— Não. Quero que cante a música sobre os mouros que perderam a batalha de Málaga.

Catalina riu.

— Foi a batalha de Alhama. Vou cantar alguns dos versos, mas ela continua sem fim.
— Cante todos os versos.
— Precisaríamos da noite inteira — protestou ela.
— Temos a noite inteira, graças a Deus — disse ele, a voz repleta de alegria. — Temos a noite toda e todas as noites até o fim das nossas vidas, e agradeço a Deus por isso.
— É uma canção proibida — disse ela. — Proibida por minha mãe.
— Então como aprendeu a cantá-la? — perguntou Artur, instantaneamente atento.
— Criadas — replicou ela, negligentemente. — Tive uma babá que era mourisca e que se esqueceu de quem era e de quem eu era e a cantou para mim.
— O que é mourisco? E por que a canção foi proibida? — perguntou ele, com curiosidade.
— Mourisco significa "pequeno mouro", na Espanha — explicou ela. — É como chamamos os mouros que vivem na Espanha. Não são mouros como os da África. Por isso os chamamos de pequenos mouros. Quando parti, começavam a chamar a si mesmos de Mudajjan, ou mudéjar: o que tem permissão para ficar.
— O que tem permissão para ficar? — perguntou ele. — Na própria terra?
— Não é terra deles — replicou ela instantaneamente. — É nossa. É terra espanhola.

— Eles a tiveram por setecentos anos — salientou ele. — Quando vocês, espanhóis, não faziam nada a não ser pastorear cabras nas montanhas, eles estavam construindo estradas, castelos e universidades. Você mesma me contou isso.

— Bem, agora é nossa — disse ela francamente.

Ele bateu palmas como um sultão.

— Cante, Sherazade. E cante em francês, sua bárbara, para que eu possa compreender.

Catalina juntou as mãos como se fosse rezar, e baixou a cabeça em uma reverência para ele.

— Agora sim — disse Artur, divertindo-se com ela. — Aprendeu isso no harém?

Ela sorriu, ergueu a cabeça, e cantou.

Um velho grita para o rei: Por que esse chamado repentino?
— Ai de mim! Alhama!
Ai de mim, meus amigos, os cristãos conquistaram Alhama
— Ai de mim! Alhama!
Um imame de barba branca responde: Você mereceu, ó Rei!
— Ai de mim! Alhama!
Em uma hora funesta, matou cruelmente os Abencerrages,
flor de Granada
— Ai de mim! Alhama!
Nem Granada, nem o reino, nem a sua vida vai permanecer por
muito tempo
— Ai de mim! Alhama!

Calou-se.

— E foi verdade — disse ela. — O pobre Boabdil surgiu do palácio de Alhambra, do forte vermelho que diziam que jamais cairia, com as chaves em uma almofada de seda, fez uma reverência e as deu a minha mãe e a meu pai, e partiu. Dizem que, no desfiladeiro, olhou para trás, para o seu reino, o seu belo reino, e chorou, e sua mãe lhe disse para chorar como uma mulher o que não pôde segurar como homem.

Artur deixou escapar uma risada.

— Ela disse o quê?

Catalina ergueu os olhos, a expressão séria.

— Foi muito trágico.

— É o tipo de coisa que minha avó diria — falou ele encantado. — Graças a Deus meu pai conquistou sua coroa. Minha avó seria tão doce na derrota quanto a mãe de Boabdil. Meu Deus: "chore como uma mulher pelo que não pôde segurar como homem." Que coisa para se dizer a um homem que acaba de ser derrotado!

Catalina também riu.

— Nunca pensei nisso dessa maneira — disse ela. — Não é muito confortador.

— Imagine-se indo para o exílio com sua mãe, e ela enfurecida dessa maneira com você!

— Imagine alguém perder Alhambra, nunca mais voltar lá!

Ele puxou-a para si e a beijou no rosto.

— Sem arrependimentos! — ordenou.

Imediatamente, ela sorriu para ele.

— Então me divirta — ordenou ela. — Conte-me de sua mãe e seu pai.

Ele pensou por um instante.

— Meu pai nasceu herdeiro dos Tudor, mas na fila para o trono havia dezenas de outros na sua frente — disse ele. — O pai dele queria que ele se chamasse Owen, Owen Tudor, um bom nome galês, mas morreu antes do seu nascimento, na guerra. Minha avó era apenas uma menina de 12 anos quando ele nasceu, mas conseguiu impor sua vontade e deu-lhe o nome de Henrique, um nome real. Dá para perceber o que estava pensando já na época, embora fosse praticamente uma criança, e seu marido estivesse morto.

"A sorte do meu pai mudava a cada batalha da guerra civil. Em um momento era o filho de uma família governante, no momento seguinte, estavam fugindo. O seu tio Jasper Tudor, você se lembra dele, foi leal a meu pai e à causa dos Tudor, mas houve uma batalha decisiva e a nossa causa perdeu e o nosso rei foi executado. Eduardo subiu ao trono e o meu pai era o último da linhagem. Corria tal perigo que tio Jasper escapou do castelo onde estavam sendo mantidos e fugiu com ele para a Bretanha.

— Ficaram em segurança?

— De certa maneira. Uma vez ele me contou que acordava toda manhã esperando ser entregue a Eduardo. E certa vez, o rei Eduardo disse que se ele retornasse seria bem recebido e um bom casamento seria arranjado para ele. Meu pai fingiu estar doente, na estrada, e fugiu. Se retornasse, seria morto.

Catalina se surpreendeu.

— Então ele também foi um pretendente, na sua época.

Ele riu largo para ela.

— Como eu já disse, é por isso que ele os teme tanto. Sabe do que um pretendente é capaz se a sorte estiver a seu favor. Se o tivessem pego, o teriam levado para casa, para morrer na Torre. Exatamente como fizeram com Warwick. Meu pai teria sido condenado assim que o rei Eduardo pusesse as mãos nele. Mas fingiu estar doente e fugiu, atravessando a fronteira com a França.

— Não o entregaram de volta?

Artur riu.

— Eles o apoiaram. Ele significava o maior desafio à paz da Inglaterra, e é claro que o encorajaram. Nesse tempo, convinha aos franceses apoiá-lo: quando ele não era rei, mas pretendente.

Ela balançou a cabeça entendendo; era filha de um príncipe elogiado pelo próprio Maquiavel. Qualquer filha de Fernando nascia para o jogo duplo.

— E depois?

— Eduardo morreu jovem, na flor da idade, deixando somente um filho para herdar seu trono. Seu irmão Ricardo assumiu o trono em fideicomisso e depois o reivindicou para si mesmo. Colocou seus próprios sobrinhos, os filhos de Eduardo, ainda pequenos, na Torre de Londres.

Ela balançou a cabeça assentindo, pois era a história que tinha ouvido na Espanha, e histórias da rivalidade mortal por um trono era um tema comum para os dois jovens.

— Foram para a Torre e nunca mais saíram de lá — disse Artur desoladamente. — Que Deus abençoe suas almas, pobres meninos, ninguém sabe o que aconteceu com eles. O povo virou-se contra Ricardo, e chamou meu pai na França.

— Mesmo?

— Minha avó organizou os grandes senhores, um por um, ela era uma conspiradora poderosa. Ela e o duque de Buckingham uniram-se e prepararam os nobres do reino. Por isso meu pai a respeita tanto: deve a ela o seu trono. Ele esperou até poder enviar uma mensagem à minha mãe dizendo que se casaria com ela se conquistasse o trono.

— Porque a amava? — perguntou Catalina. — Ela é tão bonita.

— Ele não a amava. Nem mesmo a tinha visto. Tinha ficado no exílio durante quase toda a sua vida, não se esqueça. Foi uma união planejada porque sua mãe sabia que se conseguisse casá-los, todos veriam que a herdeira dos York tinha se casado com o herdeiro dos Lancaster, e a guerra se encerraria. E a mãe dela percebeu que seria a sua única chance de segurança. As duas mães intermediaram a união juntas, como duas bruxas debruçadas sobre um caldeirão. São mulheres que ninguém ousa nem pensar em contrariar.

— Ele não a amava? — Estava desapontada.

Artur sorriu.

— Não. Não foi um romance. E ela não o amava. Mas sabiam o que tinham de fazer. Quando meu pai invadiu a Inglaterra, derrotou Ricardo e pegou a coroa no meio dos corpos e destruição do campo de batalha, sabia que se casaria com a princesa, assumiria o trono e fundaria uma nova linhagem.

— Mas ela não era a herdeira do trono de qualquer maneira? — perguntou, intrigada. — Já que era filha do rei Eduardo? E que seu tio morrera na batalha, e seus irmãos estavam mortos?

Ele confirmou com um movimento da cabeça.

— Ela era a princesa mais velha.

— Por que, então, não reclamou o trono para si mesma?

— Aha! Você é uma rebelde — disse ele. Pegou uma punhado de seu cabelo e puxou seu rosto para perto. Beijou sua boca, com gosto de vinho e frutas cristalizadas. — E uma rebelde a favor dos York, o que é pior.

— Só achei que ela deveria ter reivindicado o trono para si mesma.

— Não neste país — decretou Artur. — Não temos governantes mulheres nesta Inglaterra. Garotas não herdam. Não podem assumir o trono.

— E se um rei tem somente uma filha?

Ele encolheu os ombros.

— Então, será uma tragédia para o país. Vai ter de me dar um filho varão, meu amor. Não adianta se não for.

— E se só tivermos uma filha?

— Ela se casará com um príncipe e o tornará rei consorte da Inglaterra. A Inglaterra tem de ter um rei. Como fez a sua mãe. Ela reina junto com seu marido.

— Em Aragão, sim, mas em Castela, ele governa junto com ela. Castela é a sua região, e Aragão é a dele.

— Nós jamais toleraríamos isso — disse Artur.

Ela afastou-se dele indignada. Mas não somente de brincadeira.

— Vou dizer uma coisa: se tivermos somente uma criança e for uma menina, ela governará como rainha, e será uma rainha tão boa quanto qualquer homem pode ser um bom rei.

— Bem, será uma novidade — disse ele. — Não acreditamos que uma mulher possa defender o país como um rei precisa fazer.

— Uma mulher pode lutar — replicou ela instantaneamente. — Devia ver minha mãe de armadura. Até mesmo eu posso defender o país. Vi a guerra, o que é mais do que você já fez. Posso ser um rei tão bom quanto qualquer homem.

Ele sorriu sacudindo a cabeça.

— Não se o país for invadido. Não poderia comandar um exército.

— Poderia comandar um exército. Por que não?

— Nenhum exército inglês seria comandado por uma mulher. Não aceitariam ordens de uma mulher.

— Aceitariam ordens do seu comandante — falou ela. — E se não aceitassem, não serviriam como soldados, e teriam de ser treinados.

Ele riu.

— Nenhum inglês obedeceria a uma mulher — disse ele. E percebeu pela expressão obstinada de Catalina que ela não estava convencida.

— Tudo o que importa é que se vença a batalha — disse ela. — Tudo o que importa é que o país seja defendido. Não importa quem lidera o exército, contanto que obedeçam.

— Bem, de qualquer maneira, minha mãe não tinha a menor intenção de reivindicar o trono para si mesma. Sequer sonharia isso. Casou-se com meu pai e se tornou a rainha da Inglaterra por casamento. E como ela era a princesa York e ele o herdeiro Lancaster, o plano de minha avó deu certo. Meu pai pode ter conquistado o trono por aclamação, mas nós o teremos por herança.

Catalina concordou balançando a cabeça.

— Minha mãe dizia que não há nada de errado com o homem que acaba de chegar ao trono. O que importa não é obtê-lo, mas sim conservá-lo.

— Nós o conservaremos — disse ele com convicção. — Faremos da Inglaterra um grande país, você e eu. Construiremos estradas e mercados, igrejas e escolas. Colocaremos um anel de fortes ao redor do litoral, e construiremos navios.

— Criaremos tribunais como minha mãe e meu pai fizeram na Espanha — disse ela, relaxando no prazer de planejar um futuro sobre o qual concordavam. — Para que nenhum homem possa ser tratado cruelmente por outro. Para que cada homem saiba que pode ir ao tribunal e ser ouvido.

Ele ergueu seu copo para ela.

— Devíamos começar a anotar tudo isso — disse ele. — E começar a planejar como fazer.

— Falta muito tempo para subirmos ao trono.

— Nunca se sabe. Não desejo que aconteça, só Deus sabe como honro meu pai e minha mãe, e não quero que nada aconteça antes do momento determinado por Deus. Mas nunca se sabe. Sou o príncipe de Gales, você é a princesa. Mas seremos rei e rainha da Inglaterra. Devemos saber quem teremos em nossa corte, devemos saber que conselheiros escolher, devemos saber como iremos fazer deste país um país realmente grande. Se é um sonho, podemos falar sobre isso à noite, juntos, como fazemos. Mas se é um plano, devemos anotá-lo durante o dia, nos aconselharmos, refletir sobre como podemos fazer o que queremos.

O rosto dela se iluminou.

— Quando as aulas do dia se encerrarem, talvez possamos fazer isso. Talvez o seu tutor e o meu confessor possam nos ajudar.

— E meus conselheiros — disse ele. — E poderíamos começar aqui. Em Gales. Posso fazer o que quiser, dentro dos limites da razão. Poderíamos fazer uma faculdade, e construir algumas escolas. Poderíamos até mesmo encomendar um navio para ser construído aqui. Há carpinteiros navais em Gales, poderíamos construir o primeiro de nossos navios de defesa.

Ela bateu palmas entusiasmada.

— Poderíamos começar o nosso reinado! — disse ela.

— Ave, rainha Catarina! Rainha da Inglaterra! — disse Artur, de modo brincalhão, mas se interrompeu e olhou para ela sério. — Sabe que ouvirá dizerem isso, meu amor. *Vivat*! *Vivat* Catalina Regina, rainha Catarina, rainha da Inglaterra.

ᛒ

É como uma aventura imaginar que tipo de país podemos fazer, que tipo de rei e rainha seremos. É natural que pensemos em Camelot. Era o meu livro favorito na biblioteca de minha mãe e encontrei o exemplar de Artur bastante manuseado, na biblioteca do seu pai.

Sei que Camelot é uma história, um ideal, tão irreal quanto o amor de um trovador ou um conto de fadas ou uma lenda sobre ladrões, tesouro e gênios. Mas tem uma coisa na ideia de governar um reino com justiça, com o consentimento do povo, que vai além do conto de fadas.

Artur e eu vamos herdar uma grande potência, seu pai providencia para que assim seja. Acho que herdaremos um trono forte e um grande tesouro. Herdaremos com a aquiescência do povo; o rei não é amado, mas é respeitado, e ninguém quer o retorno das batalhas sem fim. Esses ingleses têm horror à guerra civil. Se subirmos ao trono com esse poder, essa riqueza e esse consentimento do povo, não há dúvida, para mim, de que poderemos fazer um grande país.

E será um grande país aliado com a Espanha. O herdeiro dos meus pais é o filho de Joana, Carlos. Ele será o sacro imperador romano e rei de Espanha. Será meu sobrinho e teremos a amizade dos parentes. Que aliança poderosa será: o grande Sacro Império Romano e a Inglaterra. Ninguém será capaz de se opor a nós, poderemos dividir a França, poderemos dividir a maior parte da Europa. Então resistiremos, o império e a Inglaterra contra os mouros. Venceremos, e todo o Oriente, Pérsia, os otomanos, as Índias, até mesmo a China se abrirá para nós.

ᛒ

A rotina do castelo mudou. Quando os dias começaram a se tornar mais quentes e luminosos, os jovens príncipe e princesa de Gales instalaram seu escritório nos aposentos dela: arrastaram uma mesa para perto da janela, para aproveitar a luz da tarde, e pregaram mapas do principado no painel forrado de pano.

— Parece que está planejando uma campanha — disse Lady Margaret Pole, em tom jocoso.

— A princesa deveria estar repousando — observou dona Elvira com ressentimento, dirigindo-se a ninguém em particular.

— Não está se sentindo bem? — perguntou rapidamente Lady Margaret.

Catalina sorriu e sacudiu a cabeça, estava se acostumando com o interesse obsessivo por sua saúde. Até poder responder que estava grávida do herdeiro da Inglaterra teria que aguentar as pessoas perguntando como estava.

— Não preciso descansar — disse ela. — E amanhã, se me acompanhar, gostaria de sair e ver os campos.

— Os campos? — perguntou Lady Margaret, surpresa. — Em março? Só vão arar daqui a mais ou menos uma semana, não há nada para se ver.

— Tenho de aprender — disse Catalina. — Onde vivo é tão seco no verão que temos de construir pequenas valas em cada campo, ao pé da cada árvore, para canalizar a água para que as plantas a absorvam e não morram. Na primeira vez que cavalgamos pela região e vi as valas nos campos, a minha ignorância me fez pensar que era para trazer água. — Riu alto ao se lembrar. — Então, o príncipe me disse que era um sistema de drenagem, para retirar a água. Não acreditei! Por isso é melhor sairmos e você me mostrar tudo.

— Uma rainha não precisa saber sobre campos — disse dona Elvira em tom de reprovação. — Por que deveria saber o que os agricultores plantam?

— É claro que uma rainha deve saber — replicou Catalina, irritada. — Deve saber tudo sobre o seu país. Senão, como poderá governar?

— Tenho certeza de que será uma excelente rainha da Inglaterra — disse Lady Margaret, apaziguando as duas.

Catalina vibrou.

— Farei tudo para ser uma boa rainha da Inglaterra — disse ela. — Cuidarei dos pobres e ajudarei a igreja, e se tivermos guerra, lutarei pela Inglaterra como minha mãe fez pela Espanha.

☙

Planejando o futuro com Artur, me esqueci da minha saudade de casa, da saudade da Espanha. Todo dia nos ocorre uma melhoria que podemos fazer, uma lei que pode ser mudada. Lemos juntos, livros de filosofia e política, falamos sobre se as pessoas podem ter liberdade ou se um rei deve ser um bom tirano. Falamos do meu país: da convicção dos meus pais de que se faz um país com uma única igreja, uma única língua e uma única lei. Ou se seria possível fazer como os mouros — fazer o país com uma única lei, porém com várias religiões e várias línguas, e supor que o povo é sábio o bastante para escolher a melhor.

Discutimos, conversamos. Às vezes caímos na gargalhada, às vezes discordamos. Artur é o meu amante, sempre, é meu marido, inegavelmente. E agora está se tornando meu amigo.

☙

Catalina estava na pequena horta do castelo de Ludlow, que se estendia ao longo do muro oriental, conversando atentamente com um dos hortelãos. Em canteiros bem-arranjados em volta, estavam as ervas que o cozinheiro usava, e algumas ervas e flores com propriedades medicinais plantadas por Lady Margaret. Artur, ao sair do confessionário na capela redonda, viu Catalina e relanceou os olhos para o salão, verificando se alguém o deteria, e escapuliu para fora, para ficar com ela. Ao se aproximar, ela gesticulava, tentando descrever alguma coisa. Artur sorriu.

— Princesa — disse ele formalmente, cumprimentando-a.

Ela fez uma reverência, mas seus olhos se encheram de prazer ao vê-lo.

— Sire.

Com a chegada do príncipe, o hortelão caiu de joelhos na lama.

— Pode se levantar — disse Artur. — Acho que não vai encontrar muitas flores bonitas nesta época do ano, princesa.

— Estava tentando lhe falar sobre plantar folhas para salada — disse ela. — Mas ele fala galês e inglês, e eu tentei o francês e o latim, e não entendemos nada do que falamos um para o outro.

— Acho que estou como ele. Também não entendi. O que é salada?

Ela pensou por um instante.

— *Acetaria*.

— *Acetaria*? — perguntou ele.

— Sim, salada.

— O que é isso exatamente?

— São folhas e legumes que crescem no solo e os comemos sem cozinhá-los — explicou ela. — Eu estava perguntando se ele poderia plantar um pouco para mim.

— Vocês os comem crus? Sem ferventá-los?

— Sim, por que não?

— Porque ficarão mortalmente doentes comendo alimentos não cozidos neste país.

— É o mesmo com frutas, como maçãs. Vocês as comem cruas.

Ele não se convenceu.

— Em geral as comemos cozidas, ou em conserva ou secas. E de qualquer maneira, são frutas e não folhas. Mas que tipo de folha você quer?

— *Lactuca* — respondeu ela.

— *Lactuca?* — repetiu ele. — Nunca ouvi falar.

Ela deu um suspiro.

— Eu sei. Nenhum de vocês parece saber alguma coisa sobre folhas. *Lactuca* é como... — refletiu buscando mentalmente pela verdura que tinha sido obrigada a comer ferventada em uma pasta, em um jantar em Greenwich. — Funcho — disse ela. — O que têm mais próximo de *lactuca* é provavelmente funcho. Mas come-se *lactuca* sem cozinhar, e é crocante e doce.

— Verdura? Crocante?

— Sim — replicou ela, pacientemente.

— E comem isso na Espanha?

Ela quase riu da sua cara de espanto.

— Sim. Vocês gostariam.

— E é possível plantar esse tipo aqui?

— Acho que ele está me dizendo que não. Nunca ouviu falar de algo assim. Não tem as sementes. Não sabe onde as encontraríamos. Não acha que germinariam aqui. — Ela ergueu os olhos para o céu azul com as nuvens prenunciando chuva. — Talvez ele tenha razão — disse ela, com um certo tom de saturação na voz. — Sei que precisa de mais sol.

Artur virou-se para o hortelão.

— Já ouviu falar de uma planta chamada *lactuca*?

— Não, Vossa Alteza — replicou o homem, a cabeça baixa. — Lamento, Vossa Alteza. Talvez seja uma planta espanhola. A palavra soa bárbara. Sua Alteza Real está dizendo que comem grama lá? Como carneiros?

O lábio de Artur tremeu.

— Não, é uma erva, acho. Vou perguntar a ela.

Virou-se para Catalina, pegou sua mão e a apoiou em seu braço.

— Às vezes, no verão, aqui faz muito sol e muito calor. Verdade. Você acharia o sol do meio-dia quente demais. Teria de se sentar à sombra.

Ela olhou descrente da lama fria para as nuvens que se adensavam.

— Agora não, mas no verão. Encostei-me nesse muro e ele estava quente. Sabe, plantamos morangos, framboesas e pêssegos. Todas as frutas que vocês plantam na Espanha.

— Laranjas?

— Bem, talvez laranjas não — admitiu ele.

— Limões? Azeitonas?

Ele empertigou-se com desdém.

— Sim.

Ela olhou desconfiada para ele.

— Tâmaras?

— Na Cornualha — asseverou ele, a cara séria. — Evidentemente é mais quente na Cornualha.

— Cana-de-açúcar? Arroz? Abacaxis?

Ele tentou responder sim, mas não conseguiu reprimir um risinho e ela caiu na risada e o atacou.

Quando se recompuseram, ele relanceou os olhos em volta do pátio do castelo e disse:

— Vamos, ninguém vai sentir a nossa falta por algum tempo — e a levou pela escada até a poterna.

Uma trilha conduziu-os à encosta que descia íngreme do castelo até o rio. Alguns carneiros fugiram precipitadamente quando se aproximaram, um garoto correndo atrás deles. Artur pôs o braço ao redor da cintura dela, e ela acompanhou seu passo.

— Realmente cultivamos pêssegos — assegurou ele. — As outras coisas não, é claro. Mas tenho certeza de que podemos cultivar a sua *lactuca*, seja lá o que for. Tudo o que precisamos é de um hortelão que consiga as sementes e que já tenha plantado as coisas que você quer. Por que não escreve ao hortelão de Alhambra e pede para que mande alguém?

— Posso mandar buscar um hortelão? — perguntou ela incrédula.

— Meu amor, você vai ser a rainha da Inglaterra. Pode mandar buscar um regimento de hortelãos.

— Mesmo?

Artur riu diante da alegria em sua expressão.

— Imediatamente. Não se deu conta disso?

— Não! Mas onde ele plantaria? Não há espaço próximo ao muro do castelo, e se vamos cultivar frutas assim como verduras...

— Você é a princesa de Gales! Pode plantar sua horta onde quiser. Pode ter todo Kent, se quiser, querida.

— Kent?

— Cultivamos maçãs e lúpulos lá, acho que podemos fazer uma experiência com a *lactuca*.

Catalina riu com ele.

— Acho que não. Nem sonho em mandar buscar um hortelão. Eu devia é ter trazido um comigo. Tenho todas essas inúteis damas de companhia e nenhum hortelão.

— Pode trocar dona Elvira por ele.

Ela caiu na gargalhada.

— Ah, Deus, somos abençoados — disse ele simplesmente. — Um com o outro e em nossas vidas. Vai ter tudo o que quiser, sempre. Juro. Quer escrever à sua mãe? Ela poderá mandar alguns bons homens e conseguirei uma terra já.

— Vou escrever para Joana — decidiu ela. — Na Holanda. Ela está no norte da cristandade, como eu. Deve saber o que cresce neste clima. Vou escrever para ela e saber o que fez.

— E poderemos comer *lactuca*! — disse ele, beijando seus dedos. — O dia inteiro. Só comeremos *lactuca*, como carneiros pastando a grama, seja lá o que for *lactuca*.

ଓ

— Conte uma história.

— Não, você conta.

— Se me contar de novo sobre a queda de Granada.

— Conto, mas antes tem de me explicar uma coisa.

Artur esticou-se e a puxou, de modo que ela recostasse a cabeça em seu ombro. Ela sentia o levantar e baixar de seu peito macio enquanto respirava e ouvia o batimento delicado de seu coração, constante como o amor.

— Explicarei tudo. — Ela sentiu o sorriso em sua voz. — Estou extraordinariamente sábio hoje. Devia ter-me escutado depois do jantar dispensando justiça.

— Você é muito justo — reconheceu ela. — Realmente gosto quando faz um julgamento.

— Sou um Salomão — disse ele. — Vão me chamar de Artur, o Bom.

— Artur, o Sábio — propôs ela.

— Artur, o Magnífico.

Catalina deu um risinho.

— Mas quero que me explique uma coisa que ouvi de sua mãe.

— Ah, sim?

— Uma das damas de honra inglesas me disse que ela havia sido prometida ao tirano Ricardo. Achei ter compreendido errado. Falávamos francês e achei que havia entendido mal.

— Ah, essa história — disse ele, virando levemente a cabeça.

— Não é verdade? Eu o ofendi?

— Não, não, de jeito nenhum. É uma história muito difundida.

— Não é verdadeira?

— Quem sabe? Somente minha mãe e o tirano Ricardo podem saber o que aconteceu. Um deles está morto e o outro é calado como um túmulo.

— Vai me contar? — perguntou ela, com hesitação. — Ou não devemos falar nisso?

Ele encolheu os ombros.

— Há duas versões. A verdadeira, e sua sombra. A que todo mundo conhece é a que minha mãe fugiu com sua mãe e irmãs, e ficaram escondidas em uma igreja. Sabiam que se saíssem seriam detidas por Ricardo, o Usurpador, e desapareceriam na Torre como seus irmãos ainda meninos. Ninguém sabia se os príncipes estavam vivos ou mortos, mas como ninguém os tinha visto, todos temiam que estivessem mortos. Minha mãe escreveu a meu pai, quer dizer, foi obrigada por sua mãe a escrever o seguinte: se ele viesse para a Inglaterra, um Tudor da linhagem Lancaster, então ela, uma princesa York, se casaria com ele, e a antiga rixa entre as duas famílias se encerraria para sempre. Disse-lhe para vir e salvá-la, e ter o seu amor. Ele recebeu a carta, organizou um exército, e veio em busca da princesa. Casaram-se e trouxeram a paz para a Inglaterra.

— Foi o que me contou antes. É uma boa história.

Artur concordou balançando a cabeça.

— E a história que você não conta?

Involuntariamente, ele riu.

— É escandalosa. Dizem que ela não estava em nenhum santuário. Que ela deixou o santuário, sua mãe e irmãs e foi à corte. A mulher do rei Ricardo tinha morrido e ele estava procurando outra. Ela aceitou a proposta do rei Ricardo. Ela teria se casado com seu tio, o tirano, o homem que assassinou seus irmãos.

Catalina pôs a mão na boca para reprimir o choque, seus olhos se arregalando.

— Não!

— Assim dizem.

— A rainha, sua mãe?

— Ela mesma — replicou ele. — Na verdade, dizem coisa pior. Que ela e Ricardo se comprometeram enquanto sua mulher agonizava. Daí a inimizade que persiste entre ela e minha avó. Minha avó não confia nela, mas nunca dirá por quê.

— Como ela pôde? — perguntou Catalina.

— Por que não? — replicou Artur. — Se considerar do ponto de vista dela, era uma princesa de York, seu pai estava morto, sua mãe era inimiga do rei aprisionada no templo, como se estivesse presa na Torre. Se ela quisesse viver, teria de achar uma maneira de obter o favor do rei. Se quisesse ser reconhecida como princesa, teria de obter o seu reconhecimento. Se quisesse ser rainha da Inglaterra teria de se casar com ele.

— Mas certamente, ela podia... — começou e logo se calou.

— Não. — Ele sacudiu a cabeça. — Tente entender. Ela era uma princesa, não tinha muita escolha. Se quisesse viver, teria de obedecer ao rei. Se quisesse ser rainha, teria de se casar com ele.

— Poderia ter levantado um exército sozinha.

— Não na Inglaterra — lembrou-lhe. — Teria de se casar com o rei da Inglaterra para ser sua rainha. Era a única maneira.

Catalina ficou em silêncio por um momento.

— Graças a Deus que para eu ser rainha tive de me casar com você, graças a Deus meu destino me trouxe para cá.

Ele sorriu.

— Graças a Deus estamos felizes com o nosso destino. Pois teríamos nos casado e você teria sido rainha da Inglaterra, gostando ou não de mim. Não teria?

— Sim — replicou ela. — Não há escolha para uma princesa.

Ele balançou a cabeça assentindo.

— Mas a sua avó, milady mãe do rei, deve ter planejado o casamento da sua mãe com o seu pai. Por que ela não a perdoa? Ela fazia parte do plano.

— Duas mulheres poderosas, a mãe do meu pai e a mãe da minha mãe, intermediaram a transação entre eles como duas lavadeiras vendendo lençóis roubados.

Ela emitiu um gritinho de espanto.

Artur riu, descobriu que gostava de surpreendê-la.

— Horrível, não? — replicou ele calmamente. — A mãe de minha mãe foi provavelmente a mulher mais odiada na Inglaterra nessa época.

— Onde ela está agora?

Ele encolheu os ombros.

— Ficou na corte por um certo tempo, mas milady mãe do rei a detestava tanto que se livrou dela. Ela era muito bonita, sabe, e uma manipuladora. Minha avó acusou-a de conspirar contra meu pai, e ele preferiu acreditar.

— Ela não morreu? Não a executaram!

— Não. Colocaram-na em um convento, e ela nunca vem à corte.

Ela ficou horrorizada.

— Sua avó confinou a mãe da rainha em um convento?

— É verdade. Fique avisada, querida. Minha avó não recebe na corte ninguém que possa desestabilizar seu próprio poder. Trate de nunca contrariá-la.

Catalina sacudiu a cabeça.

— Nunca farei isso. Tenho pavor dela.

— Eu também! — riu ele. — Mas a conheço, e aviso. Nada a deterá para manter o poder de seu filho, e de sua família. Nada a desviará disso. Ela não ama ninguém, a não ser ele. Não me ama, nem a seus maridos, a ninguém exceto ele.

— Nem a você?

Ele sacudiu a cabeça.

— Ela nem mesmo o ama, como você entende o amor. Ele é o menino que ela decidiu que nasceu para ser rei. Mandou-o para longe quando não passava de um bebê, para ficar em segurança. Viu-o sobreviver à infância. Então ordenou que enfrentasse um terrível perigo para reivindicar o trono. Ela só poderia amar um rei.

Ela assentiu.

— Ele é o pretendente dela.

— Exatamente. Reivindicou o trono para si. Tornou-o rei. Ele é rei.

Ele percebeu sua expressão grave.

— Basta disso. Tem de cantar para mim.

— O quê?

— Tem mais sobre a queda de Granada?

— Dezenas, acho.

— Cante-me uma — ordenou ele. Empilhou mais almofadas atrás da cabeça, ela se ajoelhou na sua frente, jogou o cabelo ruivo para trás, e se pôs a cantar com a voz grave e doce.

Houve gritos em Granada quando o sol estava se pondo
Alguns invocavam a Trindade, outros invocavam Maomé,
Aqui se extingue o Corão e lá a Cruz é erguida,
E aqui ouviu-se o sino cristão e lá, a trombeta mourisca.
Te Deum Laudamus! Cantou-se no alto do Alcalá:
Baixaram dos minaretes de Alhambra todos os crescentes que adejavam,
Depois disso, os brasões de Aragão com os de Castela foram expostos
Um rei chegou em triunfo, um rei partiu chorando.

Ele ficou em silêncio por longos minutos. Ela espreguiçou-se deitada de costas ao lado dele, olhando sem ver o dossel bordado acima.

— É sempre assim, não é? — observou ele. — A ascensão de um significa a queda de outro. Serei rei, mas só com a morte do meu pai. E na minha morte, meu filho reinará.

— Vamos chamá-lo de Artur? — perguntou ela. — Ou Henrique, como seu pai?

— Artur é um bom nome — disse ele. — Um bom nome para uma nova família real na Britânia. Artur de Camelot, e Artur como eu. Não queremos outro Harry. Já basta o meu irmão. Vamos chamá-lo de Artur e sua irmã mais velha se chamará Mary.

— Mary? Queria que ela se chamasse Isabel como minha mãe.

— Pode chamar a próxima menina de Isabel. Mas quero que a primogênita seja Mary.

— Artur deve vir primeiro.

Ele sacudiu a cabeça.

— Primeiro teremos Mary, para aprendermos como se faz tudo isso com uma garota.

— Como se faz tudo isso?

Ele gesticulou.

— O batismo, a reclusão, o parto, toda a agitação e preocupação, a ama de leite, os berços, as babás. Minha avó escreveu um livro instruindo como deve ser feito. É terrivelmente complicado. Mas se tivermos a nossa Mary primeiro, então o quarto de bebê já ficará pronto, e no seu confinamento seguinte, colocaremos nosso filho e herdeiro no berço.

Ela levantou-se e virou-se para ele fingindo indignação.

— Está querendo treinar ser pai com minha filha! — exclamou ela.

— Não vai querer começar com o meu filho — protestou ele. — Será a rosa da rosa da Inglaterra. É como me chamam, se lembra? "A rosa da Inglaterra." Acho que devia tratar o meu pequeno botão de rosa com muito respeito.

— Ela será Isabel, então — estipulou Catalina. — Se vier primeiro, será Isabel.

— Mary, como a rainha do céu.

— Isabel, como a rainha da Espanha.

— Mary, para agradecer você ter vindo a mim. O presente mais doce que os céus poderiam me dar.

Catalina aconchegou-se em seus braços.

— Isabel — disse ela, enquanto ele a beijava.

— Mary — sussurrou ele em seu ouvido. — E vamos contar a ela.

C3

É de manhã. Estou na cama já desperta, amanhece e ouço os pássaros começarem lentamente a cantar. O sol está se levantando e, através da gelosia, tenho um vislumbre do céu azul. Talvez vá fazer um dia quente, talvez o verão esteja, finalmente, próximo.

Ao meu lado, Artur está respirando calma e regularmente. Sinto o meu coração inflar de amor por ele. Ponho minha mão nos cachos louros em sua cabeça e me pergunto se alguma mulher já amou um homem como eu o amo.

Mexo-me e ponho minha outra mão sobre a redondez quente da minha barriga. Será que fizemos um bebê na noite passada? Já está aqui, seguro na minha barriga, um bebê que vai se chamar Mary, princesa Mary, que será a rosa da rosa da Inglaterra?

Ouço os passos da criada na minha sala de audiência, trazendo lenha para a lareira, atiçando a brasa. Mas Artur não se move. Ponho a mão delicadamente em seu ombro.

"Acorde, seu dorminhoco", digo, a voz apaixonada. "As criadas estão lá fora, tem de ir."

Está molhado de suor, a pele de seu ombro está fria e viscosa.

"Meu amor?", chamo. "Você está bem?"

Ele abre os olhos e sorri para mim. "Não me diga que já amanheceu. Estou tão cansado que dormiria o dia todo."

"Já é dia."

"Oh, por que não me acordou mais cedo? Gosto tanto de você pela manhã e agora só poderei tê-la à noite."

Encosto meu rosto em seu peito. "Não. Também dormi demais. Ficamos acordados até tarde. E agora você tem de ir."

Artur me abraça, como se não suportasse me deixar, mas ouço o criado de quarto abrir a porta do outro cômodo para trazer água quente. Afasto-me dele. É como arrancar uma camada da minha própria pele. Não suporto me afastar dele.

De repente, me surpreendo com o seu corpo muito quente, e também os lençóis amarfanhados à nossa volta. "Você está tão quente!"

"É desejo", diz ele sorrindo. "Tenho de ir à missa para esfriar."

Ele sai da cama e joga o manto sobre os ombros. Desequilibra-se e logo se recompõe.

"Meu amor, você está bem?", pergunto.

"Um pouco tonto, só isso", diz ele. "Cego de desejo, e a culpa é toda sua."

Levanto-me da cama e tiro o ferrolho da porta que dá para as ameias, para que ele se vá. Ele cambaleia um pouco ao subir os degraus de pedra, e então o vejo endireitar os ombros para respirar o ar fresco. Fecho a porta e volto para a cama. Relanceio os olhos pelo quarto, ninguém pode saber que ele esteve aqui. Em um momento, dona Elvira bate à porta e entra com uma dama de honra atrás dela, mais duas criadas com a jarra de água e o vestido que usarei.

"Dormiu até tarde, deve estar exausta", reprova dona Elvira. Mas estou tão serena e tão feliz que nem mesmo me dou ao trabalho de responder.

ଓ

Na capela, tudo o que podiam fazer era trocar olhares furtivos. Depois da missa, Artur saiu para montar e Catalina foi comer seu desjejum. Depois, foi sua hora de aula com o capelão. Ela pôs a mesa perto da janela, onde os dois se sentaram, os livros diante deles. Estudaram as cartas de São Paulo.

Margaret Pole chegou quando Catalina estava fechando o livro.

— O príncipe pede sua presença em seus aposentos — disse ela.

Catalina levantou-se imediatamente.

— Aconteceu alguma coisa?

— Acho que ele não está bem. Dispensou todo mundo, menos os camareiros e os seus outros criados.

Catalina saiu no mesmo instante, seguida de dona Elvira e Lady Margaret. Os aposentos do príncipe estavam lotados pelos sequazes de sempre da pequena corte: homens que buscavam favor ou atenção, suplicantes pedindo justiça, curiosos, e a hoste de criados e funcionários inferiores. Catalina passou por todos, seguindo direto para as portas duplas da câmara privada de Artur, e entrou.

Ele estava sentado em uma cadeira ao lado do fogo, o rosto muito pálido. dona Elvira e Lady Margaret esperaram à porta, e Catalina aproximou-se rapidamente dele.

— Está doente, meu amor? — perguntou ela imediatamente.

Ele sorriu com dificuldade, e ela percebeu o esforço.

— Acho que peguei algum resfriado — disse ele. — Não chegue mais perto, não quero passá-lo para você.

— Está quente? — perguntou ela temerosa, pensando na maleita que aparecia como uma febre e partia deixando um cadáver.

— Não, sinto frio.

— Bem, não é de admirar neste país, onde neva ou chove o tempo todo.

Ele sorriu de novo, com dificuldade.

Catalina buscou com os olhos e viu Lady Margaret.

— Lady Margaret, temos de chamar o médico do príncipe.

— Já mandei que meus criados o tragam — replicou ela se aproximando.

— Não quero nenhum estardalhaço — disse Artur com irritação. — Só quis avisá-la, princesa, que não poderei ir jantar.

Os olhos dela encararam os dele. "Como podemos ficar a sós?" era a pergunta tácita.

— Posso jantar em seus aposentos? — perguntou ela. — Podemos jantar juntos e a sós, já que está doente?

— Sim, vamos fazer isso — decretou ele.

— Primeiro veja o médico — aconselhou Lady Margaret. — Se Vossa Alteza me permite. Ele dirá o que pode comer, e se é seguro para a princesa ficar perto.

— Ele não está com doença nenhuma — insistiu Catalina. — Ele disse que só está se sentindo cansado. É só o ar frio daqui, ou a umidade. Ontem fez frio e ele cavalgou quase o dia todo.

Bateram à porta e uma voz anunciou:

— O Dr. Bereworth está aqui, Vossa Alteza.

Artur ergueu a mão autorizando sua entrada. Dona Elvira abriu a porta e o homem entrou.

— O príncipe sente frio e cansaço — Catalina falou em francês, indo rapidamente em direção ao médico. — Ele está doente? Não acho que esteja doente. O que acha?

O médico fez uma profunda reverência para ela e para o príncipe. Fez uma mesura a Lady Margaret e a dona Elvira.

— Desculpe, não entendo — disse ele, constrangido, em inglês, a Lady Margaret. — O que a princesa está dizendo?

Catalina bateu uma mão na outra, frustrada.

— O príncipe... — começou ela em inglês.

Margaret Pole colocou-se ao seu lado.

— Sua Alteza não está se sentindo bem — disse ela.

— Posso falar com ele a sós? — perguntou o médico.

Artur assentiu com um movimento da cabeça. Tentou se levantar da cadeira, mas cambaleou. O médico foi imediatamente para o seu lado, sustentou-o e o levou para o quarto de dormir.

— Ele não pode estar doente. — Catalina virou-se para dona Elvira e falou em espanhol. — Ele estava bem ontem à noite. Só hoje de manhã ele se sentiu quente. Mas disse que só estava cansado. E agora mal pode ficar em pé. Não pode estar doente.

— Quem sabe que doença um homem pode contrair nesta chuva e neblina? — replicou a aia com tristeza. — É de admirar que você não tenha adoecido. É de admirar que nós todos consigamos suportar este clima.

— Ele não está doente — disse Catalina. — Está apenas muito cansado. Ontem ele cavalgou por tempo demais. E fazia frio, soprava um vento muito frio. Eu mesma percebi isso.

— Um vento como esse pode matar um homem — disse dona Elvira sombriamente. — Sopra frio e úmido demais.

— Basta! — disse Catalina, tampando os ouvidos com as mãos. — Não quero ouvir mais nada. Ele só está cansado, extremamente cansado. E talvez tenha se resfriado. Não há necessidade de falar em ventos e umidade que matam.

Lady Margaret aproximou-se e segurou, delicadamente, as mãos de Catalina.

— Tenha paciência, princesa — aconselhou. — O Dr. Bereworth é um médico muito bom, e conhece o príncipe desde pequeno. O príncipe é um jovem forte e sua saúde é boa. Provavelmente não é nada com que deva se preocupar. Se o Dr. Bereworth ficar preocupado, mandaremos chamar o médico do próprio rei, em Londres. Logo logo ele ficará bem.

Catalina assentiu balançando a cabeça, e foi sentar-se à janela e olhar para fora. O céu estava encoberto, o sol tinha quase desaparecido. Estava chovendo de novo, as gotas de água escorrendo pelos pequenos painéis de vidro. Catalina observou-as. Tentou afastar o pensamento da morte de seu irmão que amava tanto a sua mulher, que tinha esperado com tanta ansiedade pelo nascimento de seu filho. Juan tinha morrido poucos dias depois de adoecer, e ninguém nunca soubera o que havia de errado com ele.

— Não vou pensar nele, no pobre Juan — sussurrou Catalina para si mesma. — Os casos não são iguais. Juan sempre foi delicado, pequeno, mas Artur é forte.

O médico pareceu demorar-se muito, e quando apareceu, Artur não estava com ele. Catalina, que tinha se levantado assim que a porta se abriu, perscrutou além dele e viu Artur deitado na cama, seminu, semiadormecido.

— Acho que seus criados devem prepará-lo para a cama — disse o médico. — Ele está muito cansado. É melhor que repouse. Se tiverem cuidado, poderão fazer isso sem acordá-lo.

— Ele está doente? — perguntou Catalina, falando baixo em latim. — *Aegrotat?* Está muito doente?

O médico abriu as mãos.

— Ele está com febre — replicou com cautela falando lentamente em francês. — Posso dar-lhe uma infusão para baixar a febre.

— Sabe o que é? — perguntou Lady Margaret, a voz bem baixa. — Não é a maleita, é?

— Queira Deus que não. E, que eu saiba, não há outros casos na cidade. Mas ele tem de ficar quieto e repousar. Vou preparar a infusão e retornarei em seguida.

A voz baixa em inglês foi incompreensível a Catalina.

— O que ele está dizendo? O que ele disse? — perguntou ela a Lady Margaret.

— Nada além do que você já ouviu — assegurou-lhe ela. — Está com febre e precisa repousar. Deixe-me chamar seus homens para despi-lo e prepará-lo adequadamente para a cama. Se melhorar hoje à noite, poderá jantar com ele. Sei que ele gostaria disso.

— Aonde ele vai? — perguntou Catalina quando o médico fez uma mesura e se dirigiu à porta. — Ele tem de ficar e cuidar do príncipe!

— Ele está indo preparar uma infusão para baixar a febre. Voltará logo. O príncipe será bem cuidado, Vossa Alteza. Nós o amamos tanto quanto você o ama. Não vamos negligenciar nosso cuidado.

— Sei que não... é só que... O médico vai demorar?

— Vai ser o mais rápido que puder. E veja, o príncipe está dormindo. Dormir será o melhor remédio. Assim descansará, se fortalecerá, e poderão jantar juntos à noite.

— Acha que ele estará melhor hoje à noite?

— É apenas um pouco de febre e cansaço. Vai se recuperar em alguns dias — disse Lady Margaret com firmeza.

— Vou velar seu sono — disse Catalina.

Lady Margaret abriu a porta e fez um sinal para os principais cavalheiros do príncipe. Instruiu-os como fazer, e em seguida, conduziu a princesa pelo grupo de pessoas em direção aos seus próprios aposentos.

— Venha — disse ela. — Vamos dar uma volta no pátio do castelo, depois eu voltarei para ver se está tudo bem, se ele está confortável.

— Tenho de voltar agora — insistiu Catalina. — Tenho de velar seu sono.

Margaret relanceou os olhos para dona Elvira.

— Deve ficar longe de seus aposentos no caso de ele ter febre — disse ela falando devagar e claramente em francês, de modo que a aia pudesse compreender. — A sua saúde é muito importante, princesa. Não me perdoarei se alguma coisa acontecer a qualquer um de vocês dois.

Dona Elvira avançou e franziu os lábios. Lady Margaret sabia que podia contar com ela para manter a princesa longe do perigo.

— Mas disse que ele só tinha um pouco de febre. Posso ficar com ele?

— Vamos esperar e ver o que o médico tem a dizer. — Lady Margaret baixou a voz. — Se estiver grávida, querida princesa, não vamos querer que pegue a febre.

— Mas vou jantar com ele.

— Se ele estiver bem para isso.

— Mas ele vai querer me ver!

— Com certeza — replicou Lady Margaret, sorrindo. — Quando sua febre baixar e ele se sentir melhor para se sentar e jantar, vai querer vê-la. Precisa ter paciência.

Catalina assentiu com a cabeça.

— Se eu for agora, jura que vai ficar com ele o tempo todo?

— Vou voltar agora, se for caminhar um pouco e depois para o seu quarto ler, estudar ou costurar.

— Irei! — replicou Catalina, obedecendo instantaneamente. — Vou para os meus aposentos, se você ficar com ele.

— Vou agora — prometeu Lady Margaret.

☙

Este pequeno jardim mais parece o pátio de uma prisão; ando ao redor da horta sem parar, e a garoa cai sobre tudo como lágrimas. Meus aposentos não são muito melhores, minha câmara privada é como uma cela, não suporto ter ninguém comigo, e, ao mesmo tempo, não suporto ficar sozinha. Mandei as damas de honra ficarem na sala de audiência, sua tagarelice incessante me dá ganas de gritar irritada. Mas quando fico só em meu quarto, anseio por companhia. Quero alguém que segure a minha mão e me diga que está tudo bem.

Desço a escadaria estreita, atravesso o pavimento de pedras redondas, e vou para a capela circular. Uma cruz e um altar de pedra estão incrustados na parede redonda, uma luz ardendo à frente. É um local de perfeita paz; mas eu não encontro paz. Abrigo minhas mãos frias em minhas mangas, me abraço, e ando acompanhando o muro circular, são 36 passos até a porta, depois ando de novo em círculo como um burrico usado em um moinho. Estou rezando, mas não tenho fé de que estou sendo ouvida.

"Sou Catalina, princesa de Espanha e de Gales", lembro a mim mesma. "Sou Catalina, amada por Deus, favorecida por Deus. Nada pode dar errado comigo. Nada tão ruim jamais acontecerá comigo. Foi a vontade de Deus eu me casar com Artur e unir os reinos de Espanha e Inglaterra. Deus não vai permitir que nada aconteça a Artur nem a mim. Sei que Ele favorece minha mãe e a mim acima de todos os outros. Este medo deve ter sido enviado para me testar. Mas não vou ter medo porque sei que nunca acontecerá nada de errado comigo."

☙

Catalina esperou em seus aposentos, mandando suas damas a cada hora perguntar como estava o seu marido. Durante as primeiras horas, disseram que ele continuava dormindo, o médico tinha preparado a infusão e estava sentado à sua cabeceira esperando que acordasse. Então, às três da tarde, disseram que tinha acordado, mas que continuava com muita febre. Tinha tomado o medicamento e estavam esperando que a febre baixasse. Às quatro, ele estava pior, e o médico estava mudando a prescrição.

Ele não jantaria, beberia somente um pouco de *ale* frio e os remédios do médico para a febre.

— Vá e pergunte se ele quer me ver — ordenou Catalina a uma de suas damas inglesas. — Certifique-se de falar com Lady Margaret. Ela me prometeu que eu jantaria com ele. Lembre-a disso.

A mulher foi e, ao voltar, estava com a expressão grave.

— Princesa, estão todos muito aflitos — disse ela. — Chamaram um médico de Londres. O Dr. Bereworth, que está cuidando dele, não sabe por que a febre não baixa. Lady Margaret está lá e Sir Richard Pole, Sir William Thomas, Sir Henry Vernon, Sir Richard Croft, estão todos esperando do lado de fora de seu quarto, e você não pode entrar para vê-lo. Disseram que ele está delirando.

— Tenho de ir à capela. Tenho de rezar — disse Catalina instantaneamente.

Pôs um véu sobre a cabeça e foi à capela circular. Para sua consternação, o confessor de Artur estava no altar, a cabeça baixa em contrição, alguns dos homens mais eminentes da cidade e do castelo estavam sentados, as cabeças também baixas. Catalina entrou sem ser percebida e caiu de joelhos. Apoiou o queixo nas mãos e examinou bem os ombros curvos do padre, procurando qualquer sinal de que suas preces tinham sido ouvidas. Não havia como saber. Ela fechou os olhos.

☙

Meu Deus, poupe Artur, poupe o meu marido querido, Artur. Ele não passa de um menino, eu não passo de uma menina, não tivemos tempo juntos, tempo nenhum. Sabe o reino que faremos se ele for poupado. Conhece os nossos planos para este país, o castelo virtuoso que faremos desta terra, como expulsaremos os mouros, como defenderemos este reino dos escoceses. Meu Deus, tenha misericórdia e poupe Artur, que ele volte para mim. Queremos ter filhos: Mary, que será a rosa da rosa, e o nosso filho Artur que será o terceiro rei Tudor católico romano da Inglaterra. Que possamos cumprir o que prometemos. Ó Deus amado, seja misericordioso e o poupe. Nossa Senhora, Mãe de Deus, interceda por nós, e o poupe. Doce Jesus, poupe-o. Sou eu, Catalina, quem pede, e peço em nome de minha mãe, a rainha Isabel, que dedicou a sua vida inteira a seu serviço, que é a rainha mais cristã do mundo, que serviu em suas cruzadas. Ela Lhe é querida, eu Lhe sou querida, não me decepcione.

☙

Escureceu enquanto Catalina rezava, mas ela não percebeu. Era tarde quando dona Elvira tocou-lhe delicadamente no ombro e disse:

— Infanta, precisa comer alguma coisa e ir para a cama.

Catalina voltou um rosto pálido para a aia.
— O que dizem? — perguntou ela.
— Dizem que piorou.

> ∞

Doce Jesus, poupe-o, doce Jesus, poupe-me, doce Jesus, poupe a Inglaterra. Diga que Artur não piorou.

> ∞

De manhã, disseram que ele tinha passado bem a noite, mas os comentários no meio dos cavalheiros diziam que ele estava definhando, que a febre era tão alta que ele delirava: às vezes achava que estava no quarto de crianças com suas irmãs e seu irmão, às vezes que estava em seu casamento, vestido de cetim branco, e às vezes, o que era mais estranho, achava que estava em um palácio fantástico. Falava de um pátio de murtas, um retângulo de água como um espelho refletindo um edifício dourado, e bandos de andorinhões rodopiando ao sol o dia inteiro.

— Vou vê-lo — comunicou Catalina ao meio-dia a Lady Margaret.
— Princesa, pode ser a maleita — replicou Lady Margaret sem rodeios. — Não posso permitir que se aproxime dele. Não posso permitir que seja infectada. Eu não estaria cumprindo o meu dever se a deixasse chegar perto dele.
— O seu dever é comigo! — interrompeu Catalina.

A mulher, ela própria uma princesa, não hesitou.

— O meu dever é com a Inglaterra — disse ela. — E se estiver grávida de um herdeiro Tudor, então o meu dever é com essa criança, tanto quanto com você. Não discuta comigo, princesa, por favor. Não posso permitir que vá além dos pés da sua cama.
— Então, que assim seja — replicou Catalina, como uma criança. — Por favor, deixe apenas que o veja.

Lady Margaret fez uma reverência com a cabeça e conduziu-a às câmaras reais. As pessoas na sala de audiência tinham aumentado em número quando a notícia de que o seu príncipe estava lutando contra a morte se espalhou; mas estavam em silêncio, silenciosas como um grupo em um velório. Estavam esperando e rezando pela rosa da Inglaterra. Alguns dos homens viram Catalina, o rosto velado por sua mantilha de renda, e invocaram a proteção divina. Então, um deles avançou e ajoelhou-se diante dela.

— Que Deus a abençoe, princesa de Gales — disse ele. — E que o príncipe se levante da cama e volte a ser feliz ao seu lado.

— Amém — disse Catalina, os lábios frios, e dirigiu-se ao quarto.

As portas duplas para a câmara interna estavam abertas e Catalina entrou. Uma sala de boticário havia sido improvisada na câmara privada do príncipe, uma mesa com grandes frascos de ingredientes, um almofariz e pilão, uma tábua de madeira, e meia dúzia de homens com jalecos de gabardine estavam reunidos. Catalina se deteve e olhou para o Dr. Bereworth.

— Doutor?

Ele se aproximou imediatamente, e ajoelhou-se diante dela. Sua expressão estava séria.

— Princesa.

— Como está o meu marido? — perguntou ela, falando devagar e claramente em francês.

— Lamento, mas ele não está melhor.

— Mas não está pior — sugeriu ela. — Ele está melhorando.

Ele sacudiu a cabeça.

— *Il est très malade* — replicou ele simplesmente.

Catalina ouviu as palavras, mas foi como se tivesse se esquecido do idioma. Não conseguiu traduzi-las. Virou-se para Lady Margaret.

— O doutor está dizendo que ele está melhor? — perguntou ela.

Lady Margaret sacudiu a cabeça.

— O doutor disse que ele está pior — replicou ela francamente.

— Mas vão lhe dar algo, não vão? — Virou-se para o médico. — *Vous avez un médicament?*

Ele fez um gesto indicando a mesa, o boticário.

— Se pelo menos tivéssemos um médico mouro! — gritou Catalina. — Eles são extremamente talentosos, não tem ninguém que se compare. Frequentaram as melhores universidades de medicina... Eu devia ter trazido um médico comigo! A medicina árabe é a melhor do mundo!

— Estamos fazendo tudo o que podemos — disse o médico, com determinação.

Catalina tentou sorrir.

— Tenho certeza de que sim — disse ela. — É que eu queria... Posso vê-lo?

Uma rápida troca de olhar entre Lady Margaret e o médico indicou que essa questão havia sido objeto de uma discussão um tanto ansiosa.

— Vou ver se ele está acordado — disse o médico, e atravessou a porta.

Catalina esperou. Ela não conseguia acreditar que na manhã anterior Artur tinha saído de sua cama se queixando de que ela não o tinha despertado mais cedo para terem tempo de fazer amor. Agora, estava tão doente que ela nem mesmo podia tocar em sua mão.

O médico abriu a porta.

— Pode chegar à soleira, princesa — disse ele. — Mas em nome de sua saúde, e da saúde da criança que pode estar carregando, não poderá se aproximar mais do que isso.

Catalina foi rapidamente até a porta. Lady Margaret pressionou em sua mão uma caixa com cravo-da-índia e ervas. Catalina levou-a ao nariz. O cheiro acre fez seus olhos lacrimejarem enquanto perscrutava o quarto obscurecido.

Artur estava na cama, a camisola puxada para baixo com recato, a face corada por causa da febre. Seu cabelo louro estava escuro do suor, e seu rosto, emaciado. Parecia ter muito mais de 15 anos. Seus olhos estavam fundos, as olheiras manchadas de marrom.

— Sua esposa está aqui — disse o médico, calmamente.

Os olhos de Artur abriram-se e ela os viu se estreitarem tentando focar a entrada do quarto e Catalina, o rosto dela lívido com o choque.

— Meu amor — disse ele. — *Amo te.*

— *Amo te* — sussurrou ela. — Dizem que não posso chegar mais perto.

— Não se aproxime — disse ele, a voz fraca. — Amo você.

— Também o amo! — Ela percebeu que sua voz estava tensa com as lágrimas. — Vai ficar bem?

Ele sacudiu a cabeça, cansado demais para falar.

— Artur? — chamou ela. — Vai ficar bom?

Ele ajeitou a cabeça nos travesseiros, e reuniu toda a sua força.

— Vou tentar, meu amor. Vou fazer o possível. Por você. Por nós.

— Tem alguma coisa que eu possa fazer? — perguntou ela. — Tem alguma coisa que queira e que eu possa trazer? — relanceou os olhos em volta. Não havia nada que ela pudesse fazer por ele. Nada ajudaria. Se tivesse levado um médico mourisco com ela, se seus pais não tivessem destruído a erudição das universidades árabes, se a Igreja tivesse permitido o estudo da medicina, e não chamar o conhecimento de heresia...

— Tudo o que quero é viver com você — disse ele, a voz muito fraca.

Ela deu um soluço.

— E eu com você.

— O príncipe tem de descansar, e Vossa Alteza não deve se demorar aqui — disse o médico, adiantando-se.

— Por favor, deixe-me ficar! — exclamou ela em um sussurro. — Por favor, eu imploro. Por favor, deixe-me ficar com ele.

Lady Margaret pôs uma mão em volta da cintura dela e a afastou.

— Vai poder voltar, se for embora agora — prometeu ela. — O príncipe precisa descansar.

— Vou voltar — disse Catalina ao príncipe, e percebeu o pequeno gesto de sua mão indicando que a escutara. — Não vou decepcioná-lo.

☙

Catalina foi para a capela rezar por ele, mas não conseguiu. Tudo o que conseguiu foi pensar nele, em seu rosto lívido sobre os travesseiros brancos. Tudo o que ela conseguiu fazer foi sentir a pulsação de desejo por ele. Tinham sido casados somente por 140 dias, tinham sido amantes apaixonados somente por 94 noites. Tinham prometido levar a vida juntos, e ela não conseguia acreditar que estava, agora, de joelhos rezando por sua vida.

☙

Isso não pode estar acontecendo, ele estava bem ontem mesmo. Isso é algum pesadelo e logo acordarei e ele me beijará e me chamará de boba. Ninguém pode ficar doente tão rapidamente, ninguém pode perder a força e a beleza para ficar tão terrivelmente doente em tão pouco tempo. Vou despertar daqui a um instante. Isso não pode estar acontecendo. Não posso rezar, mas não importa que eu não consiga rezar porque isso não está acontecendo de verdade. Uma prece de sonho não tem sentido. Uma doença de sonho não significa nada. Não sou uma pagã supersticiosa para temer sonhos. Vou acordar já, já, e vamos rir dos meus medos.

☙

Na hora do jantar, ela se levantou, molhou o dedo na água benta, fez o sinal da cruz, e com a água ainda sem secar em sua fronte, foi para seus aposentos, com dona Elvira seguindo-a de perto.

As pessoas nos corredores e na sala de audiência eram mais numerosas do que nunca, mulheres e homens igualmente, calados com uma aflição inarticulada. Abriram espaço para a princesa passar sem uma palavra, exceto murmúrios de bênçãos. Catalina passou por eles, sem olhar para os lados, atravessou a sala de audiências, passou pela bancada do boticário, até alcançar a porta do quarto dele.

O guarda afastou-se para o lado. Catalina bateu levemente na porta e a abriu.

Estavam debruçados sobre ele na cama. Catalina ouviu-o tossir, uma tosse grossa, como se sua garganta borbulhasse com água.

— *Madre de Dios* — disse ela baixinho. — Santa Mãe de Deus, salve Artur.

O médico virou-se ao escutar seu murmúrio. O rosto dele estava pálido.

— Afaste-se! — ordenou ele com urgência na voz. — É a maleita.

Ao ouvir essa palavra tão temida, dona Elvira recuou e segurou no vestido de Catalina, como se fosse arrastá-la do perigo.

— Largue-me! — ordenou Catalina e puxou seu vestido das mãos da aia.

— Não vou chegar mais perto, mas tenho de falar com ele — disse ela, com firmeza.

O médico percebeu a determinação em sua voz.

— Princesa, ele está fraco demais.

— Deixe-nos — disse ela.

— Princesa.

— Tenho de falar com ele. É assunto do reino.

Um olhar de relance ao rosto dela foi o bastante para perceber que ela não cederia. Ele passou por ela, a cabeça baixa, e seus assistentes o acompanharam. Catalina fez um gesto com a mão e dona Elvira se retirou. Catalina foi à porta e a fechou.

Viu Artur mexer-se protestando.

— Não vou chegar mais perto — ela garantiu-lhe. — Juro. Mas tinha de estar com você. Não suporto... — Sua voz falhou.

O rosto dele, ao virar-se para ela, brilhava com o suor, o cabelo estava molhado como quando ele chegava da caça em dia de chuva. Seu rosto redondo e jovem estava retesado enquanto a doença extraía a vida dele.

— *Amo te* — disse ele, seus lábios rachados e enegrecidos com a febre.
— *Amo te* — replicou ela.
— Estou morrendo — disse ele com tristeza.

Catalina não o interrompeu nem contestou. Ele percebeu que ela se recompôs discretamente, como se tivesse oscilado com um golpe mortal.

Ele arfou.

— Mas você tem de ser a rainha da Inglaterra.
— O quê?

Ele arfou, trêmulo.

— Meu amor... me obedeça. Você jurou me obedecer.
— Farei qualquer coisa que quiser.
— Case-se com Harry. Seja rainha. Tenha nossos filhos.
— O quê? — Ela ficou atordoada com o choque. Mal conseguiu compreender o que ele estava dizendo.
— A Inglaterra precisa de uma grande rainha — disse ele. — Especialmente com ele. Ele não foi feito para governar. Você tem de ensiná-lo. Tem de construir meus fortes. Construir minha marinha. Defender o país contra os escoceses, ter a minha filha Mary, ter o meu filho Artur. Deixe-me viver através de você.
— Meu amor...
— Deixe eu fazer isso — sussurrou ele, com ansiedade. — Que eu mantenha a Inglaterra segura por meio de você. Que eu viva por meio de você.
— Sou sua mulher — disse ela impetuosamente. — Não dele.

Ele balançou a cabeça.

— Diga-lhes que não é.

Ela oscilou ao ouvir isso e teve de se segurar na porta para não cair.

— Diga-lhes que eu não consegui fazer. — Um indício de sorriso apareceu em sua face exangue. — Diga-lhes que eu era impotente. E então se case com Harry.
— Você odeia Harry! — explodiu ela. — Não pode querer que eu me case com ele. É uma criança! E eu amo você.
— Ele será rei — disse Artur em desespero. — Portanto você será rainha. Case-se com ele. Por favor. Minha amada. Por mim.

A porta abriu-se com um rangido e Lady Margaret falou baixinho:

— Não deve cansá-lo, princesa.
— Tenho de ir — disse Catalina, aflita, à figura na cama.
— Prometa...
— Eu voltarei. Você vai melhorar.
— Por favor.
Lady Margaret abriu mais a porta e pegou na mão de Catalina.
— É para o bem dele — disse ela calmamente. — Tem de deixá-lo.
Catalina virou-se para sair, e olhou por cima do ombro. Artur conseguiu erguer um pouco a mão.
— Prometa — disse ele. — Por favor. Por mim. Prometa. Prometa-me agora, meu amor.
— Prometo — falou ela.
A mão dele caiu, e ela o ouviu dar um suspiro de alívio.
Foram as últimas palavras que disseram um ao outro.

Castelo de Ludlow, 2 de abril de 1502

Às seis horas, durante as vésperas, o confessor de Artur, o Dr. Eldenham, ministrou a extrema-unção, e o príncipe faleceu logo depois. Catalina ajoelhou-se na soleira quando o padre ungiu seu marido com óleo, e baixou a cabeça para a bênção. Só se levantou quando lhe disseram que seu jovem marido estava morto e que ela era uma viúva de 16 anos.

Lady Margaret de um lado e dona Elvira do outro praticamente a levantaram e arrastaram para seu quarto. Catalina deslizou entre os lençóis frios de sua cama e soube que por mais que esperasse, não ouviria os passos de Artur nas ameias, do lado de fora de seu quarto, nem a sua batida à porta. Ela nunca mais abriria essa porta e se jogaria em seus braços. Nunca mais seria levantada e carregada à cama, tendo passado o dia desejando estar em seus braços.

— Não posso acreditar — disse ela, com a voz entrecortada.

— Beba isto — disse Lady Margaret. — O médico deixou para que tomasse. É um sonífero. Eu a acordarei ao meio-dia.

— Não posso acreditar.

— Princesa, beba.

Catalina bebeu, ignorando o gosto amargo. Tudo o que mais desejava era dormir e nunca mais despertar.

☙

Nessa noite, sonhei que estava no alto do portão do forte vermelho que protege e circunda o palácio de Alhambra. Acima da minha cabeça, os estandartes de Castela e Aragão adejavam como as velas das naus de Cristóvão Colombo. Protegendo os olhos do sol do outono, olhando a grande planície de Granada, divisei a beleza simples e familiar da terra, o solo trigueiro atravessado por milhares de pequenas valas que conduzem a água de um campo a outro. Abaixo estava a cidade de Granada, murada de branco, ainda hoje, dez anos depois de sua conquista, ainda, incontestavelmente, uma cidade mourisca: as casas ao redor de pátios sombreados, uma fonte vertendo, sedutoramente, sua água no centro, os jardins impregnados do perfume das rosas desabrochando, e as árvores carregadas de frutas.

Alguém estava me chamando: "Onde está a infanta?"

E no meu sonho respondi: "Sou Catarina, rainha da Inglaterra. Agora este é o meu nome."

☙

Artur, príncipe de Gales, foi enterrado no dia de São Jorge, o primeiro príncipe de toda a Inglaterra, depois de uma viagem terrível de Ludlow a Worcester, quando a chuva açoitava com tal força que mal conseguiram realizá-la. As vias estavam inundadas, as campinas com água até a altura dos joelhos e o Teme tinha derrubado suas ribanceiras, e não conseguiram atravessar os vaus. Tiveram de usar carros de boi para o cortejo fúnebre, cavalos não teriam conseguido atravessar o lodaçal nas vias, e toda a plumagem e pano preto estavam encharcados quando finalmente chegaram a Worcester.

Centenas de pessoas apareceram para ver o cortejo percorrer as ruas em direção à catedral. Centenas de pessoas choraram a perda da rosa da Inglaterra. Depois de baixarem seu caixão na câmara mortuária sob a galeria do coro, os criados partiram seus cajados e os lançaram no túmulo junto com seu senhor.

Estava tudo acabado para eles. Tudo por que haviam esperado, no serviço a esse príncipe jovem e promissor, tinha acabado. Tinha acabado para Artur. Parecia que tudo havia sido destruído e que nunca mais seria recomposto.

ɣ

Não, não, não.

ɣ

Durante o primeiro mês de luto, Catalina permaneceu em seus aposentos. Lady Margaret e dona Elvira acharam que ela estava doente, mas não em perigo. Na verdade, temiam por sua saúde mental. Ela não tresvariava nem chorava, não vituperava o destino ou ansiava pelo conforto de sua mãe. Ficava em um silêncio absoluto, o rosto virado para a parede. A tendência de sua família ao desespero tentava-a como um pecado. Sabia que não devia se entregar ao pranto e à loucura, pois uma vez libertados, não mais seria capaz de detê-los. Durante o longo mês de reclusão, Catalina trincou os dentes, e usou toda a sua força de vontade para conter seu grito de dor.

De manhã, quando a despertavam, dizia que estava cansada. Não sabiam que ela mal ousava se mexer, com medo de se lamentar em voz alta. Depois de a vestirem, ela se sentava na cadeira como uma pedra. Assim que permitiam, ela voltava para a cama, deitava-se de costas, e olhava para o dossel de cores vivas que ela vira com os olhos semicerrados de amor. Sabia que Artur nunca mais poria seu braço no dela.

Chamaram o médico, Dr. Bereworth, mas quando ela o viu, sua boca estremeceu e seus olhos se encheram de lágrimas. Ela desviou o rosto e entrou rapidamente em seu quarto de dormir, e fechou a porta. Não suportava vê-lo, o médico que tinha deixado Artur morrer, os amigos que tinham visto isso acontecer. Não suportava falar com ele. Sentiu uma raiva mortal ao ver o médico que não conseguira salvar o jovem. Desejava que ele tivesse morrido e não Artur.

— Receio que sua mente tenha sido afetada — disse Lady Margaret ao médico, quando ouviram o ruído do trinco da porta da câmara privativa. — Ela não fala, ela nem mesmo chora por ele.

— Ela come?

— Se a comida é colocada na sua frente e se se lembra de comer.

— Chame alguém, alguém familiar, quem sabe o seu confessor, para ler para ela. Encorajá-la com palavras.

— Ela não recebe ninguém.

— Pode estar grávida? — sussurrou ele. Era a única pergunta que agora tinha importância.

— Não sei — replicou ela. — Ela não falou nada.

— Ela está pranteando por ele — disse o médico. — Está pranteando como uma jovem, pelo jovem marido morto. Vamos deixá-la em paz. Deixar que sinta a sua dor. Não vai demorar ela ter de se levantar. Terá de retornar à corte?

— O rei ordenou — replicou Lady Margaret. — A rainha está mandando a sua própria liteira.

— Bem, quando chegar, terá de mudar de atitude — disse ele, confortando-a. — Ela é muito jovem. Vai se recuperar. Os jovens têm coração forte. E isso vai ajudá-la a partir de um lugar que lhe traz tristes recordações. Se precisar de algum conselho, por favor, me chame. Mas não vou impor a minha presença a ela, pobre criança.

☙

Não, não, não.

☙

Mas Catalina não parecia uma pobre criança, pensou Lady Margaret. Parecia uma estátua, como uma princesa de pedra esculpida no sofrimento. Dona Elvira tinha-a vestido com suas roupas pretas de luto, e a convencido a se sentar à janela, onde pudesse ver as árvores verdes e as sebes cobertas de flores de maio, o sol sobre os campos, e escutar o canto dos pássaros. O verão tinha chegado como Artur prometera, estava quente como ele jurara que estaria; mas ela não estava caminhando à margem do rio com ele, saudando os andorinhões vindos da Espanha. Não estava plantando verduras nas hortas do castelo e convencendo-o a experimentá-las. O verão chegara, o sol brilhava, Catalina estava ali, mas Artur estava frio na câmara mortuária escura da catedral de Worcester.

Catalina sentou-se imóvel, as mãos sobre a seda negra de seu vestido, olhando pela janela, sem ver nada, a boca apertada, os dentes trincados, como se estivesse reprimindo uma profusão de palavras.

— Princesa — disse Lady Margaret, de maneira hesitante.

Bem devagar, a cabeça sob o pesado capuz preto girou na sua direção.

— Sim, Lady Margaret? — Sua voz estava enrouquecida.

— Gostaria de lhe falar.

Catalina inclinou a cabeça.

Dona Elvira recuou e saiu da sala em silêncio.

— Preciso lhe perguntar sobre sua viagem para Londres. A liteira real chegou e terá de partir.

Não houve nenhum pestanejar animado nos olhos azuis de Catalina. Ela balançou a cabeça de novo, como se estivessem tratando do transporte de um pacote.

— Não sei se está forte o bastante para viajar.

— Não posso ficar aqui? — perguntou Catalina.

— O rei mandou buscá-la. Lamento. Escreveram dizendo que deve permanecer aqui até estar em condições de viajar.

— E o que vai ser de mim? — perguntou Catalina, como se isso não importasse nem um pouco. — Quando eu chegar a Londres?

— Não sei. — A antiga princesa não fingiria que uma garota de uma família real pudesse escolher seu destino. — Lamento, mas não sei o que planejaram. Só disseram a meu marido que preparasse a sua partida para Londres.

— O que acha que pode acontecer? Quando o marido da minha irmã faleceu, eles a mandaram de volta de Portugal para a Espanha. Ela voltou para casa.

— Espero que a mandem para casa — disse Lady Margaret.

Catalina desviou a cabeça mais uma vez. Olhou pela janela, mas seus olhos não viram nada. Lady Margaret esperou, pensou se a princesa iria dizer mais alguma coisa.

— Uma princesa de Gales tem casa em Londres como tem aqui? — perguntou ela. — Vou voltar para o castelo de Baynard?

— Não é a princesa de Gales — começou Lady Margaret. Ia explicar, mas o olhar que Catalina lhe lançou foi tão sombriamente enfurecido, que hesitou.
— Perdoe-me — disse ela. — Achei que talvez não tivesse entendido...
— Entendido o quê? — O rosto lívido de Catalina foi enrubescendo lentamente, de irritação.
— Princesa?
— Princesa do quê? — falou Catalina.
Lady Margaret fez uma reverência, e não se levantou.
— Princesa do quê? — gritou Catalina, a porta se abriu e dona Elvira entrou rapidamente. Deteve-se ao ver Catalina em pé, as maçãs do rosto ardendo de raiva, e Lady Margaret de joelhos. Saiu de novo sem dar uma palavra.
— Princesa de Espanha — replicou Lady Margaret calmamente.
Seguiu-se um profundo silêncio.
— Sou a princesa de Gales — disse Catalina bem devagar. — Fui princesa de Gales a minha vida inteira.
Lady Margaret levantou-se e a encarou.
— Agora você é a princesa Dowager.
Catalina tampou a boca com a mão para conter um grito de dor.
— Sinto muito, princesa.
Catalina sacudiu a cabeça, sem conseguir falar, o punho na boca, abafando seu lamento de dor. A expressão de Lady Margaret era soturna.
— Vão chamá-la de princesa Dowager.
— Nunca responderei a esse tratamento.
— É um título de respeito. É como são tratadas as viúvas nobres.
Catalina cerrou os dentes e virou-se para olhar pela janela.
— Pode se levantar — disse ela irritada. — Não há necessidade de se ajoelhar para mim.
Lady Margaret levantou-se e hesitou.
— A rainha me escreveu. Querem saber como está. Não somente se se sente bem e forte o bastante para viajar. O que querem realmente saber é se está grávida.
Catalina apertou as mãos, e desviou o rosto, de modo que Lady Margaret não visse sua raiva.
— Se espera um bebê e esse bebê é um menino, então ele será o príncipe de Gales, depois rei da Inglaterra, e você será milady mãe do rei — lembrou-lhe Lady Margaret.

— E se eu não estiver grávida?
— Então é a princesa Dowager, e o príncipe Harry é o príncipe de Gales.
— E quando o rei morrer?
— O príncipe Harry se tornará rei.
— E eu?
Lady Margaret encolheu os ombros em silêncio. "Será ninguém", seu gesto disse, mas em voz alta respondeu:
— Continua a ser a infanta. — Tentou sorrir. — Como sempre será.
— E a próxima rainha da Inglaterra?
— Será a mulher do príncipe Harry.
A raiva de Catalina transbordou. Ela foi até a lareira e se apoiou no console para se controlar. O pequeno fogo ardendo na grelha não irradiava calor suficiente para que ela o percebesse através da saia grossa do seu vestido negro de luto. Olhou fixo para as chamas como se assim fosse entender o que tinha lhe acontecido.
— Estou voltando a ser o que era quando tinha 3 anos de idade — disse ela, devagar. — A infanta de Espanha, não a princesa de Gales. Um bebê. Sem nenhuma importância.
Lady Margaret, cujo próprio sangue real havia sido diluído por um casamento inferior, de modo que não representasse nenhuma ameaça ao trono Tudor da Inglaterra, assentiu com um movimento da cabeça.
— Princesa, assumimos a posição do nosso marido. Sempre foi assim para todas as mulheres. Se não tem marido nem filho homem, não tem posição. Só tem aquilo para o que nasceu.
— Se eu retornar à Espanha como viúva, e me casarem com um arquiduque, serei a arquiduquesa Catalina e não uma princesa. Não a princesa de Gales, e nunca a rainha da Inglaterra.
Lady Margaret confirmou.
— Como eu — disse ela.
Catalina virou a cabeça.
— Como você?
— Eu era a princesa Plantageneta, a sobrinha do rei Eduardo, irmã de Eduardo de Warwick, herdeiro do trono do rei Ricardo. Se o rei Henrique tivesse perdido a batalha em Bosworth, o rei Ricardo estaria agora no trono, meu irmão como seu herdeiro e príncipe de Gales, e eu seria a princesa Margaret, como nasci para ser.

— Em vez disso é Lady Margaret, esposa do administrador de um pequeno castelo, que nem mesmo lhe pertence, nos confins da Inglaterra.

A mulher assentiu com a cabeça à descrição fria de sua posição.

— Por que não se recusou? — perguntou Catalina rudemente.

Lady Margaret relanceou os olhos para a porta da sala de audiência para se certificar de que estava fechada e nenhuma das damas de Catalina pudesse ouvir.

— Como poderia recusar? — perguntou simplesmente. — Meu irmão estava na Torre de Londres só porque tinha nascido príncipe. Se eu tivesse me recusado a casar com Sir Richard, também me juntaria a ele na Torre. Meu irmão teve a cabeça decepada apenas por ter o nome que tinha. Como mulher, tive a chance de mudar meu nome. E mudei.

— Teve a chance de ser a rainha da Inglaterra! — protestou Catalina.

Lady Margaret afastou-se da energia da mulher mais jovem.

— É como Deus quer — replicou ela simplesmente. — A minha chance, se a tive, se foi. A sua também passou. Terá de descobrir uma maneira de viver o resto da sua vida sem se lamentar, infanta.

Catalina não disse nada, mas sua expressão para a amiga foi reservada e fria.

— Encontrarei uma maneira de cumprir o meu destino — disse ela. — Artu... — Interrompeu-se, não conseguiu dizer seu nome nem mesmo para a amiga. — Certa vez, conversei sobre reivindicar um direito — prosseguiu ela. — Agora compreendo. Terei de ser um pretendente a mim mesma. Insistirei no que é meu. Sei qual é o meu dever e o que tenho de fazer. Farei como Deus quiser, independentemente das dificuldades.

A outra mulher assentiu.

— Talvez Deus queira que aceite seu destino. Talvez seja a vontade de Deus que se resigne — sugeriu ela.

— Não é — replicou Catalina com determinação.

ᛟ

Não contarei a ninguém o que prometi. Não contarei a ninguém que, no fundo, continuo a ser a princesa de Gales, que sempre serei a princesa de Gales até o casamento do meu filho e a coroação de minha nora. Não contarei a ninguém que agora compreendo o que Artur me disse: que mesmo uma princesa de nascimento tem de reivindicar seu título.

Não disse a ninguém se estou ou não grávida. Mas sei muito bem. Minhas regras desceram em abril, não há bebê. Não há nenhuma princesa Mary, nenhum príncipe Artur. Meu amor, meu único amor, está morto e não me restou nada dele, nem mesmo uma criança em gestação.

Não direi nada, apesar de as pessoas espreitarem e quererem saber. Tenho de pensar no que vou fazer, e como vou reclamar o trono que Artur queria para mim. Tenho de pensar em como cumprirei a promessa que lhe fiz, como dizer a mentira que quis que eu dissesse. Como posso torná-la convincente, como posso enganar o próprio rei, e sua mãe astuta e implacável.

Mas fiz uma promessa, e não deixarei de cumprir minha palavra. Ele me pediu para prometer e ditou a mentira que devo dizer, e eu respondi "sim". Não o decepcionarei. Foi a última coisa que me pediu, e farei sua vontade. Farei isso por ele, e farei isso por nosso amor.

Ah, meu amor, se soubesse o quanto desejo vê-lo.

෪

Catalina viajou para Londres com as cortinas negras da liteira fechadas, impedindo a bela vista da região rural, na época da floração. Não viu o povo tirar o chapéu ou fazer reverência enquanto o cortejo passava pelos vilarejos ingleses. Não ouviu os homens e mulheres gritarem "Que Deus a abençoe, princesa!" enquanto a liteira percorria, aos solavancos, as ruas das aldeias. Não soube que todas as jovens faziam o sinal da cruz e rezavam para não ter a má sorte da bonita princesa espanhola que tinha vindo de tão longe por amor e, então, perdido seu homem depois de somente cinco meses.

Estava ciente, embora entorpecida, do verde luxuriante do campo, da safra fértil, do gado gordo nas pastagens. Quando atravessou os densos bosques, percebeu o frescor da sombra da vegetação, e a espessa coberta de folhas e galhos entrelaçados sobre a estrada. Bandos de cervos desapareciam na sombra malhada, e ela ouviu o chamado de um cuco e a matraca de um pica-pau. Era uma bela terra, uma terra opulenta, uma grande herança para um casal jovem. Pensou no desejo de Artur de proteger essa sua terra contra os escoceses, contra os mouros. Na sua vontade de reinar, ali, melhor e com mais justiça do que houvera até então.

Ela não falou com seus anfitriões na estrada, que atribuíram seu silêncio ao sofrimento, e tiveram pena dela. Ela não falou com suas damas, nem mesmo com Maria, que estava do seu lado em silêncio, solidária, nem com dona Elvira que, nessa crise dos negócios espanhóis, estava em toda parte; seu marido organizando as casas na estrada, ela encomendando a comida da princesa, seu quarto, suas acompanhantes, sua dieta. Catalina não dizia nada, e deixava que fizessem com ela o que quisessem.

Alguns de seus anfitriões acharam que ela estava de tal modo imersa na tristeza que não falava, e rezaram para que recuperasse o juízo, retornasse à Espanha, e fizesse um novo casamento, para substituir o antigo marido. O que não sabiam era que Catalina mantinha a tristeza pela perda de seu marido em algum lugar oculto no fundo de si mesma. Deliberadamente, atrasou o luto até ter segurança para se entregar a ele. Enquanto sacolejava na liteira, não chorava por ele, mas se concentrava em descobrir uma forma de realizar o sonho dele. Estava se perguntando como lhe obedeceria, como faria o que ele tinha pedido. Estava pensando em como cumpriria a promessa feita no leito de morte ao único jovem que ela tinha amado.

☙

Tenho de ser inteligente. Tenho de ser mais astuta do que o rei Henrique Tudor, mais determinada do que a sua mãe. Diante desses dois, não sei como me sairei. Mas tenho de conseguir. Dei minha palavra, direi a mentira. A Inglaterra será governada como Artur queria. A rosa reviverá, farei a Inglaterra que ele queria.

Gostaria de ter trazido Lady Margaret comigo, para me aconselhar, sinto falta de sua amizade, sinto falta de sua sabedoria duramente conquistada. Gostaria de ver seu olhar firme e ouvir seu conselho para me resignar, me curvar ao meu destino, me entregar à vontade de Deus. Não seguirei seu conselho — mas gostaria de ouvi-lo.

☙

Verão de 1502

Croydon, maio de 1502

A princesa e seu séquito chegaram ao palácio de Croydon e dona Elvira conduziu Catalina aos seus aposentos. Pela primeira vez, a garota não foi direto para o quarto de dormir e fechou a porta, mas ficou na suntuosa sala de audiência olhando em volta.

— Uma câmara apropriada a uma princesa — disse ela.

— Mas não é sua — disse dona Elvira, apreensiva com a posição de sua tutelada. — Não foi dada a você. É apenas para que a use no momento.

A jovem balançou a cabeça.

— É adequada — disse ela.

— O embaixador espanhol está aguardando — disse dona Elvira. — Devo dizer-lhe que não o receberá?

— Vou recebê-lo — replicou Catalina calmamente. — Mande-o entrar.

— Não precisa...

— Ele deve ter notícias de mamãe — interrompeu ela. — Gostaria de receber seu conselho.

A aia fez uma reverência e foi buscar o embaixador. Ele estava concentrado em uma conversa, na galeria do lado de fora da sala de audiência, com padre Alessandro Geraldini, o capelão da princesa. Elvira olhou para os dois com desprezo. O capelão era um homem alto e bonito, sua bela aparência de preto em nítido contraste com a do embaixador, Dr. De Puebla, pequenino do seu lado, escorado em uma cadeira para sustentar a coluna malformada, a perna danificada enfiada atrás da outra, seu pequeno rosto brilhando de excitação.

— Ela pode estar grávida? — perguntou o embaixador em um sussurro.

— Tem certeza?

— Queira Deus que sim. Ela certamente deseja estar — confirmou o confessor.

— Dr. de Puebla! — chamou a aia, reprovando o ar confidencial entre os dois homens. — Eu o conduzirei à princesa agora.

O Dr. De Puebla virou-se e sorriu para a mulher irascível.

— Certamente, dona Elvira — disse ele tranquilamente. — Imediatamente.

O Dr. De Puebla entrou claudicando na sala, seu chapéu preto muito bem adornado já na mão, o rosto pequeno retorcido em um sorriso não convincente. Fez uma reverência com um floreio, e se ergueu para examinar a princesa.

De imediato ficou impressionado ao ver como ela havia mudado em tão pouco tempo. Tinha chegado à Inglaterra como uma menina, com o otimismo de uma menina. Tinha-a achado uma criança mimada, que havia sido protegida do rigor do mundo real. No palácio de conto de fadas de Alhambra, tinha sido a filha caçula favorita dos monarcas mais poderosos da cristandade. Sua viagem para a Inglaterra tinha sido o primeiro desconforto verdadeiro que fora obrigada a enfrentar, e havia se queixado disso com irritação, como se ele pudesse melhorar o tempo. No dia do seu casamento, em pé ao lado de Artur e ouvindo as pessoas o saudarem, tinha sido a primeira vez que ficara em segundo lugar em relação a alguém que não seus pais heroicos.

Agora, diante dele estava uma garota a que a infelicidade tinha forçado uma bela maturidade. Essa Catalina era mais magra, mais pálida, mas com uma nova beleza espiritual, apurada pela adversidade. Ele respirou fundo. Essa Catalina era uma jovem mulher com uma presença de rainha. Tornara-se, por meio do sofrimento, não somente a viúva de Artur, mas a filha de sua mãe. Essa era uma princesa de estirpe, que tinha derrotado o inimigo mais poderoso da cristandade. Ali estava em carne e osso, sem tirar nem pôr, Isabel de Castela. Era tranquila, era dura. Esperou que não fosse se tornar difícil.

De Puebla lançou-lhe um sorriso que pretendeu ser tranquilizador, e a viu examiná-lo com uma expressão que não transmitiu nenhum calor. Estendeu-lhe a mão e sentou-se em uma cadeira de madeira de espaldar reto em frente ao fogo.

— Pode se sentar — disse ela, com elegância, indicando com um gesto uma cadeira mais baixa, a uma pequena distância.

Ele fez outra reverência e se sentou.

— Tem mensagens para mim?

— De pêsames, do rei e da rainha Elizabeth, e de milady mãe do rei, e meus também, é claro. Convidam-na a ir à corte quando tiver se recuperado da viagem e não estiver mais de luto.

— Por quanto tempo ficarei de luto? — inquiriu Catalina.

— Milady mãe do rei disse que deveria ficar reclusa por um mês a partir do funeral. Mas como não estava na corte durante esse tempo, decretou que ficará aqui até ela ordenar seu retorno a Londres. Está preocupada com a sua saúde...

Fez uma pausa, esperando que ela mesma dissesse se estava ou não carregando uma criança, mas ela deixou o silêncio se estender.

Ele pensou em lhe perguntar diretamente.

— Infanta...

— Deve me chamar de princesa — interrompeu ela. — Sou a princesa de Gales.

Ele hesitou com a interrupção.

— Princesa Dowager — corrigiu-a calmamente.

Catalina assentiu com a cabeça.

— É claro. Tem alguma carta da Espanha?

Ele se curvou e lhe deu a carta que trazia no bolso oculto em sua manga. Ela não a tirou precipitadamente da mão dele e a abriu como uma criança faria. Balançou a cabeça agradecendo e a segurou.

— Não quer abri-la agora? Não quer responder?

— Quando escrever minha resposta, eu a enviarei por você — replicou ela simplesmente, afirmando seu poder sobre ele. — Mandarei chamá-lo quando precisar.

— Certamente, Vossa Alteza. — Ele alisou a penugem do veludo de seu calção preto para esconder sua irritação, mas privadamente achou uma impertinência a infanta, agora uma viúva, ordenar quando a antes princesa de Gales teria pedido cortesmente. Pensou que talvez, afinal, não gostasse dessa nova e mais madura Catalina.

— E teve notícias de Suas Majestades na Espanha? — perguntou ela. — Orientaram-no sobre suas intenções?

— Sim — replicou ele, perguntando-se o quanto lhe contaria. — É claro que a rainha Isabel está apreensiva com a possibilidade de não estar bem. Pediu-me que perguntasse sobre a sua saúde.

Uma sombra secreta passou pelo rosto de Catalina.

— Escreverei à rainha minha mãe e lhe darei notícias minhas — disse ela.

— Ela está aflita querendo saber... — começou ele, sondando a resposta à pergunta mais importante: havia um herdeiro? A princesa estava grávida?

— Não confiarei a resposta a ninguém a não ser minha mãe.

— Não podemos proceder ao acordo de sua viuvez e seus termos até sabermos — disse ele sem rodeios. — Isso pode mudar tudo.

Ela não se enfureceu como achava que aconteceria. Inclinou a cabeça, estava sob controle absoluto.

— Escreverei para a minha mãe — repetiu ela, como se o conselho dele não tivesse grande importância.

Ele percebeu que não conseguiria mais nada dela, mas pelo menos o capelão tinha-lhe dito que ela podia estar grávida, e ele devia saber. O rei ficaria feliz em saber que havia no mínimo a possibilidade de um herdeiro. De qualquer maneira, ela não havia negado. Talvez o seu silêncio fosse bom sinal.

— Então vou deixá-la para que leia sua carta. — Fez uma reverência.

Ela fez um gesto casual dispensando-o e desviou os olhos para as chamas no pequeno fogo de verão. Ele fez outra reverência, e como ela não estivesse olhando, examinou sua figura. Não percebeu nenhum frescor de começo de gravidez, mas algumas mulheres não passavam bem nos primeiros meses. Sua palidez poderia estar sendo causada pelas náuseas da manhã. Era impossível um homem afirmar. Teria de contar com a opinião do confessor, e passá-la com cautela.

⚜

Abro a carta de minha mãe com as mãos tremendo tanto que mal consigo romper os selos. A primeira coisa que percebo é sua brevidade, somente uma página.

"Oh, Madre", suspiro. "Nada mais?"

Talvez ela estivesse com pressa; mas fico muito magoada por ela ter escrito tão pouco! Se soubesse o quanto quero escutar a sua voz teria escrito o dobro. Deus é testemunha de que não acho que posso agir sem ela; só tenho 16 anos e meio, preciso da minha mãe.

Leio a carta breve de uma vez só e então, quase sem acreditar, a releio.

Não é uma carta de uma mãe amorosa à sua filha. Não é uma carta de uma mulher à sua filha favorita, filha que está à beira do desespero. Friamente, vigorosamente, ela escreveu uma carta de uma rainha a uma princesa. Não fala de outra coisa que não negócios. Poderíamos muito bem ser dois mercadores fechando uma venda.

Ela diz que devo ficar na casa que me oferecerem até descer minha próxima menstruação e eu saber que não estou grávida. Se assim for, devo ordenar ao Dr. De Puebla que exija o acordo de minha viuvez como princesa Dowager de Gales, e assim que eu receber o dinheiro todo e não antes (sublinhado de modo que não houvesse nenhuma dúvida), deverei embarcar em um navio para a Espanha.

Se, por outro lado, Deus for misericordioso, e eu estiver grávida, então deverei ter a certeza do Dr. De Puebla de que o dinheiro do meu dote será pago em espécie e imediatamente, e ele garantirá a minha pensão como princesa Dowager de Gales, e eu deverei repousar e torcer para que seja um menino.

Devo escrever imediatamente para ela e dizer se acho que estou grávida. Devo escrever para ela assim que tiver a certeza, de uma coisa ou outra, e confiar também no Dr. De Puebla e me manter sob a tutela de dona Elvira.

Dobro a carta cuidadosamente, acertando uma ponta com a outra como se isso tivesse grande importância. Acho que se ela soubesse o desespero que absorve minha mente como um rio de trevas, teria escrito de maneira mais amorosa. Se soubesse como estou sozinha, como estou sofrendo, como sinto a falta dele, não me escreveria sobre acordos, direitos de viuvez e títulos. Se soubesse como eu o amava e como não suporto viver sem ele, ela teria escrito dizendo que me ama, que devo ir para casa já, sem demora.

Ponho a carta no bolso, e me levanto, como se me apresentasse ao serviço. Não sou mais uma criança. Não vou chorar chamando minha mãe. Sei que não sou especialmente favorecida por Deus, já que Ele deixou Artur morrer. Sei que não tenho o amor especial de minha mãe, já que ela me deixa só em uma terra estrangeira.

Ela não é somente uma mãe, ela é a rainha da Espanha, e tem de se assegurar de que tem um neto ou não, um tratado inequívoco. Não sou apenas uma jovem que perdeu o homem que amava. Sou uma princesa da Espanha e tenho de gerar um neto, ou frustrar esse tratado inequívoco. Além disso, estou agora presa a uma promessa: prometi que voltaria a ser a princesa de Gales, e rainha da Inglaterra. Prometi ao homem jovem a quem prometi tudo. Cumprirei minha palavra, independentemente da vontade dos outros.

ೂ

O embaixador espanhol não se apresentou imediatamente às Suas Majestades da Espanha. Em vez disso, fazendo o seu jogo duplo de sempre, levou primeiro a opinião do capelão ao rei da Inglaterra.

— Seu confessor diz que ela está grávida — observou ele.

Pela primeira vez em dias, o rei Henrique sentiu alívio em seu coração.

— Deus, se assim for, mudará tudo.

— Queira Deus que sim. Eu ficaria feliz — concordou De Puebla. — Mas não posso garantir. Ela não apresenta nenhum sinal.

— Pode estar nos primeiros dias — concordou Henrique. — E Deus sabe, e eu sei, que uma criança no berço não é um príncipe no trono. É um caminho longo até a coroa. Mas seria um grande conforto para mim se ela estivesse esperando um bebê... e para a rainha — acrescentou como se pensasse melhor.

— Portanto ela deve permanecer aqui, na Inglaterra, até termos certeza — concluiu o embaixador. — Se não estiver grávida, acertaremos nossas contas, nós dois, e ela irá para casa. Sua mãe pede que seja mandada para casa imediatamente.

— Vamos esperar e ver — disse Henrique, sem admitir nada. — Sua mãe terá de esperar, como nós todos. Se está ansiosa por ter sua filha em casa, é melhor que pague o restante do dote.

— Não deve atrasar o retorno da princesa à sua mãe por uma questão de dinheiro — sugeriu o embaixador.

— Quanto mais cedo for acertado melhor — disse o rei calmamente. — Se ela estiver grávida, será nossa filha e mãe do nosso herdeiro. Terá tudo o que quiser. Se não estiver, então poderá ir para casa assim que o seu dote for pago.

ೂ

Sei que não há nenhuma Mary crescendo em meu útero, que não há nenhum Artur; mas não vou dizer nada até saber o que fazer. Não me atrevo a dizer nada até estar segura do que farei. Minha mãe e meu pai estarão planejando para o bem da Espanha, o rei Henrique estará planejando para o bem da Inglaterra. Sozinha, terei de encontrar uma maneira de cumprir a minha promessa. Ninguém vai me ajudar. Ninguém pode nem mesmo saber o que estou fazendo. Somente Artur, no céu, compreenderá o meu ato, e me sinto longe, muito longe dele. É tão doloroso, uma dor que nunca imaginei. Nunca precisei tanto dele como agora, agora que está morto. Só ele pode me aconselhar como cumprir a promessa que lhe fiz.

☙

Catalina tinha passado menos de um mês de reclusão no palácio de Croydon, quando o ecônomo da casa real veio dizer-lhe que Durham House, na Strand, tinha sido preparada para ela e que poderia ir para lá quando desejasse.

— É onde uma princesa de Gales ficaria? — perguntou Catalina a De Puebla, que havia sido chamado imediatamente à sua câmara privada. — Uma princesa seria alojada em Durham House? Por que não moro no castelo de Baynard?

— Durham House é perfeitamente adequada — gaguejou ele, surpreso com o ardor dela. — E sua criadagem não foi diminuída em nada. O rei não pediu que despedisse ninguém. Terá uma corte digna. E ele lhe pagará uma pensão.

— Meu direito como viúva do príncipe?

Ele evitou o seu olhar.

— Uma pensão neste estágio. Lembre-se de que o seu dote não foi pago integralmente, portanto ele não vai pagar o seu direito de viuvez, mas lhe dará uma boa soma, quantia que permitirá que mantenha a sua situação.

— Eu deveria receber como viúva do príncipe.

Ele sacudiu a cabeça.

— Ele só pagará quando receber o dote integral. Mas é uma boa pensão, você manterá uma boa situação.

Ele percebeu que ela se sentiu imensamente aliviada.

— Princesa, não há a menor dúvida de que o rei respeita a sua posição — disse ele, prudentemente. — Não precisa recear nada. É claro que se ele pudesse ter certeza do seu estado...

De novo, a expressão fechada dominou o rosto de Catalina.

— Não sei do que está falando — disse ela concisamente. — Estou bem. Pode dizer-lhe que estou bem. Nada além disso.

☙

Estou ganhando tempo, deixando que pensem que estou grávida. É uma grande agonia saber que o meu período no mês veio e passou, que estou pronta para a semente de Artur, mas que ele está frio e morto, e nunca mais virá à minha cama, e nunca faremos sua filha Mary e seu filho Artur.

Não posso lhes dizer a verdade: não há filho algum, nenhum bebê para criar por ele. E enquanto não falo nada, eles também têm de esperar. Não me mandarão de volta à Espanha enquanto tiverem a esperança de que eu ainda possa ser milady mãe do príncipe de Gales. Têm de esperar.

E enquanto esperam, posso planejar o que direi, e o que farei. Tenho de ser sábia como minha mãe seria, e astuta como a raposa, meu pai. Tenho de ser determinada como ela, e dissimulada como ele. Tenho de pensar como e por onde vou começar a dizer a mentira, a grande mentira do príncipe Artur. Se convenço todo mundo, se conseguir o lugar para cumprir o meu destino, então Artur, meu amado Artur, poderá fazer o que queria. Poderá governar a Inglaterra através de mim, poderei me casar com seu irmão e ser rainha. Artur poderá viver por meio da criança que eu conceber com seu irmão, poderemos fazer a Inglaterra que juramos que faríamos, apesar do infortúnio, apesar da frivolidade do seu irmão, apesar do meu próprio desespero.

Não vou me entregar ao sofrimento, vou me entregar à Inglaterra. Manterei minha promessa. Serei fiel ao meu marido e ao meu destino. E planejarei, tramarei e pensarei em como derrotar o infortúnio e ser o que nasci para ser. Como serei a pretendente que se torna a rainha.

☙

Londres, junho de 1502

A pequena corte mudou-se para Durham House no fim de junho. O restante da corte de Catalina, que chegava do castelo de Ludlow, falava de uma cidade em silêncio e um castelo de luto. Catalina não pareceu particularmente satisfeita com a mudança, embora Durham House fosse um palácio bonito, com belos jardins que desciam até o rio, com sua própria escada e píer. O embaixador passou para vê-la e a encontrou na galeria na parte da frente da casa, que dava para o pátio embaixo, e Ivy Lane, mais além.

Ela deixou-o em pé na sua frente.

— Sua Majestade, a rainha sua mãe, está enviando um emissário para escoltá-la de volta à casa assim que o seu direito de viuvez for pago. Como não nos disse que está grávida, ela está preparando a sua viagem.

De Puebla viu-a apertar os lábios como se para reprimir uma resposta apressada.

— Quanto o rei deve me pagar como viúva de seu filho?

— Tem de lhe pagar um terço da renda de Gales, Cornualha e Chester — disse ele. — E os seus pais, além disso, estão pedindo agora que o rei Henrique devolva o seu dote.

Catalina pareceu espantada.

— Ele não devolverá — disse ela sem alterar a voz. — Nenhum emissário será capaz de convencê-lo. O rei Henrique jamais me pagará essa soma. Ele nem mesmo me pagava pensão quando o seu filho estava vivo. Por que devolveria o dote e pagaria a pensão de viuvez quando não tem nada a ganhar com isso?

O embaixador encolheu os ombros.

— Está no contrato.

— Minha pensão também, e você não conseguiu fazer com que a pagasse — replicou ela rispidamente.

— Deveria ter-lhe dado a baixela assim que chegou.

— E comer com o quê? — inflamou-se ela.

De maneira insolente ele permaneceu em pé diante dela. Ele sabia que ela ainda não tinha percebido que não tinha nenhum poder. A cada dia que ela não anunciava estar grávida, sua importância diminuía. Ele tinha certeza de que ela não estava grávida. Achava-a, agora, uma tola. Tinha ganhado um pouco de tempo com sua discrição — mas para quê? Ela não aprová-lo pouco importava; ela logo partiria. Podia se enfurecer, mas nada mudaria.

— Por que concordou com um contrato desse tipo? Devia saber que ele nunca o honraria.

Ele deu de ombros. A conversa não tinha sentido.

— Como poderíamos imaginar que aconteceria uma tragédia dessa? Quem poderia ter imaginado que o príncipe morreria, assim que iniciasse a vida adulta? É muito triste.

— Sim, sim — disse Catalina. Tinha jurado a si mesma que nunca choraria por Artur na frente de ninguém. As lágrimas teriam de ser reprimidas. — Mas agora, graças a esse contrato, o rei está em grande dívida comigo. Ele tem de devolver o dote que recebeu, não pode ficar com minha baixela, e me deve meu direito de viuvez. Embaixador, deve saber que ele nunca me pagará isso. E com certeza nunca me dará a renda de... onde mesmo? Gales, e Cornualha?... para sempre.

— Somente até que se case de novo. E devemos supor que se casará em breve. Suas Majestades vão querer que retorne à casa para lhe providenciarem um novo casamento. Imagino que o emissário está vindo buscá-la justamente para isso. Provavelmente já têm um contrato de casamento firmado. Talvez já esteja comprometida.

Por um momento, De Puebla percebeu o impacto no rosto dela. Então ela se virou abruptamente e olhou pela janela o pátio na frente do palácio e os portões abertos para as ruas agitadas.

Ele observou a tensão em seus ombros e pescoço, surpreso com o fato de a notícia de seu segundo casamento tê-la afetado tanto. Por que teria ficado tão chocada com a menção do casamento? Certamente sabia que estava retornando à sua casa só para se casar de novo.

Catalina deixou o silêncio crescer enquanto observava a rua do lado de lá do portão de Durham House. Era tão diferente da sua casa. Não havia nenhum homem moreno em belas togas, não havia nenhuma mulher com véu. Não havia vendedores ambulantes com pilhas de especiarias, nenhum vendedor de flores cambaleando debaixo de pequenas montanhas de flores. Não havia herboristas, médicos, astrônomos, exercendo suas profissões, como se o conhecimento estivesse livremente acessível a qualquer um. Não havia o movimento silencioso em direção à mesquita para a oração cinco vezes ao dia, não havia fontes vertendo água constantemente. Em vez disso, havia a afobação de uma das maiores cidades do mundo, o alvoroço implacável, incessante, da prosperidade e do comércio, e o repicar dos sinos de centenas de igrejas. Era uma cidade explodindo de confiança, rica em seu comércio, exuberantemente próspera.

— Esta é a minha terra agora — disse ela. Com determinação, pôs de lado as imagens de uma cidade mais quente, de uma comunidade menor, de um mundo mais fácil, mais exótico. — O rei não deve pensar que irei para casa e me casarei de novo como se nada disso tivesse acontecido. Meus pais não devem pensar que são capazes de mudar o meu destino. Fui criada para ser princesa de Gales e rainha da Inglaterra. Não serei renegada como uma dívida desagradável.

O embaixador, de uma raça que conhecera a decepção, tão mais velho e sensato do que a jovem à janela, sorriu para as costas dela.

— É claro que será como quiser — mentiu ele. — Escreverei a seu pai e à sua mãe dizendo que prefere esperar aqui, na Inglaterra, enquanto o seu futuro é decidido.

Catalina virou-se para ele.

— Não, sou eu que vou decidir o meu destino.

Ele teve de morder as bochechas para esconder o riso.

— É claro que sim, infanta.

— Princesa Dowager.

— Princesa Dowager.

Ela respirou fundo. Quando falou, sua voz soou perfeitamente firme.

— Pode dizer ao meu pai e à minha mãe, e dirá ao rei, que não estou grávida.

— De fato — ele respirou. — Obrigado por nos informar. Isso deixa tudo muito mais claro.

— Como assim?

— O rei a libertará. Pode voltar para casa. Ele não terá nenhum direito sobre a princesa, nenhum interesse. Não haverá nenhuma razão para que fique. Terei de tomar as providências, mas o seu direito de viuvez pode ser resolvido em seguida. Pode partir imediatamente.

— Não — disse ela, sem modulação na voz.

De Puebla ficou surpreso.

— Princesa Dowager, pode ser liberada desse fracasso. Pode ir para casa. Está livre para partir.

— Está dizendo que os ingleses acham que não tenho utilidade para eles?

Ele encolheu ligeiramente os ombros, como se perguntasse: para que ela serve, se não é donzela nem mãe?

— O que mais pode fazer aqui? Seu tempo aqui se encerrou.

Ainda não estava preparada para lhe mostrar seu plano completo.

— Vou escrever à minha mãe — foi tudo o que respondeu. — Mas você não providenciará a minha partida. Talvez eu fique na Inglaterra por mais algum tempo. Se tenho de me casar de novo, posso me casar na Inglaterra.

— Com quem? — perguntou ele.

Ela desviou o olhar.

— Como posso saber? Meus pais e o rei decidirão.

☙

Tenho de encontrar uma maneira de pôr na cabeça do rei a ideia do meu casamento com Harry. Agora que ele sabe que não estou grávida certamente lhe ocorrerá que a solução para todas as nossas dificuldades é me casar com Harry.

Se eu confiasse mais no Dr. De Puebla, lhe pediria para sugerir ao rei que eu me comprometesse com Harry. Mas não confio nele. Ele se atrapalhou no contrato do meu primeiro casamento, não quero que confunda esse também.

Se eu pudesse mandar uma carta à minha mãe sem que De Puebla visse, eu lhe contaria do meu plano, do plano de Artur.

Mas não posso. Estou sozinha nisso. Sinto-me aterradoramente sozinha.

☙

— Vão nomear o príncipe Harry o novo príncipe de Gales — disse dona Elvira calmamente à princesa enquanto escovava seu cabelo na última semana de junho. — Ele vai passar a ser príncipe Harry, príncipe de Gales.

Esperou que a garota fosse ficar prostrada com o rompimento do último elo com o seu passado, mas Catalina não fez nada, a não ser olhar em volta.

— Deixem-nos — disse ela às criadas que estavam separando sua camisola e preparando a cama.

Saíram em silêncio fechando a porta atrás de si. Catalina jogou o cabelo para trás e encontrou os olhos de dona Elvira no espelho. Passou-lhe a escova e fez sinal para que continuasse.

— Quero que escreva aos meus pais e lhes diga que o meu casamento não foi consumado — disse ela, baixinho. — Sou tão virgem como quando parti da Espanha.

Dona Elvira ficou atônita, a escova de cabelo suspensa no ar, a boca aberta.

— Vocês se deitaram diante da corte inteira — disse ela.

— Ele era impotente — disse Catalina, a expressão tão dura quanto um diamante.

— Vocês ficavam juntos uma vez por semana.

— E nada acontecia — disse ela, sem hesitar. — Era uma grande tristeza para ele, e para mim.

— Infanta, você nunca disse nada. Por que não me contou?

Os olhos de Catalina estavam velados.

— O que eu diria? Estávamos recém-casados. Ele era muito novo. Achei que aconteceria com o tempo.

Dona Elvira nem mesmo fingiu acreditar.

— Princesa, não precisa dizer isso. O fato de ter sido uma esposa não vai prejudicar o seu futuro. Ser uma viúva não é nenhum obstáculo para um bom casamento. Encontrarão alguém para você. Encontrarão um bom partido, não precisa fingir...

— Eu não quero "alguém" — disse Catalina enfurecida. — Devia saber tão bem quanto eu. Nasci para ser a princesa de Gales e a rainha da Inglaterra. O maior desejo de Artur era que eu fosse a rainha da Inglaterra. — Conteve-se para não pensar nele ou falar mais. Mordeu o lábio; não deveria ter dito o seu nome. Fez força para reprimir as lágrimas e respirou fundo. — Sou uma virgem tão autêntica agora como era na Espanha. Você vai lhes dizer isso.

— Mas não precisamos dizer nada, podemos voltar para a Espanha — enfatizou a mulher.

— Vão me casar com algum lorde, talvez um arquiduque — disse Catalina. — Não quero ser mandada para longe de novo. Vai querer administrar minha casa em algum pequeno castelo espanhol? Ou na Áustria? Ou coisa pior? Vai ter de me acompanhar, não se esqueça. Vai querer acabar nos Países Baixos, ou na Alemanha?

Os olhos de dona Elvira se desviaram, ela refletia com furor.

— Ninguém vai acreditar em nós, se dissermos que é virgem.

— Vão acreditar sim. Você tem de dizer-lhes. Acreditarão em você porque é íntima minha, tão íntima quanto uma mãe.

— Eu não disse nada até agora.

— E agiu certo. Mas vai falar agora. Dona Elvira, se parecer que não sabe, ou se disser uma coisa e eu outra, então todo mundo vai saber que não é minha confidente, que não cuidou de mim como devia. Vão pensar que é negligente com meus interesses, que perdeu o meu favor. Acho que perderia o favor de minha mãe, se ela pensasse que sou virgem e você sequer sabia. Nunca mais você servirá em uma corte real, se acharem que foi negligente comigo.

— Todos percebiam que ele estava apaixonado por você.

— Não, não percebiam. Todos nos viam juntos, como um príncipe e uma princesa. Todos viam que ele ia para o meu quarto somente como havia sido ordenado a fazer. Nada mais. Ninguém pode afirmar o que acontecia por trás da porta do quarto. Ninguém, a não ser eu. E eu digo que ele era impotente. Quem é você para negar? Atreve-se a me chamar de mentirosa?

A mulher baixou a cabeça em uma mesura para ganhar tempo.

— Se assim diz — replicou ela cautelosamente. — Como quiser, infanta.

— Princesa.

— Princesa — repetiu a mulher.

— E eu afirmo isso. Disso depende o meu futuro. Na verdade, o seu também. Podemos dizer essa única coisa tão simples e permanecer na Inglaterra. Ou podemos retornar à Espanha de luto e nos tornarmos ninguém.

— É claro, posso dizer-lhes o que quiser. Se deseja dizer que o seu marido era impotente e a princesa continua donzela, então posso afirmar isso. Mas como isso a tornará rainha?

— Como o casamento não foi consumado, não haverá objeções a que eu me case com o irmão do príncipe Artur, Harry — replicou Catalina com a voz inflexível, determinada.

Dona Elvira arfou com o choque do passo seguinte.

Catalina prosseguiu.

— Quando esse novo emissário chegar da Espanha, poderá informar-lhe que é a vontade de Deus e o meu desejo que eu seja princesa de Gales de novo, como sempre fui. Ele poderá falar com o rei. Negociará, não meus direitos de viuvez, mas meu novo casamento.

Dona Elvira ficou boquiaberta.

— Não pode fazer o seu próprio casamento!

— Posso — replicou Catalina com veemência. — Farei e você vai me ajudar.

— Não consigo imaginar como deixarão que se case com o príncipe Harry.

— Por que não deixariam? O casamento com seu irmão não foi consumado. Sou virgem. O dote ao rei foi pago pela metade. Ele poderá manter a metade que recebeu e poderemos lhe dar o resto. Ele não vai precisar pagar meus direitos de viuvez. O contrato foi assinado e selado, só precisarão trocar os nomes, e eu já estou aqui na Inglaterra. É a melhor solução para todos. Sem isso eu passo a ser nada. Você certamente é ninguém. A sua ambição, a ambição de seu marido, tudo dará em nada. Mas se vencermos, você será a governanta de uma casa real, e eu serei o que devo ser: princesa de Gales e rainha da Inglaterra.

— Eles não vão permitir! — falou dona Elvira atônita com a ambição de sua tutelada.

— Vão permitir — replicou Catalina impetuosamente. — Temos de lutar por isso. Temos de ser o que devemos ser, nada menos.

Princesa à Espera

Inverno de 1503

O rei Henrique e sua rainha, movidos pela perda de Artur, esperavam outro filho, e Catalina, torcendo pelo favor deles, costurava um enxoval sofisticado de bebê diante da pequena lareira na menor sala do palácio de Durham, no começo de fevereiro de 1503. Suas damas de honra, fazendo bainhas de acordo com suas habilidades, estavam sentadas à distância, e dona Elvira podia falar em particular.

— Este deveria ser o enxoval do seu bebê — disse a aia, com ressentimento, em voz bem baixa. — Viúva por um ano, e nenhum progresso feito. O que vai ser de você?

Catalina ergueu os olhos de seu delicado bordado com fios negros.

— Tenha calma, dona Elvira — replicou ela com tranquilidade. — Será como Deus, meus pais e o rei decidirem.

— Completou 17 anos — disse dona Elvira, insistindo, obstinadamente, no assunto, a cabeça baixa. — Por quanto tempo ficaremos neste país abandonado por Deus, sem ser nem noiva nem esposa? Nem na corte nem em outra parte? Com contas que aumentam e os direitos de viuvez ainda não pagos?

— Dona Elvira, se soubesse como suas palavras me mortificam, acho que não as diria — replicou Catalina claramente. — Só porque as murmura enquanto costura, como uma maldição egípcia, não significa que não as ouço. Se eu soubesse o que vai acontecer, lhe contaria agora mesmo. Não vai ficar sabendo mais sussurrando seus temores.

A mulher ergueu os olhos e encontrou o olhar claro de Catalina.

— Penso em você — disse ela bruscamente. — Mesmo que ninguém mais pense. Mesmo que o tolo desse embaixador e o idiota do emissário não pensem. Se o rei não ordenar o seu casamento com o príncipe, o que vai ser de você? Se ele não deixar que parta, se seus pais não insistirem no seu retorno, o que vai acontecer? E se a mantiverem aqui, nesta situação, para sempre? Você é uma princesa ou uma prisioneira? Faz quase um ano. Você é uma refém para a aliança com a Espanha? Quanto tempo pode esperar? Tem 17 anos, quanto tempo pode esperar?

— Estou esperando — replicou ela calmamente —, com paciência. Até ser resolvido.

A aia não falou mais nada, Catalina não teve energia para discutir. Sabia que, durante esse ano de luto por Artur, havia sido cada vez mais posta à margem da vida da corte. Sua alegação de ser virgem não havia resultado em novo compromisso como tinha pensado; tinha-a tornado ainda mais irrelevante. Só era chamada à corte em grandes ocasiões, quando dependia da generosidade da rainha Elizabeth.

A mãe do rei, Lady Margaret, não tinha interesse na princesa espanhola empobrecida. Ela não tinha se mostrado fértil, agora dizia que o casamento nunca fora consumado, ficou viúva e não gerava dinheiro ao tesouro real. Não tinha utilidade para a casa dos Tudor, exceto como barganha na contínua luta com a Espanha. Podia tanto ficar na sua casa na Strand como ser chamada à corte. Além disso, milady mãe do rei não gostava da maneira como o novo príncipe de Gales olhava para a sua cunhada viúva.

Sempre que o príncipe Harry a encontrava, fixava os olhos com a devoção de um bichinho de estimação. Milady mãe do rei tinha decidido privadamente que os manteria separados. Achava que a garota sorria para o jovem príncipe de maneira afetuosa demais, encorajando a adoração infantil para alimentar sua vaidade estrangeira. Milady mãe do rei ressentia-se da influência de qualquer um sobre o único filho e herdeiro sobrevivente. Além disso, não confiava em Catalina. Por que a jovem viúva encorajaria um cunhado seis anos mais novo? O que ela esperava ganhar com a sua amizade? Certamente ela sabia que ele era protegido como uma criança: dormia nos aposentos de seu pai, andava acompanhado dia e noite, constantemente vigiado. O que a viúva espanhola esperava conseguir enviando-lhe livros, ensinando-lhe espanhol, rindo de sua pronúncia e observando-o se exercitar com a lança montado em seu cavalo, como se ele estivesse treinando como seu cavaleiro errante?

    Não sairia nada disso. Nada poderia sair disso. Mas milady mãe do rei não admitiria que ninguém se tornasse íntimo de Harry a não ser ela, e ordenou que as visitas de Catalina à corte fossem raras e breves.

    O próprio rei era bastante gentil com Catalina, quando a via, mas ela sentia que a olhava como se fosse uma espécie de tesouro que ele havia roubado. Sempre se sentia com ele como se fosse uma espécie de troféu — não uma jovem de 17 anos, totalmente dependente de seu favor, sua filha por casamento.

    Se ela falasse de Artur com sua sogra ou o rei talvez eles tentassem partilhar seu sofrimento. Mas ela não podia usar seu nome para bajulá-los. Mesmo um ano depois de sua morte ela não conseguia pensar nele sem sentir um aperto no peito, tão intenso que achava que lhe tiraria o ar. Ainda não conseguia proferir seu nome em voz alta. Certamente não podia se aproveitar de sua aflição para ajudá-la na corte.

    — O que vai acontecer? — insistiu dona Elvira.

    Catalina virou a cabeça.

    — Não sei — respondeu concisamente.

    — Quem sabe se a rainha tiver mais um filho homem, o rei nos mande de volta a Espanha — prosseguiu a aia.

    — Talvez — disse Catalina.

    A aia a conhecia bem o suficiente para reconhecer sua determinação silenciosa.

    — O problema é que você, ainda assim, não quer ir — sussurrou ela. — O rei pode mantê-la como refém em troca do dinheiro do dote, seus pais podem deixá-la aqui. Mas se insistisse, poderia voltar para casa. Ainda acha que pode fazer com que a casem com Harry. Mas se isso fosse acontecer, você teria de ficar noiva agora. Deve desistir. Está aqui há um ano e não fez nenhum progresso. Vai nos prender, a nós todos aqui, enquanto é derrotada.

    As pestanas louras de Catalina baixaram, velando seus olhos.

    — Ah, não — disse ela. — Eu não acho.

    Houve uma batida abrupta na porta.

    — Mensagem urgente para a princesa Dowager de Gales! — gritou a voz.

    Catalina largou o bordado e se levantou. Suas damas também ficaram de pé. Era tão raro algo acontecer na corte de Durham House, que ficaram alvoroçadas.

— Deixem-no entrar! — exclamou Catalina.

Maria de Salinas abriu a porta e um dos *cavalariços* reais entrou e ajoelhou-se diante da princesa.

— Notícias graves — disse ele brevemente. — Um filho, um príncipe, nasceu da rainha e morreu. Sua Majestade, a rainha, também morreu. Deus interceda por Sua Majestade o rei em sua dor.

— O quê? — perguntou dona Elvira, tentando entender a espantosa precipitação dos acontecimentos.

— Deus salve a alma da rainha — replicou Catalina corretamente. — Deus salve o rei.

ɞ

Meu Deus, guarde sua filha Elizabeth. Deve amá-la, pois foi uma mulher de grande generosidade.

Apoio-me nos calcanhares e abandono a oração. Penso que a vida da rainha, encerrada tão tragicamente, foi triste. Se a versão de Artur do escândalo for verdadeira, então ela foi preparada para se casar com o rei Ricardo, por mais que fosse um tirano desprezível. Ela quis casar-se com ele e ser sua rainha. A sua mãe e milady mãe do rei, e a vitória de Bosworth, tinham-na forçado a aceitar o rei Henrique. Ela nasceu para ser rainha da Inglaterra, e casou-se com o homem que lhe daria o trono.

Achei que se tivesse podido contar-lhe minha promessa, ela teria compreendido a dor que me perfura como gelo sempre que penso em Artur, e compreendido que eu lhe prometi me casar com Harry. Achei que ela entenderia que se nascemos para ser rainha da Inglaterra, teríamos de ser rainha da Inglaterra, independentemente de quem fosse o rei. Independentemente de quem tiver de ser nosso marido.

Sem a sua presença silenciosa na corte, sinto-me mais em risco, mais distante da minha meta. Ela era bondosa comigo, era uma mulher adorável. Eu estava esperando encerrar meu ano de luto confiando que ela me ajudaria a me casar com Harry, pois ele seria um refúgio para mim, e porque eu seria uma boa esposa para ele. Tinha certeza de que ela sabia que é possível nos casarmos com um homem por quem não sentimos nada além de indiferença e, ainda assim, ser uma boa esposa.

Mas agora a corte será regida por milady mãe do rei e ela é uma mulher terrível, não é amiga de ninguém a não ser do que interessa a si mesma, não nutre afeição por ninguém, a não ser por seu filho Henrique e seu neto, o príncipe Harry.

Não ajudará a ninguém, primeiro agirá segundo os interesses de sua própria família. Vai me considerar somente mais uma candidata entre várias a querer a sua mão em casamento. Que Deus a perdoe, talvez procure, até mesmo, uma noiva francesa para ele e, então, terei fracassado não somente com Artur, mas com minha mãe e meu pai também, que precisam de mim para manter a aliança entre a Inglaterra e a Espanha, e a inimizade entre a Inglaterra e a França.

Este ano tem sido difícil para mim, esperei um ano de luto para então me casar; fui ficando cada vez mais apreensiva, já que ninguém parece estar planejando algo semelhante. Agora, estou com medo que as coisas piorem. E se o rei Henrique resolver abrir mão da segunda parte do dote e me mandar de volta para casa? E se ele arranjar o casamento de Harry, esse garoto tolo, com outra? E se simplesmente se esquecerem de mim? Se me mantiverem refém para o bom comportamento da Espanha, mas me negligenciarem? Se me deixarem em Durham House, uma princesa simbólica com uma corte simbólica, enquanto o mundo real prossegue em outra parte?

Odeio esta época do ano na Inglaterra, a maneira como o inverno se alonga em neblinas frias e céus cinza. Em Alhambra, a água nos canais serão libertadas do gelo e começarão a fluir novamente, o frio gélido correndo fundo com a água derretida das neves da sierra. A terra começará a se aquecer nos jardins, os homens plantarão flores e árvores novas, o sol estará quente pela manhã e os pesados cortinados serão baixados das janelas para que a brisa quente possa soprar pelo palácio de novo.

Os pássaros de verão retornarão às altas colinas e as oliveiras irradiarão a luz tremeluzente de suas folhas verdes e cinza. Por toda a parte, os agricultores estarão remexendo a terra vermelha, e dará para sentir o cheiro de vida e vegetação.

Sinto saudades de casa; mas não abandonarei meu posto. Não sou um soldado que se esquece de seu dever, sou uma sentinela desperta a noite inteira. Não vou decepcionar o meu amor. Eu disse "prometo", e não vou me esquecer. Serei leal a ele. No jardim que é a vida imortal, Al-Yanna, é lá que Artur vai esperar por mim. Serei rainha da Inglaterra como nasci para ser, como lhe prometi que seria. A rosa germinará na Inglaterra assim como no paraíso.

☙

Houve o funeral suntuoso da rainha Elizabeth, e Catalina ficou de luto de novo. Através da renda negra de sua mantilha, observou as ordens de precedência, os preparativos para o serviço, viu como tudo era conduzido segundo as instruções estritas da mãe do rei. Até mesmo o seu lugar foi estabelecido, atrás das princesas, mas à frente de todas as outras damas da corte.

Lady Margaret, a mãe do rei, havia escrito todos os procedimentos a serem obedecidos na corte Tudor, das câmaras de parto ao confinamento, de modo que seu filho e as gerações que rezava para que viessem depois dele estivessem preparados para cada ocasião, de modo que cada uma se adaptasse à seguinte, e de modo que cada momento, por mais distante no futuro, fosse comandado por ela.

Agora o seu primeiro grande funeral, de sua nora não amada, se desenrolava com a ordem e a pompa de uma bem planejada mascarada na corte, e como a grande gerente de tudo, ela caminhava visivelmente, inquestionavelmente, como a grande dama da corte.

2 de abril de 1503

Completou um ano da morte de Artur, e Catalina passou o dia sozinha na capela de Durham House. Padre Geraldini celebrou uma missa para o jovem príncipe ao amanhecer, e Catalina permaneceu na pequena igreja, sem quebrar o jejum, sem nem mesmo tomar um copo de *ale*, o dia todo.

Parte do tempo ajoelhou-se diante do altar, os lábios se movendo em uma prece silenciosa, sofrendo a sua perda com uma dor tão lacerante quanto a sentida no dia em que, no limiar da porta de seu quarto, soube que não podiam salvá-lo, que ele ia morrer, que ela teria de viver sem ele.

Por algumas das longas horas, ela andou a esmo pela capela vazia, parando para olhar imagens devotas nas paredes ou as extremidades sofisticadamente entalhadas dos bancos e o cruzeiro. Tinha horror em pensar que estaria esquecendo-o. Havia manhãs em que despertava e tentava ver seu rosto, e se dava conta de que não via nada além de seus olhos fechados, ou pior ainda, tudo o que via era um esboço grosseiro dele, uma imagem imperfeita: o simulacro e não mais a figura real. Nessas manhãs, sentava-se rapidamente, abraçava os joelhos com força para não se entregar à sensação torturante da perda.

Mais tarde, no mesmo dia, conversava com suas damas ou bordava ou caminhava à beira do rio, e alguém diria alguma coisa, ou ela veria o sol na água e, de repente, ele aparecia ali, na sua frente, tão nítido como se estivesse vivo, iluminando a tarde. Ela ficaria paralisada por um momento, absorvendo-o em silêncio, e então, prosseguiria com a conversa, ou continuaria a caminhar, sabendo que nunca o esqueceria. A imagem dele estava impressa em suas pálpebras, seu corpo tinha o toque dele em sua pele, ela seria dele, em corpo e alma, até a morte: não, como aconteceu, até a morte dele; mas até a morte dela. Somente quando os dois tivessem desaparecido desta vida, seu casamento nesta vida estaria acabado.

Mas no aniversário de sua morte, Catalina jurou que ficaria sozinha, se permitiria a indulgência do luto, se permitiria zangar-se com Deus por tê-lo levado.

CB

"Sabe, nunca vou entender o seu propósito", digo à estátua de Cristo crucificado, pendurado por suas mãos ensanguentadas acima do altar. "Não vai me dar um sinal? Não vai me mostrar o que tenho de fazer?"

Espero, mas Ele não responde nada. Acabo pensando que o Deus que fala tão claramente com minha mãe está dormindo, ou foi embora. Por que Ele fala com ela e fica em silêncio comigo? Por que eu, criada como cristã fervorosa, uma criança apaixonadamente católica romana, não O sinto me ouvir quando rezo com um sentimento tão profundo? Por que Deus me abandona quando preciso tanto Dele?

Volto ao genuflexório bordado diante do altar, mas não me ajoelho em posição para rezar, e sim me viro e me sento nele, como se estivesse em casa, uma almofada puxada para perto de um braseiro, pronta para falar, pronta para escutar. Mas ninguém fala comigo. Nem mesmo Deus.

"Sei que é a sua vontade que eu seja rainha", digo pensativamente, como se Ele pudesse responder, como se Ele pudesse, de repente, replicar em um tom tão racional quanto o meu. "Sei também que é o desejo da minha mãe. Sei que o meu querido...", não termino a frase, mesmo agora, depois de um ano, não me arrisco a proferir o nome de Artur, nem mesmo em uma capela vazia, nem mesmo a Deus.

Ainda temo verter lágrimas, cair na histeria e na loucura. Por trás do meu controle existe uma paixão por Artur como um açude profundo por trás de uma comporta. Não me atrevo a deixar uma gota de lágrima correr. Haveria uma inundação de tristeza, uma torrente.

"Sei que ele queria que eu fosse rainha. Em seu leito de morte, pediu que eu prometesse. Na Sua frente, eu prometi. Em Seu nome, dei minha promessa. Falei sério. Jurei ser rainha. Mas como farei isso? Se é a Sua vontade, assim como a dele, como eu acredito que seja, se é a Sua vontade assim como a de minha mãe, como acredito, então, Deus, ouça. Esgotaram-se os meus estratagemas. Tem de ser o Senhor. Tem de mostrar como vou conseguir isso.

CB

Há um ano peço isso a Deus, cada vez com mais urgência; enquanto as negociações intermináveis sobre o pagamento do restante do dote e dos direitos de viuvez se arrastam sem fim. Sem nenhuma palavra definidora de minha mãe, passei a achar que ela está fazendo o mesmo jogo que eu. Não há dúvida, sei que meu pai tem uma jogada tática há muito planejada em sua mente. Se pelo menos dissessem o que devo fazer! Ao ficarem em silêncio, presumo que estão me deixando aqui como isca para o rei. Estão me deixando aqui para que o rei veja, como eu vejo, como Artur viu, que a melhor solução dessa dificuldade será o meu casamento com o príncipe Harry.

O problema é que, a cada mês que passa, Harry cresce em estatura e status na corte: ele se torna uma perspectiva mais atraente. O rei francês fará uma proposta por ele, uma centena de príncipes inferiores da Europa, com suas belas filhas, farão ofertas, até mesmo o Sacro Imperador Romano tem uma filha solteira, Margaret, que pode convir. Temos de forçar uma decisão já, neste mês de abril, quando se encerra o meu primeiro ano de viuvez. Agora que estou livre do meu ano de reclusão. Mas o equilíbrio de poder mudou. O rei Henrique não está com pressa, seu herdeiro é jovem — um menino de apenas 11 anos. Mas eu tenho 17 anos. Eu devia estar casada. Eu já devia ter voltado a ser princesa de Gales.

Suas Majestades da Espanha estão pedindo o impossível: a restituição integral de seu investimento e o retorno de sua filha, com o pagamento integral de seus direitos de viuvez por um período indefinido. O custo disso vai incitar o rei da Inglaterra a encontrar outra solução. A paciência dos meus pais para negociar permite que a Inglaterra conserve a mim e o dinheiro. Demonstram não esperar nem o meu retorno nem o do dinheiro. Estão esperando que o rei da Inglaterra veja que não precisa devolver nem o dote nem a mim.

Mas eles o subestimam. O rei Henrique não precisa deles para lhe sugerir isso. Verá muito bem por si mesmo. Como não está progredindo, deve estar resistindo às duas exigências. E por que não resistiria? Ele tem a posse. Tem metade do dote, e tem a mim.

E não é nenhum bobo. A calma do novo emissário, dom Gutierre Gomez de Fuensalida, e a lentidão das negociações alertaram esse rei perspicaz para o fato de que minha mãe e meu pai estão satisfeitos por me deixar em suas mãos, na Inglaterra. Não precisava ser nenhum Maquiavel para concluir que meus pais esperavam outro casamento inglês — assim como quando Isabel enviuvou e a mandaram de volta a Portugal para casar com seu cunhado. Essas coisas acontecem. Mas somente quando todos estão de acordo. Na Inglaterra, onde o rei acaba de subir ao trono e é muito ambicioso, pode ser necessário mais habilidade do que podemos dispor para fazer isso acontecer.

Minha mãe me escreveu para dizer que tem um plano, mas que levará algum tempo para que se efetue. Nesse meio-tempo, diz que eu seja paciente e que nunca faça nada que ofenda o rei ou a sua mãe.

"Sou a princesa de Gales", respondo. "Nasci para ser princesa de Gales e rainha da Inglaterra. Você me criou com esses dois títulos. Certamente não renegarei a minha própria educação. Certamente sou a princesa de Gales e a rainha da Inglaterra mesmo agora, não sou?"

"Tenha paciência", escreve ela em resposta, em um bilhete manchado pela viagem, que leva semanas para chegar à minha mão e que foi aberto; qualquer um pode tê-lo lido. "Concordo que o seu destino é ser rainha da Inglaterra. É o seu destino, a vontade de Deus, e a minha vontade. Seja paciente."

"Por quanto tempo devo ser paciente?", pergunto a Deus, de joelhos em Sua capela, no aniversário da morte de Artur. "Se é a Sua vontade, por que não a realiza logo? Se não é a Sua vontade, por que não me destrói como a Artur? Se está me escutando, por que me sinto tão terrivelmente só?"

☙

Tarde da noite, um visitante foi anunciado na silenciosa sala de audiência de Durham House.

— Lady Margaret Pole — disse o guarda à porta. Catalina largou a Bíblia e virou seu rosto pálido para olhar a amiga hesitando timidamente à porta.

— Lady Margaret!

— Princesa Dowager! — Fez uma reverência profunda e Catalina atravessou correndo a sala em sua direção, levantou-a e caiu em seus braços.

— Não chore — disse Lady Margaret, calmamente, em seu ouvido. — Não chore, senão juro que também vou chorar.

— Não, não, prometo que não choro. — Catalina virou-se para as suas damas. — Deixem-nos a sós — disse ela.

Saíram com relutância, uma visita era uma novidade na casa quieta, e além do mais, não havia nenhuma lareira acesa nas outras câmaras. Lady Margaret olhou em volta da sala gasta.

— O que é isto?

Catalina encolheu os ombros e tentou sorrir.

— Sou uma má administradora, acho. E dona Elvira não ajuda muito. Na verdade, só tenho o dinheiro que o rei me dá, e que não é muito.

— Eu receava que isso acontecesse — disse a mulher. Catalina conduziu-a para perto do fogo e a sentou em sua própria cadeira.

— Achei que estava em Ludlow.

— Estávamos. Como nem o rei nem o príncipe iam a Gales, ficou tudo a cargo do meu marido. Acharia que voltei a ser princesa, se visse minha pequena corte.

Catalina tentou rir de novo.

— Viemos para o funeral da rainha, que Deus a abençoe, e então eu quis ficar mais um pouco e meu marido disse que eu poderia vir vê-la. Passei o dia todo pensando em você.

— Estava na capela — replicou Catalina sem pensar. — Nem parece que fez um ano.

— Não, não parece — concordou Lady Margaret, embora privadamente achasse que a garota tinha envelhecido mais de um ano. O sofrimento tinha refinado a sua beleza infantil, e agora tinha a aparência decidida e transparente de uma mulher que havia visto suas esperanças serem destruídas. — Você está bem?

Catalina fez uma leve careta.

— Estou bem. E você? As crianças?

Lady Margaret sorriu.

— Graças a Deus, estamos bem. Mas sabe quais são os planos do rei para você? Você vai... — hesitou. — Vai voltar para a Espanha? Ou vai ficar aqui?

Catalina chegou um pouco mais para perto.

— Estão conversando sobre o dote, sobre o meu retorno. Mas nada foi resolvido. O rei está me segurando e segurando meu dote, e meus pais estão deixando que o faça.

Lady Margaret pareceu preocupada.

— Ouvi dizer que estão pensando em casá-la com o príncipe Harry — disse ela. — Eu não sabia.

— É a escolha óbvia. Mas não parece óbvio ao rei — disse Catalina, com um certo sarcasmo. — O que acha? Acha que ele é homem de ignorar uma solução óbvia?

— Não — replicou Lady Margaret, cuja vida havia sido prejudicada pela consciência do rei do fato óbvio da reivindicação do trono por parte de sua família.

— Então devo supor que ele pensou nessa alternativa e está esperando para ver se é o melhor que pode fazer — disse Catalina. Deu um breve suspiro. — Só Deus sabe como é desgastante esperar.

— O seu luto se encerrou, e sem dúvida ele tomará providências — disse sua amiga esperançosamente.

— Sem dúvida — replicou Catalina.

მ

Depois de semanas sozinho, pranteando sua mulher, o rei retornou à corte no palácio de Whitehall, e Catalina foi convidada a jantar com a família real e a sentar-se com a princesa Maria e as mulheres da corte. O jovem Harry, príncipe de Gales, foi colocado em segurança entre seu pai e sua avó. A esse príncipe de Gales não foi imposta uma viagem no frio ao castelo de Ludlow nem o treinamento rigoroso de um príncipe que viria a ser rei. Lady Margaret tinha decretado que esse príncipe, seu único herdeiro sobrevivente, seria criado sob sua supervisão, com despreocupação e conforto. Ele não seria mandado para longe, seria vigiado o tempo todo. Não tinha nem mesmo permissão para participar de esportes perigosos, justas ou lutas, embora estivesse ansioso por participar e fosse um menino amante da agitação e excitação. Sua avó tinha decretado que ele era precioso demais para correr riscos.

Ele sorriu para Catalina, que lhe lançou um olhar que esperava ter sido discretamente ardente. Mas não houve oportunidade de trocar nem uma palavra. Ela estava firmemente presa à mesa e mal pôde vê-lo agradecer a milady mãe do rei, que o acumulou da melhor parte da comida tirada de seu próprio prato, e interpôs seu ombro largo entre ele e as mulheres.

Catalina achou que era como Artur lhe avisara: o menino era mimado por ela. Sua avó, por um momento, inclinou-se para trás para falar com um dos escudeiros, e Catalina viu o olhar de Harry na sua direção. Deu-lhe um sorriso e baixou os olhos. Quando os ergueu, ele continuava olhando para ela e ficou vermelho ao ser pego em flagrante. "Uma criança." Ela deu um discreto sorriso de lado enquanto, internamente, o criticava. "Uma criança de 11 anos. Arrogante e infantil. Por que esse menino rechonchudo e mimado foi poupado enquanto Artur..." Interrompeu o pensamento imediatamente. Comparar Artur com seu irmão era desejar que o menino estivesse morto, e ela não faria isso. Pensar em Artur em público era arriscar se abater, e ela nunca faria isso.

"Uma mulher pode dominar um menino como esse", pensou ela. "Uma mulher pode ser uma grande rainha se casando com esse menino. Durante os primeiros dez anos, ele não saberia nada e, então, passado esse tempo, já teria adquirido o hábito da obediência, deixando sua mulher continuar a governar. Ou quem sabe, como Artur tinha dito, era um menino preguiçoso. Um jovem estragado pelo mimo. Talvez fosse tão preguiçoso que podia ser distraído por jogos, caça, esportes, diversões, de modo que os negócios do reino pudessem ser conduzidos por sua mulher."

Catalina nunca se esquecia do que Artur dissera: que o menino se imaginava apaixonado por ela. "Como lhe dão tudo o que quer, talvez seja ele que vá escolher sua noiva", pensou ela. "Estão habituados a lhe fazer as vontades. Talvez ele implore para se casar comigo e eles se sintam obrigados a consentir."

Viu-o enrubescer ainda mais, até mesmo suas orelhas ficaram rosa. Ela sustentou o olhar por um longo momento, inspirou e separou os lábios como que para sussurrar-lhe uma palavra. Ela viu os olhos azuis do príncipe fixarem-se em sua boca e se escurecerem de desejo, e em seguida, calculando o efeito, ela baixou o olhar. "Menino idiota", pensou ela.

O rei levantou-se da mesa e todos os homens e mulheres também se levantaram, e fizeram uma mesura com a cabeça.

— Agradeço por terem vindo me receber — disse o rei Henrique. — Camaradas na guerra e amigos na paz. Mas agora me perdoem, desejo ficar só.

Fez um sinal com a cabeça para Harry, ofereceu a mão à sua mãe, e a família real atravessou a pequena passagem no fundo do salão para a sua câmara privativa.

— Você devia ter-se demorado mais — comentou a mãe do rei ao se sentarem em suas cadeiras perto do fogo, e o criado lhes levar vinho. — Causa má impressão partir tão abruptamente. Eu tinha dito que você ia ficar, e haveria canto.

— Eu estava cansado — disse Henrique. Olhou para onde Catalina e a princesa Maria estavam sentadas. A garota mais nova estava com os olhos vermelhos, a morte da mãe a abalara muito. Catalina, como sempre, permanecia calma como a água de um canal. Ele achava que ela tinha um grande poder de autocontrole. Mesmo a perda de sua única amiga de verdade na corte, sua última amiga na Inglaterra, parecia não afligi-la.

— Ela pode voltar para Durham House amanhã — disse sua mãe, seguindo a direção do seu olhar. — Não lhe adianta vir à corte. Ela não conquistou um lugar aqui com um herdeiro, e não pagou um lugar aqui com seu dote.

— Ela é leal — disse ele. — É leal no serviço a você e a mim.

— Leal como uma praga — retorquiu sua mãe.

— Você é dura com ela.

— Este é um mundo duro — replicou ela simplesmente. — Não sou nada além de justa. Por que não a mandamos para casa?

— Não a admira nem um pouco?

Ela surpreendeu-se com a pergunta.

— O que há nela para ser admirado?

— Sua coragem, sua dignidade. Tem beleza, é claro, mas também tem charme. É instruída, é elegante. Em outras circunstâncias, acho que ela poderia ter sido feliz. E se comportou, ao ser decepcionada, como uma rainha.

— Ela não tem nenhuma utilidade para nós — disse ela. — Ela era a nossa princesa de Gales, mas nosso menino está morto. Ela não tem a menor utilidade agora, por mais encantadora que possa parecer.

Catalina ergueu os olhos e os viu observando-a. Deu um sorriso ligeiro e contido, e inclinou a cabeça. Henrique levantou-se e foi até o vão da janela, e a chamou com o dedo. Ela não pulou para ele, como qualquer mulher da corte teria feito. Olhou para ele, ergueu um sobrolho como se estivesse refletindo se obedeceria ou não, e então levantou-se com elegância e caminhou em sua direção.

"Meu Deus, ela é desejável", pensou ele. "Só tem 17 anos. Está completamente em meu poder e ainda assim atravessa a sala como se fosse a própria rainha da Inglaterra."

— Acho que sentirá saudades da rainha — disse ele abruptamente em francês quando ela se aproximou.

— Sentirei — replicou ela claramente. — Lamento a perda de sua esposa. Estou certa de que minha mãe e meu pai gostariam que eu lhe transmitisse seus pêsames.

Ele aceitou balançando a cabeça, sem tirar os olhos do rosto dela.

— Agora partilhamos a tristeza — falou ele. — Você perdeu seu parceiro na vida e eu perdi a minha.

Ele percebeu seu olhar se aguçar.

— Realmente — replicou ela sem alterar a voz. — Partilhamos.

Ele se perguntou se ela não estaria tentando apreender o que ele tinha querido dizer. Não tinha como saber se essa mente sagaz estava trabalhando por trás desse rosto adorável.

— Tem de me ensinar o segredo da sua resignação — disse ele.

— Ah, não acho que eu seja resignada.

Henrique ficou intrigado.

— Não?

— Não. Acho que confio em Deus e que Ele sabe o que é certo para todos nós, e a Sua vontade será feita.

— Mesmo quando Suas maneiras são secretas e nós, pecadores, temos de tropeçar no escuro?

— Eu sei o meu destino — disse Catalina calmamente. — Ele foi bondoso ao revelá-lo a mim.

— Então você é uma entre poucos — disse ele, pretendendo fazê-la rir de si mesma.

— Eu sei — replicou ela com um discreto sorriso. Ele percebeu que ela acreditava seriamente que Deus havia lhe revelado o seu futuro. — Fui abençoada.

— E qual é esse grande destino que Deus lhe reservou? — perguntou ele, com sarcasmo. Esperou que ela respondesse que era ser a rainha da Inglaterra, e então poderia pedir a sua mão, ou se aproximar mais dela, ou deixá-la perceber o que se passava em sua mente.

— Fazer a vontade de Deus, é claro, e trazer o Seu reino para a terra — replicou ela de maneira inteligente, esquivando-se dele mais uma vez.

ଔ

Falei com muita segurança sobre a vontade de Deus, e lembrei ao rei que fui educada para ser princesa de Gales, mas, na verdade, Deus não fala comigo. Desde a morte de Artur, não tenho nenhuma convicção genuína de que fui abençoada. Como posso achar que fui abençoada quando perdi a única coisa que tornava minha vida completa? Como posso ter sido abençoada se acho que nunca mais serei feliz? Mas vivemos em um mundo de crentes — tenho de dizer que estou sob a proteção especial de Deus, tenho de dar a impressão de estar segura do meu destino. Sou filha de Isabel de Espanha. A minha herança é a certeza.

Mas na verdade, evidentemente, estou cada vez mais só. Sinto-me cada vez mais só. Não existe nada entre mim e o desespero, a não ser minha promessa a Artur, e o fio tênue, como os fios dourados no tapete, de minha própria determinação.

ଔ

Maio de 1503

O rei Henrique não abordou Catalina durante um mês em nome da decência, mas quando tirou seu gibão preto, fez-lhe uma visita formal em Durham House. O pessoal da casa tinha sido avisado e estava vestido com a melhor roupa. Ele percebeu os sinais de desgaste nas cortinas, tapetes e na forração das paredes, e sorriu para si mesmo. Se ela realmente tinha bom-senso, como ele acreditava que tivesse, ficaria feliz com uma solução para a sua posição canhestra. Congratulou-se por não ter facilitado as coisas para ela nesse último ano. Ela agora saberia que estava completamente em seu poder e seus pais nada poderiam fazer para libertá-la.

O arauto abriu a porta dupla da sala de audiências e anunciou:

— Sua Majestade, rei Henrique da Inglaterra...

Henrique dispensou os outros títulos e entrou, dirigindo-se à sua nora.

Ela estava usando um vestido de cor escura com faixas azuis na manga, um corpete ricamente bordado e um capelo azul-escuro. Ressaltava a cor de seu cabelo e o azul de seus olhos. Ele sorriu com um prazer instintivo ao vê-la fazer uma reverência profunda e se erguer.

— Vossa Majestade — disse ela. — É realmente uma honra.

Ele teve de lutar para não olhar a linha alva de seu pescoço, seu rosto suave e sem rugas voltado para ele. Tinha levado a vida toda com uma bela mulher de sua própria idade. Agora, ali estava uma garota com idade para ser sua filha, que exalava o doce perfume da juventude, os seios cheios e firmes. Estava pronta para o casamento, realmente, mais do que pronta. Era uma garota pronta para ser levada para a cama. Avaliou a si mesmo e se achou mais libertino e mais apaixonado por olhar com tanto desejo a mulher menina de seu filho morto.

— Posso lhe oferecer um refresco? — perguntou ela. Havia um sorriso no fundo dos seus olhos.

Certamente, pensou ele, se ela fosse uma mulher mais velha, mais experiente, teria presumido que brincava com ele, tão deliberadamente quanto um pescador habilidoso é capaz de pegar um salmão.

— Obrigado. Aceito um copo de vinho.

E ela o surpreendeu.

— Receio não ter nada apropriado a oferecer — disse ela calmamente. — Não tenho nada nas adegas, e não tenho recursos para comprar um bom vinho.

Henrique reagiu com um breve movimento, sabendo que ela conseguira fazer com que ele ficasse a par de suas dificuldades financeiras.

— Lamento, enviarei alguns barris — disse ele. — A administração da casa deve ser muito negligente.

— É insuficiente — replicou ela simplesmente. — Aceita um copo de *ale*? Fermentamos nós mesmos, de maneira mais barata.

— Obrigado — disse ele, reprimindo um sorriso. Nunca imaginara que ela fosse tão segura. O ano de viuvez havia revelado sua coragem, pensou ele. Sozinha em uma terra estrangeira ela não tinha se enfraquecido, como aconteceria com outras garotas. Ela havia reunido seu poder, tornara-se mais forte.

— Milady mãe do rei e a princesa Maria estão bem? — perguntou ela, com tanta confiança como se o estivesse recebendo no salão dourado de Alhambra.

— Sim, graças a Deus — respondeu ele. — E você?

Ela sorriu e baixou a cabeça.

— E não preciso perguntar por sua saúde — falou ela. — Não mudou nada.

— Não?

— Não desde a primeira vez que o vi — disse ela. — Quando desembarquei na Inglaterra e vim para Londres, e Vossa Majestade veio ao meu encontro. — Custou muito a Catalina não pensar em Artur naquela noite, mortificado pela grosseria do pai, tentando falar com ela a meia voz, olhando-a de soslaio.

Com determinação, afastou a imagem de seu jovem amante e sorriu para seu pai.

— Fiquei muito surpresa com a sua chegada — disse ela — e atemorizada.

Ele riu. Percebeu que ela evocava a cena de quando a vira pela primeira vez, uma virgem do lado da cama, de camisola branca com um manto azul, o cabelo em uma trança, e de como ele agira como um violador, impondo sua presença no quarto, e de como poderia tê-la possuído à força.

Virou-se e pegou uma cadeira para ocultar seus pensamentos, fazendo um sinal para que ela se sentasse também. Sua aia, a mesma mula espanhola de cara emburrada, notou ele com irritação, permanecia no fundo da sala com mais duas damas.

Catalina sentou-se perfeitamente composta, seus dedos brancos entrelaçados no colo, as costas eretas, suas maneiras as de uma jovem segura de seu poder de atrair. Henrique não disse nada e por um momento ficou olhando para ela. Com certeza ela sabia o que estava fazendo com ele quando lembrou-o do seu primeiro encontro. E certamente a filha de Isabel de Espanha e a viúva de seu próprio filho o estava tentando deliberadamente.

Um criado chegou com dois copos de *ale*. O rei foi servido primeiro, depois Catalina. Ela bebeu um pequeno gole e pôs o copo sobre a mesa.

— Continua não gostando de *ale*? — ele se surpreendeu com a intimidade em sua própria voz. Mas podia perguntar à sua nora o que ela gostava de beber, não podia?

— Só bebo *ale* quando estou com muita sede — replicou ela. — Não me agrada o gosto que deixa em minha boca. — Ela pôs a mão na boca, e tocou o lábio inferior. Fascinado, ele observou a ponta do seu dedo roçar a ponta da sua língua. Ela fez uma leve careta. — Acho que nunca será a minha bebida preferida — disse ela.

— O que vocês bebem na Espanha? — percebeu que mal conseguia falar. Continuava olhando para a boca macia, brilhante, onde a língua tocara nos lábios.

— Bebemos água — disse ela. — No Alhambra, os mouros canalizaram água límpida das montanhas até o palácio. Bebemos das fontes que vertem água da montanha, quando ainda estão frias. E sucos de frutas, é claro. Temos frutas maravilhosas no verão, e sucos, e vinho também.

— Se viajar comigo nesse verão, poderemos ir a lugares onde poderá beber água — disse ele. Achou que devia parecer um garoto idiota, prometendo-lhe água como um regalo. Obstinadamente, insistiu: — Se vier comigo, poderemos caçar, ir a Hampshire, até a New Forest. Lembra-se da região? Perto de onde nos conhecemos?

— Gostaria muito — replicou ela. — Se eu ainda estiver aqui, é claro.

— Se estiver aqui? — ficou surpreso, quase se esquecera de que ela era sua refém e que deveria voltar para casa no verão. — Tenho dúvidas de se eu e seu pai teremos chegado a um acordo no verão.

— Por que está demorando tanto? — perguntou ela, seus olhos azuis supostamente arregalados de surpresa. — Certamente poderemos fazer um acordo, não? — hesitou. — Entre amigos? Se não concordamos em relação ao dinheiro devido, não existe algum outro caminho? Não pode ser feito outro tipo de acordo? Já que fizemos um acordo antes?

Estava tão próximo do que ele próprio andava pensando que ele se levantou, desconcertado. Ela se levantou imediatamente, também. O topo de seu bonito capelo azul chegava somente até a altura do seu ombro, achou que teria de se curvar para beijá-la, e se ela ficasse debaixo dele na cama, teria de tomar cuidado para não machucá-la. Sentiu que seu rosto enrubescia com esse pensamento. — Venha cá — disse ele bruscamente e a conduziu ao vão da janela, onde as damas de honra não poderiam escutá-los. — Estive pensando no tipo de acordo a que poderíamos chegar — disse ele. — O mais fácil seria você permanecer aqui. Eu certamente gostaria que ficasse.

Catalina não ergueu os olhos. Se tivesse feito isso, ele teria lido seus pensamentos. Manteve, então, os olhos e a cabeça baixa.

— Ah, certamente, se meus pais concordarem — replicou ela, tão baixo que ele quase não a escutou.

Ele se sentiu capturado. Sentiu que não poderia seguir adiante se ela continuasse com a cabeça delicadamente para um lado, só lhe mostrando a curva da maçã do rosto e suas pestanas, e ainda assim não conseguiu recuar quando ela lhe perguntou se não haveria uma maneira de resolver o conflito entre ele e seus pais.

— Deve me achar muito velho — disse ele sem pensar.

Os olhos azuis de Catalina ergueram-se e se velaram de novo.

— De maneira nenhuma — replicou ela sem alterar a voz.

— Tenho idade bastante para ser seu pai — disse ele, esperando que ela discordasse.

Em vez disso, ela ergueu os olhos.

— Nunca pensei dessa maneira — disse ela.

Henrique ficou em silêncio. Sentiu-se completamente desconcertado por essa jovem que, em um momento, parecia tão deliciosamente encorajá-lo, e no momento seguinte, completamente opaca.

— O que gostaria de fazer? — perguntou ele.

Por fim ela ergueu a cabeça e sorriu para ele, seus lábios curvando-se, mas nenhum calor em seus olhos.

— O que ordenar — replicou ela. — Gostaria mais do que tudo de obedecer a Vossa Majestade.

☙

O que ele quis dizer? O que ele está fazendo? Achei que estava me oferecendo Harry e estava para responder "sim" quando ele disse que eu deveria achá-lo velho demais, com idade para ser meu pai. E é claro que é, ele parece muito mais velho do que o meu pai, por isso nunca pensei nele como pai, um avô talvez, ou um padre velho. Meu pai é bonito; tremendamente mulherengo; um bravo solda-

do; um herói no campo de batalha. Esse rei lutou em uma única batalha fácil e reprimiu uma dúzia de sublevações nada heroicas de homens pobres fartos de seu governo. Portanto não é como meu pai, e eu só falei a verdade quando disse que nunca o vi como pai.

Mas ele me olhou como se eu tivesse dito algo de grande interesse e me perguntou, em seguida, o que eu queria. Não podia responder direto que queria que ele fechasse os olhos para o meu casamento com seu filho mais velho e me casasse com o seu caçula. De modo que respondi que queria obedecer-lhe. Não há nada de errado nisso. Mas, não sei por que, não foi o que ele esperava ouvir. E não me levou aonde eu queria.

Não faço ideia do que ele quer. Nem como virar isso a meu favor.

ෆ

Henrique voltou para o palácio de Whitehall, o rosto inflamado e o coração acelerado, batendo entre a frustração e o cálculo. Se conseguisse persuadir os pais de Catalina a permitirem o casamento, ele poderia reclamar o resto substancial de seu dote, livrar-se da reivindicação de seus direitos de viuvez, reforçar a aliança com a Espanha no momento que buscava assegurar novas alianças com a Escócia e a França, e talvez, com uma esposa tão jovem, ter outro filho e herdeiro. Uma filha no trono da Escócia, uma filha no trono da França garantiriam a paz das duas nações por toda a sua vida. A princesa da Espanha no trono da Inglaterra manteria a aliança com os reis cristãos da Espanha. Ele consolidaria as grandes potências da cristandade em uma aliança pacífica com a Inglaterra não somente por uma geração, mas por várias gerações. Teriam herdeiros em comum; estariam seguros. A Inglaterra estaria segura. Melhor ainda, os filhos da Inglaterra herdariam os reinos da França, da Escócia, da Espanha. A Inglaterra conceberia seu caminho para a paz e a prosperidade.

Fazia todo o sentido ficar com Catalina; tentou enfocar a vantagem política e não pensar em seu pescoço nem na curva de sua cintura. Tentou acalmar sua mente pensando na pequena fortuna que seria economizada não precisando pagar-lhe os direitos de viuvez nem sua subsistência, não precisando enviar um navio, provavelmente vários navios, para escolhê-la até seu país. Mas tudo no que conseguia pensar era que ela tinha tocado sua boca macia com o dedo e lhe dito que não lhe agradava o gosto que o *ale* deixava. Ao pensar na ponta de sua língua em seus lábios, gemeu alto e o cavalariço que segurava seu cavalo enquanto desmontava ergueu os olhos e disse:

— Sire?

— Bílis — respondeu o rei, com irritação.

O que o estava nauseando era algo bem mais picante, concluiu enquanto se dirigia a seus aposentos, os cortesãos se afastando do seu caminho com sorrisos servis. Não podia se esquecer de que ela não passava de uma criança, de que era sua nora. Se escutasse o bom senso que o guiara até então, simplesmente prometeria pagar os direitos de viuvez e a mandaria de volta a seus pais, e depois atrasaria o pagamento até terem-na casado com algum outro nobre tolo, e ele poder sair fora sem precisar pagar nada.

Mas a simples ideia de ela casada com outro o deteve e ele precisou se segurar na parede de carvalho para não cair.

— Vossa Majestade? — disse alguém. — Está passando bem?

— Bílis — repetiu o rei. — Alguma coisa que comi.

Seu *cavalariço* principal aproximou-se.

— Devo mandar chamar o médico, Majestade?

— Não — replicou o rei. — Mas mande dois barris do melhor vinho para a princesa Dowager. Ela está sem nada em sua adega, e quando eu for visitá-la, vou querer beber vinho e não *ale*.

— Sim, Majestade — disse o homem, fez uma mesura, e se foi. Henrique endireitou o corpo e entrou em seus aposentos. A sala estava cheia como sempre: suplicantes, cortesãos, os que buscavam favores, caçadores de fortuna, alguns amigos, alguns membros da pequena nobreza, alguns nobres que o serviam por amor ou interesse. Henrique olhou para todos com irritação. Quando era Henrique Tudor em fuga pela Britânia não era cercado por tantos amigos.

— Onde está minha mãe? — perguntou a um deles.

— Em seus aposentos, Majestade — replicou o homem.

— Quero vê-la — disse ele. — Avise que estou indo.

Deu-lhe alguns instantes para se preparar e então dirigiu-se a seus aposentos. Com a morte de sua nora, ela tinha se mudado para o apartamento reservado, tradicionalmente, à rainha. Tinha encomendado novas tapeçarias e novos móveis, e agora o lugar estava mobiliado de maneira mais suntuosa do que os aposentos de qualquer rainha.

— Eu mesmo me anuncio — disse o rei ao guarda na porta, e entrou sem cerimônia.

Lady Margaret estava sentada à mesa à janela, as contas da casa espalhadas à sua frente, inspecionando as despesas da corte real como se fosse uma fazenda bem dirigida. A despesa era pequena e nenhuma extravagância era admitida na corte dirigida por ela. E os servidores que tinham pensado que parte do pagamento que passava por suas mãos deixaria espaço para tirarem algum por fora, logo se decepcionaram.

Henrique balançou a cabeça aprovando a visão da supervisão dos negócios reais por sua mãe. Ele nunca se livrara de sua própria apreensão quanto à ostentação da riqueza do trono da Inglaterra ser somente aparência. Tinha financiado uma campanha para o trono com dívidas e favores; não queria ficar de novo de chapéu na mão.

Ela ergueu os olhos quando ele entrou.

— Meu filho.

Ele se ajoelhou para receber a sua bênção, como sempre fazia ao saudá-la pela manhã, e sentiu o toque delicado de seus dedos no alto da sua cabeça.

— Parece preocupado — comentou ela.

— E estou — replicou ele. — Fui ver a princesa Dowager.

— E? — Uma expressão de desdém passou por seu rosto. — O que estão pedindo agora?

— Nós... — interrompeu-se e então, recomeçou. — Temos de decidir o que será dela. Falou em voltar para a Espanha.

— Quando nos pagarem o que devem — replicou ela imediatamente. — Eles sabem que têm de pagar o resto do dote, antes de ela partir.

— Sim, ela sabe disso.

Houve um breve silêncio.

— Ela perguntou se não haveria outro acordo — disse ele. — Uma solução.

— Ah, eu estava esperando por isso — disse Lady Margaret exultante. — Sabia que estavam querendo isso. Só estou surpresa com que tenham esperado tanto tempo. Acho que pensaram que deviam esperar até o fim do seu luto.

— Querendo o quê?

— Vão querer que ela fique — respondeu Lady Margaret.

Henrique reprimiu o sorriso, mantendo a expressão inalterada.

— Acha mesmo?

— Tenho esperado que mostrem sua mão. Sabia que estavam esperando que fizéssemos o primeiro movimento. Ha! Nós os fizemos se declarar antes!

Ele ergueu os sobrolhos, ansiando que ela expressasse seu desejo.

— O quê?

— Uma proposta nossa, é claro — disse ela. — Eles sabiam que nós nunca perderíamos essa oportunidade. Ela era o bom partido na época, e é o bom partido agora. Fizemos um bom negócio com ela, e a barganha continua sendo boa. Especialmente se pagarem tudo. Ela se tornou, agora, mais lucrativa do que nunca.

Ele corou ao sorrir para ela.

— Acha mesmo?

— É claro. Ela está aqui, metade do dote já foi pago, o resto só precisa ser coletado, já nos livramos de sua escolha, a aliança já está atuando a nosso favor. Nunca teríamos o respeito dos franceses se não temessem seus pais, e os escoceses nos temem também. Ela continua sendo o melhor partido da cristandade para nós.

A sensação de alívio que ele experimentou foi imensa. Se sua mãe não se opunha ao plano, então ele podia incitá-lo. Ela tinha sido sua melhor e mais leal conselheira durante tanto tempo que ele não conseguiria contestar sua vontade.

— E a diferença de idade?

Ela encolheu os ombros.

— Qual é? Cinco, quase seis anos? Isso não é nada para um príncipe.

Ele se retraiu como se tivesse levado um tapa no rosto.

— Seis anos? Não vai ficar tão discordante — disse ela.

— Não — disse ele francamente. — Não. Harry não. Não me referia a Harry. Não estava falando de Harry!

A raiva em sua voz a alertou.

— O quê?

— Não. Não. Harry não. Maldição! Harry não!

— O quê? A quem mais poderia se referir?

— Está óbvio! Certamente está óbvio!

O olhar dela fulminou-o, lendo rapidamente o que se passava em sua mente, como só ela podia fazer.

— Harry não?

— Achei que estava falando de mim.

— De você? — Ela reconsiderou rapidamente a conversa. — De você para a infanta? — perguntou ela, incrédula.

Ele sentiu que enrubescia de novo.

— Sim.

— A viúva de Artur? A sua própria nora?

— Sim! Por que não?

Lady Margaret olhou fixo para ele, alarmada. Não era sequer necessário enumerar os obstáculos.

— Ele era jovem demais. O casamento não foi consumado — disse ele, repetindo as palavras que o embaixador espanhol tinha ouvido de dona Elvira, e que se propagara pela cristandade.

Ela pareceu cética.

— Ela mesma diz isso. Sua aia diz isso. Os espanhóis dizem isso. Todo mundo diz isso.

— E você acredita? — perguntou ela friamente.

— Ele era impotente.

— Bem... — Era típico dela não falar nada enquanto refletia. Olhou para ele percebendo o rubor em sua face e a sua perturbação. — Provavelmente estão mentindo. Nós os vimos se casarem e se deitarem, e não houve a menor sugestão, então, de que não tinha sido feito.

— Isso é problema deles. Se todos dizem a mesma mentira e insistem nela, então se torna verdade.

— Somente se a aceitarmos.

— Aceitamos — decretou ele.

Ela ergueu os sobrolhos.

— É o seu desejo?

— Não se trata de desejo. Preciso de uma esposa — replicou Henrique calmamente, como se pudesse ser qualquer uma. — E ela está, convenientemente, aqui, como disse.

— Ela seria apropriada por sua linhagem — acatou sua mãe —, mas não para uma relação com você. Ela é sua nora, mesmo que o casamento não tenha sido consumado. E é muito jovem.

— Tem 17 anos — disse ele. — Uma boa idade para uma mulher. E viúva. Está pronta para um segundo casamento.

— Ou ela é virgem ou não é — observou Lady Margaret, com irritação. — É melhor chegarmos a um acordo.

— Ela tem 17 anos — corrigiu-se ele. — Uma boa idade para o casamento. Está pronta para um casamento consumado.

— O povo não vai gostar disso — observou ela. — Vão se lembrar do seu casamento com Artur, fizemos uma cerimônia muito pomposa. Afeiçoaram-se a ela. A romã e a rosa. Sua mantilha de renda caiu nas graças do povo.

— Ele está morto — replicou o rei rispidamente. — E ela vai ter de se casar com alguém.

— O povo vai achar estranho.

Ele deu de ombros.

— O povo vai ficar feliz se ela me der um filho varão.

— Oh, sim, se ela puder. Foi estéril com Artur.

— Como já concordamos, Artur era impotente. O casamento não foi consumado.

Ela franziu os lábios e não disse nada.

— Poupamos o dote e o custo dos direitos de viuvez — salientou ele.

Ela concordou balançando a cabeça. Gostou da idéia da fortuna que Catalina proporcionaria.

— E ela já está aqui.

— Uma presença leal — disse ela, acidamente.

— Uma princesa leal — sorriu ele.

— Acha realmente que seus pais vão concordar? Suas Majestades da Espanha?

— Resolve o dilema deles tanto quanto o nosso. E mantém a aliança. — Viu que estava sorrindo, e tentou ficar sério, normal. — Ela vai achar que é o seu destino. Ela acredita que nasceu para ser a rainha da Inglaterra.

— Então ela é uma tola — sua mãe replicou maliciosamente.

— Foi criada, desde muito pequena, para ser rainha.

— Mas será uma rainha estéril. Nenhum filho que gerar vai adiantar. Ele nunca poderá ser rei. Se ela chegar a gerar um, ele virá depois de Harry — lembrou-lhe. — Ficará até mesmo em posição secundária à dos filhos de Harry.

Seria uma aliança muito mais medíocre para ela do que o casamento com o príncipe de Gales. Os espanhóis não vão gostar.

— Ah, Harry é ainda uma criança. Tem muito tempo até seus filhos virem ao mundo. Anos.

— Ainda assim. Isso pesaria para os pais dela. Vão preferir o príncipe Harry para ela. Dessa maneira ela será rainha e seu filho será rei. Por que concordariam com algo inferior?

Henrique hesitou. Não havia nada que pudesse dizer para contestar a sua lógica, exceto que não estava disposto a segui-la.

— Ah. Entendo. Você a quer — disse ela sem rodeios, quando o silêncio se estendeu por tanto tempo que percebeu que havia alguma coisa que ele não estava conseguindo expressar. — É uma questão de desejo.

Ele aceitou o risco.

— Sim — confirmou.

Lady Margaret encarou-o com um olhar calculista. Ele havia sido tirado dela quando era pouco mais que um bebê, em custódia. Desde então, sempre o vira como uma esperança, como um potencial herdeiro do trono, como seu passaporte para a grandiosidade. Mal o vira quando bebê, nunca o amara quando criança. Tinha planejado seu futuro como um homem, tinha defendido seus direitos como rei, tinha delineado sua campanha como uma ameaça à Casa de York — mas nunca experimentara ternura por ele. Não aprenderia a ser indulgente com ele a essa altura da vida. Nunca era indulgente com ninguém, nem mesmo com ela própria.

— Isso é muito perturbador — replicou ela calmamente. — Pensei que estivéssemos falando de um casamento de conveniência. Ela sendo como uma filha para você. Esse desejo carnal é pecado.

— Não é, e ela não é como filha — disse ele. — Não há nada de errado com um amor honorável. Ela não é minha filha. Ela é a viúva dele. E não foi consumado.

— Você vai precisar de uma dispensa; é pecado.

— Ele nem mesmo a teve! — exclamou o rei.

— A corte inteira os pôs na cama — salientou ela sem alterar a voz.

— Ele era jovem demais. Era impotente. E morreu, pobre garoto, em meses.

Ela balançou a cabeça.

— É o que ela diz agora.
— Mas você não me aconselhou contra isso — disse ele.
— É pecado — repetiu ela. — Mas se você conseguir a dispensa e seus pais concordarem, então... — Sua expressão foi de impaciência. — Melhor ela do que várias outras, acho — prosseguiu ela a contragosto. — E pode viver na corte sob meus cuidados. Posso vigiá-la e controlá-la mais facilmente do que controlaria uma garota mais velha, e sabemos que ela sabe se comportar. É obediente. Aprenderá seus deveres comigo. E o povo a ama.
— Vou falar com o embaixador espanhol hoje.
Ela nunca vira em sua face um brilho de alegria como aquele.
— Acho que poderei ensiná-la. — Indicou os livros à sua frente. — Terá muito o que aprender.
— Direi ao embaixador para fazer a proposta a Suas Majestades da Espanha e falarei com ela amanhã.
— Vai voltar lá tão prontamente, de novo? — perguntou ela com curiosidade.
Henrique assentiu com a cabeça. Não lhe diria que esperar até o dia seguinte lhe parecia tempo demais. Se pudesse, voltaria lá naquele instante e a pediria em casamento na mesma noite, como se ele fosse um humilde fidalgo rural e ela uma donzela, e não o rei da Inglaterra e a princesa da Espanha; pai e nora.

༄

Henrique providenciou para que o embaixador espanhol, o Dr. De Puebla, fosse convidado a jantar em Whitehall, recebendo um lugar em uma das mesas no alto, servida com o melhor vinho. Um pouco de carne de veado, preparada com perfeição, cozida em um molho preparado com brandy, chegou à mesa do rei. Ele se serviu de uma pequena porção e enviou o prato ao embaixador espanhol. De Puebla, que não experimentava tais favores desde a negociação do primeiro contrato de casamento da infanta, pôs no seu prato uma concha cheia e molhou um pedaço de pão no molho, contente por poder comer bem na corte, perguntando-se por trás de seu sorriso ávido o que aquilo poderia significar.

A mãe do rei fez um sinal com a cabeça na sua direção, e De Puebla se levantou e fez uma reverência. "Uma distinção", pensou ao voltar a se sentar. "Grande distinção. Extraordinária."

Não era nenhum tolo, sabia que tais favores indicavam que alguma coisa seria requerida. Mas considerando-se o horror do ano anterior — quando as esperanças da Espanha foram sepultadas debaixo da nave na catedral de Worcester —, esses pelo menos eram sinais de que algo importante aconteceria. Com certeza, o rei Henrique o usaria agora para algo que não o papel de bode expiatório no não pagamento das dívidas dos soberanos espanhóis.

De Puebla tinha tentado defender Suas Majestades da Espanha para um rei inglês cada vez mais irritado. Tentou explicar-lhe em longas e detalhadas cartas que seria inútil exigirem os direitos de viuvez de Catalina se não pagassem o restante de seu dote. Tentou explicar a Catalina que não conseguira fazer o rei inglês lhe pagar uma pensão mais generosa para a manutenção da sua casa, nem conseguira convencer o rei espanhol a apoiar financeiramente a filha. Os dois reis eram obstinados, e estavam determinados a forçar um ao outro a ficar em uma posição frágil. Nenhum dos dois parecia se preocupar com que, nesse meio-tempo, Catalina, com apenas 17 anos, fosse obrigada a manter a casa com um séquito extravagante em uma terra estrangeira sem dinheiro. Nenhum dos dois reis daria o primeiro passo para assumir a responsabilidade de sua guarda, com receio de que isso pudesse comprometê-lo a mantê-la e o seu pessoal eternamente.

De Puebla sorriu para o rei sentado no trono sob o dossel oficial. Gostava genuinamente do rei Henrique, admirava a coragem com que tomara e conservara o trono, gostava do seu bom-senso direto. E mais do que isso, De Puebla gostava de viver na Inglaterra, acostumara-se com sua boa casa em Londres, com a importância que lhe era conferida como representante da casa governante mais recente e mais poderosa da Europa. Gostava do fato de sua ascendência judaica e recente conversão serem ignoradas na Inglaterra, já que ninguém nessa corte tinha uma origem definida e todos tinham mudado o nome ou a afiliação no mínimo uma vez. A Inglaterra convinha a De Puebla, e ele faria o possível para ali permanecer. Se isso significasse servir melhor ao rei da Inglaterra do que ao rei da Espanha, seria uma concessão pequena a fazer.

Henrique levantou-se do trono e fez sinal para os criados levarem os pratos. Eles limparam rapidamente as mesas, Henrique andou entre os comensais, parando para uma palavrinha aqui e ali, ainda o comandante entre seus homens. Todos os favoritos na corte Tudor eram os que tinham suas espadas por trás de suas palavras e que tinham entrado na Inglaterra com Henrique.

Sabiam o valor que tinham para ele, e ele sabia seu valor para eles. Continuava a ser um campo de vitoriosos, ao invés de uma corte civil tornada mais flexível.

Henrique completou seu circuito e chegou à mesa de De Puebla.

— Embaixador — cumprimentou-o ele.

De Puebla fez uma profunda reverência.

— Agradeço o prato de veado — disse ele. — Estava delicioso.

O rei fez um movimento com a cabeça.

— Gostaria de lhe falar.

— É claro.

— Em particular.

Os dois homens foram para um canto mais silencioso do salão, quando os músicos na galeria começaram a tocar.

— Tenho uma proposta a fazer para solucionar a questão da princesa Dowager — falou Henrique, da maneira mais seca possível.

— Sim?

— Talvez ache minha sugestão incomum, mas acho que a recomendará.

"Finalmente", pensou De Puebla. "Vai propor Harry. Achei que a deixaria cair bem mais até fazer isso. Achei que a deixaria cair para nos cobrar o dobro por uma segunda tentativa em Gales. Mas, aí está. Deus é misericordioso."

— Sim? — disse De Puebla.

— Proponho que esqueçamos a questão do dote — começou Henrique. — Seus bens serão absorvidos em minha casa. Eu pagarei a ela uma pensão apropriada, como fiz com a falecida rainha Elizabeth, que Deus a tenha. Se eu me casar com a infanta.

De Puebla quase perdeu a fala com o choque.

— Vossa Majestade?

— Eu. Há alguma razão para que não seja assim?

O embaixador conteve a respiração, depois a soltou, e conseguiu dizer:

— Não, não, pelo menos... Suponho que haja uma objeção com base no parentesco.

— Vou requerer uma dispensa. Entendi que está certo de que o casamento não foi consumado, não está?

— Sim — De Puebla falou arfando.

— Você me garante que ela deu sua palavra?

— A aia disse...

— Então não houve nada — decretou o rei. — Não passaram de ser prometidos um ao outro. Não foram marido e mulher.

— Terei de levar sua proposta às Suas Majestades da Espanha — disse De Puebla, tentando desesperadamente dar ordem a seus pensamentos, lutando para não deixar seu choque profundo transparecer em seu rosto. — O Conselho Privado concordou? — perguntou, querendo ganhar tempo. — O arcebispo de Canterbury?

— Isso é uma questão nossa, no momento — replicou Henrique pomposamente. — Estou viúvo há pouco tempo. Quero poder garantir a Suas Majestades que sua filha será bem cuidada. Foi um ano difícil para ela.

— Se ela pudesse ir para casa...

— Agora não há mais necessidade de ela voltar para casa. A sua casa é a Inglaterra, este é o seu país — disse Henrique de maneira direta. — Ela será rainha aqui, como foi criada para ser.

De Puebla mal conseguiu falar por causa do choque causado pela proposta desse homem velho, que acabara de perder a esposa, de se casar com a mulher de seu filho falecido.

— É claro. Então devo dizer às Suas Majestades que está decidido a esse respeito? Não há outra possibilidade a considerar? — De Puebla tentava trazer à baila o nome do príncipe Harry, que era certamente o futuro marido mais apropriado a Catalina. Finalmente, falou: — O seu filho, por exemplo?

— O meu filho é jovem demais para se casar — Henrique descartou rapidamente a sugestão. — Tem 11 anos e é um menino forte e precoce, mas sua avó insiste em que não planejemos nada para ele antes de quatro anos. Quando, então, a princesa Dowager terá 21 anos.

— Ainda jovem — falou arfando De Puebla. — Ainda será jovem e mais próxima dele em idade.

— Não creio que Suas Majestades gostariam que sua filha permanecesse na Inglaterra por mais quatro anos sem marido nem casa própria — disse Henrique sem dissimular um tom de ameaça. — Não vão querer esperar pela maioridade de Harry. O que ela faria durante esses anos? Onde viveria? Estão propondo lhe comprar um palácio e montar a casa e o pessoal doméstico para ela? Estão preparados para lhe dar uma renda? Uma corte apropriada à sua posição? Por quatro anos?

— E se ela esperasse na Espanha? — arriscou De Puebla.

— Ela pode partir imediatamente, se pagar o que resta do dote, e procurar sua sorte em outro lugar. Acham mesmo que ela vai conseguir uma melhor oferta do que ser rainha da Inglaterra? Se acham, então a levem daqui!

Esse era o ponto a que tinham chegado repetidamente no ano anterior. De Puebla viu que tinha sido derrotado.

— Escreverei às Suas Majestades hoje à noite — disse ele.

☙

Sonhei que era um andorinhão sobrevoando as colinas douradas de Sierra Nevada. Dessa vez, eu voava para o norte, o sol vespertino quente estava à minha esquerda, à minha frente um acúmulo de nuvem fria. Então, de repente, a nuvem assumiu uma forma, era o castelo de Ludlow, e o meu pequeno coração de pássaro bateu acelerado ao vê-lo e ao pensar na noite que se aproximava, quando ele me pegaria em seus braços e se apertaria a mim, e eu me derreteria de desejo por ele.

Então, vi que não era Ludlow, mas que as grandes muralhas cinza eram do castelo de Windsor, e a curva do rio era o grande espelho cinza do rio Tâmisa, e todo o tráfego para cima e para baixo e os grandes navios atracados eram a riqueza e a azáfama dos ingleses. Sabia que estava longe de casa, e ainda assim estava em casa. Essa seria a minha terra, eu construiria um pequeno ninho na pedra cinza das torres, exatamente como tinha feito na Espanha. E aqui me chamariam de andorinhão; um pássaro que voa tão rápido que ninguém nunca o viu pousar, um pássaro que voa tão alto que se pensa que nunca toca o solo. Não serei Catalina, a infanta da Espanha. Serei Catarina, Catarina de Aragão, rainha da Inglaterra, como Artur me chamou: Catarina, rainha da Inglaterra.

☙

— O rei está aqui de novo — disse dona Elvira, olhando pela janela. — Chegou, a cavalo, acompanhado somente de dois homens. Nem mesmo um porta-estandarte ou guardas — fungou. A conhecida informalidade inglesa já era terrível o bastante, mas esse rei parecia mais um moço de estrebaria.

Catalina foi rápido para a janela e espiou.

— O que ele pode estar querendo? — se perguntou. — Mandem decantar um pouco do seu vinho.

Dona Elvira saiu da sala às pressas. No momento seguinte, Henrique entrou, sem ser anunciado.

— Pensei em fazer-lhe uma visita.

Catalina fez uma reverência profunda.

— Vossa Majestade me concede uma grande honra — disse ela. — E pelo menos agora posso oferecer-lhe um copo de bom vinho.

Henrique sorriu e esperou. Os dois ficaram em pé enquanto dona Elvira retornava à sala com uma dama espanhola carregando uma bandeja de bronze mourisca com dois copos venezianos de vinho tinto. Henrique reparou na sofisticação do material e presumiu corretamente que fizesse parte do dote que os espanhóis haviam retido.

— À sua saúde — disse ele, erguendo o copo à princesa.

Para sua surpresa, ela não somente ergueu o próprio copo como também os olhos, lançando-lhe um olhar demorado e pensativo. Ele sentiu-se arder, como um menino, ao encontrar o olhar dela.

— Princesa? — disse ele baixinho.

— Vossa Majestade?

Os dois relancearam os olhos para dona Elvira, que estava em pé, desconfortavelmente próxima, olhando em silêncio o piso sob seus sapatos gastos.

— Pode nos deixar a sós — disse o rei.

A mulher olhou para a princesa, esperando suas ordens, e não se mexeu para sair.

— Quero falar em particular com a minha nora — disse o rei Henrique, com firmeza. — Pode sair.

Dona Elvira fez uma reverência e saiu, acompanhada do resto das damas de honra.

Catalina sorriu para o rei.

— Como quiser — disse ela.

Ele sentiu sua pulsação se acelerar diante do sorriso dela.

— Na verdade, preciso falar com você em particular. Tenho uma proposta a lhe fazer. Falei com o embaixador espanhol e ele escreveu para seus pais.

"Finalmente. É isso. Por fim", pensou Catalina. "Ele veio me propor o casamento com Harry. Graças a Deus, que me deu este dia. Artur, querido, neste dia verá como cumpri a promessa que lhe fiz."

— Preciso me casar de novo — disse Henrique. — Ainda sou jovem... — Achou melhor não dizer sua idade, 46. — Posso ter mais um ou dois filhos.

Catalina balançou a cabeça, concordando cortesmente, porém mal escutava. Estava esperando que pedisse a sua mão para o príncipe Harry.

— Pensei em todas as princesas na Europa que poderiam ser adequadas para mim — disse ele.

A princesa, à sua frente, continuou sem dizer nada.

— Não encontrei ninguém que eu quisesse.

Ela arregalou os olhos, para indicar que prestava atenção.

Henrique foi direto.

— A minha escolha foi você — disse ele abruptamente — pelas seguintes razões: já está aqui em Londres, acostumou-se a morar aqui. Foi educada para ser rainha da Inglaterra, e será rainha como minha esposa. As dificuldades com o dote serão postas de lado. Você receberá a mesma pensão que eu pagava à rainha Elizabeth. Minha mãe concordou com isso.

Por fim, as palavras dele penetraram em sua mente. Ela ficou tão chocada que mal conseguiu falar. Simplesmente olhou fixo para ele.

— Eu?

— Há uma leve objeção com base no parentesco, mas pedirei ao papa que me conceda uma dispensa — prosseguiu ele. — Entendo que o seu casamento com o príncipe Artur nunca se consumou. Nesse caso, não existe nenhuma objeção real.

— Não foi consumado — repetiu Catalina as palavras mecanicamente, como se não mais as compreendesse. A grande mentira tinha sido parte de uma trama para levá-la ao altar com o príncipe Harry, não com o seu pai. Agora não podia voltar atrás. Sua mente ficou tão atordoada que só lhe restou insistir nisso. — Não foi consumado.

— Então não haverá problemas — disse o rei. — Entendo que você não faz objeção, faz?

Ele percebeu que mal conseguia respirar enquanto aguardava a resposta. Qualquer pensamento de que ela o havia seduzido, que o havia atraído a esse momento, se desvaneceu quando ele olhou para a sua face lívida, chocada.

Ele pegou sua mão.

— Não tenha tanto medo — disse ele, a voz baixa, terna. — Não vou machucá-la. Isso vai resolver todos os seus problemas. Serei um bom marido.

Vou cuidar de você. — Em desespero, tentou pensar em algo que lhe agradasse. — Vou lhe comprar coisas bonitas — disse ele. — Como as safiras de que gostou tanto. Terá um armário cheio de coisas, Catalina.

Ela sabia que tinha de responder.

— Estou tão surpresa — disse ela.

— É claro que percebeu que eu a desejava, não percebeu?

ᗅᗱ

Contive meu grito de negação. Quis dizer que era claro que eu não tinha percebido. Mas não era verdade. Tinha percebido, como qualquer outra jovem pela maneira como me olhava, pela maneira como eu respondia a isso. No mesmo instante que o conheci, houve uma ligação oculta entre nós. Ignorei-a. Fingindo achá-la mais fácil do que era, eu a ativei. Eu errei.

Em minha vaidade, achei que encorajava um homem velho a pensar em mim com bondade, que podia envolvê-lo, deleitá-lo, até mesmo flertar com ele, primeiro como um sogro afetuoso, e depois induzi-lo a me casar com Harry. Pretendi encantá-lo como uma filha, quis que ele me admirasse, me mimasse. Quis que ele gostasse muito de mim.

Isso é pecado, pecado. É pecado de vaidade e pecado de orgulho. Eu incitei sua luxúria e desejo. Levei-o a pecar por minha leviandade. Não é de admirar que Deus tenha virado as costas para mim e minha mãe nunca me escreva. Eu estou errada.

Meu Deus, sou uma tola, e infantil, uma tola vaidosa. Não atraí o rei para uma armadilha da minha própria satisfação, mas meramente atraí sua armadilha para mim. A vaidade e a presunção me fizeram crer que poderia tentá-lo a fazer o que eu quisesse. Mas ao invés disso, eu estimulei somente os seus próprios desejos, e agora ele fará o que quiser. E o que quer é a mim. E por minha própria culpa idiota.

ᗅᗱ

— Você devia saber. — Henrique sorriu para ela confiantemente. — Deve ter percebido quando vim vê-la ontem, e depois lhe enviei um bom vinho, não percebeu?

Catalina assentiu balançando ligeiramente a cabeça. Ela tinha percebido alguma coisa — tola como era —, tinha percebido que algo estava acontecendo, e louvado sua própria habilidade diplomática capaz de dominar o rei da Inglaterra com inteligência. Tinha-se acreditado ser uma mulher experiente e achado seu embaixador um idiota por não conseguir esse resultado de um rei tão facilmente manipulável. Tinha achado que o rei da Inglaterra dançava conforme ela tocava, quando na verdade ele tinha sua própria música em mente.

— Desejei-a desde o momento em que a vi pela primeira vez — disse ele, a voz grave.

Ela ergueu os olhos.

— Desejou?

— Sim. Quando fui ao seu quarto em Dogmersfield.

Ela lembrou-se do homem velho, ainda com a roupa suja da viagem e magro, o pai do homem com quem se casaria. Lembrou-se do cheiro de suor masculino quando ele invadiu o quarto e de como tinha ficado em pé diante dele e pensado: que palhaço, que soldado rude impondo sua presença onde não é desejada. E então Artur tinha chegado com o cabelo louro desgrenhado e o brilho de seu sorriso tímido.

— Oh, sim — disse ela. De alguma parte lá no fundo de si mesma, conseguiu força para sorrir. — Eu me lembro. Dancei para Vossa Majestade.

Henrique puxou-a para perto e pôs o braço em volta da sua cintura. Catalina reprimiu sua vontade de se afastar.

— Eu a observei — disse ele. — E a desejei.

— Mas era casado — disse Catalina com um decoro excessivo.

— E agora estou viúvo, e você também — disse ele. Ele sentiu a rigidez de seu corpo pelas barbatanas de seu corpete e a soltou. Teria de cortejá-la aos poucos, pensou. Ela podia ter flertado com ele, mas agora estava assustada com a guinada dada pela situação. Ela tinha vindo de uma educação absurdamente protegida e seus meses de inocência com Artur não tinham aberto seus olhos. Teria de se conduzir com mais vagar. Teria de esperar até ela receber a permissão da Espanha, deixaria o embaixador contar-lhe a riqueza que ela comandaria, teria de deixar as damas enfatizarem os benefícios dessa relação. Era jovem, e por natureza e experiência tendia a ser uma tola. Teria de lhe dar tempo.

— Vou deixá-la agora — disse ele. — Voltarei amanhã.

Ela concordou balançando a cabeça, e o acompanhou até a porta de sua câmara privativa. Ali, ela hesitou.

— Falou sério? — perguntou ela, seus olhos azuis repentinamente apreensivos. — Foi realmente uma proposta de casamento e não um estratagema em uma negociação? Realmente quer se casar comigo? Serei rainha?

Ele assentiu.

— Falo sério. — Começou a perceber a profundidade da ambição dela, e sorriu aproximando-se dela. — Quer ser rainha tanto assim?

— Fui educada para isso — confirmou Catalina. — É tudo o que quero. — Por um instante, hesitou, pensou em lhe contar que havia sido o último pensamento do seu filho, mas a sua paixão por Artur era grande demais para partilhá-la com outra pessoa, mesmo sendo seu pai. E além do mais, Artur tinha planejado que ela se casasse com Harry.

O rei estava sorrindo.

— Então não tem desejo, na verdade tem ambição — observou ele, um pouco friamente.

— Não é nada mais do que o meu dever — replicou ela sem rodeios. — Nasci para ser uma rainha.

Ele pegou sua mão e se curvou. Beijou seus dedos e se conteve para não lambê-los. "Vá devagar", alertou a si mesmo. "É uma garota e, possivelmente, virgem; certamente não uma prostituta." Aprumou o corpo.

— Vou torná-la Catarina de Aragão, rainha da Inglaterra — prometeu-lhe, e viu seus olhos azuis se escurecerem de desejo diante do título. — Podemos nos casar assim que conseguirmos a dispensa do papa.

❦

Pense! Pense! Ordeno a mim mesma. Não foi criada por uma tola para ser uma tola, foi criada por uma rainha para ser uma rainha. Se é um estratagema, terá de ser capaz de perceber. É uma proposta que terá de saber virar a seu favor.

Não é o cumprimento perfeito da promessa que fiz ao meu amado, mas quase. Ele queria que eu fosse rainha da Inglaterra e tivesse os filhos que ele teria me dado. E daí se forem seus meio-irmão e meia-irmã em vez de sobrinha e sobrinho? Não faz diferença.

Retraí-me ao pensar em me casar com um velho, um homem com idade para ser meu pai. A pele de seu pescoço é fina e flácida como a de uma tartaruga. Não me imagino na cama com ele. Seu hálito é azedo, o hálito de um velho; é magro, e deve ser ossudo nos quadris e nos ombros. Mas também me retraio ao me imaginar na cama como essa criança que é Harry. Sua face é tão lisa e redonda como a de uma menina. Na verdade, não suporto a ideia de ser a mulher de ninguém mais a não ser de Artur; e essa parte da minha vida passou.

Pense! Pense! Deve ser a coisa certa a fazer.

Oh, Deus, meu amado, como queria que estivesse aqui para me aconselhar. Gostaria de poder visitá-lo no jardim, para que me dissesse o que devo fazer. Só tenho 17 anos, não posso sobrepujar um homem com idade para ser meu pai, um rei com faro para pretendentes.

Pense!

Não terei ajuda de ninguém. Tenho de pensar por mim mesma.

☙☙

Dona Elvira esperou até a hora de a princesa se deitar e todas as damas de honra, as nobres e as donzelas, todos os camareiros se retirarem. Fechou a porta e virou-se para a princesa, que estava sentada na cama, o cabelo bem trançado, os travesseiros afofados atrás dela.

— O que o rei queria? — perguntou ela sem fazer cerimônia.

— Pediu-me em casamento — replicou Catalina francamente. — Pediu minha mão para ele.

Por um momento a aia ficou atônita demais para falar. Depois fez o sinal da cruz, como uma mulher que vê algo obsceno.

— Que Deus nos proteja — foi tudo o que disse. Em seguida: — Que Deus o perdoe por até mesmo pensar nisso.

— Que Deus a perdoe — replicou Catalina, com malícia. — Estou pensando na proposta.

— Ele é o seu sogro, velho o bastante para ser seu pai.

— Sua idade não tem importância — falou Catalina com franqueza. — Se eu voltar para a Espanha, não vão procurar um marido jovem para mim, mas um que seja vantajoso.

— Mas ele é o pai do seu marido.

Catalina mordeu os lábios.

— Meu falecido marido — disse ela friamente. — E o casamento não foi consumado.

Dona Elvira não contestou a mentira, mas seus olhos se desviaram imediatamente.

— Como você sabe — disse Catalina suavemente.

— Ainda assim! É contra a natureza!

— Não é contra a natureza — afirmou Catalina. — O casamento não foi consumado, não houve filhos. Portanto não pode ser um pecado contra a natureza. E de qualquer maneira, podemos conseguir a dispensa.

Dona Elvira hesitou.

— Podem?

— Ele disse que sim.

— Princesa, você não quer isso, quer?

O pequeno rosto da princesa permaneceu frio.

— Ele não me casará com o príncipe Harry — disse ela. — Diz que é muito menino. Não posso esperar quatro anos até ele se tornar maior de idade. Portanto, o que me resta senão me casar com o rei? Nasci para ser rainha da Inglaterra e mãe do próximo rei da Inglaterra. Tenho de cumprir o meu destino, é o destino que Deus me deu. Achei que teria de me forçar a aceitar o príncipe Harry. Agora parece que tenho de me forçar a aceitar o rei. Talvez Deus esteja me testando. Mas tenho uma vontade forte. Serei rainha da Inglaterra, e mãe do rei. Farei deste país uma fortaleza contra os mouros, como prometi à minha mãe, eu o tornarei um país justo, e o defenderei dos escoceses, como prometi a Artur.

— Não sei o que a sua mãe vai achar — disse a aia. — Eu não a teria deixado a sós com ele, se soubesse.

Catalina concordou com a cabeça.

— Não nos deixe a sós de novo. — Fez uma pausa. — A menos que eu lhe dê sinal para que saia. Se eu fizer sinal para que saia, então deve sair.

A aia ficou chocada.

— Ele não deveria nem mesmo vê-la antes do dia do casamento. Direi ao embaixador que fale com ele que agora não pode mais visitá-la.

Catalina sacudiu a cabeça.

— Não estamos na Espanha — disse ela enfurecida. — Ainda não percebeu? Não podemos deixar que o embaixador trate disso, nem mesmo minha mãe pode dizer o que vai acontecer. Eu terei de fazer acontecer. Eu sozinha levei essa questão tão longe, e sozinha farei com que se realize.

☙

Esperei sonhar com você, mas não sonhei com nada. Sinto como se você tivesse ido para muito, muito longe. Não recebo nenhuma carta de minha mãe, por isso não sei o que ela fará com o desejo do rei. Rezo, mas não ouço Deus responder. Falo corajosamente do meu destino e da vontade de Deus, mas não parecem estar relacionados. Se Deus não me fizer rainha da Inglaterra, então não sei como acreditar Nele. Se não sou rainha da Inglaterra, não sei quem sou.

☙

Catalina esperou o rei visitá-la como tinha prometido. Ele não foi no dia seguinte, mas ela teve certeza de que iria no outro dia. Quando haviam se passado três dias, ela foi caminhar sozinha à beira do rio, friccionando as mãos no abrigo de seu manto. Estivera tão certa de que ele iria, que se preparara para mantê-lo interessado, mas ela controlando a situação. Tinha planejado seduzi-lo, mantê-lo sob seu domínio. Quando ele não apareceu, ela se deu conta de que estava ansiosa por vê-lo. Não por desejo — achava que nunca sentiria desejo de novo —, mas porque ele era o seu único caminho para o trono da Inglaterra. Quando ele não veio, sentiu muito medo que o rei tivesse pensado melhor e que nunca mais aparecesse.

☙

"Por que ele não vem?", pergunto às pequenas ondas no rio, que batem contra a margem quando passa um barco a remo. "Por que se mostrou tão apaixonado e ansioso um dia e, depois, não apareceu?"

Tenho tanto medo da sua mãe, ela nunca gostou de mim, e se ela se opuser, não sei se ele prosseguirá. Mas me lembro de que ele disse que sua mãe dera permissão. Depois, sinto medo que o embaixador espanhol tenha dito algo contra a relação — mas não creio que De Puebla dissesse alguma coisa que aborrecesse o rei, mesmo que traísse seu serviço a mim.

"Então por que ele não veio?", me pergunto. "Se estava cortejando à maneira inglesa, apressada e informalmente, certamente viria todos os dias, não viria?"

☙

Passou-se mais um dia, depois outro. Finalmente, Catalina cedeu à ansiedade e enviou uma mensagem à corte, dizendo que esperava que ele estivesse bem.

Dona Elvira não disse nada, mas sua cara sisuda, enquanto supervisionava escovarem e empoarem o vestido de Catalina naquela noite, era muito eloquente.

— Sei o que está pensando — disse Catalina, quando a aia fez sinal para a criada responsável pelo guarda-roupa sair e virou-se para escovar seu cabelo. — Mas não posso arriscar perder essa chance.

— Não estou pensando nada — replicou a mulher friamente. — São maneiras inglesas. Como já me disse, não posso ser fiel às maneiras espanholas decentes. Portanto não estou qualificada para falar. Evidentemente, o meu conselho não será aceito. O que eu disser não será de grande valia.

Catalina estava preocupada demais para confortar a mulher.

— Não importa — disse ela, distraída. — Talvez ele venha amanhã.

☙

Henrique, percebendo que sua ambição era a chave para alcançá-la, deu alguns dias à garota para refletir sobre sua posição. Achou que pudesse comparar a vida que levava em Durham House, reclusa com sua pequena corte espanhola, a mobília ficando gasta e nenhum vestido novo, com a vida que poderia levar sendo uma jovem rainha no comando de uma das cortes mais ricas da Europa. Achou que ela teria o bom-senso de decidir por si mesma. Ao receber seu bilhete perguntando sobre sua saúde, viu que estava certo, e no dia seguinte, desceu a Strand para visitá-la.

O porteiro disse que a princesa estava no jardim, caminhando com suas damas à beira do rio. Henrique passou pela porta de trás do palácio para a varanda e desceu a escada até o jardim. Viu-a à margem do rio, caminhando sozinha, na frente de suas damas de honra, a cabeça ligeiramente baixa, pensativa, e ele experimentou a velha e familiar sensação em sua barriga à vista da mulher que ele desejava. Isso o fez se sentir jovem de novo, uma pontada funda de luxúria, e sorriu por sentir a paixão de um homem jovem, por experimentar de novo a insensatez da juventude.

Seu pajem, correndo à frente, anunciou-o e ele viu a cabeça de Catalina ser jogada para cima ao ouvir seu nome. Ela olhou para o outro lado do jardim e o viu. Ele sorriu, estava esperando o momento de reconhecimento entre uma mulher e um homem que a ama — o momento em que seus olhares se cruzam e os dois experimentam aquele momento de alegria, aquele momento em que seus olhos dizem "Ah, é você", e isso é tudo.

Em vez disso, como um golpe inesperado, ele percebeu imediatamente que o coração dela não se acelerara ao vê-lo. Ele estava sorrindo timidamente, a face iluminada de expectativa, mas ela, no primeiro momento de surpresa, não demonstrou mais do que um sobressalto. Sem estar preparada, ela não fingiu uma emoção, não pareceu uma mulher apaixonada. Ergueu os olhos, viu-o, e ele percebeu de imediato que ela não o amava. Não havia nenhum sinal de encantamento. Ao contrário, com um arrepio, percebeu em seu rosto uma expressão calculista repentina. Era uma garota pega desprevenida, se perguntando se conseguiria o que queria. Era a expressão de um mascate, avaliando o otário a ser espoliado. Henrique, o pai de duas garotas egoístas, reconheceu a emoção no mesmo instante, e soube que independentemente do que a princesa dissesse, por mais docemente que falasse, esse seria um casamento de conveniência para ela, independentemente do que significasse para ele. E mais do que isso, soube que ela tinha resolvido aceitá-lo.

Ele atravessou a relva bem ceifada em sua direção, e pegou sua mão.

— Bom dia, princesa.

Catalina fez uma reverência.

— Vossa Majestade.

Virou a cabeça para suas damas.

— Podem ir para dentro. — Para dona Elvira, disse: — Providencie um refresco para Sua Majestade, quando entrarmos. — Então, virou-se para ele.

— Quer andar um pouco, Majestade?

— Você será uma rainha muito elegante — disse ele com um sorriso. — Comanda com suavidade.

Percebeu que ela hesitou e a tensão abandonou seu corpo jovem e esguio quando falou:

— Ah, então falava sério. — Deu um leve suspiro. — Pretende se casar comigo.

— Pretendo — disse ele. — Você será a mais bela rainha da Inglaterra.

Ela vibrou ao ouvir isso.

— Ainda tenho de aprender muitas maneiras inglesas.

— Minha mãe vai lhe ensinar — respondeu ele calmamente. — Vai viver na corte em seus aposentos e sob a sua supervisão.

Catalina interrompeu o passo.

— Certamente terei meus próprios aposentos, os aposentos da rainha, não terei?

— Minha mãe está ocupando os aposentos da rainha — replicou ele. — Mudou-se para lá depois da morte da rainha, que Deus a tenha. E você ficará com ela. Ela acha que é jovem demais para ter seus próprios aposentos e uma corte só sua. Poderá viver nos aposentos de minha mãe com suas damas de honra, e ela lhe ensinará como fazer.

Ele percebeu a perturbação que ela se esforçava para não demonstrar.

— Acho que sei como as coisas são feitas em um palácio real — disse Catalina, tentando sorrir.

— Um palácio inglês — disse ele com firmeza. — Felizmente minha mãe dirigiu todos os meus palácios e castelos, e administrou minha fortuna desde que subi ao trono. Ela poderá ensinar-lhe como fazer.

Catalina não expressou sua discordância.

— Quando acha que receberemos resposta do papa? — perguntou ela.

— Enviei um emissário a Roma — replicou Henrique. — Teremos de requerer juntos, seus pais e eu. Mas isso será resolvido rapidamente. Se todos estivermos de acordo, não haverá nenhuma objeção real.

— Sim — disse ela.

— E estamos completamente de acordo quanto ao casamento?

— Sim — repetiu ela.

Ele pegou a mão dela e a colocou em seu braço. Catalina caminhou mais próxima e deixou sua cabeça roçar em seu ombro. Não estava usando nada na cabeça, somente o capuz de sua capa, e o movimento o empurrou para trás. Ele sentiu o perfume da essência de rosas em seu cabelo, sentiu o calor de sua cabeça em seu ombro. Teve de se conter para não tomá-la nos braços. Fez uma pausa e ela ficou perto dele. Ele sentiu o calor dela por todo o seu corpo.

— Catalina — disse ele, a voz grave e engrolada.

Ela o olhou de soslaio e percebeu o desejo na sua expressão, mas não se afastou. Chegou mais perto.

— Sim, Vossa Majestade? — sussurrou.

Seus olhos estavam baixos, mas lentamente, no silêncio, ela os ergueu. Quando seu rosto se voltou para ele, o rei não resistiu ao convite tácito, curvou-se e beijou-a nos lábios.

Ela não se retraiu, aceitou o beijo, sua boca cedeu, ele pôde sentir seu gosto, os braços em volta dela, puxou-a para si, sentindo o desejo crescer nele de maneira tão violenta que teve de largá-la no mesmo instante, ou se degradaria.

Soltou-a e ficou tremendo com um desejo tão intenso que mal acreditou ser possível. Catalina puxou o capuz, como se quisesse se cobrir com um véu, como se fosse uma garota do harém com um véu cobrindo sua boca, com somente os olhos escuros expostos acima da máscara. Esse gesto, tão estrangeiro, tão secreto, fez com que ele desejasse afastar seu capuz e beijá-la de novo. Ele fez menção de puxá-la.

— Podemos ser vistos — disse ela calmamente, e recuou. — Podemos ser vistos da casa, e alguém pode passar no rio.

Henrique largou-a. Não conseguiu dizer nada, pois sabia que sua voz tremeria. Em silêncio, ofereceu-lhe seu braço mais uma vez, e em silêncio, ela aceitou. Caminharam juntos, ele ajustando o passo ao dela. Caminharam em silêncio por alguns momentos.

— Nossos filhos serão seus herdeiros? — perguntou ela, com a voz calma e firme, seguindo um curso de pensamento muito distante do remoinho de sensações que o dominava.

Ele pigarreou.

— Sim, sim, é claro.

— É a tradição inglesa?

— Sim.

— Terão precedência sobre seus outros filhos?

— Nosso filho herdará antes das princesas Margaret e Maria — disse ele.

— Mas as nossas filhas herdarão depois delas.

Ela franziu o cenho ligeiramente.

— Como assim? Por que não terão precedência?

— Primeiro é o sexo, depois a idade — replicou ele. — O menino primogênito herda, depois os outros filhos varões, depois as filhas por idade. Queira Deus que seja sempre um príncipe a herdar. A Inglaterra não tem a tradição de rainhas governantes.

— Uma rainha pode comandar tão bem quanto um rei — disse a filha de Isabel de Castela.

— Não na Inglaterra — replicou Henrique Tudor.

Ela não insistiu.

— Mas o nosso primogênito será rei quando você morrer — prosseguiu ela.

— Queira Deus que ainda me restem alguns anos — disse ele, em tom sarcástico.

Ela tinha 17 anos, não era sensível em relação à idade.

— É claro. Mas quando você morrer, se tivermos um filho, ele herdará?

— Não. O rei depois de mim será o príncipe Harry, o príncipe de Gales.

Ela franziu o cenho.

— Achei que podia nomear um herdeiro. Não pode tornar o nosso filho um herdeiro?

Ele sacudiu a cabeça.

— Harry é o príncipe de Gales. Ele será o rei depois de mim.

— Pensei que ele fosse para a igreja.

— Agora não.

— Mas e se tivermos um filho? Não pode fazer Harry rei de seus domínios franceses, ou da Irlanda, e o nosso filho rei da Inglaterra?

Henrique riu.

— Não. Pois isso seria o mesmo que destruir o meu reino, que tive trabalho em conquistar e manter unido. Harry o receberá por direito. — Ele percebeu a perturbação dela. — Catalina, você será rainha da Inglaterra, um dos mais fortes reinos da Europa, a posição que sua mãe e seu pai escolheram para você. Seus filhos e filhas serão príncipes e princesas da Inglaterra. O que mais você pode querer?

— Quero que o meu filho seja rei — respondeu ela francamente.

Ele encolheu os ombros.

— Não pode ser.

Ela virou-se ligeiramente, somente a mão dele a manteve perto.

Ele tentou não levar a sério.

— Catalina, ainda nem nos casamos. Talvez você nem tenha um filho. Não vamos estragar a nossa relação por um filho que ainda não foi concebido.

— Então, para que o casamento? — perguntou ela, franca em sua cisma.

Ele poderia ter respondido "desejo".

— Destino, para que possa ser rainha.

Ela não se satisfez.

— Tinha pensado em ser rainha da Inglaterra e ver meu filho no trono — repetiu ela. — Tinha pensado em ser um poder na corte, como é a sua mãe. Tinha pensado que há castelos a serem construídos e uma marinha a planejar, escolas e faculdades a serem fundadas. Quero defender o país contra os escoceses nas fronteiras ao norte e contra os mouros em nossos litorais. Quero ser uma rainha que governa na Inglaterra, foi isso que planejei e esperei que acontecesse. Fui chamada de a próxima rainha da Inglaterra desde que praticamente ainda estava no berço, pensava no reino que governaria, fazia planos. Há muitas coisas que quero fazer.

Ele não conseguiu se controlar, e riu do pensamento da menina, dessa criança, que fazia planos para governar o seu reino.

— Vai descobrir que tenho precedência sobre você — disse ele sem rodeios. — Este reino tem de ser governado como o rei manda. Este reino é governado como eu mando. Não lutei pela coroa para entregá-la a uma garota com idade de ser minha filha. A sua tarefa será encher de filhos o quarto das crianças, e o seu mundo começará e terminará aí.

— Mas a sua mãe...

— Vai descobrir que minha mãe cuida de seus domínios como eu cuido dos meus — disse ele, ainda reprimindo o riso diante da ideia dessa criança planejando seu futuro na corte dele. — Ela lhe dará ordens como a uma filha, e você obedecerá. Não se engane quanto a isso, Catalina. Você virá para a minha corte e me obedecerá, viverá nos aposentos da minha mãe e obedecerá a ela. Você será rainha da Inglaterra e usará a coroa na cabeça. Mas será a minha mulher, e terei uma mulher obediente, como sempre tive.

Ele se interrompeu, não queria assustá-la, mas seu desejo por ela não era maior do que a sua determinação em manter esse reino pelo qual havia lutado tanto.

— Não sou uma criança como Artur — disse ele calmamente, achando que seu filho, um garoto delicado, pudesse ter feito todo tipo de promessas a uma jovem esposa. — Você não vai governar ao meu lado. Será uma noiva-criança para mim. Vou amá-la e fazê-la feliz. Juro que ficará feliz por ter-se casado comigo. Serei bom para você. Serei generoso. Darei tudo o que quiser. Mas não a farei uma governante. Mesmo com a minha morte, você não governará o meu país.

☙

Nessa noite sonhei que era rainha em uma corte com um cetro na mão e uma varinha na outra, e uma coroa na cabeça. Levantei o cetro e me deparei com ele mudado em minha mão, era um galho de árvore, o caule de uma flor, não tinha valor. Minha outra mão não segurava mais o orbe do cetro, mas pétalas de rosas. Sentia o seu perfume. Levantei a mão para tocar na coroa em minha cabeça e senti um pequeno diadema de flores. A sala do trono se desfez e eu estava no jardim da sultana, no Alhambra, minhas irmãs trançando diademas de margaridas umas para as outras.

"Onde está a rainha da Inglaterra?", alguém perguntou na varanda embaixo do jardim.

Levantei-me da relva de flores de camomila e aspirei o doce perfume da erva ao tentar passar pela fonte até a arcada no extremo do jardim. "Estou aqui!", tentei gritar, mas não houve outro ruído que não o borrifar da água no mármore.

"Onde está a rainha da Inglaterra?", ouvi chamarem de novo.

"Estou aqui!", gritei emudecida.

"Onde está a rainha Catarina da Inglaterra?"

"Aqui! Aqui! Aqui!"

☙

O embaixador, chamado ao romper do dia para comparecer a Durham House, não se deu ao trabalho de chegar antes das nove horas. Encontrou Catalina esperando em sua câmara privativa só com dona Elvira.

— Mandei chamá-lo há horas — disse a princesa irritada.

— Estava cuidando de negócios para o seu pai e não pude vir antes — replicou ele calmamente, ignorando a expressão emburrada dela. — Algum problema?

— Falei com o rei ontem e ele repetiu a proposta de casamento — disse Catalina, com um certo orgulho na voz.

— Sim.

— Mas ele me disse que terei de viver na corte nos aposentos de sua mãe.

— Oh. — O embaixador balançou a cabeça.

— E que os meus filhos só herdarão depois do príncipe Harry.

O embaixador continuou balançando a cabeça.

— Não podemos persuadi-lo a passar por cima do príncipe Harry? Não podemos redigir um contrato de casamento pondo-o de lado em favor do meu filho?

O embaixador sacudiu a cabeça.

— Não é possível.

— Certamente um homem pode escolher seu herdeiro, não pode?

— Não. Não no caso de um rei que chegou tão recentemente ao trono. Não um rei inglês. E mesmo que pudesse, ele não faria isso.

Ela levantou-se de um pulo e foi até a janela.

— Meu filho será o neto dos reis da Espanha! — exclamou ela. — De sangue real há séculos. O príncipe Harry não passa de filho de Elizabeth de York e um pretendente bem-sucedido.

De Puebla emitiu um som de horror diante de sua franqueza e relanceou os olhos para a porta.

— Seria melhor que nunca o chamasse assim. Ele é o rei da Inglaterra.

Ela balançou a cabeça aceitando a repreensão.

— Mas não tem a minha estirpe — prosseguiu ela. — O príncipe Harry não seria o rei que o meu filho seria.

— Não é essa a questão — falou o embaixador. — A questão é tempo e prática. O filho mais velho do rei é sempre o príncipe de Gales. Sempre herda o trono. Esse rei, de todos os reis no mundo, não vai tornar pretendente o seu próprio herdeiro legítimo. Foi atormentado por pretendentes. Não fará mais um.

Como sempre, Catalina retraiu-se ao pensar no último pretendente, Eduardo de Warwick, decapitado para deixar o caminho livre para ela.

— Além do mais — prosseguiu o embaixador —, qualquer rei preferiria ter um filho robusto de 11 anos como herdeiro do que um recém-nascido no berço. Estes são tempos perigosos. Um homem quer deixar um homem para herdar, não uma criança.

— Se o meu filho não vai ser rei, de que adiantaria o casamento? — perguntou Catalina.

— Você seria rainha — respondeu o embaixador.

— Que tipo de rainha eu seria com milady mãe do rei dirigindo tudo? O rei não me deixaria interferir no reino, e ela não me deixaria atuar na corte.

— Você é muito jovem — começou ele, tentando acalmá-la.

— Tenho idade suficiente para saber o que quero — declarou Catalina. — E quero ser rainha de fato assim como no nome. Mas ele nunca permitirá, não é?

— Não — admitiu De Puebla. — Você nunca comandará enquanto ele estiver vivo.

— E quando ele morrer? — perguntou ela sem se retrair.

— Então, você se tornará a rainha Dowager — replicou De Puebla.

— E os meus pais poderão me casar mais uma vez, e deverei deixar a Inglaterra! — concluiu ela, exasperada.

— É possível — admitiu ele.

— E a mulher de Harry seria princesa de Gales, e a mulher de Harry seria a nova rainha. Ela teria precedência sobre mim, governaria no meu lugar, e todo o meu sacrifício teria sido em vão. E seus filhos seriam reis da Inglaterra.

— É verdade.

Catalina se jogou na cadeira.

— Então tenho de ser a mulher do príncipe Harry — disse ela. — Tenho de ser.

De Puebla ficou completamente horrorizado.

— Entendi que tinha concordado em se casar com o rei! Ele me fez acreditar que você tinha concordado.

— Concordei em ser rainha — disse ela, com determinação. — Não uma boneca. Sabe como ele me chamou? Disse que eu seria sua noiva-criança, e que viveria nos aposentos de sua mãe, como se fosse uma de suas damas de companhia!

— A rainha anterior...

— A rainha era uma santa para aguentar uma sogra como essa. Ficou em segundo plano durante a vida toda. Não posso fazer isso. Não é o que eu quero, não é o que a minha mãe quer, e não é o que Deus quer.

— Mas se concordou...

— E quando algum acordo foi honrado nesta terra? — perguntou Catalina enfurecida. — Vamos romper esse acordo e fazer outro. Quebraremos essa promessa e faremos outra. Não vou me casar com o rei, vou me casar com outro.

— Com quem? — perguntou ele apalermado.

— O príncipe Harry, o príncipe de Gales — disse ela. — De modo que quando o rei Henrique morrer eu seja rainha de fato e não somente no nome.

Houve um breve silêncio.

— É o que diz — replicou De Puebla morosamente. — Talvez. Mas quem vai dizer isso ao rei?

ಌ

Deus, se está aí, diga-me se estou fazendo a coisa certa. Se está aí, me ajude. Se é a Sua vontade que eu seja rainha da Inglaterra, então vou precisar de ajuda para chegar lá. Deu tudo errado e se isso foi enviado para me testar, veja!, estou de joelhos e tremendo de apreensão. Se sou realmente abençoada, destinada, eleita e favorecida pelo Senhor, por que me sinto tão só?

ಌ

O embaixador Dr. De Puebla se viu na posição desconfortável de ter de levar as más notícias a um dos reis mais poderosos e irascíveis da cristandade. Estava com cartas de firme recusa de Suas Majestades da Espanha na mão, tinha a determinação de Catalina de ser a princesa de Gales, e a sua própria coragem se retraía, se contorcia até não poder mais enquanto se dirigia a esse encontro constrangedor.

O rei tinha escolhido vê-lo no pátio do estábulo do palácio de Whitehall, onde estava examinando os cavalos berberes encomendados para aprimorar a raça inglesa. De Puebla pensou em fazer uma referência cortês ao sangue estrangeiro que renovaria a estirpe nativa, cruzamento que apresentava melhores resultados entre animais jovens. Mas percebeu a expressão sombria de Henrique e calculou que não haveria uma saída fácil para esse dilema.

— Vossa Majestade — disse ele, fazendo uma reverência profunda.

— De Puebla — disse o rei concisamente.

— Tenho a resposta de Suas Majestades da Espanha à sua lisonjeira proposta. Mas talvez seja melhor procurá-lo em um momento mais oportuno.

— Aqui está bem. Posso imaginar, pelo seu tato, o que dizem.

— A verdade é que... — De Puebla preparou-se para mentir. — Querem que a sua filha volte para casa, e não acham possível seu casamento com o rei. A rainha foi particularmente veemente em sua recusa.

— Porque quer o quê? — perguntou o rei.

— Porque quer ver sua filha, sua filha caçula e querida, casada com um príncipe da sua idade. É uma mulher caprichosa... — O diplomata fez um leve gesto hesitante. — É apenas um capricho feminino. Mas temos de aceitar o desejo de uma mãe, não temos? Vossa Majestade?

— Não necessariamente — replicou o rei, nada prestimoso. — O que diz a princesa Dowager? Achei que eu e ela estávamos de acordo. Ela pode dizer à sua mãe o que prefere. — Os olhos do rei estavam no garanhão árabe que caminhava altivo ao redor do pátio, as orelhas agitando-se para a frente e para trás, o rabo erguido, o pescoço arqueado. — Imagino que ela possa falar por si mesma.

— Ela disse que lhe obedeceria, como sempre, Vossa Majestade — replicou De Puebla, com tato.

— E?

— Mas que tem de obedecer à sua mãe. — Recuou diante do olhar duro e repentino que o rei lhe lançou. — Ela é uma boa filha, Vossa Majestade. É uma filha obediente à sua mãe.

— Eu lhe propus casamento e ela respondeu que aceitava.

— Ela nunca recusaria um rei como Vossa Majestade. Como poderia? Mas se seus pais não consentem, eles não pedirão dispensa. Sem a dispensa do papa, não pode haver casamento.

— Entendo que o seu casamento não foi consumado. Não precisamos de dispensa. É apenas uma cortesia, uma formalidade.

— Todos sabemos que não foi consumado — confirmou rapidamente De Puebla. — A princesa continua virgem, como convém ao casamento. Mas ainda assim o papa teria de conceder a dispensa. Se Suas Majestades da Espanha não a pedirem, então o que se pode fazer?

O rei lançou outro olhar sombrio e duro ao embaixador espanhol.

— Agora não sei mais. Achei que sabia o que faríamos. Mas agora estou desorientado. Diga-me você. O que se pode fazer?

O embaixador reuniu a coragem que perdurava de sua raça, o judaísmo secreto a que seu coração era fiel nos piores momentos de sua vida. Sabia que ele e seu povo sempre, de certa maneira, sobreviveriam.

— Nada pode ser feito — replicou ele. Tentou um sorriso solidário e percebeu que sorria afetado. Recompôs-se e fez a cara mais séria. — Se a rainha da Espanha não pedir a dispensa, não há nada que se possa fazer. E ela está decidida.

— Não sou um dos vizinhos da Espanha para ser invadido em uma campanha de primavera — replicou o rei abruptamente. — Não sou nenhuma Granada. Não sou nenhuma Navarra. Não temo o seu descontentamento.

— Por isso desejam a sua aliança — disse De Puebla, calmamente.

— Uma aliança como? — perguntou o rei friamente. — Achei que estavam me recusando.

— Talvez pudéssemos evitar toda essa dificuldade celebrando outro casamento — disse o diplomata com cuidado, observando a expressão sombria de Henrique. — Um novo casamento. Para criar a aliança que todos queremos.

— Com quem?

Diante da raiva na expressão do rei, o embaixador ficou sem palavras.

— Vossa Majestade... eu...

— O que querem para ela agora? Agora que o meu filho, a rosa, está morto e enterrado? Agora que ela é uma pobre viúva com somente a metade de seu dote pago, vivendo da minha caridade?

— O príncipe — replicou De Puebla. — Ela foi trazida ao reino para ser a princesa de Gales. Foi trazida para ser a esposa do príncipe, e depois, muito depois, se Deus quiser, ser rainha. Talvez seja esse o seu destino, Vossa Majestade. Certamente ela acha que sim.

— Ela acha! — exclamou o rei. — Ela pensa como uma potranca! Nada além do momento.

— Ela é jovem — disse o embaixador. — Mas vai aprender. E o príncipe é jovem, aprenderão juntos.

— E nós, os homens velhos recuamos, é isso? Ela não lhe falou de nenhuma simpatia especial por mim? Apesar de ter deixado claro que se casaria comigo? Ela não sente nenhum remorso com a guinada dos acontecimentos? Não se sente inclinada a desafiar seus pais e manter sua palavra comigo?

O embaixador percebeu a amargura na voz do homem velho.

— A ela não é permitido escolher — lembrou ele ao rei. — Tem de fazer o que seus pais ordenarem. Acho que, da parte dela, houve uma atração, talvez até mesmo uma forte atração. Mas ela sabe que tem de ir aonde for mandada.

— Pensei em me casar com ela! Eu a faria rainha! Ela seria rainha da Inglaterra. — Quase se engasgou com o título, tinha-o considerado a maior honraria que uma mulher poderia imaginar, exatamente como era grande em sua imaginação.

O embaixador fez uma pausa por um momento para que o rei se recompusesse.

— Sabe, há outras jovens igualmente belas em sua família — sugeriu ele com cautela. — A jovem rainha de Nápoles está viúva. Como sobrinha do rei Fernando, traria um bom dote, e tem a mesma beleza. — Hesitou. — Dizem que é adorável e... — Fez uma pausa. — Amorosa.

— Ela me deu a entender que me amava. Agora devo considerá-la uma pretendente ao trono?

O embaixador sentiu um suor frio correr por seus poros ao ouvir a palavra terrível.

— Não é nenhuma pretendente — disse ele, o sorriso forçado. — Uma nora adorável, uma garota afetuosa...

Houve um silêncio gélido.

— Sabe como os pretendentes são tratados neste país — disse o rei inflexivelmente.

— Sim, mas...

— Ela vai se arrepender, se estiver brincando comigo.

— Não há brincadeira nenhuma! Nem fingimento! Nada!

O rei deixou o embaixador tremendo ligeiramente de apreensão.

— Pensei em encerrar toda a dificuldade com o dote e os direitos de viuvez — observou Henrique, por fim.

— E assim poderá ser. Depois que a princesa for prometida ao príncipe, a Espanha pagará a segunda metade do dote e os direitos de viuvez serão anulados — garantiu-lhe De Puebla. Percebeu que estava falando rápido demais, respirou fundo, e prosseguiu mais devagar. — Todas as dificuldades terminam. Suas Majestades da Espanha ficarão felizes em requerer a dispensa para que sua filha se case com o príncipe Harry. Será um bom casamento para ela e fará o que lhe for ordenado. O que o deixa livre para procurar uma esposa, Vossa Majestade, e as rendas de Cornualha, Gales e Chester ficam, de novo, à sua disposição.

O rei Henrique encolheu os ombros, e virou-se contra o picadeiro e o cavalo.

— Então, está encerrado? — perguntou friamente. — Ela não me deseja, como achei. Entendi mal suas atenções. Pretendiam ser somente uma atenção filial? — Riu rudemente ao pensar no beijo à beira do rio. — Devo esquecer meu desejo por ela?

— Ela tem de obedecer a seus pais, sendo uma princesa da Espanha — lembrou-lhe De Puebla. — Se dependesse dela, sei que teria uma preferência. Ela mesma me disse. — Achou que o jogo duplo de Catalina poderia ser protegido com isso. — Está desapontada, para ser franco. Mas a sua mãe é inflexível. Não posso contestar a rainha de Castela. Está determinada que a sua filha retorne à Espanha ou se case com o príncipe Harry. Não ouvirá nenhuma outra sugestão.

— Que assim seja — disse o rei, a voz como gelo. — Tive um sonho tolo, um desejo. Termina aqui.

Virou-se e se afastou do pátio do estábulo, seu prazer com os cavalos estragado.

— Espero que não haja ressentimento — disse o embaixador, correndo mancando atrás dele.

— Nenhum — replicou o rei por cima do ombro. — De jeito nenhum.

— E o compromisso com o príncipe Harry? Posso garantir às Suas Majestades Católicas que isso vai se realizar?

— Ah, imediatamente. Será a minha primeira providência.

— Não houve ofensa? — De Puebla falou às costas do rei.

O rei virou-se e encarou o embaixador espanhol, os punhos fechados nos quadris, os ombros eretos.

— Ela tentou me fazer de bobo — falou o rei entre os dentes. — Não agradeço a ela por isso. Seus pais tentaram me manter sob controle. Acho que vão descobrir que mexeram com um dragão, não com um de seus touros perseguidos. Não vou me esquecer disso. Vocês, espanhóis, tampouco se esquecerão. E ela vai lamentar o dia em que quis me dominar como um menino apaixonado, assim como lamento agora.

☙

— Está acertado — disse ele a Catalina. Estava em pé na frente dela. "Como um menino de recados!", pensou ele com indignação, enquanto ela retirava os retângulos de veludo de um vestido para reformá-lo.

— Vou me casar com o príncipe Harry — disse ela, em um tom tão apático quanto o dele. — Ele assinou alguma coisa.

— Ele concordou. Ele tem de esperar a dispensa. Mas concordou.

Ela olhou para ele.

— Ele ficou com muita raiva?

— Acho que ainda mais do que demonstrou. E o que demonstrou já foi uma boa dose de fúria.

— O que ele vai fazer? — perguntou ela.

O embaixador examinou seu rosto pálido. Estava branca, mas não com medo. Seus olhos azuis estavam velados como os de seu pai quando planejavam alguma coisa. Ela não parecia uma donzela aflita, e sim uma mulher tentando sobrepujar um protagonista perigoso. Não era adorável, como uma mulher em lágrimas seria, pensou ele. Era alguém que inspirava respeito, mas não afabilidade.

— Não sei o que ele vai fazer — replicou De Puebla. — Sua natureza é vingativa. Mas não devemos lhe dar vantagem. Temos de pagar seu dote imediatamente. Temos de concluir a nossa parte do contrato para forçá-lo a concluir a dele.

— A baixela perdeu seu valor — disse ela. — Foi danificada com o uso. E vendi uma parte.

Ele se sobressaltou.

— Vendeu? Pertence ao rei!

Ela deu de ombros.

— Tenho de comer, Dr. De Puebla. Não podemos ir à corte e nos sentarmos à mesa sem sermos convidados. Não estou vivendo bem, mas tenho de viver. E não tenho como subsistir a não ser com meus bens.

— Deveria tê-los preservado intactos!

Ela encolheu os ombros.

— Eu não deveria ter sido reduzida a isso. Tive de empenhar minha própria prataria para viver. Se devemos culpar alguém, certamente não é a mim.

— Seu pai vai ter de pagar o dote e lhe pagar uma pensão — disse ele ferozmente. — Não podemos lhes dar pretexto para recuarem. Se o seu dote não for pago, ele não a casará com o príncipe. Infanta, tenho de avisá-la, ele vai se deleitar com seu desconforto. Vai prolongá-lo.

Catalina acatou com a cabeça.

— Então, ele é meu inimigo também.

— Receio que sim.

— Vai acontecer, sabe — disse ela inconsequentemente.

— O quê?

— Vou me casar com Harry. Serei rainha.

— Infanta, é o meu desejo mais sincero.

— Princesa — replicou ela.

○○

Whitehall, junho de 1503

— Você se comprometerá com Catalina de Aragão — disse o rei ao seu filho, pensando no filho que morrera.

O menino louro corou como uma menina.

— Sim, sire.

Tinha sido treinado de maneira perfeita por sua avó. Estava preparado para tudo, menos para a vida real.

— Não pense que o casamento vai se realizar — avisou-lhe o rei.

Os olhos do menino se abriram surpresos, depois tornaram a baixar.

— Não?

— Não. Eles nos roubaram e nos enganaram, negociaram conosco como se fôssemos uma cafetina em uma taverna. Eles nos iludiram, prometeram uma coisa atrás da outra, nos fizeram de bobos. Dizem... — interrompeu-se, os olhos arregalados de seu filho lembraram-lhe que não estava falando de homem para homem, mas com um menino. Além disso não devia demonstrar ressentimento, por mais que o sentisse. — Aproveitaram-se da nossa amizade — resumiu. — E agora vamos tirar vantagem da sua fraqueza.

— Mas somos todos amigos, não somos?

Henrique fez uma careta, pensando no canalha do Fernando e em sua filha, a beldade fria que o havia rejeitado. — Ah, sim — replicou ele. — Amigos leais.

— Então vou me comprometer e quando fizer 15 anos, vamos nos casar?

O garoto não tinha entendido nada. Que ficasse assim.

— Digamos, 16.

— Artur tinha 15.

Henrique reteve a resposta de que Artur não tinha sido nada útil. Além do mais não tinha importância, já que nunca se realizaria.

— Ah, sim — repetiu ele. — Quinze, então.

O garoto percebeu que havia algo errado, sua testa lisa estava sulcada.

— Fala sério, não fala, papai? Não vou enganar essa princesa. Vou fazer um voto solene, não vou?

— Ah, sim — disse o rei de novo.

ɞ

Na noite anterior ao meu noivado com o príncipe Harry, tive um sonho tão bom que não queria acordar. Estava no jardim do Alhambra, andando de mãos dadas com Artur, rindo e mostrando-lhe a beleza à nossa volta: o grande muro de arenito que circunda o forte, a cidade de Granada abaixo e, no horizonte, as montanhas encimadas pela neve prateada.

"Venci", disse-lhe. "Fiz tudo o que você queria, tudo o que planejamos. Vou ser princesa como você me fez. Vou ser rainha como você quis que eu fosse. Os desejos de minha mãe foram realizados, o meu próprio destino será cumprido, o seu desejo e a vontade de Deus. Está feliz agora, meu amor?"

Ele sorriu para mim, seus olhos afetuosos, sua face terna, o sorriso que só era para mim. "Vou velar por você", sussurrou ele. "O tempo todo. Aqui em Al-Yanna."

Hesitei ao ouvir o som estranho em seus lábios, e então me dei conta que ele tinha usado a palavra mourisca: "Al-Yanna", que significa ao mesmo tem-

po paraíso, cemitério e jardim. Para os mouros, o paraíso é um jardim, um jardim eterno.

"Irei até você um dia", sussurrei, mesmo quando sua mão se tornou mais leve, e depois desapareceu, por mais que eu tentasse segurá-la. "Estarei com você de novo, meu amor. Virei encontrá-lo aqui, no jardim."

"Eu sei", disse ele, e agora seu rosto estava desaparecendo como névoa na manhã, como uma miragem no ar quente da sierra. "Sei que ficaremos juntos de novo, Catalina, minha Catarina, meu amor."

ൟ

25 de junho de 1503

Era um dia quente e claro de junho. Catalina estava usando um vestido azul novo com um capelo também azul, o menino de 11 anos no outro lado estava radiante de excitação, vestido de dourado.

Estavam diante do bispo de Salisbury, com a pequena corte presente: o rei, sua mãe, a princesa Maria, e algumas outras testemunhas. Catalina pôs a mão fria na palma da mão quente do príncipe, e sentiu a pele rechonchuda da infância sob seus dedos.

Catalina olhou para além da face corada do menino para a face séria de seu pai. O rei havia envelhecido desde a morte de sua mulher, e as linhas em seu rosto estavam mais fundas, os olhos ensombrecidos. Homens na corte diziam que ele estava doente, uma doença que afinava-lhe o sangue e o cansava. Outros diziam que ele estava melancólico por decepção: com a morte de seu herdeiro, a morte de sua esposa, a frustração de seus planos. Alguns diziam que uma paixão frustrada por uma mulher o abatera. Só isso poderia tê-lo enfraquecido tanto.

Catalina sorriu timidamente para ele, mas não houve reação afetiva da parte do homem que seria seu sogro pela segunda vez, mas que a queria para si próprio. Por um instante, sua confiança arrefeceu. Tinha esperado que o rei tivesse se rendido à sua determinação, às ordens de sua mãe, à vontade de Deus. Agora, ao ver seu olhar frio, temeu por um momento que essa cerimônia — mesmo sendo algo tão sério e sagrado como um noivado — não passasse de uma vingança desse rei astuto.

Com um arrepio, virou-se para escutar o bispo proferir as palavras do casamento e ela repetiu a sua parte, esforçando-se para não pensar em quando havia dito aquelas mesmas palavras, há somente um ano e meio, quando sua mão tinha esfriado na mão do rapaz mais bonito que ela já vira, quando seu noivo tinha-lhe lançado um sorriso tímido de lado, quando ela tinha olhado para ele através de sua mantilha e tomado consciência dos milhares de rostos silenciosos observando-os.

O jovem príncipe que, então, ficara deslumbrado pela beleza de sua cunhada, era agora o noivo. Seu aspecto radiante era a alegria impetuosa de um garoto na presença de uma bela garota mais velha. Ela tinha sido a noiva de seu irmão mais velho, era a jovem que ele se orgulhara de escoltar no dia do seu casamento. Tinha-lhe pedido um cavalo berbere de presente no seu décimo aniversário. Tinha olhado para ela no banquete do casamento e, nessa noite, rezado para também ter uma noiva espanhola como Catalina.

Quando ela partira da corte com Artur, tinha sonhado com ela, tinha escrito poemas e canções de amor, dedicando-os, secretamente, a ela. Tinha sabido da morte de Artur com uma alegria impetuosa, alegria de saber que ela agora estava livre.

Nem dois anos depois, ela estava diante dele, o cabelo cor de bronze e dourado caindo sobre os ombros, indicando a sua condição de virgem, a mantilha de renda azul velando seu rosto. Sua mão estava na dele, seus olhos azuis estavam nos dele, o seu sorriso era só para ele.

O coração fanfarrão de menino inflou tanto em seu peito que ele mal conseguiu falar sua parte na cerimônia. Artur tinha morrido, e ele era o príncipe de Gales; Artur tinha morrido e ele era o favorito do seu pai, a roseira da Inglaterra. Artur tinha morrido, e a mulher de Artur era a sua noiva. Ficou com o corpo ereto e altivo, e repetiu seus votos com a voz clara e aguda. Artur tinha morrido e havia somente um príncipe de Gales e uma princesa: príncipe Harry e princesa Catalina.

Novamente Princesa

1504

Posso até pensar que venci, mas ainda não venci. Deveria ter vencido, mas não venci. Harry completa 12 anos e o declaram príncipe de Gales, mas não me procuram, não declaram o nosso noivado nem me investem princesa. Mando chamar o embaixador. Ele não vem de manhã, ele não vem nesse dia. Aparece no dia seguinte, como se meus assuntos não tivessem urgência, e não pede desculpas pelo atraso. Pergunto-lhe por que não me investiram princesa de Gales junto com Harry e ele não sabe. Sugere que estão esperando pelo pagamento do dote e, sem isso, nada pode avançar. Mas ele sabe, e eu sei, e o rei Henrique sabe, que não tenho mais toda a prataria, e se o meu pai não enviar sua parte, não haverá nada que eu possa fazer.

Minha mãe a rainha deve saber que estou desolada; mas só recebo notícias dela raramente. É como se eu fosse um de seus exploradores, um solitário Cristóvão Colombo sem companheiros nem mapas. Ela me mandou para o mundo, e se eu cair no precipício ou me perder no mar, ninguém vai poder fazer nada.

Ela não tem nada a me dizer. Acho que está envergonhada de mim, quando vou à corte como uma suplicante para o príncipe honrar sua promessa. Em novembro sou tomada por um pressentimento tão intenso de que ela está doente ou triste que lhe escrevo e imploro que responda, que me mande, pelo menos, uma palavra. Esse foi justamente o dia em que ela morreu, e portanto nunca recebeu minha carta e eu nunca recebi minha única palavra. Ela me abandona na morte como me abandonou em vida: ao silêncio e à sensação de sua ausência.

Sabia que sentiria sua falta quando parti de casa. Mas era um conforto saber que o sol ainda brilhava nos jardins do Alhambra, e que ela continuava lá, à beira do lago verde. Não sabia que a sua morte tornaria a minha situação na Inglaterra ainda muito pior. Meu pai, tendo há muito tempo se recusado a pagar a metade do meu dote como parte de seu jogo com o rei da Inglaterra, agora percebe que seu jogo se torna uma verdade amarga — ele não pode pagar. Passou sua vida e gastou sua fortuna em uma cruzada sem trégua contra os mouros, e não resta dinheiro para ninguém. A generosa renda de Castela foi paga a Joana, herdeira de minha mãe; e meu pai não tem nada no tesouro de Aragão para o meu casamento. Meu pai agora não passa de um dos muitos reis da Espanha. Joana é a grande herdeira de Castela e, se os comentários merecem crédito, Joana, como um cão raivoso, atormentada pelo amor e por seu marido, embrenhou-se na insanidade. Quem me olha não vê mais a princesa de uma Espanha unida, uma das grandes noivas da cristandade; mas sim uma viúva miserável, de linhagem inferior. A fortuna de nossa família está desmoronando como um castelo de cartas sem a mão firme e o olho atento de minha mãe. Só restou ao meu pai o desespero; e esse é todo o dote que ele pode me dar.

Tenho somente 19 anos. A minha vida acabou?

☙

1509

Então, esperei. Esperei, inacreditavelmente, por um total de seis anos. Seis anos, de quando fui uma noiva de 17 anos a uma mulher de 23. Soube então que a raiva do rei Henrique era cortante, eficaz e duradoura. Nenhuma princesa no mundo esperou tanto tempo ou foi tratada tão rudemente ou deixada em tal desespero. Não estou exagerando, como faria um trovador para tornar a história mais atraente — como lhe disse, meu amado, nas horas escuras da noite. Não, não foi como uma história, nem mesmo como uma vida. Foi como uma sentença de prisão, foi como ser um refém sem nenhuma chance de redenção, foi solidão, e a vagarosa percepção de que tinha fracassado.

Falhei com minha mãe e falhei em fazer a aliança com a Inglaterra, para o que nasci e fui criada. Envergonhei-me do meu fracasso. Sem o pagamento do dote, não poderia obrigar os ingleses a honrarem o noivado. Com a inimizade do rei, não poderia obrigá-los a fazer nada. Harry era um menino de 13 anos, eu mal o via. Não podia recorrer a ele para que cumprisse a promessa. Fiquei impotente, negligenciada pela corte e caindo em uma pobreza vergonhosa.

Harry completou 14 anos e o nosso casamento não foi realizado, não foi celebrado. Esperei um ano, ele completou 15 anos e ninguém me procurou. Então, Harry completou 16 anos, depois 17, e continuou sem ninguém vir me procurar. Os anos passavam. Eu ficava mais velha. Eu esperava. Era leal. Era tudo o que podia ser.

Virei os pedaços de veludo dos meus vestidos e vendi minhas joias para comer. Tive de vender minha preciosa baixela, uma peça de ouro de cada vez. Sabia que era propriedade do rei quando chamei os ourives. Sabia que cada vez que empenhava uma peça, adiava meu casamento por mais um dia. Mas tinha de comer, meus criados tinham de comer. Não podia lhes pagar salário, não podia pedir que esmolassem por mim, nem que passassem fome.

Eu não tinha amigos. Descobri que dona Elvira estava conspirando contra o meu pai e a favor de Joana e seu marido Felipe e a dispensei, com raiva. Mandei-a embora. Não me importei que falasse mal de mim, que me chamasse de mentirosa. Tampouco me importei que declarasse que Artur e eu tínhamos sido amantes. Peguei-a traindo meu pai; será que achou realmente que eu me aliaria à minha irmã contra o rei de Aragão? Fiquei com tanta raiva que não me importei com o que a sua inimizade me custaria.

Além disso, como não sou nenhuma tola, calculei acertadamente que ninguém acreditaria em nenhuma palavra sua contra mim. Fugiu para perto de Joana e Felipe, na Holanda, e nunca mais ouvi falar dela, e nunca me queixei da perda.

Perdi meu embaixador, Dr. De Puebla. Queixei-me a meu pai com frequência a respeito da sua lealdade dividida, de seu desrespeito, de suas concessões à corte inglesa. Mas quando foi chamado de volta à Espanha, percebi que estava mais bem informado do que eu tinha imaginado, que usara a sua amizade com o rei para me proteger, que conhecia bem essa corte tão difícil. Tinha sido um melhor amigo do que eu me dera conta, e sem ele fiquei ainda mais só. Perdi um amigo e um aliado, por minha própria arrogância; e lamentei a sua ausência. Seu substituto, o emissário que viera para me levar de volta à casa, dom Gutierre Gomez de Fuensalida, era um tolo pomposo que achava que os ingleses se sentiam honrados com a sua presença. Zombavam dele e riam às suas costas, e eu era uma princesa maltrapilha com um embaixador fascinado por sua própria empáfia.

Perdi meu querido confessor, em quem confiava, que tinha sido designado por minha mãe para me guiar, e tive de procurar outro sozinha. Perdi as damas de minha pequena corte, que não poderiam viver passando privações, na pobreza, e não tive como pagar outras pessoas. Maria de Salinas ficou do meu lado, durante todos esses longos anos, por amor; mas as outras damas quiseram partir. Finalmente, perdi minha casa, minha bela casa na Strand, que havia sido o meu lar, um pequeno porto seguro nesta terra estrangeira.

O rei prometeu-me aposentos na corte e achei que finalmente tinha me perdoado. Achei que estava me chamando para a corte, para viver nos aposentos de uma princesa e ver Harry. Mas quando me mudei para lá, recebi os piores cômodos, com um péssimo serviço, impossibilitada de ver o príncipe, exceto nas ocasiões oficiais mais formais. Um dia terrível, a corte partiu em viagem sem nos avisar, e tivemos de correr atrás deles, procurando o caminho pelas vias sem sinalização, tão indesejados e irrelevantes como uma carroça carregada de mercadorias velhas. Quando os alcançamos, ninguém havia sentido a nossa falta e tive de aceitar os únicos cômodos que restavam: sobre os estábulos, como uma criada.

O rei parou de me pagar a pensão, sua mãe não fazia força para resolver o meu caso. Fiquei sem dinheiro nenhum. Vivia desprezada à margem da corte, com espanhóis que me serviam somente porque não tinham como partir. Estavam presos como eu, vendo os anos passarem, ficando cada vez mais velhos e ressentidos até eu me sentir como a princesa adormecida do conto de fadas e achar que nunca mais despertaria.

Perdi a vaidade — o meu senso de orgulho de poder ser mais esperta do que a raposa velha que era o meu sogro, e a raposa astuta da sua mãe. Soube que ele me comprometera com seu filho Harry não porque me amava e me perdoava, mas porque era a maneira mais astuta e cruel de me punir. Se não podia ter a mim, faria com que mais ninguém me tivesse. Foi um dia amargo o dia em que me dei conta disso.

Mas então Felipe morreu e minha irmã Joana se tornou uma viúva como eu, e o rei Henrique apareceu com plano de se casar com ela, com minha pobre irmã — que perdera o juízo com a perda do marido — e colocá-la acima de mim, no trono da Inglaterra, onde todo mundo pudesse ver que estava louca, onde todo mundo pudesse ver a estirpe que era a minha também, onde todo mundo soubesse que a fizera rainha e me tornara nada. Era um plano perverso, que certamente envergonharia e faria sofrer a mim e a Joana. Teria feito isso, se *pudesse, e me tornou sua alcoviteira — obrigou-me a recomendá-lo ao meu pai. Sob as ordens de meu pai, falei ao rei da beleza de Joana; sob as ordens do rei incitei meu pai a aceitá-lo, o tempo todo consciente de que estava traindo a minha alma. Perdi a capacidade de dizer não ao rei Henrique, meu perseguidor, meu sogro, meu pretenso sedutor. Tinha medo de lhe dizer "não". Fiquei completamente desanimada nesse dia.*

Perdi o orgulho do meu poder de atração, perdi a confiança em minha inteligência e aptidões, mas nunca perdi a vontade de viver. Não era como minha mãe, não era como Joana, não virava para a parede e ansiava por meu sofrimento passar. Não me entreguei ao penar plangente da loucura nem à escuridão delicada da indolência. Trinquei os dentes, sou a princesa leal, não paro quando todos param. Prossegui. Esperei. Mesmo quando não podia fazer nada, eu podia esperar. Então, esperei.

Esses não foram os anos da minha derrota; foram os anos em que cresci, e foi um amadurecer penoso. De uma garota de 16 anos, pronta para o amor, passei a uma viúva solitária, órfã de mãe, de 23 anos. Foram os anos em que recorri à felicidade da minha infância no Alhambra e ao meu amor por meu marido para me sustentarem, e em que jurei que, independentemente dos obstáculos no meu caminho, seria a rainha da Inglaterra. Foram os anos em que minha mãe reviveu através de mim. Descobri a sua determinação dentro de mim, a sua coragem dentro de mim, descobri o amor de Artur e o otimismo dentro de mim. Foram os anos em que, apesar de nada ter-me restado — sem marido, sem mãe, sem amigos, sem fortuna e sem perspectiva —, jurei que, por mais desrespeitada, por mais pobre, por mais improvável que fosse a perspectiva, ainda seria a rainha da Inglaterra.

☙

Notícias, sempre lentas a chegar aos espanhóis desacreditados, à margem da corte real, infiltraram-se, notícias de que a irmã de Harry, a princesa Maria se casaria, gloriosamente, com o príncipe Carlos, filho do rei Felipe e da rainha Joana, neto do imperador Maximiliano e do rei Fernando. Surpreendentemente, logo nesse momento, o rei Fernando finalmente obteve o dinheiro do dote de Catalina, e o despachou para Londres.

— Meu Deus, estamos livres. Pode haver um duplo casamento. Posso me casar com ele — disse Catalina, sincera, ao emissário espanhol, dom Gutierre Gomez de Fuensalida.

Ele estava pálido de preocupação, os dentes amarelos mordiscando os lábios.

— Oh, infanta, não sei como lhe dizer. Mesmo com essa aliança, mesmo com o dinheiro do dote... meu Deus, acho que chegou tarde demais. Receio que não nos ajude em nada.

— Como assim? O noivado da princesa Maria consolida a aliança com a minha família.

— E se... — começou e se interrompeu. Não conseguia expressar o perigo que ele previa. — Princesa, todos os ingleses sabem que o dinheiro do dote está chegando, mas não mencionam seu casamento. Oh, princesa, e se planejam uma aliança que não inclui a Espanha? E se planejam uma aliança entre o imperador e o rei Henrique? E se a aliança é para declararem guerra à Espanha?

Ela virou a cabeça.

— Não pode ser.

— E se for?

— Contra o próprio avô do garoto? — perguntou ela.

— Seria apenas um avô, o imperador, contra o outro avô, o seu pai.

— Não fariam isso — disse ela com determinação.

— Podem fazer.

— O rei Henrique não seria tão desonesto.

— Princesa, sabe que ele seria.

Ela hesitou.

— O que é? — perguntou de súbito, irritada. — Há alguma coisa mais. Alguma coisa que não me contou. O que é?

Ele fez uma pausa, uma mentira na ponta da língua; mas disse a verdade.

— Receio, receio seriamente que prometerão o príncipe Harry à princesa Eleanor, a irmã de Carlos.

— Não podem fazer isso, ele está comprometido comigo.

— Podem planejar isso como parte de um grande tratado. Sua irmã Joana casa-se com o rei, seu sobrinho Carlos com a princesa Maria, e sua sobrinha Eleanor com o príncipe Harry.

— E eu? Agora que, finalmente, meu dote está a caminho?

Ele ficou em silêncio. Era dolorosamente evidente que Catalina estava excluída dessas alianças, e nenhuma providência fora tomada em relação ao futuro dela.

— Um príncipe de verdade tem de honrar sua promessa — disse ela com veemência. O noivado foi realizado por um bispo, diante de testemunhas. Foi um voto solene.

O embaixador encolheu os ombros, hesitou. Era difícil lhe contar a parte pior das notícias.

— Vossa Alteza, princesa, seja corajosa. Receio que ele possa ter retirado seu voto.

— Impossível.

Fuensalida prosseguiu.

— Na verdade, receio que ele já tenha retirado. Pode tê-lo retirado anos atrás.

— O quê? — perguntou ela bruscamente. — Como?

— Um boato, não posso afirmar. Mas receio... — interrompeu-se.

— Receia o quê?

— Receio que o príncipe já tenha sido liberado do seu compromisso. — Ele hesitou diante de sua expressão subitamente entristecida. — Não deve ter sido por opção sua — disse ele rapidamente. — O pai dele está determinado contra nós.

— Como ele poderia? Como isso pode ser feito?

— Ele poderia ter jurado que era jovem demais, que agiu sob coação. Poderia ter declarado que não quer se casar com a infanta. Na verdade, é o que acho que fez.

— Ele não foi coagido! — exclamou Catalina. — Ele ficou encantado. Estava apaixonado por mim há anos, e tenho certeza de que ainda está. Ele queria se casar comigo!

— Jurar a um bispo que ele não estava agindo por livre e espontânea vontade seria o bastante para garantir a sua liberdade da promessa.

— Então todos esses anos que estive comprometida com ele, e que agi baseada nessa premissa, todos esses anos que esperei e esperei e suportei... — Não conseguiu terminar. — Está me dizendo que por todos esses anos que acreditei tê-los presos, comprometidos, ele estava livre?

O embaixador balançou a cabeça assentindo. O rosto dela estava tão desolado e chocado que ele não teve voz para responder.

— Isso é... uma traição — disse ela. — Uma traição terrível. — Engasgou com as palavras. — É a pior traição de todas.

Ele assentiu de novo com a cabeça.

Houve um silêncio demorado e penoso.

— Estou perdida — disse ela simplesmente. — Agora eu sei. Há anos estava perdida e não sabia. Lutei uma batalha sem nenhum exército, sem nenhum apoio. Na verdade, sem causa. Está me dizendo que eu defendia uma causa que há muito não existia. Estava lutando por meu noivado, mas não estava noiva. Estava só o tempo todo, durante todo esse longo tempo. E agora sei disso.

Mas ela não chorou, embora seus olhos azuis estivessem horrorizados.

— Fiz uma promessa — disse ela, a voz rouca. — Fiz uma promessa solene.

— O seu noivado?

Ela fez um ligeiro movimento com a mão.

— Não, não essa. Fiz uma promessa num leito de morte. Agora você me diz que foi tudo em vão.

— Princesa, tem de permanecer na sua posição, como sua mãe teria querido que fizesse.

— Fui feita de boba! — explodiu ela. — Lutei pelo cumprimento de um voto, sem saber que esse voto havia sido rompido há muito tempo.

Ele não conseguiu dizer nada, a dor dela era profunda demais para qualquer palavra de conforto.

Depois de alguns instantes, ela levantou a cabeça.

— Todo mundo sabe, menos eu? — perguntou ela, melancolicamente.

Ele negou com a cabeça.

— Tenho certeza de que foi mantido em segredo.

— Milady mãe do rei — predisse ela com amargura. — Ela deve saber. Deve ter sido decisão dela. E o rei, o próprio príncipe, e se eles sabiam, então a princesa Maria sabe, ele teria lhe contado. E seus companheiros mais íntimos... — Ela levantou a cabeça. — As damas da mãe do rei, as damas da princesa. O bispo a quem ele fez o voto, uma ou duas testemunhas. Metade da corte, suponho. — Ela fez uma pausa. — Achei que pelo menos alguns deles fossem meus amigos — disse ela.

O embaixador encolheu os ombros.

— Em uma corte não existem amigos, somente cortesãos.

— Meu pai me defenderá dessa... crueldade! — explodiu ela. — Deviam ter pensado nisso antes de me tratarem assim! Não haverá tratados entre a

Inglaterra e a Espanha quando ele souber disso. Ele se vingará desse insulto feito a mim.

Ele não conseguiu dizer nada, e no rosto, ainda calado, que se voltou para ela, Catalina viu a verdade.

— Não — disse ela simplesmente. — Ele não. Ele também não. Meu pai não. Ele não sabia. Ele me ama. Ele nunca me faria mal. Ele nunca me abandonaria aqui.

Ele continuou sem conseguir falar nada. Viu-a respirar fundo.

— Oh. Oh. Entendo. Percebo por seu silêncio. É claro. Ele sabe, é claro que ele sabe, não sabe? Meu pai? O dinheiro do dote é apenas mais um artifício. Ele sabe da proposta de casar o príncipe Harry com a princesa Eleanor. Ele tem incitado o rei a se casar com Joana. Ordenou que eu encorajasse o rei a se casar com Joana. Deve ter concordado com a nova proposta para o príncipe Harry. E portanto sabe que o príncipe quebrou a promessa feita a mim, não sabe? E que ele está livre para se casar, não sabe?

— Princesa, ele não me falou nada. Acho que ele deve saber, mas talvez planeje...

O gesto dela o interrompeu.

— Ele desistiu de mim. Entendo. Eu o decepcionei e ele me pôs de lado. Estou realmente sozinha.

— Então posso tentar conseguir que voltemos para casa? — perguntou Fuensalida calmamente. Realmente, pensou ele, isso tinha se tornado o ápice de suas ambições. Se conseguisse levar essa princesa arruinada de volta ao seu pai infeliz e à sua irmã cada vez mais perturbada, a nova rainha de Castela, ele teria feito o melhor que podia em uma situação sem esperança. Ninguém se casaria com Catalina da Espanha, agora que era a filha de um reino dividido. Todo mundo via que a loucura em seu sangue aparecia em sua irmã. Nem mesmo Henrique da Inglaterra podia fingir que Joana estava apta a se casar, quando ela viajava, enlouquecida, pela Espanha com o caixão do marido. A diplomacia astuciosa de Fernando tinha se voltado contra ele e, agora, todos na Europa eram seus inimigos, com os dois homens mais poderosos do continente aliados em uma guerra contra ele. Fernando estava perdido, e se arruinando. O melhor que essa princesa desafortunada poderia esperar era um casamento acidental com algum nobre da Espanha e o retiro no campo, com uma chance de escapar da guerra que se anunciava. O pior era ficar presa na pobreza na Inglaterra, uma refém esquecida que ninguém queria resgatar. Uma prisioneira que logo seria esquecida, até mesmo por seus carcereiros.

— O que vou fazer? — Finalmente ela aceitou o perigo. Ele percebeu que ela agora o pressentia. Finalmente tinha entendido que perdera. Viu-a, uma rainha, tomar conhecimento da extensão de sua derrota. — Tenho de saber o que fazer. Ou me tornarei refém em um país inimigo, sem ninguém para me representar.

Ele não disse que tinha pensado a mesma coisa desde que chegara.

— Temos de partir — disse ele sem hesitar. — Se a guerra acontecer, eles a manterão como refém e se apossarão de seu dote. Que Deus não permita, agora que o dinheiro está vindo, que seja usado para fazer a guerra contra a Espanha.

— Não posso partir — disse ela. — Se for embora, nunca mais voltarei.

— Acabou! — gritou ele com veemência repentinamente. — Está vendo por si mesma, finalmente. Perdemos. Fomos derrotados. Acabou para você e a Inglaterra. Insistiu e enfrentou a humilhação e a pobreza, enfrentou tudo como uma princesa, como uma rainha, como uma santa. Nem mesmo sua mãe teria demonstrado mais coragem. Mas fomos derrotados, infanta. Você perdeu. Temos de voltar para casa como pudermos. Temos de fugir, antes que nos aprisionem.

— Aprisionem?

— Podem prender a nós dois como espiões inimigos, e pedir resgate — disse ele. — Podem sequestrar o que resta de seus bens e do seu dote e o resto quando chegar. Só Deus sabe como podem forjar uma acusação e executá-la, se quiserem.

— Não se atreveriam a tocar em mim! Sou princesa de sangue azul — disse ela furiosa. — Podem tirar o que for de mim, menos isso! Sou a infanta de Espanha mesmo que não seja mais nada! Mesmo que nunca venha a ser a rainha da Inglaterra, pelo menos sempre serei a infanta de Espanha.

— Príncipes de sangue azul já foram para a Torre antes, e nunca saíram de lá — disse o embaixador bruscamente. — Príncipes de sangue azul da Inglaterra tiveram aqueles portões fechados atrás deles e nunca mais viram a luz do dia. Ele pode considerá-la uma pretendente. Sabe o que acontece a pretendentes na Inglaterra. Temos de partir.

ଓ

Catalina fez uma reverência a milady mãe do rei e não recebeu nem mesmo um aceno de cabeça em troca. Ela se enrijeceu. Os dois séquitos tinham-se encontrado a caminho da missa; atrás da velha senhora estava a sua neta, a princesa Maria, e meia dúzia de damas de honra. Todas mostraram os rostos gélidos para a jovem que supostamente estava comprometida com o príncipe de Gales, mas que tinha sido negligenciada por tanto tempo.

— Milady. — Catalina ficou na sua frente, esperando um reconhecimento. A mãe do rei olhou para ela com um desprezo franco.

— Soube que há dificuldades em relação ao noivado da princesa Maria — disse ela.

Catalina olhou na direção da princesa Maria, e a garota, escondida atrás de sua avó, fez uma careta para ela e caiu na risada.

— Eu não sabia — disse Catalina.

— Talvez não, mas o seu pai certamente sabe — replicou a velha senhora com irritação. — Em uma de suas constantes cartas a ele, deve dizer-lhe que não ajuda em nada a causa própria nem a sua ao tentar atrapalhar os planos para a nossa família.

— Tenho certeza de que ele não... — começou Catalina.

— Tenho certeza de que sim. E é melhor avisá-lo para não ficar no nosso caminho — interrompeu-a bruscamente a velha senhora e prosseguiu seu caminho.

— O meu próprio noivado... — tentou Catalina.

— Seu noivado? — A mãe do rei repetiu as palavras como se nunca as tivesse escutado. — Seu noivado? — De repente, ela riu, jogando a cabeça para trás, a boca aberta. Atrás dela, a princesa também riu, e logo todas as damas riam alto da princesa miserável falando de noivado com o príncipe mais disputado da cristandade.

— Meu pai está enviando meu dote! — gritou Catalina.

— Tarde demais! Agora é tarde demais! — lamentou a mãe do rei, segurando o braço de sua amiga.

Catalina, confrontada com uma dúzia de caras rindo, levadas a uma histeria impotente por essa princesa maltrapilha oferecendo seus restos de prata e ouro, baixou a cabeça, afastou-as e passou.

☙

Nessa noite, o embaixador da Espanha e um mercador italiano de certa riqueza e grande discrição ficaram lado a lado em uma área tranquila adjacente às docas de Londres, e observaram o carregamento silencioso dos bens espanhóis em um navio que seguiria para Bruges.

— Ela não autorizou isto? — perguntou o mercador com um sussurro, seu rosto moreno iluminado pela tocha bruxuleante. — Estamos nada mais nada menos que roubando seu dote! O que vai acontecer se os ingleses decidirem de repente que o casamento deve se realizar e esvaziamos a sala do seu tesouro? E se virem que o dote finalmente chegou da Espanha, mas nunca foi entregue? Vão nos chamar de ladrões. Seremos ladrões.

— Eles nunca realizarão esse casamento — replicou o embaixador simplesmente. — Vão sequestrar seus bens e aprisioná-la no momento em que declararem guerra à Espanha, e podem fazer isso a qualquer momento. Não vou arriscar deixar que o dinheiro do rei Fernando caia nas mãos dos ingleses. Eles são nossos inimigos, não nossos aliados.

— O que ela vai fazer? Esvaziamos seu tesouro. Não restou nada na sua casa-forte a não ser caixas vazias. Nós a deixamos na miséria.

O embaixador deu de ombros.

— Ela está arruinada de qualquer maneira. Se estiver aqui quando a Inglaterra entrar em guerra contra a Espanha, se tornará uma refém inimiga e será encarcerada. Se fugir comigo, não será bem recebida em casa. Sua mãe está morta, e sua família, arruinada, assim como ela. Não vou me admirar se ela se jogar no Tâmisa e morrer afogada. Sua vida acabou. Não sei o que será dela. Posso salvar seu dinheiro, se você despachá-lo para mim. Mas não posso salvá-la.

❦

Sei que tenho de deixar a Inglaterra; Artur não ia querer que eu ficasse para enfrentar o perigo. Tenho horror à Torre e ao tronco que seria apropriado somente se eu fosse uma traidora, e não uma princesa que nunca fez nada errado a não ser contar uma grande mentira, e isso por uma boa causa. Vai ser a maior ironia de todos os tempos se eu tiver de baixar a cabeça no tronco de Warwick e morrer, uma pretendente espanhola ao trono onde ele morreu Plantageneta.

Isso deve acontecer. Não estou boa do juízo. Não sou tão tola a ponto de achar que ainda posso mandar. Nem mesmo rezo mais. Nem mesmo insisto no meu destino. Mas posso fugir. E acho que a hora de fugir é agora.

✿

— Você fez o quê? — perguntou Catalina ao embaixador. O inventário em sua mão tremia.

— Assumi a responsabilidade de retirar o tesouro do seu pai do país. Não podia arriscar...

— O *meu* dote. — Ela levantou a voz.

— Vossa Alteza, nós dois sabemos que não será necessário para um casamento. Eles nunca a casarão. Ficariam com seu dote e, ainda assim, não a casariam.

— Era a minha parte na barganha! — gritou ela. — Tenho de cumprir minha palavra! Mesmo que ninguém mais cumpra! Não comi, abri mão de minha casa para não ter de empenhar esse tesouro. Fiz uma promessa e vou cumpri-la custe o que custar!

— O rei teria usado o dinheiro para lutar contra o seu pai. Teriam lutado contra a Espanha com o ouro do seu próprio pai! — Fuensalida exclamou desolado. — Eu não podia deixar isso acontecer.

— Então você me roubou!

Ele titubeou ao ouvir as palavras.

— Protegi o seu dinheiro na esperança de...

— Saia! — mandou ela abruptamente.

— Princesa?

— Você me traiu, assim como dona Elvira me traiu, como todo mundo sempre me trai — disse ela com amargura. — Pode me deixar. Não o chamarei de novo. Mas vou dizer ao meu pai o que fez. Vou escrever para ele agora mesmo e dizer que você roubou o dinheiro do meu dote, que você é um ladrão. Nunca será recebido na corte, na Espanha.

Ele fez uma reverência, tremendo com a emoção, e se virou para sair, orgulhoso demais para se defender.

— Você não passa de um traidor! — gritou Catalina quando ele chegou à porta. — E se eu fosse rainha, se tivesse o poder da rainha, mandaria que o enforcassem por traição.

Ele se enrijeceu. Virou-se, fez uma reverência, e falou com a voz gélida:

— Infanta, por favor, não se faça de tola me insultando. Está muito enganada. Foi o seu próprio pai que ordenou que eu devolvesse seu dote. Estou obedecendo à sua ordem direta. O seu próprio pai quer que o seu tesouro seja esvaziado de tudo que tiver valor. Foi ele que decidiu deixá-la na miséria. Quis o dinheiro do dote devolvido porque perdeu toda esperança em seu casamento. Quis que o dinheiro ficasse em segurança e fosse retirado clandestinamente da Inglaterra. Mas tenho de confessar — acrescentou ele com uma flagrante malícia — que não me deu nenhuma ordem para garantir que a infanta ficasse em segurança. Não me deu nenhuma ordem para retirá-la clandestinamente da Inglaterra. Ele pensou no tesouro, não na princesa. Suas ordens foram para manter a segurança dos bens. Nem mesmo mencionou-a pelo nome. Acho que a considera perdida.

Assim que as palavras saíram desejou não tê-las proferido. A expressão magoada no rosto dela foi pior do que tudo que ele já tinha visto.

— Ele mandou que devolvesse o ouro, mas que me deixasse? Sem nada?

— Tenho certeza de que...

Sem ouvir, ela se virou e foi até a janela, para que ele não visse o terror em seu rosto.

— Vá — repetiu ela. — Apenas saia.

CB

Sou a bela adormecida da história, a princesa de neve deixada em uma terra fria, esquecida da sensação do sol. O inverno foi longo, mesmo para a Inglaterra. Até mesmo agora, em abril, a relva, de manhã, está de tal modo coberta de geada que quando acordo e vejo o gelo nas janelas do meu quarto, a luz filtrada é tão branca que acho que nevou durante a noite. A água na taça ao lado da minha cama congela à meia-noite, e agora não podemos nos dar ao luxo de manter o fogo aceso durante toda a noite. Quando caminho na relva congelada, ela se esmigalha ruidosamente sob meus pés e sinto sua frieza pelas solas finas de minhas botas. Este verão, eu sei, terá todo o encanto ameno de um verão inglês; mas anseio pelo calor ardente da Espanha. Quero que o meu desespero seja crestado mais uma vez. Sinto como se estivesse fria há sete anos, e se algo não vier me aquecer logo, simplesmente morrerei, desaparecerei sob a chuva, serei soprada para longe como a bruma se des-

faz no rio. Se o rei estiver realmente morrendo, como dizem os rumores que correm pela corte, e o príncipe Harry subir ao trono e se casar com Eleanor, então pedirei ao meu pai para entrar para um convento. Não pode ser pior do que aqui. Não pode ser mais pobre, mais frio e mais solitário. Claramente o meu pai esqueceu-se de seu amor por mim e me abandonou, como se eu tivesse morrido com Artur.

Jurei que nunca me entregaria ao desespero — as mulheres de minha família dissolvem-se no desespero como melado na água. Mas este gelo no meu coração não parece desespero. Parece que a minha determinação, dura como uma rocha, de ser rainha me transformou em pedra. Não me sinto como dando vazão aos meus sentimentos como Joana; me sinto como se tivesse perdido meus sentimentos. Sou um tronco, uma agulha de gelo, uma princesa de neve permanente.

Tento rezar a Deus, mas não O escuto. Temo que Ele tenha me esquecido, como todo mundo fez. Perdi todo o senso de Sua presença, perdi o medo da Sua vontade, e perdi a alegria em Sua bênção. Não sinto nada por Ele. Não penso mais que sou Sua filha especial, eleita para ser abençoada. Não me consola mais achar que sou Sua filha especial, eleita para ser testada. Acho que Ele me abandonou. Não sei por que, mas se o meu pai terreno foi capaz de me esquecer, e se esquecer de que eu era a sua filha favorita, então suponho que o meu Pai Celestial também pode me esquecer.

Percebo que, de tudo o que existe no mundo, agora só ligo para duas coisas: ainda sinto amor por Artur, como o coração que continua a bater em um passarinho gelado que caiu de um céu congelado. Continuo sentindo saudades da Espanha, do palácio de Alhambra, de Al-Yanna; o jardim, o palácio secreto, o paraíso.

Suporto minha vida só porque não tenho como escapar dela. Todo ano, espero que minha sorte mude; todo ano, quando chega o aniversário de Harry e o noivado não se transforma em casamento, sei que mais um ano de minha vida fértil veio e se foi. Cada dia em meados do verão, quando o prazo do pagamento do dote expira e não há nada do meu pai, sinto vergonha: com um embrulho no estômago. E 12 vezes ao ano, durante sete anos, isto é, 84 vezes, minhas regras vieram e se foram. Toda vez que sangro penso: mais uma chance de fazer um herdeiro para a Inglaterra desperdiçada. Passei a lamentar a mancha em minha roupa de baixo como se fosse um filho perdido. Oitenta e quatro chances de ter um filho, no auge de minha juventude; 84 chances perdidas. Estou aprendendo a abortar. Estou aprendendo a tristeza do aborto.

Todo dia, quando vou rezar, olho para o Cristo crucificado e digo: "Seja feita a Sua vontade." Todo dia há sete anos, isto é, 2.550 vezes. Esta é a aritmética da minha dor. Digo: "Seja feita a Sua vontade." Mas o que quero dizer é: "Faça-se a Sua vontade nesses conselheiros ingleses perversos, nesse rei despeitado, rancoroso e a velha bruxa que é a sua mãe. Conceda-me meus direitos. Faça-me rainha. Tenho de ser rainha, tenho de ter um filho, ou me tornarei uma princesa de neve."

☙

21 de abril de 1509

"O rei morreu", escreveu brevemente Fuensalida, o embaixador, a Catalina, sabendo que ela não o receberia em pessoa, sabendo que ela nunca o perdoaria por roubar seu dote e chamá-la de pretendente, por dizer-lhe que seu pai a abandonara. "Sei que não vai me receber, mas tenho de cumprir o meu dever e avisá-la de que, em seu leito de morte, o rei disse a seu filho que ele estava livre para se casar com quem quisesse. Se quiser que eu comissione um navio para levá-la de volta à Espanha, tenho fundos pessoais para fazer isso. Pessoalmente, não consigo ver que vá ganhar alguma coisa permanecendo aqui, a não ser sofrer insulto, ignomínia e, talvez, perigo."

— Morto — disse Catalina.

— O quê? — perguntou uma das damas.

Catalina amassou a carta em sua mão. Agora nunca confiava em ninguém.

— Nada — replicou ela. — Vou dar uma volta.

Maria de Salinas levantou-se e pôs a capa remendada sobre os ombros de Catalina. Era a mesma capa que ela usara no inverno frio em que partira com Artur de Londres para Ludlow, sete anos antes.

— Devemos acompanhá-la? — ofereceu, sem entusiasmo, relanceando os olhos para o céu cinza além das janelas.

— Não.

☙

Andei à beira do rio, o caminho de cascalho espetando meus pés através do couro fino, como se tentasse fugir da esperança. Eu me pergunto se haveria alguma chance de minha sorte mudar, de que estivesse mudando agora. O rei que me quis, e depois me odiou por rejeitá-lo, está morto. Disseram que estava doente; mas só Deus sabe como ele nunca enfraquecia. Eu achava que ele reinaria para sempre. Mas agora está morto. Agora desapareceu. A decisão agora cabe ao príncipe.

Não ouso ter esperança. Depois de todos esses anos de abstinência, sinto como se a esperança fosse me embriagar se eu tivesse mais de uma gota em meus lábios. Mas espero realmente apenas um gostinho de otimismo, apenas um leve aroma que não é a minha dieta habitual de desesperança implacável.

Porque conheço o garoto Harry. Juro que o conheço. Observei-o como um falcoeiro desperta com um pássaro cansado. Observei-o, julguei-o, e comparei repetidamente meu julgamento com seu comportamento. Eu o li como se estivesse estudando o meu catecismo. Conheço suas forças e suas fraquezas, e acho que tenho uma pálida, mas muito pálida razão para ter esperança.

Harry é vaidoso, é o pecado do garoto novo e não o censuro por isso, mas ele é excessivamente vaidoso. Por um lado isso poderia fazer com que se casasse comigo, pois vai querer ser visto fazendo a coisa certa — honrando a sua promessa, até mesmo me salvando. Ao pensar em ser salva por Harry, interrompo a caminhada e enfio as unhas na palma das mãos no abrigo de minha capa. Essa humilhação também posso aprender a suportar. Harry pode querer me salvar e terei de me mostrar grata. Artur teria morrido de vergonha antes desse momento, minha mãe morreu antes disso; terei de suportar isso sozinha.

Mas a sua vaidade pode igualmente agir contra mim. Se enfatizarem a riqueza da princesa Eleanor, a influência da família Habsburgo, a glória da ligação com o Sacro Império Romano — ele poderá ser seduzido. Sua avó falará contra mim, e sua palavra tem sido lei. Ela o aconselhará a se casar com a princesa Eleanor e ele será atraído — como qualquer jovem tolo — pela ideia de uma beldade desconhecida.

Porém, mesmo que queira se casar com ela, ainda restará a dificuldade do que fazer comigo. Vai ficar mal se me mandar de volta à Espanha, e certamente não terá o desplante de se casar com outra enquanto eu estiver na corte. Sei que Harry faria qualquer coisa para não parecer tolo. Se acho uma maneira de permanecer aqui até terem de pensar no seu casamento, ficarei, então, em uma posição realmente forte.

Ando mais devagar, olhando o rio frio à minha volta, os barqueiros que passam encolhidos em seus casacos.

— Que Deus a abençoe, princesa! — grita um homem, reconhecendo-me. Ergo a mão em resposta. As pessoas desta região estranha, refratária, me amaram *a partir do momento em que se espremeram para me ver no pequeno porto de Plymouth. Isso também contará a meu favor com um príncipe recém-chegado ao trono e desesperado por afeição.*

Harry não é mesquinho com dinheiro. Ainda não é velho o bastante para saber o seu valor, e sempre teve tudo o que quis. Não vai brigar por dote ou direito de viuvez. Tenho certeza disso. Estará disposto a um gesto grandioso. Não posso deixar que Fuensalida e meu pai se ofereçam para me levar de volta e deixar o caminho livre para a nova noiva. Fuensalida já perdeu a esperança há muito tempo. Eu não. Terei de resistir ao seu pânico e a meus próprios medos. Tenho de permanecer aqui para estar na disputa. Não posso recuar agora.

Harry sentia-se atraído por mim, sei disso. Artur foi o primeiro a me dizer que o menino tinha gostado de me conduzir no meu casamento, tinha imaginado ser ele o noivo e eu a noiva. Alimentei essa atração; toda vez que o via, dirigia-lhe uma atenção especial. Quando sua irmã ri dele e o desrespeita, relanceio os olhos para onde ele está, peço que cante para mim, e o observo dançar com admiração. Nas raras ocasiões em que estive a sós com ele, pedi que lesse para mim e trocamos opiniões sobre grandes escritores. Tenho certeza de que ele sabe que o acho instruído. É um garoto inteligente, não é um sofrimento conversar com ele.

A minha dificuldade sempre foi que todo mundo o admira tanto que a minha afeição modesta não tem como influenciar. Já que a sua avó, milady mãe do rei, declara que ele é o príncipe mais belo da cristandade, o mais erudito, o mais promissor, o que posso dizer? Como alguém pode elogiar um garoto que já teve sua vaidade alimentada ao extremo? Que já acredita que é o maior príncipe que o mundo já conheceu?

Essas são as minhas vantagens. Contra elas posso listar o fato de ele ter sido destinado a mim por seis anos e talvez me ver como a escolha de seu pai, e uma escolha sem graça. De ele ter jurado diante de um bispo que não fui sua escolha e que não quer se casar comigo. Talvez pense em se manter fiel a esse voto, talvez pense em proclamar que nunca me quis e renegar o voto do nosso noivado. Ao pensar em Harry comunicando ao mundo que fui imposta a ele e que agora está feliz em se ver livre de mim, faço mais uma pausa. Isso também posso suportar.

Esses anos não foram fáceis para mim. Ele nunca me viu rindo de alegria, nunca me viu sorrindo e descontraída. Só me viu malvestida, e apreensiva com a aparência. Nunca me chamou para dançar diante dele ou cantar para ele. O meu cavalo é sempre inferior quando a corte está caçando, e às vezes não consigo manter o passo. Sempre pareço cansada e estou sempre apreensiva. Ele é jovem e frívolo e gosta de luxo, de roupas elegantes. Deve ter a imagem de mim como de uma mulher pobre, um estorvo para a sua família, uma viúva insignificante, um fantasma. Como um garoto que tem todos os seus desejos satisfeitos, pode decidir se escusar desse dever. É vaidoso e despreocupado e pode não se importar em me mandar embora.

Mas tenho de ficar. Se eu partir, ele vai me esquecer num instante, estou certa disso, pelo menos. Tenho de ficar.*

ೞ

Fuensalida, convocado ao conselho do rei, chegou com a cabeça erguida, tentando não parecer derrotado, certo de que o tinham chamado para mandarem-no partir e levar junto a infanta indesejada. Seu orgulho espanhol, que tinha sido um insulto para eles tantas vezes no passado, conduziu-o até à mesa do Conselho Privado. Os ministros do novo rei estavam sentados ao redor, havia um lugar vazio para ele exatamente no centro. Sentiu-se como uma criança chamada por seus tutores para ser repreendida.

— Talvez eu devesse começar explicando a condição da princesa de Gales — disse ele timidamente. — O pagamento do dote está guardado em segurança, fora do país, e pode ser pago em...

— O dote não tem importância — disse um dos conselheiros.

— O dote? — repetiu Fuensalida atônito. — Mas e a baixela da princesa?

— O rei pretende ser generoso com sua noiva.

O embaixador ficou em silêncio, aturdido.

— Sua noiva?

— Agora, a questão de maior importância é o poder do rei da França e o perigo de suas ambições na Europa. Tem sido assim desde Agincourt. O rei está muito ansioso para restaurar a glória da Inglaterra. E agora temos um rei tão grande quanto Henrique, disposto a tornar a Inglaterra grande de novo. A segurança da Inglaterra depende de uma aliança tríplice entre a Espanha, a Inglaterra e o imperador. O jovem rei acha que o seu casamento com a infanta garantirá o apoio do rei de Aragão à sua causa. Esse é, supostamente, o caso, não?

— Certamente — replicou Fuensalida, sua cabeça rodando. — Mas a baixela...

— Isso não importa — repetiu um dos conselheiros.
— Achei que os bens dela...
— Não interessam.
— Vou ter de contar-lhe essa... mudança... de seu destino.

O Conselho Privado ficou em pé.

— Por favor, faça isso.
— Voltarei quando tiver... hã... a tiver visto. — Inútil dizer, pensou Fuensalida, que ela estava tão furiosa com ele pelo que considerava sua traição, que não podia ter certeza de que o receberia. Inútil revelar que na última vez que a vira, tinha-lhe dito que não tinha esperança para ela, que a sua causa estava perdida e que todo mundo sabia disso há anos.

Saiu meio cambaleando da sala e quase colidiu com o jovem príncipe. O rapaz, que ainda não completara 18 anos, estava radiante.

— Embaixador!

Fuensalida jogou o corpo para trás e caiu sobre um joelho.

— Vossa Alteza! Devo... expressar meus sentimentos pela morte de...
— Sim, sim. — Dispensou os pêsames. Não conseguia ficar muito sério. Era só sorrisos, muito alto. — Deve dizer à princesa que proponho que o nosso casamento se realize o mais breve possível.

Fuensalida se viu gaguejando com a boca seca.

— É claro, sire.
— Vou enviar-lhe uma mensagem por você — disse o rapaz magnanimamente. Deu um risinho. — Sei que perdeu suas boas graças com ela. Sei que se recusa a recebê-lo, mas tenho certeza de que o verá por mim.
— Obrigado — disse o embaixador. O príncipe dispensou-o com um gesto da mão. Fuensalida levantou-se de sua reverência e se dirigiu aos aposentos da princesa. Deu-se conta de que seria difícil para os espanhóis se reintegrarem à liberalidade desse novo rei inglês. Sua generosidade, sua generosidade ostentosa, era esmagadora.

☙

Catalina fez seu embaixador esperar uma hora até recebê-lo. Ele teve de admirar seu autocontrole observando o relógio enquanto o homem que conhecia o seu destino aguardava do lado de fora.

— Emissário — disse ela sem modular a voz.

Ele fez uma reverência. A bainha do vestido dela estava rota. Ele percebeu os pequenos pontos onde tinha sido costurada, e em seguida, de novo os farrapos. Sentiu um grande alívio por ela, independentemente do que acontecesse depois desse casamento inesperado, nunca mais precisar usar um vestido velho.

— Princesa Dowager, fui chamado ao Conselho Privado. Nossos problemas terminaram. Ele quer se casar com a princesa.

Fuensalida tinha achado que ela choraria de alegria, ou se jogaria em seus braços, ou cairia de joelhos para agradecer a Deus. Ela não fez nada disso. Lentamente, inclinou a cabeça. O dourado deslustrado de seu capelo foi iluminado.

— Fico contente em ouvir isso — foi tudo o que ela disse.

— Disseram que a baixela não tem importância. — Ele não conseguiu ocultar a alegria na voz.

Ela balançou a cabeça de novo.

— O dote terá de ser pago. Mandarei que tragam o dinheiro de Bruges. Está em segurança. Eu o mantive seguro para Vossa Alteza. — Não pôde evitar que sua voz estremecesse.

Ela assentiu com a cabeça mais uma vez.

Ele caiu sobre um joelho.

— Princesa, alegre-se! Será a rainha da Inglaterra.

Os olhos azuis de Catalina voltaram-se para ele, duros, como as safiras que ela vendera há tanto tempo.

— Emissário, eu sempre seria a rainha da Inglaterra.

☙

Consegui. Meu Deus, consegui. Depois de sete anos intermináveis de espera, depois de privações e humilhações, eu consegui. Vou para o meu quarto, ajoelho-me no genuflexório e fecho os olhos. Mas falo com Artur, não com Deus.

"Consegui", digo-lhe. "Harry vai se casar comigo, fiz como você queria que eu fizesse."

Por um momento, posso vê-lo sorrir, posso vê-lo como me aconteceu tantas vezes, quando o olhava de relance durante o jantar e o via sorrindo para alguém no salão. Diante de mim, mais uma vez, está o brilho de seu rosto, o escuro de seus olhos, a linha nítida de seu perfil. E mais do que qualquer coisa, seu cheiro, o perfume do meu desejo.

Mesmo de joelhos diante do crucifixo, suspiro de saudades. "Artur, meu amado. Meu único amor. Vou me casar com seu irmão, mas sempre serei sua." Por um momento me lembro, tão vividamente quanto o gosto das primeiras cerejas, do perfume de sua pele de manhã. Ergo o rosto e é como se pudesse sentir seu peito contra a minha face enquanto se curva para mim, se comprime contra mim. "Artur", suspiro. Sou, e para sempre serei, sua.

ଓଃ

Catalina teve de enfrentar mais uma provação. Quando foi jantar, usando um vestido novo feito às pressas, um colar de ouro e brincos de pérolas, e foi conduzida a uma nova mesa na frente do salão, fez uma reverência a seu futuro marido e viu seu sorriso aberto para ela, depois se virou para a sua avó e se deparou com o olhar de basilisco de Lady Margaret Beaufort.

— Você tem sorte — disse a velha senhora depois, quando os músicos começaram a tocar e as mesas foram retiradas.

— Tenho? — replicou Catalina, fazendo-se de desentendida.

— Casou com um grande príncipe da Inglaterra e o perdeu. Agora parece que vai se casar com outro.

— Não é uma surpresa — replicou Catalina em um francês impecável —, já que estou prometida a ele há seis anos. Certamente, milady, nunca teve dúvidas de que esse dia chegaria, teve? Nunca pensou que um príncipe tão honrado faltaria com a sua sagrada palavra, achou?

A velha senhora dissimulou bem o embaraço.

— Nunca tive dúvidas em relação às nossas intenções — replicou ela. — Mantemos a nossa palavra. Mas quando retirou seu dote e seu pai renegou o pagamento de sua parte, tive dúvidas de suas intenções. Tive dúvidas sobre a honra da Espanha.

— Então foi generosa não dizendo nada que perturbasse o rei — replicou Catalina calmamente. — Pois ele confia em mim, eu sei. E nunca duvidei de seu desejo em me ter como neta. E veja! Agora serei sua neta, serei a rainha da Inglaterra, o dote será pago, e tudo será como tem de ser.

A velha senhora ficou sem ter o que dizer — e eram poucos os que conseguiam deixá-la sem palavras.

— De qualquer maneira, vamos torcer para que seja fértil — foi tudo o que conseguiu falar, acidamente.

— Por que não? Minha mãe teve meia dúzia de filhos — disse Catalina, com doçura. — Vamos torcer para que o meu marido e eu sejamos abençoados com a fertilidade da Espanha. O meu emblema é a romã, uma fruta espanhola cheia de vida.

Milady avó do rei afastou-se bruscamente, deixando Catalina sozinha. Catalina fez uma reverência às suas costas e se levantou com a cabeça erguida. Não tinha importância o que Lady Margaret pensava ou dizia, tudo o que importava era o que ela podia fazer. Catalina não achava que ela poderia impedir o casamento, e era isso o que importava.

☙

Palácio de Greenwich, 11 de junho de 1509

Estava com muito medo do casamento, do momento em que teria de proferir os votos, os mesmos que dissera a Artur. Mas, no fim, a cerimônia foi tão diferente daquele dia glorioso na catedral de São Paulo que consegui enfrentá-la com Harry na minha frente, e Artur encerrado no fundo da minha mente. Estava fazendo isso por ele, exatamente o que ele me mandara fazer, exatamente no que ele tinha insistido — e não podia correr o risco de pensar nele.

Não houve uma grande congregação na catedral, não houve embaixadores assistindo, nem fontes jorrando vinho. Fomos casados entre os muros do palácio de Greenwich, na igreja dos Frades Observantes, com somente três testemunhas e meia dúzia de pessoas presentes.

Não houve um farto banquete, nem música nem dança, não houve bebedeira na corte ou arruaça. Não houve ir para a cama publicamente. Eu tinha receado isso — o ritual de ser colocada na cama e, depois, a exibição pública dos lençóis pela manhã; mas o príncipe — o rei, agora tenho de dizer — estava tão acanhado quanto eu, e jantamos em silêncio diante da corte e nos retiramos juntos. Brindam à nossa saúde e nos deixam ir. A sua avó está lá, o rosto como uma máscara, os olhos frios. Sou cortês com ela, não me importa mais o que pensa. Ela não pode fazer nada. Não há nenhuma sugestão de que devo viver em seus aposentos sob sua supervisão. Pelo contrário, ela se mudou dos aposentos para que ficassem para mim. Estou casada com Harry. Sou a rainha da Inglaterra e ela não é nada além da avó do rei.

Minhas damas me despem em silêncio, é seu triunfo também, é sua saída da pobreza, assim como a minha. Ninguém quer se lembrar das noites em Oxford, da noite em Burford, das noites em Ludlow. Sua sorte, assim como a minha, depende do êxito da grande ilusão. Se lhes pedisse, negariam até mesmo Artur ter existido.

Além do mais, foi tudo muito tempo atrás. Sete longos anos. Quem, a não ser eu, se lembraria de tanto tempo atrás? Quem a não ser eu conheceu o prazer de esperar por Artur, a luz do fogo no cortinado da cama, o fulgor da luz das velas em nossos membros entrelaçados? Os suspiros sonolentos nas primeiras horas da manhã: "Conte-me uma história!"

Vestiram-me com uma de minhas muitas camisolas sofisticadas e se retiraram em silêncio. Espero por Harry, como há muito tempo costumava esperar por Artur. A única diferença é a absoluta ausência de alegria.

☙

O guarda e os cavaleiros do jovem rei o levaram ao quarto da rainha, bateram à porta e o fizeram entrar nos aposentos. Ela estava de camisola, sentada ao lado do fogo, um xale ricamente bordado sobre os ombros. A sala estava aquecida, acolhedora. Levantou-se quando ele entrou e fez uma reverência.

Harry ergueu-a com um toque em seu cotovelo. Ela percebeu imediatamente que ele estava ruborizado, constrangido, e sentiu sua mão tremer.

— Aceita uma taça de *ale*? — ofereceu ela, esforçando-se para não se lembrar de Artur trazendo a taça e dizendo que era para dar coragem.

— Sim — disse ele. Sua voz, ainda tão jovem, soou instável em seu registro. Ela virou-se para servir o *ale* e para que ele não visse o seu sorriso.

Ergueram as taças um para o outro.

— Espero que não tenha achado a cerimônia simples demais — disse ele, inseguro. — Achei que com o falecimento tão recente do meu pai não devêssemos ter um casamento pomposo. Não quis afligir milady, sua mãe.

Ela balançou a cabeça, mas não disse nada.

— Espero que não tenha se decepcionado — insistiu ele. — Seu primeiro casamento foi tão suntuoso.

Catalina sorriu.

— Mal me lembro, foi há tanto tempo.

Ele pareceu gostar de sua resposta, ela percebeu.

— Foi, não foi? Éramos todos crianças, praticamente.

— Sim — disse ela. — Jovens demais para casarmos.

Ele mexeu-se na cadeira. Ela sabia que os cortesãos que tinham o ouro Habsburgo haviam falado mal dela. Os inimigos da Espanha deviam ter falado mal dela. Sua própria avó tinha se oposto ao casamento. Esse jovem transparente continuava apreensivo em relação à sua decisão, por mais audacioso que quisesse parecer.

— Não tão jovens. Você tinha 15 anos — lembrou-lhe ele. — Uma moça.

— E Artur tinha a mesma idade — disse ela, atrevendo-se a proferir seu nome. — Mas não era forte, acho. Não pôde ser um marido para mim.

Harry ficou em silêncio e ela receou ter ido longe demais. Mas então, percebeu o vislumbre de esperança na expressão dele.

— Então realmente é verdade que o casamento não foi consumado? — perguntou ele, corando de constrangimento. — Desculpe... eu me perguntava... Sei que dizem... mas eu me perguntava...

— Não — disse ela calmamente. — Ele tentou uma, duas vezes, mas, como deve se lembrar, ele não era forte. Talvez tenha se vangloriado de ter feito, mas, pobre Artur, isso não quer dizer nada.

ଔ

"Farei isso por você", digo com veemência, em minha mente, a meu amado. "Você quis essa mentira. E mentirei. Assim será, mentirei até o fim. Tem de ser feito com coragem, com convicção; e nunca deverá ser desdito."

ଔ

Em voz alta, Catalina disse:

— Casamo-nos em novembro, deve se lembrar. Passamos o mês de dezembro praticamente todo viajando para Ludlow, e ficávamos separados durante a viagem. Ele não passou bem depois do Natal, e morreu em abril. Fiquei muito triste por ele.

— Nunca foi seu amante? — perguntou Harry, querendo se certificar.

— Como poderia? — Ela encolheu ligeiramente os ombros, fazendo a camisola escorregar, expondo um pouco seu ombro alvo. Ela percebeu seus olhos serem atraídos para a sua pele, e ele se conter. — Não era forte. Sua própria mãe achou que ele deveria retornar a Ludlow sozinho, durante o primeiro ano. Teria sido melhor que tivesse feito isso. Não teria feito diferença para mim, e talvez ele tivesse sido poupado. Ele foi um estranho para mim durante todo o nosso casamento. Vivíamos como crianças em um quarto real de crianças. Nem mesmo éramos companheiros.

Ele deu um suspiro como se livre de um fardo, e o rosto que virou para ela estava brilhante.

— Sabe, eu estava receoso — disse ele. — Minha avó disse...

— Oh! Mulheres velhas sempre fofocam pelos cantos — disse ela, sorrindo. Ignorou os olhos arregalados de Harry diante do desrespeito espontâneo. — Graças a Deus somos jovens e não precisamos dar atenção a esse tipo de coisa.

— Então, foi apenas fofoca — disse ele rapidamente, adotando o tom indiferente dela. — Apenas fofoca de velhas.

— Não vamos lhes dar ouvidos — disse ela, atrevendo-se a incitá-lo a prosseguir. — Você é o rei e eu sou a rainha e teremos nossas próprias opiniões. Não precisamos do conselho dela. Afinal, foi o conselho dela que nos manteve separados por tanto tempo, quando podíamos estar juntos.

Isso não lhe havia ocorrido antes.

— É verdade — disse ele, sua expressão se endurecendo. — Nós dois fomos privados. E durante o tempo todo ela insinuou que você era a esposa de Artur, de fato, e que eu devia procurar outra noiva.

— Sou virgem, tão virgem quanto era quando cheguei à Inglaterra — asseverou ela, audaciosamente. — Pode perguntar à minha antiga aia ou a qualquer uma das minha damas de honra. Todas sabiam disso. Minha mãe sabia. Sou uma virgem intacta.

Ele deu um leve suspiro, como que liberto de uma preocupação.

— É gentil em me contar — disse ele. — É melhor ter isso esclarecido, de modo que saibamos, que nós dois saibamos. De modo que ninguém tenha dúvidas. Seria terrível pecar.

— Somos jovens — disse ela. — Podemos falar dessas coisas entre nós. Podemos ser francos e diretos quando estamos juntos. Não precisamos temer boatos e difamações. Não precisamos temer pecar.

— Vai ser a minha primeira vez também — admitiu ele, timidamente. — Espero que não pense pouco de mim.

— É claro que não — replicou ela com doçura. — Quando teve permissão para sair? A sua avó e o seu pai o enclausuraram como um falcão precioso. Estou feliz por ficarmos juntos, será a primeira vez para nós dois.

Harry levantou-se e estendeu a mão.

— Então, vamos ter de aprender juntos — disse ele. — Teremos de ser delicados um com o outro. Não quero machucá-la, Catalina. Tem de me avisar se alguma coisa machucá-la.

Relaxadamente, ela foi para os seus braços, e sentiu o corpo dele se retesar ao encostar no seu. Com elegância, ela recuou, como se retraindo, mas deixou uma mão no seu ombro para encorajá-lo a guiá-la para frente até a cama estar atrás dela. Então, deixou-se inclinar para trás até estar sobre os travesseiros, sorrindo para ele, e viu seus olhos escurecerem de desejo.

— Quis você desde que a vi pela primeira vez — disse ele arfando. Acariciou seu cabelo, seu pescoço, seu ombro nu, com um toque apressado, desejando toda ela, de uma vez só.

Ela sorriu.

— E eu, você.

— Mesmo?

Ela confirmou com a cabeça.

— Sonhei que era eu que estava me casando com você naquele dia. — Estava ruborizado, ofegante.

Devagar, ela desatou as fitas na gola alta da camisola, deixando a seda abrir-se para que ele visse seu pescoço, seus seios redondos e firmes, sua cintura, a sombra escura entre suas pernas.

Harry gemeu de desejo.

— Podia ter sido — sussurrou ela. — Não tive outro. E agora estamos casados, finalmente.

— Ah, Deus, estamos — disse ele, com desejo. — Estamos casados, finalmente.

Deixou o rosto cair no pescoço dela, ela sentiu sua respiração urgente em seu cabelo, seu corpo pressionando o dela, e Catalina se sentiu respondendo. Lembrou-se do toque de Artur e, delicadamente, mordeu a ponta da língua, para nunca, mas nunca mesmo pronunciar seu nome em voz alta. Deixou Harry penetrá-la, forçar-se contra ela. Ela emitiu um gritinho de dor ensaiado, mas percebeu de imediato, com um certo pavor, que não era o suficiente. Não tinha gritado o bastante, o seu corpo não resistira ao dele o bastante. Tinha sido muito receptiva, carinhosa. Tinha sido fácil demais. Não sabia muita coisa, esse garoto imaturo, mas percebeu que não tinha sido tão difícil.

Ele se deteve, mesmo no meio de seu desejo. Sabia que alguma coisa não era como devia ser. Olhou para ela.

— Você *é* virgem — disse ele, sem convicção. — Espero não fazer doer demais.

Mas sabia que ela não era. Lá no fundo, sabia que ela não era virgem. Ele não sabia muita coisa, esse garoto superprotegido, mas disso ele sabia. Em algum lugar em sua mente, sabia que ela estava mentindo.

Ela olhou para ele.

— Fui virgem até este momento — disse ela, conseguindo dar um sorriso. — Mas a sua potência me dominou. Você é tão forte. Você me deixou indefesa.

A expressão dele continuou intrigada, mas o seu desejo não pôde esperar. Recomeçou a se mexer, não conseguiu resistir ao prazer.

— Você me domina — ela o encorajou. — Você é o meu marido, você tomou o que é seu. — Ela viu que ele se esquecia de sua dúvida com seu desejo crescente. — Fez o que Artur não conseguiu fazer — sussurrou ela.

Foram as palavras exatas para atiçar o desejo dele. O rapaz emitiu um gemido de prazer e caiu sobre ela, seu sêmen nela, o ato inegavelmente consumado.

෴

Ele não me questionou de novo. Quer tanto acreditar que não faz a pergunta, temendo ouvir uma resposta que não quer ouvir. Faz isso covardemente. Está acostumado a ouvir as respostas que quer ouvir e prefere uma mentira agradável a uma verdade intragável.

Em parte, é o seu desejo por mim, e me quer como eu era quando me conheceu: uma virgem em um vestido de noiva. Em parte, é para refutar todos que o alertaram da armadilha que eu armara para ele. Porém mais do que tudo: ele odiava e invejava o meu querido Artur e me quer só porque fui a sua mulher, e — Deus o perdoe, um segundo filho despeitado e invejoso — quer que eu diga que foi capaz de fazer algo que Artur não conseguiu, que pode ter algo que Artur não pôde ter. Ainda que o meu amado esteja frio sob a nave da catedral de Worcester, a criança que usa a coroa continua querendo triunfar sobre ele. A mentira maior não é dizer a Harry que sou virgem. É dizer-lhe que é um homem melhor, que é mais homem do que o seu irmão. E também menti nisso.

Ao amanhecer, enquanto ele ainda dorme, pego meu canivete e corto a sola do pé, onde ele não notará uma cicatriz, e pingo sangue no lençol, o suficiente para passar na inspeção de milady avó do rei, ou de qualquer outro inimigo irascível, desconfiado, que ainda tente me deixar mal. Não vai haver nenhuma exibição de lençóis de um rei e sua noiva; mas sei que todos vão perguntar, e é melhor que minhas damas possam dizer que todas viram a mancha de sangue, e que estou me queixando de dor.

De manhã, faço tudo que uma recém-casada faz. Digo que estou cansada, e repouso pela manhã. Sorrio com os olhos baixos como se tivesse descoberto algum segredo agradável. Ando meio retesada e me recuso a caçar durante uma semana. Faço tudo para indicar que sou uma jovem que perdeu sua virgindade. Convenço todo mundo. Além do que, ninguém quer acreditar em outra coisa.

O corte no meu pé dói por muito, muito tempo. Dói toda vez que piso com meus sapatos novos, aqueles com fivelas de diamantes. É como um lembrete da mentira que prometi a Artur que contaria. Viverei dessa mentira, pelo resto da minha vida. Não ligo para a dor quando calço meu pé direito. Não é nada em comparação à dor que está oculta lá no fundo do meu peito quando sorrio para o garoto indigno que é rei e a quem chamo, com um tom de voz de admiração, de "marido".

ଔ

Harry acorda no meio da noite e sua quietude desperta Catalina.

— Milorde? — diz Catalina.

— Durma — replica ele. — Ainda não amanheceu.

Ela sai da cama, acende um atiçador nas brasas da lareira e acende uma vela. Deixa que ele a veja, a camisola entreaberta, seus flancos somente semi-expostos.

— Gostaria de um pouco de *ale*? Ou um pouco de vinho?

— Um copo de vinho — replicou ele. — Tome um também.

Ela colocou a vela no castiçal de prata e voltou para o seu lado, segurando os copos de vinho. Não conseguiu ler sua expressão, mas reprimiu a irritação por, independentemente do motivo, ter de acordar, ter de perguntar o que o preocupava, ter de demonstrar interesse. Se fosse Artur, bastaria um segundo para ela perceber o que ele queria, no que estava pensando. Mas qualquer coisa podia distrair Harry, uma música, um sonho, um som vindo da multidão. Qualquer coisa o inquietava. Tinha sido habituado a partilhar seus pensamentos, acostumado a ser orientado. Precisava de um séquito de amigos e admiradores, tutores, mentores, parentes. Gostava da conversa constante. Catalina tinha de ser todo mundo para ele.

— Estava pensando sobre a guerra — disse ele.

— Ah.

— O rei Luís acha que pode nos evitar, mas forçaremos uma guerra contra ele. Disseram-me que ele quer a paz, mas não lhe darei a paz. Sou o rei da Inglaterra, a vitoriosa em Agincourt. Ele verá que sou uma força que terá de levar a sério.

Ela assentiu com a cabeça. Seu pai tinha sido claro quanto a Harry dever ser encorajado em suas ambições guerreiras contra o rei da França. Tinha-lhe escrito nos termos mais afetuosos, tratando-a de sua filha mais querida, e a avisado de que qualquer guerra da Inglaterra deveria ser deflagrada não no litoral norte — por onde os ingleses geralmente invadiam —, mas nas fronteiras entre França e Espanha. Sugeria que os ingleses deveriam reconquistar a região da Aquitânia, que ficaria feliz em se ver libertada da França, que poderia se insurgir para enfrentar seus libertadores. A Espanha seria um apoio forte. Seria uma campanha fácil e gloriosa.

— De manhã, vou encomendar uma nova armadura — disse Harry. — Não uma para justas, quero uma armadura pesada, para o campo de batalha.

Ela estava para dizer que não podia guerrear quando havia tanto o que fazer no país. No momento em que o exército inglês partisse para a França, os escoceses, mesmo com uma noiva inglesa em seu trono, certamente aproveitariam para invadir o norte. O sistema tributário estava cheio de ganância e injustiça e devia ser reformado, havia novos planos para escolas, para um conselho do rei, para fortes e uma marinha para defender o litoral. Esses eram os planos de Artur para a Inglaterra, deveriam ter prioridade sobre o desejo de Harry de uma guerra.

— Tornarei minha avó regente quando for para a guerra — disse Harry. — Ela sabe o que tem de ser feito.

Catalina hesitou, ordenando seus pensamentos.

— Sim, é verdade — disse ela. — Mas a pobre senhora está muito velha. Já fez tanto. Não será uma carga pesada demais para ela?

Ele sorriu.

— Para ela não! Sempre dirigiu tudo. Cuida da contabilidade real, sabe o que tem de ser feito. Não acredito que exista alguma coisa que seja uma carga para ela, contanto que mantenha a nós, os Tudor, no poder.

— Sim — disse Catalina, tocando delicadamente em seu ressentimento. — Veja como o controlou bem! Nunca deixou que ficasse longe de sua vista, nem por um instante. Não creio que deixe que se afaste nem mesmo agora, se puder impedir. Quando você era menino, nunca o deixou competir nas justas, nunca deixou que jogasse, nunca o deixou ter amigos. Dedicou-se à sua segurança e bem-estar. Não o teria mantido mais perto se fosse uma princesa. — Riu. — Acho que ela pensava que você era uma princesa e não um rapaz vigoroso. Não acha que está na hora de ela descansar? De você ter uma certa liberdade?

A expressão rápida e amuada de Harry disse-lhe que ela venceria dessa vez.

— Além disso — disse ela com um sorriso —, se lhe der algum poder no país, ela certamente dirá ao conselho que você tem de voltar, que a guerra é perigosa demais para a sua vida.

— Ela não pode me impedir de ir à guerra — falou ele enfurecido. — Eu sou o rei.

Catalina ergueu o sobrolho.

— Como quiser, meu amor. Mas imagino que ela vá reter os fundos, se a guerra se agravar. Se ela e o Conselho Privado tiverem dúvidas sobre a sua maneira de conduzir a guerra, basta que fechem as mãos e não levantem impostos para o seu exército. Você pode se ver traído em casa, isto é, traído por seu amor a você, enquanto é atacado no exterior. Pode se dar conta de que os velhos o impedem de fazer o que quer. Como sempre tentam.

Ele ficou consternado.

— Ela nunca agiria contra mim.

— Nunca propositalmente — concordou Catalina. — Ela sempre vai pensar que está servindo a seu interesse. É só que...
— O quê?
— Ela sempre vai achar que sabe mais que você. Para ela, você será sempre um menino.

Percebeu que ele corou aborrecido.

— Para ela, você sempre será o segundo filho, o que veio depois de Artur. Não o verdadeiro herdeiro. Não aquele apropriado para o trono. Pessoas velhas não mudam de ideia, não conseguem ver que hoje é tudo diferente. Mas na verdade como ela pode confiar em seu julgamento, se passou a vida toda controlando você? Para ela, sempre será o príncipe mais novo, o bebê.

— Não serei cerceado por uma velha — jurou ele.
— Chegou a sua hora — concordou Catalina.
— Sabe o que vou fazer? — perguntou ele. — Vou fazer você regente enquanto eu estiver na guerra! Governará o país para mim, enquanto eu estiver fora. Comandará nossas forças aqui. Não confiarei em mais ninguém. Governaremos juntos. E você me apoiará como preciso. Acha que pode fazer isso?

Ela sorriu para ele.

— Eu sei que posso. Não vou decepcionar — replicou ela. — Nasci para governar a Inglaterra. Manterei o país seguro enquanto você estiver fora.

— É disso que preciso — disse Harry. — Sua mãe foi uma grande comandante, não foi? Apoiou seu marido. Sempre soube que ele conduzia as tropas, mas era ela que levantava o dinheiro e organizava o exército, não era?

— Sim — replicou Catalina, um pouco surpresa com o seu interesse. — Sim, ela estava sempre lá. Atrás das linhas, planejando suas campanhas, e garantindo que ele tivesse as forças de que necessitava, levantando fundos e soldados e, às vezes, ia para o front das batalhas. Tinha a sua própria armadura, cavalgava com o exército.

— Fale-me dela — disse ele, se ajeitando nos travesseiros. — Fale-me da Espanha. De como era quando você era pequena nos palácios da Espanha. Como era? Como era... no que chamam de... Alhambra?

Foi muito parecido com o que tinha acontecido antes. Foi como se uma sombra tivesse se estendido sobre o coração dela.

— Oh, mal me lembro disso tudo — replicou ela, sorrindo para seu rosto ávido. — Não há o que contar.

— Vamos. Conte-me uma história.

— Não. Não posso lhe contar nada. Sabe, tenho sido uma princesa inglesa há tanto tempo, que não posso lhe contar nada disso.

ℭℬ

De manhã, Harry estava cheio de energia, excitado com a ideia de encomendar a armadura, buscando uma razão para declarar guerra imediatamente. Acordou-a com beijos e estava em cima dela, como um garoto ansioso, enquanto ela despertava. Ela o abraçou forte, acolheu seu prazer rápido e egoísta, e sorriu quando ele se levantou e saiu da cama em um momento, batendo na porta e gritando por seus guardas, para que o levassem para seus aposentos.

— Hoje, quero cavalgar antes da missa — disse ele. — Está um dia maravilhoso. Vem comigo?

— Eu o verei na missa — prometeu Catalina. — E poderá comer o desjejum comigo, se quiser.

— Comeremos o desjejum no salão — decretou ele. — E depois iremos caçar. O tempo está bom demais para não soltarmos os cachorros. Você vai vir, não?

— Irei — prometeu ela, sorrindo diante de sua exuberância. — E vamos fazer um piquenique?

— Você é a melhor das esposas! — exclamou ele. — Um piquenique seria maravilhoso. Pode mandá-los reunir alguns músicos para dançarmos? E traga as damas de honra, todas elas, para que todos dancemos.

Ela alcançou-o antes que chegasse à porta.

— Harry, posso mandar chamar Lady Margaret Pole? Gosta dela, não gosta? Posso tê-la como dama de honra?

Ele recuou, pegou-a nos braços e a beijou vigorosamente.

— Pode chamar quem quiser para servi-la. Quem quiser, sempre. Mande chamá-la imediatamente, sei que é uma mulher excelente. E nomeie Lady Elizabeth Bolena também. Ela está retornando à corte depois de seu resguardo. Teve outra menina.

— E qual vai ser o nome? — perguntou Catalina, distraidamente.

— Maria, acho. Ou Ana. Não me lembro. Mas sobre a dança...

Ela sorriu para ele.

— Vou reunir uma trupe de músicos e dançarinos, e se puder encomendar zéfiros de sopros suaves, também o farei. — Ela riu ao ver sua felicidade. Ouviu a guarda se aproximar da porta.

— Nós nos veremos na missa!

ଓଃ

Casei-me com ele por Artur, por minha mãe, por Deus, por nossa causa, e por mim mesma. Mas em pouco tempo, passei a amá-lo. É impossível não amar um garoto tão doce, vigoroso, de índole tão boa quanto Harry, nesses primeiros anos de seu reinado. Só conheceu admiração e generosidade, não esperava nada menos que isso. Acorda feliz toda manhã, cheio da expectativa confiante de um dia feliz. E como ele é o rei, cercado de cortesãos e bajuladores, sempre tem um dia feliz. Quando o trabalho o perturba ou as pessoas o procuram com queixas desagradáveis, olha em volta buscando alguém que o livre daquele aborrecimento. Nas primeiras semanas, foi sua avó que comandou; aos poucos, consegui que passasse a carga de governar o reino para mim.

Os conselheiros passaram a vir a mim para se certificarem do que o rei acharia. É mais fácil para eles apresentar uma carta ou sugestão se tiver sido preparada por mim. Os cortesãos logo perceberam que qualquer coisa que o encoraje a se afastar de mim, qualquer coisa que afaste o país da aliança com a Espanha, vai me desagradar, e Harry não gosta quando emburro. Homens que querem tirar vantagens, advogados que querem ajuda, suplicantes que buscam justiça, todos já sabem que a maneira mais rápida para uma decisão justa e imediata é visitar primeiro os aposentos da rainha, e depois, esperar por minha apresentação.

Nunca precisei mandar ninguém tratá-lo com tato. Todos sabem que um pedido deve chegar a ele como se fosse o primeiro a recebê-lo. Todos sabem que o amor-próprio de um homem jovem é muito intenso e não deve ser ferido. Todo mundo é alertado da causa de sua avó, que se vê, delicada e implacavelmente, posta de lado, porque ela o aconselha abertamente, porque ela toma decisões sem ele, porque uma vez — de maneira idiota — o repreendeu. Harry é um rei tão imprudente que é capaz de entregar as chaves de seu reino a qualquer um em que acredite. A minha intenção é fazer com que confie somente em mim.

Tomo todo o cuidado para nunca culpá-lo por não ser Artur. Convenci a mim mesma — nos sete anos de viuvez — que a vontade de Deus foi feita quando tirou

Artur de mim, e não há por que culpar os que sobreviveram quando o melhor príncipe está morto. Artur morreu com a minha promessa em seus ouvidos e me considero realmente afortunada pelo casamento com o seu irmão; não é um voto difícil de suportar, mas um voto que pode me causar prazer.

Gosto de ser rainha. Gosto de ter coisas bonitas, boas joias, um cachorrinho de estimação, e damas de honra cuja companhia é um prazer. Gosto de poder pagar minha dívida antiga dos salários de Maria de Salinas e vê-la encomendar uma dúzia de vestidos e se apaixonar. Gosto de escrever a Lady Margaret Pole e chamá-la para a minha corte, caindo em seus braços e chorando de alegria ao revê-la, fazendo-a prometer que ficará comigo. Gosto de saber que a sua discrição é absoluta; ela nunca diz uma palavra sobre Artur. Mas gosto que saiba quanto este casamento me custou, e por que o fiz. Gosto de tê-la me observando fazer a Inglaterra de Artur, embora seja Harry que se sente no trono.

O primeiro mês de casamento foi, para Harry, nada além de uma série de festas, banquetes, caças, passeios, viagens de lazer, passeios de barco, jogos e torneios. Harry é como um menino que foi trancafiado em uma sala de aula por tempo demais e, de repente, acontecem as férias de verão. O mundo, para ele, tem tantas diversões que a experiência mais insignificante lhe proporciona grande prazer. Gosta de caçar — e nunca antes teve permissão para montar cavalos velozes. Gosta de competir nas justas e seu pai e sua avó nunca tinham lhe dado permissão para se inscrever. Gosta da companhia de homens viajados que adaptam, cuidadosamente, sua conversa e suas diversões para entretê-lo. Gosta da companhia de mulheres, mas — graças a Deus — sua devoção infantil a mim o mantém fiel. Gosta de falar com mulheres bonitas, jogar cartas com elas, observá-las dançar e recompensá-las com grandes prêmios por feitos triviais —, mas sempre relanceia os olhos para mim para ver se eu aprovo. Fica sempre ao meu lado, olhando para mim do alto de seu tamanho, com uma expressão de tal devoção que não consigo evitar ser amável com ele em troca do que me proporciona; e em pouco tempo, não consigo evitar amá-lo pelo que é.

Cercou-se de uma corte de rapazes e moças tão diferentes da corte de seu pai, que demonstram por si só que tudo mudou. A corte de seu pai era de homens velhos, homens que tinham passado tempos difíceis juntos, alguns endurecidos por batalhas; todos tinham perdido e recuperado suas terras pelo menos uma vez. A corte de Harry é composta de homens que nunca conheceram privações, nunca foram testados.

Decidi não dizer nada para criticar nenhum deles ou o grupo de rapazes arrebatados que se reúnem à sua volta. Chamam a si mesmos de os "Favoritos", e incitam uns aos outros a apostas insensatas e galhofas o dia todo e — segundo comentários — metade da noite também. Harry foi mantido tão protegido durante toda a sua infância que acho natural que agora anseie por se soltar, e que deve gostar dos rapazes que se vangloriam de rodadas de bebidas e lutas, perseguições e ataques, de seduzir garotas, e dos pais que os perseguem com porretes. Seu melhor amigo é William Compton. Os dois andam com os braços nos ombros um do outro, como se prontos para dançar ou preparados para uma luta, durante metade do dia. William é inofensivo, é tão tolo como o resto da corte, gosta de Harry como camarada, e tem uma adoração cômica por mim, e que nos faz rir. Metade dos Favoritos finge estar apaixonada por mim e deixo que dediquem poemas e cantem canções para mim, e nunca deixo de fazer Harry crer que suas canções e poemas são melhores.

Os membros mais velhos da corte reprovam e fazem críticas severas aos companheiros fanfarrões do rei; mas eu não digo nada. Quando os conselheiros me procuram com queixas, respondo que o rei é jovem e que a juventude passa. Nenhum dos seus camaradas tem má intenção; quando não estão bebendo, são rapazes agradáveis. Um ou dois, como o duque de Buckingham, que me recebeu há muito tempo, ou o jovem Thomas Howard, são homens jovens elegantes que enfeitariam qualquer corte. Minha mãe teria gostado deles. Mas quando os rapazes estão embriagados, são barulhentos, arruaceiros e excitáveis como rapazes sempre são, e quando estão sóbrios, falam besteiras. Olho para eles com os olhos de minha mãe e sei que se tornarão os oficiais do nosso exército. Quando entrarmos em guerra, sua energia e coragem são do que precisaremos. Os jovens mais barulhentos, mais destruidores em tempo de paz são exatamente os líderes de que precisamos em tempo de guerra.

☙

Lady Margaret, avó do rei, tendo enterrado um ou dois maridos, uma nora, um neto, e, finalmente, seu precioso príncipe, estava um pouco cansada de lutar por seu lugar no mundo e Catalina tomava cuidado para não provocar sua velha inimiga a uma guerra aberta. Graças à sua discrição, a rivalidade entre as duas mulheres não era praticada francamente — quem esperava ver

Lady Margaret insultar sua nora como tinha feito com a esposa de seu filho, se decepcionava. Catalina se esquivava do conflito.

Quando Lady Margaret tentou reivindicar a precedência, chegando à porta do salão de jantar alguns passos à frente de Catalina, a princesa de sangue nobre, infanta de Espanha, e agora rainha da Inglaterra, recuou de imediato e cedeu a frente com um ar de tal generosidade, que todos comentaram o belo comportamento da nova rainha. Catalina tinha uma maneira de receber a velha senhora que contrariava absolutamente todas as normas de precedência e, de certa maneira, ressaltava a tentativa desastrada da velha senhora de ter a precedência sobre sua nora na mesa alta. Também viam Catalina claramente recuar, e todos comentavam a elegância e generosidade da mulher mais jovem.

A morte do filho, rei Henrique, havia sido um duro golpe para Lady Margaret. Não tanto por ter perdido um filho querido, mas por ter perdido uma causa. Em sua ausência, não conseguia ter energia para forçar o Conselho Privado a se apresentar a ela antes de se dirigir aos aposentos do rei. Harry perdoou com alegria os devedores de seu pai e libertou seus prisioneiros, o que ela considerou um insulto à memória do falecido rei e ao governo dela própria. O salto repentino da corte para a juventude, liberdade e descontração fez com que se sentisse velha e mal-humorada. Ela, que tinha sido quem comandava a corte e fazia as leis, foi posta de lado. Sua opinião deixou de ter importância. O grande livro pelo qual todos os eventos da corte deveriam ser regidos tinha sido escrito por ela, e de repente estavam celebrando eventos que não constavam nele. Inventavam passatempos e atividades sem a consultarem.

Ela culpava Catalina por todas as mudanças que desaprovava, e Catalina sorria com doçura e continuava a encorajar o jovem rei a caçar e a dançar e ficar acordado até tarde da noite. A velha senhora resmungava com suas damas, dizendo que a rainha era frívola e leviana, e causaria o desastre do príncipe. De maneira insultante, comentava até mesmo que não era de admirar que Artur tivesse morrido, se era assim que a garota espanhola achava que uma casa real devia ser dirigida.

Lady Margaret Pole objetava da maneira mais diplomática possível.

— Milady, a rainha tem uma corte alegre, mas nunca faz nada que atente contra a dignidade do trono. Na verdade, sem ela, a corte estaria muito mais desregrada. É o rei que insiste em um prazer atrás do outro. É a rainha que controla as maneiras da corte. Os rapazes a adoram e ninguém bebe ou se comporta mal na frente dela.

— A culpa é da rainha — replicava a velha senhora com irritação. — A princesa Eleanor jamais se comportaria dessa maneira. A princesa Eleanor ficaria alojada em meus aposentos, e a casa seria dirigida conforme minhas normas.

Diplomaticamente, Catalina nada ouvia; nem mesmo quando as pessoas a procuravam e repetiam as mesmas injúrias. Catalina simplesmente ignorava sua sogra e suas críticas constantes. Nada irritava mais a velha senhora.

A principal queixa de milady avó do rei era a hora tardia mantida agora pela corte. Cada vez mais, tinha de esperar e esperar o jantar ser servido. Queixava-se de que era servido tão tarde da noite que os criados não terminavam seu trabalho antes do alvorecer, e então, retirava-se antes de a corte ter acabado.

— Você fica acordado até tarde — disse ela a Harry. — É uma insensatez. Precisa dormir. Você não passa de um garoto, não devia farrear a noite toda. Não consigo acompanhar esse horário, e é um desperdício de velas.

— Sim, mas milady avó tem quase 70 anos — disse ele pacientemente. — É claro que tem de descansar. Deve se retirar quando quiser. Catalina e eu somos jovens, é natural querermos ficar acordados até tarde. Gostamos de nos divertir.

— Ela devia estar descansando. Tem de conceber um herdeiro — disse Lady Margaret com irritação. — Ela não vai conseguir isso se bamboleando na dança com um bando de cabeças de vento. Mascaradas toda noite. Quem já ouviu falar nisso? E quem vai pagar por tudo isso?

— Estamos casados há menos de um mês! — exclamou ele, um pouco irritado. — São celebrações do nosso casamento. Acho que podemos desfrutar boas diversões e ter uma corte alegre. Gosto de dançar.

— Age como se dinheiro nunca acabasse — falou ela. — Quanto lhe custou este jantar? E o da noite passada? Só as ervas devem custar uma fortuna. E os músicos? Este é um país que tem de estocar sua riqueza, não pode arcar com um rei perdulário. Não é típico dos ingleses terem um janota no trono, uma corte de mascarados.

Harry enrubesceu e estava para retorquir de maneira brusca quando Catalina interveio.

— O rei não é nenhum perdulário — disse ela. — Isso simplesmente faz parte das festividades do casamento. O seu filho, o falecido rei, sempre achou que a corte deveria ser alegre. Achava que as pessoas deveriam saber que a corte era rica e alegre. O rei Harry está apenas seguindo o exemplo de seu sábio pai.

— O seu pai não era um jovem tolo guiado por uma esposa estrangeira! — replicou a velha senhora com despeito.

Os olhos de Catalina se alargaram ligeiramente e ela pôs a mão na manga de Harry para que ficasse calado.

— Sou sua parceira e sua companheira, como Deus ordenou — disse ela delicadamente. — Como estou certa que queria que eu fosse.

A velha senhora resmungou.

— Soube que alega ser mais do que isso — começou ela.

Os dois jovens esperaram. Catalina sentia a inquietação de Harry sob a pressão delicada de sua mão.

— Soube que seu pai vai chamar seu embaixador de volta. Estou certa? — Lançou um olhar penetrante para os dois. — O que pressupõe que ele, agora, não precisa de um embaixador. A mulher do rei da Inglaterra está na lista dos contratados e na comitiva da Espanha. A mulher do próprio rei da Inglaterra será o embaixador espanhol. Como pode ser?

— Milady, minha avó... — explodiu Harry, mas Catalina manteve a calma.

— Sou princesa da Espanha, e é claro que representaria meu país natal em meu país por casamento. Tenho orgulho de ser capaz de fazer isso. É claro que vou dizer ao meu pai que o seu querido filho, meu marido, está bem, que o nosso reino é próspero. É claro que direi ao meu marido que meu querido pai quer apoiá-lo na guerra e na paz.

— Quando formos para a guerra... — começou Harry.

— Guerra? — perguntou a velha senhora, sua expressão sombria. — Por que iríamos para a guerra? Não temos queixas da França. É somente o pai dela que quer guerra com a França, ninguém mais. Diga-me que não vai ser tolo a ponto de nos fazer entrar em uma guerra para lutar pelos espanhóis! O que você é? Garoto de recados deles? Vassalo deles?

— O rei da França é um perigo para nós todos! — enfureceu-se Harry. — E a glória da Inglaterra sempre foi...

— Estou certa que milady avó do rei não quis discordar do rei — disse Catalina calmamente. — São tempos de mudanças. Não podemos esperar que pessoas mais velhas sempre compreendam quando as coisas mudam tão rapidamente.

— Ainda não estou senil! — disse a velha senhora, furiosa. — E reconheço o perigo quando o vejo. E reconheço lealdades divididas quando as vejo. E reconheço um espião espanhol...

— É uma conselheira preciosa — garantiu-lhe Catalina. — E milorde o rei e eu ficamos felizes em tê-la como nossa conselheira. Não ficamos, Harry?

Ele continuava com raiva.

— Agincourt foi...

— Estou cansada — disse a velha senhora. — E vocês só distorcem as coisas. Vou para meus aposentos.

Catalina fez-lhe uma reverência profunda, respeitosa, Harry baixou a cabeça com uma polidez comedida. Quando Catalina se levantou, ela tinha desaparecido.

— Como ela pode dizer essas coisas? — perguntou Harry. — Como suporta escutá-la quando diz esse tipo de coisa? Ela me faz querer gritar como um urso açulado! Ela não entende nada e a insulta! E você fica só ouvindo!

Catalina riu, pegou seu rosto enfurecido e beijou-o nos lábios.

— Ah, Harry, quem liga para o que ela pensa contanto que não possa fazer nada? Ninguém mais liga para o que ela diz.

— Vou para a guerra com a França independentemente do que ela pensa — prometeu ele.

— É claro que vai, assim que chegar a hora.

☙

Dissimulo meu triunfo sobre ela, mas sei o gosto que tem, e é doce. Penso que um dia os outros atormentadores de minha viuvez, as princesas, as irmãs de Harry, também conhecerão meu poder. Mas posso esperar.

Lady Margaret pode ser velha, mas não consegue nem mesmo reunir as pessoas mais velhas da corte ao seu redor. Eles sempre a conheceram; os vínculos de parentesco, tutelagem, rivalidade e inimizade correm por eles como veios em um mármore sujo. Nunca foi estimada: nem como mulher nem como mãe de um rei. Veio de uma das famílias importantes do país, mas quando deu o grande salto depois de Bosworth, alardeou sua importância. Tem uma grande reputação como erudita e religiosa, mas não é amada. Sempre insistiu em sua posição como mãe do rei e criou um abismo entre si e as outras pessoas da corte.

Afastando-se dela, estão se tornando meus amigos: Lady Margaret Pole, é claro, o duque de Buckingham e suas irmãs, Elizabeth e Anne, Thomas Howard, seus filhos, Sir Thomas e Lady Elizabeth Bolena, o querido William Warham, o arcebispo de Canterbury, George Talbot, Sir Henry Vernon, que conheci em Gales. Todos eles sabem que, apesar de Harry negligenciar os negócios do reino, eu não os negligencio.

Consulto-os, partilho com eles as esperanças que eu e Artur tínhamos. Junto com os homens do Conselho Privado, estou tornando o reino um país poderoso e pacífico. Estamos começando a pensar como fazer a lei valer de uma costa à outra, através dos desertos, das montanhas e das florestas igualmente. Estamos começando a trabalhar na defesa do litoral. Estamos fazendo uma avaliação dos navios que podem ser encomendados para uma marinha de guerra, estamos criando uma lista de convocados para o exército. Assumi as rédeas do reino e descobri que sei o que fazer.

A arte de governar é o ramo da minha família. Sentava-me aos pés de minha mãe na sala do trono do palácio de Alhambra. Escutava meu pai falar no belo e dourado Salão dos Embaixadores. Aprendi o artesanato do governo monárquico como aprendi a beleza, a música e a arte da construção, tudo no mesmo lugar, tudo nas mesmas aulas. Aprendi a apreciar os belos azulejos, a luz do sol caindo sobre os delicados arabescos de estuque, o poder, tudo ao mesmo tempo. Tornar-me uma rainha regente é como voltar para casa. Estou feliz como rainha da Inglaterra. Estou no lugar para o qual nasci e fui criada.

ଔ

A avó do rei está em sua cama ornada, o cortinado fechado de modo que seja acalentada pelas sombras. Aos pés da cama, uma dama de honra conformada segura o ostensório para ela ver o corpo de Cristo em sua pureza através da peça de diamante lapidado. A mulher moribunda fixava os olhos nele, olhando ocasionalmente para o crucifixo de marfim na parede ao lado da cama, ignorando o murmúrio de orações à sua volta.

Catalina ajoelhou-se aos pés da cama, a cabeça baixa, um rosário nas mãos, orando silenciosamente. Milady Margaret, confiante de um lugar, conquistado com muita luta, no paraíso, estava deixando seu lugar na terra.

Lá fora, em sua sala de audiência, Harry esperava que lhe anunciassem que sua avó estava morta. O último elo com sua infância submissa, de caçula, seria rompido com a sua morte. Os anos em que ele fora o segundo filho — esforçando-se para chamar a atenção, sorrindo muito, trabalhando para se mostrar inteligente — desapareceriam, todos eles. A partir de agora, todos aqueles com que se encontrasse o veriam somente como o membro mais velho de sua família, o mais importante de sua linhagem. Não haveria mais nenhuma velha senhora Tudor articulada e crítica para vigiar esse príncipe crédulo, detê-lo com uma única palavra no exato momento em que saltaria. Quando ela morresse, ele poderia ser um homem, em seus próprios termos. Não restaria mais ninguém que o conhecesse como um menino. Apesar de, aparentemente, estar aguardando contrito as notícias de sua morte, em seu interior não via a hora de receber a comunicação de que ela estava morta, e ficar, finalmente, independente de verdade, por fim um homem e um rei. Não tinha ideia de que ainda precisava desesperadamente de seu conselho.

— Ele não deve ir à guerra — a avó do rei disse, com a voz enrouquecida, em sua cama.

A dama de honra sufocou um grito diante da lucidez repentina do discurso de milady. Catalina levantou-se.

— O que disse, milady?

— Ele não deve ir à guerra — repetiu ela. — Temos de nos manter fora das intermináveis guerras na Europa, nos manter atrás dos mares, nos manter a salvo e distantes de todas essas disputas sem importância. Temos de manter o reino em paz.

— Não — replicou Catalina com a voz firme. — O nosso papel é introduzir a cruzada no coração da cristandade e mais além. É tornar a Inglaterra líder em estabelecer a igreja por toda a Europa, por toda a Terra Santa, até a África, os turcos, os sarracenos, até o fim do mundo.

— Os escoceses...

— Derrotarei os escoceses — replicou Catalina com determinação. — Estou bem consciente do perigo.

— Não deixei que se casasse com ele para que nos levasse à guerra. — Os olhos escuros faiscaram com um ressentimento que declinava.

— Não deixou que eu me casasse com ele de jeito nenhum. Opôs-se desde o primeiro momento — disse Catalina, abruptamente. — E casei-me justamente para que ele lançasse uma grande cruzada. — Ignorou a leve lamúria da dama de honra, que acreditava que uma mulher moribunda não devia ser contestada.

— Vai me prometer que não o deixará ir para a guerra — falou a velha senhora com a respiração ofegante. — Uma promessa em meu leito de morte, meu último desejo. Deixo isso para você, como um dever sagrado.

— Não. — Catalina sacudiu a cabeça. — Eu não. Mais uma não. Fiz uma única promessa em um leito de morte, e me custou caro demais. Não farei outra. Muito menos à senhora. Viveu sua vida e fez o seu mundo como quis. Agora é a minha vez. Verei meu filho como rei da Inglaterra e, talvez, rei da Espanha. Verei meu marido liderar uma cruzada gloriosa contra os mouros e os turcos. Verei o meu país, a Inglaterra, assumir seu lugar no mundo, onde deveria estar. Verei a Inglaterra no coração da Europa, uma líder da Europa. E serei aquela que a defenderá e a manterá segura. Serei aquela que é a rainha da Inglaterra, como você nunca foi.

— Não... — falou a velha senhora arfando.

— Sim — jurou Catalina, sem fazer concessão. — Sou rainha da Inglaterra agora, e serei até a minha morte.

A velha senhora ergueu-se, lutando para respirar.

— Reze por mim. — Deu a ordem à jovem quase como se fosse uma maldição. — Cumpri o meu dever com a Inglaterra, com a linhagem Tudor. Vai fazer com que meu nome seja lembrado como se eu fosse uma rainha.

Catalina hesitou. Se essa mulher não tivesse promovido seus próprios interesses, de seu filho e de seu país, os Tudor não estariam no trono.

— Rezarei — concedeu ela de má vontade. — E enquanto houver uma capela na Inglaterra, enquanto a Igreja Católica Apostólica Romana estiver na Inglaterra, o seu nome será lembrado.

— Para sempre — disse a velha senhora, satisfeita em sua convicção de que algumas coisas nunca mudam.

— Para sempre — concordou Catalina.

☙

Então, menos de uma hora depois, ela estava morta; e me tornei rainha, a rainha que governava, inegavelmente no comando, sem rival, mesmo antes da minha coroação. Ninguém sabe o que fazer na corte, não há ninguém capaz de dar uma ordem coerente. Harry nunca encomendou um funeral real, como poderia saber por onde começar, como avaliar a extensão da honra que deveria ser concedida à sua avó? Quantos pranteadores? Quanto tempo de luto? Onde ela deveria ser enterrada? Como o cerimonial deveria ser realizado?

Convoquei meu amigo mais antigo na Inglaterra, o duque de Buckingham, que me recebeu quando aqui cheguei há tantos anos e que agora é lorde secretário, e mando chamar Lady Margaret Pole. Minhas damas me trazem o grande livro de cerimoniais, O Livro Real, escrito pela falecida avó do rei, e começo a organizar o meu primeiro evento público inglês.

Tenho sorte; na capa do livro, encontro três páginas de instruções escritas à mão. A vaidosa senhora tinha disposto a ordem do cortejo que queria para o seu funeral. Lady Margaret e eu ficamos boquiabertas com o número de bispos, de carregadores do féretro, de acompanhantes pagos, de pranteadores, com a decoração nas ruas, com a duração do luto. Mostro as instruções ao duque de Buckingham, seu ex-protegido, que não diz nada, mas, em um silêncio discreto, simplesmente sorri e sacode a cabeça. Ocultando meu indigno senso de triunfo, pego uma pena, molho-a na tinta, risco quase tudo pela metade, e então, começo a dar as ordens.

ော

Foi uma cerimônia tranquila de uma dignidade discreta, e todos perceberam que havia sido organizada e ordenada pela esposa espanhola. Aqueles que não sabiam, perceberam agora que a garota que tinha esperado sete anos para subir ao trono da Inglaterra não havia perdido tempo. Conhecia o temperamento do povo inglês, sabia como fazer uma exibição para eles. Conhecia o teor da corte: o que consideravam elegante, o que viam como inferior. E sabia, como uma princesa de nascimento, governar. Nesses dias anteriores à sua coroação, Catalina estabeleceu-se como a rainha incontestável, e aqueles que a tinham ignorado em seus anos de pobreza descobriam, agora, em si mesmos, uma enorme afeição e respeito pela princesa.

Ela aceitou a sua admiração assim como tinha aceitado seu descaso: com uma civilidade tranquila. Sabia que, ao ordenar o funeral da avó do rei, estabelecia-se como a mulher mais importante da nova corte, e o árbitro de todas as decisões da vida na corte. Tinha, em uma única atuação brilhante, se estabelecido como líder da Inglaterra. E tinha certeza de que, depois desse triunfo, nunca mais ninguém seria capaz de suplantá-la.

CB

Decidimos não cancelar a nossa coroação, apesar de o funeral de milady avó do rei precedê-la. As providências foram todas tomadas, achamos que não devemos fazer nada que frustre a alegria de Londres ou do povo que veio de toda a Inglaterra para ver o menino Harry assumir a coroa de seu pai. Dizem que alguns vieram, até mesmo, de Plymouth, onde desembarquei, ainda uma menina assustada, com enjoo do mar, muitos anos atrás. Não vamos lhes dizer que a grande celebração da subida de Harry ao trono, de minha coroação, foi cancelada porque uma velha senhora rabugenta morreu em uma hora imprópria. Concordamos que o povo estava esperando uma grande celebração e que não podíamos lhe recusar isso.

Na verdade, é Harry que não suporta um desapontamento. Tinha prometido a si mesmo um grande momento de glória e não o perderia por nada neste mundo. Certamente não pela morte de uma mulher muito velha que passara os últimos anos de sua vida impedindo-o de ter suas próprias opiniões.

Concordo com ele. Acho que a avó do rei conseguiu seu poder e desfrutou sua época, e agora é a nossa vez. Acho que o país e a corte estão querendo celebrar a subida de Harry ao trono, comigo ao seu lado. Na verdade, para alguns deles, que há muito tempo se interessam por mim, é uma grande satisfação que, finalmente, eu use a coroa. Decido — e não há ninguém a não ser eu para decidir — que seguiremos adiante. E assim fazemos.

Sei que a dor de Harry pela perda de sua avó é somente superficial, seu luto é sobretudo de fachada. Eu o vi quando saí da câmara particular dela, e ele soube, já que eu havia deixado a sua cabeceira, que ela devia ter morrido. Vi seus ombros se abrirem e se erguerem, como se, de súbito, tivessem se livrado da carga de cuidar dela, como se sua mão ossuda, manchada pela idade, tivesse sido um peso morto em seu pescoço. Vi seu sorriso rápido — seu deleite por estar vivo, jovem e saudável, e ela ter partido. Então, recompôs a expressão assumindo uma tristeza convencional, e me aproximei, com a expressão também grave, e lhe disse, com a voz baixa e triste, que ela estava morta, e ele me respondeu no mesmo tom.

Fico feliz em saber que ele é capaz de ser hipócrita. A sala da corte, no palácio de Alhambra, tem muitas portas; meu pai me dizia que um rei tinha de poder sair por uma e entrar pela outra sem ninguém perceber o que estava pensando. Sei que governar é guardar sua própria opinião. Harry é um garoto agora, mas um dia será um homem e terá de tomar suas próprias decisões e saber julgar. Eu me lembrarei de que ele pode dizer uma coisa e pensar outra.

Mas aprendi mais alguma coisa sobre ele. Quando vi que não derramou sequer uma única lágrima verdadeira por sua avó, percebi que esse rei, o nosso querido Harry, tem o coração frio, em que ninguém pode confiar. Ela foi uma mãe para ele; dominou sua infância. Cuidou dele, velou-o, e lhe deu aulas ela própria. Supervisionou todos os seus momentos acordado e protegeu-o de toda visão desagradável, afastou-o de tutores que poderiam lhe ensinar sobre o mundo, e só lhe permitiu caminhar nos jardins feitos por ela. Passava horas de joelhos rezando por ele e insistindo que aprendesse a lei e o poder da Igreja. Mas quando se pôs no seu caminho, quando lhe negou seus prazeres, viu-a como inimiga; e ele não consegue perdoar ninguém que lhe recusa algo. Baseada nisso, sei que esse garoto, esse garoto encantador, se tornará um homem cujo egoísmo será um perigo para si mesmo, e para aqueles à sua volta. Um dia, talvez nós todos desejemos que sua avó o tivesse educado melhor.

৪

24 de junho de 1509

Conduziram Catalina da Torre de Westminster como uma princesa inglesa. Viajou em uma liteira forrada de tecido dourado, sustentada bem alto por quatro palafréns brancos, de modo que todos pudessem vê-la. Usava um vestido de cetim branco e um diadema de pérolas, o cabelo solto sobre os ombros. Harry foi coroado primeiro. Em seguida, Catalina baixou a cabeça e foi ungida com o óleo sagrado da realeza na cabeça e no peito, estendeu a mão para o cetro e para a vara de marfim, percebeu que, por fim, era rainha, como sua mãe tinha sido: uma rainha ungida, um ser superior aos reles mortais, mais próxima dos anjos, designada por Deus para governar Seu país, e sob Sua proteção especial. Soube que finalmente tinha cumprido o destino para o qual nascera, tinha assumido o seu lugar, como prometera que faria.

Subiu a um trono somente um pouco mais baixo do que o do rei Henrique, e a multidão que saudou com vivas o belo e jovem rei subindo ao trono também a saudou, a princesa espanhola que tinha sido leal contra todas as expectativas, e que finalmente era coroada rainha Catarina da Inglaterra.

௫

Esperei esse dia por tanto tempo que quando chegou me pareceu um sonho, como os sonhos que tive de meus maiores desejos. Submeto-me à cerimônia da coroação: meu lugar na procissão, meu lugar no trono, a leveza fria da vara de marfim em minha mão, a outra mão apertada com força em volta do cetro pesado, o cheiro forte e estonteante do óleo sagrado na minha testa e seios, como se fosse mais um sonho do desejo por Artur.

Mas dessa vez é real.

Quando saímos da abadia e ouvimos a multidão gritar vivas para ele e para mim, viro-me para olhar para o meu marido a meu lado. Levo um choque, o choque de um despertar repentino de um sonho — ele não é Artur. Ele não é o meu amor. Tinha esperado ser coroada ao lado de Artur e subirmos juntos ao trono. Mas em vez do rosto belo e pensativo de meu marido, é o rosto redondo e corado de Harry. Em vez da graça tímida, brincalhona de meu marido, é a arrogância exuberante de Harry que está ao meu lado.

Dou-me conta, nesse momento, que Artur está realmente morto, que realmente não está comigo. Estou cumprindo a minha parte de nossa promessa, casando-me com o rei da Inglaterra, embora esse rei seja Harry. Queira Deus que Artur esteja cumprindo a dele: velando por mim em Al-Yanna, me esperando lá. Um dia, quando minha obra estiver completa e puder ir ao encontro do meu amor, viverei com ele para sempre.

"Está feliz?", me pergunta o garoto, gritando para ser ouvido acima do dobre dos sinos e os vivas da multidão. "Está feliz, Catalina? Está contente por eu ter-me casado com você? Está feliz por ser a rainha da Inglaterra, e por eu ter-lhe dado essa coroa?"

"Estou muito feliz", respondo. "E a partir de agora deve me chamar de Catarina."

"Catarina?", pergunta ele. "Não mais Catalina?"

"Sou rainha da Inglaterra", digo, pensando em Artur proferindo essas mesmas palavras. "Sou rainha da Inglaterra."

"Oh, claro!", exclama ele, deliciado com a ideia de mudar seu nome, como mudei o meu. "Ótimo. Seremos rei Henrique e rainha Catarina. Vão me chamar de Henrique."

Este é o rei, mas não é Artur, é Harry que quer ser chamado de Henrique, como um homem. Eu sou a rainha, e não serei Catalina. Serei Catarina — inteiramente inglesa, e não a garota que no passado se apaixonou pelo príncipe de Gales.

☙

Catarina, Rainha da Inglaterra

Verão de 1509

A corte, embriagada de prazer, deliciando-se com sua própria juventude, com a liberdade, reservou o verão para se divertir. A viagem de uma bela casa acolhedora para outra durou dois longos meses, quando Henrique e Catarina caçaram, jantaram no bosque, dançaram até meia-noite, e gastaram dinheiro feito água. As grandes carroças empilhadas com o equipamento doméstico real percorriam as vias empoeiradas da Inglaterra de modo que a casa seguinte brilhasse com o ouro e as tapeçarias, de modo que a cama real — que partilhavam toda noite — fosse coberta com os mais belos e melhores lençóis e peles.

Henrique não efetuou nenhum negócio importante. Escreveu uma vez ao seu sogro para dizer como estava feliz, mas o resto do trabalho acompanhou-o em caixas, de um belo castelo ou mansão a outra, que foram abertas e lidas somente por Catarina, rainha da Inglaterra, que mandava os escrivães redigirem suas ordens ao Conselho Privado e buscarem a assinatura do rei.

A corte só retornou a Richmond em meados de setembro, e Henrique declarou imediatamente que a festa devia prosseguir. Por que interromper o prazer? O tempo estava bom, poderiam caçar e passear de barco, fazer competições de arco e flecha e tênis, festas e mascaradas. Nobres e membros da nobreza rural afluíram a Richmond para participar da festa interminável: famílias cujos nomes eram mais antigos do que os Tudor, e as novas, cuja riqueza e nome cresciam inesperadamente ao sabor da maré dos Tudor. Os vitoriosos de Bosworth que tinham apostado suas vidas na coragem Tudor, viram-se lado a lado com recém-chegados que faziam suas fortunas com nada mais que as diversões Tudor.

Henrique recebia todo mundo com um deleite pouco exigente; qualquer um que fosse espirituoso, instruído, encantador ou bom desportista tinha lugar na corte. Catarina sorria para todos eles, nunca descansava, nunca recusava um desafio ou um convite, e assumia a missão de manter o marido adolescente entretido o dia inteiro. Aos poucos, mas com segurança, ela passou a administração dos entretenimentos, da casa, dos negócios do rei, do reino, para as suas mãos.

                                                ☙

A rainha Catarina estava com as contas da corte real espalhadas à sua frente, um escrivão de um lado, um tesoureiro da casa com seu grande livro do outro, os homens que constituíam a Fazenda em pé atrás dela. Ela estava verificando os livros dos principais departamentos da corte: a cozinha, a adega, o guarda-roupa, pagamentos por serviços, estábulos, músicos. Cada departamento do palácio tinha de compilar as despesas mensais e enviá-las ao fiscal da coroa — assim como enviavam para que milady mãe do rei as aprovasse. Se gastassem demais, podiam se preparar para receber a visita de um dos fiscais da Bolsa Privada que exigiriam que explicassem por que os custos tinham, repentinamente, aumentado tanto.

    Todas as cortes na Europa estavam engajadas na luta para controlar o custo da administração de propriedades feudais, que se espalhavam desordenadamente, com a recente riqueza e ostentação de elegância. Todos os reis queriam um séquito ilustre, como um lorde medieval; mas agora queriam também cultura, riqueza, arquitetura e ostentação. A Inglaterra era melhor administrada do que qualquer outra corte da Europa. A rainha Catarina tinha adquirido habilidades domésticas de maneira árdua: quando tentara administrar Durham House como um palácio real deveria ser, mas sem renda. Sabia exatamente o preço do peso do pão, sabia a diferença entre peixe salgado e peixe fresco, sabia o preço do vinho barato importado da Espanha e do vinho caro trazido da França. Ainda mais rigoroso que o de milady mãe do rei, o escrutínio da rainha Catarina nos livros de contabilidade das despesas domésticas fazia os cozinheiros discutirem com os fornecedores o melhor preço para a corte extravagantemente consumidora.

Uma vez por semana, a rainha Catarina examinava as despesas dos diferentes departamentos da corte, e diariamente, ao alvorecer, enquanto o rei Henrique estava caçando, lia as cartas que chegavam para ele e rascunhava as respostas.

Era um trabalho regular, inflexível, manter a corte funcionando como um centro bem ordenado para o país, e manter os negócios do rei sob um controle rígido. A rainha Catarina, determinada a compreender seu novo país, não regateava as horas que passava lendo cartas, se aconselhando com o Conselho Privado, fazendo objeções, aceitando opiniões. Tinha visto sua própria mãe dominar um país por meio da persuasão. Isabel de Espanha tinha intermediado seu país entre muitos reinos rivais e domínios senhoriais, oferecendo-lhes uma administração central livre de problemas e barata, um sistema nacional de justiça, um fim à corrupção e banditismo e um sistema de defesa infalível. Sua filha percebeu imediatamente que essas vantagens poderiam ser transferidas para a Inglaterra.

Mas também acompanhava os passos de seu sogro Tudor, e quanto mais examinava seus papéis e lia suas cartas, mais admirava a firmeza de seu julgamento. Curiosamente, ela agora desejava tê-lo conhecido mais como governante, pois assim teria se beneficiado com seu conselho. A partir de seus registros, ela percebeu como ele equilibrava o desejo dos lordes ingleses de serem independentes, em suas próprias terras, com a sua própria necessidade de prendê-los à coroa.

Astuciosamente, permitiu mais liberdade, mais riqueza e status aos lordes do norte do que a qualquer outro, já que era seu baluarte contra os escoceses. Catarina tinha os mapas das terras do norte presas em volta da câmara do conselho e via como a fronteira com a Escócia não passava de um punhado de territórios disputados em uma região difícil. Tal fronteira nunca estaria segura de um vizinho ameaçador. Considerava os escoceses os mouros da Inglaterra: a terra não poderia ser dividida com eles. Teriam de ser derrotados completamente.

Partilhava do medo de seu sogro dos lordes ingleses excessivamente poderosos, ficou sabendo de sua inveja da riqueza e poder deles; e quando Henrique pensou em dar a um homem uma boa pensão em um momento exuberante, foi Catarina que salientou que ele já era um homem rico e que não havia nenhuma necessidade de fortalecer ainda mais a sua posição. Henrique queria ser um rei famoso por sua generosidade, amado por sua repentina distribuição de presentes. Catarina sabia que o poder acompanhava a riqueza e que reis recém-chegados ao trono deviam estocar riqueza e poder.

— Seu pai nunca o alertou sobre os Howard? — perguntou ela enquanto assistiam a uma competição de arco e flecha. Henrique, em mangas de camisa, o arco na mão, era o segundo com mais pontos, e estava esperando por sua vez de atirar de novo.

— Não — replicou ele. — Deveria ter-me alertado?

— Oh, não — disse ela rapidamente. — Não quis sugerir de maneira nenhuma que pudessem enganá-lo, são o amor e a lealdade em pessoa; Thomas Howard tem sido um grande amigo da sua família, mantendo o norte seguro, e Edward é o meu cavaleiro, o mais querido de todos. É só que a sua riqueza cresceu tanto, e as alianças de sua família são tão fortes. Eu apenas me pergunto o que seu pai pensava deles.

— Não sei — replicou Henrique, descontraidamente. — Não lhe perguntei. E ele não me teria respondido, ainda assim.

— Nem mesmo sabendo que você seria o próximo rei?

Ele sacudiu a cabeça.

— Ele achava que ainda ia demorar muitos anos para eu ser rei — replicou ele. — Ainda nem tinha me mandado estudar os livros. Ainda não tinha me soltado no mundo.

Ela sacudiu a cabeça.

— Quando tivermos um filho, providenciaremos para que ele esteja preparado para o seu reinado desde menino.

Ele imediatamente pôs a mão em volta da cintura dela.

— Acha que será em breve? — perguntou ele.

— Se Deus quiser — replicou ela, docemente, reprimindo sua esperança secreta. — Sabe, andei pensando em um nome para ele.

— Mesmo, querida? Vamos chamá-lo de Fernando, em homenagem ao seu pai?

— Se você quiser. Pensei em chamá-lo de Artur — disse ela, com cautela.

— Por meu irmão? — Sua expressão se ensombreceu de imediato.

— Não, Artur da Inglaterra — replicou ela rapidamente. — Às vezes, quando olho para você, penso que é como o rei Artur da Távola Redonda, e que aqui é Camelot. Estamos fazendo uma corte tão bela e mágica como foi Camelot.

— Pensa assim, pequena sonhadora?

— Acho que você poderia ser o maior rei que a Inglaterra já teve desde Artur de Camelot — disse ela.

— Que seja Artur, então — disse ele, abrandado, como sempre, por um elogio. — Artur Henrique.

— Sim.

Foi chamado, pois estava na sua vez, e teria de obter um escore alto. Ele foi lançando um beijo para ela. Catarina não desviou os olhos dele quando pegou o arco, de modo que quando relanceasse os olhos para ela, como sempre fazia, visse que sua atenção estava concentrada nele. Os músculos em suas costas magras se ondularam quando esticou a corda, e pareceu uma estátua, em uma bela pose. Então, vagarosamente, como um dançarino, ele soltou a corda e a flecha voou — mais rápida que a visão — para o centro exato do alvo.

— No alvo!

— Um tiro vencedor!

— Vitória do rei!

O prêmio foi uma flecha de ouro e Henrique voltou, com o rosto radiante, para perto de sua mulher, ajoelhando-se a seus pés, para que ela se curvasse e o beijasse nos dois lados do rosto, e depois, amorosamente, na boca.

— Venci por você — disse ele. — Só por você. Você me dá sorte. Nunca perco quando você está me olhando. Você guarda a flecha vencedora.

— É a flecha do Cupido — respondeu ela. — Eu a guardo para me lembrar a que tenho no meu coração.

— Ela me ama. — Ele levantou-se, virou-se para a sua corte, e houve uma onda de aplausos e risos. Ele gritou em triunfo: — Ela me ama!

— E quem conseguiria não amá-lo? — gritou, audaciosamente, Lady Elizabeth Bolena, uma das damas de honra. Henrique relanceou os olhos para ela, depois tornou a olhar, de sua grande altura, para a sua mulher *petite*.

— Quem conseguiria não amá-la? — perguntou, sorrindo para ela.

Nessa noite, ajoelho-me no genuflexório e junto as mãos sobre minha barriga. É o segundo mês que não sangro, e tenho quase certeza de que estou grávida.

"Artur", sussurro de olhos fechados. Quase consigo vê-lo, como era: nu à luz das velas, em nossa cama em Ludlow. "Artur, meu amor. Ele disse que posso chamar este filho de Artur Henrique. Assim terei cumprido o nosso desejo — o de lhe dar um filho chamado Artur. Apesar de eu saber que você não gostava de seu irmão, eu lhe demonstrarei o respeito que lhe devo; ele é um bom garoto e rezo para que se torne um bom homem. Chamarei meu filho de Artur Henrique por vocês dois."

Não sinto nenhuma culpa pela afeição que sinto por esse garoto Henrique, embora ele nunca venha a ocupar o lugar de seu irmão, Artur. É certo eu amar meu marido e Henrique é uma garoto cativante. O conhecimento que adquiri de sua personalidade, observando-o durante anos tão atentamente quanto se fosse um inimigo, me conferiu uma profunda consciência do tipo de rapaz que ele é. É egoísta como uma criança, mas também tem a generosidade e a afetividade de uma criança. É vaidoso, é ambicioso, na verdade é tão presunçoso quanto um ator em uma trupe, mas tem o riso e o pranto fáceis, a compaixão e a capacidade de suavizar rapidamente um contratempo. Ele se tornará um bom homem, se tiver bons orientadores, se aprender a conter seus desejos e servir a seu país e a Deus. Foi mimado por aqueles que deveriam tê-lo guiado, mas não é tarde demais para fazê-lo se tornar um bom homem. É a minha missão e dever afastá-lo do egoísmo. Uma boa mãe o teria disciplinado, talvez uma esposa amorosa possa freá-lo. Se conseguir amá-lo e segurá-lo para que me ame, poderei torná-lo um grande rei. E a Inglaterra precisa de um grande rei.

Talvez esse seja um dos serviços que posso prestar à Inglaterra: afastá-lo, com delicadeza e firmeza, de sua infância mimada, em direção a uma vida adulta responsável. Seu pai e sua avó o conservaram menino; a minha tarefa talvez seja ajudá-lo a crescer, a se tornar um homem.

"Artur, meu querido Artur", digo ao me levantar e ir para a cama, e dessa vez, estou falando com os dois: com o marido que amei primeiro e com a criança que cresce lenta e calmamente dentro de mim.

☙

Outono de 1509

Em outubro, à noite, depois de Catarina ter se recusado a dançar depois da meia-noite durante as três semanas anteriores, e ter insistido em observar Henrique dançar com suas damas de honra, ela lhe contou que estava grávida e o fez jurar que guardaria segredo.

— Quero contar a todo mundo! — exclamou ele. Tinha ido ao quarto dela de roupa de dormir e estavam sentados cada um de um lado do fogo.

— Pode escrever a meu pai no mês que vem — especificou ela. — Mas não quero que todos saibam ainda. Logo vão perceber.

— Você tem de descansar — disse ele instantaneamente. — Precisa de uma dieta especial? Tem desejo de comer alguma coisa? Posso chamar alguém para isso agora mesmo, podem acordar os cozinheiros. Diga-me, meu amor, do que gostaria?

— Nada! Nada! — replicou ela, rindo. — Veja, temos biscoitos e vinho. O que mais costumo comer a esta hora da noite?

— Oh, isso geralmente, mas agora é tudo diferente.

— Vou chamar o médico de manhã — replicou ela. — Mas agora não preciso de nada. Verdade, meu amor.

— Quero lhe dar alguma coisa — disse ele. — Quero cuidar de você.

— Mas você cuida de mim — tranquilizou-o. — E estou muito bem alimentada, e me sinto muito bem.

— Não está enjoada? Sinal que é menino, tenho certeza.

— Tenho me sentido um pouco nauseada pela manhã — disse ela, e viu sua expressão de felicidade. — Tenho certeza de que é um menino. Espero que seja o nosso Artur Henrique.

— Oh! Você estava pensando nele quando falou comigo na competição de arco e flecha.

— Sim, estava. Mas ainda não tinha certeza e não quis contar cedo demais.

— E quando acha que ele vai nascer?

— No começo do verão, acho.

— Não pode demorar tanto! — exclamou ele.

— Meu amor, acho que vai demorar tudo isso.

— Vou escrever para o seu pai amanhã de manhã — disse ele. — Vou lhe dizer para esperar grandes notícias no verão. Talvez, então, já estejamos em casa, de volta de uma grande campanha contra os franceses. Talvez eu traga uma vitória para você e você me dará um filho.

ᛞ

Henrique mandou seu próprio médico, o mais competente de Londres, para me ver. O homem fica em pé em um lado da sala, enquanto me sento em uma cadeira no outro lado. Não pode me examinar, é claro — o corpo da rainha não pode ser tocado por ninguém, a não ser o rei. Não pode me perguntar se minhas regras ou meus intestinos são regulares; também eles são sagrados. Ele está tão paralisado de constrangimento por ter sido chamado para me ver que mantém os olhos no chão, e me faz perguntas breves com a voz baixa, engolindo letras. Fala em inglês, e tenho de me esforçar para ouvi-lo e entendê-lo.

Pergunta se como bem, e se sinto enjoo. Respondo que como bem, mas que sinto enjoo do cheiro e da visão de carnes cozidas. Sinto falta de frutas e legumes que faziam parte de minha dieta diária na Espanha. Sinto muita vontade de doces folheados feitos com mel, de um prato feito de legumes e arroz. Ele diz que isso não tem importância, já que seres humanos não se beneficiam em nada ao comer legumes ou frutas, na verdade, me desaconselharia a comer qualquer coisa crua durante a gravidez.

Pergunta se eu sei quando concebi. Respondo que não posso afirmar, mas que sei a data de minha última menstruação. Sorri como um erudito para uma tola, e diz que isso não ajuda em relação a quando o bebê deve chegar. Vi médicos mou-

riscos calcularem a data do nascimento de um bebê com um ábaco especial. Ele diz que nunca ouviu falar nisso, e que tais estratagemas pagãos não seriam naturais nem desejáveis no tratamento de uma criança cristã.

Propõe que eu repouse. Pede que mande chamá-lo sempre que me sentir indisposta, e ele virá aplicar sanguessugas. Diz acreditar muito que sangrar as mulheres frequentemente impede que fiquem excitadas demais. Então faz uma reverência e sai.

Olho pasma para Maria de Salinas, em pé no canto da sala, assistindo a essa consulta ridícula.

"Este é o melhor médico da Inglaterra?", pergunto. "Isso é o melhor que há?"

Ela sacode a cabeça perplexa.

"Será que podemos chamar alguém da Espanha?", penso em voz alta.

"Seu pai e sua mãe esvaziaram a Espanha de homens eruditos", replica ela, e nesse momento, quase me envergonho deles.

"Sua erudição era herege", digo, defendendo-os.

Ela encolhe os ombros.

"Bem, a Inquisição prendeu a maioria deles. O resto fugiu."

"Para onde foram?", pergunto.

"Aonde quer que o povo vá. Os judeus para Portugal, depois para a Itália, para a Turquia, acho que se espalham por toda a Europa. Suponho que os mouros para a África e o Oriente."

"Podemos descobrir alguém da Turquia?", sugiro. "Não um pagão, é claro. Mas alguém que estudou com um médico mouro, entende? Deve haver médicos cristãos com conhecimento. Algum que saiba mais do que esse."

"Vou perguntar ao embaixador", diz ela.

"Tem de ser cristão", estipulo. Sei que vou precisar de um médico melhor do que esse ignorante tímido, mas não quero contrariar a autoridade de minha mãe e da Santa Igreja. Se disserem que esse conhecimento é pecado, certamente, terei de abraçar a ignorância. É o meu dever. Não sou nenhuma estudiosa e é melhor eu ser guiada pela Santa Igreja. Mas será que Deus quer realmente que neguemos o conhecimento? E se essa ignorância me custar um filho e herdeiro da Inglaterra?

☙

Catarina não reduziu seu ritmo de trabalho, dando ordens aos escrivães, ouvindo os suplicantes que precisavam da justiça real, discutindo com o Conselho Privado as notícias do reino. Mas escreveu para a Espanha propondo que seu pai enviasse um embaixador para representar os interesses espanhóis, sobretudo porque Henrique estava decidido a entrar em guerra contra a França como aliado da Espanha assim que a estação de guerras tivesse início, na primavera, e haveria muita correspondência entre os dois países.

"Ele está decidido a cumprir as suas ordens", escreveu Catarina a seu pai, traduzindo cuidadosamente cada palavra para o código complexo que usavam. "Ele está ciente de que nunca esteve em uma guerra e ansioso para que tudo saia bem para um exército anglo-espanhol. Estou muito preocupada, de fato, com ele se arriscar. Não tem herdeiro, e mesmo que tivesse, este é um país difícil para príncipes quando em minoria. Quando for à guerra com você, confiá-lo-ei à sua proteção. Ele deve acreditar que está experimentando a guerra verdadeiramente, com certeza aprenderá como fazer campanha com você. Mas confio em você para mantê-lo afastado de qualquer perigo real. Não interprete errado minhas palavras", escreveu ela, inflexivelmente. "Ele deve sentir que está no cerne da guerra, deve aprender como batalhas são vencidas, mas não deve nunca correr algum perigo real. E", acrescentou ela, "nunca deverá saber que nós o protegemos."

O rei Fernando, de posse total de Castela e Aragão mais uma vez, governando como regente para Joana, que diziam não mais ter condições de assumir seu trono, perdida no mundo sombrio do sofrimento e da loucura, respondeu à sua filha caçula que não precisava se preocupar com a segurança de seu marido na guerra, ele se certificaria de impedir que Henrique se expusesse a qualquer outra coisa que não excitação. "E não deixe que seus temores de esposa o desviem do seu dever", lembrou-lhe ele. "Em todos os seus anos comigo, sua mãe nunca esquivou-se do perigo. Você tem de ser a rainha que ela queria que fosse. Essa guerra tem de ser combatida para a segurança e lucro de todos nós, e o jovem rei tem de desempenhar o seu papel junto com este velho rei e o velho imperador. Essa é uma aliança de dois velhos cavalos de guerra e um jovem potro; e ele vai querer fazer parte disso." Deixou um espaço na carta, como se refletisse, depois acrescentou um *postscriptum*: "É claro que nós dois garantiremos de que seja, sobretudo, uma brincadeira para ele. É claro que ele não saberá."

Fernando estava certo. Henrique estava indócil para participar de uma aliança que derrotaria a França. O Conselho Privado, os conselheiros sérios do reinado previdente de seu pai, ficou espantado ao saber que o jovem estava absolutamente convencido de que reinar significava guerra, e de que não havia outra maneira melhor de demonstrar que tinha herdado o trono. Os jovens animados, fanfarrões que compunham a corte, indóceis por uma oportunidade para mostrar sua coragem, incitavam Henrique à guerra. Os franceses tinham sido odiados por tanto tempo que era inacreditável a paz ter sido declarada e durado. Não parecia natural estar em paz com a França — o estado normal de guerra deveria ser retomado assim que a vitória fosse uma certeza. E a vitória, com um novo jovem rei e uma corte jovem, só podia ser uma certeza.

Nenhuma observação de Catarina acalmava completamente a febre da guerra, e Henrique foi tão belicoso com o embaixador francês em seu primeiro encontro que o estupefato representante relatou a seu chefe que o novo jovem rei não estava em seu juízo perfeito, irritado, negando ter um dia escrito uma carta pacífica ao rei da França, que o Conselho Privado tinha enviado em sua ausência. Felizmente, o encontro seguinte foi melhor. Catarina fez questão de estar presente.

— Cumprimente-o cordialmente — Catarina instigou Henrique ao ver o homem avançar.

— Não vou fingir gentileza quando pretendo a guerra.

— Tem de usar a astúcia — disse ela baixinho. — Tem de ser habilidoso dizendo uma coisa e pensando outra.

— Nunca fingirei. Nunca renegarei meu caráter íntegro.

— Não, não deve fingir, exatamente. Mas deixe que ele, tolamente, o compreenda errado. Há mais de uma maneira de vencer uma guerra, e vencer é o que importa, não ameaçar. Se ele achar que é seu amigo, nós os pegaremos desprevenidos. Por que lhe avisaríamos do ataque?

Ele ficou perturbado, olhou para ela com o cenho franzido.

— Não sou mentiroso.

— Não, pois lhe disse na última vez que as ambições vaidosas de seu rei seriam corrigidas por você. Os franceses não podem capturar Veneza. Temos uma aliança antiga com Veneza...

— Temos?

— Oh, sim — replicou Catarina com firmeza. — A Inglaterra tem uma antiga aliança com Veneza, e além disso, é a primeira muralha da cristandade contra os turcos. Ameaçando Veneza, os franceses ficam à beira de introduzir os pagãos na Itália. Eles deviam se envergonhar. Mas na última vez que se encontraram, você alertou o embaixador francês. Você não poderia ter sido mais claro. Agora está na hora de recebê-lo com um sorriso. Não precisa detalhar sua campanha. Guardaremos o nosso segredo. Não vamos dividi-lo com alguém como ele.

— Eu disse a ele uma vez, não preciso dizer de novo. Não repito o que digo — falou Henrique, gostando da ideia.

— Não nos gabamos de nossa força — disse ela. — Sabemos o que podemos fazer e sabemos o que faremos. Descobrirão por si mesmos, na hora que acharmos certa.

— É verdade — replicou Henrique, e desceu da pequena plataforma para receber o embaixador francês, com um sorriso, e foi recompensado ao ver o homem atrapalhar-se na reverência e gaguejar ao falar.

— Eu o deixei desconcertado — disse ele a Catarina, alegremente.

— Você foi magistral — garantiu-lhe ela.

> ☙

Se ele fosse um idiota eu teria de reprimir minha impaciência e controlar meu temperamento mais vezes do que faço. Mas ele não é um estúpido. É inteligente, talvez até mesmo tão sagaz quanto Artur. Mas enquanto Artur foi treinado para pensar, foi educado para ser rei desde que nasceu, deixaram esse segundo filho agir contando com seu encanto e sua língua rápida. Eles o achavam agradável e o estimulavam a ser simplesmente isso. Tem um bom raciocínio e é capaz de ler, debater e pensar bem — mas somente se o assunto for de seu interesse, e ainda assim só por algum tempo. Fizeram-no estudar, mas apenas para exibir sua inteligência. Ele é preguiçoso, terrivelmente preguiçoso — sempre prefere que outro faça o trabalho por ele, e esse é um grande defeito em um rei, deixa-o nas mãos de seus funcionários. Um rei que não trabalha estará sempre em poder de seus conselheiros. É uma receita de conselheiros superpoderosos.

Quando começamos a discutir os termos do contrato entre a Espanha e a Inglaterra, ele pede que eu o redija para ele. Não gosta de fazer isso, gosta de ditar e tem um escrivão para anotar. E nunca se dará o trabalho de aprender o código. Isso significa que cada letra entre ele e o imperador, cada letra entre ele e meu pai, é escrita ou traduzida por mim. Estou no centro dos planos para a guerra, queira eu ou não. Não posso evitar ser quem toma as decisões no âmago dessa aliança, e Henrique se põe de lado.

Evidentemente não reluto em cumprir o meu dever. Nenhum filho genuíno de minha mãe se esquivaria de um esforço, especialmente um que leva à guerra com inimigos da Espanha. Todos fomos criados para saber que reinar é uma vocação, não um tratado. Ser rei significa governar; e governar sempre exige trabalho. Nenhum filho de meu pai resistiria a estar no cerne do planejamento e maquinação, e preparativos para a guerra. Ninguém na corte inglesa está mais capacitado do que eu para conduzir a Inglaterra na guerra.

Não sou nenhuma idiota. Desde o começo percebi que meu pai planejava usar nossos soldados ingleses contra os franceses, e enquanto os entretemos, na hora e lugar de sua escolha, aposto que ele vai invadir o reino de Navarra. Devo tê-lo ouvido falar dezenas de vezes à minha mãe que se conseguisse ter Navarra, teria cercado a fronteira norte de Aragão, além de ser uma região rica, com videiras e trigo. Meu pai desejava isso desde que assumiu o trono de Aragão. Sei que se tiver uma chance de invadir Navarra, a conquistará, e se conseguir que os ingleses façam o trabalho por ele, será ainda melhor.

Mas não estou nessa guerra para servir a meu pai, embora o deixe pensar assim. Ele não me usará como seu instrumento, eu o usarei como meu. Quero essa guerra pela Inglaterra, e por Deus. O próprio papa decretou que os franceses não devem invadir Veneza, o próprio papa está pondo seu santo exército em campo contra os franceses. Nenhum verdadeiro filho ou filha da Igreja precisa de uma causa mais nobre: saber que o Santo Padre está pedindo apoio.

E para mim há outra razão, ainda mais forte que essa. Nunca me esqueci do aviso de minha mãe de que os mouros se voltarão de novo contra a cristandade, nunca me esqueço dela me dizendo que deveria estar preparada na Inglaterra como ela estava na Espanha. Se os franceses vencerem os exércitos do papa e tomarem Veneza, quem duvida de que os mouros, por sua vez, verão isso como sua chance de a capturarem, tirando-a das mãos do franceses? E assim que os mouros tiverem um ponto de apoio no coração da cristandade mais uma vez, a guerra de minha mãe terá de ser lutada de novo. Eles virão para cima de nós pelo Leste, virão por Veneza, e a Europa cristã ficará à sua mercê. Meu pai mesmo me disse que Veneza, com seu grande comércio, seu arsenal, seus potentes estaleiros, não deve nunca ser tomada pelos mouros, não podemos deixá-los conquistar uma cidade onde possam construir galés de guerra em uma semana, armá-las em dias, guarnecê-las de homens em uma manhã. Se eles dominarem os estaleiros e seu pessoal, perderemos os mares. Sei que esse é o meu dever, um dever que me foi concedido por minha mãe e por Deus: enviar os ingleses para lutar pelo papa, e defender Veneza de qualquer invasor. Será fácil persuadir Henrique.

Mas não me esqueço da Escócia. Não me esqueço do medo de Artur da Escócia. O Conselho Privado tem espiões ao longo da fronteira, e Thomas Howard, o velho conde de Surrey, foi colocado lá, deliberadamente, creio eu, pelo antigo rei. O rei Henrique, meu sogro, deu a Thomas Howard muitas terras no norte, de modo que ele, de todas as pessoas, mantivesse a fronteira a salvo. O velho rei não era nenhum tolo. Não deixava que outros fizessem o seu trabalho e se fiava em suas habilidades. Eles os prendia com o seu sucesso. Se os escoceses invadirem a Inglaterra, virão pelas terras Howard, e Thomas Howard está tão ansioso quanto eu para que isso nunca aconteça. Ele me assegurou que os escoceses não nos atacarão nesse verão, não em maior número do que os salteadores dos ataques de sempre. A informação que reunimos dos mercadores ingleses na Escócia, dos viajantes instruídos a ficar de olhos abertos, confirma a opinião do conde. Estamos a salvo por esse verão, pelo menos. Posso aproveitar esse momento e enviar o exército inglês para lutar contra os franceses. Henrique pode partir em segurança e aprender a ser um soldado.

ᛒ

Catarina assistiu às danças das festividades do Natal, aplaudiu seu marido quando girava outras mulheres no salão, riu dos mascarados, e assinou as contas da corte para a imensa quantidade de vinho, *ale*, carne e tudo o mais do melhor e mais sofisticado. Deu de presente de Natal a Henrique uma bela sela marchetada e algumas camisas que ela havia costurado e bordado, ela mesma, com o belo motivo espanhol em preto.

— Quero que todas as minhas camisas sejam costuradas por você — disse ele, sentindo o belo linho com a face. — Não quero usar nada que outra mulher tenha tocado. Somente as suas mãos farão minhas camisas.

Catarina sorriu e puxou seu ombro até ele ficar da sua altura. Ele curvou-se como um menino grande e ela beijou-o na testa.

— Sempre — prometeu ela. — Sempre farei suas camisas.

— E agora, o meu presente para você — disse ele. Empurrou uma grande caixa de couro na direção dela. Catarina abriu-a. Era um conjunto de joias magníficas: um diadema, um colar, duas pulseiras e brincos combinando.

— Ah, Henrique!

— Gostou?

— Adorei — replicou ela.

— Vai usá-los hoje à noite?

— Vou usá-los hoje à noite e na festa do Dia de Reis — prometeu ela.

A jovem rainha irradiava felicidade nesse primeiro Natal de seu reinado. As saias cheias de seu vestido não conseguiam ocultar a curva de sua barriga; aonde quer que fosse, o rei ordenava que lhe levassem uma cadeira, não a deixava ficar em pé nem por um momento, não podia se cansar nunca. Compôs canções especiais para ela, tocadas por seus músicos, e danças e mascaradas especiais foram organizadas em sua honra. A corte deleitada com a fertilidade da jovem rainha, com a saúde e a força do jovem rei, consigo mesma, divertia-se até tarde da noite, Catarina sentada em seu trono, seus pés ligeiramente separados para acomodar a curva da barriga, sorrindo de alegria.

03

Palácio de Westminster, janeiro de 1510

Acordei à noite com dor e uma sensação estranha. Sonhei que a maré se elevava e que uma frota de navios de velas negras subia o rio Tâmisa. Achei que deviam ser os mouros que vinham me buscar, depois achei que era uma frota espanhola — uma armada, mas de maneira estranha e perturbadora, era minha inimiga e inimiga da Inglaterra. Em minha aflição, me agitei na cama e acordei com uma sensação de pavor, e descobri que era pior do que qualquer sonho. Meus lençóis estavam molhados de sangue, e minha barriga doía.

Gritei aterrorizada, meu grito acordou Maria de Salinas que dorme comigo. "O que foi?", ela perguntou. Então viu meu rosto e chamou bruscamente a criada aos pés da cama, mandando-a ir correndo chamar as damas de honra e as par-

teiras, mas em alguma parte de minha mente eu já sabia que elas nada poderiam fazer. Com dificuldade fui para a minha cadeira, minha camisola manchada de sangue, e senti a dor se contorcer e girar em minha barriga.

Quando chegaram, tiradas às pressas de suas camas, todas apalermadas de sono, eu estava de joelhos no chão como um cachorro doente, rezando para a dor passar e pela segurança do meu filho. Sabia que tinha perdido a criança. Experimentei uma sensação dilacerante em minha barriga enquanto ele saía lentamente.

Depois de um dia difícil e triste, Henrique indo à porta várias vezes, e eu o mandando embora, mas mantendo a voz tranquilizadora, mordendo a palma da minha mão para não gritar, o bebê nasceu, morto. A parteira mostrou-a para mim, uma menina, uma coisinha branca, mole: pobre bebê, meu pobre bebê. Meu único conforto foi que não era o menino que eu tinha prometido a Artur, que geraria por ele. Era uma menina, uma menina morta, e contorci meu rosto de dor, quando me lembrei de que ele queria uma menina primeiro, que se chamaria Mary.

Não consigo falar de tanto sofrimento, não consigo olhar para Henrique e contar-lhe eu mesma. Não suporto a ideia de a corte ficar sabendo, não consigo escrever para meu pai e contar que decepcionei a Inglaterra, que decepcionei Henrique, que decepcionei a Espanha, e o pior de tudo — e isso eu nunca poderia contar a ninguém —, decepcionei Artur.

Fico em meus aposentos, fecho a porta para todas as caras ansiosas, as parteiras que querem que eu beba tisanas de folhas de morangos, as damas de honra que me contam de seus partos de natimortos, dos partos de natimortos de suas mães, e do final feliz. Eu as mando embora e me ajoelho aos pés da cama, aperto o rosto nas mantas. Sussurro entre meus soluços, abafados para que ninguém os ouça. "Sinto muito, sinto muito, meu amor. Lamento muito não ter podido lhe dar o filho. Não sei por que, não sei por que o bom Deus me envia esta dor tão grande. Lamento tanto, meu amor. Se eu tiver outra chance, farei de tudo que puder para ter o nosso filho, para mantê-lo a salvo até o parto e depois. Farei, juro que farei. Tentei desta vez, e só Deus sabe como daria qualquer coisa para ter o seu filho, e dar-lhe o nome de Artur, por você, meu amor." Procuro me acalmar quando percebo as palavras saindo rápido demais. Sinto que estou perdendo o controle, sinto os soluços começando a me sufocar.

"Espere por mim", digo baixinho. "Espere por mim. Espere por mim à margem das águas tranquilas no jardim onde as pétalas das rosas vermelhas e brancas caem. Espere por mim, porque quando eu der à luz seu filho Artur e sua filha Mary, e ter cumprido minha missão aqui, irei ao seu encontro. Espere por mim no jardim e não deixarei de ir. Irei ao seu encontro, meu amor. Meu amor."

 C৪

O médico foi diretamente dos aposentos da rainha para os do rei.

— Majestade, tenho boas notícias.

Henrique virou-se para ele e sua cara estava tão emburrada quanto a de uma criança de quem tivessem tirado a alegria.

— Tem?

— Sim, tenho.

— A rainha está melhor? A dor diminuiu? Ela vai ficar bem?

— Muito melhor que esperávamos — replicou o médico. — Apesar de perder um bebê, ela mantém outro. Estava grávida de gêmeos, Majestade. Perdeu um, mas a sua barriga continua grande e ela ainda carrega um bebê.

Por um momento, o rei não entendeu as palavras.

— Ela ainda está com um bebê?

O médico sorriu.

— Sim, Majestade.

Foi como a interrupção de uma execução. Henrique sentiu seu coração vibrar de esperança.

— Como é possível?

O médico estava confiante.

— De várias maneiras, eu diria. A sua barriga continua firme, o sangramento cessou. Tenho certeza de que ela ainda carrega um bebê.

Henrique fez o sinal da cruz.

— Deus está conosco — disse ele positivamente. — Esse é um sinal de Seu favor. — Fez uma pausa. — Posso vê-la?

— Sim, ela está tão feliz com a notícia quanto Vossa Majestade.

Henrique subiu a escada de dois em dois degraus até os aposentos de Catarina. Em sua sala de audiência somente os menos informados, pois a corte e metade de Londres sabiam que ela estava acamada e não seria vista. Henrique atravessou o grupo a toda pressa, que murmurava ação de graças a ele e à rainha, passou pela câmara privada, onde as damas de honra estavam costurando, e bateu à porta do seu quarto.

Maria de Salinas abriu-a e recuou para dar passagem ao rei. A rainha estava sentada à janela, o livro de orações erguido para a luz.

— Meu amor! — exclamou ele. — O Dr. Fielding foi me ver com a melhor das notícias.

O rosto dela estava radiante.

— Mandei que lhe contasse em particular.

— E ele obedeceu. Ninguém mais sabe. Meu amor, estou tão feliz!

Os olhos dela estavam cheios de lágrimas.

— É como uma redenção — disse ela. — Sinto como se uma cruz tivesse sido tirada de meus ombros.

— Assim que o nosso bebê nascer, irei a Walsingham agradecer a Nossa Senhora — prometeu ele. — Doarei ao santuário uma fortuna, se for menino.

— Que Deus assim queira — murmurou ela.

— Por que Ele não iria querer? — perguntou Henrique. — Quando é o nosso desejo, e o da Inglaterra, e pedimos como filhos sagrados da Igreja?

— Amém — replicou ela rapidamente. — Se for a vontade de Deus.

Ele agitou a mão.

— É claro que é a Sua vontade — disse ele. — Agora tem de se cuidar e repousar.

Catarina sorriu para ele.

— Como está vendo.

— Você deve. E qualquer coisa que quiser, terá.

— Direi aos cozinheiros, se quiser alguma coisa.

— E as parteiras têm de acompanhá-la à noite e de manhã, para se certificarem de que está bem.

— Sim — concordou ela. — E se for a vontade de Deus, teremos um filho homem.

೫

Foi Maria de Salinas, minha verdadeira amiga que veio comigo da Espanha, e permaneceu do meu lado nos meses bons e nos anos de privação, que descobriu o mouro. Ele estava acompanhando um rico mercador, viajando de Gênova a Paris, que havia sido chamado a Londres para avaliar uma certa quantidade de ouro, e Maria soube dele por uma mulher que tinha dado cem libras à Nossa Senhora de Walsingham para ter um filho homem.

"Dizem que faz mulheres estéreis conceberem", me falou em um sussurro, tomando cuidado para que nenhuma das damas de honra estivesse perto o bastante para ouvir.

Fiz o sinal da cruz para evitar a tentação.

"Então deve fazer uso da magia negra."

"Princesa, ele é reputado como um grande médico. Foi treinado por mestres que estavam na universidade de Toledo."

"Não vou vê-lo."

"Porque acha que usa magia negra?"

"Porque é meu inimigo e inimigo da minha mãe. Ela sabia que o conhecimento dos mouros era obtido ilicitamente, do diabo, não da verdade revelada por Deus. Expulsou os mouros da Espanha, e sua magia junto."

"Vossa Majestade, talvez ele seja o único médico na Inglaterra que saiba alguma coisa sobre mulheres."

"Não vou vê-lo."

☙

Maria aceitou minha recusa e deixou passar algumas semanas, até que despertei à noite, com uma dor intensa no ventre, e então senti, lentamente, o sangue correr. Ela foi rápida ao chamar as criadas com as toalhas e com uma jarra de água, e quando voltei para a cama e percebemos que não era nada mais do que minhas regras que retornavam, ela ficou em silêncio ao lado da minha cabeceira. Lady Margaret Pole estava, também em silêncio, à porta.

"Majestade, por favor, deixe aquele médico vê-la."

"Ele é um mouro."

"Sim, mas acho que é o único homem no país que saberá o que está acontecendo. Como suas regras podem descer se está grávida? Pode estar perdendo o segundo bebê. Tem de ver um médico em que confiemos."

"Maria, ele é meu inimigo. Ele é inimigo da minha mãe. Ela passou a vida expulsando esse povo da Espanha."

"Com eles, perdemos sua sabedoria", replicou Maria em voz baixa. "Não vive na Espanha há quase uma década, Majestade, não sabe como é lá agora. Meu irmão me escreve dizendo que o povo adoece e não há hospitais onde tratá-los. As freiras e monges fazem o que podem, mas não têm conhecimento suficiente. Se têm cálculos, têm de ser arrancados por um veterinário, se quebram um braço ou perna, é o ferreiro que a tem de consertar. Os barbeiros são cirurgiões, dentes são arrancados no mercado, e quem os arranca acaba fraturando o maxilar do outro. As parteiras tanto enterram um homem com chagas quanto fazem partos, e perdem tantos bebês quanto são paridos. As habilidades dos médicos mouriscos, com seu conhecimento do corpo, suas ervas para aliviar a dor, seus instrumentos de cirurgia, e sua insistência na higiene... perdeu-se completamente."

"Se era uma sabedoria pecadora, é melhor que tenha se perdido", digo obstinadamente.

"Por que Deus estaria do lado da ignorância, da sujeira e da doença?", pergunta ela, enfurecida. "Perdoe-me, Majestade, mas isso não faz sentido. E está se esquecendo do que a sua mãe queria. Ela sempre disse que as universidades deveriam ser restauradas, para ensinarem o conhecimento cristão. Só que, agora, ela matou ou baniu todos os professores que sabiam alguma coisa."

"A rainha não vai querer ser aconselhada por um herege", diz Lady Margaret com firmeza. "Nenhuma mulher inglesa se consultaria com um mouro."

Maria vira-se para mim.

"Por favor, Majestade."

Estou com tanta dor que não consigo argumentar.

"As duas podem me deixar agora", digo. "Deixem-me dormir um pouco."

Lady Margaret sai, mas Maria faz uma pausa para fechar as persianas, de modo que eu fique no escuro.

"Oh, que ele venha então, mas não enquanto estou assim. Ele pode vir na semana que vem."

☙

Ela o traz pela escada secreta que sobe dos porões, passa pelo corredor dos criados, até os aposentos particulares da rainha no palácio de Richmond. Estou me vestindo para o jantar, e deixo que entre em meus aposentos enquanto ainda estou despida, só de camisa com um manto por cima. Faço uma careta ao pensar no que minha mãe diria ao saber que um homem entrava em minha câmara privada. Mas eu sabia, lá no fundo, que tinha de ver um médico que me dissesse como conceber um filho para a Inglaterra. E sei que há alguma coisa errada com o filho que dizem que carrego em meu ventre.

Reconheço-o como um infiel assim que o vejo. É negro como ébano, seus olhos são da cor do azeviche, sua boca grande e sensual, sua expressão alegre e piedosa, tudo ao mesmo tempo. As costas de suas mãos são negras, escuras como o seu rosto, os dedos são longos, suas unhas rosadas, a palma das mãos marrom, os vincos entranhados com a sua cor. Se eu fosse uma quiromante, poderia traçar uma vida inteira em sua palma africana, como as rodas de uma carroça traçam em um campo de terra. Reconheço-o imediatamente como mouro e núbio, e tenho vontade de mandá-lo para fora dos meus aposentos. Mas ao mesmo tempo sei que ele talvez seja o único médico neste país que tem o conhecimento de que preciso.

O povo deste homem, infiéis, pecadores, que voltaram suas caras negras contra Deus, têm remédios que não temos. Por alguma razão, Deus e seus anjos não nos revelaram o conhecimento que esse povo buscou e encontrou. Esse povo lera em grego tudo o que os médicos gregos pensavam. Depois, exploraram por si mesmos, com instrumentos proibidos, estudando o corpo humano como se fosse um animal, sem medo nem respeito. Criaram teorias selvagens com pensamentos proibidos e as testaram, sem superstições. Estão preparados para pensar qualquer coisa, considerar qualquer coisa; nada é tabu. Essas pessoas são instruídas, enquanto somos tolos, enquanto eu sou uma tola. Tenho de olhá-lo como se viesse de uma raça de selvagens, tenho de olhá-lo de cima para baixo, como um infiel condenado ao inferno, mas preciso saber o que ele sabe.

Se ele me disser.

"Sou Catalina, infanta de Espanha e rainha Catarina da Inglaterra", digo com arrogância, para que saiba que está lidando com uma rainha, e filha da rainha que havia vencido o seu povo.

Ele inclina a cabeça, orgulhoso como um barão.

"Sou Yusuf, filho de Ismail", diz ele.

"É um escravo?"

"Nasci de um escravo, mas sou homem livre."

"Minha mãe não permitiria a escravidão", digo. "Ela dizia que não era permitida pela nossa religião, a nossa religião cristã."

"Ainda assim ela mandou o meu povo para a escravidão", observa ele. "Talvez ela tenha pensado que princípios nobres e boas intenções terminam na fronteira."

"Como o seu povo não vai aceitar a salvação de Deus, então não importa o que acontece com seu corpo terreno."

Seu rosto se ilumina, divertido, e não consegue conter um risinho de deleite.

"Importa para nós, acho", diz ele. "Minha nação permite a escravidão, mas não a justificamos dessa maneira. E o mais importante: não podem herdar a escravidão. Quando se nasce, independentemente da condição da mãe, nasce-se livre. Esta é a lei, e a acho muito boa."

"Bem, não faz diferença o que pensa", replico rudemente. "Já que não tem razão."

De novo ele ri alto, genuinamente divertido, como se eu tivesse dito algo muito engraçado.

"Como deve ser bom, sempre saber que se tem razão", diz ele. "Talvez estejam sempre seguros de sua retidão. Mas sugiro, Catarena da Espanha e Catarina da Inglaterra, que às vezes é melhor saber as perguntas do que as respostas."

Faço uma pausa.

"Mas só o quero para respostas", digo. "Sabe medicina? Se uma mulher pode conceber um filho varão? Se ela está grávida?"

"Às vezes é possível saber", replica ele. "Às vezes está na mãos de Alá, louvado seja o Seu nome, e às vezes não percebemos o bastante para ter certeza."

Faço o sinal da cruz para me proteger quando escuto o nome de Alá, rápido como uma velha cuspindo em uma sombra. Ele sorri diante do meu gesto, sem se perturbar nem um pouco.

"O que quer saber?", pergunta ele, a voz cheia de bondade. "O que quer tanto saber que mandou chamar um infiel para aconselhá-la? Pobre rainha, deve ser muito só, se precisa da ajuda do seu inimigo."

Meus olhos se enchem de lágrimas com a generosidade em sua voz, e passo a mão no rosto.

"Perdi um bebê", digo sem rodeios. "Uma filha. O meu médico diz que foi um de gêmeos, e que há outra criança em meu ventre, que haverá outro parto."

"Então, por que mandou me chamar?"

"Quero ter certeza", replico. "Se há outra criança, terei de ir para o confinamento, o mundo inteiro estará me observando. Tenho de saber se a criança está viva dentro de mim, que é um menino, que nascerá."

"Por que duvida da opinião de seu próprio médico?"
Evitei seu olhar inquiridor, franco.
"Não sei", repliquei evasivamente.
"Infanta, acho que sabe."
"Como posso saber?"
"Com a intuição feminina."
"Não a tenho."
Ele sorri diante da minha obstinação.
"Bem, então, mulher sem sentimentos, o que sua mente inteligente diz, já que resolveu negar o que o seu corpo diz?"
"Como posso saber?", pergunto. "Minha mãe está morta. Meu melhor amigo na Inglaterra...", interrompo-me antes de pronunciar o nome de Artur. "Não tenho em quem confiar. Uma parteira diz uma coisa, outra diz outra. O médico tem certeza... mas também quero ter certeza. O rei o recompensa só por boas notícias. Como posso saber a verdade?"
"Acho que sabe, apesar de tudo", insiste ele gentilmente. "O seu corpo lhe dirá. Suponho que suas regras não retornaram."
"Sim, sangrei", admiti contra a vontade. "Na semana passada."
"Com dor?"
"Sim."
"Seus seios estão sensíveis?"
"Estavam."
"Estão maiores que antes?"
"Não."
"Sente a criança? Ela se move em seu ventre?"
"Não sinto nada desde que perdi a menina."
"Está com dor agora?"
"Agora não mais. Sinto..."
"Sim?"
"Nada. Não sinto nada."
Ele não fala nada, senta-se calmamente, respira tão suavemente que mais parece um gato preto adormecido. Olha para Maria.
"Posso tocá-la?"
"Não", replica ela. "Ela é a rainha, ninguém pode tocá-la."
Ele encolhe os ombros.

"É uma mulher como qualquer outra. Deseja ter um filho como qualquer mulher. Por que não devo tocar em sua barriga como tocaria na de outra mulher?"

"Ela é a rainha", repete Maria. "Não pode ser tocada. Tem o corpo ungido."

Ele sorri como se a verdade sagrada fosse engraçada.

"Bem, espero que alguém a tenha tocado, ou não terá realmente nenhuma criança", diz ele.

"Seu marido. Um rei ungido", replica Maria concisamente. "E cuidado com o que fala. Esses são assuntos sagrados."

"Se não posso examiná-la, só me resta dizer-lhe a minha impressão ao olhar para ela. Se não pode ser examinada, terá de se satisfazer com um palpite." Vira-se para mim. "Se fosse uma mulher comum e não uma rainha, eu seguraria suas mãos agora."

"Por quê?"

"Porque são duras as palavras que tenho a dizer."

Devagarzinho, estendo minhas mãos com os anéis valiosos em meus dedos. Ele as pega delicadamente, suas mãos negras tão macias quanto as de uma criança. Seus olhos escuros encaram os meus sem medo, sua expressão é terna.

"Se está sangrando, é provável que seu útero esteja vazio", diz ele. "Não há criança em seu ventre. Seus seios não estão aumentados, como se cheios de leite, o seu corpo não está preparado para alimentar uma criança. Se não sente uma criança mexer dentro de si no sexto mês, então ou a criança está morta, ou não há nenhuma criança. Se não sente nada disso, o mais provável é que não haja nada a sentir."

"Minha barriga continua inchada." Abro o manto e mostro a curva da minha barriga sob a camisa. "Está dura, não é gordura, estou a mesma coisa que antes de perder o primeiro bebê."

"Pode ser uma infecção", diz ele pensativamente. "Ou, que Alá não permita, um tumor, uma tumefação. Ou um aborto que ainda não se concluiu."

Retiro as mãos.

"Está me desejando mal!"

"Não", replica ele. "Para mim, aqui e agora, não é Catalina, infanta da Espanha, mas simplesmente uma mulher que pediu minha ajuda. Lamento."

"Ajuda?", interrompe Maria de Salinas, com irritação. "Que bela ajuda!"

"Seja como for, não acredito", digo. "A sua opinião é uma, a do Dr. Fielding é outra. Por que eu acreditaria na sua e não na de um bom cristão?"

Ele olha para mim demoradamente, com sua expressão terna. "Gostaria de não ter essa opinião", diz ele. "Mas estou certo de que haverá muitos que lhe dirão mentiras agradáveis. Acredito em dizer a verdade. Rezarei pela infanta."

"Não quero suas preces pagãs", replico com grosseria. "Pode ir e leve junto sua má opinião e suas heresias."

"Fique com Deus, infanta", diz ele com dignidade, como se eu não o tivesse insultado. Ele faz uma reverência. "E como não quer as preces para o meu Deus, louvado seja o Seu santo nome, desejo que quando estiver aflita o seu médico esteja certo, e o seu Deus esteja consigo."

Deixo-o ir, tão silencioso quanto um negro gato, e não falo mais nada. Ouço suas sandálias nos degraus de pedras, exatamente como os passos silenciosos dos criados em minha terra. Ouço o farfalhar de sua túnica comprida, tão diferente do roçar rígido do pano inglês. Sinto o ar perder seu perfume gradativamente, o perfume quente e picante da minha terra.

E quando ele se foi, quando desapareceu completamente, e a porta lá embaixo foi fechada, ouço Maria de Salinas girar a chave para trancá-la. E então percebo que quero chorar — não somente por ele ter-me dado más notícias, mas porque uma das raras pessoas no mundo que me disse a verdade foi embora.

☙

Primavera de 1510

Catarina não contou ao seu jovem marido a visita do médico mouro, tampouco sua opinião, proferida com tanta honestidade. Não mencionou a visita dele a ninguém, nem mesmo à Lady Margaret Pole. Aferrou-se ao seu senso de destino, ao seu orgulho e à sua fé de que continuava a ser especialmente favorecida por Deus, e prosseguiu com a gravidez, não permitindo nem a si mesma duvidar.

Tinha boas razões para isso. O médico inglês, Dr. Fielding, continuava confiante, as parteiras não o contradiziam, a corte se comportava como se Catarina fosse dar à luz em março ou abril, e portanto ela passou a primavera, passeando pelos jardins verdejantes, as árvores frondosas, com um sorriso sereno e a mão delicadamente sobre sua barriga redonda.

Henrique estava excitado com o parto iminente; estava planejando um grande torneio em Greenwich para quando o bebê nascesse. A perda da menina não o tornara prudente, pelo contrário, se gabava por toda a corte de que um bebê saudável logo chegaria. Só se precavia de predizer que era menino. Dizia a todo mundo que não se importava que seu primeiro filho fosse um príncipe ou uma princesa — ele o amaria por ser seu primogênito, por ter vindo no auge de sua felicidade e da felicidade da rainha.

Catarina reprimia suas dúvidas e não dizia nem mesmo a Maria de Salinas que não tinha sentido o bebê chutar, que se sentia um pouco mais fria, um pouco mais distante de tudo a cada dia. Passava cada vez mais tempo de joelhos na capela; mas Deus não falava com ela, e até mesmo a voz de sua mãe parecia ter-se silenciado. Sentia falta de Artur — não a saudade apaixonada de uma jovem viúva, mas porque tinha sido o seu amigo mais querido na Inglaterra, e o único a quem confiaria suas dúvidas.

Em fevereiro, compareceu à grande festa da terça-feira de carnaval e brilhou diante da corte, e riu. Viram a curva de sua barriga, viram a sua segurança quando celebraram a Quaresma. Mudaram-se para Greenwich, certos de que o bebê nasceria logo depois da Páscoa.

൪

Vamos para Greenwich para o nascimento do meu bebê, meus aposentos foram preparados como disposto no Livro Real por milady mãe do rei — tapeçarias nas paredes, com cenas agradáveis e estimulantes, tapetes sobre o piso e enfeitados com plantas frescas. Hesito à porta, atrás de mim, meus amigos erguem as taças de vinho temperado. É aí que deverei realizar a minha maior obra para a Inglaterra, este é o momento do meu destino. Para isso nasci e fui criada. Respiro fundo e entro. A porta se fecha atrás de mim. Não verei meus amigos, o duque de Buckingham, meu querido cavaleiro Edward Howard, meu confessor, o embaixador espanhol, até o meu bebê nascer.

Minhas damas entram comigo. Lady Elizabeth Bolena coloca uma caixinha com substâncias aromáticas na mesinha de cabeceira, Lady Elizabeth e Lady Anne, irmãs do duque de Buckingham, endireitam uma tapeçaria, uma em cada canto, rindo quando entorta para um lado ou para o outro. Maria de Salinas está sorrindo, em pé ao lado da grande cama com cortinado escuro. Lady Margaret Pole está arrumando o berço do bebê aos pés da cama. Ergue os olhos e sorri para mim quando entro e me lembro de que ela é mãe, de que vai saber o que tem de ser feito.

"Vou querer que seja você a responsável pelo cuidado do meu filho", falo, de repente, com ela. A minha afeição por ela e minha necessidade do conselho e conforto de uma mulher mais velha são demais para mim.

Minhas damas parecem se divertir com isso. Sabem que normalmente sou formal, e que tal indicação só teria acontecido depois de eu consultar dezenas de pessoas.

Lady Margaret sorri para mim.

"Sabia que sim", diz ela, respondendo de maneira tão íntima quanto a minha. "Estava contando com isso."

"Sem um convite real?", provocou Lady Elizabeth Bolena. "Que vergonha, Lady Margaret! Oferecendo-se dessa maneira!"

Todas nós rimos da ideia de Lady Margaret, a mais digna das mulheres, como alguém que desejasse cargos.

"Sei que vai cuidar dele como se fosse seu próprio filho", sussurro para ela.

Ela pega a minha mão e me ajuda a ir para a cama. Estou pesada e desajeitada, e sinto uma dor constante em minha barriga, que tento esconder.

"Se Deus quiser", diz ela baixinho.

Henrique chega para se despedir de mim. Seu rosto está corado e está agitado com a emoção. Parece mais um menino do que um rei. Pego suas mãos e o beijo ternamente na boca.

"Meu amor", digo. "Reze por mim, tenho certeza de que tudo vai dar certo para nós."

"Vou agradecer à Nossa Senhora de Walsingham", repete ele. "Escrevi para o convento de lá e lhe prometi uma generosa recompensa se intercederem com Nossa Senhora para protegê-la. Estão rezando por você, meu amor. Elas me garantiram que estão rezando o tempo todo."

"Deus é bom", digo. Penso brevemente no médico mouro que me disse que eu não estava grávida, e afasto rapidamente da minha mente o seu disparate pagão. "Este é o meu destino, o desejo de minha mãe, e a vontade de Deus", digo.

"Gostaria que sua mãe estivesse aqui", diz Henrique, inabilmente. Não deixo que veja eu me retrair.

"É claro", replico calmamente. "Tenho certeza de que ela está me velando de Al-Yan..." Interrompo-me antes de proferir as palavras. "Do paraíso", digo suavemente. "Do céu."

"Quer alguma coisa?", pergunta ele. "Antes de eu ir, quer que busque alguma coisa?"

Não rio ao pensar em Henrique — que nunca sabe onde está nada — buscando algo para mim a esta altura.

"Tenho tudo de que preciso", asseguro-lhe. "E minhas damas cuidarão de mim."

Ele endireita o corpo e olha em volta.

"Sirvam bem à rainha", diz ele com firmeza. E a Lady Margaret: "Por favor, mande me chamar se houver qualquer novidade, a qualquer hora, dia ou noite."

Depois se despede de mim com um beijo carinhoso, e quando sai e fecha a porta atrás de si, fico só com minhas damas no isolamento de meu confinamento.

Estou contente por estar confinada. O quarto escurecido e tranquilo será meu refúgio, agora posso descansar um pouco na companhia familiar das mulheres. Posso parar de representar o papel da rainha fértil e confiante, e ser eu mesma. Ponho de lado todas as dúvidas. Não vou pensar, não vou me preocupar. Vou esperar pacientemente até meu bebê chegar, e então o trarei ao mundo sem medo, sem gritar. Estou determinada a confiar que essa criança, que sobreviveu à perda de sua gêmea, será um bebê forte. E eu, que sobrevivi à perda do meu primeiro bebê, serei uma mãe corajosa. Talvez seja verdade que suplantamos a dor e a perda juntos: esse bebê e eu.

Espero. Durante todo o mês de março, espero, e peço que afastem a tapeçaria que cobre a janela para que eu sinta o perfume da primavera no ar e ouça as gaivotas guinchando acima da maré alta do rio.

Parece que nada está acontecendo, nem para o meu bebê nem para mim. As parteiras perguntam se estou sentindo alguma dor, e não estou. Nada além da dor imprecisa que sinto há muito tempo. Perguntam se o bebê se mexeu, se o sinto me chutar, mas, para ser franca, não entendo o que querem dizer. Relanceiam os olhos umas para as outras e dizem alto, com veemência excessiva, que é um excelente sinal, que um bebê quieto é um bebê forte; que ele deve estar descansando.

Ignoro o desconforto que sinto desde o começo dessa segunda gravidez. Não vou pensar no aviso do médico mouro, nem na compaixão em seu rosto. Estou decidida a não ter medo, a não atrair desastre. Mas abril chega e ouço o barulho da chuva na janela, e sinto o calor do sol, e nada acontece.

Meus vestidos que apertaram minha barriga durante todo o inverno, parecem mais largos em abril, e depois mais largos ainda. Dispenso todas as damas, menos Maria, desato meu vestido e lhe mostro minha barriga. Pergunto se ela acha que estou perdendo a redondez.

"Não sei", responde ela, mas percebo por sua cara espantada que minha barriga está menor, que é óbvio que não há nenhum bebê prestes a nascer.

Na outra semana, fica óbvio para todo mundo que minha barriga está diminuindo, que estou emagrecendo de novo. As parteiras tentam me dizer que às vezes, a barriga de uma mulher diminui logo antes de o bebê nascer, quando a criança começa a descer, ou algum outro conhecimento misterioso. Olho para elas friamente, e gostaria de poder chamar um médico decente para me dizer a verdade.

"Minha barriga está menor e minhas regras descem regularmente", digo-lhes bruscamente. "Estou sangrando. Como sabem, sangro todo mês desde que perdi a menina. Como posso estar grávida?"

Agitam as mãos e ficam sem ter o que dizer. Não sabem. Dizem que são perguntas para o respeitado médico do meu marido. Foi ele que disse que eu continuava grávida, não elas. Elas nunca disseram que eu estava grávida, simplesmente foram chamadas para assistir um parto. Não foram elas que disseram que eu estava esperando um bebê.

"Mas o que acharam quando ele disse que era um gêmeo?", pergunto. "Não concordaram quando eu disse que tinha perdido uma criança mas conservava outra no meu ventre?"

Sacudiram a cabeça. Não sabiam.

"Devem ter pensado alguma coisa", insisto com impaciência. "Viram eu perder o meu bebê. Viram minha barriga crescer. Por que seria se não por outra criança?"

"Vontade de Deus", diz uma delas impotentemente.

"Amém", digo, e me custa um grande esforço dizê-lo.

☙

— Quero ver aquele médico de novo — disse Catarina em voz baixa a Maria de Salinas.

— Majestade, talvez ele não esteja em Londres. Viaja como médico de um conde francês. Talvez já tenha partido.

— Descubra se ele ainda está em Londres, ou quando esperam que retorne — disse a rainha. — Não conte a ninguém que sou eu que o procuro.

Maria de Salinas olhou para a rainha com simpatia.

— Quer que a aconselhe a como ter um filho? — perguntou em voz baixa.

— Não há nenhuma universidade na Inglaterra que ensine a medicina — disse Catarina com amargura. — Não existe nenhuma que ensine línguas. Não há nenhuma que ensine astronomia, ou matemática, geometria, geografia, cosmografia, ou mesmo que ofereça o estudo de animais, ou plantas. As universidades da Inglaterra têm a mesma utilidade de um mosteiro cheio de monges colorindo as margens de textos sagrados.

Maria de Salinas ofegou diante da ousadia de Catarina.

— A Igreja diz...

— A Igreja não precisa de médicos decentes. A Igreja não precisa saber como filhos são concebidos — falou Catarina. — A Igreja quer continuar com as revelações dos santos. Não precisa de nada além das Escrituras. A Igreja é composta de homens que não se deixam perturbar pelas doenças e dificuldades das mulheres. Mas aqueles de nós em nossa peregrinação hoje, aqueles de nós no mundo, especialmente aqueles de nós que são mulheres: precisamos de algo mais.

— Mas disse que não queria o conhecimento pagão. Disse ao próprio médico. Disse que sua mãe estava certa ao fechar as universidades dos infiéis.

— Minha mãe teve meia dúzia de filhos — replicou Catarina, irritada. — Mas vou lhe dizer uma coisa, se ela pudesse ter encontrado um médico que salvasse meu irmão, ela o aceitaria mesmo que tivesse sido treinado no próprio inferno. Ela errou ao dar as costas ao conhecimento dos mouros. Ela cometeu um erro. Nunca achei que fosse perfeita, mas agora penso nela diferente. Ela cometeu um grande erro quando expulsou os sábios eruditos com seus hereges.

— A própria Igreja diz que a erudição é uma heresia — observou Maria.

— Como ter um sem ter o outro?

— Estou certa que não sabe nada sobre isso — disse a filha de Isabel. — Não é um assunto que convém a você discutir e, além disso, eu já disse o que quero que faça.

☙

O mouro, Yusuf, está fora de Londres, mas na hospedaria em que fica disseram que ele reservou apartamento para daqui a uma semana. Terei de ser paciente. Vou esperar no meu confinamento e tentar ser paciente.

Eles o conhecem bem, a criada de Maria contou. Suas idas e vindas são um acontecimento na rua. Africanos são tão raros na Inglaterra que se tornam um espetáculo — e ele é um homem bonito e generoso, distribuindo pequenas moedas por pequenos serviços. Disseram à criada de Maria que ele insistia em ter água doce para se lavar em seu quarto e se lavava diariamente, várias vezes ao dia, e que — o mais incrível de tudo! — ele tomava banho três ou quatro vezes por semana, usando sabonete e toalhas, e derramando água pelo chão todo, para grande inconveniência das criadas, e grande perigo para a sua saúde.

Não consigo deixar de rir ao pensar naquele mouro alto, meticuloso, dobrando-se para caber em uma banheira, louco por um vapor morno, massagem, ducha fria e depois, um longo e pensativo repouso enquanto fuma o narguilé e beberica um chá forte e doce de hortelã. Lembro-me do horror que senti ao chegar à Inglaterra e descobrir que só tomavam banho raramente e só lavavam as pontas dos dedos antes de comer. Acho que ele fez melhor do que eu — carrega seu amor por sua terra com ele, refaz sua casa aonde quer que vá. Mas na minha determinação de ser rainha Catarina da Inglaterra, abri mão de ser Catalina da Espanha.

ꗇ

Levaram o mouro oculto no escuro à câmara onde Catarina estava confinada. Na hora marcada, ela dispensou as damas dizendo que queria ficar só, sentou-se na cadeira à janela, em que as tapeçarias haviam sido abertas para a entrada do ar, e a primeira coisa que viu ao se levantar quando ele chegou foi seu perfil esguio iluminado à vela contra o escuro da janela. Viu seu sorriso de simpatia.

— Nenhuma criança.

— Nenhuma — disse ela. — Vou sair do confinamento amanhã.

— Sente dor?

— Nada.

— Bem, fico feliz com isso. Está sangrando?

— Menstruei normalmente na semana passada.

Ele balançou a cabeça.

— Então deve ter tido alguma enfermidade que passou — disse ele. — Pode estar apta a conceber. Não há necessidade de perder a esperança.

— Não perdi — disse ela bruscamente. — Nunca perco a esperança. Por isso mandei chamá-lo.

— Quer conceber o mais cedo possível — adivinhou ele.

— Sim.

Ele refletiu por um instante.

— Bem, infanta, como já teve um bebê, mesmo que não tenha completado a gestação, sabe que é fértil e seu marido também. Isso é bom.

— Sim — disse ela, surpresa com o pensamento. O aborto a atormentou tanto que nem mesmo pensara que sua fertilidade tinha sido provada. — Mas por que fala da fertilidade do meu marido?

O mouro sorriu.

— É preciso um homem e uma mulher para conceber uma criança.

— Aqui na Inglaterra, acham que somente a mulher.

— Sim, mas nisso, como em muitas outras coisas, estão errados. Há duas partes em todo bebê: o sopro da vida do homem, e a dádiva da carne da mulher.

— Eles dizem que quando se perde um bebê, a culpa é da mulher, que talvez ela tenha cometido um pecado grave.

Ele franziu o cenho.

— É possível — cedeu ele. — Mas não muito provável. Senão, como assassinas poderiam dar à luz? Por que animais inocentes abortam seus filhotes? Acho que, com o tempo, aprenderemos que existem humores e infecções que provocam o aborto. Não culpo a mulher; para mim, isso não faz sentido.

— Dizem que se uma mulher é estéril é porque seu casamento não foi abençoado por Deus.

— Ele é o seu Deus — observou ele sensatamente. — Perseguiria uma mulher infeliz só para fazer valer seu ponto de vista?

Catarina não respondeu.

— Vão me culpar se eu não der à luz uma criança com vida — observou ela, calmamente.

— Eu sei — disse ele. — Mas o xis da questão é: tendo gerado uma criança e a perdido, há todas as razões para se achar que pode ter outra. E nenhuma razão para que não conceba de novo.

— Tenho de completar a gestação da próxima criança.

— Se eu pudesse examiná-la, poderia saber mais.

Ela sacudiu a cabeça.

— Não é possível.

O olhar de relance que lhe lançou foi alegre.

— Ah, vocês selvagens — disse ele, ternamente.

Ela ofegou ligeiramente, chocada de maneira divertida.

— Perdeu a cabeça!

— Então me mande embora.

Isso a deteve.

— Pode ficar — disse ela. — Mas é claro que não pode me examinar.

— Então, vamos considerar o que pode ajudá-la a conceber e dar à luz — disse ele. — Seu corpo tem de estar forte. Monta a cavalo?

— Sim.

— Monte com uma perna de cada lado antes de conceber e depois, ande de liteira. Caminhe todos os dias, nade, se puder. Vai conceber uma criança mais ou menos duas semanas depois do fim de suas regras. Repouse nesse período, e deite com seu marido. Tente comer moderadamente nas refeições e beba o mínimo possível dessa malfadada *ale*.

Catarina sorriu ao pensar em seus próprios preconceitos.

— Conhece a Espanha?

— Nasci lá. Meus pais fugiram de Málaga quando sua mãe introduziu a Inquisição e eles perceberam que seriam torturados até a morte.

— Sinto muito — disse ela, constrangida.

— Voltaremos, está escrito — disse ele com uma confiança *blasé*.

— Devo avisá-lo de que não.

— Sei que voltaremos. Vi a profecia pessoalmente.

Ficaram de novo em silêncio.

— Devo dizer a quê a aconselho ou devo ir embora? — perguntou ele, como se não se importasse muito.

— Fale — replicou ela. — Depois vou pagá-lo, e poderá ir. Nascemos para ser inimigos. Eu não deveria tê-lo chamado.

— Nós dois somos espanhóis, nós dois amamos o nosso país. Nós dois servimos ao nosso Deus. Talvez tenhamos nascido para sermos amigos.

Ela teve de se conter para não lhe estender a mão.

— Talvez — disse ela, rispidamente, e virou a cabeça. — Mas fui criada para odiar o seu povo e odiar a sua fé.

— Fui criado para não odiar ninguém — disse ele, gentilmente. — Talvez seja isso que eu devesse ensinar-lhe antes de qualquer outra coisa.

— Basta que me ensine como ter um filho — repetiu ela.

— Muito bem. Beba água que foi fervida, coma o máximo de frutas e legumes frescos. Tem vegetais aqui?

☙

Por um momento, estou de volta ao jardim de Ludlow com seus olhos brilhantes em mim.

"*Acetaria?*"

"*Sim, salada.*"

"*O que é exatamente?*"

☙

Ele viu a face da rainha se iluminar.

— No que está pensando?

— Em meu primeiro marido. Ele me disse que eu podia mandar buscar hortelãos para plantar vegetais para salada, mas nunca mandei.

— Tenho sementes — disse o mouro, surpreendendo-a. — Posso dar-lhe algumas e poderá plantar os vegetais de que vai precisar.

— Tem?

— Sim.

— Você me daria... me venderia essas sementes?

— Sim. Eu vou lhe dar.

Por um momento, sua generosidade calou-a.

— É muito gentil — disse ela.

Ele sorriu.

— Nós dois somos espanhóis e estamos muito longe da nossa casa. Isso não tem mais importância do que o fato de ser branca e eu ser negro? Do que eu adorar meu Deus de frente para Meca e Vossa Majestade adorar o seu de frente para o ocidente?

— Sou filha da verdadeira religião e você é um infiel — disse ela, porém com menos convicção do que antes.

— Nós dois somos pessoas de fé — replicou ele calmamente. — Nossos inimigos devem ser as pessoas sem nenhuma fé, nem no Deus deles, nem em outros, nem em si mesmos. As pessoas que deveriam enfrentar a nossa cruzada deveriam ser aquelas que praticam a crueldade no mundo por nenhum outro motivo que não o poder. Já há pecado e perversidade bastante a combater, antes de apontar armas contra pessoas que acreditam em um Deus misericordioso e que tentam ser boas na vida.

Catarina ficou sem ter o que responder. Por um lado, a doutrina de sua mãe; por outro, a bondade simples que se irradiava desse homem.

— Não sei — disse ela, finalmente. — Terei de levar a pergunta a Deus. Teria de rezar por uma orientação. Admito que não sei.

— Este é o começo da sabedoria — replicou ele, delicadamente. — Tenho certeza disso, pelo menos. Admitir que não sabe é pedir com humildade, em vez de mandar com arrogância. É o começo da sabedoria. Agora, o mais importante: vou para casa e redigirei uma lista do que não deve comer, e lhe mandarei alguns remédios para fortalecer seus humores. Não deixe que lhe apliquem ventosas, nem sanguessugas, e não deixe que a convençam a tomar venenos e poções. É uma mulher jovem com um marido jovem. O bebê virá.

Foi como uma bênção.

— Tem certeza? — perguntou ela.

— Tenho certeza — replicou ele. — E muito em breve.

Palácio de Greenwich, maio de 1510

Mando chamar Henrique, ele deve saber primeiro por mim. Chega contrariado. Estava aterrorizado com os segredos e atos femininos, e não gosta de entrar em um quarto preparado para um confinamento. Mas percebo algo mais: a ausência de calor que vejo em seu rosto, desviado do meu. A maneira como não me encara. Mas não posso provocá-lo quanto à frieza em relação a mim quando tenho de lhe dar uma notícia tão dura. Lady Margaret nos deixa a sós, fechando a porta ao sair. Sei que ela vai cuidar para que ninguém do lado de fora escute alguma coisa. Logo todos saberão.

"Meu marido, sinto muito, tenho más notícias para nós", digo.

O rosto que vira para mim está carrancudo.

"Sabia que não podia ser nada bom quando Lady Margaret veio me chamar."

Não há motivo para eu me irritar. Terei de controlar nós dois. "Não estou grávida", digo direto. "O médico deve ter-se enganado. Havia somente uma criança e a perdi. Este confinamento foi um equívoco. Voltarei à corte amanhã."

"Como ele pode ter-se enganado com isso?"

Encolho ligeiramente os ombros. Quero dizer: porque ele é um tolo pomposo e homem seu, e você só se cerca de pessoas que lhe deem boas notícias, que têm medo de lhe contar as más. Mas digo com neutralidade: "Ele deve ter-se confundido."

"Vou parecer um idiota!", explodiu ele. "Você se afastou por quase três meses e não há nada a mostrar."

Não digo nada por um momento. Não faz sentido eu desejar estar casada com um homem que pensasse em mais do que sua aparência. Não faz sentido eu desejar estar casada com um homem que pensasse primeiro em mim.

"Ninguém vai pensar absolutamente nada", digo com firmeza. "Se falarem alguma coisa vai ser que eu é que fui uma tola em não saber se tinha ou não uma criança no ventre. Mas pelo menos tivemos um bebê e isso significa que podemos ter outro."

"Significa?", pergunta ele, imediatamente esperançoso. "Mas por que a perdemos? Deus está descontente conosco? Cometemos algum pecado? É um sinal da insatisfação de Deus?"

Contenho-me para não fazer a pergunta do mouro: Deus é tão vingativo a ponto de matar uma criança inocente para punir os pais por um pecado tão insignificante que nem mesmo sabem que cometeram?

"Minha consciência está tranquila", replico com firmeza.

"A minha também", diz ele rapidamente, rapidamente demais.

☙

Mas a minha consciência não está tranquila. Nessa noite ajoelho-me diante da imagem do senhor crucificado e, pela primeira vez, rezo de verdade; não sonho com Artur, não consulto minha mãe. Fecho os olhos e rezo.

"Senhor, foi uma promessa em um leito de morte", digo lentamente. "Ele me pediu. Foi para o bem da Inglaterra. Foi para guiar o reino e o rei no caminho da igreja. Foi para proteger a Inglaterra dos mouros e do pecado. Sei que me proporcionou riqueza e o trono, mas não fiz isso por lucro. Se pequei, Senhor, então me mostre agora. Se eu não devo ser sua esposa, diga-me agora. Porque acredito que fiz a coisa certa, e que estou fazendo a coisa certa. E acredito que não tiraria meu filho de mim para me punir. Acredito que seja um Deus misericordioso. E acredito que fiz a coisa certa por Artur, por Henrique, pela Inglaterra e por mim."

Reclino o corpo, apoiando-me nos meus calcanhares e espero por um longo tempo, por uma hora ou mais, para o caso do meu Deus, do Deus da minha mãe, escolher falar comigo em Sua ira.

Ele não fala.

Portanto continuo achando que estou certa. Artur estava certo ao pedir minha promessa, eu estava certa ao mentir, minha mãe estava certa em dizer que era a vontade de Deus eu ser a rainha da Inglaterra, e independentemente do que acontecer, nada mudará isso.

༄

Lady Margaret Pole vem se sentar comigo nessa noite, minha última noite no confinamento. Senta-se no banco no lado oposto do fogo, perto o bastante para que não nos ouçam com facilidade. "Tenho uma coisa a lhe contar", diz ela.

Olho para o seu rosto, ela está tão calma que logo percebo que aconteceu algo desagradável.

"Fale", digo instantaneamente.

Ela faz uma pequena tromba.

"Lamento trazer-lhe mexericos da corte."

"Não tem importância. Fale."

"É a irmã do duque de Buckingham."

"Elizabeth?", pergunto, pensando na jovem bonita que me procurou no momento que soube que eu seria rainha e perguntou se poderia ser minha dama de honra.

"Não, Anne."

Balanço a cabeça, é a irmã mais nova de Elizabeth, uma garota de olhos escuros que piscam de maneira marota e que gosta da companhia masculina. É popular na corte entre os rapazes, mas — pelo menos quando estou presente — se comporta com toda a elegância recatada de uma jovem matrona da família mais nobre da região, a serviço da rainha.

"O que tem ela?"

"Tem visto William Compton, sem contar a ninguém. Têm-se encontrado clandestinamente. Seu irmão está muito chateado. Contou ao marido dela, que ficou furioso por ela arriscar a própria reputação e o bom nome dele flertando com um amigo do rei."

Penso por um momento. William Compton é um dos companheiros mais desregrados de Henrique. Os dois são inseparáveis.

"William só está querendo se divertir", digo. "É um conquistador."

"Foi notado que ela desapareceu de uma mascarada, uma vez durante o jantar e uma vez o dia todo, quando a corte estava caçando."

Balanço a cabeça. Isso já é muito mais sério. "Há indícios de que são amantes?"

Ela dá de ombros. "Certamente seu irmão, Edward Stafford, está furioso. Queixou-se a Compton e houve uma briga. O rei defendeu Compton."

Aperto os lábios para me impedir de, na minha irritação, fazer uma crítica. O duque de Buckingham é um dos amigos mais antigos da família Tudor, com muitas terras e muitos criados antigos. Recebeu-me, junto com o príncipe Harry, há tantos anos, e hoje é honrado pelo rei, o homem mais eminente da região. Tem sido um bom amigo desde então. Mesmo quando eu estava em desgraça, sempre recebi um sorriso ou uma palavra amável de sua parte. Todo verão ele me mandava um presente de carne de caça, e havia semanas em que essa era a única carne que víamos. Henrique não pode discutir com ele como se fosse um agricultor grosserão discutindo com um comerciante. É o rei e o homem mais eminente do estado da Inglaterra. O antigo rei Henrique não teria conquistado o trono sem o apoio de Buckingham. Uma divergência entre os dois não é uma questão privada, mas sim um desastre nacional. Se Henrique tivesse um mínimo de juízo não se envolveria nessa disputa banal de cortesãos. Lady Margaret balança a cabeça para mim, não preciso dizer nada, ela entende que reprovo.

"Não posso me afastar da corte nem por um momento sem que minhas damas escapem de seus quartos para correrem atrás de rapazes?"

Ela inclina-se à frente e dá um tapinha na minha mão. "Parece que não. É uma corte jovem e frívola, e precisa que Vossa Majestade a mantenha disciplinada. O rei disse palavras ofensivas ao duque. William Compton falou que não vai dizer nada sobre o assunto a ninguém, de modo que todos pensam o pior. Anne foi praticamente aprisionada por seu marido, Sir George, nenhuma de nós a viu hoje. Receio que, quando sair do confinamento, ele não permita que ela a sirva, e desse modo sua honra será envolvida." *Ela faz uma pausa.* "Achei que devia saber agora, em vez de ser surpreendida por tudo isso amanhã de manhã. Embora não seja do meu feitio fazer mexericos de tal leviandade."

"É absurdo", digo. "Tratarei disso amanhã quando sair do confinamento. Mas o que eles, todos eles, estão pensando? Parece recreio em um pátio de escola!

William devia se envergonhar e estou surpresa que Anne tenha perdido a cabeça a ponto de querer atraí-lo. E quem o seu marido pensa que é? Algum cavaleiro de Camelot para aprisioná-la em uma torre?"

☙

A rainha Catarina saiu do confinamento com discrição, e retornou a seus aposentos no palácio de Greenwich. Não haveria nenhuma cerimônia na igreja para marcar seu retorno à vida normal, já que não havia acontecido nenhum parto. Não haveria nenhum batizado, já que não havia nenhuma criança. Ela saiu do quarto escurecido sem comentários, como se tivesse sofrido alguma enfermidade secreta, vergonhosa, e todo mundo se comportou como se ela tivesse se afastado por horas e não por quase três meses.

Suas damas de honra, que tinham se acostumado com um ritmo cioso de vida com a rainha no confinamento, reuniram-se, com certa pressa, nas câmaras reais, e as criadas se apressaram em espalhar ervas frescas e novas velas.

Catarina percebeu vários olhares furtivos entre suas damas e presumiu que também elas tinham as consciências pesadas por seu mau comportamento na ausência dela; mas então, percebeu que havia uma conversa cochichada que se interrompia sempre que ela levantava a cabeça. Estava claro que havia acontecido algo mais sério do que a desgraça de Anne, assim como estava claro que ninguém lhe contara.

Ela fez sinal para que uma de suas damas, Lady Madge, se aproximasse.

— Lady Elizabeth não veio esta manhã? — perguntou ela, ao não ver sinal da irmã Stafford mais velha.

A garota ficou escarlate até as orelhas.

— Não sei — gaguejou. — Acho que não.

— Onde ela está? — perguntou Catarina.

A garota olhou, em desespero, ao redor, procurando ajuda, mas todas as outras damas de honra na sala mostraram-se, de súbito, extremamente interessadas em sua costura, seus bordados, ou seus livros. Elizabeth Bolena dava as cartas com a atenção semelhante à de uma cartomante.

— Não sei onde ela está — confessou a garota.

— No sanitário? — sugeriu Catarina. — Nos aposentos do duque de Buckingham?

— Acho que foi embora — replicou a garota atrevidamente. Na mesma hora alguém arfou e, depois, fez-se silêncio.

— Embora? — Catarina olhou em volta. — Alguém pode me dizer o que está acontecendo? — perguntou ela, o tom sensato. — Aonde foi Lady Elizabeth? E como pode ter ido sem a minha permissão?

A garota deu um passo atrás. Nesse momento, Lady Margaret Pole entrou na sala.

— Lady Margaret — disse Catarina, em tom divertido. — Lady Madge está me dizendo que Lady Elizabeth deixou a corte sem minha permissão e sem se despedir. O que está acontecendo?

Catarina sentiu o sorriso divertido imobilizar-se em seu rosto quando sua amiga sacudiu levemente a cabeça, e Lady Madge, aliviada, voltou à sua cadeira.

— O que houve? — perguntou Catarina, calmamente.

Sem parecer se mover, todas as damas esticaram os pescoços para escutarem como Lady Margaret explicaria os últimos acontecimentos.

— Creio que o rei e o duque de Buckingham discutiram — disse Lady Margaret sem alterar a voz. — O duque deixou a corte e levou as duas irmãs.

— Mas são minhas damas de companhia. Servem a mim. Não podem partir sem a minha permissão.

— Foi um grande erro da parte deles, sem dúvida — replicou Lady Margaret. Algo na maneira como cruzou as mãos no colo, olhando com tal firmeza e calma para Catarina, alertou-a para não interrogar mais.

— O que andaram fazendo na minha ausência? — Catarina virou-se para suas damas, tentando abrandar o humor na sala.

Imediatamente todas pareceram acanhadas.

— Aprenderam alguma canção nova? Dançaram em mascaradas? — perguntou Catarina.

— Eu sei uma nova música — ofereceu-se uma das garotas. — Posso cantá-la?

Catarina autorizou com um movimento da cabeça, e logo uma delas pegou um alaúde. Foi como se todas estivessem ansiosas para diverti-la. Catarina sorriu e acompanhou o ritmo com a mão no braço da cadeira. Percebeu, sendo uma mulher nascida e criada em uma corte de conspiradores, que algo estava realmente muito errado.

Houve o som de passos se aproximando e os guardas de Catarina abriram a porta ao rei e sua corte. As damas se levantaram, ajeitaram as saias, morderam os lábios para que ficassem rosa e faiscaram de expectativa. Alguém riu alegremente sem motivo. Henrique entrou, ainda com suas roupas de montar, os amigos à sua volta, William Compton com o braço no dele.

Catarina, mais uma vez, ficou alerta com a diferença no comportamento do seu marido. Ele não entrou, pegou-a nos braços e beijou-a no rosto. Tampouco foi até o centro da sala e fez uma reverência para ela. Entrou, de braço dado com seu melhor amigo, os dois quase se escondendo um atrás do outro, como meninos pegos em um ato repreensível: em parte envergonhados, em parte fanfarrões. Diante do olhar penetrante de Catarina, Compton se desvencilhou, constrangido, de Henrique, que a saudou com entusiasmo. Com os olhos baixos, pegou sua mão e a beijou no rosto, não na boca.

— Você agora está bem? — perguntou ele.

— Sim — replicou ela calmamente. — Estou muito bem. E como está?

— Oh — replicou ele negligentemente. — Estou bem. Tivemos uma boa caça hoje de manhã. Gostaria que tivesse vindo conosco. Fomos quase até Sussex, acho.

— Sairei amanhã — prometeu Catarina.

— Vai estar realmente bem?

— Estou muito bem — repetiu ela.

Ele pareceu aliviado.

— Achei que ficaria doente por meses — falou ele, impulsivamente.

Sorrindo, ela sacudiu a cabeça, perguntando-se quem teria lhe dito isso.

— Vamos romper o nosso jejum — disse ele. — Estou morto de fome.

Pegou a mão dela e a conduziu ao salão. A corte acompanhou-os informalmente. Catarina ouvia o zunzum excitado dos cochichos. Inclinou a cabeça para Henrique, de modo que ninguém compreendesse suas palavras.

— Soube que houve discussões na corte.

— Ah! Já soube da nossa pequena discussão, não foi? — replicou ele. Falou alto demais, estava jovial demais. Fazia o papel do homem que não tinha nada que perturbasse sua consciência. Riu por cima do ombro, procurando quem se uniria a ele na diversão. Meia dúzia de homens e mulheres sorriram, ansiosos em partilhar de seu bom humor. — Não foi nada. Tive uma discussão com o seu grande amigo o duque de Buckingham. Ele deixou a corte irritadíssimo! — Riu de novo, ainda mais entusiasticamente, olhando de soslaio para ver se ela estava sorrindo também, tentando adivinhar se ela já sabia tudo sobre isso.

— Mesmo? — disse Catarina, com serenidade.

— Ele foi insultante — disse Henrique. — Que fique fora até estar pronto para pedir desculpas. É um homem muito arrogante, você sabe. Sempre acha que sabe tudo. E sua irmã ranzinza Elizabeth pode ir junto.

— Ela é uma boa dama de honra e uma companhia gentil para mim — observou Catarina. — Esperava que ela viesse me receber hoje. Nunca briguei com ela, nem com sua irmã Anne. Achava que você nunca tinha tido problemas com elas também.

— Mas estou muito descontente com seu irmão — replicou Henrique. — Podem todos ir embora.

Catarina fez uma pausa, respirou fundo.

— Ela e sua irmã fazem parte da minha comitiva. Tenho o direito de escolher e dispensar minhas próprias damas de companhia.

Percebeu seu acesso infantil de irritação.

— Vai me fazer um favor dispensando-as de sua comitiva! Sejam lá quais forem os seus direitos! Não quero ouvir falar de direitos entre nós!

A corte atrás caiu em silêncio imediatamente. Todos queriam escutar a primeira discussão real.

Catarina soltou a mão, rodeou, até o seu lugar, a mesa no alto. Isso lhe deu tempo para lembrar que não podia perder a calma. Quando ele se sentou do seu lado, ela respirou fundo e sorriu para ele.

— Como quiser — disse ela sem modular a voz. — Para mim não fará tanta diferença. Mas como vou dirigir uma corte disciplinada se mando embora moças de boa família que não fizeram nada de errado?

— Você não estava aqui, portanto não faz ideia do que ela fez ou deixou de fazer! — Henrique procurou outra censura e achou. Fez sinal para a corte se sentar e se deixou cair em sua própria cadeira. — Você se trancafiou por meses. O que eu deveria fazer sem você? Como as coisas deveriam ser dirigidas se você simplesmente se foi e abandonou tudo?

Catarina balançou a cabeça, mantendo a expressão completamente serena. Estava ciente da atenção da corte inteira focada nela como um vidro ustório sobre papel fino.

— Não me afastei para me divertir — observou ela.

— Foi muito constrangedor para mim — disse ele, interpretando suas palavras. — Extremamente constrangedor. Para você, foi tudo ótimo, ficando na cama por semanas seguidas. Mas como uma corte pode ser dirigida sem uma rainha? Suas damas não tinham disciplina, ninguém sabia o que ia acontecer, eu não podia vê-la, tive que dormir sozinho... — interrompeu-se.

Catarina se deu conta, tardiamente, que sua explosão ocultava uma mágoa genuína. Em seu egoísmo, ele tinha transformado o longo período que ela passara sofrendo e com medo em sua própria dificuldade. Ele tinha conseguido ver seu confinamento inútil como ela tendo abandonado-o intencionalmente, deixando-o só para governar uma corte desequilibrada. Aos seus olhos, ela o decepcionara.

— Acho que é o mínimo você fazer o que peço — disse ele mal-humorado. — Já tive problemas suficientes nestes últimos meses. Tudo isso refletiu muito mal, pareci um tolo para os outros. E não tive nenhuma ajuda sua.

— Muito bem — replicou Catarina, de maneira apaziguadora. — Mandarei Elizabeth embora, e sua irmã Anne também, já que me pede. É claro.

Henrique voltou a sorrir, como se o sol saísse de trás das nuvens.

— Sim. E agora que está aqui, podemos fazer tudo voltar ao normal.

ॐ

Nem uma palavra sequer de conforto para mim, nenhum pensamento compreensivo. Eu podia ter morrido tentando dar à luz um filho seu. Sem a criança, tenho de enfrentar a tristeza, a aflição e o medo constante do pecado. Mas ele não pensa nem um pouco em mim.

Consigo responder com um sorriso. Sabia ao me casar com ele que era um garoto egoísta e sabia que se tornaria um adulto egoísta. Tinha-me imposto a tarefa de guiá-lo e ajudá-lo a se tornar o melhor homem que pudesse ser. Há vezes em que acho que ele deixa de ser o homem que devia ser. E quando acontece, como agora, devo encarar sua falha como um fracasso meu em guiá-lo. Devo perdoá-lo.

Sem o meu perdão, sem a minha paciência, maior do que eu acreditava possível, o nosso casamento será ainda mais insatisfatório. Ele está sempre disposto a se ressentir da mulher que gosta dele — aprendeu isso com sua avó. E eu, que Deus me perdoe, estou sempre pensando no marido que perdi, e não no marido que conquistei. Ele não é o homem que Artur foi, e nunca será o rei que Artur teria sido. Mas é o meu marido, o meu rei e devo respeitá-lo.

Na verdade, o respeitarei, ele mereça ou não.

☙

A corte estava esquecida do desjejum, poucos conseguindo tirar os olhos da mesa no alto onde, sob um dossel dourado, sentados em seus tronos, o rei e a rainha conversavam e pareciam completamente reconciliados.

— Mas ela sabe? — sussurrou um cortesão a uma das damas de Catarina.

— Quem lhe contaria? — replicou ela. — Se Maria de Salinas e Lady Margaret ainda não lhe contaram, ela não sabe. Apostos meus brincos que não.

— Apostado — disse ele. — Dez xelins que ela descobre.

— Quando?

— Amanhã — disse ele.

☙

Tenho mais uma peça do quebra-cabeça quando examino as contas das semanas em que fiquei confinada. Nos primeiros dias em que fiquei fora da corte não tinha havido nenhuma despesa extraordinária. Mas depois a conta para diversões começou a crescer. Havia contas de cantores e atores para ensaiar a celebração do esperado bebê, contas do organista, coristas, dos fanqueiros pelo material para bandeirolas e estandartes, criadas extras para polir a pia batismal dourada. Em seguida, havia pagamentos de fantasias, cantores para atuarem sob a janela de Lady Anne, um escrivão para copiar a letra de uma nova canção composta pelo rei, ensaios de dança para uma mascarada na celebração do começo da primavera, e fantasias para três damas, com Lady Anne representando o papel da Beldade Inacessível.

Levantei-me da mesa em que examinava a papelada e fui à janela olhar o jardim embaixo. Tinham montado um ringue de luta, e rapazes da corte estavam em mangas de camisa. Henrique e Charles Brandon agarravam um os braços do outro, como ferreiros em uma feira. Enquanto eu observava, Henrique passou uma rasteira em seu amigo e o derrubou, em seguida jogou seu peso sobre o outro para segurá-lo firme no chão. A princesa Maria aplaudiu, a corte gritou vivas.

Virei-me da janela. Comecei a pensar se Lady Anne tinha-se mostrado realmente inacessível. Pensei em como haviam se divertido na manhã do dia que celebraram a chegada da primavera, enquanto eu despertava sozinha, triste, no silêncio, sem ninguém cantando debaixo da minha janela. E por que a corte deveria pagar cantores, contratados por Compton, para seduzir sua mais recente amante?

☙

À tarde, o rei chamou a rainha aos seus aposentos. Haviam chegado mensagens do papa e ele queria o seu conselho. Catarina sentou-se do seu lado, ouviu atentamente o mensageiro e sussurrou algo ao ouvido de seu marido.

Ele balançou a cabeça assentindo.

— A rainha me lembra a nossa conhecida aliança com Veneza — disse ele pomposamente. — E na verdade, não preciso ser lembrado disso. Não me esqueceria. Pode contar com a nossa determinação de proteger Veneza, na verdade, toda a Itália, contra as ambições do rei francês.

Os embaixadores balançaram a cabeça respeitosamente.

— Vou lhe enviar uma carta sobre isso — disse Henrique, com imponência. Eles fizeram uma reverência e se retiraram.

— Escreverá para eles? — perguntou a Catarina.

Ela assentiu com um movimento da cabeça.

— É claro — disse ela. — Acho que conduziu a situação muito bem.

Ele sorriu satisfeito com a sua aprovação.

— É tão melhor quando você está aqui — disse ele. — Nada dá certo sem você presente.

— Bem, agora estou de volta — disse ela, pondo uma mão em seu ombro. Sentiu a força do músculo sob sua mão. Henrique agora era um homem, com a força de um homem.

— Querido, estou tão triste com a sua briga com o duque de Buckingham. Ela sentiu seu ombro se curvar sob sua mão, e ele se esquivou de seu toque.

— Não foi nada — replicou ele. — Ele vai me pedir perdão e será tudo esquecido.

— Mas talvez ele pudesse simplesmente voltar para a corte — disse ela. — Sem suas irmãs, se não quer vê-las...

Inexplicavelmente ele deu uma gargalhada.

— Oh, traga-os todos de volta, certamente — disse ele. — Se é o seu desejo, se acha que isso a deixará feliz. Você não deveria ter ido para o confinamento, já que não havia nenhum bebê, todos poderiam ver que não havia nenhum bebê.

Ela foi pega de tal maneira de surpresa que ficou sem palavras.

— Foi por causa do meu confinamento?

— Não teria acontecido sem o confinamento. Todos veriam que não havia criança nenhuma. Foi tempo perdido.

— O seu próprio médico...

— E o que ele sabe? Ele só sabe o que você lhe disse.

— Ele me assegurou...

— Médicos não sabem nada! — explodiu ele de súbito. — São sempre guiados pela mulher, todo mundo sabe disso. E a mulher pode dizer o que quiser. Tem um bebê, não tem um bebê? Ela é virgem, ou ela não é virgem? Somente a mulher sabe e o resto de nós é enganado.

Catarina sentiu seus pensamentos dispararem, tentando entender o que o ofendera, ou o que podia dizer.

— Confiei em seu médico — disse ela. — Ele estava muito seguro. Ele me garantiu que eu estava grávida e por isso fui para o confinamento. Da próxima vez, não vou me iludir. Lamento muito, sinceramente, meu amor. Foi uma grande dor para mim.

— Isso me fez passar por um grande tolo! — disse ele, queixosamente. — Não é de admirar que eu...

— Que você o quê? O quê?

— Nada — replicou Henrique com a cara emburrada.

☙

"A tarde está tão agradável, vamos dar uma volta", digo alegremente às minhas damas. "Lady Margaret me acompanhará."

Saímos, minha capa é trazida e colocada sobre meus ombros, e calço as luvas. A senda para o rio está molhada e escorregadia, Lady Margaret pega em meu braço e descemos os degraus juntas. As prímulas estão espessas, como manteiga batida, nas sebes, e o sol brilha. Há cisnes brancos no rio, mas quando as balsas e barcos a remo passam, os pássaros saem do caminho como se por um toque de mágica. Respiro profundamente, é tão bom estar fora daquele pequeno quarto e sentir de novo o sol em meu rosto, que me custa levantar o assunto de Lady Anne.

"Deve saber o que aconteceu", falo sem rodeios.

"Só ouvi comentários", replica ela sem alterar a voz. "Nada ao certo."

"O que tanto enfureceu o rei?", pergunto. "Está aborrecido com o meu confinamento, está com raiva de mim. O que o está perturbando? Certamente não é o flerte da garota Stafford com Compton."

Lady Margaret fica séria. "O rei é muito ligado a William Compton", diz ela. "Não admite que o insultem."

"Parece que o insulto não foi a ele", digo. "Lady Anne e seu marido é que foram desonrados. Acho que o rei deveria ter-se enfurecido com William. Lady Anne não é uma garota leviana. Tem a sua família a considerar e a família de seu marido. Certamente o rei teria mandado Compton se comportar."

Lady Margaret deu de ombros.

"Não sei", diz ela. "Nenhuma das garotas comentou nada comigo. Mantêm um silêncio como se fosse uma questão grave."

"Mas por que, se não passou de um caso inconsequente? Jovens atraem jovens na primavera."

Ela sacode a cabeça. "Realmente, não sei. Parece ter sido apenas um flerte. Mas se foi assim, por que o duque se sentiu tão insultado? Por que brigar com o rei? Por que as garotas não riram de Anne por ter sido pega?"

"E mais uma coisa...", digo.

Ela espera.

"Por que o rei pagaria para Compton cortejá-la? A taxa paga aos cantores está na contabilidade."

Ela franziu o cenho.

"Por que ele encorajaria isso? O rei deveria saber que o duque se sentiria extremamente insultado."

"E Compton permanece seu favorito?"

"São inseparáveis."

Expresso o pensamento que gela em meu peito. "Então não acha que Compton está servindo de escudo ao caso entre o rei, meu marido, e Lady Anne?"

A expressão grave de Lady Margaret me diz que meu palpite é o que ela teme também. "Não sei", responde ela, franca como sempre. "Como eu disse, as garotas não me dizem nada, e não fiz a ninguém esta pergunta."

"*Porque acha que não vai gostar da resposta?*"

Ela assente com a cabeça. Viro-me devagar, e fazemos o caminho de volta em silêncio.

☙

Catarina e Henrique conduziram a companhia para o jantar no salão e se sentaram lado a lado sob o dossel dourado, como sempre fazem. Havia um grupo de cantores vindos da corte francesa que cantaram sem instrumentos, perfeitamente fiéis à música com várias partes diferentes. Era difícil e bela, e Henrique ficou fascinado pela melodia. Quando os cantores fizeram uma pausa, ele aplaudiu e pediu que repetissem. Sorriram diante de seu entusiasmo, e cantaram de novo. Ele pediu que repetissem mais uma vez, e então cantou no tom de tenor: afinação perfeita.

Foi a vez de eles aplaudirem e convidá-lo a cantar com eles a parte que tinha aprendido tão rapidamente. Catarina, em seu trono, inclinou-se à frente e sorriu quando seu belo e jovem marido cantou com sua voz clara, e as damas da corte bateram palmas.

Quando os músicos recomeçaram a tocar e a corte dançou, Catarina desceu a plataforma elevada em que estava sua mesa, e dançou com Henrique, o rosto radiante de felicidade e seu sorriso terno. Henrique, encorajado por ela, dançou como um italiano, com passos rápidos, elegantes, saltando alto. Catarina bateu palmas deleitada e pediu mais uma dança, como se nunca tivesse experimentado um momento sequer de preocupação em sua vida. Uma de suas damas inclinou-se para o cortesão que tinha apostado que Catarina descobriria. "Acho que ficarei com meus brincos", disse ela. "Ele a enganou. Ele a fez de boba e agora é alvo fácil para qualquer uma de nós. Ela perdeu o controle sobre ele."

☙

Espero até estarmos a sós, depois espero até ele se deitar comigo com sua alegria ansiosa, e então saio da cama e lhe levo um copo de ale.

"*Agora me conte a verdade, Henrique*", *digo-lhe simplesmente*. "*Qual a verdadeira razão da discussão entre você e o duque de Buckingham, e qual é a sua relação com a sua irmã?*"

Seu olhar de soslaio rápido me diz mais do que qualquer palavra. Está prestes a mentir para mim. Ouço o que diz: uma história sobre fantasias e todos de máscaras, as damas dançando com eles e Compton e Anne juntos, e sei que está mentindo.

É a experiência mais dolorosa que jamais imaginei que pudesse ter com ele. Estamos casados há quase um ano, vai completar um ano no mês que vem, e ele sempre me olhou diretamente nos olhos, com a franqueza da juventude em seu olhar. Nunca ouvi nada que não a verdade de seus lábios: fanfarrices, certamente, a arrogância de um jovem, mas nunca esse tremor inseguro, enganoso. Ele está mentindo para mim, e quase prefiro uma confissão de infidelidade do que vê-lo me olhar, os olhos azuis e doces de um menino, com um monte de mentiras em sua boca.

Eu o interrompo, realmente não vou suportar ouvir mentira.

"*Basta*", digo. "*Sei o bastante para, pelo menos, ver que não é verdade. Ela foi sua amante, não foi? E Compton foi seu amigo e serviu de escudo.*"

Sua expressão é de espanto. "*Catarina...*"

"*Apenas me diga a verdade.*"

Sua boca está tremendo. Não suporta ter de admitir o que fez. "*Não pretendi...*"

"*Sei que não*", *digo.* "*Tenho certeza de que foi tentado.*"

"*Você ficou longe por tanto tempo...*"

"*Eu sei.*"

Um silêncio terrível se impõe. Achei que ele mentiria e que eu teria de forçá-lo a confrontar suas mentiras e seu adultério, e eu seria uma rainha guerreira com uma raiva justa. Mas é tristeza e gosto de derrota o que sinto. Se Henrique não é capaz de permanecer fiel quando estou confinada para ter nosso filho, nosso querido e desejado filho, como poderá ser fiel até a morte? Como pode cumprir seu voto e renunciar a todos os outros quando pode ser distraído tão facilmente? O que vou fazer, o que pode qualquer mulher fazer, quando seu marido é tolo a ponto de desejar uma mulher por um momento, e não a mulher com que se comprometeu para a eternidade?

"*Querido marido, isso foi muito errado*", *digo com tristeza.*

"*Foi porque tenho aquelas dúvidas. Pensei, por um momento, que não estávamos casados*", *confessa ele.*

"*Esqueceu-se de que estamos casados?*", *pergunto incrédula.*

"Não!" Sua cabeça se ergue, seus olhos azuis estão cheios de lágrimas. Sua face brilha de contrição. "Achei que como o nosso casamento não era válido, eu não precisava ser fiel a ele."

Fico completamente perplexa. "Nosso casamento? Por que não seria válido?"

Ele sacode a cabeça. Está envergonhado demais para falar. Pressiono-o. "Por que não?"

Ele ajoelha-se do lado da minha cama e esconde o rosto nos lençóis.

"Eu gostava dela e a desejava, e ela disse umas coisas que me fizeram sentir..."

"Sentir o quê?"

"Fizeram-me achar..."

"Achar o quê?"

"E se você não fosse virgem quando nos casamos?"

Imediatamente fico alerta, como um vilão perto da cena do crime, como um assassino quando o cadáver sangra diante dele. "O que quer dizer?"

"Ela era virgem..."

"Anne?"

"Sim. Sir George é impotente. Todo mundo sabe disso."

"Sabe?"

"Sim. Então ela era virgem. E não foi..." Ele esfrega o rosto no lençol da nossa cama. "Não foi como você. Ela..." Esforça-se para encontrar as palavras. "Ela gritou de dor. Sangrou, fiquei com medo ao ver tanto sangue, realmente muito sangue..." Ele se interrompeu de novo. "Ela não conseguiu prosseguir, na primeira vez. Tive de parar. Ela gritou, eu a segurei. Ela era virgem. Foi como estar com uma virgem pela primeira vez. Fui seu primeiro amor. Tive certeza. Seu primeiro amor."

Houve um silêncio demorado e frio.

"Ela o enganou", digo cruelmente, denegrindo a reputação dela e anulando a ternura dele por ela, tornando-a uma prostituta com um só golpe, e ele um tolo, para o bem de todos.

Ele ergueu os olhos, chocado.

"Enganou?"

"Não dói tanto assim, ela estava fingindo." Sacudo a cabeça diante da condição pecadora das mulheres. "É um velho truque. Ela devia ter uma bexiga de sangue na mão e a rompeu para mostrar o sangue. Ela deve ter gritado. Imagino que ela tenha se lamuriado e dito que não suportava a dor desde o começo."

Henrique fica perplexo.

"*Ela fez isso.*"

"*Ela achou que o faria sentir pena dela.*"

"*Mas senti!*"

"*É claro. Ela pensou em fazer você achar que lhe tirou a virgindade, sua condição de donzela, e que lhe devia proteção.*"

"*Foi o que ela disse!*"

"*Ela tentou apanhá-lo em uma armadilha*", digo. "*Ela não era virgem, estava fingindo ser. Eu era virgem quando me deitei com você e, na primeira noite, fomos amantes de maneira simples e doce. Lembra-se?*"

"*Sim*", replica ele.

"*Não houve grito nem pranto como atores em um palco. Foi tranquilo e amoroso. Tome isso como referência*", digo. "*Eu era realmente virgem. Fomos o primeiro amante um do outro. Não precisamos representar nem exagerar. Baseie-se na verdade do nosso amor, Henrique. Você foi enganado por uma simulação.*"

"*Ela disse...*", começa ele.

"*Disse o quê?*" Não tenho medo. Estou completamente determinada a não deixar Anne Stafford separar o que Deus e minha mãe uniram.

"*Ela disse que você deveria ter sido amante de Artur.*" Ele hesita diante da fúria em minha expressão. "*Que teria se deitado com ele, e que...*"

"*Não é verdade.*"

"*Eu não sabia.*"

"*Não é verdade.*"

"*Ah, sim.*"

"*O meu casamento com Artur não foi consumado. Fui a você virgem. Você foi o meu primeiro amor. Alguém se atreve a me contradizer?*"

"*Não*", replica ele no mesmo instante. "*Não. Ninguém afirmará diferente de você.*"

"*Nem de você.*"

"*Nem de mim.*"

"*Alguém se atreveria a dizer na minha cara que não fui seu primeiro amor, uma virgem intocada, a sua verdadeira esposa dedicada, e rainha da Inglaterra?*"

"*Não*", repete ele.

"*Nem mesmo você.*"

"*Não.*"

"*É o mesmo que me desonrar*", digo furiosamente. "*E onde o escândalo vai parar? Dirão que não tem direito ao trono porque a sua mãe não era virgem ao se casar?*"

Ele fica atônito com o choque.

"Minha mãe? O que tem minha mãe?"

"Dizem que se deitou com seu tio Ricardo, o Usurpador", replico francamente. "Pense só nisso! E dizem que se deitou com seu pai antes de se casarem, antes mesmo de estarem noivos. Dizem que ela era tudo menos virgem ao se casar, quando usou o cabelo solto e vestiu branco. Dizem que foi desonrada duas vezes, pouco mais que uma rameira para o trono. Vamos permitir que as pessoas digam coisas desse tipo de uma rainha? Vai ser deserdado por um boato desse tipo? Eu vou ser? O nosso filho?"

Henrique ofega chocado. Amava sua mãe e nunca pensara nela como um ser sexuado. "Ela nunca teria... ela era a mais... como podem..."

"Está vendo? É isso o que acontece se permitimos que as pessoas façam mexericos sobre aqueles que lhes são superiores." *Dou uma ordem que me protegerá.* "Se permitir que alguém me desonre, o escândalo não terá fim. O escândalo me insulta, mas o ameaça. Quem sabe onde vai parar? Escândalo contra a rainha balança o trono em si. Cuidado, Henrique."

"Ela disse isso!", *exclama ele.* "Anne disse que não era pecado eu me deitar com ela porque eu não era realmente casado!"

"Ela mentiu para você", *digo.* "Fingiu ser virgem e me difamou."

Seu rosto enrubesceu de raiva. Era um alívio para ele ficar com raiva. "Que rameira!", *exclama ele rudemente.* "Que rameira para me fazer pensar que... que ardil de puta!"

"Não pode confiar em mulheres jovens", *digo calmamente.* "Agora que é rei da Inglaterra, terá de ficar atento, meu amor. Vão correr atrás de você e tentar seduzi-lo, mas terá de se manter fiel a mim. Eu fui sua noiva virgem, fui o seu primeiro amor. Sou sua esposa. Não me abandone."

Ele me pega em seus braços.

"Perdoe-me", *me sussurra com a voz entrecortada.*

"Nunca mais falaremos disso", *digo solenemente.* "Não vou tolerar isso e não vou permitir que ninguém desonre a mim ou a sua mãe."

"Não", *diz ele fervorosamente.* "Perante Deus. Nunca falaremos disso nem permitiremos que qualquer outro fale disso de novo."

☙

Na manhã seguinte, Henrique e Catarina levantaram-se juntos e foram calmamente à missa na capela do rei. Catarina ajoelhou-se diante de seu confessor e confessou seus pecados. Não se demorou muito, Henrique notou, não devia ter pecados graves a confessar. Isso fez com que se sentisse ainda pior, vê-la se dirigir a seu padre para uma confissão breve e retornar com a expressão tão serena. Ele sabia que ela era uma mulher imaculada, como sua mãe. Penitentemente, o rosto nas mãos, pensou em como Catarina não somente nunca tinha sido desleal à palavra dada, como provavelmente nunca tinha contado uma mentira em toda a sua vida.

☙

Fui caçar com a corte usando um vestido de veludo vermelho, decidida a mostrar que estou bem, que retornei à corte, que tudo voltará a ser como antes. Perseguimos durante muito tempo, e com dificuldade, um veado que seguia um rumo tortuoso ao redor do grande parque até os cães o derrubarem no riacho. O próprio Henrique entrou na água rindo para degolá-lo. O riacho ficou vermelho ao seu redor, e manchou suas roupas e suas mãos. Ri junto com a corte, mas a visão do sangue me provocou náusea.

Cavalgamos lentamente de volta, meu rosto com um sorriso artificial para ocultar meu cansaço e dor nas coxas, na barriga, nas costas. Lady Margaret conduz seu cavalo para o lado do meu e me olha de relance. "É melhor descansar hoje à tarde."

"Não posso", replico brevemente.

Ela não precisa perguntar por quê. Foi princesa, sabe que uma rainha tem de se mostrar, independentemente do que sente. "Tenho a história, se quiser se dar o trabalho de ouvir uma coisa assim."

"Você é uma boa amiga", digo. "Conte-me resumidamente. Acho que já conheço a parte pior."

"Depois que fomos para o seu confinamento, o rei e os rapazes começaram a ir a Londres à noite."

"Com guardas?"

"Não, sozinhos e disfarçados."

Reprimi um suspiro. "Ninguém tentou impedi-lo?"

"O conde de Surrey, que Deus o abençoe. Mas seus próprios filhos faziam parte do grupo e era uma farra inconsequente. E sabe que não negariam diversão ao rei. Assenti balançando a cabeça.

"Uma noite foram à corte disfarçados e fingiram ser mercadores de Londres. As mulheres dançaram com eles, foi tudo muito divertido. Eu não estava presente nessa noite, estava em seu confinamento e alguém me contou no dia seguinte. Não dei importância. Mas aparentemente um dos mercadores escolheu Lady Anne e dançou com ela a noite toda."

"Henrique", digo, e sinto o ressentimento em minha própria voz.

"Sim, mas todos pensaram que fosse William Compton. Os dois têm quase a mesma altura e estavam usando barbas falsas e chapéus. Sabe como fazem."

"Sim", digo. "Sei como fazem."

"Aparentemente, marcaram um encontro e quando o duque achava que sua irmã estava sentada com a rainha à noite, ela tinha escapulido para se encontrar com o rei. Quando começou a passar a noite toda desaparecida foi demais para a sua irmã. Elizabeth procurou seu irmão e contou o que Anne estava fazendo. Contaram ao marido dela e todos eles confrontaram Anne e exigiram saber com quem ela estava se encontrando e ela respondeu que era com Compton. Mas quando ela desapareceu e acharam que estava com seu amante, encontraram-se com Compton. E assim ficaram sabendo que não era ele, e sim o rei."

Balanço a cabeça.

"Lamento, querida", diz Lady Margaret com delicadeza. "Ele é um homem jovem. Tenho certeza de que não passa de vaidade e inconsequência."

Balanço a cabeça e não digo nada. Freio meu cavalo que jogava a cabeça contra minhas mãos, estavam pesadas demais nas rédeas. Estou pensando em Anne gritando de dor quando seu hímen é rompido.

"O marido dela, Sir George, é impotente?", pergunto. "Ela era virgem até então?"

"É o que dizem", replica Lady Margaret. "Quem sabe o que acontece em um quarto?"

"Acho que sabemos o que acontece no quarto do rei", digo com irritação. "Não foram discretos."

"É como são as coisas", diz ela calmamente. "Quando fica confinada, é natural ele ter uma amante."

Concordo com a cabeça. Não há o que contestar. O que me surpreende é me sentir tão ressentida.

"O duque deve ter-se sentido muito magoado", digo, pensando na dignidade do homem, e em como havia sido ele que colocara os Tudor no trono.

"Sim", diz ela. Hesita. *Alguma coisa em sua voz me avisa que há algo mais que não tem certeza se deve contar.*

"O que é Margaret?", pergunto. "Eu a conheço o bastante para saber que tem mais alguma coisa."

"É o que Elizabeth disse a uma das garotas antes de partir", replica ela.

"Oh?"

"Elizabeth disse que sua irmã não achava que fosse apenas uma aventura inconsequente, que duraria apenas o tempo do seu confinamento e depois seria esquecida."

"O que mais poderia ser?"

"Ela achava que sua irmã tinha ambições."

"Ambições do quê?"

"Achava que podia fazer o rei se apaixonar por ela e segurá-lo."

"Por uma estação", digo com descrédito.

"Não, por mais tempo", diz ela. "Ele falou de amor. É um jovem romântico. Falou em ser dela até a morte." Ela nota a minha expressão e se interrompe. "Desculpe, eu não devia ter falado nada disso."

Penso em Anne Stafford gritando de dor e dizendo a ele que era virgem, uma virgem de verdade, e que doía demais para continuar. Que ele era o seu primeiro amor, seu único amor. Sei como ele gostaria disso.

Freio meu cavalo, ele se irrita com o bocal de novo. "O que quer dizer com ela ser ambiciosa?"

"Acho que pensou que, considerando-se a posição de sua família, e a simpatia entre ela e o rei, poderia se tornar a principal amante na corte inglesa."

Hesito. "E eu?"

"Acho que pensa que, com o tempo, ele pode preferi-la a você. Acho que espera suplantá-la no amor dele."

Balanço a cabeça. "E se eu morrer de parto, acho que supõe que terá seu casamento anulado e se casará com ele, é isso?"

"Seria o ápice de sua ambição", responde Lady Margaret. "E coisas mais estranhas já aconteceram. Elizabeth Woodville chegou ao trono da Inglaterra somente por sua aparência."

"Anne Stafford era minha dama de companhia", digo. "Eu a escolhi entre muitas outras. E o seu dever comigo? E a sua amizade por mim? Ela nunca pensou em mim? Se tivesse me servido na Espanha, viveríamos dia e noite juntas..." Interrompo-me, não há como explicar a segurança e afeição do harém a uma mulher que levou a vida com prevenção contra o olhar dos homens.

Lady Margaret sacode a cabeça. "Mulheres são sempre rivais", diz ela simplesmente. "Mas até então todos achavam que o rei só tinha olhos para você. Agora todos pensam diferente. Não há uma única garota bonita no país que não ache que a coroa possa ser tomada."

"A coroa ainda é minha", salientei.

"Mas as garotas vão ter esperança de subir ao trono", diz ela. "É assim que as coisas são."

"Vão ter de esperar eu morrer", digo sombriamente. "E pode ser uma longa espera, mesmo para a mais ambiciosa das garotas."

Lady Margaret concorda com a cabeça. Faço um sinal para trás e ela olha. As damas de honra estão espalhadas entre os cortesãos e os caçadores, rindo e flertando. Henrique está com a princesa Maria de um lado e uma das damas de companhia do outro. É uma garota nova na corte, jovem e bonita. Uma virgem, sem dúvida, outra virgem bonita.

"E qual dessas será a próxima?", pergunto com mágoa. "Quando eu for para o confinamento de novo e não puder vigiá-lo como um falcão feroz? Será uma garota Percy? Ou uma Seymour? Ou uma Howard? Ou uma Neville? Qual será a próxima garota a tentar atraí-lo para a sua cama, no meu lugar?"

"Algumas de suas damas a amam sinceramente", diz ela.

"E algumas usarão o fato de estarem ao meu lado para se aproximar do rei", digo. "Agora que já viram que é possível, estarão esperando uma oportunidade. Saberão que o caminho mais fácil para chegarem ao rei é por meus aposentos, é fingindo serem minhas amigas, me oferecendo serviço. Primeiro ela fingirá amizade e lealdade a mim, o tempo todo atenta à sua chance. Sei que será assim, mas não sei qual delas."

Lady Margaret inclina-se à frente e acaricia o pescoço de seu cavalo, a expressão grave. "Sim", concorda.

"E uma delas, uma das muitas, será esperta o bastante para virar a cabeça do rei", digo com desalento. "Ele é jovem e vaidoso e facilmente influenciado. Cedo ou tarde, uma delas o virará contra mim e vai querer o meu lugar."

Lady Margaret endireita o corpo e olha diretamente para mim, seus olhos cinza francos como sempre. "Isso tudo pode ser verdade, mas acho que não pode fazer nada para impedi-lo."

"Eu sei", replico com tristeza.

◯♋

— Tenho boas notícias — disse Catarina a Henrique. Tinham aberto as janelas do quarto dela para deixar entrar o ar noturno agradavelmente fresco. Era uma noite quente de fim de maio e, pela primeira fez, Henrique tinha preferido ir para a cama cedo.

— Dê-me boas notícias — disse ele. — Meu cavalo mancou hoje, e não poderei montá-lo amanhã. Boas notícias serão bem-vindas.

— Acho que estou grávida.

Ele se levantou com um pulo na cama.

— Está?

— Acho que sim — replicou ela, sorrindo.

— Deus seja louvado! Está mesmo?

— Tenho certeza.

— Deus seja louvado. Irei a Walsinghan assim que você der à luz o nosso menino. Irei de joelhos a Walsinghan! Eu me arrastarei pela estrada! Usarei uma roupa completamente branca. Darei pérolas à Nossa Senhora.

— Nossa Senhora foi realmente boa conosco.

— E todos saberão como sou potente! Sai do confinamento na primeira semana de maio e engravida no fim do mês. Isso vai lhes mostrar! Vai provar que sou um marido de verdade.

— Realmente, vai — disse ela, sem alterar a voz.

— Não é cedo demais para se ter certeza?

— As regras não desceram, e sinto-me nauseada pela manhã. Disseram-me que é um sinal seguro.

— E você tem certeza? — Não teve o cuidado de expressar sua apreensão com palavras gentis. — Desta vez, tem certeza? Não pode estar enganada?

Ela balançou a cabeça.

— Tenho certeza. Tenho todos os sintomas.

— Deus seja louvado. Eu sabia. Sabia que um casamento feito por Deus seria abençoado.

Catarina concordou com um movimento da cabeça. Sorrindo.

— Faremos a viagem de verão bem devagar, você não deve caçar. Faremos parte do caminho de barco.

— Acho que não vou viajar, se permitir — replicou ela. — Quero ficar quieta em um só lugar neste verão, não quero nem mesmo andar de liteira.

— Bem, acompanharei a corte na viagem e depois retornarei para você — disse ele. — E que celebração haverá quando nosso bebê nascer! Quando vai ser?

— Depois do Natal — replicou Catarina. — No ano-novo.

Inverno de 1510

*E*u *bem poderia ter sido uma adivinha: minha predição, mesmo sem a ajuda de um ábaco mourisco, revelou-se exata. Estamos oferecendo a ceia de Natal em Richmond e a corte está alegre. O bebê está grande em minha barriga, e chuta com tanta força que Henrique põe a mão e sente o pequenino calcanhar golpeá-la. Não há dúvida de que está vivo e forte, e a sua vitalidade traz alegria para toda a corte. Quando me sento no conselho, às vezes me encolho com a sensação estranha dele se movendo dentro de mim, a pressão de seu corpo contra o meu, e alguns dos velhos conselheiros riem — já viram suas esposas no mesmo estado — de alegria porque Inglaterra e Espanha, finalmente, terão um herdeiro.*

Rezo para que seja menino, mas não acho que será. Um filho ou filha para a Inglaterra, para Artur, é tudo o que quero. Se for a filha que ele queria, então a chamarei de Mary, como ele pediu.

O desejo de Henrique de que seja um menino, e seu amor por mim, finalmente o tornaram mais reflexivo. Toma conta de mim de uma maneira como nunca fez. Acho que está crescendo, o menino egoísta está, por fim, se tornando um bom homem, e o medo que me assombrou desde seu caso com a garota Stafford está diminuindo. Talvez ele venha a ter amantes como todo rei sempre faz, mas talvez resista a se apaixonar por elas e a fazer promessas precipitadas, que um homem comum pode fazer, mas não um rei. Talvez ele venha a adquirir o bom-senso que tantos homens parecem adquirir: usufruir uma nova mulher, mas permanecer leal, em seu coração, à sua esposa. Certamente, se ele continuar a assim, será um bom pai. Penso nele ensinando nosso filho a montar, a caçar, a competir na justa.

Nenhuma criança teria um pai melhor para esportes e diversão do que um filho de Henrique. Nem mesmo Artur teria sido um pai tão brincalhão. A educação do nosso menino, como se comportar na corte, sua educação como cristão, seu treinamento para governar, essas são as coisas que lhe ensinarei. Aprenderá a coragem de minha mãe e as habilidades de meu pai, e de mim — acho que poderei lhe transmitir a constância, a determinação. Estes são meus dons, agora.

Acho que Henrique e eu criaremos um príncipe que deixará sua marca na Europa, que protegerá a Inglaterra contra os mouros, os franceses, os escoceses, todos os nossos inimigos.

Terei de voltar ao confinamento, porém o mais tardiamente que puder. Henrique jura que não haverá outra enquanto eu estiver confinada, que ele é meu, todo meu. Fico até a noite de Natal e depois bebo meu vinho temperado com os membros de minha corte, desejo-lhes feliz Natal, e me desejam boa sorte, e mais uma vez vou para a quietude do meu quarto.

Na verdade, não me importo de perder a dança e a bebida. Estou cansada, o bebê pesa. Desperto e me deito com o sol do inverno, raramente acordando antes das nove da manhã, e pronta para dormir às cinco da tarde. Passo grande parte do tempo rezando por um parto seguro, pela saúde do bebê que se move com tanta força dentro de mim.

Henrique vem me ver quase todos os dias. O Livro Real é claro no que diz respeito à rainha ter de ficar em completo isolamento antes do nascimento do bebê; mas o Livro Real foi escrito pela avó de Henrique e eu sugiro que podemos fazer como queremos. Não vejo por que ela deveria mandar em mim estando morta, quando foi uma mentora tão inútil em vida. Além do mais, falando claramente, como um aragonês faria: não confio em Henrique sozinho na corte. Na véspera de ano-novo, ele janta comigo antes de ir para o banquete no salão, e me traz rubis de presente, pedras imensas. Coloco-as em volta do pescoço e vejo seus olhos se obscurecerem de desejo quando refulgem na alvura do alto dos meus seios.

"Não falta muito tempo agora", digo sorrindo, sabendo exatamente no que ele está pensando.

"Irei a Walsingham assim que a criança nascer, e quando eu voltar, você irá à igreja e será liberada", diz ele.

"E depois, suponho que vá querer fazer outro bebê", digo com malícia.

"Vou", replica ele, o rosto radiante com a risada.

Beija-me, deseja-me alegria no ano-novo e sai pela porta secreta que leva aos seus próprios aposentos, e de lá, para o banquete. Mando que me tragam água fervida, que continuo a beber obedecendo ao conselho do mouro, sento-me diante do fogo, costurando uma roupinha minúscula para o bebê, enquanto Maria de Salinas lê em espanhol para mim.

De repente, é como se minha barriga tivesse se virado, como se eu estivesse caindo de uma grande altura. A dor é tão funda, tão diferente de tudo o que já senti, que a costura cai de minhas mãos e me seguro no braço da cadeira, e ofego antes de conseguir dizer uma palavra. Sei de imediato que o bebê está chegando. Tinha sentido medo de não reconhecer quando acontecesse, que seria uma dor como a que senti quando perdi minha pobre filha. Mas agora é como a força de um rio profundo, como algo potente e maravilhoso começando a fluir. Estou cheia de alegria e terror. Sei que o bebê está vindo e é forte, e que sou jovem, e que vai dar tudo certo.

Assim que digo às damas de honra, um tumulto se instala. Milady mãe do rei pode ter decretado que tudo transcorresse sóbria e silenciosamente, com o berço preparado e duas camas para a mãe, uma para o parto e uma onde repousar; mas na vida real, as damas se alvoroçam como galinhas em um terreiro, ganindo alarmadas. As parteiras são chamadas, pois tinham sido dispensadas, já que se acreditava que não seriam necessárias na véspera do ano-novo. Uma delas está embriagada e Maria de Salinas a expulsa da sala antes que caia e quebre alguma coisa. O médico não é encontrado em lugar nenhum, e pajens são mandados para procurá-lo às pressas por todo o palácio.

As únicas que estão centradas e firmes são Lady Margaret Pole, Maria de Salinas, e eu. Maria, porque é naturalmente inclinada à calma, Lady Margaret porque tem-se sentido confiante desde o começo desse confinamento, e eu, porque sinto que nada pode impedir esse bebê de nascer. Seguro a corda com uma mão, minha relíquia da Virgem Maria na outra, fixo meus olhos no pequeno altar no canto da sala e rezo a Santa Margarete da Antioquia para me dar um parto rápido e fácil e um bebê sadio.

Inacreditavelmente, passam-se pouco mais de seis horas — embora uma dessas horas pareça durar no mínimo um dia — e então, um movimento e um resvalo, e a parteira murmura: "Deus seja louvado!" Em seguida, um choro irritado e alto, quase um grito, e me dou conta de que é uma nova voz no quarto, a voz do meu bebê.

"*Um menino, Deus seja louvado, um menino*", diz a parteira e Maria olha para mim e vê minha alegria.

"*É mesmo um menino?*", pergunto. "*Deixem-me vê-lo!*"

Cortam o cordão e o passam para mim, ainda nu, ainda coberto de sangue, a boquinha escancarada para gritar, os olhos apertados com força, com raiva, o filho de Henrique.

"*Meu filho*", sussurro.

"*Filho da Inglaterra*", diz a parteira. "*Deus seja louvado.*"

Baixo meu rosto sobre sua cabecinha quente, ainda viscosa, cheiro-a, como uma gata cheira seus filhotes. "*Este é o nosso filho*", sussurro a Artur, que, nesse momento, está tão perto que é quase como se estivesse do meu lado, olhando por cima do meu ombro esse pequenino milagre, que vira a cabeça e nariz para meu seio, a boquinha aberta. "*Ah, Artur, meu amor, este é o menino que prometi que geraria para você e para a Inglaterra. Este é o nosso filho para a Inglaterra, e ele será rei.*"

※

Primavera de 1511

1º de janeiro de 1511

A Inglaterra toda enlouqueceu ao saber no dia de ano-novo que um menino tinha nascido. Todos o chamaram de príncipe Henrique imediatamente, não havia outro nome possível. Nas ruas, assaram bois e bebeu-se até cair. No campo, os sinos das igrejas repicaram e brindou-se com *ale* a saúde do herdeiro Tudor, o menino manteria a Inglaterra em paz, e, aliada com a Espanha, a protegeria de seus inimigos e derrotaria os escoceses de uma vez por todas.

Henrique foi ver seu filho, desobedecendo às regras do confinamento, andando na ponta dos pés, como se o seu passo pudesse fazer o quarto tremer. Foi olhar no berço, quase com medo de respirar perto do menino adormecido.

— Ele é tão pequeno — disse ele. — Como pode ser tão pequeno?

— A parteira disse que ele é grande e forte — Catarina corrigiu-o, defendendo instantaneamente o filho.

— Tenho certeza de que sim. É só que suas mãos são tão... veja, ele tem unhas! Unhas reais!

— Também tem unhas nos pés — disse ela. Os dois ficaram lado a lado e olharam perplexos a perfeição que tinham feito juntos. — Tem pezinhos rechonchudos e os dedinhos menores do que se pode imaginar.

— Mostre-me — disse ele.

Delicadamente, ela puxou os sapatinhos de seda que o bebê usava.

— Pronto — disse ela, a voz carregada de ternura. — Agora tenho de pôr de volta para que não se resfrie.

Henrique curvou-se sobre o berço, e carinhosamente segurou o pezinho minúsculo com sua mão grande.

— Meu filho — disse ele, assombrado. — Deus seja louvado, tenho um filho.

☙

Fico na cama como a mãe do antigo rei ordena no Livro Real, e recebo visitas nobres. Tenho de esconder o riso quando penso em minha mãe me tendo em campanha, em uma tenda, como a amante de um soldado. Mas essa é a maneira inglesa e sou uma rainha inglesa e esse bebê será rei da Inglaterra.

Nunca senti uma alegria tão singela. Quando dormito, desperto com uma sensação de deleite, antes mesmo de saber por quê. Então me lembro. Tenho um filho para a Inglaterra, para Artur e para Henrique; e sorrio e viro a cabeça, e quem estiver me observando responde antes mesmo de eu perguntar: "Sim, seu filho está bem, Majestade."

Henrique está excessivamente ocupado com o cuidado de nosso filho. Entra e sai, para me ver, umas vinte vezes por dia, com perguntas e notícias das providências que tomou. Designou um total de quarenta pessoas para servir seu bebê, e já escolheu seus aposentos no palácio de Westminster, para a câmara do seu conselho, quando ele ficar rapaz. Sorrio e não falo nada. Ele está planejando um batizado como nunca se viu na Inglaterra. Nada é bom o bastante para esse Henrique, que será o Henrique IX. Às vezes, quando estou sentada na cama, e deveria estar escrevendo cartas, traço seu monograma. Henrique IX: meu filho, rei da Inglaterra.

Seus padrinhos foram cuidadosamente escolhidos: a filha do imperador, Margaret da Áustria, e o rei Luís XII da França. Portanto já está trabalhando, esse pequeno Tudor, para anuviar a suspeita francesa contra nós, para manter a aliança com a família Habsburgo. Quando me trazem meu filho e ponho meu dedo na palma de sua mãozinha, seus dedos se fecham em volta dos meus, como se quisesse segurá-los. Como se ele segurasse minha mão. Como se ele pudesse retribuir meu amor. Fico deitada quieta, observando-o dormir, meu dedo na pequenina palma de sua mão, a outra mão em sua cabecinha, onde sinto um latejar regular.

São também seus padrinhos o arcebispo Warham, meu querido e verdadeiro amigo Thomas Howard, conde de Surrey, e o conde e a condessa de Devon. Minha querida Lady Margaret vai ser a responsável pelos cuidados com o bebê em Richmond. É o palácio mais novo e limpo de todos perto de Londres, e onde quer que estejamos, em Whitehall, Greenwich ou Westminster, será fácil para mim visitá-lo.

É difícil ter de deixá-lo ir, mas é melhor para ele ficar no campo do que em Londres. E o verei toda semana, no mínimo, Henrique me prometeu que o verei toda semana.

CZ

Henrique foi ao santuário de Nossa Senhora, em Walsingham, como tinha prometido, e Catarina pediu-lhe que dissesse às freiras que cuidavam do santuário que ela iria pessoalmente quando tivesse mais outro bebê. Quando o bebê seguinte estivesse no útero da rainha, ela daria graças ao nascimento do primeiro; e rezaria pelo parto seguro do segundo. Pediu que o rei dissesse às freiras que ela iria toda vez que engravidasse e que esperava visitá-las muitas vezes.

Deu-lhe uma bolsa pesada de moedas de ouro.

— Pode dar-lhes isto por mim e pedir que rezem por nós?

Ele pegou-a.

— É dever delas rezar pela rainha da Inglaterra — disse ele.

— Quero que não se esqueçam.

Henrique retornou à corte para o maior torneio que a Inglaterra já tinha visto, e Catarina já estava fora da cama para ajudar a organizá-lo. Ele tinha encomendado uma nova armadura antes de partir, e ela havia encarregado o seu favorito, Edward Howard, o filho caçula talentoso da casa Howard, de se certificar de que se ajustaria bem às medidas do rei, e que o trabalho seria perfeito. Mandou fazer bandeiras, pendurar tapeçarias, mascaradas foram preparadas com temas grandiosos, e ouro por toda parte: tecido dourado para as bandeiras e cortinas, faixas de pano, pratos dourados e taças douradas, pontas de lanças decorativas douradas, escudos gravados em dourado, até mesmo o dourado na selaria do rei.

— Vai ser o torneio mais suntuoso que a Inglaterra já viu — disse-lhe Edward Howard. — A fidalguia inglesa e a elegância espanhola. Será uma beleza.

— Será a celebração mais suntuosa que tivemos — disse ela, sorrindo —, pela razão mais magnificente.

☙

Sei que me exibo para Henrique, mas quando ele entra a cavalo na liça, suspendo a respiração. É a maneira como os cavaleiros que participam da justa escolhem um tema; às vezes, compõem um poema ou representam um papel em um quadro antes da competição. Henrique fez segredo de seu tema, não me disse qual seria. Encomendou sua bandeira e as mulheres a ocultaram de mim, com muitos risos, enquanto bordavam suas palavras na seda verde dos Tudor. Eu realmente não fazia ideia do que dizia até ele fazer a reverência para mim diante do camarote real, a bandeira tremular e seu arauto gritar o título que escolhera para a justa: "Sir Coração Leal."

Fico em pé e aperto minhas mãos diante de meu rosto para ocultar minha boca trêmula. Meus olhos enchem-se de lágrimas, não consigo evitar. Ele chamou a si mesmo de "Sir Coração Leal" — declarou ao mundo a restauração de sua dedicação e amor por mim. Minhas mulheres recuam de modo que eu possa ver o dossel que ele ordenou que pendurasse ao redor do camarote real. Tinha mandado prender por toda a volta pequenas insígnias de H e C entrelaçadas. Para onde quer que eu olhe, em toda parte da pista da justa, em todas as bandeiras, em todos os postes há um C e um H juntos. Ele usou essa grande justa, a mais bela e suntuosa que a Inglaterra já viu, para declarar ao mundo que me ama, que é meu, que o seu coração é meu e que é um coração fiel.

Olho em volta para as minhas damas de companhia e estou triunfante. Se pudesse falar livremente, eu diria: "Vejam! Que seja um aviso. Ele não é o homem que pensaram ser. Não é um homem de abandonar a esposa com quem se casou de verdade. Não é um homem que possam seduzir, por mais inteligentes que sejam seus estratagemas, por mais insidiosos que sejam seus cochichos. Ele me deu o seu coração, e seu coração é leal." Olho-as, as garotas mais bonitas das principais famílias da Inglaterra, e sei que cada uma, secretamente, acha que poderia ocupar o meu lugar. Se tivesse sorte, se o rei fosse seduzido, se eu morresse, poderia ocupar o meu trono. Mas a sua bandeira lhes diz "Não é assim." A sua bandeira com os Cs e Hs dourados lhes diz, o grito do arauto lhes diz que ele é todo meu, para sempre. A vontade de minha mãe, a palavra dada a Artur, o destino da Inglaterra dado por Deus, levou-me, por fim, a isso: um filho e herdeiro no berço, o rei da Inglaterra declarando publicamente sua paixão por mim, e minha inicial entrelaçada com a dele em dourado por toda parte.

Toco os lábios com a mão e a estendo na sua direção. Ele levanta a viseira, seus olhos faiscando de paixão por mim. Seu amor por mim me aquece como o sol quente de minha infância. Sou uma mulher abençoada por Deus, de fato, especialmente favorecida por Ele. Sobrevivi à viuvez e ao meu desespero com a perda de Artur. A corte feita pelo antigo rei não me seduziu, sua inimizade não me derrotou, o ódio da sua mãe não me destruiu. O amor de Henrique me encanta, mas não me redime. Com o favor especial de Deus, me salvei. Vim das trevas da pobreza ao glamour da luz. Combati essa terrível queda no desespero. Sozinha me tornei uma mulher capaz de enfrentar a morte e a vida, e sofrer as duas.

Lembro-me de certa vez, quando era pequena, de minha mãe rezando antes de uma batalha. Então ela se levantou, beijou a pequena cruz de marfim, colocou-a de volta no lugar, fez um sinal para que sua dama de honra trouxesse o peitoral de sua armadura e o vestiu.

Corri para ela e supliquei que não fosse, perguntei por que tinha de ir se Deus nos abençoava. Se éramos abençoados por Deus, por que tínhamos de lutar? Por que Ele simplesmente não afastava os mouros de nós?

"Sou abençoada porque fui escolhida para fazer o Seu trabalho." Ela ajoelhou-se e pôs o braço em volta de mim. "Talvez você diga: por que não deixar isso com Deus, e ele provocar uma tremenda tempestade sobre os malvados mouros?"

Assenti com a cabeça.

"Eu sou a tempestade", disse ela sorrindo. "Sou a tempestade de Deus que vai expulsá-los. Ele não escolheu a tempestade. Escolheu a mim. E nem eu nem as nuvens escuras podem se abster de seu dever."

Sorrio para Henrique quando ele baixa a viseira e vira seu cavalo. Entendo, agora, o que minha mãe queria dizer com ser a tempestade de Deus. Deus me chamou para ser a luz do sol na Inglaterra. É o meu dever imposto por Deus trazer a felicidade, prosperidade e segurança para a Inglaterra. Faço isso guiando o rei nas escolhas certas, assegurando a sucessão, e protegendo as fronteiras. Sou a rainha da Inglaterra escolhida por Deus e sorrio para Henrique quando o seu grande e lustroso cavalo negro dirige-se a trote lento para o fim da liça, e sorrio para o povo de Londres que grita meu nome e "Deus salve a rainha Catarina!". Sorrio para mim mesma porque estou fazendo o que minha mãe queria, como Deus decretou, e Artur está me esperando em Al-Yanna, o jardim.

☙

22 de fevereiro de 1511

Dez dias depois, quando a rainha Catarina estava no auge de sua felicidade, trouxeram-lhe a pior notícia de sua vida.

☙

É pior do que a morte de meu marido, Artur. Nunca imaginei que houvesse coisa pior do que aquilo, mas há. Muito pior do que meus anos de viuvez e de espera. Pior do que saber da morte de minha mãe, saber que ela morreu no dia em que lhe escrevi pedindo que me desse notícias. Pior do que os piores dias que vivi.

Meu filho está morto. Mais do que isso, não posso dizer, não posso nem mesmo conceber. Acho que Henrique fica aqui, parte do tempo; e Maria de Salinas. Acho que Margaret Pole está aqui, e vejo a cara abalada de Thomas Howard, do lado de Henrique. William Compton segura seu ombro em desespero, mas todos os rostos passam por meus olhos e não posso ter certeza de nada.

Vou para o meu quarto e ordeno que fechem as persianas e tranquem as portas. Mas é tarde demais. Já me deram a pior notícia da minha vida, e fechar a porta não a deixará do lado de fora. Não aguento a luz. Não aguento o som da vida comum prosseguindo. Ouço um pajem rindo no jardim, perto da minha janela e não consigo entender como pode restar alegria no mundo depois que meu bebê desapareceu.

A coragem que tive por toda a minha vida agora parece um fio, uma teia de aranha, nada. A certeza de estar seguindo o caminho indicado por Deus e que Ele me protegeria não passa de uma ilusão, um conto de fadas para crianças. No escuro do meu quarto, mergulho fundo nas trevas que minha mãe conheceu ao perder seu filho, a que Joana não pôde escapar ao perder seu marido, que foi a maldição de minha avó, que corre nas mulheres de minha família como uma veia escura. Não sou de maneira nenhuma diferente. Não sou uma mulher que pode sobreviver ao amor e à perda, como pensei ser. Só que, até agora, nunca tinha perdido alguém que fosse mais importante do que a minha própria vida. Quando Artur morreu, o meu coração se partiu. Mas agora que meu bebê está morto, tudo o que mais quero é que o meu coração deixe de bater.

Não consigo pensar em nenhuma razão para eu viver e esse bebê inocente, puro, me ser tirado. Não consigo ver razão para isso. Não posso compreender um Deus que o tirou de mim. Não posso entender um mundo tão cruel. No momento que me disseram: "Vossa Majestade, seja corajosa, trazemos más notícias do príncipe", perdi minha fé em Deus. Perdi o desejo de viver. Perdi até mesmo minha ambição de governar a Inglaterra e manter meu país seguro.

ȝ

Ele tinha olhos azuis e as menores e mais perfeitas mãos que existem. Tinha unhas nas mãos que pareciam pequenas conchas. Seus pezinhos... seus pezinhos...

ȝ

Lady Margaret Pole, que era a responsável pelo bebê morto, entrou no quarto sem bater, sem ser convidada, e se ajoelhou diante da rainha Catarina, sentada em sua cadeira ao lado do fogo, no meio de suas damas, sem nada ver, nada escutar.

— Vim lhe pedir perdão, embora nada tenha feito de errado — disse ela, a voz firme.

Catarina ergueu a cabeça.

— O quê?

— Seu bebê morreu quando estava sob meus cuidados. Vim pedir o seu perdão. Não fui negligente, juro. Mas ele morreu. Sinto muito. Princesa, lamento.

— Você está sempre presente — disse Catarina com desprezo. — Em meus piores momentos, você está sempre do meu lado, como uma má sorte.

A mulher retraiu-se.

— É verdade. Mas não é o meu desejo.

— E não me chame de "princesa".

— Eu me esqueci.

Pela primeira vez em semanas, Catarina sentou-se, olhou no rosto de outra pessoa, viu seus olhos, viu novas linhas ao redor da sua boca, percebeu que a perda do seu bebê não causava sofrimento apenas a si mesma.

— Oh, Deus, Margaret — disse ela, e se jogou à frente.

Margaret Pole abraçou-a.

— Oh, Deus, Catarina — disse ela a cabeça no cabelo da rainha.

— Como pudemos perdê-lo?

— Foi a vontade de Deus. A vontade de Deus. Temos de acreditar nisso. Temos de nos curvar à Sua vontade.

— Mas por quê?

— Princesa, ninguém sabe por que um é levado e outro é poupado. Lembra-se?

Sentiu pelo tremor que a mulher se lembrava da perda de seu marido, a perda do seu filho.

— Nunca me esqueço. Nem um único dia. Mas por quê?

— É a vontade de Deus — repetiu Lady Margaret.

— Acho que não vou suportar. — Catarina falou tão baixo que nenhuma de suas damas ouviu. Ergueu o rosto cheio de lágrimas do ombro de sua amiga. — Perder Artur foi como uma tortura, mas perder meu bebê é como a própria morte. Acho que não vou suportar, Margaret.

O sorriso de Lady Margaret era infinitamente paciente.

— Oh, Catarina, vai aprender a suportar. Não há nada que possamos fazer a não ser suportar. Pode sentir raiva ou pode chorar, mas no fim, aprenderá a suportar.

Vagarosamente, Catarina voltou a se sentar em sua cadeira. Margaret permaneceu, com sua elegância natural, ajoelhada, de mãos dadas com ela.

— Vai ter de me ensinar a ter coragem de novo — sussurrou Catarina.

Lady Margaret sacudiu a cabeça.

— Só se aprende isso uma vez — disse ela. — Já a tem, aprendeu em Ludlow. Não é uma mulher que pode ser destruída pela tristeza. Vai sofrer, mas vai viver, vai se mostrar ao mundo de novo. Vai amar. Vai conceber outra criança, que viverá, e reaprenderá a ser feliz.

— Não consigo ver que possa ser assim — replicou Catarina, desolada.

— Vai acontecer.

☙

A batalha que Catarina tinha esperado por tanto tempo, aconteceu quando ela ainda estava tomada pela dor por seu bebê. Mas nada conseguia afetar sua tristeza.

"Grandes novas, as melhores do mundo!", escreveu seu pai. Com aborrecimento, Catarina traduziu o código e depois do espanhol para o inglês. "Vou liderar uma cruzada contra os mouros na África. A sua existência é um perigo para a cristandade, seus ataques de surpresa aterrorizam todo o Mediterrâneo e põem em risco a marinha mercante da Grécia para o Atlântico. Envie-me seus melhores cavaleiros — você que afirma ser o novo Camelot. Envie-me seus líderes mais corajosos à frente de seus homens mais poderosos e os levarei à África e destruiremos os reinos infiéis como sacros reis cristãos."

Com enfado, Catarina entregou a carta traduzida para Henrique. Ele estava chegando da quadra de tênis, uma toalha enrolada em volta do pescoço, o rosto corado. Sorriu de maneira radiante ao vê-la, e então, imediatamente, sua expressão de alegria foi substituída por um esgar de culpa, como um menino pego em um prazer proibido. Diante dessa expressão fugaz, esse momento breve e denunciador, ela percebeu que ele tinha se esquecido de que seu filho estava morto. Estava jogando tênis com os amigos, tinha vencido, viu a mulher que ele ainda amava, ele estava feliz. A alegria era tão fácil nos homens de sua família quanto a tristeza nas mulheres da família dela. Ela sentiu uma onda de ódio inundá-la, tão poderosa que quase sentiu seu gosto. Ele conseguia esquecer, mesmo que por um momento, que o filho deles tinha morrido. Ela achava que nunca esqueceria. Nunca.

— Recebi uma carta do meu pai — disse ela, esforçando-se para demonstrar algum interesse.

— Oh? — preocupou-se. Aproximou-se dela e tocou em seu braço. Ela trincou os dentes para se impedir de gritar "Não me toque!"

— Disse-lhe para ter coragem? Escreveu palavras confortadoras?

A inépcia do jovem foi insuportável. Ela se esforçou para dar seu sorriso mais tolerante.

— Não, não é uma carta pessoal. Sabe que ele raramente me escreve em termos pessoais. A carta é sobre uma cruzada. Ele convida nossos nobres e senhores de terra a se arregimentarem e acompanharem-no contra os mouros.

— Convida? Mesmo? Que oportunidade!

— Não para você — disse ela, sufocando qualquer ideia que Henrique tivesse de ir para a guerra quando não tinha nenhum filho homem. — É somente uma pequena expedição. Mas meu pai teria prazer em receber ingleses, e acho que deveriam ir.

— Eu acho que irão. — Henrique virou-se e chamou seus amigos, que tinham ficado para trás como colegiais culpados por terem se divertido. Não aguentavam ver Catarina tão abatida e calada. Gostavam dela quando era a rainha da justa e Henrique era Sir Coração Leal. Deixava-os desconfortáveis quando aparecia para o jantar como um fantasma, não comia nada, e se retirava cedo.

— Ei! Alguém quer ir para a guerra contra os mouros?

Um coro excitado de gritos respondeu a seu chamado. Catarina achou que não passavam de bonecos excitados, lorde Thomas Darcy e Edward Howard na liderança.

— Eu vou!

— Eu também vou!

— Mostrem-lhes como os ingleses lutam! — incitou-os Henrique. — Pagarei eu mesmo os custos da expedição.

— Escreverei a meu pai dizendo que você tem voluntários ansiosos por lutar — disse Catarina calmamente. — Vou escrever-lhe agora mesmo. — Virou-se, andou rapidamente para a porta e dali para a pequena escada que subia para os seus aposentos. Não ia suportar estar com eles por nem mesmo mais um instante. Esses eram os homens que teriam ensinado seu filho a montar. Esses eram os homens que seriam seus estadistas, membros do Conselho Privado. Teriam sido seus padrinhos na sua primeira comunhão, seriam seus representantes no contrato de seu casamento, seriam os padrinhos dos filhos dele. E ali estavam eles, rindo, ansiosos pela guerra, competindo pela aprovação de Henrique, como se seu filho não tivesse nascido, não tivesse morrido. Como se o mundo fosse o mesmo de antes; quando Catarina sabia que tinha mudado completamente.

☙

Ele tinha olhos azuis. E os pés mais pequeninos e perfeitos que poderiam existir.

☙

De qualquer maneira, a gloriosa cruzada nunca aconteceu. Os cavaleiros ingleses chegaram a Cádiz, mas a cruzada nunca zarpou para a Terra Santa, nunca enfrentou uma cimitarra afiada brandida por um infiel de coração negro. Catarina traduziu cartas entre Henrique e seu pai em que este explicava que ainda não havia organizado suas tropas, que ainda não estava pronto para partir. Então, um dia, ela procurou Henrique com uma carta na mão e a expressão chocada, contrariando a sua apatia usual.

— Meu pai me manda as notícias mais terríveis.

— O que está acontecendo? — perguntou Henrique, desnorteado. — Veja, acabo de receber uma carta de um mercador inglês na Itália que não faz o menor sentido para mim. Ele diz que os franceses e o papa estão em guerra. — Henrique estendeu a carta para ela. — Como pode ser? Não entendo.

— É verdade. Esta é do meu pai. Ele diz que o papa declarou que os exércitos franceses devem sair da Itália — explicou Catarina. — E o Santo Padre colocou seus próprios soldados em campo contra os franceses. O rei Luís declarou que o papa não será mais papa.

— Como ele se atreve? — perguntou Henrique, extremamente chocado.

— Meu pai diz que devemos esquecer a cruzada e partir imediatamente para ajudar o papa. Ele vai tentar intermediar uma aliança entre nós e o sacro imperador romano. Devemos formar uma aliança contra a França. O rei Luís não pode tomar Roma. Não podemos deixá-lo invadir a Itália.

— Ele deve estar louco, se achou que eu permitiria isso! — exclamou Henrique. — Eu deixaria os franceses tomarem Roma? Permitiria um papa fantoche francês? Será que se esqueceu do que um exército inglês é capaz? Ele está querendo outra Agincourt?

— Devo dizer a meu pai que nos uniremos a ele contra a França? — perguntou Catarina. — Posso escrever-lhe imediatamente.

Ele pegou sua mão e a beijou. Pela primeira vez ela não a retirou, e ele puxou-a para mais para perto e pôs a mão em volta da sua cintura.

— Irei com você enquanto escreve e poderemos assinar a carta nós dois. Seu pai vai saber que sua filha espanhola e seu filho inglês são um só em seu apoio. Graças a Deus nossos soldados já estão em Cádiz — exclamou Henrique ao perceber sua boa sorte.

Catarina hesitou, um pensamento se formando lentamente em sua cabeça.

— Foi... por acaso.

— Sorte — disse Henrique animadamente. — Fomos abençoados por Deus.

— Meu pai vai querer que isso gere algum benefício para a Espanha. — Catarina introduziu sua suspeita cautelosamente enquanto se dirigiam aos seus aposentos, Henrique encurtando o passo para acompanhá-la. — Ele nunca faz um movimento gratuitamente.

— É claro, mas você vai proteger nossos interesses como sempre faz — disse ele confiante. — Confio em você, meu amor, como confio nele. Não é ele o meu único pai agora?

Verão de 1511

*L*entamente, à medida que os dias vão esquentando e o sol se parecendo mais com o sol da Espanha, também me aqueço e volto a ser a garota espanhola que era antes. Não consigo aceitar a morte do meu filho, acho que nunca aceitarei a sua perda, mas sei que não posso culpar ninguém por ela. Não houve negligência, ele morreu como um passarinho em um ninho aquecido e tenho de reconhecer que nunca saberei por quê.

Sei agora que fui tola em me culpar. Não cometi nenhum crime, nenhum pecado tão grave que Deus, o Deus misericordioso de minhas preces na infância, me punisse como uma dor tão terrível como essa. Nenhum Deus bom levaria uma criança tão doce, um bebê tão perfeito, com olhos tão azuis, como um exercício da Sua vontade divina. No fundo do coração, sei que isso não pode ser, que um Deus assim não pode existir. Apesar de nas primeiras efusões de meu sofrimento eu ter me culpado e culpado Deus, sei agora que não foi uma punição de um pecado. Sei que mantive minha promessa a Artur pela melhor das razões, e Deus olha por mim.

O fato terrível, gélido e obscuro da perda do meu bebê parece ter a ver com esse tenebroso e frio inverno inglês. Uma manhã, o bobo da corte veio e me contou uma pilhéria e ri muito. Foi como se uma porta tivesse sido aberta, uma porta trancada há muito tempo. Dou-me conta de que posso rir, que é possível ser feliz, que o riso e a esperança podem retornar e talvez eu possa até mesmo gerar outra criança e voltar a sentir aquela extrema ternura.

Começo a sentir que voltei a viver, que sou de novo uma mulher com esperança e objetivos, que sou a mulher em que se tornou a garota da Espanha. Posso me sentir viva: a meio caminho entre meu futuro e meu passado.

É como se eu estivesse me checando como um cavaleiro faz depois de uma queda grave de seu cavalo, apalpando meus braços e pernas, meu corpo vulnerável, como que procurando por algum dano permanente. Minha fé em Deus retorna inabalável, mais firme que nunca. Parece ter havido uma única grande mudança: minha crença em minha mãe e meu pai sofreu prejuízo. Pela primeira vez na minha vida, acho realmente possível que tenham errado.

Lembro-me da generosidade do médico mouro comigo e tenho de corrigir minha opinião sobre esse povo. Ninguém que viu seu inimigo tão aviltado e ainda assim foi capaz de demonstrar uma compaixão tão profunda pode ser chamado de bárbaro, de selvagem. Ele pode ser um herege — estar imerso no erro —, mas certamente deve ter permissão para tirar suas próprias conclusões, ter suas próprias razões. E do que percebi nele, estou certa que tem boas razões.

Gostaria de enviar um bom padre para lutar por sua alma, mas não posso dizer, como minha mãe diria, que ele está espiritualmente morto, que só se presta à morte. Ele segurou minha mão ao dar notícias dolorosas e percebi a ternura de Nossa Senhora em seus olhos. Não posso mais desprezar os mouros como hereges e inimigos. Vi que são homens e mulheres, falíveis como nós, esperançosos como nós, fiéis a seu credo como nós somos ao nosso.

E isso, por sua vez, me leva a duvidar da sabedoria de minha mãe. Antes eu teria jurado que ela sabia tudo, que sua ordem deveria ser seguida em toda parte. Mas agora tenho idade o bastante para pensar nela mais criteriosamente. Fui deixada na pobreza durante minha viuvez porque o contrato foi redigido sem a atenção necessária. Fui abandonada, deixada só em um país estrangeiro porque — apesar de ter-me chamado com uma aparente urgência —, na verdade foi só uma simulação, ela não me levaria de volta a Espanha por preço nenhum. Endureceu seu coração contra mim e se aferrou ao seu plano, e me deixou, sua própria filha, partir.

E acabei tendo sido obrigada a procurar um médico em segredo e a consultá-lo às escondidas porque ela tinha cumprido o seu papel expulsando da cristandade os melhores médicos, os melhores cientistas, as mentes mais inteligentes do mundo. Decretou que o conhecimento deles era pecado e o resto da Europa seguiu seu exemplo. Esvaziou a Espanha dos judeus, suas habilidades e coragem, esvaziou a Espanha dos mouros, sua erudição e talento. Ela, uma mulher que admirava a erudição, baniu aqueles a que chamavam de Povo do Livro. Ela, que lutava pela justiça, foi injusta.

Ainda não sei ao certo o que esse distanciamento significa para mim. Minha mãe está morta, não posso criticá-la ou discutir com ela agora, exceto em minha imaginação. Mas sei que esses meses forjaram uma mudança profunda e duradoura em mim. Adquiri uma percepção do meu mundo que não é a dela. Não apoio cruzadas contra os mouros, contra ninguém. Não apoio perseguição nem crueldade por causa da cor de sua pele ou da crença em seus corações. Sei que minha mãe não é infalível, não mais acredito que o seu pensamento e o de Deus são um só. Apesar de continuar a amá-la, deixei de venerá-la. Acho que, finalmente, estou crescendo.

ভ

Aos poucos a rainha foi saindo de seu sofrimento e recomeçou a se interessar em dirigir a corte e o país. Em Londres só se falava da notícia de que corsários escoceses tinham atacado um navio mercante inglês. Todos sabiam o nome do corsário: era Andrew Barton, que navegava com autorização do rei Jaime da Escócia. Barton era inclemente com navios ingleses, e a crença geral nas docas de Londres era que Jaime havia autorizado deliberadamente o pirata a saquear a marinha mercante inglesa, como se os dois países já estivessem em guerra.

— Ele tem de ser impedido — disse Catarina a Henrique.

— Ele não ousa me desafiar! — exclamou Henrique. — Jaime envia pessoal para nos atacar de surpresa na fronteira e piratas porque não tem a audácia de me enfrentar. Jaime é um covarde e não mantém a palavra.

— Sim — concordou Catarina. — Mas a principal questão em relação a esse pirata Barton não é o fato de pôr em risco o nosso comércio, esse fato é predecessor de coisa pior por vir. Deixar os escoceses dominarem os mares é o mesmo que permitir que nos dominem. Esta é uma ilha. Os mares têm de nos pertencer tanto quanto a terra, ou não ficaremos seguros.

— Meus navios estão prontos e zarparemos ao meio-dia. Vou capturá-lo vivo — Edward Howard, o almirante da frota, prometeu a Catarina, quando foi se despedir dela. Ela o achou muito jovem, tão menino quanto Henrique, mas seu talento e coragem eram inquestionáveis. Tinha herdado a habilidade tática do pai, e a adaptou à marinha recém-formada. Os Howard conservavam tradicionalmente o posto de chefe supremo das forças navais, mas Edward estava se revelando excepcional. — Se capturá-lo vivo, afundarei seu navio e o trarei morto.

— Devia se sentir envergonhado! Um inimigo cristão! — disse ela em tom de provocação, estendendo a mão para que a beijasse.

Ele ergueu os olhos, ficando imediatamente sério.

— Afirmo, Majestade, que os escoceses são um perigo maior à paz e riqueza deste país do que os mouros poderiam ser um dia.

Ela deu-lhe seu sorriso expectante.

— Você não é o primeiro inglês que me diz isso — replicou ela. — E nos últimos anos, tenho constatado isso por mim mesma.

— Temos de admitir — disse ele. — Na Espanha, seu pai e sua mãe não descansaram até expulsar os mouros das montanhas. Para nós, na Inglaterra, o inimigo mais próximo é o escocês. São eles que estão nas montanhas, são eles que deverão ser reprimidos e subjugados se quisermos ter paz. Meu pai passou a vida defendendo as fronteiras do norte, e agora, combato os mesmos inimigos, mas por mar.

— Volte são e salvo — recomendou ela com veemência.

— Tenho de correr riscos — replicou ele, com indiferença. — Não sou do tipo caseiro.

— Ninguém duvida da sua bravura, e minha frota precisa de um almirante — disse ela. — Quero ter o mesmo almirante por muitos anos. Preciso do meu campeão na próxima justa. Preciso de meu parceiro para dançar comigo. Volte para casa são e salvo, Edward Howard!

☙

O rei sentiu-se inquieto ao ver seu amigo Edward Howard zarpar contra os escoceses, mesmo sendo contra um corsário escocês. Tinha suposto que a aliança de seu pai com a Escócia, reforçada pelo casamento da princesa inglesa, garantisse a paz.

— Jaime é tão hipócrita que, por um lado, promete a paz e se casa com Margaret e, por outro, autoriza esses ataques! Vou escrever para Margaret para que avise seu marido que não admitiremos ataques a nossos navios. Eles devem respeitar as fronteiras.

— Talvez ele não vá lhe dar ouvidos — destacou Catarina.

— Ela não pode ser culpada por isso — replicou ele imediatamente. — Não deveria ter se casado com ele. Era jovem demais e ele era muito inflexível, além de ser um homem de guerra. Mas ela trará a paz, se puder, sabe que era o desejo do meu pai, sabe que temos de viver em paz. Agora somos parentes, somos vizinhos.

Mas os senhores das fronteiras, os Percy e os Neville, relataram que os escoceses tornaram-se, ultimamente, mais ousados em seus ataques de surpresa nas terras do norte. Inquestionavelmente, Jaime estava pilhando para acumular para a guerra, indubitavelmente pretendia se apossar de terra em Northumberland. E qualquer dia poderia marchar para o sul, tomar Berwick, e prosseguir pra Newcastle.

— Como ele se atreve? — perguntou Henrique. — Como se atreve a invadir, tomar nossos bens e perturbar o nosso povo? Ele não sabe que posso formar um exército e atacá-lo amanhã mesmo?

— Seria uma campanha dura — observou Catarina, pensando na terra selvagem na fronteira e na longa marcha para alcançá-la. Os escoceses teriam todas as vantagens, as terras férteis do sul espalhadas à sua frente, e soldados ingleses sempre resistiam a lutar quando estavam longe de suas aldeias.

— Seria fácil — contradisse Henrique. — Todo mundo sabe que os escoceses não conseguem manter um exército em campo. Não passam de bandidos de fronteira. Se eu formar um grande exército inglês, apropriadamente armado, suprido e ordenado, darei um fim neles em um único dia!

— É claro que sim — sorriu Catarina. — Mas não se esqueça de que temos de reunir nosso exército para lutar contra os franceses. Seria muito melhor que se distinguisse contra os franceses com bravura do que diminuir seu papel na história com uma disputa vil de fronteira.

ଓଃ

Catarina falou com Thomas Howard, conde de Surrey, pai de Edward Howard, quando os homens saíam dos aposentos do rei, no fim da reunião do Conselho Privado.

— Milorde? Teve notícias de Edward? Sinto falta de meu jovem *Chevalier*.

O homem velho lançou-lhe um sorriso radiante.

— Recebemos um relatório hoje. O rei lhe contará pessoalmente. Ele sabia que a rainha ficaria feliz em saber que seu favorito foi vitorioso.

— Foi?

— Capturou o pirata Andrew Barton com dois de seus navios. — Seu orgulho irradiou-se por sua pretensa modéstia. — Ele apenas cumpriu o seu dever — prosseguiu ele. — Só fez o que qualquer rapaz Howard deveria fazer.

— É um herói! — disse Catarina entusiasticamente. — A Inglaterra precisa de grandes marinheiros tanto quanto precisamos de soldados. O futuro da cristandade está em dominar os mares. Temos de dominar os mares como os sarracenos dominam os desertos. Temos de retirar piratas dos mares e tornarmos os navios ingleses uma presença constante. O que mais? Ele está a caminho de casa?

— Trará seus navios para Londres e, com eles, o pirata acorrentado. Vamos julgá-lo e enforcá-lo próximo ao porto. O rei Jaime não vai gostar nada disso.

— Acha que o rei escocês quer a guerra? — perguntou Catarina abruptamente. — Faria a guerra por uma causa dessa? O país corre perigo?

— É a ameaça mais grave à paz do reino do que qualquer outra em toda a minha vida — replicou o homem francamente. — Subjugamos os galeses e estabelecemos a paz nas nossas fronteiras ocidentais, agora teremos de reprimir os escoceses. Depois deles, teremos de fazer um acordo com os irlandeses.

— São um país separado, com seu próprio rei, suas leis — objetou Catarina.

— Assim como os galeses até nós os derrotarmos — salientou ele. — Esta é uma terra pequena demais para três reinos. Os escoceses terão de se sujeitar a nos servir.

— Talvez pudéssemos lhes oferecer um príncipe — pensou Catarina em voz alta. — Como fizeram com os galeses. O segundo filho poderia ser o príncipe da Escócia, como o primogênito é príncipe de Gales, para um reino unido sob o governo do rei inglês.

Ele se interessou pela ideia.

— Tem razão — replicou ele. — Seria uma maneira de resolver a situação. Atacá-los com dureza e, depois, oferecer-lhes paz com honra. Senão vamos tê-los nos nossos calcanhares para sempre.

— O rei acha que o exército escocês será pequeno e facilmente derrotado — observou Catarina.

Howard engasgou de tanto rir.

— Sua Majestade nunca esteve na Escócia — disse ele. — Nunca esteve em uma guerra. Os escoceses são inimigos respeitáveis, seja em batalha, seja em ataques rápidos. São um inimigo pior do que sua elegante cavalaria francesa. Não têm leis de fidalguia, combatem para vencer, e combatem até a morte. Precisaremos mandar uma força potente comandada por um líder habilidoso.

— Pode fazer isso? — perguntou Catarina.

— Posso tentar — replicou ele com franqueza. — No momento, sou a melhor arma em sua mão, Majestade.

— O rei poderia fazê-lo? — perguntou ela em voz baixa.

— Ele é um homem jovem — replicou sorrindo para ela. — Não lhe falta coragem, ninguém que o viu em uma justa pode pôr em dúvida a sua coragem. E é muito hábil sobre seu cavalo. Mas uma guerra não é uma justa, e ele ainda não sabe disso. Ele precisaria liderar um exército audacioso, e se endurecer em algumas batalhas antes de lutar na principal guerra da sua vida: a guerra por seu reino. Não se coloca um potro em um ataque da cavalaria em sua primeira excursão. Ele tem de aprender. O rei, embora seja o rei, vai ter de aprender.

— Não lhe ensinaram nada da guerra — disse ela. — Não o obrigaram a estudar outras batalhas. Ele não sabe nada sobre observar a inclinação e superfície da terra e posicionar uma força. Não sabe nada sobre suprimentos e manter um exército em ação. Seu pai não lhe ensinou nada.

— Seu pai não sabia praticamente nada — replicou o conde, falando baixo, de modo que só ela escutasse. — A sua primeira batalha foi Bosworth e a venceu em parte por sorte e em parte pelo que os aliados da sua mãe colocaram em campo para ele. Era corajoso, mas não um general.

— Mas por que ele não fez com que Henrique aprendesse a arte da guerra? — perguntou a filha de Fernando, que havia sido criada em um acampamento e visto um plano de campanha antes de aprender a costurar.

— Quem teria pensado que seria necessário? — perguntou o conde. — Todos achamos que seria Artur.

Ela se controlou para que sua expressão não traísse a pontada de dor repentina ao ser mencionado seu nome.

— É claro — replicou ela. — Entendo. Eu me esqueci. É claro que acharam.

— Artur teria sido um grande comandante. Estava interessado em travar a guerra. Lia. Estudava. Falava com seu pai, me importunava com perguntas.

Ele estava ciente do perigo dos escoceses, tinha um grande senso de como comandar homens. Costumava me perguntar sobre as terras na fronteira, onde se situavam os castelos, sobre como era a terra. Ele poderia comandar um exército contra os escoceses com chances de ser bem-sucedido. O jovem Henrique será um grande rei quando aprender tática, mas Artur já sabia tudo. Estava no seu sangue.

Catarina não se permitiu o prazer de falar sobre ele.

— Talvez — foi tudo o que disse. — Mas nesse meio-tempo o que podemos fazer para limitar os ataques dos escoceses? Os senhores de terra nas fronteiras devem receber reforços?

— Sim, mas é uma fronteira extensa e difícil de ser protegida. O rei Jaime não teme um exército inglês liderado pelo rei. Não teme os senhores de terra nas fronteiras.

— Por que não nos teme?

Ele encolheu os ombros, excessivamente cortesão para proferir qualquer palavra traidora.

— Bem, Jaime é um velho guerreiro, tem sido ávido de guerra há duas gerações.

— O que faria Jaime nos temer e se manter na Escócia enquanto reforçamos a fronteira e nos preparamos para a guerra? O que faria Jaime se retardar e nos dar tempo?

— Nada — declarou ele, sacudindo a cabeça. — Ninguém vai reprimir Jaime se ele declarar guerra. Exceto talvez o papa, se assim decretasse. Mas quem conseguiria persuadir Sua Santidade a intervir entre dois monarcas cristãos brigando por causa do saque de um pirata e um pedaço de terra? E o papa tem suas próprias preocupações com o avanço francês. Além disso, uma queixa nossa só faria provocar uma refutação da Escócia. Por que Sua Santidade interferiria a nosso favor?

— Não sei — replicou Catarina. — Não sei o que faria o papa tomar o nosso partido. Se pelo menos ele soubesse como precisamos! Se usasse o seu poder para nos defender!

☙

Richard Bainbridge, cardeal arcebispo de York, está, por acaso, em Roma e é um bom amigo meu. Escrevo para ele nessa mesma noite, uma carta cordial, como de um amigo para outro que está longe de casa, contando as notícias de Londres, o tempo, os prospectos para a colheita e o preço da lã. Então, falo da hostilidade do rei escocês, do pecado do seu orgulho, da sua autorização perversa para as pilhagens dos navios mercantes e — o pior de tudo — de suas constantes invasões das nossas terras ao norte. Digo-lhe que receio que o rei seja obrigado a defender suas terras no norte, ficando sem ter como ir em socorro do Santo Padre em sua disputa com o rei francês. Seria uma tragédia, escrevo, se o papa ficasse exposto a ser atacado e não pudéssemos lhe prestar ajuda por causa da maldade dos escoceses. Planejamos formar uma aliança com meu pai e defender o papa; mas não vamos poder nos unir ao papa se não estivermos seguros em casa. Se eu pudesse, não deixaria que nada desviasse meu marido de sua aliança com meu pai, com o imperador e com o papa, mas o que eu, uma pobre mulher, posso fazer? Uma pobre mulher cuja própria fronteira sem defesa vive sob constante ameaça?

O que seria mais natural do que esse Richard, meu irmão em Cristo, levar minha carta à Sua Santidade, o papa, e dizer como estou inquieta com a ameaça à minha paz pelo rei Jaime da Escócia, e como a aliança para salvar a Cidade Eterna está ameaçada por essa má relação de vizinhança?

O papa, ao ler minha carta a Richard, escreveu imediatamente ao rei Jaime e ameaçou excomungá-lo se não respeitasse a paz e as fronteiras estabelecidas com justiça de outro rei cristão. Sentia-se chocado com o fato de Jaime perturbar a paz da cristandade. Levara o seu comportamento a sério e poderia resultar em graves penalidades. O rei Jaime, obrigado a consentir nos desejos do papa, obrigado a se desculpar por suas incursões, escreveu uma carta ressentida a Henrique dizendo que ele não tinha o direito de abordar o papa sozinho, que se tratava de uma divergência entre eles dois e que não havia necessidade de ter corrido, por suas costas, ao Santo Padre.

☙

— Não sei do que ele está falando — queixou-se Henrique a Catarina, encontrando-a no jardim, jogando bola com suas damas de honra. Estava perturbado demais para se meter no jogo e apanhar a bola no ar, lançá-la para a garota mais próxima e gritar de alegria, como sempre fazia. Estava preocupado demais para jogar com elas. — O que ele quer dizer? Nunca recorri ao papa, nunca contei-lhe nada, não sou nenhum mexeriqueiro!

— Não, não é, e pode lhe dizer isso — replicou Catarina com serenidade, dando-lhe o braço e os afastando das mulheres.

— Vou lhe dizer isso. Não falei nada com o papa, posso provar.

— Talvez eu tenha mencionado minhas preocupações ao arcebispo e ele as tenha passado adiante — falou Catarina casualmente. — Mas você não pode ser acusado se sua mulher contou a seu conselheiro espiritual que está apreensiva.

— Exatamente — disse Henrique. — Eu lhe direi isso. E você não devia ficar apreensiva.

— Sim. E o principal é que Jaime sabe que não poderá atacar impunemente, Sua Santidade decretou.

Henrique hesitou.

— Não foi sua intenção fazer Bainbridge contar ao papa, foi?

Ela deu um sorriso matreiro.

— É claro — disse ela. — Mas ainda assim, não foi você que se queixou de Jaime ao papa.

Ele a segurou firme pela cintura.

— Você é um inimigo temível. Espero que nunca fiquemos em lados opostos. Eu certamente perderia.

— Nunca ficaremos em lados opostos — disse ela com doçura. — Pois nunca serei outra coisa que não sua esposa e rainha leal.

— Posso formar um exército em um instante, sabe — lembrou-lhe Henrique. — Não precisa temer Jaime. Não precisa nem mesmo fingir que teme. Eu poderia acabar com os escoceses. Faria isso tão bem quanto qualquer outro.

— Sim, é claro que sim. E graças a Deus, agora não precisa fazer isso.

Outono de 1511

Edward Howard levou os corsários escoceses para Londres, acorrentados, e foi recebido como um herói. A sua popularidade fez Henrique — sempre alerta à aclamação do povo — sentir inveja. Passou a falar cada vez mais em uma guerra contra os escoceses. O Conselho Privado, embora receoso do custo de uma guerra e privadamente inseguro quanto às habilidades militares de Henrique, não podia negar que a Escócia era uma ameaça sempre presente à paz e segurança da Inglaterra.

Foi a rainha que desviou Henrique de sua inveja de Edward Howard, e que lembrava-lhe continuamente que a primeira experiência de guerra certamente deveria ser nos grandiosos campos da Europa e não em colinas semiocultas nas fronteiras. Quando Henrique da Inglaterra partisse para a guerra deveria ser contra o rei francês, em aliança com os outros dois maiores reis da cristandade. Henrique, inspirado desde a infância pelas histórias de Crécy e Agincourt, se deixou seduzir facilmente por pensamentos de glória contra os franceses.

Primavera de 1512

Foi difícil para Henrique não embarcar quando a frota fez-se a vela para se unir à campanha do rei Fernando contra os franceses. Foi um começo glorioso: os navios zarparam adejando as bandeiras das casas eminentes da Inglaterra. Era a força mais bem equipada e disposta de maneira mais imponente que partira da Inglaterra em anos. Catarina tinha andado ocupada supervisionando o trabalho sem fim de abastecer os navios, estocando armaduras, equipando os soldados. Lembrou-se do trabalho constante de sua mãe quando seu pai estava na guerra, e esse havia sido um grande ensinamento em sua infância — uma batalha só podia ser vencida se fosse meticulosamente e confiantemente abastecida de suprimentos.

 Ela enviou uma frota expedicionária, melhor organizada do que qualquer outra que partira da Inglaterra, e estava confiante que, sob as ordens de seu pai, defenderiam o papa, derrotariam os franceses, conquistariam terras na França e estabeleceriam, mais uma vez, os ingleses como os principais donos de terra na França. O partido favorável à paz no Conselho Privado preocupava-se, como sempre, com a possibilidade de a Inglaterra ser arrastada para outra guerra sem fim; mas Henrique e Catarina foram convencidos pelas predições seguras de Fernando de que a vitória aconteceria rapidamente e a Inglaterra lucraria muito.

Eu vi meu pai comandar uma campanha atrás da outra durante toda a minha infância. Nunca o vi perder nenhuma. Ir para a guerra é reviver minha infância. A cor, os sons, e a excitação de um país em guerra são uma profunda alegria para mim. Desta vez, estar em aliança com meu pai, como uma parceira em condições iguais, ser capaz de lhe entregar o poder do exército inglês, parece assinalar o começo da minha idade adulta. Foi isso o que ele sempre quis de mim, essa é a realização de minha vida como sua filha. Foi para isso que suportei os longos anos de espera pelo trono inglês. Este é o meu destino, finalmente, sou um comandante como meu pai é, como minha mãe era. Sou uma rainha militante, e não há nenhuma dúvida em minha mente nesta manhã de sol, enquanto observo a frota se fazer a vela, de que serei uma rainha triunfante.

☙

O plano consistia em o exército inglês se encontrar com o exército espanhol e, juntos, invadirem o sudoeste da França: Guiena e o ducado da Aquitânia. Na mente de Catarina, não havia a menor dúvida de que o seu pai tomaria sua parte do espólio de guerra, mas ela esperava que ele honrasse sua promessa de entrar na Aquitânia com os ingleses e reconquistá-la para a Inglaterra. Achava que o seu plano secreto era a divisão da França, que devolveria essa região extremamente poderosa à coleção de pequenos reinos e ducados, o que eram antes, sufocando, desse modo, suas ambições por uma geração. Na verdade, Catarina sabia que seu pai acreditava que a redução da França daria mais segurança à cristandade. Esse não era um país em que se podia confiar com o poder e a riqueza que a unidade gera.

☙

Maio de 1512

Foi tão prazeroso quanto qualquer bom entretenimento da corte ver os navios ultrapassarem os recifes e se fazerem ao mar, o vento forte soprando em um dia de sol. Henrique e Catarina cavalgaram de volta, confiantes de que seus exércitos seriam os mais fortes da cristandade, que seriam infalíveis.

Catarina aproveitou-se do momento e do entusiasmo de Henrique para perguntar se não achava que deveriam construir galés, navios de guerra impulsionados por remos. Artur teria entendido imediatamente o que ela queria dizer com galé; tinha visto desenhos e lido como podiam ser distribuídas em formação de combate. Henrique nunca vira uma batalha naval, nem nunca vira uma galé mudar de direção sem precisar do vento e investir contra um navio de guerra em momento de calmaria. Catarina tentou lhe explicar, mas Henrique, inspirado pela visão da frota a todo pano, teimou que só queria navios a vela, grandes navios conduzidos por tripulações livres, destinados à glória.

A corte inteira concordou com ele, e Catarina sabia que não faria nenhum progresso contrariando uma corte que estava sempre se gabando da última moda. Como a frota tinha-lhes parecido tão bela ao zarpar, todos os rapazes passaram a querer ser almirantes como Edward Howard, assim como no verão anterior todos tinham querido ser cruzados. Não discutiram a fragilidade de grandes navios a vela em combate aproximado — todos queriam se fazer ao mar com as velas desfraldadas. Todos queriam ter seu próprio navio. Henrique passou dias com construtores de navios, e Edward Howard defendendo uma marinha cada vez maior.

Catarina concordou com a frota estar muito bonita, e os marinheiros da Inglaterra serem os melhores do mundo, mas comentou que achava que devia escrever ao arsenal de Veneza para perguntar o custo de uma galé e se a construiriam eles mesmos ou se concordariam em enviar partes e planos para a Inglaterra, para que os carpinteiros navais a montassem nos estaleiros ingleses.

— Não precisamos de galés — disse Henrique, com indiferença. — Galés são para ataques surpresa na praia. Não somos piratas. Queremos grandes navios, que possam transportar nossos soldados. Queremos grandes navios que possam enfrentar os navios franceses no mar. O navio é uma plataforma de onde lançamos o ataque. Quanto maior a plataforma, mais soldados podem ser reunidos. Tem de ser um navio grande para uma batalha no mar.

— Tem razão — disse ela. — Mas não podemos nos esquecer de nossos outros inimigos. O mar é uma fronteira e devemos dominá-lo com navios grandes e pequenos. Mas as nossas outras fronteiras também devem ficar seguras.

— Refere-se aos escoceses? Já receberam o aviso do papa. Não vão nos perturbar.

Ela sorriu. Nunca discordava dele abertamente.

— É claro — disse ela. — O arcebispo nos assegurou uma trégua. Mas no próximo ano, ou no outro, teremos de lutar contra os escoceses.

Verão de 1512

Não havia mais nada que Catarina pudesse fazer senão esperar. Era como se todo mundo estivesse esperando. O exército inglês estava em Fuenterrabia, esperando os espanhóis para juntos invadirem o sul da França. O calor do verão chegou durante essa espera forçada, os homens comendo mal e bebendo como loucos sedentos. Só Catarina sabia que o calor do verão da Espanha podia matar um exército enquanto ficavam sem ter o que fazer, só esperando ordens. Escondeu, de Henrique e do conselho, seus temores, mas privadamente escreveu a seu pai perguntando quais eram os seus planos, perguntou ao seu embaixador o que seu pai pretendia que o exército inglês fizesse, e quando deveriam iniciar a marcha.

Seu pai, acompanhando seu próprio exército, não respondeu; e o embaixador não sabia.

O verão passou, Catarina não escreveu de novo. Em um momento amargo, que não admitiu nem para si mesma, percebeu que não era aliada de seu pai no tabuleiro de xadrez da Europa — deu-se conta de que não passava de um peão em seu plano. Não precisou perguntar qual a estratégia de seu pai; tendo o exército inglês se posicionado e tendo seu pai deixado de usá-lo, ela adivinhou.

Foi ficando cada vez mais frio na Inglaterra, mas continuava quente na Espanha. Por fim, Fernando viu uma utilidade para seus aliados, mas quando mandou buscá-los, e ordenou que passassem o inverno em campanha, recusaram-se a obedecer. Amotinaram-se contra seus próprios comandantes e exigiram voltar para casa.

Inverno de 1512

Não foi nenhuma surpresa para Catarina, nem para os cínicos no conselho, a chegada, em dezembro, do exército inglês em farrapos vergonhosos. Lorde Dorset, perdendo completamente a esperança de receber ordens e reforços do rei Fernando, confrontado pelos soldados amotinados, pela fome e exaustão, e com dois mil homens perdidos por doença, voltou para casa em desgraça, quando tinha partido na glória.

— O que pode ter dado errado? — Henrique entrou com fúria nos aposentos de Catarina e fez um sinal para que as damas de honra saíssem. Estava quase em lágrimas de tanta raiva pela vergonha da derrota. Não conseguia acreditar que a força que havia partido com tanta coragem, retornasse desbaratada. Tinha recebido cartas de seu sogro se queixando do comportamento dos aliados ingleses, ele tinha perdido o respeito da Espanha, tinha perdido o respeito da França, sua inimiga. Fugira para Catarina, que considerava a única pessoa no mundo que partilharia seu choque e desalento. Estava quase gaguejando de aflição, era a primeira vez em seu reinado que alguma coisa tinha dado errado e havia pensado — como um menino — que nunca nada daria errado para ele.

☙

Pego suas mãos. Estava esperando por isso desde o primeiro momento, no verão, quando não havia nenhum plano de batalha para os soldados ingleses. Assim que chegaram e não entraram em formação, percebi que tínhamos sido enganados. Pior ainda, tínhamos sido enganados por meu pai.

Não sou nenhuma tola. Conheço meu pai como comandante, e o conheço como homem. Quando não mandou os ingleses para a batalha no dia em que chegaram, eu soube que ele tinha outros planos para esses soldados, um plano que escondera de nós. Meu pai nunca deixaria bons homens acampados para fofocarem, beberem e adoecerem. Estive em campanha com ele por quase toda a minha infância, e nunca o vi deixar um homem ocioso. Sempre manteve seus homens em ação, sempre trabalhando, fora de tumultos. Não há um único cavalo nos estábulos de meu pai com uma libra de gordura extra; ele trata seus soldados da mesma maneira.

Se os ingleses foram deixados apodrecendo em campo é porque ele precisava deles exatamente onde estavam — acampados. Não tinha importância que adoecessem e se tornassem preguiçosos. Isso me fez examinar de novo o mapa e ver o que ele estava pretendendo. Ele os estava usando como contrapeso, como uma distração inativa. Li os relatórios dos nossos comandantes ao chegarem, suas queixas sobre sua inação sem sentido, seus exercícios na fronteira, vendo o exército francês e sendo vistos por eles, mas não recebendo ordens para lutar, e confirmei que estava certa. Meu pai manteve os soldados ingleses em Fuenterrabia para que os franceses, alarmados por tal força em seu flanco, posicionassem seu exército em defesa. Ao se protegerem contra os ingleses, não podiam atacar meu pai, que — alegremente sozinho e sem obstáculos —, na cabeça de suas tropas, invadiu o desprotegido reino de Navarra, apossando-se assim do que desejava há tanto tempo sem nenhum custo ou perigo para si mesmo.

"Meu querido, seus soldados não foram desleais nem fugiram", digo ao meu marido aflito. "Não há a menor dúvida quanto à coragem dos ingleses. Não há como contestá-la."

"Ele diz..." Ele sacode a carta para mim.

"Não importa o que ele diz", replico pacientemente. "Tem de examinar o que ele faz."

A sua expressão é tão magoada que não consigo lhe dizer que meu pai o usou, o fez de bobo, usou seu exército, usou até mesmo a mim, para conquistar Navarra.

"Meu pai recebeu antes de fazer o trabalho, só isso", digo grosseiramente. "Agora temos de fazê-lo trabalhar."

"O que quer dizer?", Henrique continua perplexo.

"Que Deus me perdoe o que vou dizer, mas meu pai é um mestre da duplicidade. Se vamos fazer tratados com ele, teremos de aprender a ser tão inteligentes quanto ele. Fez um tratado conosco em que seria nosso parceiro na guerra contra a França, mas tudo o que fizemos foi lhe dar Navarra, despachando nosso exército e o trazendo de volta."

"Foram humilhados. Eu fui humilhado."

Ele não consegue entender o que estou tentando dizer. "O seu exército fez exatamente o que o meu pai queria que fizesse. Nesse sentido, foi uma campanha muito bem-sucedida."

"Eles não fizeram nada! Ele se queixa de que não servem para nada!"

"Eles imobilizaram os franceses com esse nada. Pense nisso! Os franceses perderam Navarra."

"Vou levar Dorset à corte marcial!"

"Sim, podemos fazer isso, se quiser. Mas o principal é que ainda temos o nosso exército, perdemos somente dois mil homens, e meu pai é nosso aliado. Ele nos deve por este ano. No ano que vem, você pode voltar à França, e dessa vez, meu pai lutará por nós, não nós por ele."

"Ele diz que vai conquistar Guiena para mim, diz isso como se eu não fosse capaz de tomá-la eu mesmo! Fala comigo como com um poltrão com uma força inútil!"

"Ótimo", replico surpreendendo-o. "Deixe-o conquistar Guiena por nós."

"Quer que lhe paguemos."

"Pagaremos. Que importância tem, contanto que meu pai esteja do nosso lado quando fizermos a guerra contra os franceses? Se ele conquistar Guiena para nós, será para o nosso bem. Se ele não conquistar, mas simplesmente distrair os franceses enquanto invadimos o norte por Calais, ótimo da mesma maneira."

Por um momento ele me olha boquiaberto, sua cabeça girando. Então, percebe o que estou dizendo. "Ele imobiliza os franceses para nós, enquanto avançamos, exatamente como fizemos para ele?"

"Exatamente."

"Nós o usamos como ele nos usou?"

"Sim."

Ele está perplexo. "Seu pai lhe ensinou como fazer isso, planejar como se uma campanha fosse um jogo de xadrez e tivéssemos de mover as pedras?"

Sacudo a cabeça. "Não deliberadamente. Mas não se pode viver com um homem como meu pai e não aprender a arte da diplomacia. Sabia que o próprio Maquiavel o chamava de o príncipe perfeito? Não poderia estar na corte de meu pai, como eu estava, ou em campanha com ele, como eu, sem perceber que ele passa a vida tentando tirar vantagem. Ele me ensinou diariamente, eu não pude evitar aprender, só de observá-lo. Sei como sua mente funciona. Sei como um general pensa."

"Mas o que a levou a pensar em invadir por Calais?"

"Ora, meu querido, por onde mais a Inglaterra invadiria a França? Meu pai pode lutar no sul por nós, e veremos se ele consegue conquistar Guiena para nós. Pode ter certeza de que fará isso se for do seu interesse. De qualquer maneira, enquanto ele estiver fazendo isso, os franceses não poderão defender a Normandia."

A confiança de Henrique retorna rapidamente. "Irei eu mesmo", *declara*. "Irei ao campo de batalha. O seu pai não poderá criticar o comando do exército inglês se for eu o comandante."

Hesito por um momento. Brincar de guerra é um jogo perigoso, e enquanto não tivermos um herdeiro, Henrique é preciso. Sem ele, a segurança da Inglaterra será dividida entre uma centena de pretendentes. Mas nunca o controlarei se confiná-lo como fez sua avó. Henrique terá de aprender a natureza da guerra, e sei que estará mais seguro em uma campanha comandada por meu pai, que quer me manter no meu trono tanto quanto eu mesma; e muito mais seguro ainda enfrentando os fidalgos franceses do que os assassinos escoceses. Além disso, tenho um plano que é segredo. E requer que ele esteja fora do país.

"Sim, irá", *digo*. "E terá a melhor armadura e o cavalo mais resistente, e a guarda mais bela que um rei já teve num campo de batalha."

"Thomas Howard diz que devemos abandonar nossa batalha contra a França até termos subjugado os escoceses."

Balanço a cabeça. "Lutará na França na aliança dos três reis", *asseguro-lhe*. "Será uma guerra importante, de que todos se lembrarão. Os escoceses são um problema menor, podem esperar; na pior das hipóteses, haverá um ataque de surpresa insignificante na fronteira. E se invadirem o norte quando você for para a guerra, são tão insignificantes que até eu mesma posso comandar uma expedição contra eles, enquanto você está em uma guerra de verdade na França."

"Você?", *ele pergunta.*

"*Por que não? Não somos um rei e uma rainha que assumiram o trono jovens? Quem nos renegaria?*"

"*Ninguém! Não serei desviado do meu objetivo*", declara Henrique. "*Lutarei na França e você nos protegerá dos escoceses.*"

"*Protegerei*", prometo. *É exatamente o que quero.*

☙

Primavera de 1513

Henrique passou o inverno todo só falando da guerra, e na primavera, Catarina pôs-se a reunir homens e material para a invasão do norte da França. O tratado com Fernando estipulava que ele invadiria Guiena para a Inglaterra enquanto os soldados ingleses tomavam a Normandia. O Sacro Imperador Romano Maximiliano se uniria ao exército inglês na batalha no norte. Era um plano infalível se os três grupos atacassem simultaneamente, se mantivessem a confiança um no outro.

ଓ

Não me surpreende meu pai ter falado de paz com a França nos mesmos dias que mandei Thomas Wolsey, meu braço direito, o capelão real encarregado das obras de caridade, escrever a todas as cidades da Inglaterra perguntando quantos homens podiam reunir para o serviço do rei quando formos para a guerra com a França. Sabia que o meu pai só pensaria na sobrevivência da Espanha: a Espanha primeiro do que tudo. Não o culpo. Agora que sou rainha, compreendo um pouco melhor o que significa amar um país com uma paixão tal que se trai qualquer coisa — mesmo a própria filha, como ele trai — para mantê-lo seguro. Meu pai, com a perspectiva de uma guerra embaraçosa de um lado e pouco lucro, e do outro lado a paz, com tudo a ganhar, escolhe a paz e escolhe a França para sua amiga. Traiu-nos em segredo absoluto e enganou até mesmo a mim.

Quando a notícia de sua perfídia chega, ele põe a culpa de tudo em seu embaixador, e em cartas extraviadas. É uma desculpa leviana, mas não me queixo. Meu pai se unirá a nós assim que parecer que vamos vencer. O principal para mim, agora, é Henrique ter sua campanha na França e me deixar só para resolver a questão com os escoceses.

"Ele tem de aprender como conduzir homens em uma batalha", me diz Thomas Howard. "Não é como meninos em um bordel... desculpe-me, Majestade."

"Eu sei", replico. "Ele tem de se distinguir. Mas é muito arriscado."

O velho soldado põe a mão em cima da minha. "Poucos reis morrem em batalha", diz ele. "Não pense no rei Ricardo, pois ele estava para ser morto de qualquer maneira. Sabia ter sido traído. Geralmente, os reis são libertados mediante o pagamento de um resgate. Não representa um centésimo do risco que enfrentará ao equipar um exército e o despachar para atravessar os mares estreitos até a França, e depois combater os escoceses com o que restar."

Fico em silêncio por um momento. Não sabia que ele tinha percebido o meu plano. "Quem mais acha que é isso o que estou fazendo?"

"Só eu."

"Não contou a ninguém?"

"Não", responde ele estoicamente. "O meu dever primordial é com a Inglaterra, e acho que tem razão. Temos de acabar com os escoceses de uma vez por todas, e é melhor que isso seja feito quando o rei estiver em segurança além-mar."

"Vejo que não teme por minha segurança, estou certa?", comento.

Ele encolhe os ombros e sorri. "É uma rainha", replica. "Muito amada, talvez. Mas sempre podemos ter outra rainha. Enquanto não temos nenhum outro rei Tudor."

"Eu sei", digo. É uma verdade clara como a água. Posso ser substituída, mas Henrique não. Não até eu ter um filho Tudor.

Thomas Howard adivinhou meu plano. Não tenho a menor dúvida de onde está o meu verdadeiro dever. É como Artur me ensinou — o maior perigo para a segurança da Inglaterra vem do norte, dos escoceses, portanto é para o norte que eu devo marchar. Henrique deve ser encorajado a vestir sua mais bela armadura e a participar, com seus amigos mais agradáveis, de uma espécie de justa grandiosa contra os franceses. Mas muito sangue será derramado na fronteira ao norte; uma vitória que nos manterá seguros por gerações. Se quero uma Inglaterra segura para mim e meu filho ainda não nascido, e para os reis que virão depois, tenho de derrotar os escoceses.

Mesmo que eu nunca venha a ter um filho, mesmo que nunca vá a Walsingham agradecer à Nossa Senhora pelo menino que ela me deu, ainda assim, se eu derrotar os escoceses, terei cumprido meu maior dever pelo meu amado país, a Inglaterra. Mesmo que eu morra ao fazer isso.

Incentivo a resolução de Henrique, não deixo que perca a vontade nem o entusiasmo. Contesto o Conselho Privado que vê na não confiabilidade de meu pai mais um sinal de que não devemos ir à guerra. Em parte, concordo com eles. Acho que não temos motivo real para combater os franceses, nem ganharíamos muito com isso. Mas sei que Henrique está louco para ir para a guerra e pensa que a França é sua inimiga, e o rei Luís, seu rival. Quero Henrique fora do meu caminho nesse verão, quando tenho a intenção de destruir os escoceses. Sei que a única coisa que desviaria sua atenção seria uma guerra gloriosa. Quero a guerra não porque tenha raiva dos franceses ou queira exibir nossa força a meu pai; quero a guerra porque temos os franceses ao sul e os escoceses ao norte, e teremos de combater um e brincar com o outro para mantermos a Inglaterra a salvo.

Passo horas de joelhos na capela real; mas é com Artur que estou falando, em longos devaneios silenciosos. "Sei que tenho razão, meu amor", sussurro em minhas mãos juntas. "Tenho certeza de que você estava certo ao me alertar do perigo que os escoceses representam. Temos de subjugá-los ou nunca teremos um reino que possa dormir em paz. Se eu puder fazer o que pretendo, este será o ano em que o destino da Inglaterra será decidido. Se eu puder, enviarei Henrique contra os franceses e investirei contra os escoceses. E assim o nosso destino poderá ser decidido. Sei que os escoceses são o principal perigo. Todos pensam nos franceses — seu irmão só pensa nos franceses —, mas são homens que não sabem nada da realidade da guerra. O inimigo que está do outro lado do mar, por mais que você o odeie, é um inimigo menor do que aquele que pode atravessar suas fronteiras em uma noite."

Quase consigo vê-lo na escuridão atrás de meus olhos fechados. "Ah, sim", digo a ele com um sorriso. "Talvez ache que uma mulher não pode liderar um exército. Talvez ache que uma mulher não pode usar armadura. Mas sei mais sobre a guerra do que a maioria dos homens nesta corte pacífica. É uma corte dedicada a competir em justas, todos os homens jovens acham que a guerra é um brinquedo. Mas eu sei o que é a guerra. Eu a vi. Este é o ano em que me verá montar em um *cavalo como minha mãe fazia, em que me verá enfrentar nosso inimigo — o único inimigo que realmente importa. Este é o meu país agora, e foi você que o tornou meu país. E o defenderei por você, por mim, e por nossos herdeiros."*

೦ಜ

Os preparativos ingleses para a guerra contra a França prosseguiam com Catarina e Thomas Wolsey, seu assistente fiel, trabalhando diariamente na reunião dos nomes dos que tinham se alistado, cuidando das provisões para o exército, das armaduras e do treinamento de voluntários para marchar, preparar o ataque, e recuar, sob comando. Wolsey reparou que a rainha tinha duas listas, como se estivesse se preparando para dois exércitos.

— Está achando que teremos de combater os escoceses e os franceses também? — perguntou ele.

— Tenho certeza de que sim.

— Os escoceses vão nos atacar assim que nossas tropas partirem para a França — disse ele. — Teremos de reforçar as fronteiras.

— Espero fazer mais do que isso — foi tudo o que ela disse.

— Vossa Majestade, o rei não desistirá de sua guerra com a França — salientou ele.

Ela não confiou nele, como ele queria que fizesse.

— Eu sei. Temos de nos certificar de que ele tenha uma grande força para levar a Calais. Não pode ser desviado disso por nada.

— Teremos de deixar alguns homens para a defesa contra os escoceses. Eles atacarão com certeza — avisou ele.

— Guardas de fronteiras — replicou ela sem dar importância.

O belo jovem Edward Howard, em uma capa nova azul-marinho, foi se despedir de Catarina quando a frota se preparava para zarpar com ordens de furar o bloqueio dos franceses no porto ou, se possível, combatê-los em alto-mar.

— Que Deus o abençoe — disse a rainha, e sentiu que sua voz estremeceu ligeiramente com a emoção. — Que Deus o abençoe, Edward Howard, e que a sua boa sorte o acompanhe, como sempre.

Ele fez uma reverência profunda.

— Tenho a sorte de ser um homem favorecido por uma grande rainha — disse ele. — É uma honra servir a meu país, o rei e... — baixou a voz para o tom de um sussurro íntimo — e a minha rainha.

Catarina sorriu. Todos os amigos de Henrique tinham tendência a se acharem nas páginas de um romance. Camelot nunca estava muito distante de suas mentes. Catarina tinha servido como a dama do mito palaciano desde que se tornara rainha. Gostava de Edward mais do que de qualquer outro dos jovens. Sua alegria genuína e sua afeição franca o tornavam querido de todos, e tinha uma paixão pela marinha e os navios sob seu comando que o recomendavam a Catarina, para quem a segurança da Inglaterra só poderia ser garantida pelo domínio dos mares.

— É o meu cavaleiro, e confio em você para levar a glória a seu nome e ao meu — disse-lhe ela, e viu o brilho de prazer em seus olhos antes de baixar a cabeça para beijar-lhe a mão.

— Trarei alguns navios franceses — prometeu ele. — Trouxe-lhe piratas escoceses, agora teremos galeões franceses.

— Preciso deles — disse ela seriamente.

— E os terá, mesmo que eu morra.

Ela levantou um dedo.

— Nada de morrer — avisou-o. — Preciso de você também. — Estendeu-lhe a outra mão. — Rezarei por você todos os dias — prometeu-lhe.

Ele levantou-se e, com um girar de sua capa, partiu.

☙

É dia de São Jorge e esperamos notícias da frota inglesa quando um mensageiro chega, sua expressão grave. Henrique está do meu lado quando o jovem nos transmite, por fim, notícias da batalha naval que Edward estava tão certo de vencer, que estávamos tão certos de que revelaria o poder de nossos navios sobre os franceses. Com o seu pai ao meu lado, fiquei sabendo do destino de Edward, do meu cavaleiro Edward, que tinha se mostrado tão seguro de trazer um galeão francês a Londres.

Havia encurralado a frota francesa em Brest, mas os franceses não se atreveram a aparecer. Ele estava impaciente demais para dar o passo seguinte, era jovem demais para jogar um jogo demorado. Foi um tolo, um doce tolo, como metade da corte, seguro de ser invencível. Iniciou a batalha como um garoto que não teme a morte, que não conhece a morte, que não tem nem mesmo o senso de temer a própria morte. Como os nobres espanhóis da minha infância, ele achava que o medo era uma doença que nunca contrairia. Achava que Deus o favorecia acima de todos os outros e nada poderia tocá-lo.

Com a tropa inglesa incapacitada de avançar e os franceses seguros na enseada, tomou alguns barcos a remo e os impulsionou, sob a artilharia francesa. Foi um desperdício, um desperdício de homens, de si mesmo — e somente porque era impaciente demais para esperar e jovem demais para refletir. Lamento o termos mandado, meu querido Edward, querido jovem tolo, à sua própria morte. Mas então me lembro de que o meu marido não é mais velho que ele, e certamente não é mais sensato, e que tem menos conhecimento do mundo da guerra, e que até mesmo eu, uma mulher de 27 anos, casada com um garoto que acabou de atingir a sua maioridade, pode cometer o erro de se achar infalível.

O próprio Edward conduziu o destacamento de abordagem à nau capitânia do almirante francês — um ato de extraordinária ousadia — e quase imediatamente seus homens lhe falharam, que Deus os perdoe, e se afastaram dele quando a situação ficou difícil demais. Saltaram do convés do navio francês para os barcos, alguns pulando no mar na ânsia de fugir, os tiros ressoando ao redor deles como granizos. Eles o abandonaram, enquanto lutava como um louco, de costas para o mastro, golpeando com sua espada, impotente contra muitos. Deu um salto para o lado e se ali houvesse um barco, poderia ter saltado. Mas tinham desaparecido. Arrancou o apito dourado de seu posto em seu pescoço e o jogou longe no mar para que os franceses não o pegassem, e virou-se para continuar lutando. Continuou a lutar depois de receber uma dúzia de estocadas, continuou lutando quando escorregou e caiu, apoiando-se com um braço, a espada ainda aparando os golpes. Então uma lâmina enfurecida cortou seu braço que empunhava a espada, e ele parou de lutar. Poderiam ter recuado e honrado sua coragem; mas não. Pressionaram-no ainda mais e caíram sobre ele como cães famintos sobre a carne de um animal no mercado de Smithfield. Morreu com cem estocadas em seu corpo.

Jogaram seu corpo no mar, sem a menor consideração, esses soldados franceses, esses supostos cristãos. Poderiam muito bem ser selvagens, ser mouros, apesar da caridade cristã que apregoam. Não pensaram na extrema-unção, na oração pelos mortos, não pensaram em um sepultamento cristão, apesar de um padre *assistir à sua morte. Jogaram-no ao mar como se não fosse nada além de uma comida estragada para ser mordiscada por peixes.*

Então se deram conta de que era Edward Howard, o meu Edward Howard, o almirante da marinha inglesa e filho de um dos maiores homens da Inglaterra, e lamentaram tê-lo jogado ao mar como um cachorro morto. Não pela honra — ah, isso não — mas porque poderiam ter pedido um resgate à sua família, e só Deus sabe como pagaríamos bem para termos o doce Edward de volta. Enviaram marinheiros em barcos, com ganchos, para resgatar seu corpo. Mandaram-nos pescar seu pobre corpo como se fosse recuperado de um naufrágio. Estriparam seu cadáver como o de uma carpa, arrancaram seu coração, o salgaram como um bacalhau, roubaram suas roupas como lembranças e as enviaram à corte francesa. Os pedaços que restaram, enviaram para seu pai e para mim.

Essa história selvagem me lembra Hernando Perez del Pulgar, que liderou um ataque tão violento e audacioso a Alhambra. Se o tivessem pego, o teriam matado, mas não creio que nem mesmo os mouros tivessem arrancado seu coração por diversão. Eles o teriam reconhecido como um grande homem, um homem a ser honrado. Teriam nos devolvido seu corpo como um de seus grandiosos gestos fidalgos. Só Deus sabe como, em uma semana, teriam composto uma canção sobre ele. Em duas semanas a estaríamos cantando por toda Espanha, em um mês, teriam feito uma fonte para celebrar a sua beleza. Eram mouros, mas possuíam a elegância que esses cristãos tinham perdido por completo. Quando penso nesses franceses, sinto vergonha de chamar os mouros de "bárbaros".

Henrique está abalado com esta história e com a nossa derrota, e o pai de Edward envelheceu dez anos durante os dez minutos que o mensageiro levou para lhe dizer que o corpo de seu filho estava lá embaixo, em uma carroça, mas que suas roupas haviam sido enviadas como espólio a madame Claude, a filha do rei da França, e que seu coração era agora uma lembrança para o almirante francês. Não posso confortar nenhum deles, meu próprio choque é grande demais. Vou à minha capela e levo minha tristeza a Nossa Senhora, que sabe o que é amar um homem jovem e vê-lo partir para a Sua morte. E quando estou de joelhos, juro que os franceses vão se arrepender do dia em que mataram o meu campeão. Haverá o ajuste de contas por esse ato sórdido. Nunca os perdoarei.

☙

Verão de 1513

A morte de Edward Howard fez Catarina trabalhar ainda com mais afinco na preparação do exército inglês que partiria para Calais. Talvez Henrique fosse representar estar numa guerra, mas usaria balas e canhão, espadas e flechas de verdade e ela queria que fossem bem-feitos e seu alvo fosse de verdade. Ela tinha conhecido a realidade da guerra durante toda a sua vida, mas Henrique só agora, com a morte de Edward Howard, percebia, pela primeira vez, que não era como em um livro de histórias, que não era como uma justa. Um rapaz bonito e brilhante como Edward poderia sair para a luz do sol e retornar, cortado brutalmente em pedaços, em uma carroça. Para seu crédito, a coragem de Henrique não vacilou quando tomou conhecimento da verdade, quando viu o jovem Thomas Howard ocupar o lugar do seu irmão, quando viu o pai de Edward convocando seus arrendatários e cobrando suas dívidas para prover soldados para vingar seu filho.

Enviaram a primeira parte do exército para Calais em maio, e Henrique preparou-se para segui-la com a segunda remessa de soldados em junho. Nunca se mostrara mais sombrio.

Catarina e Henrique cavalgaram lentamente pela Inglaterra, de Greenwich a Dover, onde ele embarcaria. A população no caminho saiu para recebê-los e oferecer hospedagem, e alistar os homens. Henrique e Catarina montavam grandes cavalos brancos, ela com uma perna de cada lado, seu longo vestido azul espalhado em volta. Henrique, do seu lado, estava magnífico, o mais alto de todos os homens nas fileiras, mais forte do que a maior parte, o cabelo dourado, e sorrindo para todos.

Pela manhã, quando partiam de uma aldeia, usavam, os dois, armadura: Catarina usava somente o peitoral e o elmo, de metal refinadamente trabalhado, marchetado de padrões dourados. Henrique usava a armadura completa, dos pés aos dedos das mãos todos os dias, independentemente do calor. Montava com a viseira levantada, expondo seus olhos azuis agitados, e um pequeno aro dourado ao redor do elmo. Os porta-bandeiras com a insígnia de Catarina de um lado e a de Henrique do outro, seguiam cada um de um lado e quando o povo via a romã da rainha e a rosa de Henrique, gritava "Deus salve o rei!" e "Deus salve a rainha!" Quando deixavam a cidade, com os soldados marchando atrás, e os arqueiros na frente, o povo apinhava-se nas margens da estrada por uma boa milha para vê-los passar, e lançavam pétalas e botões de rosas na estrada na frente dos cavalos. Todos os homens marchavam com uma rosa na lapela ou no chapéu, e cantavam: canções obscenas da velha Inglaterra, e também, às vezes, baladas compostas por Henrique.

Levaram quase duas semanas para chegar a Dover e o tempo não havia sido desperdiçado, pois coletaram suprimentos e recrutaram soldados em cada aldeia. Todos os homens queriam estar no exército para defender a Inglaterra da França. Toda garota queria dizer que seu namorado tinha partido como soldado. O país todo estava unido no desejo de vingança contra os franceses. E o país inteiro estava confiante de que o jovem rei na liderança de um exército de jovens poderia realizar esse feito.

☙

Estou feliz, feliz como nunca me sentia desde a morte do nosso filho. Estou mais feliz do que imaginaria ser possível. Henrique veio à minha cama todas as noites durante as recepções, dança e a marcha ao litoral, ele é meu em pensamento, palavras e atos. Vai partir em campanha organizada por mim, foi desviado, com segurança, da guerra verdadeira que terei de combater, e ele nunca tem uma ideia ou diz uma palavra sem partilhá-la comigo. Rezo para que em uma dessas noites na estrada, rumando juntos para o litoral ao sul, no auge da tensão provocada pela guerra, façamos outro filho, outro menino, outra rosa para a Inglaterra como Artur foi.

☙

Graças a Catarina e Thomas Wolsey, as providências para o embarque foram programadas com perfeição. Esse exército inglês não sofreu o atraso de sempre, quando são dadas as ordens de última hora, e esquecidos artigos de primeira necessidade, ordenados com urgência. Os navios de Henrique — quatrocentos deles, pintados em cores vivas, com bandeiras adejando, velas rizadas — estavam esperando para transportar os soldados à França. O navio em que Henrique embarcaria, folheado a ouro com o dragão vermelho adejando em sua popa, balançava no cais. Sua guarda real, soberbamente treinada, com a farda nova verde e branca, coberta de lantejoulas, estava em formação no cais, suas duas armaduras completas incrustadas de ouro estavam a bordo, seus cavalos brancos especialmente treinados estavam nas baias. Os preparativos foram tão meticulosos como os das mascaradas mais elaboradas, e Catarina sabia que muitos dos rapazes estavam ansiosos pela guerra como ficavam por um entretenimento na corte.

Estava tudo pronto para Henrique embarcar e partir para a França quando em uma cerimônia simples, no litoral de Dover, ele pegou o selo do Estado e, diante de todos, investiu Catarina regente em seu lugar, governadora do Reino e comandante em chefe das forças inglesas para a defesa doméstica.

❧

Certifico-me de fazer uma cara grave e solene quando ele me nomeia regente da Inglaterra. Beijo a sua mão, depois o beijo na boca para desejar-lhe boa sorte. Mas quando o seu navio é rebocado pelas balsas, atravessa os recifes da enseada e desfralda as velas para aproveitar o vento e zarpa para a França, a minha vontade é cantar alto de alegria. Não tenho lágrimas para o marido que está partindo porque ele me deixou com tudo o que eu sempre quis. Sou mais do que princesa de Gales, sou mais do que a rainha da Inglaterra, sou governadora do Reino, sou comandante em chefe do exército, este é realmente o meu país, e sou sua única governante.

E a primeira coisa que farei — na verdade, talvez a única coisa que farei com o poder investido em mim, a única coisa que devo fazer com essa oportunidade dada por Deus — será derrotar os escoceses.

❧

Assim que Catarina chegou ao palácio de Richmond, deu a Thomas Howard, irmão mais novo de Edward, ordens para tirar o canhão do arsenal na Torre, e zarpar com toda a frota inglesa para o norte, para Newcastle, para defender as fronteiras contra os escoceses. Ele não era o almirante que o seu irmão tinha sido, mas era um rapaz sério e ela achou que poderia contar com ele para cumprir o papel de entregar as armas vitais no norte.

Todos os dias, Catarina recebia notícias da França por mensageiros que ela havia distribuído pelo caminho. Wolsey tinha instruções estritas para relatar à rainha o progresso da guerra. Queria dele uma análise acurada. Sabia que Henrique lhe passaria um relato otimista. Nem todas as notícias eram boas. O exército inglês chegara à França; em Calais houve grande excitação, banquetes e celebrações. Houve desfiles e inspeção de tropas, e Henrique tinha sido muito congratulado em sua bela armadura e soldados elegantes. Mas o imperador Maximiliano não tinha reunido seu próprio exército para apoiar os ingleses. Ao invés disso, alegando pobreza, mas afirmando seu entusiasmo à causa, procurou o jovem príncipe para oferecer sua espada e seu serviço.

Foi claramente um momento desconcertante para Henrique, que ainda nem mesmo havia escutado um tiro disparado de raiva, ter o sacro imperador romano lhe oferecendo seus serviços, dominado pelo glamour do jovem príncipe.

Catarina franziu o cenho ao ler essa parte do relato de Wolsey, calculando que Henrique contrataria o imperador a uma soma exagerada, e portanto teria de pagar um aliado que tinha prometido arcar com a despesa de um exército de mercenários. Ela reconheceu imediatamente o jogo duplo que tinha caracterizado essa campanha desde o começo. Mas pelo menos o imperador estaria com Henrique nessa sua primeira batalha, e ela sabia que podia contar com o homem mais velho e experiente para manter o impulsivo jovem rei a salvo.

A conselho de Maximiliano, o exército inglês sitiou Therouanne — cidade que o sacro imperador romano desejava há muito tempo, mas sem valor tático nenhum para a Inglaterra — e Henrique, a uma distância segura da artilharia nos muros da pequena cidade, andava sozinho por seu acampamento à meianoite, dizia palavras confortadoras aos soldados de sentinela, e teve permissão para disparar seu primeiro canhão.

Os escoceses, que só estavam esperando a Inglaterra ficar indefesa, com o rei e o exército na França, declarou guerra contra os ingleses e deu início à sua marcha para o sul. Wolsey escreveu com alarme a Catarina, perguntando se ela precisava do retorno de alguns dos soldados de Henrique para enfrentar essa nova ameaça. Catarina respondeu que achava que poderia se defender de uma escaramuça de fronteira, e começou a reunir tropas de cada cidade do país, usando as listas que já tinha preparado.

Ordenou a convocação da milícia de Londres e partiu em sua armadura, sobre seu cavalo branco, para inspecioná-la antes de darem início à marcha para o norte.

&

Olho-me no espelho enquanto minhas damas de companhia atam meu peitoral, e outra segura meu elmo. Percebo a infelicidade em seus rostos, a maneira como a tola donzela segura o elmo como se fosse pesado demais para ela, como se nada disso devesse estar acontecendo, como se eu não tivesse nascido para este momento: agora. O momento do meu destino.

Respiro fundo silenciosamente. Pareço-me tanto com minha mãe em minha armadura que poderia ser o seu reflexo no espelho, imóvel e orgulhosa, o cabelo preso para trás, e os olhos brilhando tão intensamente quanto o dourado polido de seu peitoral: animada com a perspectiva da batalha, radiante de alegria com sua confiança na vitória.

"Não está com medo?", pergunta Maria de Salinas em voz baixa.

"Não." Falo a verdade. "Passei a minha vida toda esperando esse momento. Sou uma rainha, e filha de uma rainha que teve de lutar por seu país. Vim para cá, meu país, no momento que ele precisa de mim. Este não é um momento para uma rainha que quer se sentar em seu trono e distribuir prêmios nas justas. Este é um momento para uma rainha que tem o coração e a coragem de um homem. Eu sou essa rainha. Partirei com o meu exército."

Houve uma certa comoção de consternação. "Partir?" "Para o norte?" "Vai inspecioná-los, mas certamente não atacará com eles, não é?" "Não é perigoso?"

Estendo a mão para pegar o elmo. "Irei para o norte com eles para enfrentar os escoceses. E se os escoceses invadirem, eu os combaterei. E quando retomar a luta contra eles, só a encerrarei quando derrotá-los."

"Mas e nós?"

Sorrio para elas. "Três virão comigo para me fazer companhia e o resto ficará aqui", digo com firmeza. "As que ficarem continuarão a fazer bandeiras e preparar ataduras, e as enviarão para mim. Manterão a ordem", digo com firmeza. "As que vierem comigo se comportarão como soldados no campo. Não ouvirei queixas."

Há um surto de desânimo, que evito dirigindo-me à porta. "Maria e Margaret, vocês virão comigo agora", digo.

Os soldados estão em formação na frente do palácio. Percorro lentamente a cavalo as linhas, meus olhos fixando um rosto, depois outro, e assim sucessivamente. Vi meu pai e minha mãe fazerem isso. Meu pai me disse que cada soldado tem de saber que é valorizado, deve saber que é visto como um indivíduo durante a inspeção, deve se sentir parte essencial do corpo do exército. Quero que tenham certeza de que os vi, que vi cada homem; que os conheço. Quero que me conheçam. Depois de passar por cada um dos quinhentos homens, vou para a frente do exército, tiro meu elmo, para que vejam meu rosto. Agora, não sou uma princesa espanhola, com o cabelo e rosto escondidos. Sou uma rainha inglesa com a cabeça e o rosto expostos. Falo alto para que todos me escutem.

"Homens da Inglaterra", digo. "Vocês e eu combateremos juntos os escoceses, e nenhum de nós vacilará ou falhará. Não voltaremos até eles terem se retirado. Não descansaremos até que estejam mortos. Juntos, os derrotaremos, pois fazemos a obra divina. Esta não é uma disputa provocada por nós, é uma invasão perversa por Jaime da Escócia; rompendo seu próprio tratado, insultando sua esposa inglesa. Uma invasão ímpia condenada pelo próprio papa, uma invasão contra a ordem de Deus. Ele planejou isso durante anos. Esperou, como um covarde, pensando em nos encontrar enfraquecidos. Mas ele está enganado, pois estamos fortes. Derrotaremos esse rei herege. Venceremos. Asseguro-lhes que venceremos porque sei qual é a vontade de Deus nesta questão. Ele está conosco. E vocês podem ter certeza de que a mão de Deus está sempre sobre os homens que lutam por sua pátria."

Há uma aclamação de aprovação, eu me viro e sorrio para um lado, depois para o outro, de modo que todos possam ver o meu prazer com a sua coragem. Para que todos vejam que não estou com medo.

"Ótimo. Avançar", digo simplesmente ao comandante do meu lado, e o exército inicia a marcha para fora da praça d'armas.

☙

Enquanto o primeiro exército de Catarina marchava para o norte sob o comando do conde de Surrey, recrutando homens no caminho, os mensageiros cavalgavam velozmente para o sul em direção a Londres, para lhe levarem as notícias que ela estava esperando. O exército de Jaime tinha cruzado a fronteira escocesa e estava avançando pelas colinas acidentadas na região da fronteira, recrutando soldados e roubando alimentos pelo caminho.

— Um ataque de fronteira? — perguntou Catarina, sabendo que não.

O homem sacudiu a cabeça.

— Milorde me mandou dizer que o rei da França prometeu ao rei escocês que o reconheceria se ele vencesse a batalha contra nós.

— Reconheceria? Como o quê?

— Como rei da Inglaterra.

Esperou que ela gritasse de indignação ou de medo, mas ela meramente balançou a cabeça, como se fosse algo a se considerar.

— Quantos homens? — perguntou Catarina.

O mensageiro sacudiu a cabeça.

— Não posso dizer ao certo.

— Quantos acha que são?

Ele olhou para a rainha, viu a ansiedade em seus olhos, e hesitou.

— Diga-me a verdade!

— Acho que sessenta mil, Majestade, talvez mais.

— Quantos mais? Aproximadamente?

De novo, ele fez uma pausa. Ela levantou-se da cadeira e foi à janela.

— Por favor, diga-me o que pensa — disse ela. — Não vai me prestar nenhum serviço se, tentando me poupar a aflição, eu partir com um exército e me defrontar com um inimigo em uma força maior do que eu esperava.

— Cem mil, acho — disse ele, a voz baixa.

Esperou que ela arfasse de horror, mas quando olhou para ela, estava sorrindo.

— Ah, não tenho medo disso.

— Não tem medo de cem mil escoceses? — perguntou ele.

— Já vi coisa pior — replicou ela.

☙

Agora sei que estou pronta. Os escoceses estão transbordando na fronteira, com sua força total. Capturaram os castelos do norte com uma facilidade derrisória, a flor do comando inglês e os melhores homens estão além-mar, na França. O rei francês pensa em nos derrotar com os escoceses, em nossas próprias terras, enquanto o nosso exército de fachada fica pelo norte da França fazendo belas manobras. O meu momento é agora. Cabe a mim e aos homens que restam. Ordeno que tirem do grande armário os estandartes e bandeiras. Adejando à frente do exército, os estandartes reais mostram que o rei da Inglaterra está no campo de batalha. Que será eu.

"Vai conduzir o estandarte real à frente de uma marcha?", pergunta uma de minhas damas.

"E quem mais o conduziria?"

"Deveria ser o rei."

"O rei está combatendo na França. Eu lutarei contra os escoceses."

"Majestade, uma rainha não pode assumir o estandarte real e conduzir um exército."

Sorrio, não pretendo me confiar a ela, sei realmente que esse é o momento pelo qual esperei toda a minha vida. Jurei a Artur que era capaz de ser uma rainha usando armadura; e agora sou. "Uma rainha pode montar sob o estandarte do rei, se achar que pode vencer."

Convoco os soldados que restaram; eles serão a minha força. Planejo que marchem em formação de combate, mas os comentários prosseguem.

"Não vai montar à frente dos soldados, vai?"

"E onde mais quer que eu fique?"

"Majestade, não acha que não deveria acompanhá-los?"

"Sou seu comandante em chefe", replico simplesmente. "Não devem pensar em mim como uma rainha que fica em casa, influencia a política sub-repticiamente, e intimida seus filhos. Sou uma rainha que governa como minha mãe fez. Quando o meu país está em perigo, eu estou em perigo. Quando meu país triunfa, como triunfaremos, é meu o triunfo."

"Mas e se...?" *A dama de honra é silenciada por meu olhar duro.*

"Não sou nenhuma tola, tenho um plano para a derrota", replico. "Um bom comandante sempre fala de vitória, mas tem um plano para o caso de derrota. Sei exatamente onde devo recuar, e sei exatamente onde me reorganizar, sei exata-

mente onde retornar à batalha, e se fracassar, sei onde reagrupar mais uma vez. Não esperei tantos anos por esse trono para ver o rei da Escócia e essa tola da Margaret tirarem-no de mim."

෴

Os homens de Catarina, todos os quarenta mil, espalharam-se ao longo da estrada, atrás da guarda real, curvados com o peso de suas armas e sacos de alimento sob o sol do fim de verão. Catarina, na liderança do comboio, montava seu cavalo branco de maneira que todos pudessem vê-la, com o estandarte real acima, de modo que os homens agora a conhecessem, na marcha, e a reconhecessem depois, em combate. Duas vezes por dia, ela percorria toda a extensão da linha, com uma palavra de encorajamento para todos que marchavam com passos arrastados na retaguarda, asfixiando-se com a poeira levantada pelas carroças na frente. Mantinha as horas monásticas, levantando-se ao alvorecer para assistir à missa, comungando ao meio-dia, e indo para a cama quando a tarde caía, acordando à meia-noite para dizer suas orações pela segurança do reino, para a segurança do rei, e para si mesma.

Mensageiros passavam constantemente entre o exército de Catarina e a força comandada por Thomas Howard, conde de Surrey. O plano era Surrey travar combate com os escoceses na primeira oportunidade, qualquer coisa para deter o avanço rápido e destrutivo do inimigo para o sul. Se Surrey fosse derrotado, então os escoceses prosseguiriam e Catarina os enfrentaria com sua força, assumindo a posição defensiva nos condados do sul da Inglaterra. Se os escoceses os neutralizassem, então Catarina e Surrey tinham um plano final para a defesa de Londres. Eles se reagrupariam, convocariam um exército de cidadãos, construiriam trincheiras ao redor da cidade, e se tudo o mais falhasse, se retirariam para a Torre, que poderia resistir tempo suficiente até Henrique mandar reforços da França.

෴

Surrey está apreensivo por eu ter-lhe ordenado liderar o primeiro ataque contra os escoceses, ele preferia esperar minha força se unir à sua; mas insisto em que o ataque seja como planejei. Seria mais seguro unir as duas forças, mas estou tra-

vando uma campanha defensiva. Tenho de manter um exército de reserva para deter o avanço escocês rápido para o sul, se vencerem a primeira batalha. Não travaremos uma única batalha. Esta é uma guerra que destruirá a ameaça escocesa por uma geração, talvez para sempre.

Também me sinto tentada a ordenar que me espere, tanto quero participar da batalha; não sinto medo nenhum, apenas uma espécie de alegria selvagem, como se tivesse passado tempo demais encarcerada e, de súbito, fosse libertada. Mas não lançarei meus preciosos homens em uma batalha que deixará a estrada para Londres livre, se a perdermos. Surrey acha que, se unirmos as forças, certamente venceremos, mas eu sei que não existem certezas em uma guerra, sempre algo pode dar errado. Um bom comandante tem de estar preparado para o pior, e não vou arriscar sermos derrotados pelos escoceses em uma única batalha e deixar que desçam a Great North Road e entrem na capital, culminando com a coroação e aclamação dos franceses. Não conquistei o trono com tanto esforço para perdê-lo em um único combate imprudente. Tenho um plano de batalha para Surrey e um para mim, em seguida uma posição aonde se retirar, e uma série de posições depois dessa. Podem vencer uma batalha, podem vencer mais de uma, mas nunca tirarão o trono de mim. Estamos a sessenta milhas de Londres, em Buckingham. Uma boa velocidade para um exército em marcha, dizem-me que uma velocidade extraordinária para um exército inglês; são famosos por se retardarem na estrada. Estou cansada, mas não exausta. A excitação e — para ser franca — o medo de cada dia me deixa como um cão de caça amarrado, ansioso, fazendo força para se soltar e começar a caça.

E agora tenho um segredo. Toda tarde, quando desmonto de meu cavalo, a primeira coisa que faço é ir ao recinto da latrina, ou tenda, ou outro lugar qualquer onde eu possa ficar só, e levanto as saias e examino minha roupa de baixo. Estou esperando minhas regras, e é o segundo mês que não descem. Minha esperança, uma esperança forte e agradável, é que quando Henrique partiu para a França tenha me deixado com um bebê no ventre.

Não vou contar a ninguém, nem mesmo às minhas damas. Posso imaginar o espanto se souberem que monto diariamente e me preparo para lutar, estando grávida, ou mesmo com a possibilidade de estar. Não me atrevo a lhes contar, pois apesar de ser verdade, não me atrevo a fazer nada que possa nos colocar em desvantagem nessa campanha contra nós. É claro que nada seria mais importante do que um filho homem para a Inglaterra — exceto uma única coisa: proteger a

Inglaterra para ser herdada por esse filho. Tenho de me conter e assumir o risco de qualquer maneira.

Os homens sabem que estou à frente deles e lhes prometi a vitória. Marcham bem, lutarão bem porque depositaram sua fé em mim. Os homens de Surrey, mais próximos do inimigo do que nós, sabem que na sua retaguarda está o meu exército, um apoio confiável. Sabem que estou liderando pessoalmente o reforço. Isso provocou muitos comentários no país, estão orgulhosos de ter uma rainha que se envolverá na luta por eles. Se volto para Londres e mando que prossigam sem mim, pois tenho um trabalho de mulher a fazer, eles também voltarão para casa — simples assim. Vão pensar que perdi a confiança, que perdi a fé neles, que antecipo a derrota. Correm muitos rumores sobre um exército escocês que ninguém pode deter — cem mil highlanders* enfurecidos — sem precisar que eu aumente seus medos.

Além disso, se não sou capaz de salvar meu reino por meu filho, não há por que ter filhos. Tenho de derrotar os escoceses, tenho de ser um grande general. Quando este dever for cumprido, poderei voltar a ser uma mulher.

À noite, recebo de Surrey notícias de que os escoceses estão em formação de combate em um lugar chamado Flodden. Manda-me um mapa do local, mostrando os escoceses acampados no terreno alto, com vista para o sul. Uma olhada rápida no mapa já me diz que os ingleses não devem atacar escoceses muito bem armados no alto da colina. Os arqueiros escoceses dispararão suas flechas colinas abaixo e, então, os highlanders atacarão nossos homens. Nenhum exército pode enfrentar um ataque desse tipo.

"Diga ao seu chefe que envie espiões e descubra uma maneira de passar por trás dos escoceses e então atacá-los pelo norte", digo ao mensageiro enquanto olho fixamente para o mapa. "Diga-lhe que meu conselho é um ataque simulado, que ele deixe homens em número suficiente para imobilizar os escoceses, e que marche com o resto, como se estivesse seguindo para o norte. Se tiver sorte, eles os perseguirão e vocês os pegarão em campo aberto. Se não tiver sorte, terá de alcançá-los pelo norte. O terreno é bom? Ele desenhou um curso de água em seu esboço."

"É um terreno pantanoso", confirma o mensageiro. "Talvez não seja possível atravessá-lo."

Reprimo a contrariedade. "É a única saída que vejo", digo. "Diga-lhe que este é o meu conselho, mas não a minha ordem. Ele é o comandante, deve fazer sua própria avaliação. Mas diga-lhe que não tenho dúvidas de que terá de tirar os

---

*Aqui, soldados de regimento escocês. (N. da T.)

escoceses dessa colina. Diga-lhe que afirmo que não pode atacá-los lá em cima. Ou ele os circunda e surpreende por trás ou os atrai para descer essa montanha."

O homem faz uma reverência e parte. Que Deus permita que ele consiga transmitir minha mensagem a Surrey. Se ele achar que pode combater um exército de escoceses no alto de uma colina, está perdido. Uma de minhas damas vem a mim assim que o mensageiro sai de minha tenda, ela está tremendo de cansaço e medo. "O que vamos fazer agora?"

"Vamos avançar para o norte", replico.

"Mas vão atacar a qualquer momento!"

"Sim, e se vencerem, poderemos voltar para casa. Mas se perderem, ficaremos entre os escoceses e Londres."

"Para fazer o quê?", sussurra ela.

"Derrotá-los", digo simplesmente.

☙

10 de setembro de 1513

— Vossa Majestade! — Um pajem entrou correndo na tenda de Catarina e fez uma reverência apressada, inadequada. — Um mensageiro com notícias da batalha! Um mensageiro de lorde Surrey.

Catarina virou-se, a tira em seu ombro para a alabarda ainda desatada.

— Mande-o entrar!

O homem já estava lá, ainda coberto da poeira da batalha, mas com o sorriso de alguém que traz boas notícias, grandes notícias.

— Sim? — perguntou Catarina, a esperança tirando-lhe o ar.

— Vossa Majestade venceu — disse ele. — O rei da Escócia está morto, vinte lordes escoceses jazem com ele, bispos, condes e também abades. Foi uma derrota de que nunca mais se recuperarão. Metade de seus grandes homens morreu em um único dia.

Ele viu a cor abandonar o rosto dela e então, subitamente, ela corar.

— Vencemos?

— Vossa Majestade venceu — confirmou ele. — O conde mandou-me lhe dizer que os homens da rainha, treinados e armados por Vossa Majestade, fizeram o que ordenou. A vitória é da rainha, Vossa Majestade tornou a Inglaterra segura.

A mão de Catarina foi logo para a sua barriga, sob o peitoral de metal.

— Estamos seguros — disse ela.

Ele confirmou com um movimento da cabeça.

— Mandou-lhe isto...

Estendeu-lhe um capote, terrivelmente rasgado, cortado e manchado de sangue.

— O que é?

— O casaco do rei da Escócia. Nós o tiramos de seu corpo morto como prova. Estamos com seu corpo, que está sendo embalsamado. Ele está morto, os escoceses foram derrotados. Vossa Majestade realizou o que nenhum rei inglês realizou desde Eduardo I. Pôs a Inglaterra a salvo da invasão escocesa.

— Redija um relatório para mim — disse ela com determinação. — Dite-o para o escrivão. Tudo o que sabe, e tudo o que milorde Surrey disse. Devo escrever para o rei.

— Lorde Surrey perguntou...

— Sim?

— Deve entrar na Escócia e devastá-la? Diz que haverá pouca ou nenhuma resistência. É a nossa chance. Podemos destruí-los, estão inteiramente à nossa mercê.

— É claro — replicou ela imediatamente, mas então fez uma pausa. Era a resposta que qualquer monarca da Europa teria dado. Um vizinho causador de problemas, um inimigo inveterado estava enfraquecido. Todo e qualquer rei na cristandade teria avançado e se vingado.

— Não. Não, espere um pouco.

Ela foi até a entrada de sua tenda. Lá fora, os homens estavam se preparando para mais uma noite na estrada, longe de suas casas. Havia pequenas fogueiras por todo o acampamento, tochas acesas, o cheiro de comida, esterco e suor no ar. Era o mesmo cheiro da infância de Catarina, uma infância passada, os primeiros sete anos, em um estado de guerra constante contra um inimigo que foi forçado a recuar cada vez mais, até finalmente, a escravidão, o exílio e a morte.

ಐ

Pense, digo a mim mesma com fúria. Não sinta com um coração mole, pense com um cérebro sólido, o cérebro de um soldado. Não reflita como uma mulher grávida que sabe que, nesta noite, são muitas as viúvas na Escócia, pense como uma rainha. O inimigo foi derrotado, o país está aberto para mim, seu rei está morto, sua rainha é uma garota tola e minha cunhada. Posso fazer esse país em pedaços, posso juntar seus pedaços. Qualquer comandante experiente o destruiria agora e o deixaria destruído por uma geração inteira. Meu pai não hesitaria; minha mãe já teria dado a ordem.

Reflito. Estavam errados, meu pai e minha mãe. Finalmente, digo o indizível, o inconcebível. Estavam errados, minha mãe e meu pai. Podem ter sido soldados extraordinariamente habilidosos, poderosos com certeza, eram chamados os reis cristãos — mas estavam errados. Levei minha vida toda para perceber isso.

Um estado de guerra constante é uma faca de dois gumes, corta tanto o vitorioso quanto o derrotado. Se perseguirmos os escoceses agora, triunfaremos, devastaremos o país, os destruiremos por gerações. Mas tudo o que cresce na devastação são ratos e pestilência. Com o tempo, vão se recuperar, e nos atacarão. Seus filhos atacarão meus filhos e a batalha selvagem terá de ser travada de novo. Ódio gera ódio. Meu pai e minha mãe expulsaram os mouros para além-mar, mas todo mundo sabe que ao fazerem isso venceram somente uma batalha em uma guerra que nunca se encerrará até cristãos e muçulmanos estarem preparados para viver lado a lado em paz e harmonia. Isabel e Fernando derrotaram os mouros, mas seus filhos e os filhos de seus filhos enfrentarão a jihad em resposta à cruzada. A guerra não responde à guerra, a guerra não encerra a guerra. O único final definitivo é a paz.

☙

— Chame um novo mensageiro — disse Catarina por cima do ombro, e esperou até o homem aparecer. — Irá até milorde Surrey e lhe dirá que agradeço a grande notícia de uma vitória esplêndida. Dirá que permita que os soldados escoceses deponham as armas e que partam em paz. Escreverei eu mesma à rainha dos escoceses e prometerei a paz se ela se tornar nossa boa irmã e boa vizinha. Somos vitoriosos, seremos clementes. Devemos tornar esta vitória uma paz duradoura, não uma batalha efêmera e uma desculpa para selvageria.

O homem fez uma reverência e partiu. Catarina virou-se para o soldado.

— Vá comer alguma coisa — disse ela. — Poderá dizer a todos que venceu uma grande batalha e que retornaremos à nossa casa sabendo que podemos viver em paz.

Foi à sua mesa, puxou numa folha de papel, e fez uma pausa. Escreveu uma saudação a seu marido, disse-lhe que estava lhe enviando o capote do rei escocês morto.

Assim, Vossa Majestade poderá ver como cumpro minhas promessas, enviando-lhe o casaco de um rei. Pensei em enviar seu corpo, mas o coração dos nossos ingleses não suportaria.

☙

Faço uma pausa. Com essa grande vitória, posso retornar a Londres, descansar e me preparar para o parto da criança que estou certa de estar carregando. Quero contar a Henrique que estou grávida de novo, mas quero lhe escrever quando estiver sozinha. Esta carta — como todas as cartas entre nós — será metade pública. Ele nunca abre suas próprias cartas, sempre manda um escrivão abri-las e lê-las para ele, e raramente escreve suas próprias respostas. Então me lembrei de que eu tinha lhe dito que se Nossa Senhora me abençoasse de novo com uma criança, eu iria imediatamente ao santuário em Walsingham agradecer. Se ele se lembrasse disso, poderia servir como nosso código. Qualquer um poderia ler para ele, mas só ele entenderia o que quis dizer, eu teria lhe contado o segredo, que teria uma criança, que talvez fosse um menino. Sorrio e começo a escrever, sabendo que ele iria entender, sabendo a alegria que esta carta lhe causaria.

Termino rezando para que Deus o mande logo para casa, e dizendo que agora irei à Nossa Senhora de Walsingham, a quem prometi visitar tempos atrás.
Sua humilde esposa e servidora leal,
Catarina.

☙

Walsingham, outono de 1513

Catarina está de joelhos no santuário de Nossa Senhora de Walsingham, os olhos fixos na estátua sorridente da mãe de Cristo, mas sem ver nada.

ଔ

Meu amado, meu amado, consegui. Enviei o casaco do rei escocês a Henrique e me certifiquei de enfatizar que foi uma vitória dele, e não minha. Mas foi sua. Sua porque quando vim para você e para o seu país, com a mente cheia de medo dos mouros, foi você que me ensinou que o perigo aqui eram os escoceses. Então a vida me deu uma lição mais difícil, meu amado: é melhor perdoar um inimigo do que destruí-lo. Se tivéssemos médicos, astrônomos, matemáticos mouros neste país, seríamos os melhores nessas áreas. Talvez chegue um dia em que também precisemos da coragem e habilidade dos escoceses. Talvez o meu perdão os faça nos perdoar a batalha de Flodden.

Tenho tudo o que sempre quis — exceto você. Conquistei uma vitória para este país que o manterá seguro por uma geração. Concebi uma criança e tenho certeza de que este bebê vai sobreviver. Se for um menino, eu o chamarei Artur, por você. Se for menina, a chamarei de Mary. Sou rainha da Inglaterra, tenho o amor do povo, e Henrique será um bom marido e um bom homem.

Apoio-me nos calcanhares, fecho os olhos, para que as lágrimas não corram em minha face. "A única coisa que está faltando é você, meu amor. Você. Sempre você."

"Majestade, não está passando bem?", *a voz baixa da freira me desperta e abro os olhos. Minhas pernas estão enrijecidas por eu ter ficado ajoelhada por tanto tempo.* "Não queríamos incomodá-la, mas se passaram tantas horas."

"Ah, sim", *digo. Tento lhe sorrir.* "Irei já, já. Deixe-me agora."

Volto ao meu sonho com Artur, mas ele desapareceu. "Espere por mim no jardim", *sussurro.* "Irei ao seu encontro. Irei um dia. No jardim, quando minha missão aqui estiver concluída."

ଔ

Blackfriars Hall
O Legado Papal participa do tribunal para ouvir a Grande Alegação do rei, em junho de 1529

*P*alavras têm peso, uma vez proferidas não podem ser silenciadas, o significado é como uma pedra jogada em um lago; a ondulação na água se propaga e não se pode saber que margem vai inundar.

Eu disse a um jovem, à noite, "Amo você, eu o amarei para sempre". Eu disse "Prometo". Essa promessa, feita há 27 anos para satisfazer um rapaz agonizante, para realizar a vontade de Deus, para satisfazer a minha mãe e — para dizer a verdade — a minha própria ambição, essa palavra me retorna como ondulações que batem na borda da bacia de mármore e que então voltam em remoinho para o centro.

Sabia que teria de responder por minhas mentiras perante Deus. Nunca pensei que teria de responder ao mundo. Nunca pensei que o mundo pudesse me interrogar por algo que prometi por amor, algo sussurrado em segredo. E portanto, por orgulho, nunca respondi. Pelo contrário, as mantive.

E assim faria, creio eu, qualquer mulher na minha posição.

A nova amante de Henrique, a filha de Elizabeth Bolena, minha dama de honra, revelou-se ser aquela que eu deveria temer: aquela com uma ambição ainda maior do que a minha. Na verdade, ela é ainda mais gananciosa do que o rei. Sua ambição é maior do que qualquer uma que eu já vi em um homem ou uma *mulher. Ela não deseja Henrique como homem — vi irem e virem suas amantes e aprendi a lê-las como um livro de contos fácil. A de agora não deseja o meu marido, mas sim o trono. Teve muito trabalho para descobrir como chegar lá, mas é persistente e determinada. Acho que eu sabia a partir do momento em que ela monopolizou seus favores, seus segredos e sua confiança, que com o tempo ela chegaria — como uma fuinha farejando sangue em uma coelheira — à minha mentira. E quando a descobrisse, se banquetearia com ela.*

O oficial de justiça grita: "Catarina de Aragão, rainha da Inglaterra, apresenta-se à corte", e há um silêncio pro forma, pois não esperam resposta. Não há nenhum advogado me esperando para me ajudar, não preparei uma defesa. Deixei claro que não reconheço o tribunal. Esperam prosseguir sem mim. Na verdade, o oficial está para chamar a próxima testemunha...

Mas respondo.

Meus homens abrem as portas duplas da sala que conheço tão bem e entro, a cabeça erguida, tão destemida como sempre fui durante toda a minha vida. O dossel régio é dourado, acima do ponto mais distante ao fundo da sala, e sob ele, o meu marido, o meu falso, mentiroso, traidor, infiel marido, usando sua coroa imprópria, está sentado em seu trono.

Em uma plataforma abaixo dele, estão dois cardeais, também sob um dossel dourado, sentados em cadeiras douradas com almofadas douradas. O escravo traidor Wolsey, a cara vermelha em seu hábito vermelho de cardeal, não conseguindo me olhar nos olhos; e aquele amigo falso Campeggio. Os três rostos, do rei e de seus dois alcoviteiros, refletem total consternação.

Acharam que tinham me atormentado e confundido tanto, me separado de meus amigos e me destruído, que eu não me apresentaria. Acharam que eu me afundaria no desespero como minha mãe, ou na loucura como minha irmã. Estão apostando no fato de que tinham me assustado, ameaçado, tirado minha filha de mim, feito tudo que podiam para partir o meu coração. Nunca imaginaram que eu tivesse coragem de me apresentar diante deles, de ficar na frente deles, íntegra, de encarar todos eles.

Tolos, esquecem-se de quem eu sou. São aconselhados pela garota Bolena que nunca me viu de armadura, orientados por ela que nunca conheceu minha mãe, que não conheceu meu pai. Ela me conhece como Catarina, a antiga rainha da Inglaterra, devota, gorducha, apática. Não faz ideia que dentro continuo a ser Catalina, a jovem infanta de Espanha. Sou princesa de nascimento e fui treinada para lutar. Sou uma mulher que lutou por cada coisa que tem, e lutarei, e resistirei, e vencerei.

Não previram o que eu faria para me proteger e proteger a herança da minha filha. Ela é Mary, minha Mary, que tem o nome dado por Artur: minha filha querida, Mary. Como eu poderia deixar que a pusessem de lado por um bastardo feito em uma Bolena?

Esse foi o primeiro erro deles.

Ignoro completamente os cardeais. Ignoro os escrivães à frente deles, os escribas como seus rolos de longos pergaminhos cuidando do registro oficial dessa paródia grotesca. Ignoro a corte, a cidade, até mesmo o povo que sussurra meu nome em tom carinhoso. Não olho para ninguém a não ser Henrique.

Conheço Henrique, conheço-o melhor do que ninguém no mundo inteiro. Conheço-o melhor do que a sua atual favorita chegará a conhecê-lo, pois o vi homem e menino. Estudei-o quando era menino, quando tinha 10 anos e veio ao meu encontro e tentou me persuadir a lhe dar um garanhão árabe. Já então percebi que era um menino que poderia ser conquistado com belas palavras e presentes. Eu o conheci pelos olhos de seu irmão, que disse — e com justeza — que ele era uma criança que havia sido estragada pela indulgência excessiva e que se tornaria um homem mimado e um perigo para nós todos. Eu o conheci como rapaz, e conquistei meu trono explorando a sua vaidade. Era o maior prêmio que ele podia desejar, e deixei que me conquistasse. Conheci-o como um homem tão vaidoso e ganancioso quanto um pavão, quando lhe ofereci o crédito por minha guerra: a maior vitória que a Inglaterra já obteve.

A pedido de Artur, disse-lhe a maior mentira que uma mulher já contou e a afirmarei até descer ao túmulo. Sou uma infanta de Espanha, não faço uma promessa e deixo de cumpri-la. Artur, meu amado, pediu-me um juramento em seu leito de morte e aceitei. Pediu-me que dissesse que nunca tínhamos sido amantes e ordenou que eu me casasse com seu irmão e fosse rainha. Fiz tudo o que lhe prometi, fui leal à minha promessa. Nada nesses anos abalou minha fé em que é a vontade de Deus eu ser a rainha da Inglaterra, e serei rainha da Inglaterra até a minha morte. Ninguém a não ser eu salvaria a Inglaterra dos escoceses — Henrique era jovem e inexperiente demais para conduzir um exército na guerra. Teria oferecido um duelo, teria se arriscado em uma missão desesperada, teria perdido a batalha e morrido em Flodden, e sua irmã Margaret teria sido rainha da Inglaterra no meu lugar.

Isso não aconteceu porque eu não deixei acontecer. Era o desejo de minha mãe e a vontade de Deus que eu fosse rainha da Inglaterra, e serei rainha da Inglaterra até morrer.

Não me arrependo da mentira. Eu a mantenho e faço todos a manterem, independentemente das dúvidas que possam ter. Quando Henrique aprendeu mais sobre as mulheres, aprendeu mais sobre mim, percebeu, tão certamente quanto na nossa noite de núpcias, que era uma mentira, que eu não era virgem. Mas durante os nossos vinte anos de casados, só teve coragem de me contestar uma única vez, no começo. E entro na sala do tribunal apostando em que ele nunca terá a coragem de me contestar de novo, nem mesmo agora.

Entro arriscando minha causa em sua fraqueza. Acredito que quando ficar na sua frente e ele for obrigado a me encarar, não ousará dizer que eu não era virgem quando nos casamos, que eu tinha sido mulher e amante de Artur antes de ser dele. Sua vaidade não vai permitir que diga que amei Artur com uma paixão verdadeira e que ele me amou. Que, na verdade, viverei e morrerei como esposa e amante de Artur e que portanto o seu casamento comigo pode ser anulado legalmente.

Não creio que ele tenha a coragem que tenho. Acho que se ficar ereta e repetir a grande mentira, ele não ousará se levantar e contar a verdade.

"*Catarina de Aragão, rainha da Inglaterra, apresenta-se à corte*", *repete, de maneira idiota, o oficial de justiça, quando o eco das portas batendo atrás de mim reverbera na sala de tribunal, e todos veem que já estou diante do tribunal, em pé como um lutador vigoroso diante do trono.*

Sou eu que chamam por esse título. Foi a esperança de meu marido agonizante, desejo da minha mãe e vontade de Deus que eu fosse rainha da Inglaterra; e por eles e pelo país, serei rainha da Inglaterra até morrer.

"*Catarina de Aragão, rainha da Inglaterra, apresenta-se à corte!*"

Sou eu. Esse é o meu momento. Esse é o meu grito de guerra.

Avanço.

☙

Nota da Autora

Foi um dos romances mais fascinantes e mais comoventes de escrever, da descoberta da vida da jovem Catarina à grande questão da mentira que ela contou e manteve durante toda a vida.

Que foi uma mentira, me parece a explicação mais provável. Acho que o seu casamento com Artur foi consumado. Certamente todos assim acreditaram na época; foi a insistência de dona Elvira depois de Catarina enviuvar, e a própria insistência de Catarina na época de sua separação de Henrique que colocou a consumação em dúvida. Historiadores posteriores, admirando Catarina e aceitando sua palavra contra a de Henrique, colocaram a mentira no lugar que ocupa hoje no registro histórico.

A mentira foi o ponto de partida do romance, mas a surpresa na pesquisa foi a formação de Catalina da Espanha. Desfrutei uma viagem maravilhosa a Granada para descobrir mais sobre a Espanha de Isabel e Fernando, e retornei com um imenso respeito pela coragem de ambos e pela cultura que juraram destruir: a bela terra tolerante e rica dos muçulmanos da Espanha, Al-Andaluz. Tentei fazer com que esses europeus quase esquecidos se expressassem neste livro, que nos propiciassem hoje, quando lutamos com algumas das mesmas questões, uma ideia da *conviviencia* — uma terra em que judeus, muçulmanos e cristãos consigam viver lado a lado se respeitando e em paz, como o "Povo do Livro".

Nota sobre as canções

"Ai de mim, Alhama!", "Cavaleiros atravessam a galope o portão de Elvira..." e "Houve pranto em Granada..." são canções tradicionais citadas por Francesca Claremount em *Catherine of Aragon* (ver lista de livros a seguir).

"Uma palmeira se ergue no meio de Rusafa" é de Abd al Rahaman, traduzida para o inglês por D. F. Ruggles e citada em Menocal, *The Ornament of the World* (ver lista de livros).

Os seguintes livros foram extremamente úteis em minha pesquisa histórica:

Bindoff, S. T. *Pelican History of England: Tudor England.* Penguin, 1993.
Bruce, Marie Louise. *Anne Boleyn.* Collins, 1972.
Chejna, Anwar, G. *Islam and the West, The Moriscos, A Cultural and Social History.* State University of New York Press, 1983.
Claremont, Francesca. *Catherine of Aragon.* Robert Hale, 1939.
Cressy, David. *Birth, Marriage and Death: Ritual Religions and the Lifecycle in Tudor and Stuart England.* OUP, 1977.
Darby, H. C. *A New Historical Geography of England Before 1600.* CUP, 1976.
Dixon, William Hepworth. *History of Two Queens.* vol. 2, Londres, 1873.
Elton, G. R. *England under the Tudors.* Methuen, 1955.
Fernandez-Arnesto, Felipe. *Ferdinand and Isabella.* Londres: Weidenfeld and Nicolson, 1975.
Fletcher, Anthony. *Tudor Rebellions.* Longman, 1968.
Goodwin, Jason. *Lords of the Horizon: A History of the Ottoman Empire.* Vintage, 1989.
Guy, John. *Tudor England.* OUP, 1988.
Haynes, Alan. *Sex in Elizabethan England.* Sutton, 1997.
Loades, David. *The Tudor Court.* Batsford, 1986.
Loades, David. *Henry VIII and His Queens.* Sutton, 2000.
Lloyd, David. *Arthur Prince of Wales.* Ludlow: Fabric Trust for St Laurence, 2002.
Mackie, J. D. *Oxford History of England: The Earlier Tudors.* OUP, 1952.
Mattingley, Garrett. *Catherine of Aragon.* Jonathan Cape, 1942.
Menocal. *The Ornament of the World.* Little Brown and Co., 2002.
Mumby, Frank Arthur. *The Youth of Henry VIII.* Constable and Co., 1913.
Nunez, J. Agustia (org.), *Muslim and Christian Granada.* Edilux S. L., 2004.
Paul, E. John. *Catherine of Aragon and Her Friends.* Burns and Eates, 1966.
Plowden, Alison. *The House of Tudor.* Weidenfeld and Nicholson, 1976.
Plowden, Alison. *Tudor Women: Queens and Commoners.* Sutton, 1998.
Randall, Keith. *Henry VIII and the Reformation in England.* Hodder, 1993.
Robinson, John Martin. *The Dukes of Northfolk.* OUP, 1982.
Scarisbrick, J. J. *Yale English Monarchs: Henry VIII.* YUP, 1997.
Scott, S. P. *The History of the Moorish Empire in Europe,* vol. 1. Ams Pr, 1974.
Starkey, David. *Henry VIII: A European Court in England.* Collins and Brown, 1991.
Starkey, David. *The Reign of Henry VIII. Personalities and Politics.* G. Philip, 1985.
Starkey, David. *Six Wives: The Queens of Henry VIII.* Vintage, 2003.

Tillyard, E. M. W. *The Elizabethan World Picture.* Pimlico, 1943.
Turner, Robert. *Elizabethan Magic.* Element, 1989.
Walsh, William Thomas. *Isabella of Spain.* London Sheed and Ward, 1935.
Warnicke, Retha M. *The Rise and Fall of Anne Boleyn.* CUP, 1991.
Weir, Alison. *Henry VIII, King and Court.* Pimlico, 2002.
Weir, Alison. *The Six Wives of Henry VIII.* Pimlico, 1997.
Youings, Joyce. *Penguin Social History of Britain.* Penguin, 1991.

Este livro foi composto na tipografia Minion,
em corpo 11/15, e impresso em papel off-white
80g/m², no Sistema Digital Instant Duplex
da Divisão Gráfica da Distribuidora Record.